◎ 千古华章　一生珍爱 ◎

人一生要读的
古典诗词

斗南◎主编

北京联合出版公司
Beijing United Publishing Co.,Ltd.

图书在版编目（CIP）数据

人一生要读的古典诗词 / 斗南主编 . — 北京：北京联合出版公司，2015.5（2023.11 重印）

ISBN 978-7-5502-4720-8

Ⅰ . ①人… Ⅱ . ①斗… Ⅲ . ①古典诗歌—诗集—中国 Ⅳ . ① I222

中国版本图书馆 CIP 数据核字（2015）第 031748 号

人一生要读的古典诗词

主　　编：斗　南

责任编辑：徐秀琴

封面设计：施凌云

内文排版：张　诚

北京联合出版公司出版

（北京市西城区德外大街 83 号楼 9 层　100088）

德富泰（唐山）印务有限公司印刷　新华书店经销

字数 810 千字　720 毫米 ×1020 毫米　1/16　40 印张

2015 年 5 月第 1 版　2023 年 11 月第 5 次印刷

ISBN 978-7-5502-4720-8

定价：78.00 元

前言

古人说，不读诗词，不足以知春秋历史；不读诗词，不足以品文化精粹；不读诗词，不足以感天地草木之灵；不读诗词，不足以见流彩华章之美。

中国是一个“诗歌的国度”，古典诗词是中国传统文化的奇葩，是我们民族文化遗产中极为珍贵的一部分。早在3000年前，我们的祖先就创作出以“诗三百”为代表的优秀诗篇，此后每个历史时期，诗歌创作都结出了丰硕的成果，其中不少名篇佳句脍炙人口，传诵至今。

诗词是传统文化的精粹所在，中国古典文学发端于上古三代，历周秦诗风之初立，孔子删诗书，对《诗经》的确立起了关键的作用，遂有“诗教”之说。后经过汉代的发展，散体大赋渐趋成熟，流彩华章，大汉气象，可知辞赋文章亦皆能吟春秋。迄汉末，以古诗十九首为代表的五言诗兴起，堪称五言之冠冕，后世诗人莫不吟仰。之后历魏晋建安文坛与六朝诗人的发挥，中间乐府诗纵贯数百年而不衰。及至唐代，盛世华彩，一时间国人识字解文者无不能读诗写诗，有唐不足三百年，留下来两千多位诗人的近五万首诗作。唐末五代，诗风不衰，转而长短句大兴，到了两宋，一发不可收拾，其在词风上一半是山河壮烈，一半是风花雪月，后世人遂约略以豪放和婉约两派，词更被冠上“宋词”之号，凡有井水处，皆有词可咏唱。元代文人无所用其长，转而萃力于元剧之作，其流行之盛况，雅俗共赏，至于塞外古道，市井勾栏，无处不见，达官贵戚，胡汉民氓，悉皆能论。散曲小令虽不及唐诗之绚烂，宋词之流媚，却活泼别致，兼有西风瘦峻之气，成为中国文学史上的又一枝奇葩。明清两代，诗文辞赋亦多佳作，其中尤以清纳兰性德之词见长，王国维称：“纳兰容若以自然之眼观物，以自然之舌言情。此初入中原未染汉人风气，故能真切如此，北宋以来，一人而已。”

中国人的每一种心境，似乎都被古诗词吟咏过了。读这些古诗词的时候，自豪之情会油然而生，这就是中国人对古诗词的热爱之情。这种感情由来已久，人们从先秦的田野牧歌之中采撷快乐与甜美；从两汉辞赋当中感受大汉400年的盛世传奇；从乐府诗中体验先民生活的朴素美好；从魏晋诗文中品位中华风骨；从唐诗中倾听大唐帝国的盛世欢歌；从宋词中体会那份凝结在文字中的美丽与哀愁；从元曲中获得直抵心灵的感悟；从纳兰词中发现大清第一词手的词文之美。

今天，随着古典文化风潮的再度兴起，中国人阅读古典诗词的热情亦空前高涨。为了让读者一次性读完好的古典诗词，我们编写了这本《人一生要读的古典诗词》。本书按照时间顺序，兼及诗文体裁，收录了历代在思想上和艺术上具有成就的古诗词，包括先民的田野牧歌；最美是诗经；香草美人之思，伤时忧国之悃；汉赋奇葩，独秀芳华；乐府诗香醉千古；魏晋诗文，中华风骨；大唐诗情，盛世华章；宋词的美丽与哀愁；元曲，触及心灵的浅吟低唱；一生最爱纳兰词等十篇。

为了帮助读者提高阅读效果，本书还设置了“注释”“赏析”等栏目，对诗词进行详解详注。其中，注释将难理解的字句做解释，扫除阅读障碍，方便阅读；赏析则对这些经典名篇的内容与主旨进行传统解析，间或增补一些史实或诗文旧事，有利于读者更深入地领悟传统文化的意蕴。由于古诗词多难字，读者往往不会念或不认识，影响阅读，因此，我们对诗词中出现的一些难字、生僻字进行注音，并对其字形、字义加以解释，减小阅读难度，提升学习兴趣，增进学习的能力，方便读者更加深入地了解和把握古诗词。

古典诗词，蓄积了古人所有的智慧、品格、襟抱和修养，蕴含着对生命的感动和召唤。阅读本书，不仅可以提高一个人的文化水平和文学修养，还可以从中汲取智慧，从而实现对心灵和品质的提升。

目 录

第一篇

先民的田野牧歌

第二篇

最美是诗经

第三篇

香草美人之思，伤时忧国之悃

第四篇

汉赋奇葩，独秀芳华

第五篇
乐府诗香醉千古

第六篇

魏晋诗文，中华风骨

第七篇

大唐诗情，盛世华章

第八篇

宋词的美丽与哀愁

第九篇

元曲，触及心灵的浅吟低唱

第十篇

一生最爱纳兰词

第一篇

先民的田野牧歌

诗歌本来就是人的情感的表达，当人类的语言还不足以充分表达人们心中的情感的时候，歌唱在表达人的情感方面也许比语言更为生动，也更为贴切，因为每一个字和着一个优美的音符和乐调，每一个音符和乐调里都包含着无尽的情意！今天我们看到的这些远古时代留存下来的歌谣，是先民们思想情感最真实的记录，他们将各种生活如战争、祭祀、狩猎、养蚕、织布、盖房以及恋爱、结婚、生育的过程都诉诸歌唱，这些歌谣足以让我们真切地感受到我们祖先的所思所感，所爱所恨。

击壤歌[1]

日出而作，日入而息，凿井而饮，耕田而食，帝力于我何有哉[2]！

【注释】

①击壤：古时一种游戏。王应麟《困学纪闻》二十引《风土记》曰：“以木为之，前广后锐，长尺三寸，其形如履，先侧一壤于地，遥于三四步，以手中壤击之，中者为上。”②帝：指帝尧。

【赏析】

此歌创作时间已不可考。全歌古朴质厚，写出了远古初民日出而作、日入而息的纯朴生活。歌谣的大意是：白天出门辛勤地工作，太阳落山了便回家去休息，凿井取水便可以解渴，在田里劳作就可以过上自给自足的生活。这样的生活多么惬意，帝王的力量对我来说又有什么作用呢！

卿云歌[1]

卿云烂兮，纠缦缦兮[2]。日月光华，旦复旦兮[3]。明明上天，烂然星陈。日月光华，弘予一人[4]。日月有常，星辰有行。四时从经，万姓允诚[5]。於予论乐，配天之灵[6]。迁于贤圣，莫不咸听[7]。鼚乎鼓之[8]，轩乎舞之[9]。菁华已竭，褰裳去之[10]。

【注释】

①卿：通“庆”。庆云，和气光明之云。②纠：丛聚。缦缦（màn）：光彩灿烂的样子。③旦复旦兮：一天又一天，指太平之世将绵延不绝。以上四句为帝舜唱。④“日月”两句：日月的光明灵秀之气孕育了舜之聪明贤圣。这是大臣赞美舜的歌辞。以上四句为八伯唱。⑤“日月有常”四句：舜勉励大臣百姓的话，日月、星辰、四时、社会皆有秩序地运行，大臣百姓要诚实地遵从。常，常道。行，常行。经，常经。允诚，诚实。⑥於（wū）：语气词。论：讨论，此处指演唱。配天之灵：得到天的福佑。灵：神灵，灵气。⑦“迁于”两句：舜所作的乐歌，

连贤圣们也都愿意聆听。迁：移动，进升。⑧鼚：鼓声。⑨轩：飞舞的样子。⑩“菁华”二句：尽情地歌舞娱乐之后，高高兴兴地离开。菁华：原指盛开的花，此处指歌舞尽兴。褰裳：提起下衣。去：离开。以上十二句为帝舜唱。

【赏析】

这是舜帝与其大臣的相和之歌。舜歌唱天下光明太平；大臣赞美舜集聚日月光华而聪明贤达；舜勉励大臣百姓要遵从日月星辰的运行、四时的迁移之序和国家的政教法令，以后要听从禹的领导。后面写歌舞娱乐的盛况。传说舜是歌舞能手，还发明了五弦琴。他所演唱的歌舞有神灵的福佑，圣贤百姓莫不愿意欣赏聆听。他们也跟着载歌载舞，直到尽兴而去。这也许是中国古代有着完整记载的第一组唱和诗，整组诗生动地描写了帝舜与大臣们欢乐和谐的情景，也表现了古代社会对帝王禅让的美好理想。

南风歌

南风之薰兮[①]，可以解吾民之愠兮[②]。南风之时兮[③]，可以阜吾民之财兮[④]。

【注释】

①薰（xūn）：和煦。②愠（yùn）：暑气。③时：及时。④阜（fù）：增加。

【赏析】

此篇写远古先民沐浴着南风，享受着南风带来的清凉和滋润时的情怀。实是先民在尧舜盛德的养育之下，对于幸福安康的生活的满意和对尧帝舜帝感恩之情的表达。

麦秀歌

麦秀渐渐兮[①]，禾黍油油[②]。彼狡童兮[③]，不与我好兮。

【注释】

①渐渐(jiān)：指(麦芒)渐渐长。②油油：

色泽光润的样子。③狡童：指纣王。

【赏析】

《麦秀歌》为箕子所作。箕子与殷纣王同姓，是殷商贵族，性耿直，有才能，在纣朝内任太师辅朝政。后纣愈奢靡，旦夕饮酒作乐而不理政。箕子屡谏纣不听。武王灭商建周后向箕子询治国之道，箕子不愿做周的顺民，带领遗老故旧东渡到朝鲜。后在朝周途中，见故都朝歌宫室毁坏荒凉，遍地野生麦黍，心甚伤之，欲哭则不可，欲泣则近于妇人，乃作《麦秀歌》，意为“你那时不听我劝，如今落得这般田地”。朝歌殷民听见，皆动容流涕。《麦秀歌》寥寥十数字，将亡国惨状和亡国原因和盘托出，凄凉悲惋，情感深切可爱。后人常以“麦秀”“黍离”来表示亡国之痛。

采薇歌①

登彼西山兮②，采其薇矣③，以暴易暴兮，不知其非矣④。神农、虞、夏忽焉没兮，我安适归矣⑤！于嗟徂兮，命之衰矣⑥。

【注释】

①司马迁《史记·伯夷列传》曰：“武王已平殷乱，天下宗周，而伯夷、叔齐耻之，义不食周粟，隐于首阳山，采薇而食之。及饿且死，作歌。”②西山：首阳山。③薇：野豌豆，嫩苗可食。④“以暴”两句：以武王之暴臣易殷纣之暴主，还不知这样做的错误。⑤“神农”两句：言神农、虞、夏禅让之道已湮没无存，如今暴臣暴主相争夺，无所依归。⑥于嗟（xū jiē）：感叹词。徂（cú）：往也，死也。此两句是说：今日饿死，亦是命衰运薄，不遇大道之时，以至忧虑而死。

【赏析】

伯夷、叔齐是商末孤竹君之二子。相传其父遗命要立次子叔齐为继承人。孤竹君死后，叔齐让位给伯夷，伯夷不受，叔齐也不愿登位，先后都逃到周国。周武王伐纣，二人叩马谏阻武王不要以暴易暴。武王灭商后，他们耻食周粟，采薇而食，饿死于首阳山。临终前唱出了这首歌，表现了生于乱世而不遇的怨恨和悲伤。

饭牛歌①

南山矸，白石烂②，生不逢尧与舜禅③。短布单衣适至骭④，从昏饭牛薄夜半⑤。长夜漫漫何时旦⑥？

【注释】

①饭：借为“贩”，贩卖。②矸（gàn）：山石白净的样子。烂：灿烂。以上两句以山石明丽灿烂，隐喻尧舜唯贤是用的盛世。③“生不”句：尧以天下为公，把帝位传给有才德的舜，此所谓“禅让”。这与后世帝王将帝位传给子孙不同。宁戚感伤生不逢时。④骭（gàn）：小腿。宁戚生活穷困，衣不蔽膝。⑤薄：至。⑥“长夜”句：以长夜漫漫比拟自己长久不遇，不知何时才能受到君主的重用。

【赏析】

相传此诗为春秋时宁戚所作。宁戚，春秋时卫国人，早年怀经世济民之才而不得志。他获悉齐桓公重人才，便决心投靠齐国，以便有一番作为。他不畏艰难来到临淄，自我推荐，击牛角高歌。这首歌表现了宁戚对尧舜盛世的向往以及空有壮志才能而无法施展的悲伤。宁戚最终得到齐桓公的重用，拜为大夫，后长期任齐国大司田，负责齐国的农业生产，帮助齐国迅速富裕起来，是齐桓公主要辅佐者之一。

去鲁歌

彼妇之口，可以出走。彼妇之谒①，可以死败。盖优哉游哉，维以卒岁②。

【注释】

①谒：进见。②维：语气助词，无意义。

【赏析】

春秋时，孔子杀死乱政的少正卯，在内政外交方面都有所作为，鲁国大治。齐国惧怕鲁国强大，送女乐、好马给鲁国执政者季桓子，季桓子从此耽于淫乐，不理朝政。孔子非常失望，带领部分弟子离开了鲁国，开始了长达十四年的周游列国的生涯。临走时，他以歌表白心声，后称孔子离开鲁国时所作的这首歌为“去鲁歌”。歌词大意是：那些妇人的口啊，可以把大臣赶走；亲近那些妇人啊，可以使国破家亡。好悠闲啊好悠闲，我只有这样安度岁月。歌曲表达了孔子内心对政局的无可奈何，而又对祖国的眷恋不舍的复杂情感。从此孔子思想也开始发生了变化，进入到“知天命”的阶段。

获麟歌

唐虞世兮麟凤游①，今非其时来何求！麟兮麟兮我心忧。

【注释】

①唐虞句：唐虞是指唐尧虞舜两位上古明君。麒麟凤凰都是瑞兽，相传只有圣明的君主在位时它们才会出现。所以说唐尧虞舜之世有麒麟凤凰巡游。

【赏析】

据典籍记载，周敬王三十九年春（哀公十四年），西狩于大野。叔孙氏家臣钼商获麟。折其左足，载以归。叔孙氏以为不祥，弃之郭外，使人告孔子曰：有麇而角者何也？孔子往观之曰：麟也，胡为乎来哉！反袂拭面，涕泣沾衿。叔孙氏闻之，然后取之。子贡问曰：夫子何泣也！孔子曰：麟之至为明王也，出非其时而见害，吾是以伤之。麒麟被视为仁兽、瑞兽，只在逢遇圣君盛世时才出现，而乱世出现麒麟并非好事，捕获它就更是不祥之兆了，孔子长叹哭泣，感叹自己不得其时，不能施行正道。“西狩获麟”事，《春秋》《左史》《史记》均有记载，但并未有孔子作的《获麟歌》，也未见他的学生记录此事。而《公羊传》杨士勋的注疏记孔子泣曰：“麟出而死，吾道穷矣！”于是作歌一首。

楚狂歌

凤兮凤兮①，何德之衰？往者不可谏②，来者犹可追③。已而已而，今之从政者殆而④。

【注释】

①凤：比喻圣者孔子。②谏：匡正。③追：补救。④已：止，算了。殆：危险。

【赏析】

这首歌出自《论语·微子》，楚国的狂人接舆唱着歌经过孔子的车前，唱道：“凤鸟啊，凤鸟啊，您的德行为什么这样衰微？过去的已经不能挽回，未来的还来得及改正。算了吧，算了吧，今天的从政人物也太危险了。”春秋时代礼崩乐坏，战争频繁，政治混乱。很多有学问的人看到时世太乱，难以挽救，便消极起来，采取了隐居避世的态度。楚国的狂人接舆就是代表。他看到一心想要恢复周代礼乐典章制度的孔子，就以歌唱的方式规劝孔子不要知其不可为而为之。

沧浪歌

沧浪之水清兮①，可以濯我缨②；沧浪之水浊兮，可以濯我足。

【注释】

①沧浪：水名，实指不详。②濯（zhuó）：洗涤。缨：系帽的丝带。古人重冠，故以清水濯之。《说文解字》："缨，冠系也。"

【赏析】

《楚辞·渔夫》："沧浪之水清兮，可以濯吾缨；沧浪之水浊兮，可以濯吾足。"隐喻人生在世应随波逐流才能尽其天年，所谓"举世皆浊我亦浊，众人皆醉我亦醉"。"沧浪之歌"复见于《孟子·离娄》，讲述孔子听孺子唱出沧浪之歌，便引之以告诫弟子，明白儒者自取（自由选择）之道。水清只是清水，水浊仅是浊流，濯缨濯足皆凭自决。

渔父歌

日月昭昭乎寝已驰，与子期乎芦之漪。日已夕兮，予心忧悲。月已驰兮，何不渡为！事寝急兮将奈何！芦中人，岂非穷士乎！

【赏析】

据《吴越春秋》记载，伍员（子胥）父兄被楚平王所杀，子胥过昭关，奔逃去吴，后有追兵。到了江边，见江中有渔父。子胥呼喊渔父，渔父先后吟唱上面的《渔父歌》。既渡过子胥，见其十分饥饿，告诉他：我为你取饭来！渔父走后，伍子胥生疑，躲到芦苇深处。渔父果然拿来饭食，并呼：芦中人，岂非穷士乎？子胥看得

真切，出来吃饱肚子后，解下价值百金的佩剑，欲赠予渔父，渔父不受。临行，子胥嘱咐渔父千万不要泄露自己的行踪！渔父应诺。子胥走了不远，听得身后有响声，回头一看，见渔父竟然翻船自沉！

越人歌

今夕何夕兮①，搴舟中流②？今日何日兮，得与王子同舟③？蒙羞被好兮④，不訾诟耻⑤。心几烦而不绝兮⑥，得知王子⑦。山有木兮木有枝，心说君兮君不知⑧！

【注释】

①夕：夜晚。《诗经·唐风·绸缪》：“今夕何夕？见此良人。”②搴（qiān）舟：划船。中流：河中。③王子：指鄂君子皙。④蒙羞：感到害羞。被好：遇到相好。⑤不訾：不计量。诟：责骂。以上两句是说：只要能与王子相好，我就不在乎别人的责骂耻笑。⑥“心几”句：心中几多忧烦不绝如缕。⑦得知王子：能被王子相知。⑧说：通“悦”，喜欢、爱慕。

【赏析】

西汉刘向《说苑·善说》记载，楚王母弟鄂君子皙泛舟河中，乘青翰之舟，张翠盖，钟鼓齐鸣。摇船的是一位越地的姑娘，她趁乐声暂停，便怀抱双桨，用越语唱了这首歌谣，表达了她对鄂君子皙真挚的爱慕之情。歌词清新委婉，一唱三叹，是越女心曲的自然流露，优美动人。谐音双关的运用，尤显得含蓄蕴藉。

易水歌

风萧萧兮易水寒①，壮士一去兮不复还②！

【注释】

①萧萧：疾风声。②壮士：荆轲自称。

【赏析】

荆轲是卫国人，后来到燕国，受到燕太子丹的礼遇，被称为荆卿。荆轲为报太子丹的知遇之恩，于公元前227年人秦刺杀秦王。临行时，“太子及宾客知其事者，皆白衣冠以送之。至易水上，既祖，取道。高渐离击筑，荆轲和而歌，为变徵之声，士皆垂泪涕泣，又前如歌曰：‘风萧萧兮易水寒，壮士一去兮不复还！’复为羽声慷慨，士皆瞋目，发尽上指冠。于是荆轲就车而去，终已不顾”。全诗慷慨悲壮，秋风萧萧、易水清寒的自然景物烘托渲染了荆轲英勇赴难的侠士本色和视死如归的献身精神。

候人歌[①]

候人兮猗[②]！

【注释】

①《吕氏春秋·音初》："禹行功，见涂山之女，禹未之遇而巡省南土。涂山氏之女乃令其妾候禹于涂山之阳，女乃作歌，歌曰'候人兮猗'，实始作为南音。周公及召公取风焉，以为'周南'、'召南'。"据此，这应该是我国现存的最早的歌谣之一。这首歌谣虽然只有短短一句，但那深情的呼唤表达了强烈的思念之情。从形式上看，有两个实词和两个语气词。这种句式对四言诗的形式有一定的影响。②候：等待。猗：语气词，同"兮"，两语气词重叠，表达了强烈的抒情语气。

楚人谣

楚虽三户，亡秦必楚。

【赏析】

此谣出自《史记·项羽本纪》，大意是说：楚国即使只剩三户人家，使秦朝灭亡的也一定是楚国。这话最终应验，陈胜、项羽、刘邦都是楚国人。"楚虽三户，亡秦必楚"后来常作为必胜信念的强烈表达。

大地之歌

履霜[①]，直方[②]，含章[③]。括囊[④]，黄裳[⑤]。龙战于野[⑥]，其血玄黄[⑦]。

【注释】

①履霜：踏着秋霜。②直方：大地平直方正，辽阔无际。直：平坦；方：古人以为天圆地方。③含章：大地多姿多彩。章：文采。④括囊：忙着系装满粮食的口袋，形容秋收的景象。括：结扎。囊：口袋。⑤黄裳：黄色的衣裳。⑥龙战于野：龙蛇在田野里厮斗。⑦玄黄：血淋漓貌。

【赏析】

《易经》保存了大量古代的歌谣。《易经》有六十四卦，每一卦有六爻，爻分为阳爻和阴爻。解释爻之意义的文辞叫爻辞。《易经》的爻辞多引用当时流行的歌谣。爻，先秦时代称作“繇”；“繇”的本字是“谣”，即歌谣。《易经》的成书年代不会晚于《诗经》，它所引的古歌当然时代更早。爻辞所引的歌谣以三言、四言为主，亦有二言、五言、七言等，已开始向《诗经》整齐的四言诗靠近。本诗引自《易经·坤》。这是一首描写秋天景色的大地之歌。诗的大意是：到了秋天霜降的季节，一眼望去大地坦荡无垠，丰收的田野里多姿多彩，人们忙着把丰收的果实装进口袋，大家都穿着黄色的衣裳。最后两句意在劝诫：秋天虽然是丰收季节，但如果不懂得把持收敛而是急功近利，最终会导致争斗的发生，就像两条龙在原野上撕咬，鲜血淋漓。

婚礼之歌

屯如①，邅如②。乘马③，班如④。匪寇⑤，婚媾⑥。乘马，班如。求婚媾，屯其膏⑦。乘马，班如。泣血⑧，涟如⑨。

【注释】

①屯如：艰难不前的样子。屯，艰难不前。如，通“然”。②邅如：回转不前的样子。邅，回转。③乘：四匹马驾的车。④班：通“盘”，指盘旋，徘徊。⑤匪寇：不是抢掠。⑥婚媾：婚姻。⑦屯其膏：盛满油脂，以作聘礼。屯，聚集。膏，油脂。⑧泣血：流泪。⑨涟如：泪流的样子。

【赏析】

本诗引自《易经·屯》。这是一首古老的婚礼歌谣。首先是描写婚礼的开端；接着是婚礼的发展，介绍求婚的聘礼；最后进入高潮，新娘离家时啼哭不止，泪流满面，悲喜交集。

战斗之歌

同人于野①，同人于门②，同人于宗③。伏戎于莽④，升其高陵⑤，三岁不兴⑥。乘其墉⑦，弗克攻⑧。同人先号咷⑨，而后笑：大师克相遇⑩。同人于郊⑪。

【注释】

①同人于野：聚合族人于野外。同，聚合。②门：城门。③宗：宗庙。以上三句记叙了聚合族人的三个阶段：由散居乡野的族人分别聚合，再集结于城门，最后集合于宗庙而受命于先祖。④伏戎于莽：把军队埋伏在草莽丛林之中。戎，军队。⑤升其高陵：登上高地，占据有利的形势。升，登。⑥三岁不兴：战斗相持数年。三岁，数年。兴，起。⑦乘其墉：登上那城墙。墉，城墙。⑧弗克攻，没有人能攻取。克，能。⑨同人先号啕：众将士起初啼哭，因为战斗不利。⑩大师克相遇：众军终能抵御敌人。遇，抵挡。⑪同人于郊：会师郊外。

【赏析】

出自《易经·同人》。这是一首战斗之歌。其叙事的清晰完整是令人惊异的：首先概略记叙了集结军队的三个阶段，然后着重描述了战争的过程。这首诗表现了战士们敢于抗击来犯之敌的勇气，歌颂了他们坚强不屈的斗争精神。句式整齐，音韵和谐，是《易经》中不可多得的表现战争题材的杰作。

箕子之歌

明夷于飞①，垂其翼②。君子于行③，三日不食④。

【注释】

①明：通“鸣”，鸣叫。夷：通“雉”，山鸡。于：动词词头，无实义。②垂其翼：鸣雉低垂着翅膀，这是形容鸣雉的疲乏无力。③君子：指纣之叔父箕子。行：出走，离去。④不食：箕子不食纣王俸禄，指不与暴君合作。

【赏析】

此歌出自《易经·明夷》。据黄玉顺《易经古歌考释》，这是箕子射猎雉鸡之歌。箕子是殷纣王的叔父，纣王无道，箕子苦心劝谏，纣王不听，反而要迫害箕子，箕子无奈装疯避世，周朝建立后武王曾向他咨询治国方略。这是一首表现箕子出淤泥而不染、独善其身的歌谣。诗歌运用比兴的手法，含义隐约含蓄，余味不尽。

第二篇

最美是诗经

《诗经》被誉为“世界最美的书”，这部记载着周朝到春秋时期长达五百多年岁月的诗歌总集，在历史的长河中流淌而至，满载着远古意蕴，袅袅娜娜地走来。远古的和风拂过心灵，送来穿越千年依然至美的风景，在喧嚣的世界里，涤荡出清澈的乐感。其言辞是一幅幅质朴淡雅的国画中最美的注脚，凉夜、桑园、纤草、幽虫，莫不失古朴的意蕴。《诗经》的艺术形象，清纯简约，没有任何粉饰，却深深烙印在人的心里。

周南

关雎

关关雎鸠[①]，在河之洲。
窈窕淑女，君子好逑[②]。
参差荇菜[③]，左右流之[④]。
窈窕淑女，寤寐求之[⑤]。
求之不得，寤寐思服[⑥]。
悠哉悠哉，辗转反侧。
参差荇菜，左右采之。
窈窕淑女，琴瑟友之。
参差荇菜，左右芼之[⑦]。
窈窕淑女，钟鼓乐之。

【注释】

①关关：鸟鸣声。雎鸠：一种鸟。相传此鸟情意专一，生死相伴。②逑：配偶。③荇菜：一种水草。④流：求。⑤寤寐：醒来和入睡。⑥思服：思念。⑦芼：摘取。

【赏析】

这首《关雎》是诗三百中最著名的一首，诗的内容很单纯，描写了君子对淑女的爱慕之情，以及追求不得的苦恼与哀愁。古时被认为是歌颂“后妃之德”的，但后人一般视其为周秦爱情诗的典范。

关关和鸣的水鸟，相伴栖居在河中沙洲。那善良美丽的姑娘，是君子的好配偶。在船左右两边捞那长短不齐的荇菜。那善良美丽的姑娘，醒来睡去都想追求她。思念追求却没法得到，深深长长的思念啊，让人翻来覆去难以睡下……

在盈耳的鸟鸣声中，我们似乎不经

意跨越了两千多年的历史，来到这片长满荇菜的沙洲，观望到两千多年前的淑女与君子的绵绵爱情。“关关雎鸠，在河之洲。”田野之中，空气清新，雎鸠和鸣，河水微澜，古朴单纯的情愫就以这样的暖色调渐渐氤氲开来。河岸之上，徘徊的小伙子对着河心发呆。密密麻麻的荇菜如翠玉凝成，青青成荫，它们的茎须在流水的冲刷下参差不齐。涟漪缠绵，那个勤劳美丽的姑娘已经闯进他的心怀。姑娘穿着和荇菜一样色泽的罗布裙子，在水边采摘青青的荇菜。荇菜上开着黄色的小花，和姑娘一样自然、美好。夜深的时候，“求之不得”的思念与忧愁令他辗转反侧，不能入眠。

在先秦时期，各地都有民谣，或者叫风。《诗经》中的“风”的意思就是各地的民歌，当时有专门的采集者到各地去收集歌曲。《汉书·食货志》中就有明确的记载：农忙时，周朝廷就派出专门的王官（采诗官）到全国各地去采集民谣，目的是了解民情。

从《关雎》可以看出，先秦之时，情窦初开的青年男女相思之情坦率，毫不掩饰自己的愿望。在面对真爱时，现代人相对古人来说有时反而少了那份勇敢。“窈窕淑女，琴瑟友之。”这也成为历代相互倾慕的青年男女表达内心感情的一种方式，众所周知的就有司马相如与卓文君的千古佳话，司马相如在卓府的一曲《凤求凰》换来了卓文君跟随相如私奔。

《关雎》的美妙，不仅美在窈窕，美在寤寐思服、辗转反侧的相思想念，美在琴瑟友之、钟鼓乐之的希望，更美在最初时候的那份在河之洲、左右流之的不可得。“文似看山不喜平”，《关雎》有这段“不得”，整首诗一下子鲜活丰富起来。

现代著名作家沈从文说美都是散发着淡淡的哀愁。《关雎》所体现出来的美天生带了一份哀愁，淳朴而高贵。

葛覃

葛之覃兮①，施于中谷②，维叶萋萋③。
黄鸟于飞④，集于灌木⑤，其鸣喈喈⑥。
葛之覃兮，施于中谷，维叶莫莫⑦。
是刈是濩⑧，为絺为绤⑨，服之无斁⑩。
言告师氏，言告言归。薄污我私，
薄澣我衣⑪。害浣害否⑫？归宁父母⑬。

【注释】

①葛：麻，又叫夏布。覃（tán）：长，延长。②施（yì）：蔓延。③萋萋：茂盛。④黄鸟：

黄雀。⑤集：栖止。⑥喈喈（jiē）：鸟鸣声。⑦莫莫：茂盛的样子。⑧濩（huò）：热水煮物，即将葛放入水中煮。⑨絺（chī）：细葛布。绤（xì）：粗葛布。⑩斁（yì）：厌。⑪澣：洗涤。⑫害：通“曷”，何。⑬归宁：回家安慰父母。

【赏析】

《毛诗序》中认为这首诗是赞美后妃美德的，后妃出嫁前“志在女工之事，躬俭节用，服澣濯之衣，尊敬师傅”，就是为天下的妇女做个好榜样，大家跟着学，达到教化目的。但我们更愿意相信诗中这位欢乐劳作的女子来自民间。关于这首诗的理解，没有比余冠英先生的释义更清澈更让人动心的了：葛藤枝叶长又长，嫩绿叶子多又壮。收割水煮活儿忙，细布粗布分两样，做成新衣常年穿。女子的劳作并不稀奇，《诗经》中的劳作处处可见，劳作与风雅相结合才是风景。

孔子曾说过，《葛覃》唱的是先民最初的志向，看见美好的事物溯本思源，穿上衣服想起辛勤劳作的女子，这是人人都有的朴素情感。作为男人，穿上“她”用心制成的衣裳，不管是一件貂皮大衣，还是一件简单的粗布衣服，那种直抵人心的温暖就是一股无法替代的力量。

先秦女子朴素的劳作一直流传，即使是贵族女子，在出嫁之前也须“十年不出……学女事，以共衣服”。葛布粗裳的简单生活虽然没有丝绸般的光彩和华美，却是柔软坚韧，悠远绵长。

“葛之覃兮，施于中谷，维叶萋萋。黄鸟于飞，集于灌木，其鸣喈喈。”寥寥数语，便是一种境界，数千年后，劳作者在葛藤间的歌唱，依然悦耳动听。连以古板著称的经学家们也认为，《葛覃》中是以葛藤来比喻女子的缠绵柔情，以葛叶来比喻女子容颜美貌，以黄雀的歌唱比喻女子的纯真与欢乐。

卷　耳

采采卷耳①，不盈顷筐②。
嗟我怀人，寘彼周行③。
陟彼崔嵬④，我马虺隤⑤。
我姑酌彼金罍⑥，维以不永怀。
陟彼高冈，我马玄黄⑦。
我姑酌彼兕觥⑧，维以不永伤⑨。
陟彼砠矣，我马瘏矣⑩。
我仆痡矣，云何吁矣！

【注释】

①卷耳：苍耳的古名，其果实上布满小刺叶子。②顷筐：斜口浅筐，前低后高，也就是如今的畚箕。③寘：同“置”。周行：大道。④陟：登高。崔嵬：山高不平。⑤虺隤：疲极而病。⑥罍：一种盛酒器皿。⑦玄黄：马过劳而眼花。⑧兕觥（sì gōng）：一种饮酒器。⑨永伤：长久思念。⑩瘏：马因疲劳生病。

【赏析】

卷耳本来普通到山间田头随处可见，但诗人含情脉脉地把它表述成为有情之物——卷耳漫山遍野，对远方的人的思念也蔓延无边。

本诗的大意是讲女子正在采摘卷耳，她把采到的卷耳放进自己身后的筐中，采了很久，仍然没有满筐。女子思念起远行的丈夫，显得有些心不在焉，于是放下筐子，在路边眺望起远方的人。一男子艰难地走在征途古道上，那场景可以说得上悲怆。仆夫病倒，马儿也将要倒下，男子姑且喝尽杯中之酒，来消解难耐的思念，长路漫漫，该怎么办？要是这杯中之酒不能够浇灭人的思念，那么真想换上更大的犀角觥，因为这悲怆铺天盖地而来，这长久的思念，无以释怀！

历代不乏表达相思之情的诗作，“明月楼高休独倚，酒入愁肠，化作相思泪”，“不耐相思酒消愁”，“髻子伤春慵更梳，晚风庭院落梅初，淡云来往月疏疏”。因为不得不分开，因为无法厮守，于是忧愁倍生。

这首《卷耳》已成为不朽的怀人佳作，后来很多文人墨客都根据它作怀人诗，当我们吟咏徐陵的《关山月》、张仲素的《春闺思》、杜甫的《月夜》、王维的《九月九日忆山东兄弟》、元好问的《客意》等表达离愁别绪、叙写怀人思乡之情的名篇时，都可隐约回味起《卷耳》的意境。

桃　夭

桃之夭夭①，灼灼其华②。
之子于归③，宜其室家④。
桃之夭夭，有蕡其实⑤。
之子于归，宜其家室。
桃之夭夭，其叶蓁蓁⑥。
之子于归，宜其家人。

【注释】

①夭夭：桃树含苞欲放的样子。②灼灼：指桃花盛开色彩鲜明的样子。华：即花。③之子

于归：这位出嫁的姑娘。④宜：和顺。室家：夫妇，现多指家庭。⑤蕡（fén）：肥大。⑥蓁蓁：叶子繁茂的样子。

【赏析】

桃树茂盛美如画，花儿朵朵正鲜美。这位花一样的女子要出嫁，祝福你建立一个和美的家！

桃树茂盛美如画，果实累累结满枝。这位花一样的女子要出嫁，祝福你建立一个和美的家！

桃树茂盛美如画，绿叶茂盛展光华。这位花一样的女子要出嫁，祝福你建立一个幸福的家！

《诗经》里的爱情诗很多，300篇里大约占了1/4的数量。《毛诗序》旧说这首《桃夭》是“后妃之所至”，但我们宁可相信《桃夭》本来就是一篇寻常女子出嫁的贺诗。

“桃之夭夭，灼灼其华。”“夭夭”一般来说是美丽的意思，是专门用来形容桃花的。许多爱情诗歌都充满惘然惆怅，薄命红颜一般，但是《桃夭》的欢快喜庆却让人不由自主地受到感染。一个女人在她最美的时候出嫁，让要娶她的男子不惜翻山越岭，不惧迢迢前路，把自己的命运同她的拴在一起，是一份对美的交代，还是一种对美的颂扬呢？也许是二者都有吧。

古代的嫁女并不简单，据《礼记·昏义》记载，古代女子出嫁前3个月，须在宗室进行一次教育：“教以妇德、妇言、妇容、妇功。教成祭之，牲用鱼，芼之以蘋藻，所以成妇顺也。”之后选择日子，女子出嫁的日子自然是在桃花盛开的季节，那摇曳多姿的桃枝之上，桃花似新娘的脸，鲜嫩、青春、妖娆，甚至闭上眼睛，依稀可见“绿叶成荫子满枝”的幸福日子。

那时的人们葛布粗裳，却创造出最朴素最简单的美好诗歌，桃花自此便与女人联系在一起，走进后世的文人骚客的文字里，真可谓源远流长。崔护因口渴推开一扇门，门内，三两株桃花盛开，“人面桃花相映红”，而旧地重游之时，“人面不知何处去，桃花依旧笑春风”。孔尚任剧中李香君的桃花扇，点点鲜血被纤手妙思幻成了桃花的模样。还有曹雪芹笔下那伤情的黛玉手持花锄，泪雨纷飞，“桃花帘外开仍旧，帘中人比桃花瘦。花解怜人花也愁，隔帘消息风吹透”。不过，它们都没有《桃夭》中的吉祥之意。

芣 苢

采采芣苢，薄言采之①。
采采芣苢，薄言有之。
采采芣苢，薄言掇之。
采采芣苢，薄言捋之。
采采芣苢，薄言袺之②。
采采芣苢，薄言襭之③。

【注释】

①芣苢（fú yǐ）：植物名，即车前草。薄言：发语词，无实义。②袺（jié）：提起衣襟兜东西。③襭（xié）：把衣襟插在腰带上放东西。

【赏析】

这首诗中，多数词语几乎不变，巧就巧在那变了的几个动词，一幅生动的画面便于眼前自然展开——春天的郊野，微风吹拂，三五个农妇，手挽着竹篮，采摘车前子，有的手捋草籽，有的用裙子兜着采好的药草，采得多的，索性把裙角系上腰间……轻快的动作配合着劳动间的闲谈，对唱着歌曲，又有美好的天气相伴。这样的生活虽和繁华奢侈毫不相干，却是人人心中都向往的画面。

诗中所体现的这种把劳作当成乐趣的生活真谛，绝非多数人能做得到的。也许是先秦之时，生活简单纯朴没有太多的琐碎与繁杂，才会使单调劳动中的乏味被驱散，在采摘果实的过程中，体验劳动的快乐，在自己的歌声里，听到远古的神秘，与大自然融合在一起，产生一种亲切与归属感。有了劳动，就会有收获，有了收获，便会有更大的快乐，当时的人们有着如此纯粹的体验和满足，使得整个劳作的过程都是快乐的，这持久的快乐变得简单而自然。

后世有一首《江南可采莲》，风格与此诗几乎一样，诗道："江南可采莲，莲叶何田田。鱼戏莲叶间，鱼戏莲叶东。鱼戏莲叶西，鱼戏莲叶南，鱼戏莲叶北。"清浅简单，却又活泼可爱。越是简单，越是容易欢喜，就像《芣苢 》中展示的一样，有着单纯的愿望，唱着快乐的歌，把车前子采摘下来，用粗布衣裳把它们兜回去，漫步自然，聆听美好。

采了又采车前子，采呀快去采了来。
采了又采车前子，采呀快快采起来。
采了又采车前子，一枝一枝拾起来。
采了又采车前子，一把一把捋下来。

采了又采车前子，提着衣襟兜起来。

采了又采车前子，别好衣襟兜回来。

这劳作的歌声，清新爽利而没有繁文缛节，如方玉润在《诗经原始》中所说的："想必每到春天，就有成群的妇女，在那平原旷野之上，风和日丽之中，欢欢喜喜地采着它的嫩叶，一边唱着那'采采芣苢'的歌儿。那真是令人心旷神怡的情景。"生活虽是艰难的事情，却总有许多快乐在这艰难之中。

汉　广

南有乔木，不可休思[①]。
汉有游女[②]，不可求思。
汉之广矣，不可泳思。
江之永矣[③]，不可方思[④]。
翘翘错薪[⑤]，言刈其楚[⑥]。
之子于归，言秣其马。
汉之广矣，不可泳思。
江之永矣，不可方思。
翘翘错薪，言刈其蒌[⑦]。
之子于归，言秣其驹。
汉之广矣，不可泳思。
江之永矣，不可方思。

【注释】

①思：语气助词，无实义。②汉：汉水，长江最长的支流。游女：汉水岸上出游的女子。③江：长江。④方：坐筏渡江。⑤翘翘：高出的样子。错薪：丛生的柴草。⑥楚：荆条，一种灌木。⑦蒌：蒌蒿，一种生于水边的草。

【赏析】

"南有乔木，不可休思。汉有游女，不可求思。"南方有高大的乔木，却不能够在它下面歇息，汉水边有心仪的女子，却不能够追求。高大的树木，郁郁葱葱，树荫满地，应该是很好的倚靠，为何不可以去乘凉？只因它不是自己的。同样，对面那美丽的女子，樵夫与她有着不可逾越的鸿沟与距离。眼前的这道汉水，其实就是世界上最远的距离……

《汉广》中，樵夫情意满腔，却无力自拔，只能对水兴叹。他一边挥着斧子砍断荆棘，一边痴想着对岸的美丽女子，不时叹息数声。这一份淡淡的忧伤，这一份深沉的痴情，和着空中的长风与岸边的水草，让人毫无防备地跌落进先民丰富的情感世界，为他叹息，为他忧伤。

年轻的樵夫徘徊在高大的乔木树旁，想着江水对面的美丽女子：这条江，我游不过去。

唐代诗人崔仲容有一首《赠所思》："所居幸接邻，相见不相亲。一似云间月，何殊镜里人。丹诚空有梦，肠断不禁春。愿作梁间燕，无由变此身。"即使是每天都能够见到的邻家女子，终是镜花水月，有越不过去的"汉水"，还是希望能够化为一只春燕，围绕在对方的屋梁上下飞舞，可是这一点是无法做到的，无边无际的相思，绵延悠长，就像诗中所说"江之永矣，不可方思"。

《诗经》中有很多描写可见而不可求之事物的篇章，比较出色的有《关雎》《汉广》《蒹葭》等。区别开来就是《关雎》热烈直白，《蒹葭》缥缈迷离，而《汉广》所体现出来的感情更为真挚，淳朴动人。

召　南

鹊　巢

维鹊有巢[①]，维鸠居之[②]。
之子于归[③]，百两御之[④]。
维鹊有巢，维鸠方之[⑤]。
之子于归，百两将之[⑥]。
维鹊有巢，维鸠盈之。
之子于归，百两成之。

【注释】

①维：助词，无实义。鹊：喜鹊。②鸠：鸤鸠，即布谷鸟。③归：嫁。④百：指数量多。御：同“迓”，迎接。⑤方：占据。⑥将：送走。

【赏析】

冬天过去，天气渐渐暖和，小麦疯长，桃花盛放，在这段比较清闲的日子里，先民们都会忙着办一些喜庆的事情，比如婚娶。

喜鹊树上搭个窝，斑鸠来住它的家，这个女子今出嫁，百辆彩车迎接她。

喜鹊树上搭个窝，斑鸠来住它的家，这个女子今出嫁，百辆彩车陪送她。

喜鹊树上搭个窝，斑鸠挤满它的家，这个女子今出嫁，吹吹打打成婚啦！

《鹊巢》中的弃妇（以喜鹊喻之）就如同一株桑树，茂盛的绿叶似青春年华时的满头青丝，在整日的劳作中渐渐地变为苍白，岁月让她的容颜老去，家族一天天兴盛与富足。然而丈夫再也不会站在她的身后，在她低眉的羞怯里把她抱起。她总是被冷淡，总是被责怪，有时候还被呵斥，曾经的亲切与山盟海誓也如风而去，剩下的只有回忆与痛苦。

这世界上很多事情是无能为力的，所以，当女人无限沧桑地看着自己丈夫的迎亲队伍时，没有做出出格的举动，只是微笑面对，那曾经夜夜来袭的疼痛，终于在岁月的深处麻木了。女人不去追求所谓的公平，其实她明白她被遗弃的根本原因——寒微的她和阔绰的新娘，实在是无法相提并论。

《鹊巢》中，女方陪送的彩车和男方迎亲的彩车会合在一起，形成了壮观的场面。对新人双方来说，对观看的众多人来说，都是喜庆欢乐的。当新人的背影消失，旧人付出过的、得到过的、笑过哭过的昨日全部被抹去，人群散去，她剩下的只有孤单和凄楚，有什么比这更让人哀伤的呢？《鹊巢》中，女人用勤劳的双手辛苦搭建的温暖巢穴已经拱手让人，在后人看来，这无异于对封建时代男权的控诉。

采　蘩

于以采蘩[①]，于沼于沚[②]；

于以用之，公侯之事[③]。

于以采蘩，于涧之中；

于以用之，公侯之宫[④]。

被之僮僮[⑤]，夙夜在公[⑥]；

被之祁祁[⑦]，薄言还归。

【注释】

①于以：往哪儿。蘩（fán）：白蒿。②沚（zhǐ）：水中小洲。③事：指祭祀。④宫：大房子。⑤被（bì）：假发。僮僮（tóng）：发饰盛貌。⑥夙：早。公：公庙。⑦祁祁（qí）：发饰疏散的样子。

【赏析】

在哪里采摘白蒿呢？那边的水池和沙洲。采摘白蒿有什么用呢？主公的宫里面祭祖用的。

在哪里采摘白蒿呢？那边溪涧的水中。采摘白蒿有什么用呢？给公侯祭宗庙用的。

她们梳妆整齐，早早去为参加祭礼做准备。她们打扮得很漂亮，匆匆忙忙地回到家里忙其他事情。

《采蘩》直白又干脆的表达，活泼可爱的话语，比那些宫怨诗要豁达得多。看到这里，一群漂亮又勤劳的宫女就站在了面前。

蘩，即生活中常见的白蒿，是一种水草，古人认为它可以辟邪，并用来祭祀表达哀思。采摘花草这种劳动在女子看来应该是一件快乐的事。在劳作中，身体置于大自然之中，与美景的融合能使身心得到全部的放松，放声歌唱的事情常在，翩翩起舞的事情不断。这样说来，大自然给予先民的不仅仅是清清的溪流与绿色的原野，也不仅仅是竹篮中的收获，更多的是接近泥土与河水带来的心灵放松，那种深入每个毛孔的喜悦感。

祭祀的庄重与劳动的轻快在这里得到对比，在简单的采摘中得到收获，得出人生的意义——女子所做出的贡献与力量，尽管微不足道，但也至关重要。采了满满一篮的白蒿，爱惜地摆放整齐，然后，宫女坐下来，细细梳妆，追求一种自己认为的美好。这既是一个女子对美的自然追溯，更是对参加祭祖活动的重视。

远古的祭祀，实际上是一种教化，因为祭祀的对象包括祖先、天地、神灵等。祭祀于无声中教育大家敬畏并膜拜祖先、天地、神灵等，从而在实际的生活中形成安居乐业、尊重国君、孝顺父母的优良传统，使社会太平无事。

其实，《诗经》中大多数篇章都有教化的意义，《诗经》的妙处也许就在于此。“《诗》可以兴”，《诗经》移风易俗的教化作用，看来并非夸张。

祭礼应该是冗长而烦琐，参加的人早早就到位，更不要说为此准备食物、礼仪、祭祀品的宫女们了，她们更早一步去忙碌。祭祀的过程中，她们也始终在忙碌，穿梭在所有需要的地方，留下美丽的背影，尽管身体劳累，但在祭祀的庄重场合下她们在脸上写满内心的安宁。这些单纯的宫女不去追求宠爱，不去追逐繁华，不去追捕利益，只是简单地生活，等到祭祀终于结束的时候，她们又忙着收拾场地，忙着卸掉梳妆，忙着准备随之而来的其他事情……有颗敬畏的心，她们安心愉快地采蘩，无所怨尤。

草　虫

喓喓草虫[①]，趯趯阜螽[②]。
未见君子，忧心忡忡。
亦既见止[③]，亦既觏止[④]，我心则降。
陟彼南山，言采其蕨[⑤]。
未见君子，忧心惙惙[⑥]。
亦既见止，亦既觏止，我心则说。
陟彼南山，言采其薇[⑦]。
未见君子，我心伤悲。
亦既见止，亦既觏止，我心则夷。

【注释】

①喓(yāo)：虫鸣声。草虫：蝈蝈。②趯趯(tì)：昆虫跳跃的样子。阜螽：一种蝗虫。③止：之，他。④觏(gòu)：遇。⑤蕨：蕨菜，嫩叶可食用。⑥惙(chuò)：忧愁的样子。⑦薇：巢菜，一种草本植物。

【赏析】

《毛诗序》认为这首诗是“托男女情以写君臣念说”，是臣子对君王的忠诚与怀念等，但后人把它理解成一首描述女人思念在外丈夫的诗。诗歌用起兴的手法，从草虫展开：

“草丛里的蝈蝈不停鸣叫，不时还会有几只蚱蜢蹦过。思念起想见却久未见的人，我怎能不忧心忡忡呢？要是我真的能够见到他，我的心才会降落下来，才会平静下来。登上高高的南山，来采摘蕨菜，见不到那个我想见的人，心里很不是滋味，又愁又烦无处宣泄。要是我真的能够见到他，我的思念才会停止片刻，我才会高兴异常。登上高高的南山，来采摘薇菜，见不到那个我想见的人，心里如此的悲伤。要是我真的能够见到他，我灼伤一般的心才能舒畅，我才能得以放心。”

秋天本来就是一个伤感的季节，当虫子消溺、草木枯萎，寒冬将至，无疑将是最容易思家和思归的时候。远行的人啊，你在远方是否能将我想起？帘卷秋风，人比黄花瘦。你身边凋零的花朵，你看见了吗？那也是我憔悴的容颜。

在《草虫》里，本该是和煦宁静的春日，草长莺飞，卉木萋萋，蝈蝈在暗处弹琴，蚱蜢不时跳出来撒野。但在生机勃勃的季节里，周围的热闹与她无关，她的心里是哀伤的，她的眼里是灰暗的，只有她思念的那个君子，才是她全部的热闹和风景，只有见到他，她才能是季节的热闹中笑靥如花的另一种风情。

采　蘋

于以采蘋①？南涧之滨。
于以采藻？于彼行潦②。
于以盛之？维筐及筥③。
于以湘之④？维锜及釜⑤。
于以奠之？宗室牖下。
谁其尸之？有齐季女⑥。

【注释】

①蘋：浮萍，水草名。②行潦（háng lǎo）：沟中积水。③筥（jǔ）：圆形的竹筐。④湘：烹煮。⑤锜：三角锅。釜：无足锅。⑥齐：同“斋”，恭敬的样子。季：排行第四。

【赏析】

诗中采集萍藻来做祭品的是位待嫁的少女，她的名字叫季女，或者那只是对一个女子的美称，其实这些都已经不再重要了，重要的是待嫁少女的美与纯洁，那种懵懂的感觉。草木溪石，五谷农桑，春夏交替，一切都清新无比，世事在她的眼中还有待进展，她似一幅还未画出的画，期待一切。只听她问道：

“哪里可以采摘到绿萍？就在南边山麓溪水滨。哪里可以采摘到绿藻？就在清水塘那的浅水沟。用什么来装绿萍藻？有那圆篓和方筐。用什么煮鲜萍藻？有那锅和釜。何处安放这些祭品呢？祠堂那边窗户底下。这次谁来敬神祭祖呢？待嫁季女恭敬又虔诚。”

在周秦时代，浮萍有着特殊的意义。宋代学者王质在《诗总闻》中说萍藻“脱根于水，至洁”。不过后世的浮萍，意义发生变化，因为无根，最容易让人想起漂泊，所以在历来诗人的笔下，被称为飘萍。

浮萍生于水中，长于水中，连根都在水中浸泡，远离不洁净的土壤，因此被当作最干净最纯洁的，以至于我们的先祖都愿意拿它们做祭品祭奠先人。而千年前的纯洁感觉，也只有水中那“至洁”的萍藻才能够与之媲美，因此诞生了这首优美的诗歌。

这首《采蘋》里的季女即将出嫁了，她的心里充满了期待和憧憬。这些采集来的普通的祭品和烦琐的礼仪，都蕴含着当时人们的寄托和希冀，因而围绕着祭祀的一切活动都无比虔诚、圣洁、庄重。采蘋、盛之、湘之、奠之、尸之，一个至洁的待嫁少女完成了她生命中这次最重要的过程。在这之后，她一切都准备完毕，可以出嫁了，此刻她成为这个季节中最耀眼的花，等待着被采摘。

甘　棠

蔽芾甘棠[①]，勿翦勿伐[②]，召伯所茇[③]。
蔽芾甘棠，勿翦勿败，召伯所憩。
蔽芾甘棠，勿翦勿拜[④]，召伯所说[⑤]。

【注释】

①蔽芾(fèi)：树木高大繁茂的样子。甘棠：杜梨，一种形态高大的落叶乔木。②翦：同“剪”。③召（shào）伯：即召公。茇：草舍，这里指居住。④拜：拔。⑤说：同“税”，息止。

【赏析】

先秦或者更早时候的人们大多开口就能唱出美丽的歌谣。《诗经》中最为精彩的《国风》部分，就是我们的祖先当年在田间地头劳动时随口唱出来的。这些歌唱里有对爱情、劳动、美好生活的吟唱，也有怀故土、思征人及对压迫、欺凌的怨叹与愤怒，也有对好的领导者的歌颂，这首《甘棠》就是其中之一。

《甘棠》中说的召伯就是召公，作为周文王的庶子，他在周武王平定天下之后被封在陕右。武王去世之后，他与周公一起协助年幼的成王治理国家，当时他主张实行德政，时常会出巡在民间，为百姓解决实际的困难。每次外出，他从来不去扰民，住也自己解决，他经常在高大的甘棠旁搭建草屋，百姓有什么冤情也就都在甘棠树下被解决，召伯受到了百姓的爱戴。后来他曾经建过草屋的甘棠也被爱惜地保护起来，百姓甚至不忍去修剪，淳朴的劳动人民当然不会忘记他，写了诗歌来歌颂他。他们唱道：

“郁郁葱葱棠梨树，请不要剪割不要砍伐，因为那曾经是召伯的居住处。郁郁葱葱棠梨树，请不要剪割不要毁坏，因为那曾经是召伯的休憩处。郁郁葱葱棠梨树，请不要剪割不要跪拜，因为那曾经是召伯的解脱处。”

对统治者来说，能得到人民如此的拥戴，将是多么大的欣慰。人一生的记忆有着一定的容量，当一切都最终老去，一切都被时间洗刷干净的时候，谁还能属于谁，谁还能记得谁？而召伯却在这简约的诗经文字中，被永久地铭刻下来。

诗歌本来就是萌生于社会大众的最私人、最朴素、最原始、最难以剥夺的艺术样式，而这些民间的声音之所以流传下来，是和采诗官的劳动分不开的。

唐代诗人白居易曾写了一首关于采诗官的诗歌：“采诗官，采诗听歌导人言。言者无罪闻者诫，下流上通上下泰。周灭秦兴至隋氏，十代采诗官不置。郊庙登歌赞君美，乐府艳词悦君意。若求兴谕规刺言，万句千章无一字。不是章句无规刺，渐及朝廷绝讽议。诤臣杜口为冗员，谏鼓高悬作虚器。一人负扆常端默，百辟入门两自媚。夕郎所贺皆德音，春官每奏唯祥瑞。君之堂兮千里远，君之门兮九重闭。君耳唯闻堂上言，君眼不见门前事。贪吏害民无所忌，奸臣蔽君无所畏。君不见厉王胡亥之末年，群臣有利君无利。君兮君兮愿听此，欲开壅蔽达人情，先向歌诗求讽刺。”

采诗而保存下来的古典诗歌集中在《诗经》当中，尤其是《国风》中，它在中国古典诗歌的发展和贡献上极为突出。

摽有梅

摽有梅①，其实七兮。
求我庶士，迨其吉兮②。
摽有梅，其实三兮。
求我庶士，迨其今兮。
摽有梅，顷筐塈之③。
求我庶士，迨其谓之。

【注释】

①摽（biào）：坠落。有：助词，无实义。②迨：趁。③塈（jì）：取。

【赏析】

《摽有梅》是《召南》中具有代表性的诗，比恢宏壮丽的《周南》灵活有余，不时有口语点缀，似我们日常的对话，更加体现出当时的民风。

“梅子落地纷纷，树上还留七成。有心求我的小伙子，请不要耽误良辰。梅子落地纷纷，枝头只剩三成。有心求我的小伙子，到今儿切莫再等。梅子纷纷落地，收拾要用簸箕。有心求我的小伙子，快开口莫再迟疑。”

《摽有梅》运用比喻的手法，直白有趣。诗中的“七兮”和“三兮”都是虚指，七及其往上表示的是很多的意思，三及其往下就是很少。所以，在最前边的两句中说的意思就是，快去摘那些梅子吧，你看果子还有七成，还比较多，还可以多挑挑，你们这些小伙要是喜欢我的话，快去挑黄道吉日来求婚吧。

诗中的这个女孩子很聪明，可爱伶俐，她将自己比成杨梅，请小伙子们采摘，是对爱情直白大胆的表达。

随着梅子树上的果实渐渐掉落，身边的闺中密友也一个个陆续嫁掉，女子的心有点急切了，于是接下来唱出的日子数目就变少了：由“七”减到“三”——树上的梅子可就只剩下三成了，要来下聘礼今日也好，要是你不下，明天人家来迎娶了也说不定，到那时候你后悔可就来不及啦。女子的心确实有些急切了，梅子落地，眼看婚期将尽，怎能不急？

诗中女子毫不掩饰自己对爱情的渴求，大胆用语言表达出来，情感炙热。女性在内心深处对情感寄托的欲求是最真实的，所以对《摽有梅》的女主人公，人们一直给予讴歌与称赞。

据史记载，春秋时期晋国人范宣子来到鲁国，想请国君帮助晋国伐郑，却又猜不透鲁君的时候，就吟了这一段：“摽有梅，其实七兮。求我庶士，迨其吉兮。”将诗歌运用到政治上，范宣子既表达了请求的意思，又给两国双方留下回旋的余地。鲁君是个明白人，听了以后，也吟诵了一段诗《小雅·角弓》：“骍骍角弓，翩其反矣。兄弟婚姻，无胥远矣。”意思是说，弯弓的弦线要时常调整，兄弟亲戚之间，也要时常叙叙旧，要不然关系都远了。言下之意是，我们两国是亲戚关系啊，彼此的事不分，我同意帮你们打郑国。诗的政治作用由此可见一斑。

与这首诗歌要表达的意思相近的是唐朝杜秋娘的《金缕衣》：“劝君莫惜金缕衣，劝君惜取少年时。花开堪折直须折，莫待无花空折枝。”诗中用鲜花来指代时光，花朵悄无声息地枯萎，留下无数叹息，意蕴犹在，相比起来《摽有梅》则更能让人触目惊心。因为它直奔主题——青春的大好时光，就随着梅子落了一地，伴着哗啦啦的声音。青春与爱情多么令人焦急啊！

行　露

厌浥行露①，岂不夙夜②？谓行多露③。谁谓雀无角④，何以穿我屋⑤？谁谓女无家⑥，何以速我狱⑦？虽速我狱，室家不足⑧！谁谓鼠无牙，何以穿我墉⑨？谁谓女无家，何以速我讼？虽速我讼，亦不女从⑩。

【注释】

①厌浥（yì）：湿漉漉，露水潮湿的样子。行：道路。露：露水。②夙（sù）：与“早”同义。“夙夜”指夜色尚早。③谓：通“畏”，害怕。④谓：说，告诉。角：鸟喙，鸟嘴。⑤穿：啄穿。⑥女：即“汝”，你。⑦速：招致。速我狱：使我吃官司。⑧室家：男有妻为有室，女有夫为有家。室家指男女夫妇，这里是“结婚”的意思。⑨墉（yōng）：墙壁。⑩女从：即“从女”的倒文，顺从你。

【赏析】

路上的露水湿漉漉，难道不想早起赶路？只怕路上的露水浓。谁说麻雀没有喙，为什么啄穿我的屋？谁说你没有成家，为什么让我吃官司？虽然让我吃官司，要我嫁你的理由太荒唐！谁说老鼠没有牙，为什么打洞穿我墙？谁说你没有成家，为什么让我吃官司？虽然让我吃官司，我还是不依你！

野有死麕

野有死麕①，白茅包之；
有女怀春②，吉士诱之③。
林有朴樕④，野有死鹿；
白茅纯束，有女如玉。
舒而脱脱兮⑤！
无感我帨兮⑥，无使尨也吠⑦！

【注释】

①麕（jūn）：獐。②怀春：思春。③吉士：对男子的美称。④朴樕（sù）：丛生的灌木。⑤舒：舒缓。脱脱（tuì）：舒缓。⑥感：同“撼”，动摇。帨（shuì）：类似围裙的一种佩巾。⑦尨（máng）：长毛的狗。

【赏析】

哪个男子不钟情，哪个少女不怀春？两情相悦，爱情的火苗怎样扑都扑不灭，一个人的好运气来了，万水千山都难以抵挡。《野有死麕》中，幸运的人就是这样：弓刚刚拿出来，箭还没有搭上来，一头肥硕的獐子就躺在了他前边的茅草地上，他走过去随手在地上拔了一把茅草，将獐子扛在肩上，要回家去。

在古代，没有角的鹿被称为“麕”，也是鹿的一种。鹿被当作壮阳养生的补品，从这个方向引申过去，“野有死麕”表达的是野外偷情的意思。鹿用白茅捆束起来就不是猎人猎取的单纯猎物了，而是很像样子的礼物——在这里，就是猎人向少女表示感情的用品。

《野有死麕》虽然艳情，却不失含蓄的情趣，构成美妙的意境，两情相悦的世界，是生命里永远最动人的画面。相比之下，后世有些成就的艳情诗则过于香艳，比如与《野有死麕》意境相似的唐代诗人牛峤的《菩萨蛮》：“玉炉冰簟鸳鸯锦，粉融香汗流山枕。帘外辘轳声，敛眉含笑惊。柳荫轻漠漠，低鬓蝉钗落。须作一生拚，尽君今日欢。”同是描写偷欢的情节，不过这一首过于直白俗艳，情趣意境与文字感都差《野有死麕》远了。

元代散曲风行之时，以闺情、闺怨闻名的文人刘庭信有一首曲子《朝天子·赴约》，描述一位少女与情人约会的情景，与《野有死麕》相似："夜深深静悄，明朗朗月高，小书院无人到。书生今夜且休睡着，有句话低低道：半扇儿窗棂，不须轻敲，我来时将花树儿摇，你可便记着，便休要忘了，影儿动咱来到。"曲中交代了约会的夜深人静环境，在黑暗环境下，姑娘还向书生约定，怕发出声音，被别人发觉，连窗子都不敲，那就把院子里的花树轻摇一下，只要树影一动，就说明姑娘已经到了。显然这次约会是少女主动说出来的，连约会的信号都是姑娘想出来并事先约定好的，如此大胆多情的少女和《野有死麕》中的怀春女子一样坦诚而率真。

邶风

绿衣

绿兮衣兮，绿衣黄裹。
心之忧矣，曷维其自已[①]！
绿兮衣兮，绿衣黄裳。
心之忧矣，曷维其亡！
绿兮丝兮，女所治兮[②]。
我思古人，俾无訧兮[③]！
絺兮绤兮，凄其以风[④]。
我思古人，实获我心！

【注释】

①维：助词，无实义。已：止。②女：同"汝"。治：缝纫。③俾：使。訧：过错。④以：因为。

【赏析】

"绿兮衣兮"，只说了"绿衣"一物，用了两个"兮"字断开，似是哽咽。"绿衣裳啊绿衣裳，绿色的面子绿色的里子。心忧伤啊心忧伤，什么时候才能止住我不忧伤！绿丝线啊绿丝线，是你亲手来缝制。我思念亡故的贤妻，使我平时少过失。细葛布啊细葛布，夏天的衣裳在秋天穿上，自然觉得冷。我思念我的亡妻，实在体贴我的心。"

"生同衾死同穴"是古代男女长久的生活理想，即使不能同处，死也要同眠，而爱人先去之后，男人看着眼前妻子缝制的衣服，衣服整整齐齐摆放着，虽然有一些年头了，但看起来和新的差不多。用手抚摸它们的每一处针脚、每一个纽扣，件件都似珍宝，因为这些是世界上最懂他的人亲手做的，还因为这个人已经离他远去，并且，永远不会再回来。先秦之时的社会就是男尊女卑的社会，女人卑微依附，而男子则是顶天立地，可是在《绿衣》中，一位深情的男子就这样出人意料地表露出对亡妻的怀念。

《绿衣》是一首蕴藏深情的诗歌。有情人不能相伴到老，人生过半，痛失爱侣，这种巨大的哀痛宋代大家苏轼也经历过，他在《江城子》中的“十年生死两茫茫，不思量，自难忘。千里孤坟，无处话凄凉”何其伤感！清代纳兰容若在怀念亡妻卢氏的《浣溪沙》中这样写道：“谁念西风独自凉，萧萧黄叶闭疏窗，沉思往事立残阳。被酒莫惊春睡重，赌书消得泼茶香，当时只道是寻常。”深秋的意境，萧萧残风中，一起走过岁月的那个人离去，以为是暂时的离开，而当酒醒之时，曾经的幸福真的被如今的残酷替代。昨日夫妻举案齐眉，今天上天拆散，生死离别，往后的日子怎么度过？

一样的都是死别，还有死别之后的不能相忘，都继承着《绿衣》的情感，深情至重，余韵悠长。

击鼓

击鼓其镗，踊跃用兵①。
土国城漕，我独南行。
从孙子仲②，平陈与宋。
不我以归，忧心有忡。
爰居爰处③？爰丧其马？
于以求之？于林之下。
死生契阔④，与子成说。
执子之手，与子偕老。
于嗟阔兮，不我活兮⑤。
于嗟洵兮，不我信兮⑥。

【注释】

①踊跃：鼓舞。②孙子仲：卫大夫，邶国将军。③爰（yuán）：于是。④契：聚。阔：离。⑤活：佸，相会。⑥洵：远。信：实现誓约。

【赏析】

《诗经》满载着远古民众的质朴与纯真，这首《击鼓》便是如此，它是一首爱情的誓约——一个被迫参战戍边的士兵对远方妻子的爱情誓约：

随军征战，在一天终于可以安营扎寨了，庆幸自己在上一场战役中没有死去啊！我还可以在这残酷得没有明天的征途上想念你，你成为我唯一的牵挂啊！也是我唯一活下去的勇气。我的战马去哪里了，我得赶紧找到它啊！要是没有了它，要我怎么回家与你相见啊！所幸的是，我一抬头看见它就在远处的树林下啊！

“死生契阔，与子成说。执子之手，与子偕老。”这两句太过有名，以至于整个诗歌的光华几乎被掩盖掉。《击鼓》中的这两句尽管没有华丽的语言与铺张的修饰，只此两句就足以震撼每一个人。看似简单的誓言，表达出多少恋爱中人们的心愿。但千古以来真正做到的人又有几个？时间飞逝，青春老去，身边却有一双可以握住的手，这也许是人生最大的幸福。

本诗中的主人公——年轻的战士与他深爱的妻子之间的情感是如此纯净，真诚得没有一丝的渣滓，后人极尽演绎之能事，却始终难以超越，因为它已经达到了誓言的极致。达到极致还因为主人公没有兑现他的誓言，残缺的美才让人遗憾惦念，形成悲剧。

《击鼓》中的男女，明知道海誓山盟抵挡不过时间和岁月的践踏，但他们偏偏还是要相信，有朝一日的誓言，终会兑现。而“死生契阔，与子成说。执子之手，与子偕老”这两句话16个字，见证了千百年来爱情的盟誓与至死不渝的真爱。

终　风

终风且暴[①]，顾我则笑，
谑浪笑敖[②]，中心是悼[③]。
终风且霾，惠然肯来[④]，
莫往莫来，悠悠我思。
终风且曀，不日有曀[⑤]，
寤言不寐[⑥]，愿言则嚏。

曀曀其阴，虺虺其雷⑦，

寤言不寐，愿言则怀。

【注释】

①终：既。暴：疾风。②谑浪笑敖：戏谑。敖，放纵。③悼：伤心害怕。④惠：顺。⑤曀（yì）：天阴且有风。⑥寤：醒着。言：助词，无实义。寐：睡着。⑦虺（huǐ）：雷声，象声词。

【赏析】

男子初见女子就对她笑容满面，还能说会道，开开玩笑，潇洒浪漫的，而女子对此却又忧伤无法言说。她觉得爱情应该是一件严肃的事，就算一个人原本性格活泼，一旦遭遇爱情，也不由得变得庄重起来。

“既刮风又下大暴雨，见到我他就嘻嘻笑。戏言放肆真胡闹，心中惊惧好烦恼。既刮风又尘土飞扬，是否他肯顺心来。别后不来难相聚，思绪悠悠令我哀。既刮风又天色阴沉，不见太阳黑漆漆。长夜醒着难入眠，想他不住打喷嚏。天色阴沉暗淡无光，雷声轰轰又开始响。长夜醒着难入眠，但愿他也把我想。”

《终风》里的这个男子，戏谑轻薄，尽管见识广博，谈笑风生，但女子要的是一份真诚的爱情，而男子的感情似乎并不那么令人感到安稳。爱情与调情的区别之处，也许就是爱情需要全身心的付出，而调情则是一时，或者抱有其他的目的。

调情只能让感情陷入困境，而爱情则可以把平凡变伟大，把瞬间变永恒。《红楼梦》里“共读西厢”那段，贾宝玉给林黛玉说“我就是那‘多愁多病的身’，你就是那‘倾城倾国的貌’”之时，也正是他心情暴躁不安的时期，整天无事可做，穿梭于众多姐姐妹妹之间，讨好献殷勤，他对黛玉的这句话怕也不是出于真心，在敏感的黛玉看来，确实是调情之语。黛玉也只好一边恼怒一边掉下眼泪，怕也是和《终风》里的女孩子一样悲凉。

《终风》里的女子没有把调情化成爱情，他抛弃了她，并且不再回来，尽管他曾经给她带来那么多的美好。她对于这一切也心知肚明，然而现实让她无能为力，只能一个人承受。

关于《终风》里的男女主人公最后有没有结果，诗人没有继续说下去。“曀曀其阴，虺虺其雷，寤言不寐，愿言则怀。”在这样刮风打雷的夜里，会想起谁？还希望谁想起自己？李清照说：“风住尘香花已尽，日晚倦梳头。物是人非事事休，欲语泪先流。”

谷 风

习习谷风①，以阴以雨。

黾勉同心②，不宜有怒。

采葑采菲[3]，无以下体[4]。
德音莫违[5]，及尔同死。
行道迟迟，中心有违。
不远伊迩[6]，薄送我畿[7]。
谁谓荼苦[8]？其甘如荠[9]。
宴尔新婚[10]，如兄如弟。
泾以渭浊，湜湜其沚[11]。
宴尔新婚，不我屑以。
毋逝我梁[12]，毋发我笱[13]。
我躬不阅[14]，遑恤我后[15]。
就其深矣，方之舟之。
就其浅矣，泳之游之。
何有何亡，黾勉求之。
凡民有丧，匍匐救之。
不我能慉[16]，反以我为雠[17]。
既阻我德[18]，贾用不售。
昔育恐育鞫[19]，及尔颠覆[20]。
既生既育，比予于毒。
我有旨蓄[21]，亦以御冬。
宴尔新婚，以我御穷。
有洸有溃[22]，既诒我肄[23]。
不念昔者，伊余来塈[24]。

【注释】

①谷风：东风。②黾（mǐn）勉：努力、勤勉。③葑：蔓菁，即大头菜。菲：萝卜。④下体：根。⑤德音：夫妻间的誓言。⑥伊：是。迩：近。⑦畿：门槛。⑧荼：苦菜。⑨荠：荠菜。⑩宴：欢乐。⑪湜湜（shí）：水清见底的样子。沚：底。⑫梁：鱼坝。⑬笱：鱼篓。⑭阅：容纳。⑮遑：空闲。恤：顾及。⑯慉（xù）：爱惜。⑰雠：同“仇”。⑱阻：拒绝。⑲育恐：生于恐惧。育鞫：生于贫穷。⑳颠覆：患难。㉑旨：甘美。㉒洸（guāng）：比喻发怒的样子。㉓诒：遗留。肄（yì）：辛劳的工作。㉔伊：只有。塈（jì）：爱。

【赏析】

在《谷风》中，一个弃妇陈述自己被弃的痛苦，用前后对比的手法，写出丈夫的变化和对自己命运的悲叹。

开篇提到在山谷的大风声中，在漫天的阴雨中相互立下不离不弃、永不忘记的誓言。本以为誓言很长，哪能料到比风还轻，当日的野菜再难吃也甘之如饴，只要是快乐的因缘，任何苦难都可以吃得消。但是好景不长，在男子境遇好转之后，就立刻爱上了别人，当日同甘共苦的妻子成了他的负累，整日拳脚相加，于是引出了妻子无限的哀怨。看着丈夫和别的女子喜结连理，原配只能苦苦忍耐，但这样还不够，丈夫还要对当日的妻子诽谤中伤，不让她去自家的鱼塘，不让她碰自家的鱼筐，让她无处可去，无处可待，丝毫不顾当日的夫妻情分。

"习习谷风，以阴以雨。"可能原先是晴朗好天气，之后顿时凄风苦雨，一种悲愤、凄凉的意境跃然纸上。中国古典诗词最擅长通过环境描写来渲染气氛，这阵风雨的效果极好，诗的忧伤基调、女子的哀怨形象随之而出。

"谁谓荼苦？其甘如荠。"谁说苦菜苦了？比起女子的痛苦，吃苦菜都像甜菜一样。人是莫名其妙的动物，当一种更大的刺激代替了先前比较小的刺激的时候，小的刺激就微不足道了。在这里，女子因为被抛弃的痛苦远远胜过了苦菜的痛苦，吃起来竟然有几分甘甜，可见她的痛苦有多深。女子似乎没有一点地位，她对丈夫好言相劝，应该思念旧情，把自己收留，几乎是苦苦哀求。《谷风》没有一个明确的结尾，但想来丈夫是不会念及当日的恩情了。

"不我能慉，反以我为雠。"新人换旧人，女主人公被丈夫无情抛弃，逐出了家门。妻子无奈的哀叹，当日虽然清贫，但却能相濡以沫，今日生活富裕了，却容不下她这个女子，反而像是急于脱手的货物一样，想把她甩开。妻子辛苦准备好的过冬食物，只是为了度过匮乏的冬季，却成了丈夫与新人结婚的积蓄。丈夫剥夺了妻子的劳动成果，还要对她恶言恶语，拳脚相加，丝毫没有当日的温情，那份海誓山盟，今日看来，就好像美梦一场。

北　风

北风其凉，雨雪其雱[①]。
惠而好我[②]，携手同行。
其虚其邪[③]？既亟只且[④]！
北风其喈[⑤]，雨雪其霏[⑥]。
惠而好我，携手同归。

其虚其邪？既亟只且！
莫赤匪狐⑦，莫黑匪乌⑧。
惠而好我，携手同车。
其虚其邪？既亟只且！

【注释】

①雨（yù）：名词用作动词。雱（pāng）：指雪盛貌。②惠：爱。③虚邪：徐缓。④只且：语气助词，无实义。⑤喈：寒凉。⑥霏：雨雪纷飞的样子。⑦莫：没有。⑧匪：同“非”。

【赏析】

这首诗反映的是离开故土的留恋情怀。开句写“北风其凉，雨雪其雱”。用这种北风潇潇，雪花飘飘的景象暗示政局的恶劣。诗人和朋友的关系非常友爱，于是诗人建议友人与自己结伴去他乡！还呼喊着不要迟疑犹豫了，事情已经急如火烧了，不要指望着事情能够好转。

有关这首《北风》的诗旨，《毛诗序》说：“《北风》，刺虐也。卫国并为威虐，百姓不亲，莫不相携持而去焉。”清代学者王先谦《诗三家义集疏》则称此诗乃“贤者相约避地之词”。方玉润亦持相同意见，他在《诗经原始》中指出《北风》是贤人预见危机之作。

从诗中可以看到，诗人的朋友的迟疑之心，事情已经紧急万分，他还是不想离开家国，似乎想等待政局的稳定。对于友人的这一态度，诗人说：“莫赤匪狐，莫黑匪乌。”狐狸红毛，乌鸦黑羽，这些本色就是这样，怎么都不会有所改变的。他劝朋友赶紧一起走。

这首诗是一首反映贵族逃亡的诗作已是不虞之议。诗中并没有交代最后的结果，但是从字里行间，读者可以得知人们对土地深深的留恋之心，若非被迫，谁都不想离开自己的家园。

静　女

静女其姝①，俟我于城隅②。
爱而不见③，搔首踟蹰。
静女其娈④，贻我彤管⑤。
彤管有炜⑥，说怿女美⑦。
自牧归荑，洵美且异⑧。

匪女之为美[9]，美人之贻。

【注释】

①静女：娴雅的女子。姝：美丽。②俟：等。城隅（yú）：城边的角楼。③爱：同“薆”（ài）”，隐藏。④娈（luán）：姣好。⑤彤（tóng）管：管，箫笛类乐器。⑥炜：明亮。⑦说怿（yì）：欣喜。说，同“悦”。怿，欢愉、欣喜。女：同“汝”。⑧洵：诚然。⑨匪：同“非”。

【赏析】

《静女》描写的是男子的等待。阳光四溢，万物生长，植物茂盛，花朵绽放，鸟雀歌唱，迅速飞翔，就在这样的良辰美景之中，男子徘徊徜徉，他却没有心思来观赏倾听，眼下四处张望，之前他急急如星火来到心上人定下的约会地方，生怕自己迟到。心爱的姑娘在哪？怎么看不见？

而始终迟迟不见的静女，给人以想象的空间，她应该是心地善良而单纯的，还应该是聪明伶俐的。

“自牧归荑，洵美且异。”“匪女之为美，美人之贻。”并不是因为白茅草离奇，它只是一根嫩嫩的草，令男子如此珍爱的原因在于它是姑娘亲手采摘，送给自己的物品。物微而意深，一如后世南朝宋陆凯《赠范晔》的“江南无所有，聊赠一枝春”，重的是感情。

元代有一首《寄生草·相思》的曲子也表达了女孩子对迟到的男子的埋怨：“有几句知心话，本待要诉与他。对神前剪下青丝发，背爷娘暗约在湖山下，冷清清湿透凌波袜，恰相逢和我意儿差，不刺，你不来时还我香罗帕！”意思就是说，本想告诉你几句我的真心话，我还对着神像剪下头发，表明心迹，背着爹娘来湖边和你约会，谁知道让我等你等得鞋袜都湿透了，还没有见人来，快点把我送你的香罗帕还给我吧！这与《静女》中的某些情节有异曲同工之妙。

柏　舟

泛彼柏舟[1]，亦泛其流[2]。耿耿不寐，如有隐忧。微我无酒[3]，以敖以游[4]。我心匪鉴[5]，不可以茹[6]。亦有兄弟，不可以据。薄言往愬[7]，逢彼之怒。我心匪石，不可转也。我心匪席，不可卷也。威仪棣棣[8]，不可选也。忧心悄悄[9]，愠于群小[10]。觏闵既多[11]，受侮不少。静言思之[12]，寤辟有摽[13]。日居月诸[14]，胡迭而微[15]？心之忧矣，如匪浣衣[16]。静言思之，不能奋飞。

【注释】

①泛（fàn）：荡，飘泛。柏舟：柏木造的小船。柏木质地坚实，比喻志坚不移。②亦泛：同“泛泛”，随着流水漂流，含有无所依归的意思。③微：非，不是。④以：用来，借此。敖：同“遨”，遨游，漫游。⑤匪：不是。鉴：古镜。⑥茹：容纳，包含。⑦薄言：语气助词，无实义。愬（sù）：告诉，诉说。⑧威仪：威严、庄重的仪表举止。棣棣（dì）：雍容典雅、堂堂正正的样子。⑨悄悄：忧愁的样子。⑩愠（yùn）：怨恨，怨怒。群小：众小人。⑪觏：同“遘”，遭遇，碰到。闵（mǐn）：灾难，指中伤陷害的事。⑫言：同“然”，形容词词尾，……的样子。⑬寤：醒，睡不着觉。辟：通“擗”，两手拍胸脯。有：助词。⑭居、诸：助词。⑮胡：为什么。迭：更替。微：昏暗无光。⑯浣（huàn）：洗。

【赏析】

漂漂荡荡柏木舟，随着河水到处漂流。忧心焦灼难入睡，心有深深的忧愁。不是无酒来浇愁，四处遨游和漫游。我的心不是镜子，不能任谁都来照。虽然我也有兄弟，但却不能靠依。前去找他们倾诉苦衷，却遭遇他们对我怒气冲冲。我的心不是石头，不可以随意转移。我的心不是席子，不可以随意卷起。仪表庄重而典雅，哪能退让任人欺。忧心忡忡，被一群小人怨恨。遭遇的中伤陷害很多，遇到的侮辱也不少。仔细想起这些，梦醒后不禁捶胸痛苦。太阳啊月亮，为什么轮流昏暗无光？我心中的忧愁，就像没洗的衣裳。仔细想起这些，恨不能高飞展翅翔。

燕燕

燕燕于飞，差池其羽。之子于归[①]，远送于野[②]。瞻望弗及[③]，泣涕如雨！燕燕于飞，颉之颃之[④]。之子于归，远于将之[⑤]。瞻望弗及，伫立以泣[⑥]。燕燕于飞，下上其音。之子于归，远送于南。瞻望弗及，实劳我心[⑦]。仲氏任只[⑧]，其心塞渊。终温且惠，淑慎其身。先君之思[⑨]，以勖寡人[⑩]。

【注释】

①之：指示代词，这，这个。子：姑娘。于归：出嫁。②于：往。野：郊外。③瞻望：向远处看。④颉（xié）：往上飞。颃（háng）：往下飞。⑤将：送。⑥伫（zhù）：站着等候。⑦劳：愁苦，忧伤。⑧仲：排行第二。任：

可以信任。只：语气词。⑨先君之思：即“思先君”。先君：先父。⑩勖（xù）：勉励、激励。

【赏析】

燕子双飞，参差不齐展翅膀。这位女子要出嫁，远远地送她到郊外。渐渐望她望不见，泪珠滚滚如雨下。燕子双飞，忽上忽下追随忙。这位女子要出嫁，送她不嫌路途长。渐渐望她望不见，久久站立泪涟涟。燕子双飞，忽高忽低相鸣唱。这位女子要出嫁，远远地送她城南外。渐渐望她望不见，苦苦思念欲断肠。二妹令人可信任，她心地真诚虑事深。既温和又贤惠，为人善良又谨慎。“时记先父有大恩。”临别对我多劝勉。

式微

式微式微[①]，胡不归[②]？微君之故[③]，胡为乎中露[④]？式微式微，胡不归？微君之躬，胡为乎泥中？

【注释】

①式：发语词。微：天黑。②胡：为什么。③微：非，若非，要不是。君：这里指统治者。故：缘故。④中露：露水中。

【赏析】

天色愈来愈黑，为什么还不回家？若不是为主子的事，怎么会身沾露水？天色愈来愈黑，为什么还不回家？若不是为了主子的贵体，怎么会在泥水中受苦？

鄘风

君子偕老

君子偕老[①]，副笄六珈[②]。
委委佗佗，如山如河，象服是宜。
子之不淑[③]，云如之何？
玼兮玼兮[④]，其之翟也[⑤]。
鬒发如云[⑥]，不屑髢也[⑦]；
玉之瑱也[⑧]，象之揥也[⑨]，扬且之皙也[⑩]。
胡然而天也[⑪]？胡然而帝也？

瑳兮瑳兮⑫，其之展也⑬，
蒙彼绉絺，是绁袢也⑭。
子之清扬，扬且之颜也。
展如之人兮，邦之媛也⑮！

【注释】

①君子：指卫宣公。偕老：指夫妻之间相亲相爱，白头到老。②副：古时的一种头饰。笄（jī）：簪子。珈：饰玉。③子：指宣姜。淑：善。④玼：鲜艳绚丽。⑤翟：绣有山鸡彩羽的礼服。⑥鬒：黑发。⑦髢（dí）：假发。⑧瑱（zhèn）：垂在两耳旁的玉饰。⑨揥：发钗。⑩扬：额角。⑪胡：何，怎么。⑫瑳：鲜艳绚丽。⑬展：古代夏季穿的一种纱衣。⑭绁袢（pàn）：夏季穿的内衣。⑮展：确实。媛：美女。

【赏析】

这首《君子偕老》是一首讽喻诗，借服饰容貌的盛美来讽刺宣姜内心的肮脏与行为的污秽。

美丽的宣姜本来是要嫁给姬及，结果却被骗嫁给了姬及的父亲——禽兽不如的卫宣公。

誓与君子到白头偕老，玉簪首饰插满头。她的举止雍容自得，她的仪态稳重如山河，穿上礼服很适合。谁知她的德行如此秽恶，真是让人无可奈何！她的服饰鲜明又绚丽，画羽礼服绣着山鸡。她的头发黑亮好似云霞，哪里用得着装饰假发。美玉耳饰坠在脸旁，象牙发钗戴在头上，她的额角白净闪光。真好像仙女从天而降。又仿佛帝女到人间。她的服饰鲜明又鲜艳，是轻软的细纱来做衣裳。外面穿着绉纱细葛衫，里面是夏天穿的内衣清凉宜爽。她的明眸闪烁细眉秀长，容貌艳丽额头宽广。确实是仪容妩媚，好一位倾城倾国的美貌女子！

宣姜本就美似天仙，现在经过如此艳丽的装扮，身着明艳如花的服饰，锦衣上绣有山鸡，还有那一身璀璨的珠宝，令她摄人魂魄，这样的女子自然是任何一个男人都想得到的尤物。

但是，自始至终都没有人问过宣姜的意愿，按照正常心理来分析，她当然是想嫁给和自己年龄相当的太子。中国历代的史官只重写史记事，刻意回避人物心理的分析。尤其是这些历史事件中的女性，她们的心灵空间从未被史官关注过。她们只是历史的附带品，其生命必然充满着悲剧色彩。不遂心愿，但生活还是要继续，宣姜与卫宣公有了两个儿子。

15年的时光一晃而过，宣姜的两个儿子都长大了。两兄弟性格差异很大，长子寿是个清秀善良之人，而次子朔与哥哥相反，心胸狭窄，野心很大。

有一天，朔打起太子姬及的主意。他对母亲宣姜说姬及从来就没有忘记过夺妻之恨，甚至还发下毒誓说继位之后，将宣姜母子全部铲除。宣姜闻言大惊失色，觉得还是告诉卫宣公比较好，万一是真的，自己与儿子确实不能活命。结果，姬及与寿都被杀掉。

宣姜没有想到事情会发展到这一步，她根本不愿意看到有谁死去，更不愿意看到自己的儿子死去。

桑　中

爰采唐矣①？沫之乡矣②。
云谁之思？美孟姜矣③。
期我乎桑中④，要我乎上宫⑤，送我乎淇之上矣⑥。
爰采麦矣？沫之北矣。
云谁之思？美孟弋矣。
期我乎桑中，要我乎上宫，送我乎淇之上矣。
爰采葑矣⑦？沫之东矣。
云谁之思？美孟庸矣。
期我乎桑中，要我乎上宫，送我乎淇之上矣。

【注释】

①爰：在哪里。唐：菟丝子，一种寄生蔓草。②沫（mèi）：卫国的邑名，牧野。③孟姜：姜家长女。④桑中：桑林中。⑤要：邀约。上宫：宫室。⑥淇：淇水。⑦葑：蔓菁菜。

【赏析】

《鄘风·桑中》所描绘的情愫质朴真切，从单纯的写情角度来看，不失为一首活泼可爱的前秦情歌。

在诗中，男主人公唱道：“到哪里采集女萝？就在卫国沫水岸。谁是你梦中情人？美丽动人是孟姜。她约我到桑林里，邀我她家把亲攀。辞别归来送我行，依依惜别淇水边。收割小麦去何处？就在沫水岸北岸。谁是你梦中情人？美丽动人是孟戈。她约我到桑林里，邀我她家把亲攀。辞别归来送我行，依依惜别淇水边。采摘蔓菁去哪里？就在沫水河东岸。谁是你梦中情人？美丽动人是孟庸。她约我到桑林里，邀我她家把亲攀。辞别归来送我行，依依惜别淇水边。”

“桑中”是当时都城朝歌的别名，“上宫”也是朝歌附近的地名，都是采桑女幽会的地点，滨临河水，在春天的环境中流淌唱歌，诗情画意之中，滋润着爱的心田。

关于此诗的评论，《毛诗序》说：“《桑中》，刺奔也。卫之公室淫乱，男女相奔，至于世族在位，相窃妻妾，期于幽远，政散民流而不可止。”宋代朱熹的《诗集传》也基本持有相同的观点，认为其为淫诗，并举姜、弋、庸乃等前秦贵族为例证。不过，今天看来，先秦遗风早已远去，人们更愿意单纯地从诗意来把握，所以不少人认为这首小诗轻快活泼，其所表现的不过是古代青年男女之间炽烈的爱情，并非贵族男女淫乱之后的不知羞耻的自白，谈不上讽刺之意。

在古代，采桑缫丝应该是中国男耕女织时代的重要活动。战国铜器及汉代画像石上常有描绘桑树下桑女劳作的场景，使得千年后的我们可以看到这一幅幅“向春之末，迎夏之阳，仓庚喈喈，群女出桑”的古代采桑图。同样，在《桑中》中，我们看到的是那些浪漫的桑园诗意。在这一首朴素、深婉的先秦恋歌中，在桑园中相会后的故事令即便是千年后的人们也同样遐想不已。

鹑之奔奔

鹑之奔奔①，鹊之彊彊②。
人之无良，我以为兄？
鹊之彊彊，鹑之奔奔。
人之无良，我以为君？

【注释】

①鹑：鹌鹑。奔奔：跳跃奔走。②鹊：喜鹊。彊：翩翩飞翔。

【赏析】

这首《鹑之奔奔》是讽刺宣姜先嫁卫宣公，后又嫁昭伯的。

诗的意思是说，鹌鹑家居常匹配，喜鹊双飞紧相随，人君不端无德行，为何要称他为兄台呢？女子不贞无德行，何必还当她是知音呢？

在公元前7世纪的齐鲁大地上，一个女子的婚恋引发历史的变更，她理所当然地被视为红颜祸水。作为卫国统治变更始作俑者的“红颜祸水”，也许死是她最好的归宿，此时的宣姜，也只想死了，但却求死不能。此时齐国的国君是她哥哥齐襄公，为了齐卫两国的共同利益，“红颜祸水”还得继续苟活下去。

当时的宣姜虽然已经年逾三十，但想来风貌应该依然不减当年，不然也不会被昭伯青睐。这位当日身着艳丽服装，披着轻纱为外衣的清秀女子，今日再次披上嫁衣，作为政治的牺牲品嫁给一个她并不爱的人。这位世间难求的女子，竟然就这样在男人们的权力欲望中，辗转漂泊。

宣姜下嫁给姬及的同母弟弟昭伯，以安慰亡灵的名义，巩固两国交好。宣姜自然是不愿意的，卫国人对她早已经是咬牙切齿了，再嫁只会更加“不齿”。不过这不是她能够反对的，史书上记载：“不可，强之。”

宣姜就这样再嫁了前夫的儿子，这个女子内心的苦痛后人是无法揣摩的。从《诗经》里的这些诗句来看，她是不容于当时的道德评论的。然而翻开史书，我们却又发现其实这个女人并不像诗中讽咏的那般不堪。据史书载，宣姜共有5个子女：齐子、卫戴公、卫文公、宋桓夫人、许穆夫人。许穆夫人在卫国遭难时奔走呼号，留下了传诵千古的诗作，赢得声名；齐子早死；卫国亡时，卫国遗民拥立卫戴公当了国君，可见贤德；卫文公更使卫国中兴；历史上尽管没有宋桓夫人的记载，但宋桓公能在卫亡之后第一时间救卫，可想宋桓夫人的作用。

未知其母之为人，不妨观其子之作为，从宣姜的儿女来看，这个2000年前的女子未必不是个贤惠的妻母，只是命运多舛罢了。

相　鼠

相鼠有皮①，人而无仪②。
人而无仪，不死何为？
相鼠有齿，人而无止。
人而无止③，不死何俟④？
相鼠有体，人而无礼。
人而无礼，胡不遄死⑤？

【注释】

①相：观看。②仪：仪表举止。③止：假借为“耻”，郑笺释为“容止”。④俟：等。⑤胡：何。遄（chuán）：快速。

【赏析】

在这篇《相鼠》中，还可以看到孔子删改《诗》的影子。

作者将老鼠和人做对比，认为老鼠都有张皮，人却不讲礼仪，这样的人还不如死掉算了。老鼠都有牙齿，人却不懂得廉耻，这样的人如何能继续活在世上？老鼠都四体健全，人却不懂得礼数，要是这样，不如现在就死掉算了。

春秋战国，礼坏乐崩，君王人臣也都渐渐不再重视周朝建立的礼制了。翻看战国的历史，不难发现当时在位者做的无耻事情太多了，比如卫宣公强娶太子的未婚妻自己享用，杀死自己的两个儿子，昭伯与后母宣姜乱伦，等等。所以当时的人民用《相鼠》来讽刺这些人的禽兽不如的行径。

在诗中，口气一句比一句重，骂老鼠去死，不死活着还干什么？逐句强调，是对无仪无止又无礼的统治者的痛斥，也是对那个时代重建礼制规范的呼吁。

在中国古代，礼仪的重要程度是很高的。孔子删诗书，垂礼仪，而后世也都遵循着他删改的史书等学习，注重礼仪，强化入世，给社会带来了井然的秩序和强大的内聚力，使华夏文化历经数千年一脉相承。

卫风

硕人

硕人其颀①，衣锦褧衣②。
齐侯之子，卫侯之妻，
东宫之妹③，邢侯之姨④，谭公维私⑤。
手如柔荑⑥，肤如凝脂。
领如蝤蛴⑦，齿如瓠犀⑧。
螓首蛾眉⑨，巧笑倩兮⑩，美目盼兮⑪。
硕人敖敖⑫，说于农郊⑬。
四牡有骄⑭，朱幩镳镳⑮，翟茀以朝⑯。
大夫夙退，无使君劳。
河水洋洋⑰，北流活活⑱。
施罛濊濊⑲，鳣鲔发发⑳，葭菼揭揭㉑。
庶姜孽孽㉒，庶士有朅㉓。

【注释】

①颀：修长的样子。古代不论男女，皆以高大修长为美。②褧（jiǒng）衣：麻布做的外衣。女子出嫁途中穿，用来遮蔽尘土。③东宫：古代国君的太子住在东宫，所以东宫

成了太子的代称。此指齐国太子得臣。④邢：国名。姨：妻的姊妹。⑤谭：国名。维：是。私：姐妹的丈夫。⑥荑：白茅的嫩芽。⑦领：脖子。蝤蛴（qiú qí）：天牛的幼虫，体长，圆而白嫩。⑧瓠犀（hù xī）：葫芽的子，洁白整齐。⑨螓（qín）：虫名，似蝉而小，额头宽广方正。⑩倩：口颊间美好的样子。⑪盼：眼神黑白分明，流动有神的样子。⑫敖敖：身体苗条的样子。⑬说（shuì）：停车休息。农郊：城郊。庄姜来嫁时先在都城近郊歇息。⑭牡（mǔ）：驾车的雄马。骄：高大、雄壮的样子。⑮朱幩（fén）：系在马口衔铁的红绸。镳镳（biāo）：鲜明的样子。⑯翟茀（dí fú）：用山鸡彩色羽毛装饰的车子。朝：朝见。⑰洋洋：水势浩大的样子。⑱活活（guō）：流水声。⑲施：设置。罛（gū）：渔网。施罛，撒渔网。濊濊（huò）：形容撒渔网入水产生的声音。⑳鳣（zhān）：黄鱼。鲔（wěi）：鳝鱼。发发：鱼尾摆动、击水的声音。㉑葭（jiā）：芦苇。菼（tǎn）：荻苇。揭揭（jiē）：细长的样子。㉒庶：众。庶姜，指随嫁的众女。孽孽（niè）：服饰华丽的样子。㉓庶士：指随从的众人。朅（qiè）：英武健壮的样子。

【赏析】

这首《卫风·硕人》中所赞女子叫庄姜，虽然这首并没有具体描写庄姜的容貌身段，对她的描述宽泛笼统得犹如河面上氤氲的雾气，但在诗歌的一开始，这位女子便拥有如同女神一般完美修长的身躯，身着锦衣，嫁去他乡。

美丽高贵的庄姜的出嫁是隆重的，她的马车停在城郊，她的马匹雄壮有力。不但如此，随行人员也是英武高大，所带嫁妆同样华美奢侈。那稠密的芦苇挺拔而坚固，那奔腾的黄河水奔流不息。这等的美人，怎么能让她多等待，君主应当及早下朝，前来迎接。

“肤如凝脂，领如蝤蛴，齿如瓠犀。螓首蛾眉，巧笑倩兮，美目盼兮。”这种美几乎无人能及，可以说庄姜确立了千百年来美女的标准。

“硕人其颀，衣锦褧衣。”“硕人”就是美人的意思，它的原意是高大俊美的人。由此可以想见几千年前的春秋时代，人们喜欢一种健康美，以高大丰满、皮肤白皙作为评析美人的标准。这种观念，千百年来一直被我们承认、追求，明末清初著名戏曲家李渔在《闲情偶寄·声容部》中就说：“妇人本质，惟白最难。多受精血而成胎者，其人生出必白……”

如庄姜一样美貌与才智兼备的女子在先秦时候是难得的，也是少数以诗歌留名的女子之一。庄姜和齐国太子一母同胞，是邢侯的小姨妹，也是谭公的小姨子，身份尊贵。庄姜不但出身高贵，还有着惊人的才华，所以卫人才这样歌咏她。

氓

氓之蚩蚩[①]，抱布贸丝。匪来贸丝[②]，来即我谋[③]。送子涉淇[④]，至于顿丘[⑤]。匪我愆期[⑥]，子无良媒。将子无怒[⑦]，秋以为期。

乘彼垝垣⑧，以望复关⑨。不见复关，泣涕涟涟⑩。既见复关，载笑载言⑪。尔卜尔筮⑫，体无咎言⑬。以尔车来，以我贿迁⑭。

桑之未落，其叶沃若⑮。于嗟鸠兮⑯！无食桑葚⑰。于嗟女兮！无与士耽⑱。士之耽兮，犹可说也⑲。女之耽兮，不可说也。

桑之落矣，其黄而陨⑳。自我徂尔㉑，三岁食贫㉒。淇水汤汤㉓，渐车帷裳㉔。女也不爽㉕，士贰其行㉖。士也罔极㉗，二三其德㉘。

三岁为妇，靡室劳矣㉙。夙兴夜寐㉚，靡有朝矣。言既遂矣㉛，至于暴矣。兄弟不知，咥其笑矣㉜。静言思之，躬自悼矣㉝。

及尔偕老，老使我怨。淇则有岸，隰则有泮㉞。总角之宴㉟，言笑晏晏㊱，信誓旦旦㊲，不思其反。反是不思，亦已焉哉！

【注释】

①氓（méng）：指农民。蚩蚩（chī）：同"嗤嗤"，笑呵呵的样子。②匪：同"非"。③即：就，靠近。④子：你，古代对男子的美称。淇：淇水，卫国的河流，在今河南省北部。⑤顿丘：卫国的邑名，在今河南清丰。⑥愆（qiān）期：拖延日期。⑦将（qiāng）：愿，请。⑧乘：登上。垝垣（guǐ yuán）：坍塌的矮墙。⑨复关：为此男子所居之地。⑩涟涟：眼泪不断的样子。⑪载：又。⑫尔：你。筮（shì）：用蓍（shī）草占卦。⑬体：卦象。咎（jiù）言：凶辞。⑭贿：财物，指嫁妆。⑮沃若：茂盛的样子，喻女子年轻美貌，像水浸过一般有光泽。⑯鸠：斑鸠，一种鸟。⑰无食桑葚：比喻女子不可为爱情所迷。⑱耽：迷恋。⑲说：同"脱"，摆脱。⑳陨：落下。喻女子年老色衰。㉑徂（cú）：住。㉒三岁：泛指多年。㉓汤汤（shāng）：水势盛大的样子。㉔渐：溅湿。帷裳：车厢两旁的布幔。㉕爽：过失。㉖贰：偏差。㉗罔（wǎng）极：多变，反复无常。极，准则。㉘二三其德：三心二意，德行不专。㉙靡：无，不。室劳：家务。㉚夙（sù）兴夜寐：起早睡晚。㉛言：助词，无实义。遂，犹久。㉜咥（xì）：讥笑。㉝躬自悼：独自伤心。㉞隰：低湿地。泮：同"畔"，边。㉟总角：古代男女未成年时头发的样式，这里指代童年。宴：欢乐。㊱晏晏：欢愉的样子。㊲旦旦：清楚明白。

【赏析】

在故事的开始，像所有爱情故事的开始一样甜美，甚至带着些浪漫的气息，一个善笑的男孩走向一个卖丝的女孩。这个男孩并不是来买丝的，而只是以买丝为借口来接近她，对她说好听的话，最后表达了自己的意愿：希望和她结为夫妻。这是《诗经》中最常见的青涩爱恋，男女相悦的初恋情愫在《氓》中展露无遗。这首诗一共6节，每节10句，叙述了一个古老的，至今还在无数次上演的爱情现实长诗。

接下来的故事便出现了逆转，女子在几经等待之后，男子依然不来接她，就在她以为男子变心的时候，爱人如期而至。原来相爱也是要经受种种等待的折磨才能成就好事的，女子怀揣着内心的幸福和忐忑坐上了男子的婚车。

新婚过后，爱情的甜美被繁杂的婚姻琐事取代，当日的青涩少年也不会再守候于城墙下等待那位卖丝的姑娘，他们虽然结为夫妻，却再也没有了当日花前月下的甜蜜，取而代之的是无休无止的操劳。他们还在自家的庭院桑树下许下永不分离的誓言，同时希望自家枝繁叶茂，多子多孙，幸福美满。女人守着这幸福的盟誓，原想同丈夫白头到老，但相伴到老将会使自己怨恨。淇水再宽终有岸，沼泽虽宽有尽头。少年时一起愉快地玩耍，尽情地说笑。回想起来都是欢乐，山盟海誓都还在，怎么会料到反目成仇。经过了时间的打磨，现在可以说是历经沧桑，她知道，如果自己不走，留在这个是非之地，对自己更加不利，离开这里，也许会有更大的机会与希望。于是发出一声“反是不思，亦已焉哉”的深深感慨，终于结束这无奈的爱情，女子无言离去。这就是人们常说的，好花不常开，好景不常在，韶华易逝，岁月无情。任何东西都会被时光无情地带走。

“琴尚在御，而新声代故。”女人面对旧物只能是“物是人非事事休，欲语泪先流”的感觉。在《氓》里，一位痴情、勤劳、善良的女子却被背信弃义、自私的男人始乱终弃。从这首《国风》中不多见的长诗中，隐隐还可听见远古时代一个女子的悲怆呼声。

木 瓜

投我以木瓜①，报之以琼琚②。
匪报也③，永以为好也④！
投我以木桃，报之以琼瑶。
匪报也，永以为好也！
投我以木李，报之以琼玖。
匪报也，永以为好也！

【注释】

①木瓜：一种落叶灌木。古代有以此作为男女定情信物的风俗。投：赠送，给予。②琼琚：一种美玉，为古代的一种饰物。后“琼玖”“琼瑶”同。③匪：同“非”。④好：爱。

【赏析】

《木瓜》中的女孩看见那位心仪已久的人走过，随手将一只木瓜投给了他。女孩笑而不语，而男孩早已心领神会，忙把自己随身携带的玉佩赠送给了姑娘。

在古代中国，甚至到现在，恋人之间的情谊就是以小物品为纽带的，古代时候经常以瓜果、玉佩、丝带等连接感情，在他们看来，一滴水、一朵花、一把扇子都能表达出深深爱意，如《郑风·溱洧》中的“维士与女，伊其相谑，赠之以勺药”，是互赠芍药作为定情之物。再如唐代女词人晁采的《子夜歌十八首》：“轻巾手自制，颜色烂含桃，先怀侬袖里，然后约郎腰。”意思是说，我亲手为你缝制的这条轻盈的丝腰巾，颜色灿烂得像鲜红的桃花，我先把它放进我的衣袖中，然后再送给你来束扎你的腰身。

古代的男女，一相见便觉亲切，有爱慕就表现出来。木瓜、木桃、木李、琼琚、琼瑶、琼玖，这些信手拈来都是信物，随时相遇可定终身。欢快而活泼，令人羡慕。诚如诗所言：匪报也，永以为好也。对美好感情的忠贞和向往才是最珍贵的。

考　槃

考槃在涧[①]，硕人之宽。独寐寤言[②]，永矢弗谖[③]！考槃在阿[④]，硕人之薖[⑤]。独寐寤歌，永矢弗过！考槃在陆[⑥]，硕人之轴[⑦]。独寐寤宿，永矢弗告！

【注释】

①考：敲，敲击。槃（pán）：即盘，盘子。指一种木制的盘子，古人唱歌时敲盘伴奏。涧：山谷中的水流。②寐：睡。寤：醒。③矢：通“誓”，发誓。谖（xuān）：忘记。④阿（ē）：山坳。⑤薖（kē）：宽大，豁达。⑥陆：山间平地。⑦轴：徘徊，来回走。

【赏析】

架起木屋溪谷旁，贤人觉得很广阔。一个人醒后自言自语，这种乐趣誓不忘记！架起木屋在山坡，贤人当它安乐窝。一个人醒后独自咏歌，誓不与世俗之人交往！架起木屋在高原，贤人盘旋真悠闲。独醒独睡独自躺，此中乐趣不能言！

河　广

谁谓河广？一苇杭之[①]。谁谓宋远？跂予望之[②]。谁谓河广？曾不容刀[③]。谁谓宋远？曾不崇朝[④]。

【注释】

①杭：即航，渡。一苇杭之：形容两地极近，此处为夸张手法。②跂（qì）：翘起脚跟。予：而。③曾（zēng）：乃，竟。刀：通“舠”，小船。④崇朝（zhāo）：指从天亮到吃早饭之间的一段时间，喻时间短暂。

【赏析】

谁说河面太宽广？一片苇叶就能渡岸。谁说宋国太遥远？踮起脚尖我就能望见。谁说河面太宽广？却容不下一条小船。谁说宋国太遥远？不需一个早上就能到对岸。

王 风

君子于役

君子于役①，不知其期。
曷至哉②？鸡栖于埘③，
日之夕矣，羊牛下来。
君子于役，如之何勿思！
君子于役，不日不月。
曷其有佸④？鸡栖于桀⑤，
日之夕矣，羊牛下括⑥。
君子于役，苟无饥渴⑦？

【注释】

①君子：指丈夫。②曷（hé）：何时。③埘（shí）：鸡舍。④佸（huó）：相会。⑤桀：鸡栖架。⑥括：同“踰”，聚集。⑦苟：也许，大概。

【赏析】

这首《君子于役》讲述的是女子的夫君去边疆服役，女子对他的思念之情。她慨叹道：

“我的夫君服役去了，何时才能回来？此刻太阳已经落山，鸡、羊和牛都回到自己的圈里去了。我的心只剩下思念和心神不宁，望眼欲穿，不住呼唤。君子于役，不日不月。不知你何时能得回来？相见遥遥无期，我的丈夫服役去了，他不要挨饿，不要受渴。”

在这首诗中，诗人表达了女子对离家丈夫的殷切思念。一些细节的描写十分亲切感人。读来让人感觉这样的思妇就在你我眼前。

周公率军东征，使得四国的百姓深受教化感染，周公对百姓的哀怜体现了周公的善良，其实周公也是为了四国家人的生活平安才发动战争，有时候，战争并不是一味地涂炭生灵，而是要开创一片新的天地，只是这过程过于惨烈，使人不敢正视罢了。

残酷的战争造就了很多怨妇痴女，《诗经》中有不少作品是反映思妇等待丈夫归来却不能的。这首《君子于役》就是代表。征夫应该回乡却不见回来，女人心里悲伤啊。期限已过人不回，怎不叫人伤心怀！

黍　离

彼黍离离①，彼稷之苗②。行迈靡靡③，中心摇摇④。知我者谓我心忧。不知我者谓我何求。悠悠苍天⑤，此何人哉⑥？彼黍离离，彼稷之穗。行迈靡靡，中心如醉。知我者谓我心忧。不知我者谓我何求。悠悠苍天，此何人哉！彼黍离离，彼稷之实。行迈靡靡，中心如噎。知我者谓我心忧。不知我者谓我何求。悠悠苍天，此何人哉！

【注释】

①彼：指示代词，那，那个。黍（shǔ）：黍子，一种农作物，籽实去皮后叫黄米。离离：排列成行，整齐繁密的样子。②稷（jì）：谷子，一种农作物，籽去皮后叫小米。③行迈：行走不止。一说，迈为远行。靡靡：步行缓慢的样子。④摇摇：心忧不安的样子。一说为“愮愮”，忧郁无处诉说的样子。⑤悠悠：遥远的样子，形容无边无际。⑥此：指这种颓败荒凉的景象。何人：指什么人（造成的）。

【赏析】

那黍子生长满田畴，那谷子抽苗绿油油。我举步迟迟，因为心中彷徨愁闷。理解我的人说我心中忧愁。不理解我的人说我有什么贪求。悠悠苍天啊，是谁害得我要离家走？那黍子生长满田畴，那谷子抽穗垂下头。我举步迟迟，心中忧闷如醉。理解我的人说我心中忧愁。不理解我的人说我有什么贪求。悠悠苍天啊，是谁害得我要离家走？那黍子生长满田畴，那谷子结实不胜收。我举步迟迟，心中哽塞郁闷。理解我的人说我心中忧愁。不理解我的人说我有什么贪求。悠悠苍天啊，是谁害得我要离家走？

采 葛

彼采葛兮[①]，一日不见，如三月兮！彼采萧兮[②]，一日不见，如三秋兮！彼采艾兮[③]，一日不见，如三岁兮！

【注释】

①葛：植物名。其纤维可以织布，块根可以吃。②萧：植物名。一种蒿子，有香气，古人用它来祭礼。③艾：植物名，烧艾叶可以治病。

【赏析】

那采葛的姑娘，一天不见，像隔了三月不相见！那采萧的姑娘，一天不见，像隔了三季不相见！那采艾的姑娘，一天不见，像隔了三年不相见！

齐 风

还

子之还兮[①]，遭我乎猺之间兮[②]。并驱从两肩兮[③]，揖我谓我儇兮[④]。子之茂兮[⑤]，遭我乎猺之道兮。并驱从两牡兮[⑥]，揖我谓我好兮。子之昌兮，遭我乎猺之阳兮[⑦]。并驱从两狼兮，揖我谓我臧兮[⑧]。

【注释】

①还：敏捷灵巧。②遭：碰，遇见。猺（náo）：山名。③从：追逐。肩：通“豜”，三岁的兽，大兽。④揖：拱手作揖。儇（xuān）：灵巧，敏捷。⑤茂：优秀。⑥牡（mǔ）：雄兽。⑦阳：山的南面。山之南曰阳，山之北曰阴。⑧臧：善，能干。

【赏析】

你敏捷灵巧，我们相遇在猺山间。我俩并肩追逐两只大兽，你给我作揖夸我灵巧。你身手不凡，我们相遇在猺山道。我俩并肩追逐两只雄兽，你给我作揖夸我身手好。你健壮勇武，我们相遇在猺山南。我俩并肩追逐两只大狼，你给我作揖夸我本领高。

东方未明

东方未明，颠倒衣裳[①]。颠之倒之，自公召之[②]。东方未晞[③]，颠倒裳衣。倒之颠之，自公令之[④]。折柳樊圃[⑤]，狂夫瞿瞿[⑥]。不能辰夜[⑦]，不夙则莫[⑧]。

【注释】

①衣：上衣。裳：下衣。②自：从。召：召唤。③晞（xī）：天亮。④令：命令。⑤樊（fán）：篱笆，此作动词，编篱笆。圃：菜园子。⑥狂夫：指监工。瞿瞿（qú）：瞪眼怒视的样子。⑦辰：通“晨”，早上。⑧莫（mù）：古“暮”字，晚。

【赏析】

东方还未放亮，颠颠倒倒穿衣裳，手忙脚乱。颠颠倒倒很狼狈，因为公侯派人来叫。东方还没放亮，颠颠倒倒穿衣裳，手忙脚乱。颠颠倒倒很狼狈，因为公侯派人来唤。折下柳条编篱笆围菜园，监工在旁瞪眼看。不分昼夜，不是早起就是晚睡。

郑风

有女同车

有女同车①，颜如舜华②，
将翱将翔，佩玉琼琚③。
彼美孟姜④，洵美且都⑤。
有女同行，颜如舜英⑥，
将翱将翔，佩玉将将⑦。
彼美孟姜，德音不忘⑧。

【注释】

①同车：指男方驾车到女家迎娶。②舜：即芙蓉花，即木槿。华：花。③琼琚：一种美玉。④孟姜：代指美女。⑤洵：确实。都：娴雅。⑥英：花。⑦将将（qiāng）：同“锵锵”，象声词，玉石相互碰击摩擦的响声。⑧德音：美好的品德声誉。

【赏析】

有位姑娘和我在一辆车上，脸儿好像木槿花开放。跑啊跑啊似在飞行，身佩着美玉晶莹闪亮。这位女子不寻常，真正美丽又漂亮。有位姑娘与我一路同行，脸儿像木槿花水灵灵。跑啊跑啊似在飞翔，身上的玉佩叮当响不停。这位女子真多情，美好品德我常记心中。

这首诗的意境清新浅白，又纯洁动人。时值夏秋之交，草儿茂盛，木槿花开，柔和的阳光里到处是花草的淡静世界，一辆宽敞华美的马车行走在大路之上，车上坐着出外游玩的姑娘和她的情郎，男女两人一同出游。诗中洋溢着欢乐的情绪，明快的节奏，令人心旷神怡。

清朝词人纳兰容若讲究写词要抒写“性灵”，又要有文风贯穿始终，诗经中这首《郑风·有女同车》便是活例，这首诗歌言辞简练，情意缓缓而出，毫不堆砌，语境浅白，完全符合容若性灵之说。而且，这首千年之前的诗歌，更是给人以当空明月，繁星耀眼的轻灵之感。

诗中所写的这位姑娘，其实就是齐僖公的小女儿文姜。她比较有文采，故称文姜。春秋时期的齐国十分强大，齐僖公的两个女儿也成为当时各诸侯国竞争的对象。在众多的追求者中，文姜特别看好郑国的太子姬忽，后来两国缔结了婚约。

郑国人很高兴，所以专门创作了《有女同车》这首民歌来表达对这位未来的君夫人的期待。不过郑国人没有好运气，没有盼来这位大美女。因为太子郑忽很快就以“齐大非偶”为由，退掉了这门亲事。其实这是他的一个借口，他退亲的真正原因是他知道文姜在齐国有私情，并且她的情人还是她的胞兄诸儿。

子　衿

青青子衿①，悠悠我心②。
纵我不往，子宁不嗣音③。
青青子佩，悠悠我思。
纵我不往，子宁不来。
挑兮达兮④，在城阙兮⑤。
一日不见，如三月兮！

【注释】

①子：古时对男子的美称。衿：衣领。②悠悠：绵长不断的样子。③宁：难道。嗣音：寄声相问。嗣，通“贻”，给。④挑达（táo tà）：来回走动的样子。⑤城阙：城门两边的观楼。

【赏析】

“青”在古代就是蓝色，《毛诗序》中说：“青衿，青领也，学子之所服。”在古代，对人们的穿着打扮都有着严格的规定，按着社会等级从穿着上区分身份。特别是汉代以前更有明文规定冠帽只有官员才能佩戴，商人还不得穿丝绸料子的衣服，只能穿葛麻料子的成衣。而读书人的地位很高，准许穿戴当时很优雅高贵的颜色——青色衣服。所以，书生又称为青衿，这便是《子衿》中的青青子衿。

《子衿》中的郑国女子这样说：“纵然我不曾去找你，难道你从此断音信？纵然我不曾去找你，难道你不能自己来？”其实女子要表达的是“你来不来都一样，尽管

我着急，我生怨，但心始终向着你。”于是发出“一天见不到你，就像过了三个月那么久”的慨叹。

后来曹操在他的《短歌行》之一中直接引用了这句，“青青子衿，悠悠我心。但为君故，沉吟至今。”这就成了一个男人的政治抱负，对贤才的渴求和对雄伟霸业的忧思：“你那青青的衣领啊，深深萦回在我的心灵。虽然我不能去找你，你为什么不主动给我音信？”曹操的这首诗作被视为建安文学的一颗明珠。而《子衿》所体现出来的清新细致的情境在宋代李清照早期的一首《浣溪沙》中似乎得到了延伸，词中这样写道：“秀面芙蓉一笑开，斜飞宝鸭衬香腮，眼波才动被人猜。一面风情深有韵，半笺娇恨寄幽怀，月移花影约重来。”这首词与《子衿》的意境几乎重合，精妙地绘出了一个处在热恋中的女孩子等待情人的娇憨之态。

或许对于许多人来说，曹操的《短歌行》更脍炙人口，而才气过人的李清照似乎也更有魅力，然而这篇《子衿》的美却从未消逝，反倒是在后人对其意境与语词的化用里，透露着《诗经》对于中国后来的古典诗歌文学不言而喻的巨大影响。

溱　洧

溱与洧[①]，方涣涣兮。
士与女，方秉蕑兮[②]。
女曰：“观乎？”士曰：“既且[③]。”
“且往观乎[④]？洧之外，洵訏且乐[⑤]。”
维士与女，伊其相谑，赠之以勺药[⑥]。
溱与洧，浏其清矣[⑦]。
士与女，殷其盈矣[⑧]。
女曰：“观乎？”士曰：“既且。”
“且往观乎？洧之外，洵訏且乐。”
维士与女，伊其将谑[⑨]，赠之以勺药。

【注释】

①溱（zhēn）、洧（wěi）：河名。涣涣：冰河解冻奔腾的样子。②蕑（jiān）：兰草，一种香草名。③既且：已经去过了。④且，同“徂（cú）”。⑤讦（xū）：广阔无边。⑥勺药：即芍药，又名辛夷，一种香草。古时候情人离别时互赠此草，用以寄托情怀，结“恩情”。⑦浏：水深而清的样子。⑧殷：多。⑨将：同“相”。

【赏析】

这是一幅美好的游春图面，带着浓郁的生活气息。其中传递出来的欣喜、兴奋的情感，带着读者回到了先秦时的上巳节，听到了鲜艳的芍药花瓣中开出的爱之声：“维士与女，伊其将谑，赠之以勺药。”

“溱与洧，方涣涣兮。”春天到来，万物复苏，郊外的溱河和洧河解冻了，河水哗啦啦地流淌，人们如何来表达内心的喜悦和激动呢？只能陶醉在这一片春光里，爱情和喜悦之情一起在心底疯长。众多的男男女女之中诗人抓住了一对男女细腻的瞬间对白：

女子说：“我们过去看。”

男子说：“我已经去过。”

女子又说：“那就再过去看看吧！”或许女孩子很早就喜欢这位男子，聚会之中正好找个理由一起玩儿。或许他们并不认识，只是一见钟情。在女孩儿大胆地邀请之后，爱情就有了火花。然后是无数的“士与女”互赠芍药，定情欢乐。

《本草纲目》中记载芍药时说：“犹婥约也。婥约，美好貌。此草花容婥约，故以为名。”芍药读起来是“着约”的谐音，也就是守约、赴约的意思了，符合人们的美好理想。所以芍药成了古时的爱情之花。

少女们面色红润，手持鲜花，尽情将自己火热的目光和情感抛向自己的偶像，少年们衣着光鲜，青春的脸上洋溢着喜悦与任性，坚定而自然地牵起心上人的手。

《溱洧》是一幅欢乐无比的游春图，从溱、洧之滨踏青归来的男女，他们手捧芍药花，洒下一路芬芳。尽管当时郑国是个小国，还总是遭受到周边大国的侵扰，本国的统治者也并不清明，但对于普普通通的人民来说，春天的日子让人感到喜悦，他们有节日，他们有芍药，他们有对美好生活的信心与勇气。

先秦时候法令允许男女相会，就是仲春之会。《周礼》上记载说：“于是时也，奔者不禁。”根据当时郑国的风俗，每年的仲春上巳之日是大规模的民俗节日，男男女女纷纷来到溱、洧水边，以新解冻的春水洗涤污垢，认为这样可以除去整个冬天所积存的病害，在新的一年里健康吉祥。

《后汉书·礼仪上》中记载到：“是月上巳，官民皆絜（洁）于东流水上，曰洗濯祓除去宿垢疢为大絜。”而对年轻男女来说，这更是自由快活的春游，趁这个大好机会在野外踏青，泼水相戏，撞见心仪的男女，择偶成家。

上巳节在魏晋之时更多地演化成为文人雅士的娱乐活动，“永和九年，岁在癸丑，暮春之初，会于会稽山阴之兰亭，修禊事也，群贤毕至，少长咸集……”如著名书法家、文学家王羲之的《兰亭序》中记叙的聚会作文，更接近于上巳本色的还是《诗经》中的《溱洧》。

大叔于田

叔于田，乘乘马①。执辔如组②，两骖如舞③。叔在薮④，火烈具举⑤。襢裼暴虎⑥，献于公所⑦。将叔无狃⑧，戒其伤女。叔于田，乘乘黄。两服上襄⑨，两骖雁行⑩。叔在薮，火烈具扬。叔善射忌⑪，又良御忌。抑磬控忌⑫，抑纵送忌⑬。叔于田，乘乘鸨⑭。两服齐首，两骖如手。叔在薮，火烈具阜⑮。叔马慢忌，叔发罕忌⑯。抑释掤忌⑰，抑鬯弓忌⑱。

【注释】

①前“乘”：动词，坐，驾。后“乘”：名词，古时指四匹马驾的车。②辔（pèi）：马缰绳。如组：像织布时经纬分明，有条不紊，很有节奏，形容驭马技艺高强。③骖（cān）：古代指车辕外侧两旁的马。如舞：骖马跑起来步调一致，像舞蹈一样。④薮（sǒu）：草木茂盛的沼泽，禽兽聚藏之所。⑤烈：通“列”，行列。具：通“俱”，都。⑥襢裼（tǎn xī）：脱去上衣。暴：徒手搏击。⑦公所：官府。⑧将（qiāng）：请，求。狃（niǔ）：习惯某事，习以为常而不予重视。⑨服：古车独辕居中，夹辕的内侧的两匹马叫服。上：前面。襄（xiāng）：驾车。⑩雁行：形容整齐像大雁成行。⑪忌：语气词，表赞美语气。⑫抑：语气助词。磬：纵马驰骋。⑬纵：射箭出去。送：追逐禽兽。⑭鸨：毛色黑白相杂的马。⑮阜（fù）：盛，旺。⑯发：射箭。罕：少。⑰释：揭开。掤（bīng）：箭筒的盖子。⑱鬯（chàng）：通“韔”，弓袋，此处作动词，指装进袋中。

【赏析】

叔去打猎，驾驭驷车的马。手执缰绳像丝组，两匹骖马步调一致如同跳舞。叔驾车在沼泽，一行行火把同时举起。赤膊上阵，徒手搏虎，把它打来献给官府。请叔不要大意，提防老虎伤着你。叔去打猎，驾驭驷车黄马。两匹辕马昂首在前，两匹骖马宛如雁行在后。叔驾车在沼泽，一行行火把同时点燃。叔擅长射箭，又擅长驾车。忽而勒马急停车，忽而纵马任驰骋。叔去打猎，驾驭驷车花马。两匹辕马齐头并进，两匹骖马如两手。叔在沼泽围猎，火把熊熊烧得旺。叔的马走得慢悠悠，叔的箭少了。揭开箭筒的盖子，把弓儿放进弓袋。

女曰鸡鸣

女曰："鸡鸣。"士曰："昧旦[①]。""子兴视夜[②]，明星有烂[③]。""将翱将翔，弋凫与雁[④]。""弋言加之[⑤]，与子宜之[⑥]。宜言饮酒，与子偕老。琴瑟在御[⑦]，莫不静好[⑧]。""知子之来之[⑨]，杂佩以赠之[⑩]。知子之顺之，杂佩以问之。知子之好之，杂佩以报之。"

【注释】

①昧旦：黎明，拂晓，天将亮而未亮的时候。②兴：起来，起床。③明星：指启明星。有：助词。烂：灿烂，明亮。④弋（yì）：射，所射的箭尾系有生丝绳。凫（fú）：野鸭。⑤言：连词，连接两个动词。加：射中。⑥与：给。宜：烹调，做成菜肴。⑦御：用，弹奏。⑧莫：没有人。⑨前"之"：助词。后"之"：人称代词，我。来（lài）：慰勉，慰劳。⑩杂佩：古时一种佩饰，由几种玉缀合而成。

【赏析】

女的说："鸡都叫了（该起床了）。"男的说："天还没大亮呢（再睡一会儿吧）。""你快起来看夜色，启明星闪闪发光。""我要出去转一趟，去射野鸭和大雁。""一射就射中了猎物，给你做成美餐。就菜下酒相对饮，和你白头到老。你弹琴来我鼓瑟，没有谁不文静美好。""你的体贴我知道，用杂佩来赠送你。你的温顺我知道，用杂佩来感谢你。你的爱恋我知道，用杂佩来回赠你。"

扬之水

扬之水[①]，不流束楚[②]。终鲜兄弟[③]，维予与女[④]。无信人之言，人实迋女[⑤]。扬之水，不流束薪。终鲜兄弟，维予二人。无信人之言，人实不信。

【注释】

①扬：悠扬，水流缓慢的样子。②不流：浮不起，漂不起。束：捆。楚：一种灌木，即荆条。③终：既，已。鲜：少。④维：只有。⑤迋（kuáng）：通"诳"，欺骗。

【赏析】

缓缓流淌的河水，漂不起一捆荆条。兄弟稀少，只有你我结同心。不要轻信别人话，别人确实是在骗你。缓缓流淌的河水，浮不动一捆柴草。兄弟稀少，只有你我结同心。不要轻信别人话，别人确实是不可信。

出其东门

出其东门，有女如云[①]。虽则如云，匪我思存[②]。缟衣綦巾[③]，聊乐我员[④]。出其闉阇[⑤]，有女如荼[⑥]。虽则如荼，匪我思且[⑦]。缟衣茹藘，聊可与娱。

【注释】

①如云：形容众多。②思存：思念，念念不忘。③缟（gǎo）衣：白衣。綦（qí）巾：浅绿色的佩巾。④聊：且。乐：使动用法，使……乐。员：同“云”，语气词。⑤闉阇（yīn dū）：古代城门外层的半环形城墙，用以掩护城门，又名曲城。⑥荼（tú）：茅草的白花，盛开时浓茂美丽。如荼：形容女子美丽。⑦且（jù）：语气词。

【赏析】

出那东门，女子多如云。虽然多如云，不是我的意中人。素衣青佩巾，喜欢又相亲。出那曲城门，女子美如花。虽然美如花，不是我的意中人。素衣红佩巾，与她同欢乐。

魏　风

十亩之间

十亩之间兮，
桑者闲闲兮[①]。
行与子还兮[②]。
十亩之外兮，
桑者泄泄兮[③]。
行与子逝兮[④]。

【注释】

①闲闲：从容不迫的样子。②行：将要。③泄泄：从容的样子。④逝：往，去。

【赏析】

这首《魏风·十亩之间》旋律轻松，以愉悦的口吻描述在桑间劳作的乐趣。站于十亩的桑园间，采桑的人十分悠闲地劳作着，纷纷相互嬉笑着结伴回家，而那十亩桑园之外则是桑林，采桑的人笑脸盈盈，相互携手离去。

魏国地处偏北之区，条件艰苦而不利于耕种，但是那里的先民是勤劳而乐观的。这首诗歌描绘了一派清新恬淡的田园风光，夕阳西下，余晖透过碧绿的桑叶照进一片宽大的桑园。牛羊归栏，炊烟四起。忙碌了一天的采桑女，收拾行李归家，顿时，桑园里响起一阵阵彼此呼唤的声音。他们轻松愉快的劳动心情也会感染千年后的读者。

关于这首诗的诗旨，有不同的阐释。《毛诗序》认为其为“刺时”之作。宋代苏辙则解释为“偕友归隐”，清代方玉润《诗经原始》则说是“夫妇偕隐”。无论何种解释，此诗中所描绘的桑园风光是确定无疑的。

先秦时期，采桑作为一项非常普遍的生存之道，使得桑园成为女人除家庭之外最重要的活动场所。有女人的地方必有爱情，学者傅道彬在自己的研究中这样说过：“古老的桑园因为有着太多的故事，以至于成为一个爱的隐语。”这首《十亩之间》流传下来的正是这幅桑园晚归图，桑民是这幅美丽清新画卷的主角，恬静自然。

伐檀

坎坎伐檀兮①，寘之河之干兮②，河水清且涟猗③。
不稼不穑④，胡取禾三百廛兮⑤？
不狩不猎，胡瞻尔庭有县貆兮⑥？
彼君子兮⑦，不素餐兮⑧！
坎坎伐辐兮⑨，寘之河之侧兮，河水清且直猗。
不稼不穑，胡取禾三百亿兮？
不狩不猎，胡瞻尔庭有县特兮⑩？
彼君子兮，不素食兮！
坎坎伐轮兮，寘之河之漘兮⑪，河水清且沦猗⑫。
不稼不穑，胡取禾三百囷兮⑬？
不狩不猎，胡瞻尔庭有县鹑兮？
彼君子兮，不素飧兮⑭！

【注释】

①坎坎：象声词，伐木声。②寘：同“置”，放。干：水边。③猗（yī）：语气助词。④稼：播种。穑（sè）：收获。⑤胡：为什么。廛（chán）：同“缠”，捆。⑥县：同“悬”。貆（huān）：猪獾。⑦君子：讽指有地位有权势的人。⑧素餐：不劳而获。⑨辐：车轮上的辐条。⑩特：小兽。⑪漘（chún）：水边。⑫沦猗：小波纹。⑬囷：束。⑭飧（sūn）：晚饭。

【赏析】

这首《伐檀》是诗经中为数不多的直接控诉统治者的诗篇。诗中直接严厉责问，用事实来揭露上层统治的暴行和苛政，抒发蕴藏在胸中的熊熊怒火，人们年复一年繁重劳动，苦难生活，却什么都得不到。在诗歌中，这种积压在胸中的情感被完全抒发出来。

伐檀的声音砍砍作响，一棵棵檩树被放倒在河边上，河水泛着清清的涟漪。那些人既不播种也不收割，为什么家中有着三百捆禾？既不冬狩也不夜猎，为什么你的庭院悬着猪獾？那些君子官爷们啊，不应白吃闲饭啊。砍下檀树来做车辐，把它们放在河边堆放一处。河水清清直着流淌。那些人既不播种也不收割，为什么要独取三百捆禾？既不冬狩也不夜猎，为什么你的庭院里悬着猎来的野兽？那些君子官爷们啊，不应白吃饱腹啊！砍下檀树来做车轮，把它们一棵棵放倒在河边堆起来。河水清清泛起波纹，既不播种也不收割，为什么要独吞三百捆禾？既不冬狩也不夜猎，为什么你的庭院里挂着鹌鹑？那些君子官爷们啊，不应白吃腥荤哪！

这首反抗诗歌，是讽刺奴隶主贵族们不从事生产劳动，但却有几百囤的粮食，家中还悬挂着各种各样的猎物，吃都吃不完。这是哪里来的？诗人一针见血地斥诉道：不稼不穑，不狩不猎，胡瞻尔庭有县貆兮？胡瞻尔庭有县特兮？胡瞻尔庭有县鹑兮？这些直接斥问显得很有力度，而最后的那句“彼君子兮，不素飧兮！”是近乎总结性的感叹，作为贵族统治者，本不应当这样，现在反而如此压榨劳动者，坐享其成，实在不是彼君子应当有的作为啊！

硕　鼠

硕鼠硕鼠[①]，无食我黍！
三岁贯女[②]，莫我肯顾。
逝将去女，适彼乐土。
乐土乐土，爰得我所[③]。

硕鼠硕鼠，无食我麦！
三岁贯女，莫我肯德[④]。
逝将去女，适彼乐国。
乐国乐国，爰得我直[⑤]。
硕鼠硕鼠，无食我苗！
三岁贯女，莫我肯劳[⑥]。
逝将去女，适彼乐郊。
乐郊乐郊，谁之永号[⑦]？

【注释】

①硕鼠：即田鼠，喻剥削无厌的统治者。②三岁贯女：侍奉你多年。女，通“汝”，你，即指统治者。三岁，非实数，喻时间长。③所：安居之所。④德：感谢。⑤直：同“值”，值得。⑥劳：慰问。之：表反问语气。⑦永号：长吁短叹。

【赏析】

《毛诗序》说：“硕鼠，刺重敛也。国人刺其君重敛，蚕食于民。不修其政，贪而畏人，若大鼠也。”

《魏风·硕鼠》形象地刻画出剥削者的丑恶面目，“三岁贯女，莫我肯顾”，奴隶们长年劳动，用自己的血汗养活了奴隶主，而奴隶主却没有丝毫的同情和怜悯，残忍无情，得寸进尺，剥削的程度愈来愈强。“逝将去女，适彼乐土”到“乐国”，再到“乐郊”，奴隶们似乎已经有了对自由和幸福的向往，幻想着能找到一块理想的国土，自此摆脱严重的剥削，再也不用哀伤叹息地过日子了。

这首《硕鼠》是《诗经》中的又一首反抗诗，是对压迫和盘剥的控诉。在《硕鼠》中不但有愤怒，还有反抗，“硕鼠硕鼠，无食我黍！”贪婪的大老鼠，不要再吃我的粮食了！反映着劳动人民捍卫自己劳动成果的正义要求，有着深刻的进步意义。

园有桃

园有桃，其实之殽[①]。心之忧矣，我歌且谣[②]。不我知者[③]，谓我士也骄。彼人是哉？子曰何其[④]？心之忧矣，其谁知之？其谁知之，盖亦勿思[⑤]！园有棘[⑥]，其实之食。心之忧矣，聊以行国[⑦]。不我知者，谓我士也罔极[⑧]。彼人是哉，子曰何其？心之忧矣，其谁知之？其谁知之，盖亦勿思。

【注释】

①其实之殽：即“殽其实”。殽(xiáo)：吃，食用。②歌：有乐曲地唱。谣：无曲调地唱。③不我知：即“不知我”。④何：如何。其：语气词，表揣测。⑤盖：通“盍”，何不。⑥棘：酸枣树。⑦行国：在国都中走走。⑧罔：无，没有。极：限度、准则。

【赏析】

园里长有桃树，摘那果实来吃。心中满是忧愁，我唱起忧伤的歌谣。不了解我的人，说我这人太骄傲。执政者是正确的吗？你又为啥多唠叨？心中忧愁，谁能了解我的苦恼？谁能了解我的苦恼？何不不再去想！园里长有棘树，摘那果实来吃。心中满是忧愁，姑且在国都走走。不了解我的人，说我做人有违常道。执政者是正确的吗？你又为啥多唠叨？心中忧愁，谁能了解我的苦恼？谁能了解我的苦恼？何不不再去想！

唐风

葛生

葛生蒙楚[1]，蔹蔓于野[2]。
予美亡此[3]。谁与？独处！
葛生蒙棘[4]，蔹蔓于域。
予美亡此。谁与？独息！
角枕粲兮[5]，锦衾烂兮。
予美亡此。谁与？独旦！
夏之日，冬之夜。
百岁之后，归于其居[6]！
冬之夜，夏之日。
百岁之后，归于其室[7]！

【注释】

①蒙：覆盖。②蔹(liǎn)：野葡萄。③予美：我的爱人。④棘：酸枣。⑤粲：同“灿”。⑥其居：墓穴。⑦其室：同“其居”。

【赏析】

这是一首女子哭悼亡夫的诗。整首诗以葛起兴，寄托哀思。“予美亡此。谁与？

独处！”这是女子内心的独白，听起来十分沉重，在荒凉的墓地，她悲恸地悼念亡夫，茫茫大地上野葛遮盖了一层又一层，那野草下面隐藏着的，是一个多么让人伤痛的现实啊！

自己一生唯一爱着的丈夫，就长眠在野草之下。往后的日子是多么难熬，自己将与悲伤同行。冬之夜，夏之日。后来有千日，不知如何独守空室，思念亡去的人儿，于是妇人哀叹道，“百岁之后，归于其室”！只有等到百年之后，同眠地下，才是最后的归宿与解脱。

这首诗是女性的悼亡怀念作品，凄凄低语，这种真真切切的情意，让人动容。

今时今日，悼亡哀思仍是一样的伤情，“予美亡此。谁与？独息！予美亡此。谁与？独旦！”道破了怀念的本质。

蟋 蟀

蟋蟀在堂，岁聿其莫①。今我不乐，日月其除。无已大康②，职思其居③。好乐无荒，良士瞿瞿④。蟋蟀在堂，岁聿其逝。今我不乐，日月其迈⑤。无已大康，职思其外⑥。好乐无荒，良士蹶蹶⑦。蟋蟀在堂，役车其休。今我不乐，日月其慆⑧。无已大康，职思其忧。好乐无荒，良士休休⑨。

【注释】

①聿：助词，无实义。莫：同“暮”，晚，将尽。②已：太，甚。大：同“太”，过分。康：安康，逸乐。③职：应当。其居：担任的职位，所处的地位。④良：贤。瞿瞿：小心谨慎的样子。⑤迈：去，（时光）消逝。⑥外：职务以外的事。⑦蹶蹶（guì）：勤奋敏捷的样子。⑧慆（tāo）：逝去，过去。⑨休休：快乐而有节制的样子。

【赏析】

蟋蟀在堂屋鸣叫，一年又到尽头。今天不及时行乐，光阴一去再不还。过度安乐也不好，还要想想所担的职责。喜欢行乐但不荒淫无度，贤人应该常保持警醒。蟋蟀在堂屋鸣叫，一年又将过去。今天不及时行乐，光阴一去再不还。过度安乐也不好，还要想想职守以外的事。喜欢行乐但不荒淫无度，贤人勤奋又灵敏。蟋蟀在堂屋鸣叫，出差的车儿将回来。今天不及时行乐，光阴一去再不还。过度安乐也不好，还要想想忧心的事。喜欢行乐但不荒淫无度，贤人安详又舒心。

绸　缪

绸缪束薪[①]，三星在天[②]。今夕何夕，见此良人[③]？子兮子兮[④]，如此良人何[⑤]？绸缪束刍[⑥]，三星在隅[⑦]。今夕何夕？见此邂逅[⑧]。子兮子兮，如此邂逅何！绸缪束楚[⑨]，三星在户[⑩]。今夕何夕？见此粲者[⑪]。子兮子兮，如此粲者何！

【注释】

①绸缪（móu）：缠绕。束：捆。薪：柴。②三星：这里指参宿三星。③良人：好人儿。④子兮：你呀。⑤如……何：把……怎么样。⑥刍（chú）：喂牲口的草。⑦隅：角落。⑧邂逅：不期而遇的人。⑨楚：荆条。⑩户：门。⑪粲：美丽，艳丽。

【赏析】

把一捆柴火左缠右绑，参宿三星高高在天。今夜是个啥日子？见到这个好人儿。你呀你呀，要把这个好人儿怎么办？把一捆牧草左缠右绑，参宿三星东南天边闪。今夜是个啥日子？见到这个可心人。你呀你呀，要把这个可心人怎么办？把一捆荆条左缠右绑，参宿三星低低门口闪。今夜是个啥日子？见到这个美人儿。你呀你呀，要把这个美人怎么办？

桧风

匪　风

匪风发兮[①]，匪车偈兮[②]。顾瞻周道[③]，中心怛兮[④]。匪风飘兮[⑤]，匪车嘌兮[⑥]。顾瞻周道，中心吊兮[⑦]。谁能亨鱼[⑧]？溉之釜鬵[⑨]。谁将西归？怀之好音[⑩]。

【注释】

①匪：通“彼”，那。发：犹“发发”，象声词，风声。②偈（jié）：犹“偈偈”，车

疾驰的样子。③顾：回头。瞻：看，望。周道：大路，大道。④怛（dá）：悲伤，忧伤。⑤飘：飘风，本指旋风，这里是形容风势疾猛。⑥嘌（piāo）：疾驰的样子。⑦吊：悲伤。⑧亨：古"烹"字。⑨溉：洗涤。釜（fǔ）：锅。鬵（xún）：大釜，大锅。⑩怀之：使之怀，让他带。好音：好信儿，平安的消息。

【赏析】

风儿刮得发发响，车子跑得飞一样。回头望着大路，我心中充满忧愁。风儿刮得打旋转，车子轻快地飞跑。回头望着大路，我心中充满伤悲。谁能烹鱼做菜？我为他把锅洗干净。谁要回归西方？请帮我捎个平安信。

秦　风

蒹　葭

蒹葭苍苍①，白露为霜。
所谓伊人②，在水一方③。
溯洄从之④，道阻且长。
溯游从之⑤，宛在水中央⑥。
蒹葭萋萋，白露未晞⑦。
所谓伊人，在水之湄⑧。
溯洄从之，道阻且跻⑨。
溯游从之，宛在水中坻⑩。
蒹葭采采，白露未已。
所谓伊人，在水之涘⑪。
溯洄从之，道阻且右⑫。
溯游从之，宛在水中沚⑬。

【注释】

①苍苍：茂盛的样子。下"萋萋""采采"同。②所谓：指所怀念的。伊人：即思念追寻之人。③方：边。④从：追求、寻找。⑤溯游：顺流而下。⑥宛：宛然，好像。⑦晞（xī）：晒。⑧湄(méi)：水与草的交接处，即指岸边。⑨跻(jī)：升高，这里指地势越来越高。⑩坻(chí)：水中的小沙洲。⑪涘（sì）：水边。⑫右：指道路迂回。⑬沚（zhǐ）：水中的小块陆地。

【赏析】

诗的大意是，一个青年在白露茫茫、秋苇苍苍的水边徘徊，寻找他的“伊人”。“伊人”在哪里？她似乎就在眼前，却隔着一条无法渡过的河水,他只能看到佳人在水一方的倩影，美丽的笑容在雾中若隐若现。伊人可望而不可即，青年惘然若失。伊人之美，“宛在水中央”。男子为了保持心目中“伊人”若隐若现之美，不去接近，享受着水中望月的朦胧缥缈之美。

《蒹葭》诗中，青年从未真正清晰地看到过自己的心仪对象，但心中怕是早已有了她的模样，那么惹人喜爱。追寻的路途充满艰险，想要把那女子的模样忘掉，但怎么忘也忘不了。爱情，尤其是单相思带给人的常常就是悲苦与感伤，现在男子无法克制地思念那个人，迷离，恍惚，所以，他只好常常来这一片水边，只好傻傻地朝对岸遥望。女子也不能从“水中央”走出来，她只能属于水边，临水而居，与秋霜、芦苇为伴，才显得那么不染尘俗，盈盈一水间，脉脉不得语，《蒹葭》的若即若离美感，氤氲效果，让后世千年遐想万分。

距离产生美。人世间越是追求不到的东西，越是觉得可贵，爱情尤其如此。英国戏剧家萧伯纳曾说：人生有两大悲剧，一是得不到想得到的东西，一是得到了想得到的东西。得不到回报的爱情，带给人多少肝肠寸断，剪不断，理还乱。但无论如何，伊人在男子的心中，愈发高洁、可爱、可敬，更令他神往。

关于这首《蒹葭》的解释，《毛诗序》认为：“蒹葭，刺襄公也。未能用周礼，将无以固其国焉。”近代学者方玉润作《诗经原始》，还有姚际恒的《诗经通论》，则认为这是一首招贤诗，其中的“伊人”即“贤才”，说“征求逸隐不以其道，隐者避而不见”。又说“贤人隐居水滨，而人慕而思见之”。但更多的学者是将其视为爱情诗。“河边芦苇青苍苍，秋深露水结成霜。意中人儿在何处？就在河水那一方。逆着流水去找她，道路险阻又太长。顺着流水去找她，仿佛在那水中央。”（程俊英先生译本）。其实说是爱情诗，更能让人接受，因为“在水一方”的伊人早已成为中国古典诗词里的一个经典影像。

关于此首诗的意境，《古诗十九首》中有一首《迢迢牵牛星》颇为神似，其最后两句诗“盈盈一水间，脉脉不得语”，似最得《诗经》风致，只不过《蒹葭》清浅明丽，古气萦溢，虽有忧思但温润而不失高贵，而《迢迢牵牛星》则多带了几分忧苦悱恻，有更多的世俗气息。

无 衣

岂曰无衣？与子同袍[①]。王于兴师[②]，修我戈矛[③]，与子同仇[④]！岂曰无衣？与子同泽[⑤]。王于兴师，修我矛戟[⑥]，与子偕作[⑦]。岂曰无衣？与子同裳[⑧]。王于兴师，修我甲兵[⑨]，与子偕行。

【注释】

①袍：长衣。行军时白天当衣，晚上当被，类似现在的斗篷、披风。②王：此指秦王。于：句中助词。兴师：起兵，发兵。③修：修理、装配。戈矛：长柄兵器。④同仇：共同对敌。⑤泽：贴身的内衣。⑥戟：古代长柄武器，形似戈，有横直两锋刃，兼钩啄和刺击作用。⑦偕：共同。作：行动起来，一同出征作战。⑧裳：下衣，战裙，有护腿足的作用。⑨甲：铠甲。兵：武器的通称。

【赏析】

谁说没有衣裳？和你共穿一件战袍。君王要起兵兴师，修整我们的戈与矛。和你共同对付敌人。谁说没有衣裳？和你共穿一件衣衫。君王要起兵兴师，修整我们的矛与戟，和你一起作战到底。谁说没有衣裳？和你共穿一件战裙。君王要起兵兴师，修整我们的铠甲兵器，和你并肩上战场。

陈 风

东门之杨

东门之杨，其叶牂牂[①]。
昏以为期[②]，明星煌煌[③]。
东门之杨，其叶肺肺。
昏以为期，明星哲哲[④]。

【注释】

①牂牂（zāng）：叶大而茂盛的样子。下文“肺肺”同。②昏：黄昏。③明星：启明星。煌煌：明亮的样子。④哲哲（zhé）：同“煌煌”。

【赏析】

东门的大白杨树啊，叶儿正发出低音轻唱。约会定好的时间是黄昏，直等到明星东上。东门的大白杨树啊，叶儿正发出轻声叹息。约会定好的时间是黄昏，直等到明星灿烂。

陈国都城的东门外是男女青年的聚会之地，有“丘”“池”“枌”等。《陈风》中的爱情之歌《东门之池》《宛丘》《月出》《东门之枌》，大都产生在这块爱情的圣地上。

《东门之杨》写等待带来的美感，有一种珍惜在里边，欧阳修的《生查子·元夕》中也流露出来同样的情感：“去年元夜时，花市灯如昼。月上柳梢头，人约黄昏后。今年元夜时，月与灯依旧。不见去年人，泪满春衫袖。”

“月上柳梢头，人约黄昏后”，那片杨树林面积比较大，树因为年代久远了枝叶茂盛，是不是也象征着陈国男女的爱情也如树林一样繁茂而生生不息？和心爱的人约好了时间，早来的望着树林，急切地徘徊，焦急的心情相信等待过的人都会了解。这约会在恋人的心上，无疑既隐秘又新奇，期间涌动着的，当然还有几分羞涩、几分兴奋。等待者站在高大的杨树下，抬头看见了天上闪亮的星星，似乎在向自己眨着眼睛，心情也就略微好了起来，有星星相陪，想着念着，静静地等待着爱人的到来，也是一种幸福吧。

月　出

月出皎兮，佼人僚兮①。
舒窈纠兮②，劳心悄兮③。
月出皓兮，佼人懰兮④。
舒忧受兮，劳心慅兮⑤。
月出照兮，佼人燎兮⑥。
舒夭绍兮⑦，劳心惨兮⑧。

【注释】

①佼人：美人。僚：美丽。②舒：安闲轻盈的样子。窈纠（jiǎo）：女子体态窈窕的样子。③劳心：忧心，思念。悄：深忧。④懰（liǔ）：妩媚的样子。⑤慅：心神不安。⑥燎：形容女子样貌优雅、漂亮。⑦夭绍：形容女子优雅的样子。⑧惨：当作“懆”，忧愁不安的样子。

【赏析】

“诗以言志”，古人认为诗是抒发内心的感受的。《月出》也是如此。看到自己喜欢的女子，在皎洁的月光下，男子就唱出了这一首歌。

天上月儿多么皎洁，照见你那娇美的脸庞，你那优雅苗条的倩影，只能使我心中忧伤！天上月儿多么素净，照见你那妩媚的脸庞，你那舒缓安详的模样，只能使我心中纷乱！天上月儿多么明朗，照见你那亮丽的脸庞，你那婀娜多姿的身影，只能使我黯然神伤！

对美人的相思之情，在中国的文学作品中屡见不鲜，在古代以诗歌为主要代表。《月出》便是这样一首吟唱的民谣。

月亮出来了，洒下皎洁明亮的光亮，照在她娇媚妩媚的脸庞，让他怀想。长久的相思牵动他的愁肠，痴恋的心情，如此令人烦忧。“明月当空引人愁，万家欢乐唯我忧。”皓月当空，清辉皎洁，千里的明月光，却让歌者忧伤起来。“月出皎兮，佼人僚兮。”一个“皎”字，传达出后人对月光的永久记忆。拿月光来比美人，确实“劳心悄兮”，月光美人，成为一种意象，一种世间最动人的意象。《月出》的作者第一个用含情脉脉的审美眼光关照月亮，在冰冷的自然之物中发现了温情的诗意。因此，说中国的月亮就是从《月出》中升起的，也无可厚非。在后世的诗词曲赋中，月亮便成了表达美好寄托相思的固定意象。

这首《月出》连用了“月出皎兮”“月出皓兮”“月出照兮”，循环往复，简单朴素，却给人一种真切的美感。足见诗韵之美不在华彩，而在情真。

株　林

胡为乎株林①？从夏南兮②！
匪适株林，从夏南兮！
驾我乘马③，说于株野④。
乘我乘驹，朝食于株⑤。

【注释】

①胡：为什么。株：陈国邑名。林：郊野。②夏南：夏姬之子。③我：指陈灵公。④说：同“税”，停车。⑤朝食：吃早饭。

【赏析】

这是一首讽刺诗，用冷峻犀利的笔墨讽刺揭露了陈灵公的狗彘之行。

“他们为什么兴冲冲地赶到株邑城外的郊野？只因为急着去见夏南吗？他们不是去株邑郊野吗？他们是要去找夏南的母亲吧。驾着大车赶起四匹马，停车在株邑的郊外。架起轻车赶着四匹宝马，抵达株邑歇息吃早餐。”

郑穆公的女儿嫁给陈国大夫夏御叔为妻子，按习俗从丈夫的姓，改名夏姬。夏御叔是陈定公的孙子，封地在株林地方。夏姬是一个美艳绝伦的女人，她未出嫁时，与自己的庶兄公子蛮私通，等嫁给夏御叔不到九个月，便生下了一个儿子，取名为夏南。虽然夏御叔有些怀疑孩子是否是自己的亲生子，但是惑于妻子的美貌，就没有深究。12年后，夏御叔病亡，夏姬也就隐居株林。寡妇门前是非多，而夏姬又是出了名的绝色美人，夏御叔一死，那些平时在暗地里垂涎夏姬美貌的男人就冒出来了。没有多久，经常进出株林的夏御叔的好友孔宁与仪行父都成了夏姬的床幕之宾。经过两个人介绍，国君陈灵公也加入了他们的行列。可耻的丑闻像是熊熊的山火在陈国肆虐蔓延，讽刺的歌谣在民间遍布流传。这首《株林》便是其中的代表。

尽管如此，陈灵公和他的大臣们并没有就此停下前往株林的脚步。最初，陈灵公还不敢声张，总是寻找种种借口偷偷摸摸前来。毕竟，与臣子的寡妻私通对一个国王来说并不是件光彩的事，夏姬的儿子夏南也一天天长大懂事起来。可是，日子一久，他与孔宁、仪行父就肆无忌惮、不再遮掩了。这样，君臣三人沉迷酒色的淫行成了陈国公开的秘密。陈灵公任命夏南承袭了他父亲生前的官职与爵位，执掌兵权，堵住了他的嘴巴和自尊心。面对君臣三人时常在朝堂上拿着夏姬的内衣嬉戏调笑，大臣们敢怒不敢言，选择视而不见。民间则开始用歌谣嘲讽君主的失威败德，荒废国事。

《毛诗序》认为“《株林》，刺灵公也。淫乎夏姬，驱驰而往，朝夕不休息焉”。

曹风

蜉蝣

蜉蝣之羽①，衣裳楚楚②。

心之忧矣，于我归处？

蜉蝣之翼，采采衣服③。

心之忧矣，于我归息？

蜉蝣掘阅④，麻衣如雪。

心之忧矣，于我归说⑤？

【注释】

①蜉蝣：一种寿命极短的昆虫。②楚楚：干净整齐的样子。③采采：光洁鲜艳的样子。④掘阅：光洁的样子。⑤说：同“税”，舍息，居住。

【赏析】

这首诗中，敏感的诗人借助一只蜉蝣写出了脆弱的生命在死亡前的短暂美丽和面临死亡的困惑。蜉蝣是一种生命周期很短的昆虫，它的幼虫在水中孵化以后，大概要在水中待3年才能达到成熟期，然后爬到水面的草枝上，把壳蜕掉成为蜉蝣，之后还要经过两次蜕皮才能展翅飞舞。之后，要在几个小时内交配、产卵，而后就要死去。

《淮南子》中记载说："蚕食而不饮，二十二日而化；蝉饮而不食，三十二日而蜕；蜉蝣不食不饮，三日而死。"明朝李时珍在自己的药学巨著《本草纲目》中更是一语抓住蜉蝣的生态特征："蜉，水虫也……朝生暮死。"朝生暮死，这是蜉蝣的命运，然而放大来看，也是天地苍生的共同命运——人生何其短暂。

"蜉蝣的羽啊，明艳如穿着鲜明的衣衫。我的心充满了忧伤，不知哪里是我的归处？蜉蝣的翼啊，明艳如穿着鲜明的衣衫。我的心充满忧伤，不知哪里是我的归息？蜉蝣多光彩啊，仿佛穿着如雪的麻衣。我的心里充满了忧伤，不知哪里是我的归结？"

这是一首对生命敬畏并且充满了忧伤的歌曲，作者想要淡然地面对生命这个严肃的话题，却又战战兢兢，无法克制内心对于时光飞逝的惊恐。

苏东坡在《前赤壁赋》也发过类似的感叹："寄蜉蝣于天地，渺沧海之一粟。哀吾生之须臾，羡长江之无穷。"古战场赤壁在，滚滚东流的长江也在，而那些曾经叱咤风云的英雄消失无踪。时间是如此无情，不会对任何一个人、一件事情客气，英雄人物以为自己改变的事情对时间来说，不过是一颗细小的尘埃罢了。

《曹风·蜉蝣》是千年前的古人唱出的对生命荒凉的惆怅。作者知道蜉蝣不久就会死去，可是蜉蝣似乎不知自己就要死去，还是穿着鲜艳好看的衣服，美丽无比，俏丽动人。身姿轻盈，宛如古代的宫女，尾部的两三根细长的尾丝，也如古代美女长裙下摇曳的飘带。作者不禁发出长叹：蜉蝣在有限的生命里还是在尽情展现自己，而我们人类有着漫长的生命，却不知道要走向何方。

豳风

七月

七月流火[①]，九月授衣[②]。一之日觱发[③]，二之日栗烈[④]。无衣无褐[⑤]，何以卒岁？三之日于耜[⑥]，四之日举趾[⑦]。同我妇子，馌彼南亩[⑧]。田畯至喜[⑨]。

七月流火，九月授衣。春日载阳，有鸣仓庚[⑩]。女执懿筐[⑪]，遵彼微行，爰求柔桑。春日迟迟，采蘩祁祁[12]。女心伤悲，殆及公子同归[13]。

七月流火，八月萑苇[14]。蚕月条桑[15]，取彼斧斨[16]。以伐远扬[17]，猗彼女桑[18]。七月鸣鵙[19]，八月载绩。载玄载黄，我朱孔阳[20]，为公子裳。

四月秀葽[21]，五月鸣蜩[22]。八月其获，十月陨萚[23]。一之日于貉，取彼狐狸，为公子裘。二之日其同，载缵武功[24]。言私其豵[25]，献豜于公[26]。

五月斯螽动股[27]，六月莎鸡振羽[28]。七月在野，八月在宇，九月在户，十月蟋蟀，入我床下。穹窒熏鼠[29]，塞向墐户[30]。嗟我妇子，曰为改岁，入此室处。

六月食郁及薁[31]，七月亨葵及菽。八月剥枣，十月获稻。为此春酒，以介眉寿[32]。七月食瓜，八月断壶[33]，九月叔苴[34]，采荼薪樗[35]。食我农夫。

九月筑场圃，十月纳禾稼。黍稷重穋[36]，禾麻菽麦。嗟我农夫，我稼既同，上入执宫功。昼尔于茅，宵尔索绹[37]，亟其乘屋，其始播百谷。

二之日凿冰冲冲[38]，三之日纳于凌阴[39]。四之日其蚤，献羔祭韭。九月肃霜，十月涤场。朋酒斯飨[40]，曰杀羔羊，跻彼公堂。称彼兕觥[41]：万寿无疆！

【注释】

①流火：大火星。流，消逝降下的意思。②授衣：缝制冬衣。③一之日：即夏历十一月。觱(bì)发：寒风发出的声音。④栗烈：凛冽。⑤褐：粗布衣。⑥耜（sì）：古代一种农具。⑦举趾：下地种田。⑧馌（yè）：送饭。⑨田畯（jùn）：监工的农官。⑩仓庚：黄莺。⑪懿筐：深筐。⑫蘩：白蒿。祁祁：妇女众多的样子。⑬归：出嫁。⑭萑（huán）苇：芦苇。⑮条：修剪。⑯斨（qiāng）：方孔的斧。⑰远扬：向上长的桑枝。⑱猗（jī）：攀折。女桑：嫩桑叶。⑲鵙（jú）：伯劳，一种鸟。⑳孔阳：色彩鲜艳。㉑葽（yāo）：一种药用植物。㉒蜩（tiáo）：蝉。㉓萚（tuò）：落叶。㉔缵：继续。㉕豵（zōng）：一岁的小猪。㉖豜（jiān）：三岁大猪。㉗斯螽（zhōng）：蚱蜢。㉘莎鸡：纺织娘。㉙穹窒：堵塞鼠洞。㉚墐：用泥涂抹。㉛薁（yù）：野葡萄。㉜介：求取。眉寿：长寿。㉝壶：葫芦。㉞叔苴（jū）：拾麻籽。㉟荼：苦菜。樗（chū）：苦椿树。㊱重：晚熟作物。穋（lù）：早熟作物。㊲索绹（táo）：搓草绳。㊳冲冲：凿冰声。㊴凌阴：凿冰的地窖。㊵朋酒：两壶酒。飨（xiǎng）：用酒食招待客人。㊶兕觥（sì gōng）：古时的一种酒器。

【赏析】

《七月》是源于豳地的民间歌谣。豳地在现在陕西省旬邑县、彬县一带，当时是个农业部落。七月火星向西落，妇女在九月的时候就缝制冬衣，因为十一二月的时

候就会寒风彻骨，没有足够御寒的衣服，怎么能够抵御这寒冷的冬日呢？冬天一过，便要开始修理锄具，准备二月下地耕种。

《七月》叙述人们的艰辛努力，生活随着时令和季节的变换律动而改变。劳作不是因为敬畏神的力量，也不是为了祭祀神灵，而是为了获得生活的保障。他们一年四季的劳动生活，涉及当时生活的各个方面。

《七月》是一幅男耕女织时代的风俗画。三月里女孩子带着漂亮的篮子，采桑叶养蚕，六月采摘野葡萄，七月榨豆浆，八月打枣、收稻谷，九月打谷，重新做了菜园子，十月酿酒，十一月、十二月农活结束了，男人开始去打猎。夜晚归来还不休息，趁着农闲收拾好屋子，以抵御夜晚的风霜，还要准备过年，来年开春又要忙着种地了。

在诗中有很多细节描写，比如，蟋蟀爬进屋中，在灯下跳来跳去，提醒着北风的寒凉。人们赶紧锁上窗户，把门洞都堵塞上，屋中就暖和起来。

在平和的诗句下，诗人又向人们展现出另一幅古代农人生活画面。农夫辛辛苦苦地白日忙完庄稼，夜晚又要搓麻绳，在一年的最后时刻忙祭祀的种种活动，献上先前冷冻在冰窖里的韭菜和羊羔，分发美酒给宾客，与众人一起举杯为主人祝福，高呼万寿无疆。在这里，我们可以看到农民与贵族统治者生活的鲜明对比。农夫终年从事繁重的农事和劳役，在生活上却得不到相应的待遇。相反，贵族却完全过着另一种生活：住的是防风耐寒的房屋，穿的是上等鲜亮的好衣裳，吃的是酒肉，没事还祭祀宴请，祈求多福多贵多长寿。

相似的内容在诗经中其他篇章中也有体现，如《魏风·伐檀》《魏风·硕鼠》。这两首体现了一种反抗精神，但在这首《七月》中我们几乎看不到同样的情感。

鸱鸮

鸱鸮鸱鸮①，既取我子，无毁我室。
恩斯勤斯②，鬻子之闵斯③！

迨天之未阴雨④，彻彼桑土⑤，绸缪牖户⑥。
今女下民⑦，或敢侮予⑧？
予手拮据⑨，予所捋荼⑩，予所蓄租⑪，
予口卒瘏⑫，曰予未有室家！
予羽谯谯⑬，予尾翛翛⑭，予室翘翘⑮，
风雨所漂摇，予维音哓哓⑯！

【注释】

①鸱鸮（chī xiāo）：猫头鹰。②恩：爱。斯：语气助词。③鬻（yù）：育。闵：病。④迨（dài）：及，到。⑤彻：同“撤”，取。桑土：桑根。⑥绸缪：缠绕。牖：窗。户：门。⑦女：同“汝”。下民：下面的人。⑧或：有。⑨拮据：指脚爪劳累。⑩捋：成把摘取。荼：茅草花。⑪蓄：积蓄。租：通“苴”，茅草。⑫卒瘏（tú）：患病。⑬谯谯（qiáo）：羽毛疏落的样子。⑭翛翛（xiāo）：羽毛枯敝无泽。⑮翘翘：危而不稳的样子。⑯哓哓（xiāo）：形容惊恐的叫声。

【赏析】

这首诗歌的意思是：可恶的猫头鹰，你已经抓走了我的幼子，别再来毁坏我的家园了。可怜我含辛茹苦费尽心思，早已经为抚养幼子病倒了！趁着天晴没有雨水，找些树枝桑根，修补门窗。如今你们树下的人，说不定什么时候又要来欺负我。我的爪子疼痛无比，还得继续采集茅草来垫巢底，我的嘴巴泥土都捉不动了，可是我的窝巢还未曾修好啊！我的羽毛稀落凋残，我的窝巢也摇摇欲坠，正在风雨飘摇啊，我只能惊恐地哀号！

寓言作为一种文学的表现方式，为战国时期的诸子百家所广泛运用，使得古代的说理散文增添了许多的艺术魅力。

在这首诗中，小鸟被猫头鹰吃掉了，巢穴也被破坏掉了，但是母鸟还趁着天晴修补自己的家园。诗中的鸟很坚强，面对灾祸有着生存的勇气和毅力。刚刚还沉浸在丧子的痛苦之中，一会儿就在哀伤之中抬起头来，重建家园。这只母鸟的悲哀在于它以为自己的幼子被猫头鹰吃掉之后，通过哀求猫头鹰就不会再来侵袭它了。它哪里知道，猫头鹰都是贪婪的，尝到甜头的猫头鹰肯定还会再来，家园还会遭到它们的袭击。

鸟儿明知道猫头鹰时刻都会再来侵扰，却依然固守家园。况且家园已经被破坏，它依然不嫌弃，希望可以修缮重建。这艰难的生活，让它付出了巨大的代价：它的爪子受伤了，嘴也不能再用了，羽毛也失去了以前的光泽，变得凋零了。这只母鸟的遭遇是生活在下层的劳动人民的一个写照，深受压迫，但是还要生存下去，还是坚持对家园的固守。

破斧

既破我斧，又缺我斨①。

周公东征，四国是皇②。

哀我人斯③，亦孔之将④。

既破我斧，又缺我锜⑤。

周公东征，四国是吪⑥。

哀我人斯，亦孔之嘉⑦。

既破我斧，又缺我銶⑧。

周公东征，四国是遒⑨。

哀我人斯，亦孔之休⑩。

【注释】

①斨（qiāng）：斧的一种，斧孔椭圆，新孔方。②皇：同“惶”，恐惧。③斯：语气词，相当于“啊”。④孔：很、甚、极，程度副词。将：大。⑤锜（qí）：凿子，一说是古代的一种锯。⑥吪（é）：教化。⑦嘉：善，美。⑧銶（qiú）：凿子，一说是独头斧。⑨遒（qiú）：《毛传》：“固也。”《郑笺》：“敛也。”一说是臣服。⑩休：美好。

【赏析】

周公平定叛乱，四方都顺服统治，这从民族高度上来讲，是符合民意，顺应历史潮流的，历史意义巨大。由此，周公也得到史学家们的一致肯定，一代英名由此奠定。但是战争残酷，能够活下来实在是件幸运的事情。这首诗中发出的正是这样的感慨。

“既破我斧，又缺我斨。”斧头都折断了，武器都成了残缺，可见战斗之惨烈，作为小人物的士兵，时刻处于危亡之中，“哀我人斯，亦孔之将。”周公可怜我们这些平民士兵，是多么善良，死亡是无可避免的事，死里逃生真是大幸呀！

周武王伐纣灭了商朝之后，建立起西周政权。为了巩固自己的新政权，他推行了“分封制”。

功臣论功赏赐后，武王也给纣王的儿子武庚封了一块地，就是殷都。武王不放心，就派自己的三个兄弟管叔、蔡叔和霍叔去监视武庚。

武王在位两年后就病死，大臣周公旦辅佐成王继位。成王当时才13岁，不能理政，周公旦就掌握了全部的权力。在外的管叔、蔡叔和霍叔不服气，到处散布谣言说周公旦要篡夺皇位。谣言多了，成王对周公就不信任了，内讧问题出现。

当时周朝刚刚建立，统治基础还很薄弱，原来的殷商势力仍很强大。纣王的儿子武庚就利用这个机会，串通管叔三人，联络一大批殷商的权贵，并且煽动东夷几个部落，联合造反，声势很大。

周王朝一时面临着殷商复辟的危险。周公旦面对来自内外两方面的沉重压力，多方权衡，断然决定兴师亲自东征。历经三年，叛乱平定，武庚被杀，管叔等三人得到应有的报应：一个上吊自杀，一个被革职，一个被远远充军。

周公同时挥兵又把周边的几个动乱的国家一一收服了，这次战事是继武王伐纣之后，周公为商朝社稷做出的最大功绩，周朝的统治由此奠定下来。

出于对周公的赞颂，民间有了这首《豳风·破斧》。

东　山

我徂东山①，慆慆不归②。我来自东③，零雨其濛④。我东曰归⑤，我心西悲⑥。制彼裳衣⑦，勿士行枚⑧。蜎蜎者蠋⑨，烝在桑野⑩。敦彼独宿⑪，亦在车下。我徂东山，慆慆不归。我来自东，零雨其濛。果臝之实⑫，亦施于宇⑬。伊威在室⑭，蠨蛸在户⑮。町畽鹿场⑯，熠耀宵行⑰。不可畏也，伊可怀也⑱！我徂东山，慆慆不归。我来自东，零雨其濛。鹳鸣于垤⑲，妇叹于室。洒扫穹室⑳，我征聿至㉑。有敦瓜苦㉒，烝在栗薪㉓。自我不见，于今三年。我徂东山，慆慆不归。我来自东，零雨其濛。仓庚于飞㉔，熠耀其羽。之子于归，皇驳其马㉕。亲结其缡㉖，九十其仪㉗。其新孔嘉㉘，其旧如之何㉙？

【注释】

①徂（cú）：往，到。东山：山名，在今山东曲阜附近，亦即蒙山。②慆慆（tāo）：悠久，时间长。③来：回来，归来。自：从。④零雨：小雨。濛：细雨绵绵的样子。⑤东：在东边。曰归：听说要回家。⑥西悲：为思念西方的故乡而伤悲。⑦制：缝制。裳衣：衣服。这里指与军服不同的便服。⑧勿：不要，不用。士：通“事”，从事。行：同“横”。枚：用木片或竹枝做的筷子大小一样的东西，两端有带，可系颈上。古代军队夜行作战，士兵和战马口中衔枚，以免发出声响而暴露目标。⑨蜎蜎（yuān）：软体虫子爬行蠕动的样子。蠋（shú）：昆虫名，色青，多生桑树上，故又名桑蚕或野蚕。⑩烝（zhēng）：久，留。⑪敦：形容身体蜷缩一团的样子。⑫果臝（luǒ）：植物名，蔓生，似黄瓜。⑬施（yì）：蔓延。宇：屋檐。⑭伊威：昆虫名。俗称土鳖，扁圆多足，生长在潮湿的地方。⑮蠨蛸（xiāo shāo）：一种长脚的小蜘蛛，又名喜蛛。传说这种蜘蛛爬在人身上，是亲人将至的喜兆。⑯町畽（tǐng tuǎn）：田舍旁边的空地。鹿场：成了野鹿践踏出没的场地，指田园荒芜。⑰熠耀（yì yào）：闪闪发亮。宵行（háng）：萤火

虫。⑱伊：这是。怀：怀念。⑲鹳（guàn）：水鸟名，形似鹤，又似鹭，捕食鱼虾。垤（dié）：小土堆。⑳穹窒（qióng zhì）：即“窒穹”。窒：堵塞。穹：空洞，缝隙。这是作者想象妻子的心理活动。㉑征：征人。聿（yù）：语气助词，含有“将要”的意思。㉒有敦：即“敦敦”，团团，堆堆。瓜苦：即苦瓜，瓠瓜。古时婚礼，将切开的瓠瓜给新郎新娘各持一半，盛酒漱口，行合卺之礼。㉓烝：句首语气词。栗：聚合之义。薪：柴杆。栗薪：即束薪。古时婚礼，将一束柴薪放置洞房内，象征永结同心，共同生活。㉔仓庚：黄莺。于：在。㉕皇：黄白色相杂。驳：红白色相杂。指马的毛色。马：指陪嫁的马。㉖亲：指妻子的母亲。缡（lí）：佩巾。古代婚俗，母亲亲自替出嫁的女儿系结佩巾，称为“结缡”。㉗九十：虚数，非确指。㉘新：新婚。孔：很，非常。嘉：美满，美好。㉙旧：婚后分别三年，所以称“旧”。

【赏析】

我出征到了东山，长年累月不能回家。今天我从东方回，正逢细雨绵绵倍凄凉。我在东边听说要回，西望家乡心里悲伤。缝制一套平时装，不再衔枚上战场。弯弯成团的桑虫，潜伏在桑林野外。那独睡的战士缩成团，钻在兵车下面权当床。我出征到了东山，长年累月不能回家。今天我从东方回，正逢细雨绵绵倍凄凉。瓜蒌的果实，爬满了屋檐。土鳖伏在屋角，喜蛛在室内游转。野鹿出没在房前屋后，流萤闪闪飞来飞去。家园虽荒不可怕，它是那么令人深深怀念！我出征到了东山，长年累月不能回家。今天我从东方回，正逢细雨绵绵倍凄凉。鹳鹤在山上哀鸣，妻子在屋里悲叹。洒扫庭院，修整房屋，盼我征人早还乡。苦瓜团团，放在柴堆上。久久不相见，眨眼就是三年。我出征到了东山，长年累月不能回家。今天我从东方回，正逢细雨绵绵倍凄凉。还记得黄莺快乐地飞翔，它的羽毛闪闪耀眼。这个女子出嫁，黄白的花马去迎娶。母亲为她系佩巾，繁多的礼仪一项项。那新婚生活真美满，久别重逢会如何？

大　雅

荡

荡荡上帝，下民之辟①。疾威上帝，其命多辟。天生烝民，其命匪谌②。靡不有初，鲜克有终。文王曰咨，咨女殷商！曾是强御③，曾是掊克④，曾是在位，曾是在服。天降慆德，女兴是力。文王曰咨，咨女殷商！而秉义类⑤，强御多怼⑥。流言以对，寇攘式内⑦。侯作侯祝⑧，靡届靡究⑨。文王曰咨！咨女殷商！女炰烋于中国⑩，敛怨以为德。不明尔德，时无背无侧⑪。尔德不明，以无陪无卿。文王曰咨，咨女殷商！天不湎尔以酒，不义从式。既愆尔止[12]，靡明靡晦。式号式呼，俾昼作夜。文王曰咨，咨女殷商！如蜩如螗[13]，如沸如羹。小大近丧[14]，人尚乎由行。内奰于中国[15]，覃及鬼方[16]。文王曰咨，咨女殷商！匪上帝不时，殷不用旧。虽无老成人，尚有典刑[17]。曾是莫听，大命以倾。文王曰咨，咨女殷商！人亦有言，颠沛之揭[18]，枝叶未有害，本实先拨[19]。殷鉴不远，在夏后之世[20]。

【注释】

①辟（bì）：君王。②匪谌（chén）：不可信。③强御：强暴。④掊克：暴敛贪狠。⑤义类：邪曲之事。⑥怼（duì）：怨恨。⑦寇攘：寇盗攘窃。⑧作：古“诅”字。祝：通“咒”。⑨届：至，引申为“极”。⑩炰烋（páo xiào）：即“咆哮”。⑪时：是。背：后。侧：旁边。背侧：君主左右两旁的近侍。⑫愆（qiān）：罪咎，过失。止：威仪容止。⑬蜩（tiáo）：蝉。螗（táng）：蝉。⑭丧：丧亡，亡失。⑮奰（bì）：怒。⑯覃（tán）：延，扩大。鬼方：远方之国的通称。⑰典刑：先王传留的旧法常规。⑱颠沛：倒伏。揭：举起，树根蹶起大貌。⑲拨：败坏，断绝。⑳夏后：夏桀。

【赏析】

骄纵放荡的天帝啊，却是下民的君王。暴虐贪婪的天帝啊，政令邪僻不正常。天生芸芸众百姓，天命荒唐不可信。开始都能有善行，很少有能保持始终。文王叹息道：你这殷商的末代君王！怎能这样逞强，怎能这样的暴敛、贪赃。你竟是这样在高位，竟是这样掌大权。上天降下这些邪恶臣，助长国王来作恶。文王叹息道：你这殷商的末代君王！你若任用正义人，强梁之辈心怏怏。流言蜚语满国内，盗寇窃贼祸朝纲。诅咒朝廷害贤良，好人全都遭祸殃。文王叹息道：你这殷商的末代君王！你跋扈横行于国中，却将坏人当好人。不能辨明好和坏，奸臣叛臣结成邦，你真糊涂啊，不知公卿谁能当。文王叹息道：你这殷商的末代君王！老天没叫你贪酒杯，也没叫你干坏事。你威仪容止全失态，没日没夜饮酒浆。狂呼乱叫不像样，日夜颠倒国事荒。文王叹息道：你这殷商的末代君王！朝政昏乱如蝉儿在乱叫，怨声载道似沸汤。大小政事全搞乱，你却一意孤行还那样。国内民众怒气升，愤怒之火燃向远方。文王叹息道：你这殷商的末代君王！不是上帝心不好，是你不遵循旧法章。虽无德高望重老臣，还有法度可遵循。先王话你也听不进，国运怎能不衰亡。文王叹息道：你这殷商的末代君王！人们也曾这样讲：大树倾倒根子出，枝叶暂时未受伤，树根已坏命难长。殷商的借鉴并不远，看那夏桀怎样遭灭亡。

烝 民

天生烝民，有物有则。民之秉彝①，好是懿德。天监有周，昭假于下②。保兹天子，生仲山甫③。仲山甫之德，柔嘉维则④。令仪令色⑤，小心翼翼。古训是式⑥，威仪是力⑦。天子是若⑧，明命使赋⑨。王命仲山甫，式是百辟⑩。缵戎祖考⑪，王躬是保。出纳王命⑫，王之喉舌⑬。赋政于外，四方爰发⑭。肃肃王命，仲山甫将之⑮。邦国若否⑯，仲山甫明之。既明且哲，以保其身。夙夜匪解⑰，以事一人⑱。人亦有言，柔则茹之⑲，刚则吐之⑳。维仲山甫，柔亦不茹，刚亦不吐。不侮矜寡㉑，不畏强御。人亦有言，德輶如毛㉒，民鲜克举之。我仪图之㉓，维仲山甫举之，爱莫助之。衮职有阙㉔，维仲山甫补之。仲山甫出祖㉕，四牡业业㉖，征夫捷捷，每怀靡及。四牡彭彭，八鸾锵锵㉗。王命仲山甫，城彼东方。四牡骙骙㉘，八鸾喈喈。仲山甫徂齐，式遄其归。吉甫作诵，穆如清风。仲山甫永怀，以慰其心。

【注释】

①彝（yí）：常理。②昭：明。假：告，至。③仲山甫：周宣王时的卿士，封于樊邑。④柔嘉：温和善良。⑤令：美善。仪：风度。色：表情，颜色。⑥古训：先王之遗训、遗典。⑦力：勤，勉力遵行。⑧若：择，此指择贤能而重用之。⑨明命：成命，政令。赋：犹“敷”，宣布施行。⑩百辟：犹言“百君”，各国诸侯。⑪缵（zuǎn）：继。戎：汝，你。祖考：祖先。⑫出纳：总揽、执掌。⑬喉舌：代言人。⑭爰：乃，则。发：施行，执行。⑮将：奉行。⑯若：善。否：恶。⑰匪解：不敢怠慢。⑱一人：指周宣王。⑲柔：软弱。茹：纳，食，引申为吞并、侵侮。⑳吐：引申为畏避。㉑矜（guān）：同“鳏”，男老而无妻。㉒輶（yóu）：古代轻车名，引申为“轻”。㉓仪图：谋虑。㉔衮（gǔn）：龙袍。古代天子之服。阙：通“缺”，过失。㉕出祖：古时为出行吉利而祭祀路神。㉖业业：健壮高大的样子。㉗八鸾：八只鸾鸟形的车铃，一马二铃，四马八铃。㉘骙骙（kuí）：奔驰不息的样子。

【赏析】

上天生此芸芸百姓，世上万物总有法则。人们保持好的本性，可以养成美善的德行。上天俯察我周室，光明的德行昭示天下。保佑这位周天子啊，生下贤人仲山甫，辅佐他。仲山甫的美德啊，温和善美为准则。风度优雅又亲和，小心翼翼多谨慎。遵循先人遗训，总是威仪不懈。天子选择重用他，政令派他去颁行。周王命令仲山甫，要给诸侯做榜样。继承祖先大业，保卫周王无恙。收发周王之命，做王喉舌代王言。

发布政令传天下，四方诸侯都响应。庄严的王命，仲山甫执行。国事的是非，仲山甫心明。他开明又睿智，顺理以守身。早晚勤勉不懈，奉事周天子尽心。人们常说：软的吞进去，硬的吐出来。唯有仲山甫啊，软的他不吃，硬的他不吐。他不欺侮那鳏寡，也不畏惧强暴。人们常说：德行轻如毫毛，人们却很少能够举起它。我暗自忖度啊，只有仲山甫能举起它，我们爱莫能助啊！天子的龙袍上有破绽，只有仲山甫能缝补它。仲山甫出行祭路神，四匹雄马真强壮。随行的车夫都敏捷，还担心事情完不成。四匹马儿奔走快，八个铃儿响叮当。周王命令仲山甫，建筑城邑在东方。四匹马儿真雄壮，八个铃儿音锵锵。仲山甫动身去齐国，盼他办事快回来。山甫写首歌，和谐如清风。山甫远行多思念，用歌安慰他的心。

小雅

隰桑

隰桑有阿①，其叶有难②。
既见君子③，其乐如何！
隰桑有阿，其叶也有沃④。
既见君子，云何不乐。
隰桑有阿，其叶也有幽⑤。
既见君子，德音孔胶⑥。
心乎爱矣，遐不谓矣⑦，
中心藏之，何日忘之。

【注释】

①隰（xí）：低湿的地方。阿：同“婀”，美。②难（nuó）：同“娜”，茂盛的样子。③君子：指所爱之人。④沃：柔。⑤幽：同“黝”，青黑色。⑥德音：指情话。孔胶：情意缠绵。⑦遐：何。

【赏析】

《隰桑》讲述的是采桑女在桑园中见到了她思念已久的男人，难以掩藏心中的喜悦情景。于是她唱道：洼地桑树多婀娜，叶儿茂盛掩枝柯。我看见了那人儿，快乐滋味无法说！情话绵绵说不够，叫我如何不快乐！

发生在桑园中的约会媾和，是先秦时候的一种风气。桑林在上古时期是充满暧昧的场合，先民们认为，在与劳动相关的自然田野约会可以得天地之精华，有益健康，并且和谷物的生长联系起来，认为是一种吉兆。

从这首诗中我们可以看到，桑园的特殊地位在诗歌中一再出现，后来逐渐成为一种意象，承载着采桑女的喜怒哀乐与生活，而借桑抒情也成为女性一种自然贴切的倾诉方式。这在《诗经》的许多篇章中都能见到。

鹿鸣

呦呦鹿鸣①，食野之苹②。我有嘉宾③，鼓瑟吹笙④。吹笙鼓簧⑤，承筐是将⑥。人之好我⑦，示我周行⑧。呦呦鹿鸣，食野之蒿⑨。我有嘉宾，德音孔昭⑩。视民不恌⑪，君子是则是效⑫。我有旨酒⑬，嘉宾式燕以敖⑭。呦呦鹿鸣，食野之芩⑮。我有嘉宾，鼓瑟鼓琴⑯。鼓瑟鼓琴，和乐且湛⑰。我有旨酒，以燕乐嘉宾之心。

【注释】

①呦呦（yōu）：鹿鸣叫的声音。②苹：草名，一说为蒿草，一说为马帚，即北方的扫帚菜。③嘉宾：贵宾、佳客。④瑟：古代弹拨乐器。笙（shēng）：古代的一种簧管乐器。⑤簧（huáng）：笙中之簧叶。鼓簧：指吹笙，鼓动簧叶而发声。⑥承：奉（“捧”之古体）。筐：指盛币帛之竹筐。承筐：指主人命奴仆捧出盛币帛的竹筐。将：送。⑦好（hào）：爱护。⑧示：指示。周行（háng）：大道，正道。⑨蒿（hāo）：青蒿。⑩德音：好品德，美名。孔：很。昭：明。孔昭：很显著。⑪视：古“示”字。恌（tiāo）：轻浮，不正派。不恌，指正派厚道。⑫君子：指有道德修养有学问的人。则：准则。效：效仿。⑬旨：美，甘。旨酒：美酒。⑭式：语助词。燕：同“宴”，宴会。敖：即“遨”，游乐，逍遥。⑮芩（qín）：草名，蒿草之类。⑯琴：古代弹拨乐器名。古人往往以琴瑟喻夫妇或友人情谊和谐。⑰湛（zhàn）：同“沈”，深。

【赏析】

群鹿呦呦鸣叫，来吃田野青草。我有佳客贵宾来啊，弹瑟又吹笙。吹笙吹笙，鼓簧鼓簧，捧出盈筐币帛，来赠我那尊贵的客人啊！贵宾对我无限厚爱，教我道理最欢喜。群鹿呦呦鸣叫，来吃田野青蒿。我有佳客贵宾来啊，品德高尚有美名。示范人们不可轻佻，君子学习好典型。我有琼浆美酒，贵宾就请畅饮逍遥吧！群鹿呦呦鸣叫，来吃田野芩草。我有佳客贵宾来啊，弹瑟弹琴来助兴。弹瑟又弹琴，宾主和乐又尽兴。我有琼浆美酒，贵宾沉醉乐开怀。

四　牡

四牡骓骓①，周道倭迟②。岂不怀归？王事靡盬③，我心伤悲。四牡骓骓，啴啴骆马④。岂不怀归？王事靡盬，不遑启处⑤。翩翩者鵻⑥，载飞载下⑦，集于苞栩⑧。王事靡盬，不遑将父⑨。翩翩者鵻，载飞载止，集于苞杞⑩。王事靡盬，不遑将母。驾彼四骆，载骤骎骎⑪。岂不怀归？是用作歌⑫，将母来谂⑬。

【注释】

①四牡（mǔ）：四匹公马。骓骓（fēi）：马疾驰的样子。②周道：大路。倭迟：逶迤，指道路迂回漫长。③靡（mǐ）：无。盬（gǔ）：止息。④啴啴（tān）：喘息的样子。骆马：长着黑鬃的白马。⑤遑（huáng）：暇，顾。启处：安居休息。⑥鵻（zhuī）：斑鸠。⑦下：降落。⑧苞：丛生茂盛的草木。栩（xǔ）：柞栎，即橡树。⑨将：奉养、赡养。⑩杞（qǐ）：枸杞。⑪骤（zhòu）：奔驰，疾驰。骎骎（qīn）：奔驰之状。⑫是：此，这。用：因，以。是用作歌：用是作歌，因此作歌。⑬谂（shěn）：思念，想念。

【赏析】

四匹骏马奔啊奔，大路迢迢大路弯。我难道不想回故乡吗？官家的差使无休止，我心悲愁我心伤！四匹骏马奔啊奔，黑鬃白马喘吁吁。我难道不想回故乡？官家的差使无尽头，不知何时方能歇一歇。斑鸠鸟儿翩翩飞，飞上去，飞下来，群栖在繁茂的栎树上。官家的差使无休止，哪有空儿奉养老父亲啊！斑鸠鸟儿翩翩飞，飞过去，停下来，群栖在繁茂的栎树上。官家的差使无尽头，哪有空儿奉养老母亲啊！驾起那四匹黑鬃白马，疾驰如风奔向前方。我难道不想回家乡？为此作支歌儿来抒怀，母亲啊，我多么想念您。

常　棣

常棣之华①，鄂不韡韡②。凡今之人，莫如兄弟。死丧之威③，兄弟孔怀④。原隰裒矣⑤，兄弟求矣。脊令在原⑥，兄弟急难⑦。每有良朋，况也永叹。兄弟阋于墙⑧，外御其务⑨。每有良朋，烝也无戎⑩。丧乱既平，既安且宁。虽有兄弟，不如友生[11]？傧尔笾豆[12]，饮酒之饫[13]。兄弟既具[14]，和乐且孺[15]。妻子好合，如鼓瑟琴。兄弟既翕[16]，和乐且湛。宜尔室家[17]，乐尔妻帑[18]。是究是图，亶其然乎[19]？

【注释】

①常棣（dì）：又名唐棣，数朵花为一簇，实如樱桃状。诗中以此表达兄弟情谊。②鄂：花萼。韡韡（wěi）：光明、光辉，此处形容花色鲜明。③威：通“畏”，可怕。④孔怀：非常关心。⑤裒（póu）：缺少其人。⑥脊令：是一种水鸟。在原：水鸟在原，比喻有难。⑦急难：火速抢救之义。⑧阋（xì）：互相争斗，相互怨恨，相互争讼。⑨务：即“侮”。⑩烝（zhēng）：众多。戎（róng）：相助。⑪生：语气助词。⑫傧（bīn）：陈列。笾、豆：均系古代用于盛放食品的器皿。⑬饫（yù）：指家宴。⑭具：俱，集。⑮孺：属，有亲慕之意。⑯翕（xī）：聚合，收敛。⑰宜：安。室家：家人，此指夫妇。⑱帑（nǔ）：通“孥”，子孙。⑲亶（dǎn）：信，诚。

【赏析】

常棣花开一簇簇，花萼鲜艳又夺目。遍观当今世人啊，哪有像兄弟那样亲又亲。死亡的事多么可怕啊，只有兄弟相牵挂。原野洼地少个人啦，只有兄弟来寻找。水鸟脊令落郊原，兄弟急忙救急难。虽有良朋益友，徒唤奈何且长叹。兄弟家内也有纷争，对外则同心共御敌。虽有良朋益友，众友芸芸无所助啊。死丧祸乱平定了，生活幸福又安宁。虽有手足亲兄弟，不如好友情谊深。摆列餐具享美食，开怀畅饮酒意酣。兄弟相聚在一起，融洽笃爱且和乐。妻儿和谐恩情深，奏瑟弹琴心相印。兄弟们友爱又和睦，融洽欢乐无穷尽。家庭美满又幸福，妻儿相依乐陶陶。深思熟虑理自明呀，确实如此当牢记。

采薇

采薇采薇[①]，薇亦作止[②]。曰归曰归，岁亦莫止[③]。靡室靡家[④]，猃狁之故[⑤]。不遑启居[⑥]，猃狁之故。采薇采薇，薇亦柔止[⑦]。曰归曰归，心亦忧止。忧心烈烈[⑧]，载饥载渴[⑨]。我戍未定[⑩]，靡使归聘[⑪]。采薇采薇，薇亦刚止[⑫]。曰归曰归，岁亦阳止[⑬]。王事靡盬[⑭]，不遑启处[⑮]。忧心孔疚[⑯]，我行不来[⑰]！彼尔维何[⑱]？维常之华[⑲]。彼路斯何[⑳]？君子之车。戎车既驾[㉑]，四牡业业[㉒]。岂敢定居，一月三捷[㉓]。驾彼四牡，四牡骙骙[㉔]。君子所依[㉕]，小人所腓[㉖]。四牡翼翼[㉗]，象弭鱼服[㉘]。岂不日戒，猃狁孔棘[㉙]。昔我往矣[㉚]，杨柳依依[㉛]。今我来思[㉜]，雨雪霏霏[㉝]。行道迟迟，载渴载饥。我心伤悲，莫知我哀！

【注释】

①薇：即野豌豆苗，可以食用。②作：初生。止：语气助词。③莫：古“暮”字。④靡：无。⑤猃狁（xiǎn yǔn）：我国北方的少数民族。西周时称猃狁，春秋时称北狄，战国以后称匈奴。⑥遑（huáng）：暇。启：跪坐。居：安坐。古人席地而坐，两膝着席，跪坐时腰板伸直，臀都跟足跟离开；安坐时臀部贴在足跟上。⑦柔：幼嫩。⑧烈烈：火势猛烈的样子，这里指忧心如焚。⑨载：又。⑩戍：戍守，指驻守的地方。⑪使：使者。聘：问候。归聘：带回问候家人的音信。⑫刚：粗硬，指薇菜将老，茎叶变粗变硬。⑬阳：阴历十月。⑭靡盬：没有止境。盬（gǔ）：停止。⑮启处：与上文“启居”同义。⑯孔：非常。疚：痛苦。⑰来：返回，归来。⑱尔：花盛开的样子。维何：是什么。⑲常：通“棠”，棠棣。华：古“花”字。⑳路：同“辂（lù）”，古代的一种大车。斯何：同“维何”。㉑戎车：兵车，战车。㉒牡：雄马。业业：高大健壮的样子。㉓捷：通“接”，即接战。㉔骙骙（kuí）：强壮的样子。㉕依：乘。㉖腓（féi）：庇护，掩护。㉗翼翼：行列整齐的样子。㉘弭（mǐ）：弓的两头缚弦的地方。象弭：用象牙镶饰的弓。鱼服：用鱼皮做的箭袋。服：通“箙”，箭袋。㉙棘：同“急”。㉚昔：过去。㉛依依：柳条随风摇曳飘拂的样子。㉜思：语气助词。㉝雨（yù）：降落，散落。霏霏：大雪纷飞的样子。

【赏析】

采薇菜呀采薇菜，薇菜新芽已长大。回家乡呀回家乡，已盼到年终岁尾。抛弃亲人离家园，只因匈奴来侵犯。跪不宁来坐不安，只因匈奴来侵犯。采薇菜呀采薇菜，薇菜柔嫩刚发芽。回家乡呀回家乡，心里忧愁多牵挂。忧心如同被火焚，又饥又渴真苦煞。防地调动难定下，无法给家人捎音信。采薇菜呀采薇菜，薇茎渐渐长硬。回家乡啊回家乡，又到十月“小阳春”。王室差事无休无止，想要休息没闲暇。心中充满忧愁伤痛，远征在外难归还。那绚丽耀眼的是什么？那是棠棣的花朵。高大的马车属于谁？那是将军的战车。驾起兵车要出战，四匹雄马矫健齐奔腾。边地怎敢图安居？一月要争几回胜。驾着那四匹雄马，雄马强壮又矫健，将军乘坐在车中，小兵掩护也靠它。四匹马步调一致，象牙弓配着鱼皮箭袋。哪有一天不戒备？匈奴实在太猖狂。回想我当初出征时，杨柳依依随风吹。如今回来路途中，雪花纷纷飘落下。我行路艰难慢慢走，又饥又渴真劳累。满心伤感满腔悲，却没有谁人知道我的哀痛。

鹤　鸣

鹤鸣于九皋[①]，声闻于野。鱼潜在渊，或在于渚。乐彼之园，爰有树檀，其下维萚[②]。他山之石，可以为错[③]。鹤鸣于九皋，声闻于天。鱼在于渚，或潜在渊。乐彼之园，爰有树檀，其下维榖[④]。他山之石，可以攻玉[⑤]。

【注释】

①九：虚数。皋：沼泽地。②萚（tuò）：枯叶。③错：砺石，磨石。④榖（gǔ）：楮树，叶似桑，树皮可制纸。⑤攻玉：雕琢玉器。

【赏析】

鹤儿长鸣在那屈折沼泽中，鸣声嘹亮传四野。鱼儿潜在深水里，有时游出近小岛。那令人赏心悦目的林园，有檀树大又高，树下落叶已焦枯。那个山上的石头，能把那玉石琢。鹤儿长鸣在那曲折沼泽中，声音飘荡在云霄。鱼儿游在沙洲边，或者潜在深水里。那令人赏心悦目的林园，有那檀树大又高，又有楮树矮又小。那个山上的石头，同样可以把玉雕。

黄　鸟

黄鸟黄鸟，无集于榖，无啄我粟。此邦之人，不我肯榖[①]。言旋言归[②]，复我邦族[③]。黄鸟黄鸟，无集于桑，无啄我粱。此邦之人，不可与明[④]。言旋言归，复我诸兄。黄鸟黄鸟，无集于栩[⑤]，无啄我黍。此邦之人，不可与处。言旋言归，复我诸父[⑥]。

【注释】

①不我肯榖（gǔ）：即“不肯榖我”。榖：善意待人。②言：语气助词。旋：回，返。③复：返回。④明：通“盟”，起誓。⑤栩（xǔ）：柞树。⑥诸父：同族中长一辈的男性。

【赏析】

黄鸟黄鸟听我讲，不要落在楮树上，不要啄食我的粟米。这个国家的人们，对我实在不友善。回去吧，回去吧，回到本国我家乡。黄鸟黄鸟听我讲，不要落在桑树上，不要啄食我的黄粱。这个国家的人们，不守信用真荒唐。回去吧，回去吧，回到故土见兄长。黄鸟黄鸟听我讲，不要落在柞树上，不要吃我的黍米粮。这个国家的人们，不能与之相处共来往。回去吧，回去吧，回到我的父辈身旁。

小　旻

旻天疾威，敷于下土[①]。谋犹回遹[②]，何日斯沮[③]？谋臧不从，不臧覆用。我视谋犹，亦孔之邛[④]！潝潝訿訿[⑤]，亦孔之哀。谋之其臧，则具是违[⑥]；谋之不臧，则具是依。我视谋犹，伊于胡底[⑦]？我龟既厌[⑧]，不我告犹。谋夫孔多，是用不集[9]。发言盈庭，谁敢执其咎[10]？如匪行迈谋，是用不得于道。哀哉为犹，匪先民是程[11]，匪大犹是经[12]。维迩言是听[13]，维迩言是争[14]。如彼筑室于道谋，是用不溃于成[15]！国虽靡止[16]，或圣或否。民虽靡膴[17]，或哲或谋，或肃或艾[18]。如彼泉流，无沦胥以败。不敢暴虎[19]，不敢冯河[20]。人知其一，莫知其他。战战兢兢，如临深渊，如履薄冰[21]。

【注释】

①敷：散布。下土：指人间。②谋犹：谋略、政策。回遹（yù）：邪僻。③沮：终止。④邛（qióng）：病，坏。⑤潝潝：相和也。訿訿（zǐ）：相诋也，即攻击、毁谤。⑥具：通“俱”。违：违背，不从。⑦于：往。底：至。⑧龟：龟甲，古人用于占卜。⑨集：成就。⑩咎：罪过，罪责。⑪程：效法。⑫大犹：大道，基本规律。经：行，遵循。⑬迩言：浅近邪僻之言。⑭争：这里指谗臣为私利而争进迩言。⑮溃：顺利，达到。⑯止：至，大。⑰膴（wǔ）：厚，多。⑱艾：治理。⑲暴（bó）：通“搏”，徒手空拳。⑳冯（píng）：无舟渡水，徒涉。㉑履：踩踏。

【赏析】

老天狂暴真残酷，降下灾祸遍及全国。政策邪僻全错误，什么时候灾荒才能结束？好的策略不听从，坏的反受重用。所用谋略依我看，弊病太多难执行。随声附和和诽谤，小人当权实可悲。国家政策虽然定得好，但是实行起来全都违背。政策中的错误，全部都照办了。我看政策问题多，究竟何处是依据？我占卜用的龟甲都已厌恶了，占不出谋略的吉凶。出谋划策人很多，议论纷纷难作数。满院都是发言者，谁人敢承担责任？好像有事问路人，很难得到正确的方法。制定政策很可悲，不是效法祖先。治国的远大谋略不实行，只爱听肤浅浅薄的话，还要争论是与非。好像盖房子问路人，人多嘴杂建不成。尽管国家不大，有人聪明有人平庸。人民虽然数量不多，有的明智计谋多，有的严肃能治国。朝政应该像泉水流，不要陷入污浊。不敢空手打虎，不敢徒步过河。人们知道这一条，不知道其他更危险的事。一定要小心谨慎多提防，就像走近那深渊旁，就好像踩在薄冰上。

何草不黄

何草不黄[①]，何日不行[②]？何人不将[③]，经营四方[④]？何草不玄[⑤]，何人不矜[⑥]？哀我征夫，独为匪民[⑦]！匪兕匪虎[⑧]，率彼旷野[⑨]。哀我征夫，朝夕不暇[⑩]！有芃者狐[⑪]，率彼幽草。有栈之车，行彼周道。

【注释】

①黄：枯黄。②行：行役。③将：义同“行”，出征。④经营：往来，操劳。⑤玄：赤黑色，指草由枯而腐烂。⑥矜（guān）：通“瘝”，劳瘁病苦。⑦匪：通“非”。⑧匪：通“彼”，那，那些。兕（sì）：只生一只角的野牛。⑨率：循着，沿着。⑩暇：空暇，闲暇。⑪有：助词，放在形容之前，无实义。有芃（péng）：同“芃芃”，草木茂盛的样子，此处形容蓬蓬松松的狐狸尾巴。

【赏析】

哪种草呀不枯黄？什么日子不出行？哪有人呀不去服兵役？往来经营走四方。哪种草儿不枯萎？哪有人儿不经苦难？可怜我们出征人，偏偏不被当人看。不是野牛，不是老虎，却要奔波在旷野上。哀痛我们出征人，从早到晚没空闲。狐狸尾巴蓬松松，沿着路边钻草丛。高高的役车征夫坐，行在漫漫的大道上。

周 颂

烈 文

烈文辟公[①]，锡兹祉福[②]。
惠我无疆，子孙保之。
无封靡于尔邦[③]，维王其崇之[④]。
念兹戎功[⑤]，继序其皇之[⑥]。
无竞维人[⑦]，四方其训之。
不显维德[⑧]，百辟其刑之[⑨]。
於乎前王不忘[⑩]。

【注释】

①烈：光明。文：文德。辟公：诸侯。②锡（cì）：赐。兹：此。祉（zhǐ）：福。③封：

大。靡：罪恶。④崇：崇敬。⑤戎：大。⑥皇：美。⑦竞：争。⑧维：于。⑨百辟：指众诸侯。刑：同“型”，效法。⑩前王：指周文王、周武王。

【赏析】

这首《烈文》是在周公归政成王之后，成王首次以一个独立的天子身份进行祭祀所作的诗。

周武王讨伐商纣，得到了广泛的支持，《尚书》中记载“是时诸侯不期而会盟津者八百”。由于家喻户晓的《封神演义》的宣传，大多数人都认定武王是周朝的开国君主，但是，并不知晓他在位四年就病逝了，当时时局根本不稳固，而真正奠定周朝大业的是周公和成王。

武王死后，周公摄政代管朝堂。成王的三位叔叔作乱，而周公东征平定，回朝的时候，作了一首诗歌送给成王表明心迹。可是成王收到这首诗之后并没有接受周公的表白，没有采取安抚的行动，只是接受了既成事实的辅政，在内心中仍惧怕周公。

当然结局是皆大欢喜的，到成王年满二十，周公还政，成王亲自到郊外以国家之礼迎接周公。于是，就有了这首《烈文》。在祖庙里，周成王作了誓词，他说道：

你们要效忠我们周王室，直到永远，不只你们，你们的子子孙孙也都要这样。也就是说，我是周代所有诸侯的宗主，拥有对你们的绝对管辖权。不相信吗？就连周公这个曾经权倾天下的人，不也匍匐在我面前吗？

你们不要在封地作乱，要尊重先王所制定的规矩。你们要顾念祖先的戎马功劳，要像他们一样为我效劳。潜台词就是：难道你们没看到作乱者的下场吗？

你们要礼贤下士，好好治理封地，四方的人民都在看着你们，向你们学习；先王的恩德泽被到你们，你们要学习先王。我在四方布置了很多耳目，要规规矩矩的啊！

啊！我们不能忘了先王！这句话，怕是说给周公听的，意思是别忘了他们，记得他们对你的信任，可一定要效忠于我啊！

有　客

有客有客①，亦白其马②。有萋有且③，敦琢其旅④。有客宿宿，有客信信⑤！言授之絷⑥，以絷其马。薄言追之，左右绥之⑦。既有淫威⑧，降福孔夷⑨！

【注释】

①客：宋人。《左传·僖公二十四年》：“宋，先代之后，于周为客。”②亦：而。白马：《毛传》：“殷尚白也。”③萋、且：马瑞辰《通释》：“萋、且双声字，皆以状从者之盛。”④敦琢：本为治玉，在此形容客人随从仪容整饬，犹如攻治过的美玉。旅：即客人的

随从人员。⑤宿宿、信信：《毛传》："一宿曰宿，再宿曰信。"此处未必确指，重复言之，不过表达留客殷勤之意。⑥絷：即绊马绳索。授絷也是表达留客之意。⑦绥：绊。⑧淫威：马瑞辰《通释》："《广雅·释言》：'威，德也。'……是知古者威训德。'既有淫威'，犹言既有大德耳。"⑨夷：马瑞辰《通释》："《说文》夷从大、从弓，古夷字必有'大'训。'降福孔夷'犹云降福孔大也。"

【赏析】

客人来了客人来了，他乘坐雪白的马，从者极盛，个个人才出众，如玉琢成。客人住了一天又一天，住了很多时日。送给他绊马绳，系住马好停留。设好宴饯送他，百官都来问候他。他既有盛德和威望，天降洪福保佑他。

商　颂

玄　鸟

天命玄鸟①，降而生商，宅殷土芒芒②。古帝命武汤③，正域彼四方④。方命厥后⑤，奄有九有⑥。商之先后，受命不殆⑦，在武丁孙子。武丁孙子，武王靡无胜。龙旂十乘⑧，大糦是承⑨。邦畿千里⑩，维民所止⑪，肇域彼四海⑫。四海来假⑬，来假祁祁⑭。景员维河⑮。殷受命咸宜，百禄是何⑯！

【注释】

①玄鸟：燕子。②宅：居。芒芒：广大。③古帝：指天帝。④正：治理。域：封疆。⑤方：古通"旁"，广，普遍。⑥奄有：尽有。九有：即九州。⑦殆："怠"之通假，懈怠。⑧十乘：此指兵车十辆。⑨糦：指酒食，祭祀用的供品。⑩邦畿：指封畿。⑪止：居住。⑫肇：开始。⑬假：至，来朝。⑭祁祁：众多貌。⑮景：大。员：周围。维：围绕。⑯何：通"荷"，承受。

【赏析】

上天命令神燕，降生下了契来做商王，住在殷这块广大的土地之上。古时候天帝命成汤治理天下，征服四方。遍告天下诸侯，商朝全部拥有九州之广。商的先王接受了天命勤政不怠，武丁子孙继承大业保兴旺。成汤更是好君主，十辆马车龙旗扬，酒食丰盛祭先祖。上千里辽阔的国土啊，是人民安居乐业的好地方。封疆达四海，四海诸侯络绎不绝朝见忙。高高的山原萦绕着黄河，殷商受之于天命万事吉祥，繁荣富强永无疆。

第三篇

香草美人之思，伤时忧国之悯

《楚辞》是浪漫主义的代表作，在中国诗歌史上占有重要的地位。它的出现打破了《诗经》以后两三个世纪的沉寂，在诗坛上大放光彩。它与《诗经》开创了我国古代诗歌现实主义与浪漫主义融汇发展的优秀传统，是我国诗歌史上最早出现的两朵奇葩。后人也因此将《诗经》与《楚辞》并称为“风”“骚”。风、骚成为中国古典诗歌现实主义和浪漫主义创作的两大流派。

离 骚

【原文】

帝高阳之苗裔兮①，朕皇考曰伯庸②。摄提贞于孟陬兮③，惟庚寅吾以降④。皇览揆余初度兮⑤，肇锡余以嘉名⑥：名余曰正则兮，字余曰灵均⑦。

【注释】

①帝，先秦的“帝”字，直至战国中期，都只指神界主宰者，夏以后的人间君主称“后”称“王”而不称“帝”。古氏族为了美化自己的世系，都要托祖于天神天帝，自称是某“帝”某“神”的后裔。高阳：即颛顼帝的别号。屈原之所以自托为其子孙，是因为颛顼的后代熊绎是周成王的大臣，受封于楚国，及至春秋楚武王熊通生子名暇，后封于屈地，改姓屈，屈原就是他的后代。苗裔：后代的子孙。兮：文言助词，表示语气，相当于现在的“啊”。②朕（zhèn）：“我”的意思，也就是先秦时古人的自称。据《史记·秦始皇本纪》，秦始皇二十六年起，才诏定为帝王自称。皇：光大，美，是古代常用于神圣人、物的赞颂状词。考：指已经死去的父亲或祖先。皇考：就是对已经死去的父亲（或祖先）的美称。伯庸：“皇考”的表字。从《离骚》的艺术特点看来，应该是化名，例同下文的“正则”“灵均”。③摄提：“摄提格”的简称。古人把天宫划为子、丑、寅、卯、辰、巳、午、未、申、酉、戌、亥十二等分，称为十二宫。以岁星（木星）在天空转运所指向的方位来纪年。当岁星指向寅宫那一年，就叫摄提格，即寅年的别名。贞：正。孟：开端。陬（zōu）：夏历正月的别名。正月是一年的开端，故称“孟陬”。夏历正月是寅月。《楚辞》都用夏历。④惟：文言助词，常用于句首。庚寅：纪日的干支。寅年寅月寅日，古人认为是难得的吉日。吾：是作者在长诗中创造的神话式的艺术形象，不等于屈原本人。降：从天降临，与下文“百神翳其备降兮”的“降”意义相同。⑤皇：从王逸以来，都认为是“皇考”的简称。先秦文献中的单个皇字，用作名词，指天与古之帝王。王逸释皇考为亡父，又说它简称为皇，这不符合当时的语言习惯。刘向《九

叹·愍命篇》把《离骚》的“皇考”理解为楚先王，相当于《诗经》颂诗里的“皇祖”“皇王”，这样的“皇考”才可以简称为“皇”。览：观察。揆：揣度，衡量。览揆：就是研究的意思。初：开始。度：作名词解，气宇，气度。初度：就是初生时的气度。⑥肇：有“开端、起始”的意思，但此处另作他解。刘向在《九叹·灵怀篇》中有“兆出名曰正则兮，卦发字曰灵均”之句，闻一多在《离骚解诂》中认为“肇”是“兆”的借字，肇兆古通，因此肇在这里取意为卜兆算卦。锡：借作“赐”，赐给。嘉：善。嘉名：就是美名。包括下文的“名”与“字”。古代贵族子弟要在祖庙行冠礼时才取字。行冠礼的年龄一般在二十岁左右，这表示正式加入统治集团，担负起国家大任。⑦“名余”二句：这是在向人阐述我的名和字。正则：公正而有法则。灵均：灵善而均调。关于“正则”和“灵均”是否是屈原的名和字，至今众说纷纭，笔者认为，无论如何，“正则”“灵均”都是美名。

【赏析】

我是帝高阳的后裔，我的父亲名叫伯庸。在太岁寅年的正月，庚寅之日我降生。先父看到我初降时的气度，卜兆赐给我美名。我的名叫正则，我的字叫灵均。

【原文】

纷吾既有此内美兮①，又重之以修能②。扈江离与辟芷兮，纫秋兰以为佩③。汩余若将不及兮④，恐年岁之不吾与⑤。朝搴阰之木兰兮，夕揽洲之宿莽⑥。日月忽其不淹兮⑦，春与秋其代序⑧。惟草木之零落兮⑨，恐美人之迟暮⑩。不抚壮而弃秽兮⑪，何不改乎此度？乘骐骥以驰骋兮⑫，来吾道夫先路⑬！

【注释】

①纷：盛貌。《楚辞》句例，往往以一个字或三个字的形容词置于句首。内美：内在的本质的美，这里指前八句所美化的世系、生辰、“初度”、名字。②重（chóng）：加上。修：修饰。能：古通“态”，这里有“才能”的意思。屈赋经常以修饰容态比喻锻炼品德。③“扈江离”二句：扈（hù）：披在身上，楚地方言。江离：一种香草名，生在江中。芷：香草名，即白芷。辟：同“僻”，幽也。辟芷：幽香的芷草。纫：作动词，穿连。秋兰：香草名，秋季开花，花呈淡紫色。佩：这里作名词，指佩带在身上的饰物。这两句所描绘的“修能”，与《九歌》中的少司命、山鬼诸神一样，显然不是屈原的实际形象。④汩：水流急速的样子。⑤不吾与：不与吾，不等待我。与：等待。⑥搴（qiān）：拔取，楚方言。阰（pí）：大的山坡，楚方言。木兰：香树名，辛夷的一种。揽：采。宿莽：一种经冬不死的香草。无论时间流逝多快，木兰都去皮不死，宿莽仍经冬不枯，暗喻自己在勤奋地锻炼中养成了清雅素洁的坚强个性。⑦淹：停留。⑧代序：轮换。序：古通“谢”。代序：即代谢。⑨惟：想。⑩美人：怀王。《离骚》里的美人都是“吾”思念、追求的对象，这是一个复杂巧妙的比喻。⑪今本句前有“不”字，宋洪兴祖《楚辞补注》说，他所见的《文选》古本没有。抚：据。壮，盛也。⑫骐骥：骏马，比喻有才能的人。⑬夫（fú）：语气助词。本篇除最后的“仆夫悲余马怀兮”的“夫”属实词外，其余都是语气助词。

【赏析】

我既有许多内在的美德，又兼具外在的才能。身披幽香的江离和白芷，带着秋兰穿连的佩饰。时光如流水我怕追不上，岁月恐怕也不等我；朝霞中攀折山上的木兰，夕阳下采撷水洲的宿莽。日月匆匆一刻不停，春秋更替永无止息；想到草木的凋零陨落，害怕怀王霜染两鬓。为何不趁壮年摈弃污秽，为何不改变这样的态度？乘上骐骥去驰骋，我来为你引路。

【原文】

昔三后之纯粹兮①，固众芳之所在②；杂申椒与菌桂兮③，岂维纫夫蕙茝④？彼尧舜之耿介兮⑤，既遵道而得路；何桀纣之猖披兮⑥，夫唯捷径以窘步！惟夫党人之偷乐兮⑦，路幽昧以险隘；岂余身之惮殃兮⑧，恐皇舆之败绩⑨！忽奔走以先后兮，及前王之踵武⑩；荃不察余之中情兮⑪，反信谗而齌怒⑫。余固知謇謇之为患兮⑬，忍而不能舍也；指九天以为正兮⑭，夫唯灵修之故也⑮！初既与余成言兮⑯，后悔遁而有他⑰；余既不难夫离别兮，伤灵修之数化⑱。

【注释】

①后：君王。昔三后：指老童、祝融、鬻熊。纯粹：丝无杂质称纯，米无杂质称粹；比喻古三王的德行美好。②固：本来。众芳：喻群贤。在：聚集。因为君王贤德，所以众多有才能的人才愿意聚集到他们身边。③申：这里是重叠的意思，形容茂盛。椒：花椒，一种灌木，所结的果子有香气。菌桂：应作“箘（jùn）桂”，即肉桂，一种香木。④维：唯，只有。蕙：兰草的一种，又名薰草。茝（chǎi）：即白芷。⑤耿：光明。介：正直。⑥猖披：衣不束带、散乱不整的样子。⑦党人：指朝廷里结党营私的群小。先秦的“党”字多指朋比为奸的结合，故孔子说“君子群而不党”，和后来的含义不同。⑧惮：畏惧，害怕。⑨皇舆：君王的乘车，这里比喻楚国。败绩：本指军队溃败，此指车驾倾覆，喻国家灭亡。⑩踵：脚后跟。武：足迹。⑪荃：香草名，此处隐喻怀王。⑫齌（jì）怒：怒火中烧。“齌”本指用猛火烧饭。⑬謇謇（jiǎn）：直谏忠言的样子。⑭九天：苍天，古说天有九层。正：通“证”，意思是指天为证。⑮灵修：作品中塑造的以怀王为原型的另一个艺术形象，寄望他德行兼备，使国家长盛不衰。灵：神。修：美。⑯通行本在这句前面，还有“曰黄昏以为期兮，羌中道而改路”两句，现已公认是衍文，故删去。成言：成约。⑰悔遁：变心。他：别的主意。这里是说秦相张仪游说楚怀王，以商於六百里之地劝他与齐断交，后来怀王信以为真之事。⑱数化：屡次变化。怀王在位期间，张仪数次出使楚国，使怀王在联合抗秦的态度上摇摆不定，楚国国运日益衰微。

【赏析】

古代三王品德纯粹，群贤都围绕在他们周围。花椒丛和菌桂树杂糅相间，岂止是串连蕙草和白芷？那尧舜是多么耿直光明，遵循正道走正路。桀与纣衣不束带，只因贪图捷径难以前行。那些小人偷安享乐，国家的前途黑暗险阻。岂是我害怕自身遭殃，只怕王车将要毁坏。急匆匆前后奔走，想让你赶上先王的脚步；你不体察我的衷情，反而听信谗言对我恼怒。明知忠言会招来祸患，想隐忍却难以割舍；遥指苍天为我作证，全都是为灵修的缘故。当初你与我盟誓，后来竟然反悔另有他想；我倒不难过与你分别，伤心的是灵修的变化无常。

【原文】

余既滋兰之九畹兮①，又树蕙之百亩。畦留夷与揭车兮②，杂杜衡与芳芷③。冀枝叶之峻茂兮④，愿竢时乎吾将刈⑤；虽萎绝其亦何伤兮⑥，哀众芳之芜秽⑦！

【注释】

①滋：培植。九畹：九是虚数，表示多（下文“九死”同此）。畹有十二亩、二十亩、三十亩几种说法。②畦（qí）：田垄，此作动词用，一行行地种植。留夷，即芍药。揭车：亦香草名。留夷和揭车都是楚地所产香草。③杂：套种。杜衡：即马蹄香。香草象征贤才，以上四句用栽植香草比喻培养英才。④冀：希望。峻：高大。⑤竢：同“俟”，等待。刈（yì）：收割。⑥萎绝：指草木的自然老化、死亡。⑦芜秽：指中途变质，即篇末“兰芷变而不芳兮，荃蕙化而为茅”之意。花开花落，草木凋零虽然是一件悲伤的事，但是芳草的中途变质却更为可伤。

【赏析】

我已培植九畹芝兰，又种下百亩惠草；分垄栽培留夷和揭车，其中间杂杜衡和芳芷。希望枝叶繁茂，到时候我就收割；即便枯萎凋谢也不悲伤，只哀伤众芳草的芜秽变质。

【原文】

众皆竞进以贪婪兮①，凭不厌乎求索②；羌内恕己以量人兮③，各兴心而嫉妒④。忽驰骛以追逐兮⑤，非余心之所急；老冉冉其将至兮⑥，恐修名之不立⑦。朝饮木兰之坠露兮，夕餐秋菊之落英⑧。苟余情其信姱以练要兮⑨，长颇颔亦何伤⑩！揽木根以结茝兮⑪，贯薜荔之落蕊⑫；矫菌桂以纫蕙兮⑬，索胡绳之缅缅⑭。謇吾法夫前修兮⑮，非世俗之所服⑯；虽不周于今之人兮，愿依彭咸之遗则⑰！

【注释】

①竞进：争着向上爬。贪婪：贪得无厌，不知满足。②冯不厌：指贪得无厌。冯：通“凭”，

楚方言“满”的意思。厌：满足。③羌：发语词，楚方言。恕：揣度。④兴心：生心，打主意。⑤驰骛：奔走。⑥冉冉：渐渐。⑦修：本义是长，古人以长为美，此处为“美”义。⑧落：始也。英：花的别名。落英：初生的花，即蓓蕾。早晨喝木兰花上坠落的露滴，晚上以秋菊初生的花为食，饮露餐英是比喻修炼品德，使自己人格高洁。木兰春天开花，菊花秋天始荣，这两句意同上文“朝搴阰之木兰兮，夕揽洲之宿莽”，也是以朝夕喻岁时。是说一年到头，无时无刻不在坚持修洁。⑨苟：只要。信：确实。姱：美好。练要：精要，是说操守纯粹。⑩长：长期。顑颔（kǎn hàn）：面貌憔悴黄瘦。这四句意承上节，众人因追求名利而自得，我却因追求仁义高洁为志向。⑪木根：此指木兰的根。⑫薜荔：香草名，蔓生灌木，亦称木莲。落蕊：初开的花。蕊：花心。⑬矫：举。菌桂：应作箘桂，这里指箘桂的嫩枝。⑭索：绳索，作动词，搓绳。胡绳：一种蔓生的香草。纚纚（xǐ）：长而下垂，整齐美观的样子。以上四句就是篇首所说的“修能”，是“吾”的神话形象的重要部分。⑮謇（jiǎn）：发语词，楚方言。法：效法。前修：前代的圣人。⑯服：所用的服食和服饰。⑰彭咸：关于彭咸是谁有很多种说法，有说是“殷贤大夫”，也有说是彭祖祝融，即太阳神，但现在也没有确凿的证据。唯一可以肯定的是，彭咸应该是诗人心中的另一个美好化身，他包含了作者对德行深厚的理想人物的憧憬和赞美之情。

【赏析】

众人都贪婪成性，个个贪得无厌欲壑难填；用自己的私心猜量他人，钩心斗角互相嫉妒。急速奔驰追逐私利，不是我心中之所急；衰老慢慢地将要来到，怕美名还不能建立。清晨饮木兰滴下的露水，傍晚吃秋菊的花瓣；只求我情操确实美好，长期饥饿也不悲伤。用木兰的根须串连白芷，再串薜荔的花蕊；用菌桂的嫩枝串连蕙草，把胡绳揉搓得又长又美。我效法前贤的模样，不是世俗之人所佩戴的；虽然不合于今人的趣味，只愿依从彭咸的风范。

【原文】

长太息以掩涕兮①，哀民生之多艰②；余虽好修姱以鞿羁兮③，謇朝谇而夕替④。既替余以蕙纕兮⑤，又申之以揽茝⑥。亦余心之所善兮⑦，虽九死其犹未悔。怨灵修之浩荡兮⑧，终不察夫民心。众女嫉余之蛾眉兮⑨，谣诼谓余以善淫⑩。固时俗之工巧兮，偭规矩而改错⑪；背绳墨以追曲兮⑫，竞周容以为度⑬。忳郁邑余侘傺兮⑭，吾独穷困乎此时也；宁溘死以流亡兮⑮，余不忍为此态也！鸷鸟之不群兮⑯，自前世而固然⑰；何方圆之能周兮，夫孰异道而相安！屈心而抑志兮，忍尤而攘诟⑱；伏清白以死直兮⑲，固前圣之所厚⑳。

【注释】

①太息：叹息。掩涕：掩面流泪。②民生：人生。先秦的“民”字，含义多有不同，一为百姓，一为自指，一为同列的小人。笔者认为，这里的“民”一来是诗人自伤之词，一来也是哀百

姓生活多艰。这是诗人悲天悯人的济世情怀的体现。③虽（雖）：同“唯”；只。好（hào）：爱好。修：修饰。姱：美貌。鞿：马缰绳。羁（jī）：马笼头。鞿羁：束缚，牵累的意思。④謇：发语词。谇（suì）：原义是劝谏。但与上下文意不相属，郭沫若在《屈原赋今译》中曾说“作为卒字解，言卒业也”，即完成的意思。替：废弃。⑤纕（xiāng）：佩的带子。⑥申：再次。⑦亦：语助词，在这里有转折的语气。善：爱好。⑧浩荡：原义水大貌，这里意同荒唐，没有准则。⑨众女：喻上文“众”“党人”，是说包围在怀王身边的一群悭吝小人。蛾眉：美貌，比喻美德。⑩谣诼（zhuó）：造谣诽谤，楚方言。⑪偭（miǎn）：违背。规：制圆形的工具。矩：制方形的工具。规矩：在这里比喻法度。错：同“措”，措施。⑫绳墨：木匠画直线用的墨线，喻法度。“规”“矩”“绳墨”都是匠人用的工具。⑬周容：就圆随方，苟合取容。⑭忳（tún）：忧郁，烦闷的样子。侘傺（chà chì）：心情不定、失意的样子，楚方言。⑮溘（kè）：突然。溘死：暴死。流亡：指暴死野外，尸体不得收殓，而随水漂泊。⑯鸷（zhì）鸟：鹰类的鸟，猛禽。⑰固然：本来就是如此。⑱尤：罪罚。攘：本义是取。诟：侮辱。忍尤攘诟：就是承受各种罪责侮辱。⑲伏：同“服”，保持。⑳厚：动词，看重。

【赏析】

长声叹息眼泪擦不干，哀伤人民生活的艰难；我爱好修饰而受到牵累，早晨刚进谏晚上就被废弃。毁坏了我蕙草作的佩带，又申斥我拿的芳芷。这些都是我的爱好，纵然九死也不后悔。怨恨灵修昏聩荒唐，终究不能体察我的衷肠；众女流嫉妒我的美貌，造谣啄伤我是生性淫荡。世俗之人本来就工于取巧，违背规矩而改变措施；背弃绳墨而追随邪曲，竞相苟且取容以为法度。我忧郁苦闷惆怅失意，独自穷困窘迫在这样的时代；我宁愿暴死于野外，也不忍仿效这种丑态。雄鹰的不合群，自古以来就这样；方榫圆孔如何能吻合，异路人哪会相安？委屈心情压抑志向，隐忍罪责承担侮辱；坚守清白而死的正直，这本为前圣所称道。

【原文】

悔相道之不察兮[①]，延伫乎吾将反[②]；回朕车以复路兮，及行迷之未远。步余马于兰皋兮[③]，驰椒丘且焉止息[④]；进不入以离尤兮[⑤]，退将复修吾初服[⑥]。制芰荷以为衣兮，集芙蓉以为裳[⑦]；不吾知其亦已兮，苟余情其信芳！高余冠之岌岌兮⑧，长余佩之陆离⑨；芳与泽其杂糅兮，唯昭质其犹未亏⑩。忽反顾以游目兮⑪，将往观乎四荒⑫；佩缤纷其繁饰兮，芳菲菲其弥章⑬。民生各有所乐兮⑭，余独好修以为常⑮；虽体解吾犹未变兮⑯，岂余心之可惩⑰！

【注释】

①相：观察选择。察：仔细看清楚。②延：长久。一说延颈而望。伫：站立。延伫：长久站立。反：同“返”。③步马：解开车驾，让马散步。兰皋：长有兰草的水边。皋：水边。④椒丘：有椒树的山丘。且：暂且，姑且。焉：在这儿。⑤进：进仕。离：借作“罹”（lí），遭遇。尤：罪祸。这是说既然进仕郁郁不得志，倒不如退隐以洁一身。⑥初服：芳洁的服饰，这里比喻美好的品德。⑦芰（jì）：菱。芰荷：荷叶，楚方言。芙蓉：荷花。衣、裳：古代分别指上衣，下服，以叶为衣，以花为裳。⑧高：用作动词，加高。岌岌（jí）：本是山高的样子，这里与高叠用，形容很高。⑨长：用作动词，加长。陆离：很长的样子。⑩泽：旧说是“润泽”，与“芳”义近。但从上下文看来，应该是芳的反面，即污浊。糅（róu）：混在一起。芳泽杂糅是说芳香与污浊混杂在一起，比喻“吾”曾与“众女”“党人”共处。昭质，清白的本质。昭，明。这两句是出淤泥而不染的意思，我虽与一些奸邪小人共处于朝廷之中，但我决不会同流合污。⑪游：放纵。游目：远眺，放眼纵观。⑫四荒：四方荒远之处。荒：远。⑬菲菲：花草香气浓郁。弥：更加。章：同“彰”，显著。⑭民生：人生。⑮好修：爱好“修能”。常：习惯的意思，本作“恒”，与下文“惩”字叶韵，后因汉文帝叫刘恒，汉人为避讳而改。⑯体解：即肢解，古代一种酷刑，把人的四肢砍掉。⑰惩：戒惧而悔恨。

【赏析】

悔恨选择道路不曾细察，踌躇不前我将要返回；掉转我的车走回原路，趁走入迷途还不太远。我的马徐行在兰草边，奔到椒山暂且休息；不前去遭遇罪祸，隐退去重新修我当年衣。缝制芰荷作上衣，采集芙蓉为下裳；没人欣赏我也没有关系，只要我的内心确实芳香。把我的冠冕做得更高，把我的佩带结得更长；芬芳与污泥虽然杂糅，它的光彩质地却未受损伤。蓦然回首张望，我将远观四方；佩带缤纷装饰锦簇，芬芳格外馥郁幽香。人们天生各有自己的喜乐，我独好修洁并习以为常；纵然肢解我也不会改变，难道我的心可以惩戒？

【原文】

女媭之婵媛兮①，申申其詈予②；曰：“鲧婞直以亡身兮③，终然夭乎羽之野④。汝何博謇而好修兮⑤。纷独有此姱节⑥？薋菉葹以盈室兮⑦，判独离而不服⑧。众不可户说兮，孰云察余之中情⑨？世并举而好朋兮⑩，夫何茕独而不予听⑪？”

【注释】

①女媭（xū）：一说是屈原的姊姊，一说是屈原的妹妹，都没有确实的证据，此处译为女伴即可，她是现实生活中对屈原既同情又缺乏理解的一类人物的艺术化身。婵媛（chán yuán）：关心爱切而显得婉转痛恻的样子。②申申：重叠不休，一遍又一遍。詈（lì）：责备。③鲧（gǔn）：传说中禹的父亲。婞（xìng）直：刚直。亡身：忘我。亡同“忘”。婞直亡身是说持正而不顾自身。④夭：死于非命。羽：山名。传说鲧被杀于羽山。⑤博：多。謇：直言。博謇：过于忠贞，爱说直话。⑥姱（kuā）：美好。节：节操。朱骏声《离骚补注》认为是“饰”字之误。饰指服饰，《离骚》以服饰喻节操。⑦赍（cí）：作动词，草堆积起来的意思。菉（lù）：即王刍，草类的一种。葹（shī）：即苔耳。菉葹都是恶草，比喻奸邪小人。⑧判：区别开来。服：佩带。⑨孰：谁。云：语助词。余：指“咱们”。⑩并举：互相抬举。好朋：喜欢结党营私。⑪茕（qióng）独：原义是无兄弟称茕，无子称独。

【赏析】

女媭对我那么关切，再三地把我责备；她说：“鲧刚直而忘身，结果死于羽山的原野。你何必直言好修洁，独自赋有这美好的节操？屋子里堆积着野花杂草，偏你与众不同不愿佩带。不能逐户去解说，有谁会体察咱们的真情；世人相互吹捧好结党朋，你为啥孤傲不听我的话。”

【原文】

依前圣以节中兮①，喟凭心而历兹②；济沅湘以南征兮③，就重华而陈词④；启《九辩》与《九歌》兮⑤，夏康娱以自纵⑥；不顾难以图后兮，五子用失乎家巷⑦。羿淫游以佚畋兮⑧，又好射夫封狐⑨；固乱流其鲜终兮⑩，浞又贪夫厥家⑪。浇身被服强圉兮⑫，纵欲而不忍⑬；日康娱而自忘兮⑭，厥首用夫颠陨⑮。夏桀之常违兮⑯，乃遂焉而逢殃⑰；后辛之菹醢兮⑱，殷宗用而不长⑲。汤禹俨而祗敬兮⑳，周论道而莫差㉑。举贤而授能兮㉒，循绳墨而不颇。

【注释】

①节中：节制不偏，保持正道。②喟（kuì）：叹息。凭：愤懑。历：经历，遭遇。兹：现在，此时。③济：渡。征：行。④重华：舜的名字。传说舜葬于沅湘以南的九嶷山。⑤启：禹之子。《九辩》与《九歌》：我国古代神话中两个有名的乐曲，传说是启上天作客时偷带下来的。⑥夏康娱以自纵：语法与下文“周论道而莫差”同。一说这句仍指启一人。康：大。康娱：过分地逸乐。另一说是指启及其儿子太康。例同下文“日康娱而自忘”。⑦五子：启的五个儿子。用：因而。失：指太康失国。一说“失”为衍字。家巷：家乡，此指故都，太康耽于淫乐，被有穷国的后羿夺了故都。一说，家巷指内部的争斗。夏启十年至十一年间，五个儿子叛乱，被平定。夏启十五年，最小的儿子武观又叛，“五子家閧”就是指这两次内乱。或说“五子”即指武观。⑧淫、

佚：都是过度享乐的意思。畋（tián）：打猎。⑨封：大。⑩鲜终：少有好的结果。⑪浞（zhuó）：人名，即寒浞，相传是羿的国相。厥：其。家：妻室家小。传说后羿沉迷于游猎，不理政事，国相寒浞擅权，与妃子纯狐私通，害死后羿。⑫浇（ào）：人名，即过浇，寒浞的儿子。被服：穿戴，引申为负恃、信奉之义。强圉：多力也。⑬不忍：不肯自制。⑭自忘：忘记自身的安危。⑮颠陨（yǔn）：坠落。太康弟仲康之孙少康，攻灭浇，夏遂复兴。⑯常违："违常"的倒文，违背了正常的道理。⑰乃：于是。遂：终于，结果。焉：语气词。⑱辛：纣王的庙号。菹醢（zū hǎi）：菹是切细的腌菜，醢是肉酱，此指古代的一种酷刑，把人剁成肉酱。⑲宗：宗祀，指王朝。⑳汤禹："汤"指商汤，"禹"指夏禹。在屈赋中禹汤并称共三次，下文"汤禹严而求合兮"，《怀沙》"汤禹久远兮"，都是先汤后禹。俨：读作"严"，严明。祗（zhī）：与"敬"意义相同。敬重法度，不敢胡作非为，即谨慎的意思。㉑周：指周初的文王、武王和周公等人。㉒举贤授能，是屈原重要的政治主张之一，在作品里反复强调。这四字虽只在这里出现一次，但屈赋是文学作品，不是政治论文，这一政治主张，主要寄寓于"骐骥""众芳"等大量形象化的语言之中。

【赏析】

遵循前代圣贤坚持正道，可叹历尽如此磨难让人寒心；渡过沅水湘江而朝南行，向虞舜去陈述衷情；夏启窃得《九辩》《九歌》，夏王朝纵情娱乐放任无度；不居安思危考虑后患，五个儿子起了内讧。后羿沉溺于游猎嬉戏，喜欢射杀大狐狸。本来淫乱之徒就没有好下场，又被寒浞抢占了他的妻室。浇身体强壮有力，放纵自己的欲望不加节制；每日寻欢作乐以致忘形，终究掉了脑袋。夏桀行为违背常理，于是遭到灾殃。纣王把忠臣弄成肉酱，殷朝的王位也因而不长久。汤和禹都谨慎敬戒，周先王讲求理法也没差错，举用贤者和能者，遵守规矩没有偏颇。

【原文】

皇天无私阿兮[①]，览民德焉错辅[②]；夫维圣哲以茂行兮[③]，苟得用此下土。瞻前而顾后兮，相观民之计极[④]；夫孰非义而可用兮，孰非善而可服[⑤]？阽余身而危死兮[⑥]，览余初其犹未悔[⑦]；不量凿而正枘兮[⑧]，固前修以菹醢。曾歔欷余郁邑兮[⑨]，哀朕时之不当；揽茹蕙以掩涕兮[⑩]，霑余襟之浪浪[⑪]。

【注释】

①私：偏私。阿：与"私"同义。无私阿：即公正不偏。②民：人，此指君主。错：同"措"，施行。看万民之中最有道德的，就让他做君王，让贤能之士去辅佐他。③维：唯。茂：美。④相（xiàng）观：仔细的考察。民：万民众生。计：计虑。极：目的。计极：最终的想法。⑤服：义同"用"。⑥阽（diàn）：临近危险。⑦初：初志，初衷。⑧枘（ruì）：插孔用的木栓，此指木柄。凿的上端圆形中空，枘插其内，是为柄。不迁就凿孔的方圆大小来削柄，就插不进去。这是比喻古代的诤臣，不肯苟合取容，而不得善终。⑨曾：借作"增"，屡次。歔欷（xū xī）：悲泣抽噎的声音。⑩茹：柔软。⑪霑：同"沾"，浸湿。浪浪（láng）：流不断的样子。

【赏析】

上天啊，不偏私，看到了有德行的才肯辅助。只有圣哲德行美好，才能够统治天下。考察了前王而又观省后代，看出了万民的心愿。哪有不义的人可被任用，哪有行为不好的人能被敬服？我纵使是身临绝境，回顾自己的初衷也不后悔。不度量凿孔的方圆而只求正枘，前代的贤人被剁成肉酱。我忧郁而又呜咽，哀怜我生不逢时。用蕙草擦干眼泪，眼泪滚滚沾湿了衣襟。

【原文】

跪敷衽以陈辞兮①，耿吾既得此中正②；驷玉虬以乘鷖兮③，溘埃风余上征。朝发轫于苍梧兮④，夕余至乎县圃⑤；欲少留此灵琐兮⑥，日忽忽其将暮。吾令羲和弭节兮⑦，望崦嵫而勿迫⑧；路曼曼其修远兮⑨，吾将上下而求索。饮余马于咸池兮⑩，总余辔乎扶桑⑪；折若木以拂日兮⑫，聊逍遥以相羊⑬。

【注释】

①敷：铺开。衽（rèn）：衣襟。②耿：明亮貌。中正：即上文“节中”，正道，真理。③驷：古代同驾一辆车的四匹马。这里作动词用，就是驾的意思。虬（qiú）：传说是无角的龙。鷖（yī）：传说中凤类的鸟，身有五彩。④轫：阻止车轮转动的木头。发轫就是在行车前把这块木头拿开，是出发的意思。苍梧：地名，舜所葬的九嶷山在其境内。⑤县圃：神话中的山名，在昆仑山顶。县：“悬”的古字。⑥灵琐：神的宫门。灵，神。琐，门上雕刻的花纹。此代指门。⑦羲（xī）和：古代神话中十个太阳的母亲，又是太阳的赶车夫。弭（mǐ）：停。节：鞭子。⑧崦嵫（yān zī）：神山名，传说中日没之处。⑨曼曼：同“漫漫”，长而远的样子。修：长。⑩马：指上文当马驾用的玉虬。咸池：太阳沐浴的神池。⑪总：整理系结。辔：缰绳。扶桑：神树名，据说在东方，日出于扶桑之下。⑫若木：神树名，据说生在昆仑山的西极，青叶红花，光华下照。拂日：拂拭太阳，使它放出光明，不要昏暗下去。⑬相羊：同“徜徉”“倘佯”，自由自在地往来游玩，有逍遥之意。

【赏析】

跪在衣襟上陈述衷情，我的心中耿直已得中正之道。驾玉虬乘彩凤，飘忽地乘风而上。清晨从苍梧动身，晚上便来到昆仑山上的悬圃。想要在这神山逗留片刻，无奈太阳却匆匆地要西沉入暮。我叫羲和慢慢地行车，看到崦嵫也不要急迫。

前面的路那么长，那么远，我将要上天入地去寻求探索。让我的龙马在咸池饮水，把缰绳拴在扶桑树上。折下几根枝条轻轻遮挡阳光，且让我无拘无束地在这里逍遥闲逛。

【原文】

前望舒使先驱兮①，后飞廉使奔属②；鸾皇为余先戒兮③，雷师告余以未具。吾令凤鸟飞腾兮，继之以日夜；飘风屯其相离兮④，帅云霓而来御⑤。纷总总其离合兮，斑陆离其上下⑥；吾令帝阍开关兮⑦，倚阊阖而望予⑧。时暧暧其将罢兮⑨，结幽兰而延伫⑩；世溷浊而不分兮⑪，好蔽美而嫉妒。

【注释】

①望舒：月神。②飞廉：风神。奔属：奔跑跟随。③鸾：神鸟名，形状如鸡而大，五色。皇：即"凰"，雌凤。④屯：聚集。离：读作"丽"，依附。⑤帅：同"率"，率领。霓：通"蜺"，虹霓。虹常有内外两层，通称为虹。古人分别言之，内层色鲜，称虹；外层色淡，称蜺。御：迎接。⑥斑：光彩斑斓。上下：天地。⑦阍：守门人。关：本义是门栓，此指天门。⑧阊阖（chāng hé）：天门。⑨暧暧：昏暗的样子。罢：完，指一天将尽。⑩结：结交，这里是寄情的意思。延伫：长久站立。⑪溷（hùn）：义同"浊"，肮脏浑浊。

【赏析】

月神望舒在前面为我开道，风神飞廉跟在后面随着奔跑。鸾鸟凤凰在前头替我警戒，雷神却告诉我还没有准备好。我让凤鸟展翅飞腾，不管是白天还是黑夜都不停前行。旋风把分散的云朵聚集起来，率领着云霓前来列队恭迎。飘忽时聚时散，色彩斑斓乍离乍合，我让帝阍把天门打开，他却倚着天门冷冷地望着我。天色昏暗，一天将要过去，我编结着兰花久久地伫立。人世间是这样混浊善恶不分，总爱遮蔽美好的事物并且嫉妒它。

【原文】

朝吾将济于白水兮①，登阆风而绁马②；忽反顾以流涕兮，哀高丘之无女③。溘吾游此春宫兮④，折琼枝以继佩；及荣华之未落兮⑤，相下女之可诒⑥。吾令丰隆乘云兮⑦，求宓妃之所在⑧；解佩纕以结言兮⑨，吾令蹇修以为理⑩。纷总总其离合兮⑪，忽纬繣其难迁⑫；夕归次于穷石兮⑬，朝濯发乎洧盘⑭。保厥美以骄傲兮⑮，日康娱以淫游；虽信美而无礼兮，来违弃而改求⑯。

【注释】

①白水：神话中发源于昆仑山的河，饮后不死。②阆（làng）风：神山名，在昆仑山上。緤：系结，表示在这里停留。③高丘：指阆风山。无女："吾"在天国碰壁以后，渡过白水，登上阆风山顶，却没有一个理想的神女可以追求。④春宫：东方青帝所居。⑤荣华：琼枝上的鲜花。⑥下女：指下文宓妃、简狄、二姚等下界名淑。她们都是神话式人物，只因不住在天上故称"下女"。"下"相对于天而言。诒（yí）：通"贻"，赠送。⑦丰隆：云神。⑧宓（fú）：古通"伏"。宓妃：传说是伏羲氏的女儿，因溺死于洛水，而成为洛水女神。⑨佩纕：佩用的丝带。结言：寄言结交。⑩蹇（jiǎn）修：人名，旧说为伏羲氏之臣。但从《离骚》的艺术特点来看，应该是作者虚构的寓言人物。⑪纷总总：指宓妃开始时心绪很乱，拿不定主意。离合：若即若离，不易捉摸。⑫纬繣（huà）：别扭。难迁：难以迁就。⑬次：住宿。穷石：西极的山名，传说是夏代东夷族有穷氏后羿所居之地，说法不一。传说宓妃是河伯之妻，常与后羿偷情。⑭洧（wěi）盘：神话里的水名，发源于崦嵫山。⑮保：恃，仗。⑯来：招呼从者之词。违：放弃，丢开。

【赏析】

明天早晨，我将渡过白水，登上阆风山把我的马拴在那里。猛然间回头望，忍不住流起泪来，哀伤啊这高山上没有理想的女子。匆匆地我游逛到春神的宫殿，折下玉树的枝条来续上佩饰。趁着这开放的花朵还未凋落，到下界去送给可心的女郎。我让丰隆驾起云彩，去寻找宓妃住的地方。把佩带解下来寄托我的心意，我让蹇修去做媒人。忙忙乱乱地她总是若即若离，忽然间闹起别扭，真难迁就。晚上，她在穷石住宿，早晨，她却在洧盘的岸边洗头。她仰仗着美貌而满脸骄傲，整日里在外面荒唐地漫游。她虽然貌美，可是太不懂礼节，走吧！我要丢弃她，另外去寻求（别的姑娘）。

【原文】

览相观于四极兮①，周流乎天余乃下；望瑶台之偃蹇兮②，见有娀之佚女③。吾令鸩为媒兮④，鸩告余以不好；雄鸠之鸣逝兮，余犹恶其佻巧⑤。心犹豫而狐疑兮⑥，欲自适而不可⑦；凤皇既受诒兮，恐高辛之先我⑧。欲远集而无所止兮⑨，聊浮游以逍遥；及少康之未家兮，留有虞之二姚⑩。理弱而媒拙兮，恐导言之不固⑪；世溷浊而嫉贤兮，好蔽美而称恶。闺中既以邃远兮⑫，哲王又不寤⑬；怀朕情而不发兮，余焉能忍与此终古。

【注释】

①览相观：三字同义连用，都是看的意思。②瑶台：玉台，犹"琼楼"，华贵美丽的建筑。偃蹇：高耸的样子。③有娀（sōng）：古代部落名。佚：美。传说有娀氏有个美貌的女儿，名叫简狄，未嫁时住在高台上面，她后来成了帝喾的次妃。④鸩（zhèn）：传说中的毒鸟，羽毛

呈紫绿色，稍置酒中，即能致人死命。⑤佻巧：言辞不诚实。⑥犹豫、狐疑：都是双声联绵字，疑惑不决的意思。⑦适：往。⑧受：通“授”。诒：原义是赠给，作名词用，指聘礼。高辛：即帝喾。传说简狄为帝喾之妃，吞食玄鸟（燕子）的卵而生契，为商人的祖先。简狄的婚姻与玄鸟有关，而《离骚》此处不写玄鸟写凤凰，因为它是一部浪漫主义的作品，风格浓艳夸张，凤凰的形象比燕子华美得多，作者出于艺术上的需要，才这样处理。⑨集：就。⑩少康，夏代中兴的君主，是大康弟仲康之孙，其父名相。寒促指使自己的儿子过浇杀相，少康逃到有虞国，国君把两个女儿嫁给他。后来少康杀浇复夏。有虞氏属姚姓，故其两个女儿称“二姚”。⑪导：致。导言：传递言语。固：成，牢固。⑫闺：宫中小门，引申为内室。闺中本义是女子所居之所，这里是女子的代称。邃：幽深，深远。⑬哲：明智。哲王：指楚怀王。寤：醒，喻觉悟。

【赏析】

仔细观察了天空四方的边缘，在天上周游了一遍才降临大地。远远望瑶台那么巍峨壮丽，看见了有娀氏美女简狄。我吩咐鸩鸟去替我做媒，鸩鸟却告诉我说那美女不好。雄鸠边飞边叫着飞远了，可我却讨厌它的轻佻。心里犹豫不决而迟迟疑疑，想亲自前去又觉得不可以。凤凰已经送去了礼物，恐怕高辛已经比我先到了。我要到远处去又没有地方落脚，暂且随便游荡倒也逍遥。趁着少康还没有成家，有虞的两个女儿还在呢。提亲的媒人无能笨拙，恐怕这次传话又没有把握。世道混浊而又嫉贤妒能，喜欢隐蔽美好而宣扬邪恶。闺中的美人住在幽远深邃的地方，聪明的君王又还没觉悟。满怀衷情却无处倾诉，我怎能忍受这长久的痛苦了此一生！

【原文】

索藑茅以筳篿兮①，命灵氛为余占之②。曰：“两美其必合兮③，孰信修而慕之④？思九州之博大兮⑤，岂唯是其有女⑥？”曰：“勉远逝而无狐疑兮⑦，孰求美而释女⑧？何所独无芳草兮，尔何怀乎故宇⑨？世幽昧以眩曜兮⑩，孰云察，余之善恶⑪？民好恶其不同兮⑫，惟此党人其独异⑬；户服艾以盈要兮⑭，谓幽兰其不可佩。览察草木其犹未得兮，岂珵美之能当⑮？苏粪壤以充帏兮⑯，谓申椒其不芳！”

【注释】

①索：取。藑（qióng）茅：是一种用来占卜的草。古代楚人有“茅卜法”，结草折竹来占卦就用此草。以：与。筳（tíng）、篿（zhuān）：都是算卦用的竹片，楚人用于另一种占卜法。把两种不同的占卜工具写在一起，正如把扶桑与若木扯在一块、把燕子改作凤凰一样，是《离骚》特殊的艺术手法。②灵氛：卜师之名。从《离骚》的艺术特点看来，向灵氛问卜，是虚构假设之词。③其：表示肯定的语气助词。④信：真正，确实。修：美。慕：与上下文义矛盾，与“占”字韵也不叶，经多方考证，没有确切的文义。⑤九州：泛指天下。⑥是：此。⑦曰：古书中同一个人说的话，中间往往再用“曰”字。这是灵氛针对屈原所提出来的怀疑劝勉他勤奋努力，出

去则必有遇合。勉：劝勉。⑧释：丢开，放弃。女：同“汝”，指“吾”。⑨宇：当从一本作“宅”，形之误。“宅”古音待洛反，与“恶”（乌各反）叶韵。故宅：老家，指楚国。⑩世：当从一本作“时”，世与“何所独无芳草”矛盾。眩曜：迷乱的样子。⑪云：语气词。余：包括“灵氛”与“吾”，就是咱们的意思，是一种表示亲密的称谓。⑫民：一般的人们。⑬惟：唯。此：指“故宇”。⑭户：披。艾：野草名，有怪味。要：古“腰”字。⑮珵（chéng）：美玉。当：借作“党”，懂得，楚方言。⑯苏：借作“叔”，索取。帏：佩在身上的香囊。对草木尚且缺乏辨别的能力，更不能鉴别美玉，那么玉再美也不适合他们。灵氛这样说，是为了坚定“吾”的去志。

【赏析】

找到灵草和竹片，请灵氛为我占卜。她说：“双方是美的一定能结合，可是谁真正美好值得去爱慕？想想天下是如此的广大，难道只是这里有美女吗？”她说：“向远处去吧不要迟疑，哪有追求美好的人会把你丢下？什么地方没有芳草你何必如此怀念故土？世道既黑暗又让人眼花缭乱，谁能够详察咱们的善恶？人们的好恶本来就有不同，只是这里的小人更加独特不同。家家户户的人都在腰间挂满了艾草，反而说幽兰不可佩戴。分辨草木都不能真切，对美玉又怎能评价得恰当？拿粪土塞满了香囊，偏要说申椒一点也不香。”

【原文】

欲从灵氛之吉占兮，心犹豫而狐疑；巫咸将夕降兮①，怀椒糈而要之②。百神翳其备降兮③，九疑缤其并迎④；皇剡剡其扬灵兮⑤，告余以吉故。曰：“勉升降以上下兮⑥，求榘矱之所同⑦；汤禹严而求合兮，挚咎繇而能调⑧。苟中情其好修兮，又何必用夫行媒；说操筑于傅岩兮，武丁用而不疑⑨。吕望之鼓刀兮，遭周文而得举⑩；宁戚之讴歌兮，齐桓闻以该辅⑪。及年岁之未晏兮⑫，时亦犹其未央⑬；恐鹈鴂之先鸣兮，使夫百草为之不芳⑭！”

【注释】

①巫咸：古代著名的神巫。但文中的巫咸，仅借用其名，不是历史人物，而是寓言人物。故下文巫咸称引周代的吕望、宁戚。降：从天降临。②怀：揣在怀里，准备。糈（xǔ）：精米，用于祭神的祭品。椒糈：香草和精米。要：祈求。③翳：遮蔽，形容“百神”盛多。备：齐，全都。④九疑：即九嶷，山名，此指九嶷山诸神。⑤皇：读作“煌”，辉煌，是“剡剡”的状语。剡剡（yǎn）：发亮的样子。灵：神。⑥勉：勉强。升降上下：俯仰浮沉，只“求榘矱之所同”，不计地位之高低。⑦榘：即“矩”，量方形的工具。矱（yuē）：量长短的工具。同：合。⑧挚：即伊尹，汤时贤臣，帮助商汤灭夏。咎繇（gāo yáo）：即皋陶（yáo），传说是夏禹时期的贤臣，是精明公正的立法官。⑨说（yuè）：即傅说，相传本是傅岩地方筑土墙的奴隶，商王武丁梦到他，就画了像到处寻访，结果在刑徒中找到，后为殷高宗时贤相。筑：打土墙用的木杵。⑩吕望：

又称吕尚，俗称姜太公。本届姜姓，因先代封邑在吕，故以吕为氏。传说曾在朝歌当过屠夫，遇文王而被重用，是周朝的开国贤臣。鼓：敲。鼓刀：敲刀发声，以招揽生意。⑪宁戚：春秋时卫国人，喂牛时敲着牛角唱歌，抒发怀抱，被齐桓公听到，带去列为客卿。该：预备。辅：辅佐大臣。该辅：预备作为辅佐。以上所举伊尹、傅说、吕望、宁戚诸人，都是处卑“好修”，就地待时，而得到知遇，都没有“用夫行媒”。⑫晏：晚。⑬犹其未：即“其犹未”。上文“虽九死其犹未悔”“唯昭质其犹未亏”“览余初其犹未悔”“览察草木其犹未得”，都作“其犹未”。⑭鹈鴂（tí jué）：子规鸟，秋天鸣。巫咸的话至此止。

【赏析】

想听从灵氛的占卜吉言，心里却又犹犹豫豫无法决断。巫咸将在晚上求神降临，我准备着香椒和精米去邀请他。百神遮天蔽日一齐降临，九嶷山的众神都纷纷去迎接。光灿灿地闪耀着灵光，巫咸又告诉我一些吉利的典故。他说：“地上天下地去求索吧！去寻求道义相同的人。商汤夏禹诚心地寻求贤臣，才能和伊尹皋陶协同一心。只要内心确实是美好修洁的，又何必到处去托媒介绍？傅说曾在傅岩筑过土墙，武丁重用他却毫不怀疑。姜太公在朝歌操过屠刀，碰上周文王而得以荐举。宁戚喂牛时敲着牛角唱歌，齐桓公听到了任用他为辅佐。趁年岁还没有衰老，时势的极限还没有来到；当心那子规鸟叫得太早，使百草因此而芳香尽消。”

【原文】

何琼佩之偃蹇兮①，众薆然而蔽之②？惟此党人之不谅兮③，恐嫉妒而折之。时缤纷其变易兮，又何可以淹留④？兰芷变而不芳兮，荃蕙化而为茅。何昔日之芳草兮，今直为此萧艾也⑤？岂其有他故兮，莫好修之害也！余以兰为可恃兮⑥，羌无实而容长⑦；委厥美以从俗兮⑧，苟得列乎众芳⑨。

【注释】

①琼佩：玉树枝做的佩。此处是自喻。偃蹇：繁盛而高贵的样子。②薆（ài）然：受到遮蔽而显得黯然。③谅：诚实，信用。④淹留：久留。⑤萧、艾：都是蒿草，不香。⑥兰：旧说是暗射楚怀王的小儿子子兰，其实不然。⑦羌：发语词。容：外表。长：义同“修”，美好。古人以长为美。⑧委：弃。⑨苟得：能够得到，实际上还配不上。

【赏析】

为什么琼玉的佩饰出众地美丽，众人就把它的光彩遮蔽？这些小人是没有诚信的，怕他们会妒忌而把玉佩毁弃！世俗纷乱易变，怎能在这里久久流连？兰与芷变得不再芬芳，荃与蕙变成了茅草。为什么往日的芳草，今日里直成了野艾臭蒿？难道还有其他的缘故？都只怪他们不洁身自好！本以为幽兰可以信赖，谁知道它也虚有其表，抛弃了美质随从世俗，苟且地名列众芳。

【原文】

椒专佞以慢慆兮①，榝又欲充夫佩帏②；既干进而务入兮③，又何芳之能祗④！固时俗之流从兮⑤，又孰能无变化？览椒兰其若兹兮，又况揭车与江离？惟兹佩之可贵兮⑥，委厥美而历兹⑦；芳菲菲而难亏兮，芬至今犹未沬⑧。和调度以自娱兮⑨，聊浮游而求女；及余饰之方壮兮⑩，周流观乎上下。

【注释】

①椒：王逸认为是暗射“楚大夫子椒”，但和“兰”一样，没有具体实证可考。《离骚》对众芳芜秽写得特别沉痛，在作品中一再严词谴责，应有作者的实际感受为生活基础。大概屈原被疏以后，原来大批得到过屈原扶植，支持屈原的人，全都随风转舵，倒向靳尚等人一边，而与屈原为敌。这是符合旧时代官场世道的一般规律的。但要说哪种香草影射哪个人，那就很难说了。慆：义同“慢”，傲慢。②榝（shā）：茱萸（yú）一类的草，外形似椒而无香味。③干：义同“务”，钻营追求。④祗：敬重。⑤流从：“从流”的倒文，随波逐流，趋炎附势。⑥惟：同“唯”。⑦委：作“秉”解释，把持，坚持。历兹：至今。⑧沬：消失，消散。⑨和：调和，缓和。调度：调整。这句是说把自己的心情调整得和悦、愉快一些。⑩饰：指琼佩。这一段是听了巫咸“吉故”之说后的感慨，是对他的反驳。其中心意思是故国里连众芳都已变质，只剩下“琼佩”“偃蹇”，“吉故”不可能在故国重演再现。

【赏析】

花椒专横谄媚而且傲慢，茱萸还想充满佩囊。既然都只贪图攀援钻营，又有哪种芳草能够坚持芳香之道？时俗本来就随波逐流，又有谁能够不生变化？看椒兰都已经这样了，更何况揭车和江离？只有这玉佩是可贵的，却遭到弃置经此危厄！清香依旧难以污损，芳香至今还留存。调节内心的思度求得欢娱，姑且四处逍遥寻求美女。趁着我的玉佩还璀璨美丽，到天上地下去到处游览！

【原文】

灵氛既告余以吉占兮，历吉日乎吾将行①。折琼枝以为羞兮②，精琼靡以为粻③。为余驾飞龙兮，杂瑶象以为车④；何离心之可同兮，吾将远逝以自疏！邅吾道夫昆仑兮⑤，路修远以周流；扬云霓之晻蔼兮⑥，鸣玉鸾之啾啾⑦。朝发轫于天津兮⑧，夕余至乎西极；凤皇翼其承旂兮⑨，高翱翔之翼翼⑩。忽吾行此流沙兮，遵赤水而容与⑪；麾蛟龙使津梁兮⑫，诏西皇使涉予⑬。

【注释】

①历：选择，挑选。②羞：这里泛指菜肴。③精：捣碎。今闽南话还称捣为“精”。靡（mí）：细末。粻（zhāng）：粮食。④象：象牙。⑤邅（zhān）：转，楚方言。⑥扬云霓：举云霓作为旌旗。晻蔼（yǎn ǎi）：云旗蔽日的样子。⑦玉鸾：玉制的车铃，挂在车横上，形状像鸾鸟。啾啾：铃声。⑧津：渡口。天津：天河的渡口。传说在箕、斗二星之间。⑨翼：作动词用，展翅。承：连接。旂：指云旗。⑩翼翼：整齐和谐的样子。⑪遵：循。赤水：神话里的水名，源出昆仑山。容与：从容宽适的样子。⑫麾：指挥。梁津：在渡口搭桥。梁：桥，这里用作动词。⑬诏：命令。西皇：西方天帝少皞。涉予：帮助我渡河。

【赏析】

灵氛告诉我说卜占是吉祥的，选定好日子我就去远方。折琼枝来做菜肴，用碧玉捣碎做干粮。为我驾驭飞龙之车，用美玉象牙装饰那车。怎能跟异心人在一块？我将远游放飞自己！把行程转向昆仑，路途遥远天涯漫漫。用云霓做彩旗飘扬蔽日，玉制的车铃铿锵如鸟鸣。早晨从天河的渡口出发，黄昏就到了西天的尽头。凤凰的彩翎连接如云彩的旗帜，在天空之上高高飞翔。转眼间来到一片流沙之地，沿着赤水河从容优游。指挥蛟龙在渡口搭桥，叫西皇帮我渡过河流。

【原文】

路修远以多艰兮，腾众车使径待①；路不周以左转兮②，指西海以为期③。屯余车其千乘兮，齐玉轪而并驰④；驾八龙之婉婉兮⑤，载云旗之委蛇⑥。抑志而弭节兮⑦，神高驰之邈邈⑧；奏《九歌》而舞韶兮⑨，聊假日以媮乐⑩。陟升皇之赫戏兮⑪，忽临睨夫旧乡⑫；仆夫悲余马怀兮，蜷局顾而不行⑬。乱曰⑭：已矣哉！国无人莫我知兮⑮，又何怀乎故都？既莫足与为美政兮⑯，吾将从彭咸之所居⑰。

【注释】

①腾：传告。待：当从一本作“侍”，与“期”叶韵。径待：在路边侍卫。②路：路过。不周：神话里的山名，在昆仑山西北。③期：读作“极”，目的地。④轪（dài）：车轮的别名，楚方言。⑤婉婉：一作蜿蜿，龙在天空飞行蜿蜒屈曲的样子。⑥委蛇（yí）：即“逶迤”，舒卷蜿蜒的样子。⑦抑志：抑制自己的情绪。⑧邈邈：高远的样子。⑨韶：即九韶，传说是舜时的舞乐。⑩假日：

利用时间。媮（yú）：通“愉”。⑪陟（zhì）：登。皇：皇天。戏：同“曦”，光明的样子。⑫临：居高临下。睨：斜视。⑬蜷局：卷曲不伸。顾：回头。⑭乱：本是古代乐曲里的一个名称，用在末尾，约当于今天的“尾声”。辞赋最后往往也有“乱”辞作为一篇的总结。⑮莫我知：“莫知我”的倒文。⑯美政：理想的政治。⑰从彭咸之所居：追随彭咸去他的居处。

【赏析】

行程悠远而艰难，叫随从的车辆在两旁等待。路过不周山向左转弯，直奔西海而去！成千的车辆列队集中，玉制的车轮隆隆转动。每辆车驾八条婉婉的神龙，车上云旗飘飘荡荡。控制住兴奋减少兴态，心神已经像奔马一样跑远了。奏起了《九歌》，舞起《九韶》，姑且娱乐一下来打发时光！登上了光辉灿烂的皇天，忽然间俯看到了故乡！仆人悲伤，马儿也怀恋，弯曲着身体回头看不肯向前。最后说：就这样算了吧！国家里没有人懂得我，我又何必怀念故都？既然没有人能同我推行美政，我将追随彭咸寻求安身的地方！

九　歌

东皇太一

吉日兮辰良①，穆将愉兮上皇②。抚长剑兮玉珥③，璆锵鸣兮琳琅④。瑶席兮玉瑱⑤，盍将把兮琼芳⑥。蕙肴蒸兮兰藉⑦，奠桂酒兮椒浆⑧。扬枹兮拊鼓⑨，疏缓节兮安歌，陈竽瑟兮浩倡⑩。灵偃蹇兮姣服⑪，芳菲菲兮满堂。五音纷兮繁会⑫，君欣欣兮乐康⑬。

【注释】

①辰良："良辰"的倒文，为了与"皇""琅"押韵。②穆：恭敬肃穆。将：介词，同"以"。愉：通"娱"，此作动词用，使之快乐。③抚：抚摸。珥（ěr）：剑鼻，在剑柄上，此指剑柄。④璆锵（qiú qiāng）：佩玉相碰发出的声音。琳琅：美玉名。⑤瑶：美玉名，这里形容席的质地精美。瑱（zhèn）：同"镇"。玉瑱：压席的玉器。席铺在神位前面，上面摆着祭品。⑥盍（hé）：同"合"，聚集在一起。将：拿起。把：持。将把：摆设的动作。琼：美玉名，这里形容花色鲜美，例同"瑶席"。⑦肴蒸：祭祀用的肉。藉：垫底用的东西。⑧奠：祭献。桂酒：桂花浸泡的酒。椒浆：香椒浸泡的美酒。⑨枹（fú）：鼓槌。拊：敲击。⑩陈：列。竽：笙类的吹奏乐器，有三十六簧。瑟：弹奏乐器，有二十五弦。倡：同"唱"。浩倡就是大声唱，气势浩荡。⑪灵：这里指以歌舞娱神的巫女。《九歌》里的"灵"都指所祀之神。偃蹇（yǎn jiǎn）：舞姿优美的样子。⑫五音：宫、商、角、徵、羽，是我国古代音乐的五种音阶。宫相当于C调的第一音，商相当于D调的第一音，以此类推。⑬君：指东皇太一。

【赏析】

吉祥日子美好的时光，恭敬肃穆娱祭上皇。手持着玉饰的长剑，身上戴的佩玉脆响叮当。瑶玉装饰的席子、美玉制成的压镇，还有那满把的琼玉吐芬芳。蕙草裹着祭肉垫着馨兰，祭献上桂花美酒和椒浆。扬起了鼓槌敲打着，节奏舒缓伴着轻柔的歌声，吹竽鼓瑟众声齐唱。神灵翩然起舞，挥动着华丽的衣裳，浓郁的香气四溢满堂。五音齐鸣交响四方，神君喜悦而快乐安康。

云中君

浴兰汤兮沐芳[①]，华采衣兮若英[②]。灵连蜷兮既留[③]，烂昭昭兮未央[④]。謇将憺兮寿宫[⑤]，与日月兮齐光。龙驾兮帝服[⑥]，聊翱游兮周章[⑦]。灵皇皇兮既降[⑧]，猋远举兮云中[⑨]。览冀州兮有余[⑩]，横四海兮焉穷[⑪]。思夫君

兮太息[⑫]，极劳心兮𢡺𢡺[⑬]。

【注释】

①浴：洗身体。沐：洗头发。古人祭祀前必须斋戒，用兰草沐浴。②英：花。以上二句，写迎神的巫女。③灵：云神。连蜷：长而婉曲。既留：已经留下来。④烂昭昭：写云神的神采灿烂。未央：未尽，正盛。⑤謇（jiǎn）：发语词，楚方言。憺（dàn）：安。寿宫：供神的神堂。⑥龙驾：驾龙车。诸神与《离骚》的“吾”一样，都用龙驾车。⑦聊：暂且。云神下天以前，先在天上盘旋一下。周章：周游往来。⑧皇：同“煌”。降：从天下降临地面。⑨猋（biāo）：去得很快的样子。这句写云神来飨，刚下来很快就走了，引起巫女的相思之苦。⑩览：云神所见。冀州：古称中国有九州，冀州、兖州、青州、徐州、扬州、荆州、豫州、幽州、雍州，冀州为九州岛之首，这里代指中国。有余：说云神的视野超出中国。⑪横：横奔。四海：古人以为九州周围有东南西北四海包围。四海指世界。焉：何。穷：尽。“焉穷”与“有余”互文，描写云神高瞻远瞩，无所不到，仅览中国而有余，横绝四海也不知其穷尽。⑫君：巫女对云神的尊称。⑬𢡺（chōng）：同“忡”，心忧的样子。

【赏析】

用兰馨之水、白芷之香沐浴满身芳香，鲜艳多彩的衣服像花朵一样。神灵翩然起舞飘忽地降临，神采光辉灿烂不尽不藏。您且在寿宫安乐宴享，与日月同放光芒。穿着帝服乘驾龙车之上，暂且在九天之际遨游观览四方。神灵光芒灿烂的已经降临人间，倏忽间又像风一样飞回天上。览遍九州却仍心想他处，横行四海之后不知您的踪迹将停留何方。我思念神君啊却唯有叹息，无尽的愁思真让人忧虑劳伤！

湘　君

【原文】

君不行兮夷犹[①]，蹇谁留兮中洲[②]？美要眇兮宜修[③]，沛吾乘兮桂舟[④]。令沅湘兮无波，使江水兮安流。望夫君兮未来[⑤]，吹参差兮谁思[⑥]？驾飞龙兮北征[⑦]，邅吾道兮洞庭[⑧]。薜荔柏兮蕙绸[⑨]，荪桡兮兰旌[⑩]。望涔阳兮极浦[⑪]，横大江兮扬灵。扬灵兮未极[⑫]，女婵媛兮为余太息[⑬]。横流涕兮潺湲[⑭]，隐思君兮陫侧[⑮]。

【注释】

①君：湘夫人对湘君的尊称。夷犹：犹豫不前的样子。②蹇（jiǎn）：发语词，楚方言。谁留：为谁而留。③要眇（yāo miǎo）：美好的样子。宜修：修饰得恰到好处。④沛：水势急，这里形容桂舟行速很快。⑤夫（fú）：语气助词。君：指湘君。⑥吹：湘君在吹。参差：即排箫。以竹管编排，各管参差不齐，故名。相传是舜发明。谁思：“思谁”的倒文，即思湘君。⑦飞龙：

指雕刻着龙形的船。征：行。⑧邅（zhān）：转弯，回转，楚方言。⑨薜荔：蔓生灌木，一名木莲。柏：即“箔”，帘。蕙：兰草类，亦名薰草、佩兰。绸：帏帐。⑩荪：香草名，一作荃，俗名石菖蒲。桡（ráo）：短桨。兰：兰草。旌：旗杆顶上的饰物。⑪涔（cén）阳：地名，在涔水北岸，洞庭湖西北。浦：水边。极浦：遥远的水边，指涔阳。今湖南澧县有涔阳浦，在洞庭湖与长江之间。涔阳可能是传说中湘夫人经常居留的地方。⑫极：引申义，到达。⑬女：侍女（戴震说）。婵媛（chán yuán）：关心痛恻的样子。⑭潺湲（chán yuán）：缓缓而流的样子。⑮陫（fěi）侧：即“悱恻”，内心悲痛。

【赏析】

湘君啊！您犹豫不走。究竟在水中沙洲等待谁？我既美丽又善于修饰自己，来吧！与我急流中同乘桂木之舟。愿沅水、湘水风平浪静，还请江水缓缓而流。我盼望着您，为什么您却还不来？您吹着洞箫在思念着谁？我本驾着龙舟向北远行，却转道来了这优美的洞庭。用薜荔做舱壁蕙草做帐，用荪草装饰船桨兰草作为旌旗。眺望涔阳那遥远的水边，我要横渡大江以表达我的挚诚。我的真诚还没全部表达出来，侍女已经心疼地为我发出叹息。眼泪纵横滚滚而下不可收，隐痛地思念你而悱恻伤神。

【原文】

桂櫂兮兰枻[①]，斲冰兮积雪[②]。采薜荔兮水中，搴芙蓉兮木末[③]。心不同兮媒劳[④]，恩不甚兮轻绝！石濑兮浅浅，飞龙兮翩翩[⑤]。交不忠兮怨长，期不信兮告余以不闲！鼂骋骛兮江皋[⑥]，夕弭节兮北渚[⑦]。鸟次兮屋上，水周兮堂下[⑧]。捐余玦兮江中[⑨]，遗余佩兮澧浦[⑩]。采芳洲兮杜若[⑪]，将以遗兮下女[⑫]。时不可兮再得，聊逍遥兮容与[⑬]。

【注释】

①桂、兰：都是香木名。櫂（zhào）：同“棹”，长桨。枻（yì）：舵，也称艄，置于船

尾，决定航向。②斲（zhuó）：同“斫”，砍也。江水冻结，上有积雪，须破冰开道。其实，当时还是秋风初起时节，不会有冰冻积雪。这是湘夫人比喻自己千方百计为爱情打开出路。③搴（qiān）：拔。芙蓉：莲花。木末：树梢。薜荔长于陆地，芙蓉生在水中，这两句是缘木求鱼的意思，形容求爱的艰难，所求不遂。④劳：徒劳。⑤濑（lài）：浅滩上的流水。翩翩：飞行轻快的样子。龙舟虽快，滩水太浅，这也是借喻单思之苦。⑥鼂（zhāo）：古同“朝”（zhāo），早晨。皋：水边。⑦弭（mǐ）：停。节：鞭。渚（zhǔ）：江中沙洲。⑧次：停宿。周：环绕。这两句写处境的荒凉。⑨捐：弃。玦（jué）：环形而有缺口的玉饰。⑩遗：读作“坠”，丢下，义同“捐”。佩：佩玉。澧：水名，在湖南，注入洞庭。⑪芳洲：生芳草的水洲。杜若：香草名。⑫遗（wèi）：赠予，是“馈”的假借字。下女：地位卑下的侍女。“玦”与“佩”是男人的饰物，湘夫人本想送给湘君。因以为湘君背约不来，故而抛掉，表示决绝。采杜若给下女，则与此对照，意思是说：我与其送块玉佩给你这个薄情郎，还不如采芳草给地位卑下的女子。一说“女”指湘君的侍女，希望通过她代为说情。此说与捐玦遗佩的决绝态度不符。或说“女”指自己的侍女，即上文“女婵媛兮为余太息”的“女”。⑬容与：舒缓放松的样子。

【赏析】

桂木的船桨，兰木的船板，刚刚破开的厚冰又因寒雪而堆积起来。我就好像在水中把薜荔摘取，在树梢把芙蓉采摘。两人心意不相通媒人必是劳而无功，恩爱不深也必定会容易分离！水流在石滩上湍急地流淌，飞龙之舟掠过水面疾行翩翩。交往不以忠诚为准就会使怨恨深长，约会不守信诺竟对我说是没有时间！早晨我在江边奔驰疾走，傍晚我在北岸歇息。鸟儿栖息在屋檐之上，流水围绕在华堂之下。把我的玉玦抛弃在江中，而把我的佩饰留在澧水之岸。在芳洲上采摘杜若，想送给陪侍的女郎。消逝的岁月不能再来，姑且逍遥自在而放开胸怀！

湘夫人

【原文】

帝子降兮北渚①，目眇眇兮愁予②。嫋嫋兮秋风③，洞庭波兮木叶下④。登白薠兮骋望⑤，与佳期兮夕张⑥。鸟何萃兮蘋中？罾何食兮木上？⑦沅有茝兮澧有兰⑧，思公子兮未敢言⑨。荒忽兮远望，观流水兮潺湲。麋何食兮庭中？蛟何为兮水裔⑩？朝驰余马兮江皋，夕济兮西澨⑪。闻佳人兮召予，将腾驾兮偕逝⑫。

【注释】

①帝子：湘君对湘夫人的尊称。古人称男女不分性别，均作“子”。因为湘夫人是帝尧的女儿，所以这里的“帝子”相当于后世的“公主”。②眇眇：远望不清的样子。愁予：使我发愁。愁作动词用。③嫋嫋（niǎo）：柔弱而细长的样子。④波：动词，生波。⑤白薠（fán）：草名，

秋季生长，雁所食。⑥佳：佳人，指湘夫人。期：约会。张：为晚间的约会而准备、张罗。⑦鸟：指不能入水的陆地飞禽。萃：聚集。蘋：水生植物，萍类。罾（zēng）：渔网。这两句与《湘君》的“采薜荔兮水中，搴芙蓉兮木末”意同，突出了充溢于人物内心的失望与困惑，大有所求不得、徒劳无益的意味。⑧茝（chǎi）：香草名，即白芷。⑨公子：指湘夫人。古代贵族称公族，贵族子女不分性别，都可称“公子”。⑩麋（mí）：鹿的一种，较大。蛟：传说是无角的龙。水裔：水边。裔：本义是衣的下摆，引申为边。麋本当在山林而来到庭院里，蛟本当在深渊而来到水边。实写眼前荒凉景象，意同上文“鸟何萃兮蘋中，罾何为兮木上”。⑪济：渡。澨（shì）：水边。⑫腾驾：驾着马车奔驰。偕逝：同去。“召予”“偕逝”，以及下文所写的同居生活，都是湘君夜宿“西澨”时的南柯美梦。

【赏析】

湘夫人仿佛已经降临在北岸，我遥望不见而无限哀愁。微微的秋风，吹皱了洞庭湖水，落叶飘扬。我登上长满白薠的高地纵目四望。与湘夫人的约会，一直忙到月昏黄。鸟儿为什么聚集在蘋草中？渔网为什么挂在树枝上？沅有白芷，澧有幽兰，我虽思念湘夫人却不敢讲。心思恍惚，举目四望，只看到那洞庭湖水缓缓流淌。野麋寻食，为什么拘束在庭院？蛟龙游戏，为什么困蹙在浅滩？清晨我骑马奔驰在江畔，傍晚就已经渡过了大江西边水岸。听说夫人在召唤我，将与你一同驰车去成欢。

【原文】

筑室兮水中，葺之兮荷盖①。荪壁兮紫坛②，播芳椒兮成堂③。桂栋兮兰橑④，辛夷楣兮药房⑤。罔薜荔兮为帷⑥，擗蕙櫋兮既张⑦。白玉兮为镇，疏石兰兮为芳⑧。芷葺兮荷屋，缭之兮杜衡。合百草兮实庭，建芳馨兮庑门⑨。九嶷缤兮并迎，灵之来兮如云⑩。捐余袂兮江中⑪，遗余褋兮澧浦⑫。搴汀洲兮杜若⑬，将以遗兮远者⑭。时不可兮骤得⑮，聊逍遥兮容与！

【注释】

①葺：编结覆盖。②紫坛：用紫贝铺砌的庭院。紫：指紫贝。坛：中庭，楚方言。③成：借作“盛”。用芳椒涂壁，香气满堂。④橑（liáo）：椽。⑤辛夷：香木名。药：白芷。⑥罔：

古同“网”，此作动词用，编结。⑦擗（pǐ）：掰开。櫋（mián）：帐顶。⑧疏：分布。石兰：兰草的一种。⑨庑（wǔ）：走廊。⑩九嶷：此指九嶷山的群神，即下句的“灵”。“偕逝”的美梦至此止。⑪袂（mèi）：复襦，外衣。⑫遗：读作“坠”，丢下。褋（dié）：汗衫。⑬汀：水中平地。⑭远者：陌生人。一说指湘夫人，想做最后的努力，但这与捐袂遗褋的决绝态度不符。⑮骤：屡次。骤得：一次次地得到。

【赏析】

我们在水中建造一栋房子，用芷草修葺，用荷叶苫在房顶上。用荪草装饰墙壁，用紫贝砌成小坛，把芳椒撒满屋子，满堂馨香。桂木做的栋梁，兰饰的天花板，辛夷的门楣，白芷的卧房。编结薜荔做帷帐，分蕙草做隔扇，全部已陈设妥当。洁白的美玉做席镇，压住四角，布列石兰散播它的芬芳。荷叶做的屋子，用芷草修葺，再用杜衡缠绕在房屋四围。聚集了百草充满庭院，筑起放置各种香草芳馨满溢的门廊。九嶷山的神灵纷纷来欢迎，为迎接湘夫人众神灵下降如同彩云一样。我把衣袖抛弃在江水之中，我把短衣丢在澧水岸旁。我在平洲上采摘杜若，向远方的情人表述衷肠。消逝的岁月不能再来，姑且逍遥自在而把心胸放宽！

少司命

秋兰兮麋芜①，罗生兮堂下②。绿叶兮素华③，芳菲菲兮袭予④。夫人兮自有美子⑤，荪何以兮愁苦⑥？秋兰兮青青⑦，绿叶兮紫茎。满堂兮美人，忽独与余兮目成⑧。入不言兮出不辞⑨，乘回风兮载云旗⑩。悲莫悲兮生别离，乐莫乐兮新相知。荷衣兮蕙带，儵而来兮忽而逝⑪。夕宿兮帝郊⑫，君谁须兮云之际⑬？与女沐兮咸池⑭，晞女发兮阳之阿⑮。望美人兮未来，临风怳兮浩歌⑯。孔盖兮翠旍⑰，登九天兮抚彗星⑱。竦长剑兮拥幼艾⑲，荪独宜兮为民正⑳。

【注释】

①麋芜：芎䓖（xiōng qióng）幼苗的别名。芎䓖通体芬芳，秋天开花，花色洁白。②罗生：是说“秋兰”与“麋芜”并列而生。③素：白色。华：花。④袭：指香气扑鼻。予：群巫自称。⑤夫（fú）：发语词。人：人们。美子：美好的儿女。古代男女均可称子。⑥荪：香草名，这里用作对少司命的尊称。⑦青青：借作“菁菁”（jīng），草木茂盛的样子。⑧余：少司命自称。目成：眉目传情。⑨入：来。出：去。辞：告辞。⑩“乘回”句：以旋风为车，以云为旗。古人车上插旗。⑪儵（shū）：同“倏”，义同“忽”，忽有忽无不可捉摸的样子。⑫帝郊：天国的郊野。⑬君：对少司命的尊称。须：等待。谁须：须谁，等待谁。⑭女：同“汝”。沐：洗头。咸池：传说中太阳沐浴的神池。⑮晞：晒干。阳之阿：即阳谷，也作旸谷，神话中日所

出处。⑯恍（huǎng）：同"恍"，失意的样子。浩歌：放声歌唱。⑰孔：孔雀的翎毛。盖：车盖，圆形似伞。翠：指翡翠的羽毛。旍（jīng）：古"旌"字。以孔雀的羽毛为盖，以翡翠的羽毛为旍，极言其仪仗服饰之美。⑱抚：抚摸。彗星：俗称扫帚星，古人认为是灾星。表示少司命为儿童扫除灾难。⑲竦（sǒng）：挺耸。艾：年幼的称呼。幼艾：泛指年幼的人。⑳正：主宰。

【赏析】

秋天的兰草和细叶蘪芜，在堂下并排而生。嫩绿的叶子，素白的花儿，浓郁的清香阵阵扑面而来。凡人都有好儿女，神啊！您何必为此愁苦挂怀？青翠茂盛的秋兰绿叶紫茎，交相辉映。满堂都是迎神的美人，忽然间独独与我眉目传情。来时无语走了也不说再见，乘着旋风，竖起云旗飘然而行。人生的悲哀莫过于生生的别离，快乐莫过于结识了新知己。穿荷衣系蕙带，倏忽而来又倏忽而去。傍晚在天国的郊野住宿，神啊！您久久停留在云际，到底是在等待谁呢？想与您同在咸池洗头，到九阳的曲隅把头发晒干。盼望美人啊，仍然没有来到，失意的我迎风高唱心神恍惚。孔雀翎装饰的车盖，翠鸟毛装饰的旌旗，您登上九天抚持彗星。手握长剑保护幼童，只有您才最应该成为百姓的主宰！

河　伯

与女游兮九河[①]，冲风起兮横波[②]。乘水车兮荷盖[③]，驾两龙兮骖螭[④]，登昆仑兮四望，心飞扬兮浩荡[⑤]。日将暮兮怅忘归[⑥]，惟极浦兮寤怀[⑦]。鱼鳞屋兮龙堂[⑧]，紫贝阙兮朱宫[⑨]。灵何为兮水中[⑩]？乘白鼋兮逐文鱼[⑪]。与女游兮河之渚，流澌纷兮将来下[⑫]。子交手兮东行，送美人兮南浦[⑬]。波滔滔兮来迎，鱼鄰鄰兮媵予[⑭]。

【注释】

①九河：传说禹治黄河时开了九条河道，此泛指黄河众支流。②冲风：冲地而起的风，即暴风。③水车：以水为车。荷盖：以荷叶为车盖，古代车盖圆形，似伞。④骖（cān）：古代一辆车套四匹马，中间的两匹马叫"服"，两旁的两匹叫"骖"。这里作动词用，驾在两旁。螭（chī）：无角的蛟龙。这句是说：两条有角的龙驾在中间，两条无角的龙驾在两旁。⑤浩荡：

水大貌，这里形容心情开阔。⑥怅：当作“憺”，迷恋。⑦惟：思念。极浦：遥远的水边。寤：醒。寤怀：从对昆仑的迷恋中警醒过来，怀念起遥远的水乡，极言思念之甚。⑧龙堂：壁上画龙的厅堂。⑨阙：王宫前面两边高耸的望台。⑩灵：对河伯的尊称。⑪鼋：一种大鳖，色青黄。“白鼋”疑是神话中的怪异大鳖。文鱼：像鲫鱼、鲤鱼一类有斑纹的鱼。文鱼与白鼋一样，应该都是古代传说中的神异水族。⑫流澌：融解的冰块，也可以解释为流水。将：随同。⑬子、美人：都是河伯对巫女或洛神的美称。⑭鄰鄰：一作“鳞鳞”，连贯衔接，很有次序的样子。媵(yìng)：古代陪嫁的女子，此作动词用，护送陪伴。予：我，这里是单数作多数用，犹今咱们。

【赏析】

我想跟您一块儿在九河里遨游，哪怕暴风吹起汹涌洪波。乘上以荷叶为盖的水车，驾驭着两龙，幼螭在两旁护驾。登上昆仑峰顶举目四望，心灵飞扬，豁然开朗。太阳快要落山了，我竟然陶醉得流连忘返！当想起那远岸，才忽然思念起自己的故乡。用鱼鳞砌成的屋子，装饰着龙鳞的厅堂，紫色贝壳堆砌的门阙，明珠装饰的殿堂。神君您为何要居住在水中央？骑着白色大鳖去追随文鱼，神君啊！我愿与您同游在河上。融解的冰块随流而下，您与我握手告别将要走向东方，我送您到南浦渡口，滔滔的波浪都来迎接您，成群的鱼儿把我送回家。

山　鬼

【原文】

若有人兮山之阿①，被薜荔兮带女萝②。既含睇兮又宜笑③，子慕予兮善窈窕④。乘赤豹兮从文狸⑤，辛夷车兮结桂旗。被石兰兮带杜衡⑥，折芳馨兮遗所思⑦。余处幽篁兮终不见天⑧，路险难兮独后来⑨。表独立兮山之上⑩，云容容兮而在下⑪。杳冥冥兮羌昼晦⑫，东风飘兮神灵雨⑬。留灵修兮憺忘归⑭，岁既晏兮孰华予⑮？

【注释】

①若：发语词。兮：在语法结构上具有“于”字的作用。阿（ē）：曲隅处。山之阿：山凹，山深处。②被：同“披”。带，腰带。此作动词用。女萝：又名菟丝，是一种缘物而长的蔓生植物。③睇（dì）：微盼，楚方言。含睇：含情微盼。宜笑：笑得自然得体。④子：与下文的灵修、公子、君都是指山鬼，亦即扮演山鬼的女巫所思念的人。予：指山鬼。子慕予：温柔可爱。善：善于。窈窕：美好的姿态。⑤乘：驾车。文：花纹。狸：野猫。⑥被石兰：石兰做车盖。石兰即山兰，是兰草的一种。带杜衡：杜衡作车上的飘带。杜衡俗名马蹄香。⑦遗(wèi)：赠。所思：所爱的人。⑧篁：竹。终不见天：整日看不到天空。⑨后来：迟到。⑩表：突出。这句说：独个儿站在山上突出的地方，盼望情人。⑪容容：通“溶溶”，大水流动的样子，此指云。⑫杳：深远。冥冥：黑暗。羌：语气助词，楚方言。昼晦：白天昏暗。⑬神灵雨：雨

神在降雨。⑭留灵修：为灵修而留。“灵修”是山鬼对情人的尊称。憺（dàn）：安心，安然。这里是入迷的意思。⑮晏：晚。岁既晏：年已老。孰：谁。华：同“花”，此作动词用。孰华予：谁能使我再像花一样鲜美。

【赏析】

好像有人在那山隅里，身披薜荔衣腰束女萝带。含情脉脉巧笑嫣然，原来你倾慕我的形貌美好。驾乘赤豹紧紧跟着斑纹狸猫，辛夷为车桂枝做旗。身披石兰缚着杜衡，你折下芳香的花朵送给思念的人。我住在幽深的竹林里终日不见阳光，道路艰险难行所以我孤独来迟。你孤身一人站在高高的山巅上，云雾滚滚在脚下浮动。眼前一片昏暗使白天如同黑夜一般，东风飘旋降下细雨。我愿为您而留兴奋得不想回去，年华已逝谁能使我永保容颜？

【原文】

采三秀兮於山间[①]，石磊磊兮葛蔓蔓。怨公子兮怅忘归，君思我兮不得闲。山中人兮芳杜若[②]，饮石泉兮荫松柏。君思我兮然疑作[③]。雷填填兮雨冥冥[④]，猨啾啾兮狖夜鸣[⑤]。风飒飒兮木萧萧，思公子兮徒离忧[⑥]。

【注释】

①三秀：芝草，一年开花结穗三次，故名。《山海经·中山经》说“服之媚于人”，吃了可以赢得别人的喜爱。“采三秀”直承上句的“孰华予”，目的当在此，兮於山，郭沫若认为此“兮”字在句中有“于”字的作用，“於山”即巫山，於、巫古可同音假借。可备一说。②芳杜若：像杜若一样芬芳可爱。③君：指山鬼。然：信。疑：不信。作：生。“然疑作”是说疑信交生。④填填：雷声。雨冥冥，因下雨而天色昏暗的景象。⑤猨：同“猿”。啾啾：猿声。狖（yòu）：黑色的长尾猿。⑥徒：徒然，白白地。离：借作“罹”（lí），遭受。

【赏析】

我在山间想要采摘灵芝，却见山石磊磊葛藤盘绕。我恨你啊！竟怅然而忘却归去，或许您还在想念我只是没空闲来看我。山中的你啊就像芬芳的杜若，渴饮石泉水，栖息在松柏。你还想念我吗？我的心中信疑交错。雷声滚滚细雨绵绵，猿猴哀鸣啾啾穿透夜幕。风声飒飒落叶萧萧，我思念您啊，空自悲伤！

天 问

【原文】

曰：遂古之初①，谁传道之？上下未形，何由考之？冥昭瞢暗②，谁能极之③？冯翼惟像④，何以识之？明明暗暗，惟时何为⑤？阴阳三合，何本何化⑥？

【注释】

①遂：通“邃”（suì），远。②冥：幽暗，指黑夜。昭：光明，指白昼。瞢（méng）、暗（àn）：都是昏暗的意思，瞢暗连文，是说昼夜未分，混沌不明的样子。③极：穷究。④冯（píng）翼：宇宙混沌时，大气充盛弥满的运动状态。古代传说，未有天地之时，宇宙间只有大气在运动。惟：语气助词。像：只可想象得之，而无实形可见。古代“形”“象”有别，“形”实“象”虚。这是一种看不见摸不着不实在的无定形感觉或现象。⑤惟：发语词。时：是，此。⑥三：同“参”，渗合。我国古代的朴素辩证思想，认为宇宙万物的生长，都由于阴气与阳气这两个对立物渗合统一的结果。又说阴阳渗合是由阳者吐气，阴者含气；吐气称“施”，含气称“化”；施出者为本，化即化育、化生。或说“三”指阴、阳、天。

【赏析】

话说：远古初态，宇宙尚未形成，谁能将此种形态传言开来？天地还没有成形，又从何考定天地的差别？日月明暗昼夜清浊皆混沌一片晦暗不清，谁能探究出它的道理？天地形成前仅能想象到处充塞着无形的元气，又怎么能识别它的形体？昼与夜、阴与阳的分界，究竟是谁作谁为的？阴阳三合而生宇宙，何为本源何所变化？

【原文】

圜则九重①，孰营度之②？惟兹何功③，孰初作之？斡维焉系④，天极焉加⑤？八柱何当⑥，东南何亏⑦？九天之际⑧，安放安属⑨？隅隈多有⑩，谁知其数？

【注释】

①圜：同“圆”，指天。则：规则，体制。②营：通“萦”，环绕。度：计量。③惟：发语词。兹：此。何：赞叹词。④斡：旋转，指旋转着的圆穹形天。维：本义是绳，此指地维，是四方形平地的四个角。⑤天极：星名，构成天顶，指最高层天的顶端。极：屋梁，引申为顶义。加：安放。⑥八柱：有两种说法，一种是支撑天的八座山，另一种是指地上支撑天的八根柱子。当：

对着。⑦亏：缺损，此指低陷。⑧九天：这里指天的中央和八方。际：边际，指九野之间。⑨放：放置，设置。属（zhǔ）：连接。⑩隅：角落。隈（wēi）：弯曲处。

【赏析】

天圆而生九重。谁又曾去环绕度量？开辟九重天需要什么样的功力，又是谁的力作？能使天体旋转的网绳系在哪里？而天体的八极又依附在何处？撑天的八柱根植何方？东南的 天柱为何缺损不齐？九天的边际，放置何处？附属何方？天边相交隅角众多，又有谁能知道它的数目？

【原文】

天何所沓[①]？十二焉分[②]？日月安属？列星安陈[③]？出自汤谷，次于蒙汜[④]。自明及晦，所行几里？夜光何德，死则又育[⑤]？厥利维何，而顾菟在腹[⑥]？女歧无合，夫焉取九子[⑦]？伯强何处[⑧]？惠气安在[⑨]？何阖而晦[⑩]？何开而明？角宿未旦[⑪]，曜灵安藏[⑫]？

【注释】

①沓：交会。是问天与地在哪里交会。②十二：即十二辰，指太阳与月亮在天空黄道上的一年十二会。③属：附着。陈：陈列。④汤（yáng）谷：即“旸谷”，传说这是日出的地方。次：停宿。蒙：神话中的水名。汜（sì）：水边。蒙汜：传说中太阳落下的地方。⑤夜光：月亮的别名。德：通“得”。则：而。育：生。“死”“育”指月的亏、盈。⑥厥：其，指月亮。维：同“惟”。顾菟：指月中的阴影。⑦女岐：传说为女神“九子母“，系由尾宿“九子星”衍变而来。合：匹配，婚配。夫：发语词。取：取得，这里指生出。⑧伯强：亦名禺强、隅强，神话传说中北方的一位风神。⑨惠气：祥瑞惠和之气。⑩阖：关闭。⑪角宿（xiù）：星名，二十八宿中东方苍龙七宿的第一宿，有两颗，传说这两颗星之间就是天门。旦：明，指天亮。⑫曜灵：对太阳的尊称。以上是《天问》的第一部分，都写天象。先写鸿蒙未开，再写建立天盖，最后写日月星宿。

【赏析】

天体中的日月在哪里相会合？十二个时辰如何划分？日月依附在哪里？众星陈列在哪里？太阳从旸谷中升起来，夜晚歇息在蒙水河边。从天明到日暮，所行之路究竟有多少里？月亮具有什么本领，竟然死了又能再生？月亮究竟有什么好处？而兔子竟在月亮里面藏身？女岐未曾婚配，怎么会生了九个孩子？伯强之神主宰戾气，他在何处？祥和明惠之气究竟在哪里？关闭什么而天黑？开启什么而天亮？角宿星尚未发光，太阳又藏在何方？

【原文】

不任汩鸿①，师何以尚之②？佥曰："何忧③，何不课而行之④？"鸱龟曳衔⑤，鲧何听焉？顺欲成功⑥，帝何刑焉⑦？永遏在羽山⑧，夫何三年不施⑨？伯禹愎鲧⑩，夫何以变化？纂就前绪⑪，遂成考功⑫。何续初继业，而厥谋不同⑬？洪泉极深，何以寘之⑭？地方九则⑮，何以坟之⑯？应龙何画？何尽何历⑰？鲧何所营？禹何所成？康回冯怒，坠何故以东南倾⑱？

【注释】

①任：胜任。汩（gǔ）：治水。鸿：借作"洪"，指洪水。②师：众人。尚：推举。③佥（qiān）：皆，都。④课：试，考察。行：用。⑤鸱龟：形如鸱鸟的龟。曳（yì）：牵绕，缠绕。衔：相衔接。⑥顺欲：顺从愿望。鲧这样做也是为了治平洪水，顺从众人的愿望。一说欲是"将"的意思。顺欲成功：犹言将要成功。⑦刑：极刑。⑧遏（è）：遏制，幽闭。永遏：长久拘禁。羽山：神山名，传说在东边海滨，鲧死于此。⑨施：通"弛"，缓解，释放。"不施"指不释放鲧。⑩愎（bì）：当从一本作"腹"。是说禹直接从鲧的腹部生出来。⑪纂就：继续。前：前人。绪：事业，指平治水土的工作。前绪：即前业。⑫考：对已亡故的父亲的称呼，这里指禹的先父鲧。⑬谋：谋略，指治水的方法。传说鲧用筑堤堵塞的消极方法，禹用疏通九河的积极方法。下面对比两人不同的方法及其不同的后果。⑭寘：同"填"，填塞。⑮方：音义同"旁"，广大。则：当从一本作"州"。⑯坟：堤。此作动词用，筑堤。传说鲧盗息壤以筑堤。"息"是生长的意思，息壤是一种会自行增殖的神泥。⑰这两句当依一本作"应龙何画，河海何历？"应龙，有翼的龙。据说蚩尤出兵伐黄帝，黄帝就命令应龙攻打翼州之野。应龙畜水。蚩尤请来风伯雨师，操纵大风雨。黄帝于是请天女叫魃，大雨停止。应龙杀死蚩尤，后又杀夸父，于是去往南方，所以南方多雨。而此处应龙为禹画地导流入海是又一个神话。传说禹治水时，应龙以尾巴画地，成为江河，导水入海。历：经过，指水通过。⑱康回：指共工。冯：通"凭"，满，盛。坠：同"地"。传说共工与颛顼争帝，败后盛怒，用头撞坏西北天柱周山，周山因而改称不周山，大地也因而向东南倾斜。在总结夏禹治水时，插入共工之事，是因为共工使地倾东南，为禹的导洪入海准备了地理条件。共工争帝虽败，在改造自然方面，却是胜利的英雄。故写完鲧禹治水后，即追述共工的先行之功。

【赏析】

鲧不能胜任治水重任，众人为何推举他？众人都说不必太过担忧，为什么不让他试着去做呢？鸱鸮和龟拖土衔泥，鲧为何对它们言听计从？如果顺应民意治水成功，尧帝又怎么会对鲧施以刑罚？虽然鲧在羽山被处死。但他的尸体为什么三年没有腐烂？伯禹从鲧腹中而生，为何他治水的方法会有变化？继续先人未竟的事业，完成先父治水之功德。为何能继承先业，而他的谋略方法却与前人不相同？洪水渊泉深不见底，竟然能将它填平？天下土地有九州，肥瘠有九等，用什么方法来划分？应龙如何以尾画地导流？江河湖海流域遥远又是如何流入大海？鲧在治水时采取了什么办法？禹成就了什么？康回勃然大怒，大地为什么就向东南倾斜？

【原文】

九州安错①？川谷何洿②？东流不溢，孰知其故？东西南北，其修孰多③？南北顺墮，其衍几何④？昆仑县圃⑤，其凥安在⑥？增城九重，其高几里⑦？四方之门⑧，其谁从焉？西北辟启，何气通焉⑨？

【注释】

①错：同“措”，安排。②洿（wū）：凹坑，此作动词用，挖坑，掘坑，可引申为疏浚。③修：长度，指距离。我国古代有各种关于大地广度的臆说，具体数字各不相同，有的认为南北比东西略短，有的认为南北与东西同，有的认为南北长于东西。观《天问》文意，屈原属后一种看法。④衍：余。这两句是说：以南北的宽度减东西的长度，尚余多少。⑤县（xuán）圃：神话里的地名，神仙所居之处，在昆仑山上。⑥凥：即“尾”，脊骨的末节，这里是基础的意思。“县圃”的县是悬空的意思，即系于天，故问其地基安在。⑦增城：古代神话传说中的地名，为昆仑山上的一座城堡，共九层。⑧四方之门：昆仑山之门。⑨辟：打开。气：风。传说昆仑西北有“不周之山”，昆仑的北门开以纳不周之风。

【赏析】

九州大地如何安置？河流山谷为何都如此之深？水都东流入海而不满溢，谁知道这是什么原因？大地有东西南北四方。哪方更长又长出多少？从南到北为椭圆形状，它的广度又是多少？昆仑山上悬圃仙境，到底在哪里呢？山有增城九重，它的高度又有多少里？四方之门户，都有谁由此出入？西北门户敞开，是让什么气由此通过？

【原文】

日安不到？烛龙何照①？羲和之未扬②，若华何光③？何所冬暖？何所夏寒？焉有石林？何兽能言？焉有虬龙④，负熊以游？雄虺九首⑤，倏忽焉在⑥？何所不死⑦？长人何守⑧？靡萍九衢，枲华安居⑨？一蛇吞象⑩，厥大何如？黑水玄趾，三危安在？延年不死，寿何所止⑪？鲮鱼何所⑫？鬿堆焉处⑬？羿焉弹日？乌焉解羽⑭？

【注释】

①烛龙：古代神话中的一种神龙，能把日光照不到的地方照亮。②羲和：神话中的太阳之母，又是太阳的赶车夫。扬：扬鞭东行。③若华：若木的花。若木是神树，在昆仑西极日落之处，花发红光，照耀大地。④虬（qiú）龙：无角的龙。⑤虺（huǐ）：传说中的毒蛇。⑥倏（shū）：义同“忽”，倏忽，极快的样子。⑦不死：指不死的人。⑧长人：指长寿的人。⑨靡萍：一种神异的萍草，生长在水中。靡：古通“麻”。萍：同“萍”。衢：本指岔道，这里指一枝多杈，或一叶多瓣。枲（xǐ）：麻的一种。华：古“花”字。⑩蛇吞象：指《山海经》中巴蛇吞象的事。⑪黑水：水名，发源于昆仑山。玄趾：地名，传说为黑水流域的一座山。⑫鲮（líng）鱼：一种怪鱼，即《山海经》中所说的陵鱼，人面人手鱼身，见则风涛起。⑬鬿（qí）：义同“魁”，大。堆：“雀”的误字。鬿堆：神话传说中的一种亦怪鸟、亦神兽的动物。⑭羿（yì）：神话中的英雄，善射。弹（bì）：射。乌：金乌，传说是太阳里的三脚神鸟。解羽：羽毛脱落，指死。传说尧时，十日并出，草木焦枯。羿奉尧命，射落九日，日中金乌羽毛飘零，都被射死。这里也是太阳的代称。

【赏析】

太阳光何处照不到？为何还要烛龙照耀？日神羲和还没扬鞭启程，若木之花为何会放光？什么地方冬天温暖？什么地方夏天严寒？哪里能有岩石成林？什么野兽能说人的语言？哪里会有虬龙，背着熊遨游？雄的虺蛇长了九个头颅，往来倏忽会在何处？什么地方的人长生不死？长寿的人在守候什么？蔓生浮萍生有九重枝，枲麻的花又长在哪儿？灵蛇能吞下大象，那灵蛇的身子又有多大？黑水、玄趾之地，还有三危等山川都在哪里？哪里的人长生不死，生命究竟有无期限？鲮鱼生于何方？鬿雀长在哪里？后羿在哪里射下了太阳？日中金乌于何处坠羽丧生？

【原文】

禹之力献功①，降省下土四方②。焉得彼涂山女，而通之于台桑③？

闵妃匹合④，厥身是继⑤。胡维嗜不同味⑥，而快鼂饱⑦？启代益作后⑧，卒然离蠥⑨。何启惟忧⑩，而能拘是达⑪？皆归䠶籁⑫，而无害厥躬⑬。何后益作革⑭，而禹播降⑮？启棘宾商⑯，《九辩》《九歌》⑰。何勤子屠母⑱，而死分竟地⑲？

【注释】

①之力：之作"致"解，致力，用力，与"献功"对文。功：指治水。②降：从天降临。省（xǐng）：察看。③涂山：传说中的南方古国名。一说在安徽当涂，一说在浙江会稽。传说禹在治水途中，取涂山氏之女为妻。台桑：旧说是地名。一说指桑间野地。桑间野地是古代男女私会的地点。④闵：同"悯"，爱怜。妃：配偶，是说禹的配偶涂山之女。⑤继：继嗣。⑥维：语气助词。嗜不同味：指志趣不同。⑦快：满足于。鼂：音义同"朝（zhāo）"。"饱"与"继"韵不协调，疑是"食"的误字。"朝食"是古代男女情事的隐语。⑧"启代"句：传说益是禹的助手，禹死后曾继承禹的王位，后被启取代。后：君主，国王。⑨卒（cù）：读作"猝"，出其不意。卒然：突然。离：借作"罹"，遭遇。蠥（niè）：忧患，灾祸。⑩惟：通"罹"，遭遇。惟忧：即罹忧，遭难。这里是指启当初被益所囚。⑪拘：拘禁，囚禁。达：逃脱。拘是达：即"达是拘"的倒装句，是说启逃脱益的拘禁。⑫归（kuì）：通"馈"，送来。䠶：古"射"字，此指弓箭。籁：音义同"鞠"，一本即作"鞠"。是练武用的毯。⑬躬：身。⑭作：刘盼遂校作"祚"（zuò），王位。革：推翻。⑮播降：播下种子，比喻子嗣繁昌。⑯棘：读作"亟"，屡次。宾：宾礼，古代的一种礼制，是诸侯朝见天子。此作动词用，朝见。商：当为"帝"字之误。⑰《九辩》与《九歌》，系夏启所制的新乐曲。⑱勤：笃厚，厚待，这里是偏爱的意思。屠母，传说禹妻涂山氏孕启时，化为石头，禹高呼："归我子！"石即破裂，启从中出。启的名字就是由此而来。"屠母"指破石的传说。"勤子"与"屠母"互为对比，有厚此薄彼的意思。⑲死：古通"屍"。竟：满。启是个淫君，天帝却对他特别偏爱，为了使他出生，不惜屠母分屍；后来又与他往来密切，送给他天乐《九辩》《九歌》，更助长夏王朝的淫乐生活。屈原笔下的天帝，远不是道德的典范。

【赏析】

大禹勤劳辛苦完成功业，尧让他去察视天下四方。在何处与涂山氏之女相遇，而与她在台桑结成夫妇？与涂山女结合，是忧虑没有继嗣。为什么禹喜好与众不同，不贪图男欢女爱的情欲？启代益而作国君，突然间遭到禁困。为什么启遭到拘囚，却又能逃脱？益的兵徒皆交兵器投降或逃跑，而启无丝毫损伤。为何后来伯益失败，而夏启的统治能够长久？启执戟而舞并以美女祭祀天帝，得到了《九辩》和《九歌》。为何爱子竟使母亡，而尸骨竟分散遍地？

【原文】

帝降夷羿①，革孽夏民②。胡躲夫河伯，而妻彼雒嫔③？冯珧利决④，封狶是躲⑤。何献蒸肉之膏⑥，而后帝不若⑦？浞娶纯狐⑧，眩妻爰谋⑨。何羿之躲革⑩，而交吞揆之⑪？

【注释】

①帝：天帝。夷羿：夏代大康时有穷国的君主。有穷氏是东夷族，故称“夷羿”。②革：革除。孽：灾祸。革孽夏民是“革夏民孽”的倒文。史传启之子太康躭于游猎，羿利用夏民的不满情绪夺了夏都。③妻：作动词用，娶妻。彼：指河伯。雒嫔：指洛水女神宓（fú）妃。据说宓妃是河伯之妻，后羿射瞎河伯左眼，夺宓妃为妻。④冯：大而满，指拉满弓。珧（yáo）：蚌壳，此指蚌壳装饰的弓。决：射箭时钩弦的用具，套在右手指上，今称扳指。利决：灵活顺利地使用扳指。⑤封：大。狶（xī）：野猪。⑥蒸：祭。膏：肥美的肉。⑦若：顺从。不若：不顺从，即不顺从羿的心愿，指羿不得善终。屈原认为行为不善，祭祀无用，下文“缘鹄饰玉，后帝是飨；何承谋夏桀，终以灭丧”也以祭礼的丰厚来挖苦、讽刺暴君的可悲下场。⑧浞（zhuó）：即寒浞，后羿的国相。纯狐：纯狐氏之女，后羿之妻。后羿重蹈大康的覆辙，也沉溺于游猎，不理同政，寒浞与其妻私通，后合谋杀羿自立为君。⑨眩（xuàn）：惑乱，此作淫乱解。眩妻：犹淫妻，指羿妻纯狐。爰：乃，于是。谋：指纯狐与寒浞图谋杀羿。⑩躲革：传说后羿能射穿七层皮革。⑪交吞：联合吞食。传说后羿打猎回来，被家众烹食。揆（kuí）：揣度，思量，此作暗算解。

【赏析】

天帝派遣夷羿降临，以消除忧患安抚夏民。为何却要射杀河伯，而娶雒嫔为妻？持着强弓戴上扳指，巨大的野猪都能射死。为何羿献上肥美的祭肉，天帝仍然不使他如意？寒浞要娶羿妻纯狐氏之女，惑于羿妻之言而谋杀羿。为什么羿能射穿皮革，而竟遭暗算被烹成肉汤？

【原文】

阻穷西征，岩何越焉①？化为黄熊②，巫何活焉？咸播秬黍，莆雚是营③。何由并投，而鲧疾修盈④？白蜺婴茀⑤，胡为此堂⑥？安得夫良药，不能固臧⑦？天式从横⑧，阳离爰死。大鸟何鸣⑨，夫焉丧厥体？

【注释】

①“阻穷”二句：是说鲧被困羽山，不得越羽山之岩的事。②黄熊：指鲧死后化作黄熊之事，也有一说是化作黄能，即三足鳖，神异之物。③咸：都。秬（jú）黍：黑色黍子，是古代良种。

莆（pú）：疑即“蒲”字，水生的草。雚（guàn），芦苇类植物。营：读作“耘”，除草。莆雚是营即清除水草。鲧虽未根治洪水，却也有一定成绩。原来的一些草泽地区，清除了水草，种上了小米。④并：读作“屏”。投：弃。疾：恶，指恶名。在儒家经典里，鲧与共工、驩兜、三苗共称为“四凶”，“恶人”。修：长久。盈：满。修盈：指罪恶之多。⑤蜺（ní）：同“霓”，虹的一种，也称副虹，色较淡。白蜺：指嫦娥身着霓裳羽衣。婴：颈饰。茀（fú）：妇女首饰。⑥堂：盛装的样子。⑦臧：读作“藏”。传说嫦娥吞了西王母的不死之药，飞进月宫。不能固臧，是说嫦娥变成月影蟾蜍，仍显露于人间。⑧天式：自然的法则及规律。式：法式，法则。从横：即“纵横”，喻矛盾交错。从：同“纵”。⑨大鸟：姜亮夫认为是指太阳里的金乌。

【赏析】

鲧往穷石西行遇阻受困，山岩重重又怎能超越？鲧既然已经化为黄熊，巫师又如何使他复活？鲧教百姓播种黑黍，种植莆雚。为什么和四凶一样同被摒弃，而认为鲧恶贯满盈？嫦娥身着霓裳美服头戴首饰，为何打扮如此华丽堂皇？羿从哪儿得到了仙药，却又不能妥善收藏？天体形式有纵有横，阳气散失就会死亡。巨大的飞鸟为什么鸣叫，又为何会解体命丧？

【原文】

蓱号起雨①，何以兴之？撰体协胁②，鹿何膺之③？鳌戴山抃④，何以安之？释舟陵行，何以迁之⑤？惟浇在户⑥，何求于嫂⑦？何少康逐犬⑧，而颠陨厥首？女岐缝裳⑨，而馆同爰止⑩。何颠易厥首⑪，而亲以逢殆⑫？

【注释】

①蓱：即蓱翳，或作屏翳，神话里的雨师。②按此二句依《楚辞校补》当作“撰体胁鹿，何以膺之”。撰：胁，借指身体。鹿：指风神飞廉（用蒋骥说）。传说飞廉鹿身鸟头。③膺：呼应，应承。以上两句通行本作“撰体协胁，鹿何膺之”，疑“协”字因“胁”字而衍。④鳌（áo），神话中的大海龟。抃（biàn）：拍手，此指抃舞，即鼓掌欢舞，传说渤海之东，有十五只巨鳌，用头顶着五座神山。⑤释：放弃。陵行：在陆地上行走。陵：陆地，楚方言。迁之：指神山迁移。传说龙伯国有一巨人，一次钓去六只巨鳌，它们所负载的岱舆、员峤两山，因而漂到北极，沉入大海。浇与鳌颇多类同之处。古代传说往往人兽不分，浇可能是鳌的化身，故《天问》将鳌负山与浇释舟合为一节。⑥惟：发语词。浇（áo）：寒浞之子，又称“过浇”，富有武力，曾杀死夏国君相（大康之侄，仲康之子），后又被相之子少康所杀。户：门，此指浇嫂的家。⑦嫂：浇之嫂，据说是寡妇。⑧少康：夏代的中兴之主，在夷夏争霸的斗争中杀浇复国。⑨女岐：人名，浇之嫂。⑩馆：馆舍。馆同即同馆。止：宿。⑪颠易厥首：指少康派人夜袭，错杀了女岐。易：以此代彼，指杀错。⑫亲：亲身，指浇自身。殆：危险，祸殃。这句是说浇后来遇难的事。

【赏析】

雨师屏翳能呼云唤雨，他到底是如何使雨势兴起？风神长着鹿的身体，为何能接受长成这样的体形？大龟昂首背着五山击手而舞，这五座山又怎么能稳定不移？让舟船在陆地上行驶，怎么才能让它移动？来到女岐的门口，对他的嫂嫂有何相求？为什么少康驱赶猎犬袭击浇，却误杀了女岐砍下她的头？女岐替浇缝补衣裳，两人淫乱同宿共眠。为什么少康误取首级，女岐遭殃身亡？

【原文】

汤谋易旅，何以厚之①？覆舟斟寻②，何道取之？桀伐蒙山③，何所得焉？妹嬉何肆，汤何殛焉④？舜闵在家⑤，父何以鳏⑥？尧不姚告⑦，二女何亲？

【注释】

①汤：牟廷相、闻一多认为是“浇”的误字。谋：谋划，研究。易：治。旅：甲的别名。传说浇最早作甲。厚：指浇制的战甲坚厚。②斟寻：古国名。③桀：夏朝末代国君，是历史上著名的昏暴之君。蒙山：古国名。④殛：诛灭，指灭夏国。⑤闵：同“悯”，爱，此指孝。⑥鳏（guān）：字同“鳏”，无妻的男子。舜幼年丧母，父亲是个糊涂的盲人，偏爱继妻的儿子象。舜三十岁，还不曾娶妻，且受到全家人多方虐待。后来，尧访知舜是贤人，提拔他作继承人，并把自己的两个女儿娥皇和女英都嫁给他。⑦姚：舜属姚姓，此指舜父瞽叟。尧不姚告：尧不把配亲的事告诉姚家长辈。

【赏析】

少康开始谋划灭浇时人众甚少，为什么能迅猛壮大而取得胜利？浇有覆舟之力而灭斟寻，而少康又用什么方法取胜？夏桀出兵攻打蒙山，得到了什么战利品？妹嬉做了什么放肆的事，商汤竟把她诛杀？舜忧心还没有成家，父亲为什么不给他娶亲？如果尧不告诉舜父，娥皇、女英如何能与舜成亲？

【原文】

厥萌在初，何所亿焉①？璜台十成，谁所极焉②？登立为帝③，孰道尚之④？女娲有体⑤，孰制匠之？舜服厥弟，终然为害⑥。何肆犬体⑦，而厥身不危败？

【注释】

①萌：指贪欲初萌。亿：通“臆”，臆测，预料。这是说纣王制作象牙筷子时，大师箕子曾叹道：有了象牙筷子，势必要配上玉的杯子；有了玉的杯子，势必要配上山珍海味。发展下去，终将劳民伤财，滥建宫室。②璜（huáng）：美玉。十成：指十层。极：至，这里是最后完成的意思。③立：古通“位”。帝：登位为帝，是指舜继位为帝王。④道：通“导”，引导。尚：推崇，崇尚。⑤女娲（wā）：我国神话里一位造人、补天的女神。在先秦古籍中，其名仅见于《天问》，汉以后记载渐多。女娲又是女性的天帝。⑥服：顺从。弟：指舜同父异母的弟弟象。舜取帝尧二女，象很嫉妒。为了夺取嫂嫂，千方百计地陷害兄长，这就是“终然为害”的意思。⑦肆：

放纵，肆无忌惮。犬体：泛指兽性。这里是说象肆无忌惮地犹如猪狗一样谋害舜。

【赏析】

生民最初的生活劳动，谁能凭空猜测？纣王建造的璜台高达十重，谁能有这样的功劳？女娲登位称帝，是谁记载传播这件事？女娲创造了人类，又是谁制成了她的形体？舜帝服侍他的弟弟象，最终使其成为祸患。为何象放肆如同猪狗一般，而舜却能不为他所害？

【原文】

吴获迄古①，南岳是止②。孰期去斯③，得两男子④？缘鹄饰玉⑤，后帝是飨⑥。何承谋夏桀⑦，终以灭丧？帝乃降观⑧，下逢伊挚⑨。何条放致罚⑩，而黎服大说⑪？

【注释】

①吴：古国名，春秋时据有今江苏、浙江的一部分。获：得。迄古：久远。②南岳：泛指南方的山岳，此不必实指。止：止境。③期：料想。去：一本作“夫”，当据改。夫斯：这样；指上文“迄古”二句。④两男子：指太伯、仲雍两贤人。他们分别是古公亶父（周文王的祖父）的长子和次子，由于看出父亲要把君位传给幼子季历，就主动避开，逃到江南。吴地人拥太伯为国君，太伯死后，仲雍继位。⑤缘（yuán）：衣服的边饰，引申为装饰。⑥后帝：天帝。飨：拿酒食招待。⑦承：传，贻。谋：通“规”，规谋，规划。⑧帝：商汤。降：下来，走出去。观：观察，视察民情。⑨伊挚：即伊尹，名挚。⑩条放：从鸣条放逐。条：鸣条，地名，在今河南开封北岸，或说在今山西安邑县北。夏桀败于鸣条，并从这里被流放到南巢（在今安徽巢县附近）。致罚：遭致惩罚。⑪黎服：黎民百姓。刘永济说“服”是“民”的误字。服古写作“艮”，与民字形近。说：同“悦”。

【赏析】

吴国得到长久存在之地，于是留在南岳之地使民众栖止。谁能想到离开这个地方，竟然能得到两个男子？妹嬉的衣服上绣鸿鹄配饰玉佩，桀对她的恩宠如同帝王一样。为何她竟能接受伊尹的谋略，而最终使夏桀灭亡？商汤降临下土巡视四方，在民间遇到贤臣伊尹。为何夏桀自鸣条被放逐受罚，而黎民百姓十分高兴？

【原文】

简狄在台，喾何宜①？玄鸟致贻，女何喜②，该秉季德③，厥父是臧④。胡终弊于有扈⑤，牧夫牛羊？干协时舞，何以怀之⑥？平胁曼肤⑦，何以肥之？有扈牧竖⑧，云何而逢？击床先出⑨，其命何从？恒秉季德⑩，焉得夫朴牛⑪？何往营班禄⑫，不但还来⑬？昏微遵迹，有狄不宁⑭。

何繁鸟萃棘，负子肆情[15]？

【注释】

①简狄：传说中有娀氏之女，嫁给高辛氏帝喾（kù），生子契，契是商族的始祖。台：玉石装饰的九层瑶台。宜：同“仪”，此作动词用，求爱。②玄鸟：即燕子。传说简狄吞下玄鸟之卵而生商之始祖契。致：送去。贻（yí）：赠，此作名词用，礼物：指送的蛋。③该：“亥”字之误。亥是殷人祖先，契的八世孙，传说他始“服牛”，即用牛驾车的创始人。秉：保持。秉德是古代常用语。季：亥的父亲，叫作“冥”，传说他曾任夏朝水官。④厥：其。臧：善。此作榜样解。⑤弊：通“毙”，死。扈：“易”之误。有易是夏代古国名。亥到有易放牧，被有易人杀死。⑥干：盾牌。协：配合。时：是，此。王亥执盾入舞。这是古代一种流行的武舞，称干舞，是万舞（包括文舞籥舞和武舞干舞）的一部分，有蛊惑淫事的作用。有时也径以万舞称干舞，诗的这两句可能是写王亥以干舞诱惑有易女人。怀：诱惑。⑦胁：腋下有肋骨的部位。平胁：体态丰腴的样子。曼肤：肤色润美。曼：美。⑧牧竖：牧童。竖：蔑称，童仆。⑨击床：指牧竖袭击王亥于床笫之间。⑩恒：王恒，王亥之弟。商族有兄终弟及的继承法。亥死于有易，弟恒继立。⑪朴：大。⑫班禄：颁赐爵禄。班同“颁”。往营班禄，姜亮夫认为可能说王恒到有易去颁赐爵禄，希望以此换回所失之牛。⑬但：疑是“得”字因形残而误。⑭昏微：即上甲微，亥之子。遵迹：遵循祖宗的行迹，指继承王位。有狄：即有易。“狄”“易”古音相近。传说上甲微借河伯的军队讨伐有易，杀其国君绵臣。⑮“繁鸟萃棘”是古代典故，比喻众目睽睽，丑行难饰。萃：集中。棘：荆棘。很多鸟集中在荆棘上。负：背弃。肆情：放纵情欲。

【赏析】

简狄深居九层高台，帝喾为什么对她如此钟爱？玄鸟送来礼物，简狄为何那么欢喜？王亥秉持了父亲王季的德行操守，他的父亲于是大为褒奖。为什么最终遭到困顿，为有易氏放牧牛羊？王亥跳起武舞，竟使有易氏之女对他怀思。有易氏之女体态曼妙，王亥以什么赢得了她为妻？有易氏之女与王亥，是如何得以相遇相逢？击床之事件发生的时候王亥已经逃出去了，否则如何能够保全性命？王恒依然秉承王季的德行，又为什么能够重得王亥所失的牛？为什么王恒能得到有易的赐禄，而且能够安然回返？上甲微追循祖迹而征伐有易，有易国因此不得安宁。为什么会荒废于击鸟射兽，而且会有荒淫秽乱的言行？

【原文】

眩弟并淫①，危害厥兄②。何变化以作诈③，后嗣而逢长④？成汤东巡，有莘爰极⑤。何乞彼小臣，而吉妃是得⑥？水滨之木，得彼小子⑦。夫何恶之，媵有莘之妇⑧？汤出重泉⑨，夫何罪尤⑩？不胜心伐帝⑪，夫谁使挑之？

【注释】

①眩（xuàn）：眼花，引申为糊涂，昏乱。弟：王逸说是舜弟“象”。②厥：其。③变化：

传说象为了陷害舜，变换过三种奸诈的阴谋。④逢：大，昌盛。传说舜做天子后，不究既往，封象于有庳，子孙都做了诸侯。⑤有莘（shēn）：古国名，在今河南陈留县。极：到。⑥小臣：官名，此指伊尹。本为有莘国的媵臣。吉：美好。⑦“水滨”二句：传说伊尹的母亲住在伊水边上，怀孕时伊水泛滥，母溺死，化为空心桑树。水退以后，人们听到婴儿哭声，就从空桑中抱出伊尹，献给国君。⑧媵（yìng）：陪嫁的人，此作动词用。⑨重泉：桀囚禁汤的地方。⑩尤：罪。⑪胜心：克制内心的欲望。伐：称功，夸耀。帝：指夏桀。这两句是说：商汤不能克制内心的欲望而去讨伐夏桀，这是受何人指使挑唆的？

【赏析】

不成器的弟弟也是如此荒淫，并且因此杀害了他的兄长。为何王统善变狡诈多端，而他的后代竟也能长久绵延？成汤出巡东方，来到了有莘氏的国土。为什么本来是乞取小臣伊尹，竟娶得了贤淑的妃子？水边的那株空桑树下，拾获了那个小儿伊尹。为什么又生出恶感，把他送给有莘氏之女？汤从囚地重泉摆脱，究竟他犯了什么罪？汤能下定决心而伐桀，又是谁挑唆的？

【原文】

会鼌争盟[①]，何践吾期[②]？苍鸟群飞[③]，孰使萃之[④]？到击纣躬[⑤]，叔旦不嘉[⑥]。何亲揆发，足周之命以咨嗟[⑦]？授殷天下，其位安施？反成乃亡[⑧]，其罪伊何[⑨]？争遣伐器[⑩]，何以行之？并驱击翼，何以将之[⑪]？

【注释】

①鼌：同“朝”。会鼌：史称甲子之朝，指周武王姬发与各路诸侯于甲子日凌晨会师在殷郊牧野（今河南汲县北）盟誓，当天攻下殷都。会：会合。争：一本作“请”，宣告。②吾：疑是“晤”字之残。晤期：会晤的日期。③苍鸟：鹰，喻各路诸侯。④萃：聚集。⑤据《周书·克殷篇》和《史记·周本纪》记载：周武王攻下殷都后，先乘车到达纣王自尽的地方，亲自向尸体射了三箭，然后下车用剑击之，最后用大斧砍下纣王的头，挂在大白旗上。到：通“倒”。躬：身体。⑥叔旦：即周公，武王之弟，故称叔旦；因封于周（岐山北），而称周公。嘉：称赞。⑦揆：测度。亲揆：贴心领会。发：武王名。足：应为“定”的误字。咨：叹息，此疑代指怀柔政策。这两句是说：周公不赞成残杀败军，而能领会武王的真正心意，用怀柔政策平定天下。“到击纣躬”，大概是武王的一时激愤，怀柔政策才是他一贯主张。⑧反：当从一本作“及”，等到。⑨伊：语气助词。⑩伐器：攻伐之器。伐：攻伐。此句是指周武王东征四国之事。⑪将：统率。

【赏析】

武王伐纣，诸侯前来朝会请求一起征伐，为什么都能如期实践约定？苍鹰成群而飞，是谁把它们聚集在一起？分解砍断纣王的尸体，周公叔旦并不赞成。为什么武王亲自拨乱反正，既然确定周的天下，百姓赞叹不已？上天既然已将天下授予殷商，为什么又转移给了周？纣王的军队全部倒戈而使国亡，他又有哪些罪过？武王的军士踊跃拿起武器，是用的什么方法来动员他们？军队并驱齐进击敌，他又是怎么样来统帅大军？

【原文】

昭后成游，南土爰底①。厥利惟何，逢彼白雉②？穆王巧梅，夫何为周流③？环理天下④，夫何索求？妖夫曳衒，何号于市⑤？周幽谁诛？焉得夫褒姒⑥？

【注释】

①昭后：西周第四代国王。成：规模盛大。南土：指楚国。爰：乃。底：至。昭王南避，据说淹死于汉江。②逢：迎取。雉（zhì）：野鸡。③穆王：西周第五代国王。巧梅：即“巧模”，穷巧模拟，指穆王穷巧模拟营造宫室器具。④理：借作“履”，行。环理天下：即指周穆王周行天下。⑤据《国语·郑语》《史记·周本纪》记载：周厉王（幽王祖父）时，有一个七岁的小宫女碰到龙的吐沫所化的玄鼋，等她长大就自然怀孕了，在宣王（幽王父）时生一女。因害怕处罚，把她扔掉，被一对叫卖木弓、箭袋的夫妇拾去收养，带到褒国（在今陕西褒城县东南），后来就是传说“千金一笑”“致亡西周”的褒姒。妖夫：指收养褒姒的夫妇。曳：牵引，指夫妇相引而行。衒（xuàn）：炫耀，指行卖时夸说货美。号：指叫卖。⑥谁诛：诛谁。诛：讨伐。幽王若不讨伐褒国，就不会得到褒姒。这二句意同上文“桀伐蒙山，何所得焉？”伐人等于自伐，诛人等于自诛。

【赏析】

昭王盛车出游，来到遥远的楚国。他想获取什么利益，难道只是想获取白色的野鸡？穆王既然得到了良马，又为什么还要周游四方？既得天下就应当治理，又为何到处周游？妖异的夫妇在大街上一边走一边叫卖，究竟他们在叫卖什么？到底是谁杀了周幽王？又是如何得到的褒姒？

【原文】

天命反侧①，何罚何佑②？齐桓九会③，卒然身杀④。彼王纣之躬⑤，孰使乱惑？何恶辅弼⑥，谗谄是服⑦？比干何逆⑧，而抑沉之？雷开何顺⑨，而赐封之？何圣人之一德，卒其异方⑩？梅伯受醢⑪，箕子详狂⑫？

【注释】

①反侧：反复无常。②何罚何佑：当作“何佑何罚”。佑：通“祐”，神的福祐。③齐桓：齐桓公，是“春秋五霸”的第一个霸主。九会：多次会盟诸侯。实际上齐桓公与诸侯会盟不止九次。九表示多，不是实指。④卒：终。身杀：犹言身亡。这是说齐桓公晚年任用竖刁、易牙、堂巫、开方四个恶人，酿成内乱。桓公被禁于一室，病时竟得不到饮食，死后诸子争权，六十七天尚未入殓，以致尸体腐烂，虫都爬出门外。⑤之：这。之躬：这个人。⑥弼：义同“辅”。

辅弼，能起辅佐作用的贤臣。⑦服：任用。⑧比干：纣的叔父。因多次谏言，纣王怒而杀之，剖其心。⑨雷开：也称“来革”，纣王的佞臣。⑩卒：结局。异方：不同的方式。⑪醢（hǎi）：是“菹醢”的省文。菹醢是古代的一种酷刑，把人剁成肉酱。诸侯梅伯因忠谏而受此刑。⑫箕子：纣王的叔父，封于箕，为殷太师，忠谏纣王不被接纳，而披发装疯。详：通“佯（yáng）”，假装。

【赏析】

天命真是反复无常，什么人会受惩治而什么人能得到福？齐桓公有九合诸侯的威力，最终也遭到杀身之祸。那殷商纣王以帝王之尊，又是谁使他狂暴昏乱？为什么会憎恶辅佐良臣，却听信小人的谗言谄媚？比干有什么悖逆的地方，而要加害于他？雷开善于阿谀奉承，却得赏赐封地？为什么圣人的德业相同，最终的结局却不相同？梅伯受刑被剁成肉酱，箕子披发装疯消极避世。

【原文】

稷维元子①，帝何竺之②？投之于冰上，鸟何燠之③？何冯弓挟矢④，殊能将之⑤？既惊帝切激⑥，何逢长之⑦？

【注释】

①稷：后稷，名弃。维：是。元：首。元子：长子。传说稷是帝喾的长子，是周族的始祖。喾正妃姜嫄因踩着上帝的脚印而怀孕生稷。②帝：帝喾的神化。竺：借作“毒”。③投：投放，抛弃。稷诞生后，家里人先弃之于“隘巷”，再弃之于“平林”，都未弃成，最后弃之于“寒冰”，但又有“鸟覆翼之”。因多次被弃，故取名为“弃”。燠（yù）：温暖。后稷之所以被“竺”、被弃的原因，在于氏族社会末期，对偶婚未严，丈夫往往怀疑第一个孩子是妻子在母家怀胎的，故有“杀首子，以荡肠正世”的风俗。后稷遭弃正是这种远古风俗的史影。④冯：持。⑤殊：特异。能：才能。将：持。这两句说稷从小就有特殊的才能。⑥惊帝：惊动上帝，即《诗经·生民》所说的“上帝不宁”。切激：激烈，说上帝震惊激烈。⑦逢：大。逢长：长大成人。

【赏析】

后稷是嫡出长子，帝喾为何会憎恶他？将他丢弃在寒冷的冰上，鸟儿为什么会用翅膀盖着他给他温暖？为什么稷能拿强弓持利箭，是因为有殊异的才能而得到天帝的帮助？帝喾既然惊异而弃稷，为什么天帝又护佑他长大成才？

【原文】

伯昌号衰①，秉鞭作牧②。何令彻彼岐社，命有殷国③？迁藏就岐，何能依④？殷有惑妇⑤，何所讥？受赐兹醢⑥，西伯上告。何亲就上帝罚⑦，殷之命以不救⑧？师望在肆，昌何识⑨？鼓刀扬声⑩，后何喜？武发杀殷，何所悒⑪？载尸集战⑫，何所急？伯林雉经⑬，维其何故⑭？何感天抑坠[15]，夫谁畏惧？皇天集命[16]，惟何戒之？受礼天下[17]，又使至代之[18]？

【注释】

①伯昌：即周文王，姬姓，被殷王朝封为雍州伯，也称西伯。号：号召。号衰，发号于衰微之世。②秉：持。秉鞭作牧，是说周文王作雍州牧伯一事。③令：使，指天命使然。彻：引申为发展、扩大。岐：地名，在今陕西岐山县东北，古公亶父开始迁居于此。社：祭祀土地神的庙，建于国都，象征政权。④依：归。⑤惑妇：指妲己。⑥受：纣王。兹：读如"孳"，即子的假借字。文王的长子伯邑考被纣王所杀，并将其肉烹制为羹赐给姬昌服食。⑦亲就：亲受，主动接受。纣王灭绝人性，亲受天罚。⑧以：同"用"，因而。⑨师：太师，军队的统帅。望：吕尚，号太公望，俗称姜太公，做周的太师。肆：店铺。昌何识，如何识得吕望的贤才。据说吕望在店铺里卖肉，文王去请教，他说："下屠屠牛，上屠屠国。""文王喜，载与俱归也。"⑩鼓刀：敲刀。鼓：鸣。⑪武发：周武王，名发。悒：忧郁，这里是"愤恨"的意思。⑫尸：木主，特指周文王姬昌的灵牌。集战：会战。⑬伯：当为"燔"之音讹，焚烧，指纣王自焚于火中。雉经：缢死。⑭维：语气助词。故：缘故。⑮感：通"憾"。抑：义同"按"，指各种地质灾害。⑯集命：集禄命而授之，即授予天下。⑰礼：借作"理"，治理。⑱至：通"周"，指西周王朝。

【赏析】

伯昌在殷商衰退的时候，拿着鞭子来到九州做牧伯。为什么上天把大任降临到岐社，让他们来统治殷国？当年太王带着宝藏迁居岐山，现在岐地将以什么作为依持？殷有妲己迷惑纣王，对纣王又能怎样劝谏？文王被赐喝用他儿子煮的肉汤，西伯姬昌向天告命。为什么要亲自把纣王的罪状上告于天帝，而不去拯救殷商衰退的国运？姜太公吕望隐居在屠市，伯昌为什么就能识知？吕望敲击刀子放声歌唱，文王听后为什么那么欢喜？武王姬发既然已经诛纣灭商，为何还有忧虑？载着文王灵位出战，为什么又这样心急？纣王自焚身亡，究竟是什么原因？为何他的死能感天动地，而生前又畏惧谁？天帝既然已降天命于殷，为什么祖伊还要劝戒？纣王既然已经统治天下，为什么又要被异姓取代？

【原文】

初汤臣挚[1]，后兹承辅[2]。何卒官汤，尊食宗绪[3]？勋阖梦生[4]，少离散亡[5]。何壮武厉[6]，能流厥严[7]？彭铿斟雉，帝何飨[8]？受寿永多，夫何久长[9]？中央共牧，后何怒[10]？蠭蛾微命，力何固[11]？惊女采薇，鹿何祐[12]？北至回水，萃何喜[13]？兄有噬犬，弟何欲？易之以百两，卒无禄[14]？

【注释】

①汤：商汤。挚：伊尹。伊尹初为商汤的媵臣。②兹：读作“滋”，益，进而。承：通“丞”，辅。③卒：死。官：疑“追”字之讹。这两句是说：伊尹死后其牌位进入商的宗庙，跟成汤一起受到祭祀。“尊食宗绪”是享受王宗的庙食。④勋：功，此作“阖”的状语，言“阖”功勋显赫。阖（hé）：吴王阖闾。梦：吴王寿梦。生：古“姓”字，捐长孙。阖闾是寿梦的长孙。⑤少：少年。离：借作“罹”，遭遇。散亡：指阖闾年少时曾离散亡放在外。⑥壮：长大。武厉：勇武猛厉。⑦流：流播。严：原来应当是“庄”字，与“亡”叶韵，汉代人为避明帝之讳而改。“庄”在这里指战功。⑧彭铿（kēng）：即彭祖，传说中寿命长达八百岁的人。斟：此指烹调。传说彭铿善于烹调。飨：享食。⑨寿：久。传说彭铿是尧时人，活到周代。长：当作“怅”，惆怅：烦恼不快。⑩中央：中央之州。共牧：可能中央之州有公共牧场，国人到那里“共牧”。后：指周厉王。厉王“好专利”“不布利”，遂引起国人起义。⑪蠭：古“蜂”字。蛾：古通“蚁”。蜂蚁：比喻周厉王时起义的国人。微命：指国人赤手空拳，以命相拼。力何固：力量为什么那么顽强，是说国人的这种不达目的决不罢休的态度，实在是很强大。⑫殷亡后：原殷的属国孤竹国国君二子伯夷、叔齐隐居首阳山，采薇充饥，不吃周朝的粮食。有位妇女提醒他们说：“这薇也是周的草木啊！”从此，他们连薇也不吃。传说有白鹿给他们哺乳。惊女：“惊”是“警”之误，妇女警醒他们。薇：一种野菜，高二三尺，嫩时可食。祐：当从一本作“佑”，帮助。⑬北至：向北行至。伯夷、叔齐隐居前大概住在首阳山以南。回水：河水环绕处，即河曲。首阳山在今山西永济县南，其西、南是黄河，北是汾水，周围河网稠密，故称回水。萃：聚集。指兄弟相聚隐居。⑭噬（shì）：咬。春秋时秦国君主秦景公有恶狗，弟鍼想要，景公不肯。鍼以百辆车去换，景公怒而夺其爵禄。百两：百辆车。

【赏析】

开始汤让伊尹当个小臣，后来竟然做了辅政宰相。为何伊尹一直追从商汤为官，子孙得享王宗庙食百世？寿梦的孙子阖闾功勋卓著，少年时遭受离乱之苦。为什么壮年后能如此勇武，而使其威严远布流传？彭祖善于烹调雉鸡之羹，为何帝尧要亲自品尝并大加赞美？彭祖得享高寿活了八百多岁，为什么竟然能活得这么长久？中土九州共同治民，黄帝为什么会发怒？蜂蚁生命原本微小，为什么它们的生命力如此顽强？伯夷、叔齐采薇当作食物，有村妇警戒讥讽，白鹿为什么会来庇佑夷齐？二人北行来到回水之地，见到了什么让他们突然惊喜？秦伯有善咬的猛犬，为何他弟弟竟萌生据为己有的念头？弟弟想要以一百辆车来交换，最终不成反而失去了俸禄。

【原文】

薄暮雷电，归何忧？厥严不奉①，帝何求？伏匿穴处，爰何云②？荆勋作师，夫何长③？悟过改更，我又何言④？吴光争国，久余是胜⑤。何环穿自闾社、丘陵⑥，爰出子文⑦？吾告堵敖，以不长⑧。何试上自予⑨，忠名弥彰？

【注释】

①奉：奉持，保持。②"伏匿"二句：是说自己遭到排斥，退居在野。爰何云：作"云何爰"。云：语气助词。爰：哀叹，楚方言。"爰"与"言"叶韵。③荆：楚国。勋：大。作师：兴兵。长：指国运久长。④当是作者对楚王讲的话。⑤吴光：吴公子光夺取吴国王位之后，连年作战，屡败楚师。楚怀王受张仪之骗后，曾心血来潮，轻举妄动，倾全国军队伐秦，结果兵败地削。这一节是提醒楚怀王要记取历史教训，不可轻易兴兵。⑥闾：里巷的大门。社：古代二十五家为一社，这里泛指村庄。⑦爰：乃。出：生出。子文：春秋前期楚成王的令尹（丞相）。其母处女时代与表兄斗伯比（楚宗室）私通而生子文，产后嫁给伯比。⑧吾：疑是"悟"字之误。悟告：犹今乱讲。堵敖：楚文王之子，即位不久被其弟弟楚成王所杀自立。⑨试：读作"弑"。予：作"与"，予、与古通。自与：给自己。在传统观念里，楚成王与子文是一对明君贤臣，素享美名，屈原却揭了他们的老底，颇有非议。

【赏析】

傍晚时分雷电交加，归去吧，还有什么忧愁？其威严已经不复存在，对天帝又有什么祈求？虽然藏身在荒山野林，幽愤填胸还能讲些什么？荆楚之师功勋显著，如何能够久长？既然能够悔悟过失改正错误，我又有何话可说？吴光与楚争国，我国为什么能被他战胜？为何来往穿越里社丘陵，通淫荡之事，而生出令尹子文？子文对堵敖讲若杀熊恽，则国将衰不能长久。为何子文侍奉杀君之主，而能显忠义之名？

九　章

惜　诵

【原文】

惜诵以致愍兮①，发愤以抒情。所非忠而言之兮②，指苍天以为正③。令五帝以枏中兮④，戒六神与向服⑤。俾山川以备御兮⑥，命咎繇使听直⑦。

【注释】

①惜：悼惜。诵：称述过去的事情。致：表达。愍（mǐn）：内心忧苦。②所：如果。非：一本作"作"，"作"是"非"的形近之误。所字下面用一个否定词，是古代誓词的习语。③正：同"证"。④五帝：即东方太皞，南方炎帝，西方少昊，北方颛顼，中央黄帝。枏中：判断。⑤戒：告。六神：六宗之神，即日、月、星、水旱、四时、寒暑的神。与：义同"以"。向：对。服：罪。⑥俾：使。备：预备，陪伴。御：侍。备御：相当于陪审的意思。⑦咎繇（yáo）：即皋陶（yáo），舜时的立法官，传说是法律的创始者。听直：听取是非曲直。以上是本篇的引子。

【赏析】

我因为不喜欢歌功颂德而招惹困扰，我要发泄愤懑来抒写我的心情。如果怀疑我不是出于忠诚而言，我可以指着苍天请他为我作证。请五帝来评理做个公平的判断，请六神来对质我的罪状。使山川做证人当陪审，命皋陶来听取我的倾诉裁决曲直。

【原文】

竭忠诚以事君兮，反离群而赘疣①。忘儇媚以背众兮②，待明君其知之。言与行其可迹兮③，情与貌其不变。故相臣莫若君兮，所以证之不远④。吾谊先君而后身兮⑤，羌众人之所仇也。专惟君而无他兮⑥，又众兆之所雠也⑦。壹心而不豫兮，羌不可保也⑧。疾亲君而无他兮⑨，有招祸之道也。思君其莫我忠兮，忽亡身之贱贫⑩。事君而不贰兮，迷不知宠之门。

【注释】

①赘：多余。疣（yóu）：肉瘤。比喻为众人所不容，被看成累赘而受排挤。②忘："亡"的误字。儇（xuān）：轻佻。媚：谄媚。③迹：脚印，引申为印证。④证：验证。不远：指君臣日夕相处。⑤谊：同"义"，正当高尚的行为，这里作动词用，是认为应当如何，即主张的意思。⑥惟：思。⑦兆：百万，或说万亿。众兆：指大多数的人。雠：同"仇"。⑧羌：发语词，楚方言。保：自保。⑨疾：急切，极力。无他：无他心。⑩贱贫可有两种解释：一、屈原时，屈氏这支王族已较疏远，或趋没落。二、"贱贫"是设想之词，忠言切谏可能遭到"贱贫"。

【赏析】

我竭尽忠诚来侍奉君王，反遭排挤被人疏远并被看成累赘。我不会谄媚取巧违背众意，贤明君主能够体恤查知。言论行为都可以印证，内心外貌永远都不改变。观察了解臣子，非国君莫属，所以要验证我的忠贞不需要求远，凭证就在他眼前。我以为先报效国君再顾虑自身是本分，怎奈却招来众人仇恨。我一心念着君王而无其他杂念，可是又被众人视为仇敌。我一心为国没有过犹豫，不料却是自身难保。我极力想亲近国君并无他意，这又成了招惹祸患的因缘。忧虑国君不认为我是忠贞，竟然忘却了自己贫贱的出身。我侍奉国君从没有过二心，但我却迷惑不知那得宠的门径。

【原文】

忠何罪以遇罚兮，亦非余之所志①。行不群以巅越兮②，又众兆之所咍③。纷逢尤以离谤兮④，謇不可释⑤。情沉抑而不达兮，又蔽而莫之白。心郁邑余侘傺兮⑥，又莫察余之中情。固烦言不可结诒兮⑦，愿陈志而无路⑧。退静默而莫余知兮，进号呼又莫吾闻。申侘傺之烦惑兮⑨，中闷瞀之忳忳⑩。

【注释】

①志：犹“知”，意料。②行不群：行为与群小不同。巅越：跌倒。③咍（hāi）：讥笑，楚方言。④纷：多貌。逢、离：都是遭遇的意思。尤：责怪。⑤謇（jiǎn）：发语词，楚方言。释：摆脱。⑥侘傺（chà chì）：失意的样子。⑦烦：多。结：缚。古人信写在竹木的简片上，用绳线缚结。诒：通“贻”，送。结诒：犹今封寄。⑧“路”字失韵，疑是“径”之误。⑨申：重重。⑩中：内心。瞀（mào）：烦乱。忳忳（tún）：烦闷的样子。

【赏析】

忠诚有什么罪过啊，还要遭遇惩罚？这样的结果真不是我内心所能了解。我的行为不随俗而被人挤倒，又遭到众人的讥讽与嘲笑。我不断地遭遇怨恨攻击又被诽谤，摆脱不了又让我无法解释。真实的情感被压抑着而不能宣泄，又被众多的小人掩蔽而无法表白。我心情忧郁而失意彷徨，又没有人能够体察我心中之情。虽然有太多的言语却没有办法表达。希望向君主陈述心志却又苦于无路可通。只怕静默退隐无言就没人知道我内心的委屈，走上前大声呐喊呼号又没有人听信我的忠言。再度地失意使我困惑而且烦闷，我的内心充满了愁闷与忧伤。

【原文】

昔余梦登天兮，魂中道而无杭①。吾使厉神占之兮②，曰：“有志极而无旁”③。“终危独以离异兮？”曰：“君可思而不可恃④。故众口其铄金兮⑤，初若是而逢殆⑥。惩于羹者而吹整兮⑦，何不变此志也？欲释阶而登天兮⑧，犹有曩之态也⑨。众骇遽以离心兮⑩，又何以为此伴也⑪！同极而异路兮⑫，又何以为此援也？晋申生之孝子兮，父信谗而不好⑬。行婞直而不豫兮，鲧功用而不就。”

【注释】

①中道：中途。杭：同“航”，摆渡的船。②厉神：大神，此指附在占梦者身上的神。③极：方向，目标。志极：志向。旁：帮助。④“曰”字疑在“终危独”句前，表示厉神对梦

兆做进一步的阐述，犹今“又说”。⑤铄（shuò）：熔化。众口铄金：形容人言可畏。⑥初若是：自古以来就是这样。殆：危险。⑦惩：警戒。羹：汤。整（jī）：切细的菜，是冷食品。被热羹烫过嘴的人，必定存了戒心，吃冷食品也先吹口气。比喻凡是吃过亏的人，遇事要分外小心。⑧释：放弃。阶：梯子。释阶登天，是比喻不依靠群小而要直接取信君王。⑨曩（nǎng）：以往，往昔。⑩骇遽：惊惶。⑪伴：同伴。这句的“伴”与下文的“援”字是“伴援”一词的拆用。“伴援”是叠韵联绵词。叠韵联绵词拆作两个韵字，是古诗用韵的一种方式。“伴援”即“畔援”“畔岸”“畔涣”，是倔强、傲岸的意思。⑫同极：指屈原与群小共事君王。异路：屈原忠直，群小阿谀，所走的道路不同。⑬申生：春秋时晋献公的太子，献公听信后妻骊姬的谗言，申生被迫自杀。不好：指待申生不好。

【赏析】

我曾经做梦自己登上天堂，灵魂走到中途忽然断了方向。于是我叫厉神给我占梦，他说：“你虽有大志却得不到帮助。”我问：“我是否终生孤独困苦跟众人合不到一起？”他说：“思念国君却不可依靠他。人多口杂，足以使金子熔化，当初你就是因为这样才遭遇祸殃。被热汤烫了嘴巴连冷食也要吹气，你为什么不改变一下心意？如果你想登天却舍弃登天的阶梯。犹如以前的脾气恐还要遭遇祸殃。众人都惊骇遑遽不与你一心，又怎么会成为你的伙伴？虽然众人同侍一君，手段态度却都跟你不同，又怎么会得到他们的援助？晋国太子申生是怎样的孝子，父亲却听信谗言而不喜欢他。鲧的行为耿直坚决，治水的功夫因此白费而不能成功。”

【原文】

吾闻作忠以造怨兮，忽谓之过言①。九折臂而成医兮②，吾至今而知其信然③。矰弋机而在上兮④，罻罗张而在下⑤。设张辟以娱兮⑥，愿侧身而无所⑦。欲儃佪以干傺兮⑧，恐重患而离尤。欲高飞而远集兮⑨，君罔谓：“女何之？”⑩欲横奔而失路兮，盖坚志而不忍。背膺牉以交痛兮⑪，心郁结而纡轸⑫。

【注释】

①忽：忽略，不介意。过言：言过其实的话。②“九折”句：可能是古代谚语，指积累经验，与“三折肱”同义。③信然：真是这样。④矰（zēng）、弋（yì）：系着丝绳的两种短箭。机：发箭用的机括，此作动词用，发射。⑤罻（wèi）、罗：都是捕鸟的网。⑥张：与弧相似的弓。辟：捕鸟的工具。群小对君王讨好，实际上是对君王的包围陷害。⑦侧身：置身。⑧儃佪：徘徊不去。干：寻求。傺：际遇。⑨集：鸟息在树上，此作“止”解。⑩女：同“汝”。罔：诬罔。之：往。何之：到哪里去。⑪膺：胸。牉（pàn）：分裂。⑫纡轸（yū zhěn）：纡曲的隐痛。

【赏析】

我曾听说尽忠之人定要招人怨妒，但此话我一直认为言过其实不以为然。九折臂自己也能成为良医，现在我才相信此言不虚。天上暗藏待发之箭，地下有密布的罗网，设起弓箭罗网来蒙蔽国君，我愿侧身躲避灾祸却无处可藏。我徘徊留恋打算多逗留一会儿以寻求机遇，恐怕又会遭遇更大的灾祸。我打算远走高飞去往他乡，又担忧君王误会，问我："你打算去往哪里？"我欲放弃正道而乱走吧，而我意志坚定不忍改变我的方向。前胸与后背分裂般地交替疼痛，心灵郁结，忧愁纠缠着我的心。

【原文】

捣木兰以矫蕙兮①，糳申椒以为粮②。播江离与滋菊兮，愿春日以为糗芳③。恐情质之不信兮④，故重著以自明⑤。矫兹媚以私处兮⑥，愿曾思而远身。

【注释】

①矫：揉碎。②糳（zuò）：舂。③糗（qiǔ）：干粮。④情质：指自己的真情，本质。不信：指不能取信于君王。⑤重著：一再表明。著：明。⑥矫：借作"挢"，举起。兹媚：指木兰、蕙等香草。私处：隐居独处。

【赏析】

捣碎木兰掺杂着蕙草，用磨细的申椒充当食粮。播种香郁的江蓠和菊花，但愿到了春天可以做我的干粮。恐怕我的真情与品质不被君王信任，所以我要一再地申诉强调表白。我保持这些美德而私守独处，希望我深思熟虑后能远身以避祸。

涉　江

【原文】

余幼好此奇服兮，年既老而不衰。带长铗之陆离兮①，冠切云之崔嵬②。被明月兮珮宝璐③，世溷浊而莫余知兮。吾方高驰而不顾④，驾青虬兮骖白螭⑤。吾与重华游兮瑶之圃⑥，登昆仑兮食玉英⑦。与天地兮比寿，与日月兮齐光。哀南夷之莫吾知兮，旦余济乎江湘⑧。

【注释】

①铗：剑柄，此指剑。陆离：曼长的样子。②冠：帽，此作动词用，戴。切云：当时一种高帽子的名字。《离骚》有"高余冠之岌岌"的描写，这是屈原喜爱的形象。③明月：指夜明珠。璐：美玉名。珮：同"佩"。④方：才。顾：回头。⑤虬（qiú）：传说中无角的龙。骖（cān）：古代一车套四匹马，中间的马叫"服"，两旁的叫"骖"，这里作动词用，驾在两旁。螭（chī）：也是一种无角的龙。⑥重华：舜的名。瑶之圃：玉树的园圃。传说昆仑山产玉，是上帝的园圃

所在。⑦英：花。英古音“央”，与下文“光”叶韵。玉英是指玉的精华。这里用以代表最精美的非人间的食品，象征最高尚的真理。⑧南夷：指屈原流放的楚国南部的土著。屈原作品里关于修饰奇服、与前圣同游的描写，都寓有不与楚国统治集团同流合污的意思。在现实生活中愈是受迫害，被孤立，他愈要在精神上表现得倔强、傲岸、目空一切。前面用高昂的调子，浪漫的彩笔，描写自己与楚国当权者的决绝，采用的是虚写手法，这两句才点破其实际内容，为下文的实写作过渡。

【赏析】

我从小就喜欢这种奇伟的服饰，现在年纪虽然老了但是兴致仍没减退。腰间挂着长长的宝剑悠悠摆动，头上戴着高耸的切云帽，披挂着明月珠子佩戴着美玉，可叹这世道混浊没人了解我。我正想向高处奔驰而义无反顾，青龙驾车，白龙御套，我和重华畅游瑶园玉圃，登上昆仑山同食玉枝琼花。我与天地一样万寿无疆，我与日月同放光芒。哀痛在南夷这地方没有人能知道我，明早我就要渡过长江和湘水了。

【原文】

乘鄂渚而反顾兮①，欸秋冬之绪风②。步余马兮山皋，邸余车兮方林③。乘舲船余上沅兮④，齐吴榜而击汰⑤。船容与而不进兮，淹回水而凝滞⑥。朝发枉渚兮⑦，夕宿辰阳⑧。苟余心其端直兮，虽僻远之何伤！入溆浦余儃佪兮⑨，迷不知吾所如⑩。深林杳以冥冥兮，乃猨狖之所居⑪。

【注释】

①乘：登。鄂渚：地名，在今湖北武昌。②欸（āi）：哀叹。绪：余。③邸：同“抵”。方林：地名，大概在长江北岸。方有旁边的意思。④舲（líng）船：有门窗的小船。⑤齐：指动作整齐，这里作动词用，犹并举。吴：有二解，一、吴国；二、大。榜：船桨。汰：水波。⑥淹：淹留，停滞。回水：回旋的水。⑦枉渚：在今湖南常德市南。⑧辰阳：故城在今湖南辰溪县西。⑨溆（xù）浦：在今湖南溆浦县。儃佪（chán huái）：徘徊，指心情的无所着落。到溆浦后，不知该向哪里去，踌躇一阵，大概就住下来了。⑩如：往。⑪狖（yòu）：黑色长尾猿。

【赏析】

登上鄂渚回头遥望国都，慨叹秋冬的余风依然凌厉。我的马慢慢走过水边的高地，我的车在方林停留。乘着小船儿溯沅水而上，船夫们一齐摇桨击拍波浪。船慢腾腾地不肯行进，停留在回旋的水流中不前。早晨我从枉渚启程，傍晚就歇宿在辰阳。只要我的心是端直忠贞，即使偏僻荒远又有何妨。进入溆浦我觉得踌躇彷徨，迷惑中我不知要去向何方。茂密的树林幽深而昏暗，这本是猿猴所生息的地方。

【原文】

山峻高以蔽日兮，下幽晦以多雨。霰雪纷其无垠兮①，云霏霏而承宇②。哀吾生之无乐兮，幽独处乎山中。吾不能变心而从俗兮，故将愁苦而终穷。接舆髡首兮③，桑扈臝行④。忠不必用兮，贤不必以⑤。伍子逢殃兮，比干菹醢。与前世而皆然兮⑥，吾又何怨乎今之人！余将董道而不豫兮⑦，固将重昏而终身。

【注释】

①霰：雪珠。②承：连接。宇：屋檐。一说“宇”指天宇，阴云弥漫天空。③接舆：春秋时楚国的隐士、狂士。髡（kūn）：剃发，是古代的一种刑罚。传说接舆自己剃去头发，避世不出仕。这是对统治者坚决不合作的表示。④桑扈：古代隐士，就是《庄子·大宗师》里的子桑户，《论语》里的“子桑伯子”。臝（luǒ）：同“裸”字。桑扈臝体行走和接舆自髡一样，都是故意违抗世俗的表现。⑤以：又同“用”。⑥与：读作“举”，全部。⑦董：正。

【赏析】

山峰高峻遮蔽了太阳，山脚下多雨而幽晦阴暗。雪花纷纷飘落无边无际，云雾弥漫在屋檐下集散。可叹我一生得不到快乐，幽居大山中寂寞孤独。我不能改变志向去顺从世俗，当然难免终身困苦，愁绪满怀而不得志。接舆剃发佯狂，桑扈脱衣裸体而行。忠良之人不一定被任用，贤能之人不一定被推荐。伍子胥遭遇祸殃，比干被剁成肉酱。前世就是这样，我又何必怨恨当今的人呢！我依然将遵守正道毫不犹豫，当然我将陷于黑暗而终身。

【原文】

乱曰：鸾鸟凤皇，日以远兮。燕雀乌鹊，巢堂坛兮①。露申辛夷②，死林薄兮③。腥臊并御④，芳不得薄兮⑤。阴阳易位，时不当兮。怀信侘傺⑥，忽乎吾将行兮。

【注释】

①堂：殿堂。坛：祭台。②露申：即瑞香花。辛夷：香木名，北方叫木笔，南方叫望春。③薄：草木交错。林薄：草木杂生的地方。④御：进用。⑤薄：靠近。⑥怀信，怀抱着忠信之心。

【赏析】

尾声唱道：鸾鸟、凤凰，一天天远去。燕雀、乌鹊，却在殿堂庭院里筑巢。露甲、辛夷，枯死在草木丛中。腥膻臊臭并用，芳香却不能够靠近。阴阳颠倒变换了方位，这时代混沌不明。满怀忠信却屡遭惆怅失意，我将飘然而远行。

哀　郢

【原文】

皇天之不纯命兮①，何百姓之震愆②？民离散而相失兮，方仲春而东迁③。去故乡而就远兮，遵江夏以流亡④。出国门而轸怀兮⑤，甲之鼂吾以行⑥。发郢都而去闾兮⑦，怊荒忽其焉极⑧？楫齐扬以容与兮，哀见君而不再得。

【注释】

①不纯命：天命失常。②震愆：犹动乱。震：震动。愆（qiān）：错乱。③方：正当于。仲春：夏历二月。④江夏：长江与夏水。古代的夏水在郢都附近的夏首（今湖北沙市）发源于长江后，与长江并列东流，到今沔阳县西北注入汉水，再东流至夏口（在今汉口），汇入长江。其河道夏天水满，冬天涸竭，故称夏水。今已改道。以：义同“而”，连词。⑤轸（zhěn）怀，沉痛的怀念。⑥甲：甲日。鼂：古同“朝”，早晨。⑦闾：里门，居住的地方。⑧荒忽：读作“恍惚”，心神无着。焉：何。极：尽头。

【赏析】

天道真是反复无常，为何让百姓在动乱恐惧中遭罪？使人民流离失所妻离子散，正当仲春二月我被流放到东方。离别故乡远走他方，沿着长江夏水我开始到处流亡。出了国门我内心沉痛忧伤，甲日的早晨我就要上路远行。从郢都出发离别故乡，悲伤惆怅不知哪里是尽头。齐举船桨船儿慢慢漂荡，我哀痛从此再也见不到君王。

【原文】

望长楸而太息兮①，涕淫淫其若霰。过夏首而西浮兮②，顾龙门而不见③。心婵媛而伤怀兮，眇不知其所蹠④。顺风波以从流兮，焉洋洋而为客⑤。凌阳侯之泛滥兮⑥，从翱翔之焉薄⑦？心绖结而不解兮⑧，思蹇产而不释⑨。将运舟而下浮兮⑩，上洞庭而下江⑪。去终古之所居兮⑫，今逍遥而来东⑬。

【注释】

①楸：一种干直高耸的乔木。长楸：指郢都的大楸树。②夏首：夏水发源于长江之处，在郢都东南。西浮：和“南渡”一样，都是记述“过夏首”以后的转折方向。可是总的行程对郢都来说，则是由西向东的。所以下文又说“来东”和“西思”，叙述错综，而文意互现。③龙门：郢城东门。④眇：读作“渺”，前程渺茫。蹠（zhí）：踏。所蹠：驻足之地。⑤焉：乃。洋洋：漂泊无着的样子。⑥凌：乘。阳侯：大波之神，传说本是陵阳国之侯，因溺死而成神。此指大波。⑦焉：何，哪里。薄：到，止。⑧絓(guà)：牵挂。絓结：牵挂而内心郁结。⑨蹇(jiǎn)产：委屈，忧抑。⑩下浮：指沿长江东下。⑪上、下：指上下游。船到洞庭湖入江之处（在今湖南省岳阳县附近），再沿江东下，就背朝洞庭，面向长江。相对来说，洞庭湖处于上游，面前的这段长江处于下游。⑫终古：长期，古老。终古之所居，祖先世代所居住的地方，指郢都。⑬逍遥：原有无拘无束、优游自得之意，这里转为孤身一人漂荡的意思。

【赏析】

遥望着高大的楸树我长长叹息，涕泪涟涟雪粒般纷纷而下坠落胸前。船经过夏水源头顺流漂向西方，回望都门却早已看不见。心内牵挂无限而怀念忧伤，前途一片渺茫不知该落脚在何方。顺着风随波漂荡，从此客居他乡。乘着阳侯泛滥肆流的波浪，忽然就像鸟儿翱翔般不知将停留在何方。心绪郁积而不能开解，思路纡曲不通难以释怀。我将调转船头顺流下游，先溯水上洞庭再转而进入长江。离开世代祖居的住所，而今漂泊着来到东方。

【原文】

羌灵魂之欲归兮，何须臾而忘反①！背夏浦而西思兮②，哀故都之日远。登大坟以远望兮③，聊以舒吾忧心。哀州土之平乐兮④，悲江介之遗风⑤。当陵阳之焉至兮⑥，淼南渡之焉如⑦？曾不知夏之为丘兮⑧，孰两东门之可芜？心不怡之长久兮，忧与愁其相接。惟郢路之辽远兮，江与夏之不可涉。忽若去不信兮⑨，至今九年而不复。惨郁郁而不通兮，蹇侘傺而含慼⑩。

【注释】

①须臾：片刻。②夏浦：夏水之滨。夏水于夏口汇入长江，“背夏浦”，则船过夏口而东，离郢都更远。③坟：水中的高地。④州土：国土，此指楚国土地。古称天下有九州，楚占荆州、扬州的大部分。平乐：指土地宽平，人民生活富足。⑤介：侧，边。江介：江边，犹水乡。⑥当：面对。陵阳：一说是地名，在今安徽省东南青阳县以南的陵阳镇，屈原曾到过这里。一说同上文“阳侯”，都是陵阳国侯的省称，指大波。译文取后说。⑦如：往。⑧夏：通“厦”，指郢都的王宫。丘：土丘，这里作废墟解。⑨忽：迅速。若：语气词。去：指被放逐而离开。不信：谓令人难信。⑩慼（qī）：同“戚”，忧伤。

【赏析】

但是我的灵魂总想回去，哪里能一时一刻忘记返回故乡！背对着夏浦而思念着西岸，故都离我日渐遥远叫人哀伤。我登上水边的高地举目远望，暂且以此来舒缓我忧愁的心怀。当我想起楚地的辽阔安康备感心酸，而想到江畔古老的淳朴风尚更让我悲伤。面对着陵阳的浩渺波涛不知将去向哪里，眼前渺茫无际不知将南渡到何方？不曾料想昔日宫阙成为丘墟，有谁知道郢都的两座东门是否也变得荒芜？内心的不快乐久久长长，忧愁与惆怅交织于心。回郢都的路途那样遥远，被长江和夏水分隔不可以渡航。倏忽间我都不敢相信已经离开郢都，到如今已有整整九年而依然不能返回故乡。我的内心凄惨忧郁而不舒畅，满面悲凉失意而充满忧伤。

【原文】

外承欢之汋约兮①，谌荏弱而难持②。忠湛湛而愿进兮③，妒被离而鄣之④。尧舜之抗行兮⑤，瞭杳杳而薄天⑥。众谗人之嫉妒兮，被以不慈之伪名⑦。憎愠惀之修美兮⑧，好夫人之忼慨⑨。众踥蹀而日进兮⑩，美超远而逾迈。

【注释】

①外：外表。承欢：对君王献媚邀宠。汋（chuò）约：同“绰约”，柔美的样子，指群小阿谀奉承时的媚态。②谌（chén）：真，诚恳实在。荏（rěn）弱：软弱无能。③湛湛：厚重的样子。④被：通“披”。被离：众多而杂乱的样子。鄣：同“障”，指造谣中伤，在君王面前造成障碍。⑤抗：借作“亢”，高。⑥瞭：光明的样子。杳杳（yǎo）：高远的样子。薄：至，及。⑦不慈：传说尧看自己的儿子丹朱不贤，把帝位传给舜；舜看到自己的儿子商均不肖，把帝位传给禹。这正是值得歌颂的“抗行”。但古代有人指责他们对自己的儿子不慈爱。这句是说：像尧舜这样的人，还遭到毁谤，足见谗人惯于颠倒是非。⑧愠惀：忠心耿耿的样子。修：义

同美。⑨好：爱。夫：语气助词。人：指佞臣。忼慨：同“慷慨”，此指表面积极、假意慷慨。⑩踥蹀（qiè dié）：轻步急走，此形容竞相钻营。

【赏析】

群小谄媚奉承取悦君王，确实使内心软弱的君王难以自持。忠诚之人愿意进身为国效力，却被小人嫉妒而障蔽刁难。唐尧虞舜品德高尚，德行高远可达九天云霄。那些谗言小人心生嫉妒，竟给他们冠以“不慈”之伪名。楚王厌恶不会歌功颂德的忠良之人，却喜好奸佞小人表面上的慷慨激昂。小人竞相投机钻营而日益显进，忠贤之臣却被渐渐疏远。

【原文】

乱曰：曼余目以流观兮①，冀壹反之何时②？鸟飞反故乡兮，狐死必首丘。信非吾罪而弃逐兮③，何日夜而忘之！

【注释】

①曼：本义长，这里是伸展的意思。②冀：希望。③信：诚然，的确。

【赏析】

尾声：我纵目四下观望，不知何时能返回故乡一次以偿愿望。高飞的鸟儿倦了也要返回故乡，狐狸死时必定把头朝向狐穴所在的山坡上。实在不是因为我的罪过被放逐他乡，无论白天黑夜我怎能把这样的冤屈淡忘！

抽　思

【原文】

心郁郁之忧思兮，独永叹乎增伤①。思蹇产之不释兮②，曼遭夜之方长③。悲秋风之动容兮④，何回极之浮浮⑤！数惟荪之多怒兮⑥，伤余心之慢慢⑦！愿摇起而横奔兮⑧，览民尤以自镇⑨。结微情以陈词兮⑩，矫以遗夫美人⑪。

【注释】

①永：不停地。乎：《文选》司马相如《长门赋》注、张衡《四愁诗》注并引作“而”。②蹇产：曲折纠缠。③曼：长的样子。④动容：此指秋风使草木变色，喻下文“荪之多怒”。⑤回极：指风的动态。回：回旋。极：至也。是说秋风回旋而至。也有人认为，“回”是“四”字之误。四极是四方的极边，此指四极之内，犹天下。⑥数（shuò）：多次。惟：思。荪：香草名，这里比喻怀王。⑦慢慢（yōu）：忧伤，悲痛的样子。⑧摇起：急起。⑨览：看。尤：同“疣”，

病痛。自镇：强自镇静。⑩微情：微末的心意，是自谦之词，犹私衷。陈词：指作《抽思》。⑪娇：举。遗（wèi）：赠。美人：喻怀王。

【赏析】

心情郁闷万分忧虑，孤自咏叹更添哀伤。思绪郁结不能释怀，怎奈长夜漫漫何其长。悲叹秋风摧草木，万物萧条，为何天地运转如此无常！您容易急躁喜怒无常，使我的心无限愁伤。我想索性放腿狂奔，看到百姓受难又镇定下来。我把这份被忽略的衷情写成辞章，希望把它献给君王。

【原文】

昔君与我成言兮，曰黄昏以为期。羌中道而回畔兮，反既有此他志①！憍吾以其美好兮，览余以其修姱②。与余言而不信兮，盖为余而造怒③。愿承间而自察兮④，心震悼而不敢⑤。悲夷犹而冀进兮⑥，心怛伤之憺憺⑦。兹历情以陈辞兮⑧，荪详聋而不闻⑨。固切人之不媚兮⑩，众果以我为患⑪。

【注释】

①“昔君”四句：以男女婚约喻君臣关系，说楚怀王轻诺寡信，屡次变心。黄昏：喻年老。或说古代婚礼在黄昏举行，故云。期：约。畔：古同“叛”。回畔：背叛，反悔。②憍：同“骄”。览：炫示。其：两句都指怀王。修姱（kuā）：美好。③盖：音义同“盍”（hé），一本直作“盍”，何。造怒：寻衅生怒。④承间：找机会。间：同“闲”，间隙。自察，自我表白。⑤震悼：战栗，恐惧。⑥冀：希望。⑦怛（dá）：悲痛。憺憺（dàn）：心情动荡不安。⑧历：列举。兹：此。⑨详：同“佯”（yáng），假装。⑩切人：切直的人。一说应作“切言”，直言。⑪果：果然。

【赏析】

您曾经跟我约定，我们以黄昏为佳期。哪料您在中途又变卦了，反而已经有了其他的心意。向我夸耀您的美好，向我炫耀您的窈窕。您对我说过的话却不守信诺，反而无故对我发怒。本想乘着您空闲时再表白，但是心里害怕又不敢启齿。我踌躇、悲伤又想表达，可怜我的心情悲痛又不安。于是把我的真情来诉说，您却假装耳聋不肯倾听。本来刚直的人不会献媚，小人们果然以我为祸患。

【原文】

初吾所陈之耿著兮①，岂至今其庸亡②？何独乐斯之謇謇兮③，愿荪美之可光④！望三五以为像兮⑤，指彭咸以为仪⑥。夫何极而不至兮⑦，故远闻而难亏。善不由外来兮，名不可以虚作。孰无施而有报兮⑧，孰不实而有获⑨？

【注释】

①耿：明亮。著：明显。②庸：遽，就。亡：通“忘”。③乐(yào)斯：喜欢这样。謇謇(jiǎn)：忠贞直言的样子。④美：美德。光：发扬光大。⑤三五：即三王五伯。三王即《离骚》“昔三后”，指夏禹、商汤、周文王。五伯即春秋五霸，先秦时均指齐桓公、晋文公、楚庄王、吴阖闾、越勾践。像：榜样。⑥仪：法则。⑦极：目标。⑧施：施舍。⑨实：果实，此作动词用，结出果实。

【赏析】

当初我的陈述都是耿直而显著的，难道如今都已经淡忘？为什么只有我喜欢直谏，只希望您的美德更加发扬。仰望三皇五帝作为榜样，直指彭咸以为模范。不会有什么目标达不到，所以名声只增不减得以天下扬。优秀的品德要靠自己修养，美好的名声要与实际相符不会凭空得到。哪有不付出而得到回报？哪有不播种就会有收获？

【原文】

少歌曰①：与美人抽怨兮，并日夜而无正②。憍吾以其美好兮③，敖朕辞而不听④。

【注释】

①少歌：乐章音节之名。“少歌”在楚辞中仅见于本篇。这一节“少歌”，是前面内容的小结。“少”一作“小”。②正：同“证”。③憍：同“骄”。④敖：同“傲”。这两句是说怀王自恃他的才能，傲慢而不听作者的话。

【赏析】

少歌：我向您剖心以表达心意，日日夜夜都没人为我评理。您只是骄傲地向我显示美好，轻蔑地不肯听信我的陈辞。

【原文】

倡曰①：有鸟自南兮②，来集汉北③。好姱佳丽兮，牉独处此异域④。既惸独而不群兮⑤，又无良媒在其侧。道卓远而日忘兮⑥，愿自申而不得。望北山而流涕兮⑦，临流水而太息。望孟夏之短夜兮⑧，何晦明之若岁⑨！惟郢路之辽远兮⑩，魂一夕而九逝。曾不知路之曲直兮⑪，南指月与列星。愿径逝而未得兮⑫，魂识路之营营⑬。何灵魂之信直兮⑭，人之心不与吾心同。理弱而媒不通兮⑮，尚不知余之从容⑯。

【注释】

①倡：同“唱”。始发歌叫作“倡”，是另外唱起的意思。《抽思》可分两大部分，“倡曰”是下半篇的开始，“倡曰”以下，是独处汉北时的心情。②鸟：作者自喻。南，指郢都。③集：

鸟栖息在树上。汉北：今湖北省西北部。④牉：本指一物中分为二，此指分离。⑤惸（qióng）：字同“茕”，孤独。⑥卓：当从一本作“逴”（chuò），与“远”同义。⑦北山：即郢都北十里的纪山。还有一说为南山，则系泛指远望中的南方的山。⑧孟夏：夏历四月。可知本诗作于“孟夏”。篇首“秋风动容”是比喻怀王易怒，与写诗和作者来汉北的时间都无关。⑨晦明：从天黑到天亮，即一夜。⑩惟：发语词。⑪曾不知：不曾知。⑫径逝：径直而去。⑬识路：识别道路。营营：忙忙碌碌。⑭信直：老实正直，指自己坚定而专一的眷念君国之情。⑮理：使者。⑯从容：舒缓的样子。此指心地磊落，胸怀宽舒。

【赏析】

唱道：有鸟儿从南方飞来，栖息在汉水之北。外貌十分美丽，为何独处异乡？既孤独又不合群，又没有良媒在身旁。道路遥远而被日渐淡忘，想要自己表明而又无法实现。遥望北山而流下眼泪，面对着流水而独自叹息。睁眼凝望孟夏之短夜，为什么黑夜到天明如同一年般久长？去往郢都的路途虽然遥远，但是魂魄一夜之间可以九次往返。我不在乎道路是曲是直，只顾南行以月亮和星星来辨别方向。想一直回去但又不可能，只有灵魂认得路途往复穿行。为什么我的灵魂如此忠诚端直，别人的心却与我心不同。媒人低俗不能为我表达心意，尚不知道我只是表面从容。

【原文】

乱曰：长濑湍流①，泝江潭兮②。狂顾南行③，聊以娱心兮。轸石崴嵬④，蹇吾愿兮⑤。超回志度⑥，行隐进兮⑦。低佪夷犹⑧，宿北姑兮⑨。烦冤瞀容⑩，实沛徂兮⑪。愁叹苦神，灵遥思兮。路远处幽，又无行媒兮。道思作颂⑫，聊以自救兮⑬。忧心不遂，斯言谁告兮？

【注释】

①濑（lài）：浅滩上的流水。②泝（sù）：同“溯”，逆流而上。潭：深渊，楚方言。泝江潭：以逆水行舟比喻返郢之难。“江潭”泛指江河，不是专指汉水。作为专门名词的“江”，古指长江，非指汉水。汉水南流，与下句“南行”同向，不能称“泝”。屈赋乱辞通例，都是总结篇意，而不是记载某一段实际的生活历程。本篇乱辞的“泝江潭”，是以比喻来总结全篇，并非纪实。③狂：形容强烈急切的心情。顾：瞻望。④轸（zhěn）：弯曲。轸石：扭曲的怪石。崴嵬（wēi wéi）：高耸不平的样子。⑤蹇：阻碍。愿：指“南行”的愿望。⑥超：超越，谓强渡过去，南下郢都。回：指回汉北。志度：犹考虑。度：揣度。“超回志度”是倒装句，当作“志度超回”解，即考虑南下还是北回。⑦行：南行。隐：退隐汉北。“行隐”义同“超回”。“进”字失韵，义亦难通，郭沫若校作“难”，字形之误。⑧低佪：徘徊。夷犹：犹豫。⑨北姑：地名，所在未详。可能是杜撰，如“泝江潭”不是记载实际行程一样。⑩瞀：乱。瞀容：瞀形于色，犹愁容苦貌。⑪实：实在由于。沛徂：犹颠沛流离。沛：颠沛。徂（cú）：行。⑫道：述。道思：且行且思。颂：诗歌，指本篇。⑬救：解脱。

【赏析】

尾声：浅滩急流，我溯江而上至江潭。我频频回望而往南方，姑且以此聊慰愁肠。两岸怪石崎岖，如同我不可逆转的志向。回想往日的志向行为，虽然行进内心却很悲伤。我徘徊犹疑，歇宿在北姑。我心烦意乱面容憔悴，真想顺流沛然而往。我叹息忧伤精神苦闷，灵魂却遥思着故乡。路遥遥所处偏远，又没有媒人代为倾诉。在道路上写下如此篇章，暂且聊以解心中愁肠。可是我的忧愁依然难解，这些话语又有谁可以告诉？

怀　沙

【原文】

滔滔孟夏兮[①]，草木莽莽[②]。伤怀永哀兮，汩徂南土[③]。眴兮杳杳[④]，孔静幽默[⑤]。郁结纡轸兮[⑥]，离慜而长鞠[⑦]。抚情效志兮，冤屈而自抑。

【注释】

①滔滔：一说是和暖，阳气舒发的样子。一说是滔滔不绝的意思，形容夏季昼长。②莽莽：草木丛生的样子。③汩（gǔ）：流水快的样子。徂：行。南土：《涉江》记载屈原已流放到湘西的辰阳、溆浦，这些地方与长沙一带，是楚国的南疆。④眴（shùn）：字同“瞬”，看。杳杳（yǎo）：深远而无所见的样子。⑤孔：很。一说同“空”。幽、默：都是静寂无声的意思。⑥纡：委屈。轸：悲痛。⑦离：借作“罹”，遭遇。慜（mǐn）：同“愍”，忧患。鞠：窘困。

【赏析】

初夏时节阳气舒发，百草万木生长茂盛。我心怀无尽的忧伤思念与叹息，疾速地往南方而行。举目四望眼前一片苍茫，原野肃然无声幽深静谧。内心抑郁忧伤，遭受忧患而穷困已久。我安抚心情评析自己的志向，即使遭受委屈也要压抑自己。

【原文】

刓方以为圜兮①，常度未替。易初本迪兮②，君子所鄙。章画志墨兮③，前图未改④。内厚质正兮，大人所盛。巧倕不斲兮⑤，孰察其拨正⑥。玄文处幽兮⑦，矇瞍谓之不章⑧。离娄微睇兮⑨，瞽以为无明⑩。变白以为黑兮，倒上以为下。凤皇在笯兮⑪，鸡鹜翔舞⑫。同糅玉石兮，一槩而相量⑬。夫惟党人之鄙固兮⑭，羌不知余之所臧⑮。

【注释】

①刓（wán）：削。圜：同“圆”。②易初：改变初志，变易初心。本：是“卞”的误字。“卞”古通“变”。迪：古通“道”。本迪：改变常道。易初、卞迪是同义并列。③章：明确。画：规划。志：牢记。墨：绳墨，比喻法度。④前图：初志。⑤倕：人名，传说是尧时的巧匠。斲（zhuó）：同“斫”，砍。⑥拨：弯曲。拨正：即“扶拨以为正”，使弯曲的东西成为正直的。这是说巧匠不动斧头，曲直就没有标准，用以比喻正人不在朝列，则是非无法分清。⑦玄：黑色。文：同“纹”。⑧矇瞍（sǒu）：瞎子。有眼珠而看不见叫矇，没有眼珠叫瞍。⑨离娄：一作“离朱”。传说是黄帝时人，能于百步之外见秋毫之末，黄帝失掉玄珠，他给找回。睇：微视，楚方言。⑩瞽：瞎子。⑪笯：竹笼，楚方言。⑫鹜：鸭。⑬槩：字同“概”，平斗斛的横木。⑭夫、惟：都是语气助词。鄙固：鄙陋，顽固。⑮臧：善。一说臧同“藏”，指藏在胸中的抱负。

【赏析】

本想把方木削圆，寻常法度却不能废弃。想改变初志追随流俗，却又是有志之士所看不起。我的志向就像清晰的规划与绳墨，依照原有的规矩而不变易。内心忠厚本质端正，此正是为君子所赞美。巧匠倕如果不动斧头，谁又能知他所砍是正是曲？把黑色的纹饰放在幽暗的地方，瞎子会说它不明显。离娄微眯着眼睛，瞎子会说他也是目盲。把白说成黑，把上颠倒为下。凤凰被关进笼里，鸡鸭却盘旋飞翔。把美玉和石头杂糅在一起，会认为它们相同而一样衡量。想到小人结党是多么卑鄙顽固，却都不知我的高尚善良。

【原文】

任重载盛兮，陷滞而不济①。怀瑾握瑜兮，穷不知所示②。邑犬之群吠兮，吠所怪也。非俊疑杰兮，固庸态也。文质疏内兮③，众不知余之异采。材朴委积兮④，莫知余之所有⑤。重仁袭义兮，谨厚以为丰⑥。重华不可遌兮⑦，孰知余之从容。古固有不并兮⑧，岂知其何故。汤禹久远兮，邈而不可慕。惩连改忿兮⑨，抑心而自强。离慜而不迁兮，愿志之有像⑩。进路北次兮⑪，日昧昧其将暮。舒忧娱哀兮，限之以大故⑫。

【注释】

①陷：陷没。滞：沉滞。不济：不中用。②穷不知：完全不知道。穷：尽，形容“不知”。示：拿给人看。③文：外表。质：实质。疏：朴素。内：同“讷”，木讷，不善辞令。④材：有用的木料。朴：未加工的木料。委积：丢在一旁堆积着。⑤所有：指上句的“材朴”。自己有“材朴”的作用，却不为人知。⑥重、袭：都是重复、积累的意思。厚、丰，都是充实的意思。这两句说，自己从来都重视品德的锻炼，日积月累，坚持不懈，不断以仁义充实自己。⑦遻：同“迕”，遇。⑧古固有：自古就有。不并：明君与贤臣生不同时。这句意同《涉江》“伍予逢殃兮，比干菹醢。与前世而皆然兮，吾又何怨乎今之人”。⑨惩：戒。连：《史记》引作“违”。违与怖同，怨恨。“惩怖”与“改忿”对文，谓克制自己的恨忿，即下句“抑心”、上文“自抑”之意。⑩像：榜样。⑪次：停息，休止。⑫限：极限。之：代词，指上句的“忧”“哀”。大故：死亡。把“忧”“哀”限在死亡以前，即要死得从容，不把生前的哀忧带到死后。

【赏析】

我能肩负重责担当大任，却被阻滞无法大展抱负。虽然怀抱美玉手拿珍宝，却穷困得不知向谁表示。村里的狗成群地狂叫，对着它们认为怪异的事情而叫。非议才俊猜疑豪杰，本就是庸人们的惯常手段。我朴实木讷不善于表达，谁都不知道我出众的才华。如积累的丰富的可用材料，却没有人知道这是我拥有的财富。我重仁重义积累才能，加强修养以敦厚为富足。重华已不能再相逢，谁又能知道我忠诚不变的气度。自古以来圣君贤臣生不同时，这到底是什么缘故？商汤和夏禹早已远离，遥远的连思慕都不现实。我抑制着心中的怨恨与愤怒，克制内心的情绪让自己变得坚强。虽然我遭受困苦忧患也不改变，只希望能为后世留下榜样。我顺着道路前进到达北方，太阳将落已近黄昏。姑且吐出我的哀愁苦中作乐，人生最终都要走向死亡。

【原文】

乱曰：浩浩沅湘，分流汩兮。修路幽蔽，道远忽兮。怀质抱情，独无匹兮①。伯乐既没，骥焉程兮②。万民之生③，各有所错兮④。定心广志，余何畏惧兮！曾伤爰哀，永叹喟兮。世溷浊莫吾知，人心不可谓兮⑤。知死不可让，愿勿爱兮⑥。明告君子⑦，吾将以为类兮⑧。

【注释】

①匹：伴侣。还有一说认为是“正”字之误，同“证”，也可通。②伯乐：即孙阳，春秋时人，以善相马受秦缪公赏识。程：衡量，品评。③万民之生：一作“民生禀命”。禀命，禀受天命。④错：同“措”，安排。⑤“曾伤”四句：朱熹以为应该提到“怀质抱情”句之上，文意通惯。曾：借作“增”，多次。爰：无休无止。喟（kuì）：叹气。⑥爱：吝惜。勿爱：指为了成仁取义，不吝啬自己的生命。⑦明告：公开告诉。君子：泛指懂道理的人。⑧类，即“类别”之类，指

与“君子”同类。一说“类”作“榜样”解，就是自己也将和志士仁人一样，把舍生取义付诸实践。

【赏析】

尾声：浩荡的沅水湘江，流水汩汩波浪翻滚。道路漫长阴晦隐蔽，路途遥远无法预计。我胸怀质朴的真情，竟然孤独没有可以相伴的人。既然没有伯乐，谁又能识得千里马？民生百姓各有天命，但是都会各有安排。只要平心静气志向宽广，我又有什么可畏惧的？痛苦的哀伤无止无休，唯有深深地叹息。世道混浊污秽无人了解我，人心叵测又不可劝说。既然知道死亡已不可回避，我又何必爱惜身体。明白地告诉君子与前贤，将以我的忠义气节作为世人的典范！

思美人

【原文】

思美人兮，揽涕而竚眙①。媒绝路阻兮，言不可结而诒②。蹇蹇之烦冤兮③，陷滞而不发④。申旦以舒中情兮⑤，志沉菀而莫达⑥。愿寄言于浮云兮，遇丰隆而不将⑦。因归鸟而致辞兮⑧，羌迅高而难当⑨。

【注释】

①揽：收。竚：久站。眙（chì）：瞪着眼。②结而诒：犹今“封寄”。③蹇蹇：同“謇謇”，忠贞直言的样子。④陷滞：郁结。发：指发轫，开车前进。⑤申旦：申明。申：重复，一次次。“申旦”即再三表白。⑥菀（yù）：读作“郁”。沉菀即沉闷而郁结。⑦丰隆：云神名。将：送。⑧因：依，凭。归鸟：鸿雁。⑨当：值，遇。

【赏析】

思念着我心爱的人，揩干眼泪久立凝望。没有媒人而道远路遥，心中的话不知怎样向你表达。我忠贞一片却屡遭蒙冤，阻塞陷滞我无处发泄。日日夜夜都想表达我的情怀，然而心志沉郁压抑而难以表达。想请浮云为我传话，然而云神丰隆却不肯帮我传达。想托鸿雁为我传信，但是它飞得太快太高而难相遇。

【原文】

高辛之灵盛兮，遭玄鸟而致诒①。欲变节以从俗兮，媿易初而屈志②。独历年而离愍兮，羌冯心犹未化③。宁隐闵而寿考兮④，何变易之可为！知前辙之不遂兮⑤，未改此度。车既覆而马颠兮，蹇独怀此异路⑥。勒骐骥而更驾兮，造父为我操之⑦。迁逡次而勿驱兮⑧，聊假日以须时⑨。

指嶓冢之西隈兮[10]，与纁黄以为期[11]。

【注释】

①高辛：即帝喾（kù）。灵：美。玄鸟，燕子。诒（yí）：通“贻”，赠；此作名词用，聘物。②媿：同“愧”。易初：改变初衷。屈志：屈辱本志。③羌：发语词，楚方言。冯心：同“凭心”，愤懑的心情。化：消。④隐：忍。闵：忧。寿考：老死。⑤辙：车轮滚过的迹印。前辙：指前途。遂：顺利。⑥蹇：发语词。异路：另外的一条道路。强秦的崛起，对于当时的楚国而言，和既不可，战亦不能。所谓异路，就是下文说的发奋图强，待时而动。⑦造父：周穆王时的善御者。操之：指执辔。⑧迁逡次：缓行前进。迁：前进。逡次：逡巡，徘徊游移。⑨假：借。假日：借些日子，费些日子。须：等待。这是说要报仇雪耻必须做好充分准备，不能急于事功。⑩嶓冢（bō zhǒng）：山名，又称兑山。在今甘肃省天水和礼县之间，在汉水源头西北数百里，是漾水的发源地，古人误以为是汉水发源地。隈（wēi）：山边。⑪纁黄：即黄昏。纁：借作“曛”，一本正作“曛”，落日的余晖。嶓冢在西北，是日落方向，这句以日落喻寿终。以上两句意谓终久必然达到这个目的。又因嶓冢一带是秦的最初封地，也有人说这两句是“直捣黄龙”的意思。

【赏析】

难比帝喾高辛神灵盛明，能遇到燕子而得到厚礼。想要改变气节而追从流俗，然而改变初衷有违志向又感觉耻辱。多年来孤独地遭受着祸患，可是我心中的愤懑却丝毫不减。我宁可隐忍含恨到老，也不改变我的信念！我明知以前的道路行不通，我依然不能改变志节。尽管车子倾覆马翻倒，我依然独自走这不同世俗的道路。我勒着骐骥更换车驾，请造父为我驾马。逡巡缓行不必驱驰，姑且假以时日等待另一个时机。我指着嶓冢山的西边，约定在黄昏时分。

【原文】

开春发岁兮[1]，白日出之悠悠[2]。吾将荡志而愉乐兮，遵江夏以娱忧[3]。揽大薄之芳茝兮[4]，搴长洲之宿莽[5]。惜吾不及古之人兮，吾谁与玩此芳草。解萹薄与杂菜兮[6]，备以为交佩[7]。佩缤纷以缭转兮[8]，遂萎绝而离异[⑨]。吾且儃佪以娱忧兮[⑩]，观南人之变态[⑪]。窃快在其中心兮[⑫]，扬厥凭而不竢[⑬]。芳与泽其杂糅兮[⑭]，羌芳华自中出[⑮]。纷郁郁其远烝兮，满内而外扬。情与质信可保兮[⑯]，羌居蔽而闻章[⑰]。

【注释】

①开：开始。发：发端。②悠悠：舒缓的样子。初春夜长，太阳迟出，故云。③江夏：长江、夏水。夏水，古河名，连接长江、汉水，今已改道。④揽：采摘。薄：草木丛。芳茝（chǎi）：即白芷，香草名。⑤搴(qiān)：拔取，楚方言。宿莽：即卷施草，楚方言。宿莽经冬不枯。⑥解：采。萹（biān）：萹蓄，一名萹竹，蓼科，不香，短茎白花。薄：读作“薄”花朵。⑦备以：聊以，暂且。交佩：左右佩。⑧缭转：互相缠绕。⑨离异：言其不为人所佩用。⑩儃佪：徘徊。⑪南人：指郢都的党人，就是《涉江》所说的“南夷”。变态：一种出乎情理以外不正常的态度。⑫窃快：暗喜，隐藏而不敢公开的欢快。中心：心中。⑬扬：外露。凭：怒。竢（sì）：同“俟”，待。不竢，这里是无所顾虑的意思，即尽情逞怒。以上两句写“南人”的异状。⑭泽：芳之反，即臭，详见《离骚》“芳与泽其杂糅兮”注。⑮闻一多《楚辞校补》：“案出字不入韵。疑此二句上或下脱二句。”⑯可保：可靠。⑰居蔽：指被逐在野。闻：名声。章：同“彰”，明。

【赏析】

新春来到新的一年开始了，太阳悠然从容地升起。我将放开胸怀纵情欢乐，沿着长江夏水排忧解烦。于草丛间摘一朵芳芷，在沙洲上采一把宿莽。可叹我没与古人生在同时，我与谁共赏如此芳草。拔下萹蓄与杂菜，做成佩饰左右佩戴。佩饰缤纷环绕左右，最终仍然枯萎而凋落。我暂且徘徊逍遥以解忧烦，观看南人特别的状态。心中暗暗地感到欣喜，发泄愤懑的时机已经到来。虽然芳香与污秽混和在一起，却总有芳华自内心而出。馥郁的芳香向远处传播，内部充实而洋溢在外。真诚的情感美好的本质忠实可信，虽处偏僻依然声名显著。

【原文】

令薜荔以为理兮[①]，惮举趾而缘木。因芙蓉以为媒兮[②]，惮褰裳而濡足[③]。登高吾不说兮[④]，入下吾不能。固朕形之不服兮[⑤]，然容与而狐疑[⑥]。广遂前画兮[⑦]，未改此度也。命则处幽吾将罢兮，愿及白日之未暮[⑧]。独茕茕而南行兮[⑨]，思彭咸之故也。

【注释】

①薜荔：香草名，蔓生灌木，也称木莲，缘木而生。理：使者，媒人。②芙蓉：荷花。③褰(qiān)裳：把衣裳提起来。濡（rú）：沾湿。④说：同“悦”。⑤朕：我。形：指形于外的一个人的作风。朕形：犹今“我这个人”。服：习惯。⑥然：乃。容与：徘徊不进的样子。狐疑：犹豫。⑦广遂：多方求实。前画：从前的计划，指前面所说的任用贤才，发奋图强的策划。⑧“命则”

二句：包含两层转折的意思。“愿及白日之未暮”是说自己愿意抓紧时间，“广遂前画”；而“命则处幽”则道出了客观现实的遭遇，“吾将罢兮”是说自己屡经打击，生命中已有没落的预感。命则处幽，生命已处在将暮阶段，“则”是语词。⑨茕茕（qióng）：孤单的样子。

【赏析】

想请薜荔为媒与我说合，又不敢举趾而爬树。想托芙蓉替我说媒，又怕卷起衣裳而弄湿了足踝。我不喜欢登高爬远，也不能往低处走。本来以我的个性对这些就不习惯，所以我犹豫徘徊心内不安。还是完全依照着以前的方法，始终不要改变这种态度。命该我受难而我也已经疲倦，但愿在日落之前，我孤独一人走向南边，只因我依然思念着彭咸。

惜往日

【原文】

惜往日之曾信兮，受命诏以昭诗①。奉先功以照下兮②，明法度之嫌疑。国富强而法立兮，属贞臣而日娭③。秘密事之载心兮④，虽过失犹弗治。心纯庬而不泄兮⑤，遭谗人而嫉之。君含怒而待臣兮，不清澄其然否⑥。

【注释】

①命诏：诏令，君王对臣民颁发的号令。诗：朱熹据别本改作“时”。②照：读作“昭”，昭示，教育。下：下民。③属（zhǔ）：托付。贞臣：忠贞之臣，作者自称。娭：同“嬉”，游玩，玩乐。④载心：放在我的心里。⑤庬（páng）：厚实。不泄：忠于职守，不泄露机密。⑥清澄：这里作动词用，指弄清一件事情的真相。然否：是这样或不是这样。

【赏析】

惋惜往日也曾得到您的赏信，接受您的诏命想使时政光明。继承先人的功业来光照天下，阐明法度消除是非嫌疑。国家富强而法度建立，把大事托付给忠贞之臣而君王日享安逸。国家机密事都牢记在心，纵使有了过失君王也不会把我治罪。我的居心淳厚善良绝不泄露国家机密，竟然也遭到奸人妒忌。国君听信谗言而对我大发脾气，也不明辨是非审察清楚。

【原文】

蔽晦君之聪明兮①，虚惑误又以欺②。弗参验以考实兮③，远迁臣而弗思④。信谗谀之溷浊兮，盛气志而过之⑤。何贞臣之无罪兮，被离谤而见尤⑥。惭光景之诚信兮，身幽隐而备之⑦。临沅湘之玄渊兮，遂自忍而沈流。卒没身而绝名兮，惜壅君之不昭⑧。君无度而弗察兮，使芳草为薮幽⑨。焉舒情而抽信兮⑩，恬死亡而不聊⑪。独鄣壅而蔽隐兮⑫，使贞臣为无由⑬。

【注释】

①聪：指听觉好。明：指视觉好。聪明：比喻耳目。②虚、惑、误：近义字叠用，虚是捏造事实，惑是颠倒是非，误是陷害误人。③参：比较。验：验证。④迁：放逐。臣：作者自称。⑤盛气志：指大怒。过：罪过；此作动词用，责罚。⑥被离：两字同义，都是遭受的意思。⑦“惭光”二句：景，古同影。光景诚信，犹今“形影不离”。这两句是说：君臣关系本该像光影一样，但自己因受谗人离间，被楚王排斥放逐，因此，在光亮的地方看到光影诚信的景状，就要触景伤情，惭愧得无地容身，想隐退到幽暗的地方而避之。⑧壅君：受蒙蔽的君王，指楚怀王。屈原对楚王都用美称，如“灵修”“哲王”“荃”“荪”等，唯这篇用鄙称，是可疑者一；其次，“遂自忍而沈流”的“遂”（就），“卒没身而绝名”的“卒”（终于），都是已完成的语气，既已沉流没身，又怎能写诗？这是更大的漏洞。但它却为屈原确曾沉江殉节提供一条证据。昭：明。⑨为：处于。薮：草泽。薮幽：大泽的幽暗处。⑩焉：何处。抽：抒。信：真实的心情。抽信：与舒情同义。⑪恬：安然。不聊：不苟活在世，意即安于死亡。⑫鄣壅：与蔽隐同义，谓谗人在君王面前造成障碍，蔽隐贤才。⑬由：缘由，指报国的机会。

【赏析】

小人们隐蔽事实晦塞君王的耳目，您受到谣言迷惑颠倒是非又被欺骗。您不去察验考证以查出事实，就将忠臣迁谪到僻远之地而从不思念。您听信谗佞小人的污言浊语，您盛气凌人地以那些莫须有的过错对我指责发怒。为何没有罪的忠贞之臣，竟然遭到离间诽谤而被贬斥？惭愧于日月光辉的诚信永恒，虽已身处幽暗隐蔽之地仍要小心防备。面对沅水湘水的深渊，我索性忍着痛苦而沉入深流。纵然我的身体死去名声消亡也不在乎，只可惜君王已被小人蒙蔽永远不会觉悟。君王没有分寸无法明察下情，竟然使芳草被埋没在幽暗的薮泽。怎样才能舒散心情表示我的忠诚？还是恬然死去不苟且偷生。您孤独的被障碍壅塞所阻隔，使忠臣无法向您亲近靠拢以尽忠。

【原文】

闻百里之为虏兮①，伊尹烹于庖厨②。吕望屠于朝歌兮③，宁戚歌而饭牛④。不逢汤武与桓缪兮⑤，世孰云而知之⑥。吴信谗而弗味兮，子胥死而后忧⑦。介子忠而立枯兮，文君寤而追求⑧。封介山而为之禁兮⑨，报大德之优游⑩。思久故之亲身兮⑪，因缟素而哭之⑫。或忠信而死节兮，或訑谩而不疑⑬。弗省察而按实兮，听谗人之虚辞。芳与泽其杂糅兮，孰申旦而别之⑭？

【注释】

①百里：即百里奚，原为春秋时虞国大夫。晋献公打败虞国，俘百里奚，当陪嫁女儿的奴隶送给秦穆公。百里奚中途逃走，被楚兵捉去。秦穆公得知他是贤才，用五张黑羊皮赎回，封为大夫，他助穆公成就霸业。②伊尹：商汤的辅佐大臣，出身奴隶，做过厨子。③吕望：即吕尚，俗称姜太公。本姓姜，因先代封在吕，故以吕为氏。未发迹时，曾在朝歌（故城在今河南省淇县北）卖肉，晚年垂钓渭滨，遇周文王而得重用，后来辅佐武王灭商。④宁戚：春秋时卫国人。喂牛时唱歌抒怀，被齐桓公听到，得以赏识重用。饭牛：喂牛。⑤汤：商汤。武：周武王，重用吕望而灭商。桓：齐桓公。缪：秦穆公。⑥云：语气助词。自“闻百里”至此，专写君臣遇合的好先例。⑦弗：不能。味：体味，辨别。子胥：姓吴，名员，字子胥，吴国大将，屡劝夫差灭越和暂缓伐齐，夫差听信太宰伯嚭的谗言，不辨究竟，赐剑命子胥自杀。结果，吴被越王勾践所灭。弗味是说不能理解伍子胥的忠言。⑧介子：介子推。文君：晋文公，春秋时晋国君，献公之子，名重耳。被父妾骊姬谗毁，曾出奔流亡十九年，介子推等从行，备受危难苦辛。文公归国即位后，大家报功争赏，介子推不肯自荐，被文公遗忘。子推带母亲隐居緜山（今山西省介休东南）。文公这才想起，遂在緜山三面放火，只留一面，想让子推出来。子推坚持不出，抱树烧死。立枯：指抱树站着被烧焦。⑨“封介”句：晋文公为了纪念子推，封赐舒，山为“介山”，禁止采樵。⑩优游：大德宽广的样子，形容介子推德行伟大。⑪久故：多年的故旧，老朋友。亲身：不离身。一说当作“割身”，指割股。流亡期间，介子推曾割股肉给重耳充饥。⑫缟素：白色的丧服。⑬訑（dàn）：通“诞”。訑谩：欺诈。⑭申旦：再三表白。详见《思美人》“申旦以舒中情兮”注。

【赏析】

听说百里奚曾做过俘虏，伊尹也曾是个善烹煮的厨子。姜子牙在朝歌是个屠夫，宁戚一边唱歌一边放牛。如果不是遇到商汤、武王、桓公、穆公这些明君，那么世上谁又会知道他们的贤能才华？吴王听信谗言而不能省察，当忠臣伍子胥被逼死后才觉悟忧愁。介子推忠贞而被焚骨枯，晋文公觉悟了才去求寻，把绵山改名为介山并封山禁止砍伐，以报答介子推割股的大恩大德与博大胸怀。思念起故交多年的随侍同伴，因而穿上丧服而痛哭失声。有人忠贞诚信而死于守节，有人欺诈而获信任。您不去省察而依照事实，却听信谗佞之人捏造的虚妄之词。芳香与汗臭混杂在一起，谁又能一夜之间将其辨别？

【原文】

何芳草之早夭兮，微霜降而下戒①。谅聪不明而蔽壅兮②，使谗谀而日得③。自前世之嫉贤兮，谓蕙若其不可佩。妒佳冶之芬芳兮，嫫母姣而自好④。虽有西施之美容兮，谗妒入以自代。愿陈情以白行兮⑤，得罪过之不意。情冤见之日明兮⑥，如列宿之错置⑦。乘骐骥而驰骋兮，无辔衔而自载⑧。乘氾泭以下流兮⑨，无舟楫而自备⑩。背法度而心治兮⑪，辟与此其无异⑫。宁溘死而流亡兮⑬，恐祸殃之有再。不毕辞以赴渊兮，惜壅君之不识。

【注释】

①下：是“不”的误字。戒：戒备。②谅：义同“诚”，诚然。聪不明：听觉不明。③日得：日益得逞。④嫫（mó）母：一作嫫母，传说是黄帝的次妃，貌极丑。姣：妖。自好：自以为美好。⑤白行：表白行为。⑥见：音义同“现”。⑦宿（xiù）：星宿。错：借作“措”，安置，安排，陈列。⑧辔：缰绳。衔：勒住马口的铁。自载：没有工具，依靠自己的身手驾驭。⑨氾：同“泛”，浮起。泭（fú）：同“桴”，木筏。氾泭：指浮在水面的木筏。⑩舟楫：划船的桨。楫：桨。自备：是说不用船桨而自恃人力。⑪心治：不要法度，随心所欲地治理国家。这句明确反映了屈原反对心治，主张法治的进步思想，正如秦的崛起离不开法治一样。⑫辟：读作“譬”。此，指乘马无辔，氾泭无揖。譬如治国无法，任凭“心治”。⑬溘（kè）：忽然。流亡：指尸体不得安葬，而随水漂泊。

【赏析】

为什么芳草会如此早地凋谢，原来在微霜下降时就应该警戒。显然是您视听不明而被小人蒙蔽，所以才使谗谀的小人日益得意。自古贤能之人便遭嫉妒，他们说蕙草和杜若不能佩戴。嫉妒佳丽怡然的芬芳，丑陋的嫫母以为娇媚的打扮就是漂亮。纵然有西施般的绝顶美貌，谗妒之人也能入宠取代你。愿陈述真情以表白自己的行迹，想不到竟意外地获得罪过。我的真情和冤屈日益明白，如同罗列在天空中的星宿般错落清楚。驾着骐骥飞奔驰骋，却没有辔衔而任其奔驰。乘着漂浮的木筏顺流而下，却没有船桨而任其随波漂荡。违背法度而凭自己的心意治理国家，与上面的事例又有什么差别。我宁可死去而流亡，只因恐怕还会有祸殃降临。如果不等把话说完就跳渊自尽，又可惜糊涂的国君将永远不知道我的忠贞。

橘 颂

【原文】

后皇嘉树[①]，橘徕服兮[②]。受命不迁[③]，生南国兮。深固难徙，更壹志兮。绿叶素荣[④]，纷其可喜兮。曾枝剡棘[⑤]，圆果抟兮[⑥]。青黄杂糅，文章烂兮[⑦]。精色内白[⑧]，类任道兮[⑨]。纷缊宜修[⑩]，姱而不丑兮。

【注释】

①后：后土。皇：皇天。后皇：是对天地的尊称。先“后”后“皇”，是因为古代称人王为“皇后”，倒置为“后皇”，可以避免与人王的“皇后”相混。②徕：同“来”。服：习惯。③受命：受天地之命，即禀性，天性。④素荣：橘树初夏时开五瓣的白花。⑤曾：通“增”。曾枝：犹繁枝。剡（yǎn）：尖利。棘：指橘枝上的刺。⑥抟（tuán）：同“团”，圆圆的。⑦文章：花纹色彩，指橘子的颜色。烂：光泽貌。⑧精色：鲜明的皮色。内白：内瓤清白净洁。⑨类：像。任：抱。⑩纷缊（yūn）：指橘的香味茂盛。宜修：美好。

【赏析】

天地间孕育一种美好的橘树，生下来就习惯了我们的水土。你秉承天生的品质坚贞不移，生长在江南的国土。你生长得根深蒂固难以迁徙，更有着专一的志行。翠绿的叶片相衬着白色花朵，缤纷繁茂的样子让人欣喜。重叠浓密的枝条长满锐利的荆棘，圆圆的果实挂满枝条。青色黄色的果实交错混杂，色彩斑斓多么灿烂夺目。外表鲜明精美内心纯净洁白，多么像一个可担当重任的君子啊。繁茂的枝条恰到好处的修饰，优雅的美貌不同于流俗。

【原文】

嗟尔幼志[①]，有以异兮。独立不迁，岂不可喜兮。深固难徙，廓其无求兮[②]。苏世独立[③]，横而不流兮[④]。闭心自慎[⑤]，终不失过兮[⑥]。秉德无私[⑦]，参天地兮[⑧]。愿岁并谢[⑨]，与长友兮。淑离不淫[⑩]，梗其有理兮[⑪]。年岁虽少，可师长兮。行比伯夷[⑫]，置以为像兮[⑬]。

【注释】

①嗟：赞叹词。②廓：指胸怀旷达。③苏：苏醒。④横：横渡。流：水向下。这句以驾舟横渡不随流而下，比喻为人处世不因时俗的好尚而变更自己的意志。⑤闭心：凡事藏在心里。意同上文“无求”，下文“自慎”。⑥失过：“过失”的倒文。⑦秉：持。私：偏阿，不公正。⑧参：合。作者说橘也公正“无私”，其德可比天地。⑨岁：年寿。并谢：同死，是指百草百卉同时凋谢的时候。⑩淑：善。离：借作“丽”。⑪梗：正直。理：纹理。此以橘之干直而有纹理，喻人之坚守直道、符合正理。⑫伯夷：殷末孤竹君的长子，周灭殷后，耻食周粟，饿死于首阳山。

这是一个个性坚强、独行其志的典型，橘的特性与之相似，所以用来相比拟。⑬像：榜样。

【赏析】

啊！你虽幼年却有如此志气，有着与大众不相苟同的地方。你坚守独立的品格永不改变，很令人欢喜。你品德深厚坚定不移，心胸开阔不追求私欲。你苏醒独立超越这污浊世俗的世界，敢于逆流横渡而不追随流俗。你清心寡欲谨慎自重，自始至终不会有罪行与过失。你秉持美德而无私欲，此情此德可与天地齐。愿与岁月一起流逝，而与你结成知己友谊天长地久。你善良美丽而无杂念，既坚贞又富有条理。你的年龄虽然还小，但你的品德却可为师表。你的品行可与伯夷相比，是我追随效仿的榜样。

悲回风

【原文】

悲回风之摇蕙兮，心冤结而内伤。物有微而陨性兮①，声有隐而先倡②。夫何彭咸之造思兮③，暨志介而不忘④。万变其情岂可盖兮，孰虚伪之可长⑤。鸟兽鸣以号群兮，草苴比而不芳⑥。鱼葺鳞以自别兮，蛟龙隐其文章⑦。故荼荠不同亩兮⑧，兰茝幽而独芳。惟佳人之永都兮，更统世而自贶⑨。眇远志之所及兮⑩，怜浮云之相羊⑪。介眇志之所惑兮⑫，窃赋诗之所明。

【注释】

①物：指蕙草。有：语气助词。陨：损。性：古通“生”，生命。这句说蕙草衰弱，易受损伤。②声：指秋风。倡：同“唱”。秋风隐约无形，但发肃杀之先声。③造思：追思。④暨：希望。⑤“万变”二句：是说自己追思彭咸，纯出真诚，绝无虚伪。⑥草：指新鲜的芳草。苴（jū）：枯草。比：混在一起。这两句至“兰茝幽而独芳”，是比喻自己只能与彭咸等前贤为类，不屑与群小合流，即回答上文“夫何彭咸之造思”。⑦葺：整治。自别：自炫以立异。文章：文采，指蛟龙的鳞甲。鱼现则龙隐，龙不屑与鱼为伍。⑧荼：苦菜。荠：甜菜。⑨佳人：喻前贤。都：美好。更：经历。统世：统观万世。贶（kuàng）：古通“况”。⑩眇：读作“渺”，遥远的样子。及：谓及于前贤。⑪相羊：同“徜徉”，自在地徘徊，此指白云自由飘荡。⑫介：耿介。眇：读作“渺”。介眇志：高远或远大的心志。惑：当从一本作“感”。

【赏析】

悲痛着旋风摇落了蕙草，我心中郁结内心哀伤。生命因其微小而陨命凋零，风声虽然隐微却是秋冬的先兆。为何彭咸会让人如此追思怀念，是因与其有同等志节而始终不能忘怀。富于变化的感情岂能掩盖，虚伪的情意又怎么会保持长久。鸟兽鸣叫以呼唤它们的同伴，鲜草因与枯草混杂在一起而失去芬芳。鱼儿修饬鳞片以为自己与众不同，蛟龙却隐藏起它那华美的纹章。所以苦菜甜菜不能同时种在一个地方，兰草芷草必须身处幽深而独自芳香。只有佳人才能是永葆美丽，虽然时代交替变更，我依然要自比他的美丽善良。我远大的志向想要实现却是如此渺茫，可叹它如浮云般随处飘荡。因这孤高的远志而产生的迷惘困惑，而私下写出一首诗来表白心迹。

【原文】

惟佳人之独怀兮①，折若椒以自处。曾歔欷之嗟嗟兮②，独隐伏而思虑。涕泣交而凄凄兮，思不眠以至曙。终长夜之曼曼兮，掩此哀而不去③。寤从容以周流兮④，聊逍遥以自恃⑤。伤太息之愍怜兮⑥，气於邑而不可止⑦。糺思心以为纕兮⑧，编愁苦以为膺⑨。折若木以蔽光兮，随飘风之所仍⑩。

【注释】

①惟：思。②曾：读作“增”，屡次。③掩：读作“淹”，留。④寤：醒，此作起床解。周流：四面游荡。⑤恃：借作“持”，依靠。自恃：精神上的自我支撑。⑥愍：哀伤。⑦於（wū）邑：同郁邑，气闷。⑧糺（jiū）：同“纠”。⑨膺：本义是胸，这里指护胸的衣物，犹今背心、兜肚之类。⑩仍：因，循。

【赏析】

唯有佳人才会有与众不同的胸怀独自思量。折一支杜若采一朵申椒聊以自慰。每每我哀泣哽咽暗自悲叹，孤独地隐居却又心系国君而焦虑。我涕泪交流啊心中凄凉，思绪重重焦虑不眠直到天亮。终于熬过了这漫漫长夜，然而压抑着的悲哀却仍挥之不去无法排解。突然醒悟我该舒心展志从容自得周游四方，姑且以逍遥自在来自我欢愉。然而太多的悲哀叹息和忧伤，使我呼吸急促心思郁结而不能停止。纠结这些忧思的心情作为佩带，编织愁苦的思绪作为心衣。折下若木用来遮蔽阳光，随着风沉浮我被吹往他方。

【原文】

存仿佛而不见兮①，心踊跃其若汤。抚珮衽以案志兮②，超惘惘而遂行③。岁曶曶其若颓兮④，时亦冉冉而将至⑤。薠蘅槁而节离兮⑥，芳以歇而不比⑦。怜思心之不可惩兮⑧，证此言之不可聊⑨。宁溘死而流亡兮，不忍为此之常愁。孤子唫而抆泪兮，放子出而不还⑩。孰能思而不隐兮⑪，照彭咸之所闻⑫。

【注释】

①存：客观存在的东西。仿佛：模糊不清。②珮：玉佩。衽（rèn）：衣襟。案：按捺，抑制。③超：借作怊（chāo），遥远而渺茫的样子。惘惘：迷惘，茫然若失；也是失意的样子。④曶曶：音义同忽忽，指时光匆匆而过。颓：落，指一年的将近。⑤时：此指一生的时限。冉冉：渐渐。⑥薠（fán）、蘅：都是香草名。⑦以：已。比：聚合。不比：飘零离散。⑧思心：指自己百折不回的孤独心情。惩：治。⑨此言：指上文“案志”“自恃”等假设之言。聊：靠。⑩唫：古“吟”字，呻吟。抆（wèn）：擦拭。放子：被弃逐的儿子。孤子、放子都是自喻。⑪隐：心痛。⑫照：一本作“昭”，明。所闻：指所听说的彭咸故事。

【赏析】

眼前所见的事物已模模糊糊看不清楚，我的心却如同沸水般跳跃翻腾。我整理衣襟手抚玉佩以此来抑制心情，满怀怅惘失意我已动身走向远方。岁月匆匆有如落物下坠，衰老已经缓缓地即将到来。白薠杜蘅都已经枯槁而节节断落，芳草已衰歇而叶落香散。悲怜我的思念之心不可遏止，证明以上所言所想还是不可信赖。我宁可突然死去而灵魂流亡他方，也不忍再为此情使我心无限哀愁。孤独的人低声哭泣哀伤着擦去泪水，被放逐的人离开家乡就永难返回。谁能满怀悲思而不觉忧伤？终于明白彭咸为什么会有如此善誉。

【原文】

登石峦以远望兮，路眇眇之默默①。入景响之无应兮②，闻省想而不可得③。愁郁郁之无快兮，居戚戚而不可解④。心鞿羁而不开兮，气缭转而自缔。穆眇眇之无垠兮⑤，莽芒芒之无仪⑥。声有隐而相感兮⑦，物有纯而不可为⑧。邈漫漫之不可量兮，缥绵绵之不可纡⑨。愁悄悄之常悲兮⑩，翩冥冥之不可娱⑪。凌大波而流风兮⑫，托彭咸之所居。

【注释】

①眇眇：读作“渺渺”，远而不清的样子。②景：同“影”。景响无应，极言处境的孤寂。③闻：耳听。省：查看。想：心想。耳、目、心都无感受，极言心境的寂寥。④居：疑为“思”字。⑤穆：静。⑥莽：野色苍茫。芒芒：同“茫茫”。仪：形，象。⑦声：指秋风。有：语气助词。相感：指秋风肃杀，万物相感而枯萎。⑧纯：纯朴的本性。为：人为。以上两句有道家

的自然无为思想，为下面六句提供理论根据。⑨缥：高远。绵绵：连绵不绝，若有若无的样子。纡：萦绕。⑩悄悄：忧愁的样子。⑪翩：飞。翩冥冥：指思绪的飞逝。⑫流风：顺风漂流。

【赏析】

我登上高山纵目远望，道路遥远渺茫而静默无声。没有人影也没有人回应，无思无想却不可能。愁思郁结在心而没有一丝快乐，虽静思但忧思戚戚仍不可释怀。内心被思绪束缚挣扎不开，气血缠绕忧愁纠结着感伤。茫茫的大地幽远而没有边际，四处苍茫万物没有形迹。即使声音细微也能相互感应，事物本质纯粹而不可人为改变。世间之理邈远而不可度量，心之思虑缥缈绵长不可萦系。悄然而至的愁绪常使我自感悲伤，想疾飞远去也得不到欢娱。乘着大浪我愿随风而去，托身在贤者彭咸的故居。

【原文】

上高岩之峭岸兮，处雌蜺之标颠①。据青冥而摅虹兮②，遂儵忽而扪天③。吸湛露之浮源兮④，漱凝霜之雰雰⑤。依风穴以自息兮⑥，忽倾寤以婵媛⑦。冯昆仑以瞰雾兮⑧，隐岷山以清江⑨。惮涌湍之磕磕兮⑩，听波声之汹汹⑪。

【注释】

①雌蜺（ní）：也称副虹。虹常有内外两层，通称为虹。古人分别言之，内层色鲜，传说性雄，称虹；外层色淡，传说性雌，称蜺。蜺亦作霓。标：梢。颠：顶。标颠：最高处，顶点。②青冥：青天。摅（shū）：舒展。摅虹：舒展虹的光彩。③儵（shū）：同“倏”，义同“忽”，快的样子。扪：抚摸。④湛（zhàn）：露水浓重。浮源：当作“浮浮”，露浓重之状。⑤凝霜：浓霜。雰雰：霜向下飘落的样子。⑥风穴：神山名，在昆仑山上，是北方寒风的风源所在地。自息：自然地睡去。⑦倾寤：转身醒来。婵媛：内心痛恻的样子。⑧冯：同“凭”，依傍。瞰：注视。瞰雾与下句清江对文。⑨隐：义同凭，依据。岷山：古人认为是长江的发源地。⑩涌湍：急流。磕磕：水石相击声。⑪汹汹：波涛声。

【赏析】

攀上高岩之上的峭崖峻岸，我要置身于雌霓的顶端。倚着青天我手揽一片彩虹，倏忽间我已抚摸到苍天。我吸着带着丝丝清凉的露水，用洁白的凝霜漱口。我倚着寒风穴口稍作休息，忽然醒悟又顿觉无比的悲忧惆怅。我登上昆仑山俯览云雾，我依靠着岷山滚滚江水。我害怕急流汹涌撞击石头的声响，听着涛声汹汹波浪怒吼。

【原文】

纷容容之无经兮①，罔芒芒之无纪②。轧洋洋之无从兮③，驰委移之焉止④？漂翻翻其上下兮⑤，翼遥遥其左右⑥。氾潏潏其前后兮⑦，伴张弛之信期⑧。观炎气之相仍兮⑨，窥烟液之所积⑩。悲霜雪之俱下兮，听潮水之相击。借光景以往来兮⑪，施黄棘之枉策⑫。求介子之所存兮⑬，见伯夷之放迹。心调度而弗去兮⑭，刻著志之无适⑮。

【注释】

①容容：通“溶溶”，大水流动的样子。经：“经纬”的省文。这句写大水横溢，纷乱无序。②罔：同“惘”，迷惑。芒：同“茫”。纪：条理。这句是说波涛的泛滥。③轧：倾轧，矛盾。指水势互相撞击，辨不清流向。无从：不知从何而来。④驰：指波涛奔驰。委移：同“委蛇”，此指波涛沿曲线奔驰。焉止：不知到哪里止息。⑤漂：浮，此指水面起伏。⑥翼：两翼，指左右。遥：借作“摇”，摇摆不定。⑦氾：同“泛”，潏潏（jué），水涌出的样子。这句与下句连读，“氾潏潏”指涨潮。⑧伴：借作“判”，判别。张弛：指潮水的涨落。信期：指潮汐的信期。⑨炎气：夏天江河受热而蒸发的水蒸气。仍：因。相仍：相因，即因果循环。⑩烟：云烟。液：指雨露。⑪借：乘。光景：指上面所写的四时的光景，即云雨霜雪之气。⑫施：用。黄棘，神话中的木名。棘是刺，黄棘当是生刺的神木。枉：弯曲。黄棘当是灌木，质柔而弯。策：鞭。⑬介子：介子推，注见《惜往日》。存：居。⑭调度：考虑。心调度：细心考虑。⑮刻著志：下决心。无适：与“弗去”义同，指念念不忘介子、伯夷的高节。

【赏析】

水势瞬息万变纵横交流，迷迷惘惘无依无据没有纲纪。源远流长的流水不知从何处而来，奔驰不息的流水不知要流向何方？浪头翻腾滚动忽上忽下，水流急速摇荡左右冲击。汹涌泛滥的水势前突后奔，依伴着潮水涨落的汛期。看那炎热蒸气相因而生，观察那水气凝积成雨珠。悲痛霜雪俱下侵降临大地，聆听着潮水澎湃冲击。我往来奔波，用黄棘做成马鞭以备驾驭。我要去寻求介子推的故里，我要再见伯夷放逐后的遗迹。我内心思度惆怅着不忍离去，下定决心意志坚强忠贞不移。

【原文】

曰①：吾怨往昔之所冀兮②，悼来者之愁愁③。浮江淮而入海兮，从子胥而自适④。望大河之洲渚兮，悲申徒之抗迹⑤。骤谏君而不听兮⑥，任重石之何益⑦？心絓结而不解兮，思蹇产而不释。

【注释】

①曰：即“乱曰”。②冀：希望，理想。③愁：同“惕”，警惕。④子胥：传说伍子胥被吴王夫差赐死后，尸体被投入江中，神化而归大海。⑤申徒：申徒狄，殷末贤臣，谏纣王不听，抱石自沉。抗：同“亢”，高也。抗迹：高亢的事迹。⑥骤：屡次。⑦任：抱。屈原同情与敬佩申徒狄，但认为他的抱石自沉，并不能促使君王醒悟。这再一次流露出作者在生死之间踌躇未决。

【赏析】

尾声：我怨恨往昔所期望的都不能实现，悲悼未来的事物更加警醒。我愿浮于江淮顺流入海，追从伍子胥以自求顺意。我眺望着大河中的沙洲水渚，我悲伤申徒狄高尚的事迹。我屡屡劝谏君王却从不被采信，纵然我抱着重石跳进水里又有何益？我的心已郁结终不得开解，我的思想阻塞纠缠得不能释怀。

远 游

【原文】

悲时俗之迫阨兮①，愿轻举而远游。质菲薄而无因兮②，焉托乘而上浮？遭沈浊而污秽兮，独郁结其谁语！夜耿耿而不寐兮③，魂茕茕而至曙④。惟天地之无穷兮，哀人生之长勤⑤。往者余弗及兮，来者吾不闻。步徙倚而遥思兮⑥，怊惝怳而乖怀⑦。意荒忽而流荡兮，心愁凄而增悲。

【注释】

①阨（è）：阻塞，困厄。②质菲薄：质性鄙陋。这是自谦之词。因：指外在的因缘。③耿耿：心不安宁的样子。④茕茕：当从一本作“营营”，往来不停的样子。⑤勤：劳碌。⑥徙倚：徘徊，踟蹰。遥：借作“摇”。⑦怊（chāo）：心无所依。惝怳（chǎng huǎng）：惆怅失意的样子。乖：不和谐。怀：心情。乖怀：心愿违背，心气不顺。

【赏析】

我悲伤世俗胁迫困厄，真想轻身飞翔起来远游他方。但是我自身微薄而没有依靠，将以什么为依托而上浮天际？我遭到周围污浊黑暗的侵袭，孤独苦闷郁结的心绪又向谁去倾诉？漫长的黑夜里内心的牵挂使我不能安眠，灵魂更是漂浮不定四处奔走直至破曙。心里想着天地的无尽无休，哀痛人生也是如此的漫长艰辛。过去的一切已经不可触及，未来的种种我也很难知闻。缓步徘徊默默地静思，惆怅、失意都使我心意乖戾。我神志恍惚四处流荡而无所依附，我的内心愁苦悲痛而倍感哀凄。

【原文】

神儵忽而不反兮，形枯槁而独留①。内惟省以端操兮②，求正气之所由。漠虚静以恬愉兮③，澹无为而自得④。闻赤松之清尘兮⑤，愿承风乎遗则。贵真人之休德兮⑥，美往世之登仙⑦。与化去而不见兮，名声著而日延⑧。奇傅说之托辰星兮⑨，羡韩众之得一⑩。形穆穆以浸远兮⑪，离人群而遁逸。

【注释】

①神：精神。形：形体。②内惟省：扪心自省。内：内心。惟：思。省：察。端操：端正情操。③漠：漠然。④澹（dàn）：通“憺”，安然。⑤赤松：即赤松子，传说是远古的仙圣。清尘：犹遗风。清是尊敬之义，尘是步行时扬起的尘土。⑥贵：尊重。真人：道家理想中的得道之人。休：美。⑦美：羡慕；赞美。⑧化：仙化。著：显赫。日延：永远不绝。⑨傅说：商王武丁的国相。辰星：星宿名。相传傅说死后，其精神乘星上天。⑩韩众：即齐人韩终，他为王采药，王不肯服，于是他自己服下成仙。得一：道家术语，即得道。⑪穆穆：仪容端庄的样子。浸：渐。

【赏析】

忽然间魂魄离我远去而不返，只留下我这枯槁的形体。内心一直自省而端正操守，以寻求天地正气所产生的缘由。我漠然宁静而自有愉悦的心境，我有着澹淡无为而悠然自得的胸襟。听说赤松子留下了清高绝俗的榜样，我愿继承他的遗风以行其事。我珍视养真之人的美德，我更赞美他们能得道升仙。虽然他们的形体已羽化不见，然而名声却显著而日日流传。我惊奇把傅说托付给星辰，韩众得道成仙使我羡慕不已。形体默然无声地渐渐远去，离开了人群而遁迹隐逸。

【原文】

因气变而遂曾举兮①，忽神奔而鬼怪。时仿佛以遥见兮②，精皎皎以往来③。绝氛埃而淑尤兮④，终不反其故都。免众患而不惧兮⑤，世莫知其所如⑥。恐天时之代序兮，耀灵晔而西征⑦。微霜降而下沦兮⑧，悼芳草之先零。聊仿佯而逍遥兮，永历年而无成⑨。谁可与玩斯遗芳兮⑩？长向风而舒情。高阳邈以远兮⑪，余将焉所程⑫？

【注释】

①气变：承上文因“端操”而获“正气”。曾：通“增”。增举：高举。②时：偶尔。③精：精灵。皎皎：光明的样子。④绝：超越，远离。淑：清。尤：甚，过。⑤众患：指群小的谗谄。⑥如：往。⑦耀灵：对太阳的尊称。晔（yè）：光明的样子。⑧沦：犹“降”。⑨永：久。历年：经历数年。⑩斯遗芳：一本作“此芳草”，译文从之。⑪高阳：与下节“轩辕”，都是作者心目中“邈以远”“不可攀”的偶像，故后文写游天时没有遇到他们。⑫程：效法。

【赏析】

借着自然的变化而高飞入天际，如神奔鬼变般倏忽往来。有时仿佛于朦胧中隐约可见，精灵明亮闪烁地往来于天地。他们已经超越尘埃达到精美清丽之极，再也不会返回凡尘故里。那样就能摆脱小人的陷害而无所畏惧，世界上已经没有人知道他们的踪迹。但是我恐惧在时光交替变更中，辉煌的灵光已闪烁着向西方而去。薄薄的秋霜已飘然降临大地，悲悼那芳草最先凋零。姑且漫步徘徊而游荡逍遥，虽然岁月已久而我依然无所成就。谁又能与我赏玩这些仅存的芳草？我只能对着清风长叹以舒散心情。高阳的时代早已离我远去，我还能效法谁以作为榜样？

【原文】

重曰①：春秋忽其不淹兮，奚久留此故居②？轩辕不可攀援兮③，吾将从王乔而娱戏④。餐六气而饮沆瀣兮，漱正阳而含朝霞⑤。保神明之清澄兮⑥，精气入而麤秽除⑦。顺凯风以从游兮⑧，至南巢而壹息⑨。见王子而宿之兮⑩，审壹气之和德⑪。

【注释】

①重曰：再次地说。②奚：为什么。③轩辕：黄帝的号。④王乔：即王子乔，相传是周灵王的太子晋，好吹笙作凤鸣，得道成仙。⑤六气：有各种不同的含义，这里当指神话里的六种自然之气，仙人所餐。沆瀣（hàng xiè）、正阳、朝霞，都是六气之一。沆瀣是北方夜半之气，正阳是南方日中之气，朝霞是日出之气。⑥神明：指人的精神。⑦精气：清净之气，即指上文“六气”。麤：即粗。⑧凯风：南风。⑨南巢：南方荒远之国，其地望说者各异。壹息：稍息。⑩王子：即王子乔。宿：借作“肃”，肃敬。⑪审：究问。壹气、和德：道家术语，都是得道的意思。

【赏析】

重唱：春去秋来如流水般消逝，我为何还久留在故居？轩辕既然已远无法同游，我将跟着王子乔而嬉娱。我吃六气而饮沆瀣，用正阳漱口且含着朝霞以润喉。保持精神心灵的清明澄澈，将先天的精气吸入身体而将浊气排除。顺着南风而出游，到了南巢之旁才稍微休息。见到了王子乔就恭敬地向他请教，请教阴阳之气融合交流的道理。

【原文】

曰：“道可受兮，不可传①；其小无内兮，其大无垠，无滑而魂兮，彼将自然②。壹气孔神兮，于中夜存③，虚以待之兮，无为之先④。庶类以成兮⑤，此德之门。”

【注释】

①“可受”“不可传”，用词虽相反，含意却一致，都形容“道”的神秘性。②无：同“毋”，勿。滑：乱。而：尔，你。彼：指“道”。③壹：专。壹气：即专气。孔：甚。神：指凝神。存：指存于心。④无：不。之：指称代词，指外物。无为之先：不为外物之先。⑤庶类：万物。

【赏析】

他说：“道理只能接受领悟，而不能口耳相传；它微小到没有实质，广大到没有边际。如果不搅乱你的魂灵，它就会自然显现。天地间至真至纯之气非常神奇，常存在于半夜寂静时分。要以虚静之心来等待，不要有占为己有的情欲。万物众类都是借助它而生成的，这就是得道的必经之门。”

【原文】

闻至贵而遂徂兮①，忽乎吾将行。仍羽人于丹丘兮，留不死之旧乡②。朝濯发于汤谷兮，夕晞余身兮九阳③。吸飞泉之微液兮，怀琬琰之华英④。玉色頩以脕颜兮⑤，精醇粹而始壮⑥。质销铄以汋约兮，神要眇以淫放⑦。嘉南州之炎德兮⑧，丽桂树之冬荣。山萧条而无兽兮，野寂漠其无人。载营魄而登霞兮⑨，掩浮云而上征。

【注释】

①至贵：极宝贵，指王子乔上述的话。徂：往。②仍：因，就。羽人：《山海经》有羽人之国、不死之民。或说人得道身生毛羽，即飞仙。丹丘：昼夜常明之地。羽人国、丹丘、不死地，都在南方，作者是楚人，故称“旧乡”。③晞（xī）：晒干。九阳：古代神话，汤谷有扶桑树，“九日居下枝，一日居上枝”。“九阳”即指下枝的九个太阳。④琬、琰：都是美玉名。华、英：都是花。⑤頩（pīng）：美貌。脕（wàn）：润泽。⑥醇：厚，美。粹：不杂。⑦“质销”二句：是以体质日瘦，精神日盛，说明凡人的成分日益消失，神仙的成分日益增多。质：指体质。销铄：消亡。汋（zhuó）约：柔弱的样子。神：精神。眇（miǎo）：通“渺”。要眇：高远的样子。淫：溢，过头。⑧嘉：美。南州：南方，指故居之地。炎德：火德。这本于阴阳五行说，把东、南、西、北、中分属五行，南方属火，故称。⑨营魄：魂魄。

【赏析】

我听罢这些至理名言便向往一去，瞬息间我就出发远去。我到丹丘仙境亲近飞仙，想要留在这不死的神仙之乡。早晨在阳谷洗洗头发，傍晚让九阳用热力晒干我的身体。吮吸着飞泉神美的汁液，饱食着美玉的英华。玉色使我的容颜光泽滋润，精神纯粹而茁壮充盈。形体销铄而显出柔美，神魄幽微而更加豪放。我赞美南方气候炎热的功德，我歌颂桂树在冬天也吐芳华。但是山林却萧条得没有野兽，原野寂寥苍茫而不见人烟。承载着仙体飞上彩霞，攀登着浮云向上飞升。

【原文】

命天阍其开关兮①，排阊阖而望予②。召丰隆使先导兮③，问大微之所居④。集重阳入帝宫兮⑤，造旬始而观清都⑥。朝发轫于太仪兮⑦，夕始临乎於微闾⑧。屯余车之万乘兮，纷溶与而并驰⑨。驾八龙之婉婉兮，载云旗之逶蛇。建雄虹之采旄兮⑩，五色杂而炫耀。服偃蹇以低昂兮⑪，骖连蜷以骄骜⑫。

【注释】

①阍：守门人。②排：推开。阊阖：天门。③丰隆：云师。④大微：一作“太微”，天帝的南宫。⑤集：就，往。重阳：天。⑥旬始：皇天名，一说是太白星。清都：天帝居住的地方。⑦太仪：天帝的宫廷。⑧於微闾：神话里的山名，在东北方，产玉。⑨溶与：即容与，从容。⑩旄（máo）：杆头装饰牛尾的旗。⑪服：驾车的四匹马中，在中间的两匹称“服”，在两旁的称“骖”，这里泛指驾车的马。偃蹇：形容马匹高大矫健的样子。⑫骄骜：马纵恣奔驰。

【赏析】

命令守门人把天门打开，他只是推开大门朝我望着。召唤丰隆让他做我的向导，去探寻天帝南宫所在的位置。到达九重天进入帝宫，探访旬始而参观天庭清都。早晨从天庭太仪驾车出发，傍晚就到达了於微闾。我把万辆车驾屯聚在一起，浩浩荡荡并驾齐驱而前。驾着八龙蜿蜒飞行，车上插着的云饰旗子摇摆不定。竖起装饰着彩旄的雄虹之旗，五色纷杂明艳照耀。驾车的马匹行动矫健而昂首起伏，骖马曲蹄昂颈奋勇奔驰。

【原文】

骑胶葛以杂乱兮①，斑漫衍而方行②。撰余辔而正策兮③，吾将过乎句芒④。历太皓以右转兮⑤，前飞廉以启路⑥。阳杲杲其未光兮⑦，凌天地以径度⑧。风伯为余先驱兮，氛埃辟而清凉。凤皇翼其承旂兮，遇蓐收乎西皇⑨。揽彗星以为旍兮⑩，举斗柄以为麾⑪。叛陆离其上下兮⑫，游惊雾之流波⑬。

【注释】

①骑：坐骑，即一人一马的合称。胶葛：车马喧杂交加的样子。②漫衍：漫无边际。方：并。方行：指坐骑与车驾并行。③撰：持。策：鞭。正策：犹整队。④句芒：木神，在东方。他的本来面目是鸟身人面，乘两龙。⑤太皓：伏羲氏，传说是东方天帝。⑥飞廉：风神。⑦杲杲（gǎo）：明亮的样子。⑧凌：超越。天地：作“天池”，即咸池。径：直，是说跨越天池而直往。⑨蓐收：金神，在西方。西皇：西方天帝，即少昊。⑩旍（jīng）：同“旌”，古代一种用牛尾和羽毛

装饰杆头的旗。⑪斗柄：星名。北斗星有七颗，形如斗柄的是第五至第七三颗。麾：古代指挥军队的旗帜。⑫叛：纷繁的样子。⑬惊雾：云雾惊动而流荡如波。

【赏析】

车骑交错飞驰纵横杂乱，纵行的队列绵延不绝而并行。我高举马鞭抓紧缰绳，即将拜见东方之神句芒。经过了东帝太皓之处而右转，有飞廉在前开路。当太阳还没有升起尚未放光，我超越天地而横越直往。风伯为我作先驱，扫荡尘埃而迎来清凉。凤凰张开彩翼翱翔在云旗两旁，在西帝处所西皇遇见了蓐收。牵着彗星摇曳以作为令旗，高举北斗之柄以作旄旗。云雾色彩缤纷忽上忽下，我在云海惊涛中流连嬉戏。

【原文】

时暧曃其曭莽兮①，召玄武而奔属②。后文昌使掌行兮③，选署众神以并毂④。路曼曼其修远兮，徐弭节而高厉⑤。左雨师使径侍兮，右雷公以为卫。欲度世以忘归兮⑥，意恣睢以担挢⑦。内欣欣而自美兮，聊媮娱以自乐⑧。

【注释】

①暧曃（dài）：昏暗的样子。曭（tǎng）莽：阴晦的样子。②玄武：北方天神。③文昌：星官名，有六颗。掌行：带领队伍。④署：部署，安排。毂：车轮中心的圆木，这里代指车。并毂：并驾齐驱。⑤高厉：犹高亢。厉有“奋”义。⑥度：超度。⑦恣睢：放纵自得。担挢（jiǎo）：高举。⑧媮（yú）：通“愉”，乐。

【赏析】

天已昏暗四周迷茫，我召来北方玄武奔走在我的后方。让文昌在后头掌管随行之事，挑选好了众神与我并驾前驱。路途漫漫多么遥远，我执鞭缓缓地驶向高处。雨师在左边相伴随侍，雷公在右边保驾护卫。本想超越世俗而不想归去，我的心意欣然自得而腾飞不已。内心欣喜而品德美好，我姑且自娱自乐而纵情玩乐。

【原文】

涉青云以汎滥游兮①，忽临睨夫旧乡。仆夫怀余心悲兮，边马顾而不行②。思旧故以想像兮，长太息而掩涕。氾容与而遐举兮③，聊抑志而自弭。指炎神而直驰兮④，吾将往乎南疑⑤。览方外之荒忽兮⑥，沛罔瀁而自浮⑦。祝融戒而跸御兮⑧，腾告鸾鸟迎宓妃⑨。张咸池奏承云兮⑩，二女御九韶歌⑪。使湘灵鼓瑟兮⑫，令海若舞冯夷⑬。玄螭虫象并出进兮⑭，形蟉虬而逶蛇⑮。

【注释】

①涉：经过。青云：指苍天。汎滥游：四方浪游。②边马：两边的骖马。③氾：字同“泛”。容与，舒缓的样子。④炎神：即祝融，是南方天帝炎帝的辅佐神。在古神话中，祝融一直是个管火的天神。⑤南疑：即九嶷。⑥方外：世外，神仙之属所在。⑦沛：水流貌。潤漭：水流宏大的样子。⑧戒：这里是劝阻的意思。⑨腾告：传告。⑩咸池：传说是尧时的乐曲。承云：传说是黄帝时的乐曲。⑪二女：即娥皇、女英。御：侍候。九韶：传说是舜时的乐曲。⑫湘灵：湘水神。⑬海若：北海之神。冯夷：水神河伯。⑭螭（chī）：古代传说中的一种无角蛟龙。象：罔象，水怪。玄螭虫象都是水中神物。⑮蟉虬（liú qiú）：盘曲的样子。

【赏析】

我登上青云尽情畅游，忽然低头看到故乡家园。仆人们内心怀思而我心中悲伤，骖马也回顾而停下不走。想念起故乡的父老音容，我不禁长声叹息擦拭着泪眼。我应从容逍遥远去，暂且抑制激动的心情而忍耐自解。我指着南方之神炎帝之所在而直奔，我要去往南方的胜地九嶷山。看着世外之地一片幽暗迷茫，仿佛在汪洋的水中任意飘浮。祝融已告别调转车头，我又告诉青鸾神鸟去迎接宓妃。谱出《咸池》之乐演奏《承云》乐章，娥皇女英咏唱《九韶》之歌。让湘水的神灵来鼓瑟，命令海若与冯夷起舞助兴。无角黑龙、长蛇与罔象一起出没，形体屈曲而宛转延伸。

【原文】

雌蜺便娟以增挠兮①，鸾鸟轩翥而翔飞②。音乐博衍无终极兮，焉乃逝以徘徊。舒并节以驰骛兮③，逴绝垠乎寒门④。轶迅风于清源兮⑤，从颛顼乎增冰⑥。历玄冥以邪径兮⑦，乘间维以反顾⑧。召黔赢而见之兮⑨，为余先乎平路。经营四荒兮，周流六漠⑩。上至列缺兮⑪，降望大壑⑫。下峥嵘而无地兮，上寥廓而无天⑬。视儵忽而无见兮⑭，听惝怳而无闻⑮。超无为以至清兮，与泰初而为邻。

【注释】

①便娟：轻盈美丽的样子。挠：借作“娆”，妖娆娇媚。②翥（zhù）：飞举。轩翥：高举。③舒：放松。并：读作“骈”，两马驾一车。舒并节：放松缰绳。骛（wù）：恣意奔跑。④逴（chuō）：远。绝垠：天边。寒门：北方北极之山。⑤轶：后车超越前车。清源：传说中八风之府。⑥颛顼：北方的天帝。增：音义同“层”。⑦玄冥：北方的水神。邪径：转道。⑧间维：古代神话计算天空距离的单位名称。是说天有六间，地有四维，犹言天地。⑨黔嬴：造化之神。⑩漠：读作“幕”。六幕：犹六合，指天地四方。⑪列缺：天盖的缝隙，闪电的光由此漏出。⑫大壑：渤海之东有大壑，实惟无底之谷，叫归墟。⑬峥嵘：深远的样子。寥廓：广远的样子。下无地，上无天，意谓心容天地，而不受天地所限，达到太初原始的境界。⑭儵（shū）：同“倏”，义同“忽”，快。⑮惝怳（chǎng huǎng）：迷糊不清。怳通“恍”。

【赏析】

雌蜺轻盈优美而层层缠绕，青鸾神鸟高举而飞翔。音乐旋律广博而没有终止，于是我徘徊远去。放下马鞭让车队缓慢前行，来到遥远的天边北极之山。乘着疾风到达八风之府，追随颛顼来到冰层之地。经过玄冥转道而行，登上天地间维之处而回望。我召呼黔嬴前来见面，请他为我先行开通道路。往来于四面荒凉之地，周游八方广漠之境。向上我到达了天隙列缺，向下我俯瞰渤海之大壑。下界茫茫深远无底，上方空空辽远而无顶。视觉闪烁不定什么也看不见，听觉恍惚什么也听不清。超越自然而达清虚的境界，我已经和天地元气之始泰初结伴为邻。

卜　居

屈原既放，三年不得复见，竭知尽忠，而蔽障于谗，心烦虑乱，不知所从。往见太卜郑詹尹[①]，曰：“余有所疑，愿因先生决之。”詹尹乃端策拂龟[②]，曰：“君将何以教之？”

屈原曰：“吾宁悃悃款款朴以忠乎？将送往劳来斯无穷乎[③]？宁诛锄草茅，以力耕乎？将游大人以成名乎？宁正言不讳，以危身乎？将从俗富贵以媮生乎[④]？宁超然高举以保真乎？将哫訾栗斯，喔咿儒儿以事妇人乎[⑤]？宁廉洁正直以自清乎？将突梯滑稽，如脂如韦以洁楹乎[⑥]？宁昂昂若千里之驹乎？将氾氾若水中之凫，与波上下，偷以全吾躯乎[⑦]？宁与骐骥亢轭乎？将随驽马之迹乎[⑧]？宁与黄鹄比翼乎？将与鸡鹜争食乎[⑨]？此孰吉孰凶？何去何从？世溷浊而不清！蝉翼为重，千钧为轻。黄钟毁弃，瓦釜雷鸣。谗人高张，贤士无名。吁嗟默默兮，谁知吾之廉贞？”

詹尹乃释策而谢。曰：“夫尺有所短，寸有所长；物有所不足，智有所不明；数有所不逮⑩，神有所不通。用君之心，行君之意，龟策诚不能知此事。”

【注释】

①太卜：官名，掌管卜卦的事。②端：摆端正。策：蓍草。龟：指龟壳。“策”与“龟”都是占卦的工具。③悃悃（kǔn）款款：诚实而无保留的样子。劳：慰劳。送往劳来：送往迎来，指社会上的人事应酬。斯无穷：就这样长远地下去。④媮：同“偷”。⑤哫訾（zú zī）：想前进又不敢前进的样子。栗：借作“慄”，古本亦作慄，谨畏貌，形容阿谀的丑态。喔咿儒儿：指勉强装笑，讨人欢心的样子。妇人：指楚怀王的宠姬郑袖。⑥突梯：圆滑的样子。滑稽：本是古代的流酒器，引申为人长于辞令，这里则指善于巧言谄媚。脂：油脂。韦：柔软的熟皮。如脂如韦：比喻人的圆滑。洁：用绳子计量圆形物体。楹：屋柱，圆形。洁楹：也比喻人的态度圆滑。⑦汜汜：浮游不定的样子。⑧亢：同“伉”，并。轭（è）：车辕前套牲口用的横木，此作动词用，指负轭前行。亢轭：并驾齐驱。驽：劣马。⑨黄鹄（hú）：善飞的大鸟。鹜（wù）：鸭。⑩数：卦数。逮：及。这里的“不及”，是预料不到的意思。

【赏析】

屈原既被放逐，多年还不能被赦罪召回得见楚怀王。他对国家竭尽心智以尽忠，却被奸佞所掩蔽阻挠。他心情烦闷思绪混乱，真不知该如何是好。于是他去拜访太卜

郑詹尹，说道："我心中有一些疑问，想请您帮我解答做个决定。"詹尹于是就摆正筮草，拂拭龟甲，问道："先生有何指教？"

屈原道："我是宁可诚恳忠贞地尽忠呢？或是媚世逢迎随欲周旋，而不至于穷困呢？宁可去锄掉茅草而努力耕作呢？或是去逢迎有地位的人借以成名呢？宁可直言不讳以至危害到自身呢？或是随波逐流求取富贵欢愉偷生呢？宁可超然离世而隐居以保存自身的本性呢？或是巧言奉承，强颜欢笑，来侍奉女人呢？宁可廉洁正直以保持自身的纯洁呢？或是圆滑世故，如脂如草，来滋润楹柱呢？宁可高傲得像千里马那样昂然翘首呢？或是像野鸭一样在水中浮游，随波上下，苟且偷生以保全身躯呢？宁可与骐骥抗轭并驾呢？或是跟随劣马的足迹呢？宁可与黄鹄一道比翼齐飞呢？或是去和鸡鸭争食呢？以上所说这些，究竟什么是吉什么是凶呢？该舍弃什么？又该顺从什么？人世混浊而不清！人们认为蝉翼很重，却把千钧看得很轻。黄钟被人们毁坏抛弃不用，瓦釜却被敲得如雷鸣般响动。谗佞之人位高权重，十分显赫，贤良之士却屡遭遗弃，默默无闻。我悲叹这世间如此沉默，有谁能知道我的廉正忠贞？"

詹尹听后放下了筮草而抱歉地说："唉！尺虽长也有嫌短的时候，寸虽短也有嫌长的时候；事物也有不足之处，智慧也有不能洞察之处；命运也不一定能够掌握，神灵也有不能通过的地方。顺应您的心意，去行使您的意愿。龟策实在不能知道这些事情。"

渔父

屈原既放，游于江潭，行吟泽畔，颜色憔悴，形容枯槁。渔父见而问之。曰："子非三闾大夫与[①]？何故至于斯？"

屈原曰："举世皆浊我独清，众人皆醉我独醒，是以见放。"

渔父曰："圣人不凝滞于物[②]，而能与世推移。世人皆浊，何不淈其泥而扬其波[③]？众人皆醉，何不铺其糟而歠其酾[④]？何故深思高举，自令放为[⑤]？"

屈原曰："吾闻之，新沐者必弹冠，新浴者必振衣[⑥]。安能以身之察察[⑦]，受物之汶汶者乎[⑧]？宁赴湘流，葬于江鱼之腹中。安能以皓皓之白，而蒙世俗之尘埃乎？"

渔父莞尔而笑，鼓枻而去[⑨]。歌曰："沧浪之水清兮，可以濯吾缨，沧浪之水浊兮，可以濯吾足[⑩]。"遂去，不复与言。

【注释】

①三闾大夫：楚官职名，掌管与教养楚国屈、景、昭三姓宗族子弟。这是屈原最后所担任的官职。②凝滞：水流不通，这里是拘泥的意思。物：外物。凝滞于物：受外物所限，只能适应某种客观环境。③淈（gǔ）：搅浑。④餔：食。糟：酒糟。歠（chuò）：饮。醨（lí）：薄酒。⑤为：语气助词。⑥沐：洗头发。浴：洗身体。⑦察察：洁净的样子。⑧汶汶（wèn）：昏暗不明的样子。⑨莞尔：微笑的样子。鼓：击，拍打。枻（yì）：短桨。⑩沧浪：水名，或说是汉水的支流，或说即汉水。清水洗缨，浊水洗足，因时而异，即上文“不凝滞于物，而能与世推移”的意思。

【赏析】

屈原被放逐后，就徘徊游荡在沅湘之间深渊之旁。他在江畔边走边低声吟唱。脸色憔悴，神态枯槁。渔父遇见了他就问道：“您不就是三闾大夫吗？为什么会沦落成这个模样？”

屈原回答说：“整个世界到处都是污浊只有我是清白的，大家都酒醉沉迷只有我清醒，因此我被放逐了。”

渔父说：“有德行的圣人不应该受事物所限制，而能随世俗而一起改变。既然世上的人都污浊一片，那您何不随着污秽之波而沉浮上下？大家都烂醉如泥，您为何不跟着一起吃酒糟喝其酒呢？为什么要忧思国民而与世俗相异背离，以至于让自己落了个被放逐的下场？”

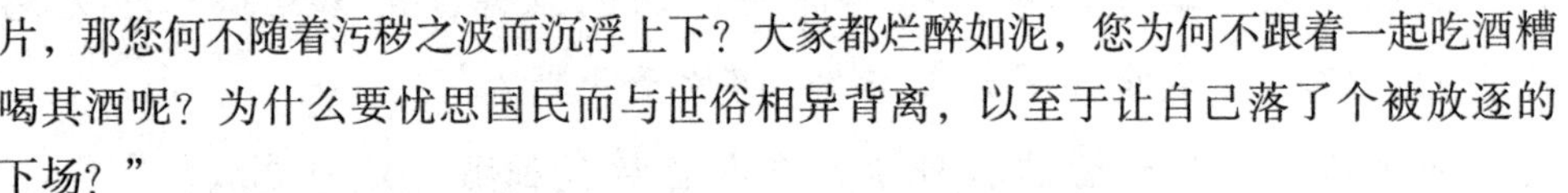

屈原说：“我听说，刚洗过头的人一定要弹弹帽子再戴上，刚洗过澡的人一定要抖抖衣服再穿上。我怎能让清白干净的身体，沾染上污浊之物？我宁可跳到湘江之中随流而去，葬身江鱼之腹。我又怎能让纯洁的名声，蒙上世俗的污垢？”

渔父听了微微而笑，他摇起船桨顺水而去。唱道：“沧浪之水清清，可以洗涤我的帽缨，沧浪之水浊浊，可以洗涤我的脚。”于是他便远去了，不再说话。

第四篇

汉赋奇葩，独秀芳华

文学和历史，形神交错，在经历了大汉初期的千锤百炼和百废待兴之后，更是难以剥离。在历史不断前进的脚步之中，那一篇篇大赋绝响再次唱起。没有诸子百家争鸣的胜景，却有楚辞遗风之美感；没有风雅诗经朴实的吟咏，却有着繁盛兴荣的一曲高音唱起。这些文字，在那段寒烟慕华的岁月中，充当了唯一的记录者。

七　发

枚　乘

楚太子有疾[①]，而吴客往问之曰[②]："伏闻太子玉体不安，亦少间乎？"太子曰："惫！谨谢客。"客因称曰："今时天下安宁，四宇和平，太子方富于年。意者久耽安乐，日夜无极，邪气袭逆，中若节辖[③]。纷屯澹淡，嘘唏烦酲，惕惕怵怵，卧不得瞑。虚中重听，恶闻人声，精神越渫，百病咸生。聪明眩曜，悦怒不平。久执不废，大命乃倾。太子岂有是乎？"太子曰："谨谢客。赖君之力，时时有之，然未至于是也。"客曰："今夫贵人之子，必宫居而闺处，内有保母，外有傅父，欲交无所。饮食则温淳甘脆[④]，脭醲肥厚；衣裳则杂遝曼煖，燂烁热暑。虽有金石之坚，犹将销铄而挺解也，况其在筋骨之间乎哉？故曰："纵耳目之欲，恣支体之安者[⑤]，伤血脉之和。且夫出舆入辇，命曰蹷痿之机[⑥]；洞房清宫，命曰寒热之媒；皓齿蛾眉，命曰伐性之斧；甘脆肥脓[⑦]，命曰腐肠之药。今太子肤色靡曼，四支委随，筋骨挺解，血脉淫濯[⑧]，手足堕窳；越女侍前，齐姬奉后；往来游宴[⑨]，纵恣于曲房隐间之中。此甘餐毒药，戏猛兽之爪牙也。所从来者至深远，淹滞永久而不废，虽令扁鹊治内，巫咸治外[⑩]，尚何及哉！今如太子之病者，独宜世之君子，博见强识，承间语事，变度易意，常无离侧，以为羽翼。淹沉之乐，浩唐之心[⑪]，遁佚之志，其奚由至哉！"

太子曰："诺。病已，请事此言。"

客曰："今太子之病，可无药石针刺灸疗而已，可以要言妙道说而去之，不欲闻之乎？"

太子曰："仆愿闻之。"

客曰："龙门之桐，高百尺而无枝。中郁结之轮菌，根扶疏以分离。上有千仞之峰，下临百丈之谿。湍流溯波，又澹淡之。其根半死半生。

冬则烈风漂霰[12]、飞雪之所激也，夏则雷霆、霹雳之所感也[13]。朝则鹂黄、鳱鴠鸣焉，暮则羁雌、迷鸟宿焉。独鹄晨号乎其上，鹍鸡哀鸣翔乎其下。于是背秋涉冬，使琴挚斫斩以为琴[14]，野茧之丝以为弦，孤子之钩以为隐，九寡之珥以为约。使师堂操畅，伯子牙为之歌。歌曰：'麦秀蔪兮雉朝飞，向虚壑兮背槁槐，依绝区兮临回溪。'飞鸟闻之，翕翼而不能去；野兽闻之，垂耳而不能行；蚑、蟜、蝼、蚁闻之，拄喙而不能前。此亦天下之至悲也，太子能强起听之乎？"

太子曰："仆病未能也。"客曰："犓牛之腴，菜以笋蒲。肥狗之和，冒以山肤。楚苗之食，安胡之飰，抟之不解，一啜而散。于是使伊尹煎熬，易牙调和。熊蹯之臑，芍药之酱。薄耆之炙，鲜鲤之鲙。秋黄之苏，白露之茹。兰英之酒，酌以涤口。山梁之餐，豢豹之胎。小飰大歠，如汤沃雪。此亦天下之至美也，太子能强起尝之乎？"

太子曰："仆病未能也。"

客曰："钟、岱之牡，齿至之车；前似飞鸟，后类距虚，穱麦服处，躁中烦外。羁坚辔，附易路。于是伯乐相其前后，王良、造父为之御，秦缺、楼季为之右。此两人者，马佚能止之，车覆能起之。于是使射千镒之重，争千里之逐。此亦天下之至骏也，太子能强起乘之乎？"

太子曰："仆病未能也。"

客曰："既登景夷之台，南望荆山，北望汝海，左江右湖，其乐无有。于是使博辩之士，原本山川，极命草木，比物属事，离辞连类。浮游览观，乃下置酒于虞怀之宫。连廊四注，台城层构，纷纭玄绿。辇道邪交，黄池纡曲。溷章、白鹭，孔鸟、鹍鹄，鹓雏、䴔䴖，翠鬣紫缨。螭龙、德牧，邕邕群鸣。阳鱼腾跃，奋翼振鳞。漃漻薵蓼，蔓草芳苓。女桑、河柳，素叶紫茎。苗松、豫章，条上造天。梧桐、并闾，极望成林。众芳芬郁，乱于五风。从容猗靡，消息阳阴。列坐纵酒，荡乐娱心。景春佐酒，杜连理音。滋味杂陈，肴糅错该。练色娱目，流声悦耳。于是乃发激楚之结风，扬郑、卫之皓乐。使先施、徵舒、阳文、段干、吴娃、闾娵、傅予之徒，杂裾垂髾，目窕心与；揄流波，杂杜若，蒙清尘，被兰泽，孅服而御。此亦天下之靡丽皓侈广博之乐也，太子能强起游乎？”

太子曰：“仆病未能也。”

客曰：“将为太子驯骐骥之马，驾飞軨之舆，乘牡骏之乘。右夏服之劲箭[15]，左乌号之雕弓。游涉乎云林，周驰乎兰泽，弭节乎江浔。掩青苹，游清风[16]。陶阳气，荡春心。逐狡兽，集轻禽。于是极犬马之才，困野兽之足，穷相御之智巧，恐虎豹，慑鸷鸟。逐马鸣镳，鱼跨麋角。履游麕兔，蹈践麖鹿，汗流沫坠，冤伏陵窘。无创而死者，固足充后乘矣。此校猎之至壮也，太子能强起游乎？”

太子曰：“仆病未能也。”然阳气见于眉宇之间，侵淫而上，几满大宅。

客见太子有悦色，遂推而进之曰：“冥火薄天，兵车雷运，旍旗偃蹇[17]，羽毛肃纷。驰骋角逐，慕味争先。徼墨广博，观望之有圻[18]。纯粹全牺，献之公门。”

太子曰：“善！愿复闻之。”

客曰：“未既。于是榛林深泽，烟云暗莫[19]，兕虎并作。毅武孔猛，袒裼身薄。白刃磑磑，矛戟交错。收获掌功，赏赐金帛。掩蘋肆若，为牧人席。旨酒嘉肴，羞炰脍炙，以御宾客。涌觞并起，动心惊耳。诚不必悔，决绝以诺；贞信之色，形于金口。高歌陈唱，万岁无斁。此真太子之所喜也，能强起耳游乎？”

太子曰：“仆甚愿从，直恐为诸大夫累耳。”然而有起色矣。

客曰：“将以八月之望，与诸侯远方交游兄弟，并往观涛乎广陵之曲江。至则未见涛之形也，徒观水力之所到，则恤然足以骇矣。观其所驾轶者，所擢拔者，所扬汩者，所温汾者，所涤汔者，虽有心略辞给，固未能缕形其所由然也。怳兮忽兮，聊兮栗兮，混汩汩兮，忽兮慌兮[20]，俶兮傥兮[21]，浩瀇瀁兮，慌旷旷兮。秉意乎南山，通望乎东海。虹洞兮苍天，极虑乎崖涘。流揽无穷，归神日母。汩乘流而下降兮，或不知其所止。或纷纭其流折兮，忽缪往而不来。临朱汜而远逝兮，中虚烦而益怠。莫离散而发曙兮[22]，内存心而自持。于是澡概胸中，洒练五藏[23]，澹澉手足，颒濯发齿。揄弃恬怠，输写淟浊，分决狐疑，发皇耳目。当是之时，虽有淹病滞疾，犹将伸伛起躄，发瞽披聋而观望之也，况直眇小烦懑，酲醲病酒之徒哉！故曰：发蒙解惑[24]，不足以言也。”

太子曰：“善，然则涛何气哉？”

客曰：“不记也，然闻于师曰，似神而非者三：疾雷闻百里；江水逆流，海水上潮；山出云内[25]，日夜不止。衍溢漂疾，波涌而涛起。其始起也，洪淋淋焉，若白鹭之下翔。其少进也，浩浩溰溰，如素车白马帷盖之张。其波涌而云乱，扰扰焉如三军之腾装。其旁作而奔起者，飘飘焉如轻车之勒兵。六驾蛟龙，附从太白，纯驰皓蜺，前后络绎。颙颙卬卬，椐椐彊彊，莘莘将将。壁垒重坚，沓杂似军行。訇隐匈磕，轧盘涌裔，原不可当。观其两旁，则滂渤怫郁，暗漠感突，上击下律，有似勇壮之卒，突怒而无畏。蹈壁冲津，穷曲随隈，逾岸出追[26]。遇者死，当者坏。初发乎或围之津涯[27]，荄轸谷分[28]。回翔青篾[29]，衔枚檀桓。弭节伍子之山，通厉胥母之场，凌赤岸，篲扶桑，横奔似雷行。诚奋厥武，如振如怒[30]。沌沌浑浑，状如奔马。混混庉庉，声如雷鼓。发怒庢沓，清升逾跇，侯波奋振，合战于藉藉之口。鸟不及飞，鱼不及回，兽不及走。纷纷翼翼，波涌云乱，荡取南山[31]，背击北岸，覆亏丘陵，平夷西畔。险险戏戏[32]，崩坏陂池[33]，决胜乃罢。瀄汩潺湲，披扬流洒。横暴之极，鱼鳖失势，颠倒偃侧，沋沋湲湲，蒲伏连延[34]。神物怪疑，不可胜言，直使人踣焉，洄暗凄怆焉。此天下怪异诡观也，太子能强起观之乎？”

太子曰：“仆病，未能也。”

客曰：“将为太子奏方术之士有资略者，若庄周、魏牟、杨朱、墨翟、便蜎、詹何之伦，使之论天下之精微，理万物之是非；孔、老览观，孟子持筹而算之，万不失一。此亦天下要言妙道也，太子岂欲闻之乎？”

于是太子据几而起[35]，曰：“涣乎若一听圣人辩士之言。”涊然汗出，霍然病已。

【注释】

①楚太子：此为假设人物。②吴客：此亦为作者虚构的人物。③中若结轖（sè）：心中就像纡结堵塞一样。轖，古代车旁障蔽物，以皮革重叠缠缚。④甘脆：指香甜可口的食物。⑤支：

同“肢”。⑥蹷痿（jué wěi）：腿脚麻痹，不能行动。机：征兆。⑦脓：同“醲”，浓烈味醇的酒。⑧淫濯：过分膨胀。淫、濯都有“大”的意思。⑨游宴：游乐吃喝。⑩巫咸：传说中的神巫，相传他能通过祷祝祛人疾病。治外：指在外用巫术进行祷祝之类的活动。⑪浩唐：同“浩荡”。⑫漂：同“飘”。⑬感：同“撼”，震撼。⑭琴挚：春秋时鲁太师（乐官）挚，善弹琴。⑮服：同“箙”，盛箭的器具。⑯游：解为“向”。此句犹言“迎着清风”。⑰旍：同“旌”。偃蹇：高举的样子。⑱圻：同“垠（yín）”，边界。⑲暗莫：不明的样子。莫，一本作“漠”。⑳忽兮慌兮：与“恍兮忽兮”同义。慌：同“恍”。㉑俶（tì）兮傥（tǎng）兮：卓异不羁的样子。俶，同“倜”。㉒莫：同“暮”。㉓洒：同“洗”。练：汰。藏：同“脏”。㉔“发蒙”句：见《黄帝内经·素问》，原文作“发蒙解惑，未足以论也”。发蒙解惑：犹言使头脑清醒。蒙，不明。㉕内：同“纳”。㉖追：古“堆”字，此指沙堆。㉗或围：地名。或，古“域”字。㉘荄：同“陔”，山陇。轸：隐。一说，上句的“涯”字属此句而无“荄”字，此句为“涯轸谷分”。意思是说，涯如转而谷似裂。两说都是形容江涛来临，使山谷改变了样子。㉙青篾：地名。一说，车名。㉚振：同“震”，威。㉛取：同“趣”，奔趋。㉜险险戏戏：倾侧危险的样子。㉝陂：同“坡”。池：同“陀”。㉞蒲伏：同“匍匐”。连延：延续的样子。此句是说鱼鳖在水中起伏不停。㉟据几：扶几。

【赏析】

枚乘（？～公元前140年）是西汉著名辞赋家。字叔，淮阴（今江苏清江市西南）人。吴王有反意，因屡次劝荐吴王而闻名。后投奔梁孝王刘武。“七国之乱”平定后，景帝认命他为弘农都尉，枚乘不愿做郡吏，称病离职，仍旧到梁国，为梁孝王门下文学侍从。据《汉书·艺文志》记载，枚乘有赋9篇，今仅传3篇，其中《柳赋》见于《西京杂记》，《梁王菟园赋》见于《古文苑》，此处所选的《七发》则见于萧统所编《文选》。前两篇前人大多疑为伪作。公认比较可靠的只有这篇《七发》，但亦多争议，因为萧统《文选》中列为无名氏作，所以后人也多有认为此赋并非枚乘之作的。

枚乘的《七发》一般被视为汉代散体大赋正式形成的标志。刘勰《文心雕龙》说：“及枚乘摛艳，首制《七发》，腴辞云构，夸丽风骇。盖七窍所发，发乎嗜欲，始邪末正，所以戒膏粱之子也。”

这篇《七发》共8段文字。作者开篇写楚太子有疾，而吴客往问之，其实是假托吴客之口，分析楚太子病因，即在于：奢侈享乐、荒淫贪逸的宫廷生活。进而说此病非药灸所能治愈，唯有“以要言妙道说而去之”。于是引出下文，吴客用7种方法为太子“治病”。逐次谈论了音乐、饮食、马车、宫苑、田猎、观涛，太子皆曰：“仆病，未能也。”就是都不管用。

于是最后吴客向太子进谏道：“将为太子奏方术之士有资略者，若庄周、魏牟、杨朱、墨濯、便蜎、詹何之伦，使之论天下之精微，理万物之是非；孔、老览观，孟子持筹而算之，万不失一。此亦天下要言妙道也，太子岂欲闻之乎？”作者在这里借吴客之口，说出了贵族腐朽生活对人身心的戕害，劝诫贵族统治者应采纳文学方术之士的主张。而这正是此文作者的主旨所在。

刘勰称枚乘的文采为“古诗佳丽，或称枚叔”（《文心雕龙·明诗》）。而这篇《七发》虽为讽喻性汉赋，但气势恢宏，辞采华美，在汉代辞赋的发展上，有着很重要的影响。在枚乘之后，汉代出现了一批主客问答形式的“七体”文章。《文心雕龙》称“自《七发》以下，作者继踵，观枚氏首唱，信独拔而伟丽矣。及傅毅《七激》，会清要之工；崔骃《七依》，入博雅之巧；张衡《七辨》，结采绵靡；崔瑗《七厉》，植义纯正；陈思《七启》，取美于宏壮；仲宣《七释》，致辨于事理。自桓麟《七说》以下，左思《七讽》以上，枝附影从，十有余家。或文丽而义暌，或理粹而辞驳。观其大抵所归，莫不高谈宫馆，壮语畋猎。穷瑰奇之服馔，极蛊媚之声色。甘意摇骨髓，艳词洞魂识，虽始之以淫侈，而终之以居正。然讽一劝百，势不自反。子云所谓‘犹骋郑卫之声，曲终而奏雅’者也”。其影响可见一斑。

悲士不遇赋（节选）

司马迁

悲夫！士生之不辰①，愧顾影而独存。恒克己而复礼②，惧志行而无闻。谅才韪而世戾③，将逮死而长勤④。虽有形而不彰，徒有能而不陈。何穷达之易惑⑤，信美恶之难分。时悠悠而荡荡⑥，将遂屈而不伸。使公于公者⑦，彼我同兮；私于私者⑧，自相悲兮。天道微哉⑨，吁嗟阔兮⑩；人理显然，相倾夺兮。好生恶死，才之鄙也⑪；好贵夷贱⑫，哲之乱也。

【注释】

①生之不辰：出生没遇到好时辰。一般以此表示所生之世未遇明主贤君或未逢盛世。②克己：抑制、约束自己的言行。复礼：合于礼的要求。③谅：信。才韪：才质美好。韪（wěi）：善。戾（lì）：违背，引申为不正常。④逮：及，达到。⑤穷：困厄。达：通达，显达。⑥悠悠：形容长久。荡荡：形容广阔无际。⑦公于公者：前一个“公”字是动词，用公心对待；后一个“公”字是名词，指国家或朝廷。⑧私于私者：前一个“私”字，用私心对待；后一个“私”字，指自己或自家。⑨天道：包含自然规律和天意两方面含意。微：精微，微妙。⑩吁嗟（xū jiē）：感叹词。阔：疏阔。⑪才：品质。⑫夷：削平，引申为轻视。

【赏析】

《悲士不遇赋》中，司马迁悲叹自己生于一个无法给予自己机会的时代，顾影自怜的同时，他也在时刻约束自己，生怕有违背礼节的地方令人厌烦。这样的情怀至死

都不会放松，这样的世情却只能为他一人所有，时光悠长而无尽，司马迁却无法得到救赎。如赋中所说，他的心意无人能懂，也无人可以诉说，人世间的事情就这样显而易见，互相倾轧、贪生怕死是道德的堕落，嫌贫爱富是智慧的降低。

武帝天汉二年（公元前 99 年），司马迁 46 岁。就在这一年，司马迁经历了他从未经历过的沉重打击，不仅是精神上的，还有肉体上的。

这一年，大汉和匈奴进行了一次交战，李广利带兵 3 万，却劳而无功，几乎全军覆灭。李广利仓皇逃回，却将李广的孙子李陵留在了前线孤军作战。因寡不敌众，李陵被匈奴大军生擒后投降，大汉朝的这次围剿土崩瓦解。汉武帝苦心组织的一场消灭匈奴大戏没能如他所愿地落下帷幕，反而被无情地撕破，这对汉武帝来说是奇耻大辱。当时刘彻就李陵投降的事情征询司马迁的意见，作为一个史官，司马迁有他应有的公道与判断，他告诉刘彻李陵无错，错的只是这一场准备不足的战役。司马迁的坦白直言，令刘彻十分愤怒，将司马迁投入了监牢。一个史官仗义执言，却换来了阶下囚的下场。司马迁一夜之间前途尽毁，而往日交好者竟无人出力营救他。司马迁最终虽然活了下来，但比死还要难堪，在酷吏的折磨下，司马迁被施了宫刑。

武帝征和二年，司马迁穷其一生的心血完成了《史记》。然而这部足以光耀后世的史家绝唱，也并不能抚平当年司马迁因为李陵之祸而带来的耻辱。“悲夫！士生之不辰，愧顾影而独存。”这是作者对生不逢时、英雄无用武之地的哀叹，同时也是对那个社会与时代的悲愤之情的抒发。

吊屈原赋

贾　谊

谊为长沙王太傅①，既以谪去，意不自得；及渡湘水，为赋以吊屈原。屈原，楚贤臣也。被谗放逐，作《离骚》赋，其终篇曰：“已矣哉！

国无人兮，莫我知也。”遂自投汨罗而死。谊追伤之，因自喻，其辞曰：

恭承嘉惠兮②，俟罪长沙③；侧闻屈原兮，自沉汨罗。造讬湘流兮④，敬吊先生⑤；遭世罔极兮⑥，乃殒厥身⑦。呜呼哀哉！逢时不祥⑧。鸾凤伏窜兮⑨，鸱枭翱翔⑩。阘茸尊显兮⑪，谗谀得志；贤圣逆曳兮⑫，方正倒植。世谓随、夷为溷兮⑬，谓跖、跻为廉⑭；莫邪为钝兮⑮，铅刀为铦⑯。吁嗟默默，生之无故兮；斡弃周鼎⑰，宝康瓠兮⑱。腾驾罢牛⑲，骖蹇驴兮⑳；骥垂两耳，服盐车兮㉑。章甫荐履㉒，渐不可久兮；嗟苦先生，独离此咎兮㉓。

讯曰：已矣！国其莫我知兮，独壹郁其谁语㉔？凤漂漂其高逝兮，固自引而远去。袭九渊之神龙兮㉕，沕深潜以自珍㉖；偭蟂獭以隐处兮㉗，夫岂从虾与蛭螾㉘？所贵圣人之神德兮，远浊世而自藏；使骐骥可得系而羁兮，岂云异夫犬羊？般纷纷其离此尤兮㉙，亦夫子之故也。历九州而相其君兮，何必怀此都也？凤凰翔于千仞兮，览德辉而下之；见细德之险征兮，遥曾击而去之㉚。彼寻常之污渎兮㉛，岂能容夫吞舟之巨鱼？横江湖之鳣鲸兮㉜，固将制于蝼蚁。

【注释】

①长沙王：西汉长沙王吴芮的玄孙吴差。太傅：官名。②恭承：敬受。嘉惠：美好的恩惠。③俟罪：待罪。④造：到。讬：同“托”，寄托。⑤先生：指屈原。⑥罔极：没有准则。⑦殒（yǔn）：死亡。厥：其，这里指屈原。⑧不祥：不幸。⑨伏窜：躲藏。⑩鸱枭：猫头鹰一类的鸟，泛指不吉祥的鸟，在这里喻指小人。翱翔：这里比喻得志升迁。⑪阘（tà）：小门。茸：小草。⑫逆曳：指不被重用。⑬随：卞随。夷：伯夷。二人皆为古代贤人的代表。溷（hùn）：混浊。⑭跖：春秋时鲁国人，大盗。跻（juē）：庄跻，战国时楚国将领。二人皆泛指“坏人”。⑮莫邪（yé）：古代宝剑。⑯铅刀：软而钝的刀。铦（xiān）：锋利。⑰斡（wò）弃：抛弃。斡，旋转。周鼎：比喻栋梁之材。⑱康瓠（hù）：比喻庸才。⑲罢（pí）：同“疲”，疲惫。⑳蹇：跛脚。㉑服：驾。㉒章甫：古时一种礼帽。荐：垫。㉓离：通“罹”，遭遇。咎：灾难。㉔壹郁：同“抑郁”。㉕袭：效法。㉖沕（mì）：深潜的样子。㉗偭（miǎn）：向。蟂獭（xiāo tǎ）：水獭一类的动物。㉘虾（há）：蛤蟆。蛭：水蛭，蚂蟥类动物。螾：同“蚓”，蚯蚓。㉙般：久。尤：祸患。㉚曾击：高翔。曾，高飞的样子。㉛污渎：污水沟。㉜鳣（zhān）：鲟一类的大鱼。

【赏析】

汉朝是中国历史上第一个巅峰时期，是大一统的封建中央集权统治下的盛世，然而盛世身影之下，其实累积了很多的弊端和问题，贾谊希望大刀阔斧地将这些问题提早解决，却触碰了那些他不该触碰的人和事。汉文帝虽然爱贾谊之才华，但满朝权贵却容不下他，不断向汉文帝进谗言，文帝逐渐疏远了贾谊。后来，贾谊被贬到长沙当太傅，被迫离开长安，当时贾谊仅 23 岁，正是年轻有为、意气风发的时候。

这篇赋即作于贾谊被贬途中。开篇交代自己“为长沙王太傅”，如今“既以谪去，意不自得”；文字间流露出作者内心的悲愤之情。贾谊只看到了生的苦，却没想过如何避免此种苦难。他奉旨来到长沙，在湘水边上想起了溺水而亡的屈原，因为生不逢时，所以悲壮落难，屈原是高飞的鸿鹄，却被一群燕雀埋没其中，这就是时也，命也。屈原的悲剧竟在百年后的自己身上重演，贾谊的悲愤无言以表。

接下来是吊屈原之辞，对于屈原遭受了世上无穷无尽的谗言，最终投身汨罗的命运，作者无尽悲叹，于是感慨道：现在的时局是鸾凤蛰伏，怪鸟翱翔，小人得志、享受尊贵，圣人却遭受谗言，无法立足，坏人被认为廉洁，莫邪这样的宝剑反而被认为锈钝；抛弃宝鼎，却觉得瓦盆为宝物；将跛足的牛当作骏马，反而让良驹拉车。哀叹屈原不幸的同时，贾谊也为自己哀叹，竟然遭遇了这样的不公正。

贾谊是敏锐的，他可以看到当下人们未能触及的问题，他能看到未来需要解决的弊端，然而对于正直激昂的文人来说，仕途总是格外不好走。仕途上的突然跌落不免让作者心灰意冷。

贾谊年纪轻轻便满腹文采，他从小就博览群书，旷古阅今，少年时期跟随着荀子的徒弟学习百家之术，温读《春秋左氏传》，18 岁的时候就以出色的诗词歌赋才能崭露头角，而后被汉文帝赏识，进宫为博士，就此迈入了仕途。然而这些并没有带给贾谊多少快乐，贾谊为人耿直，直言快语，他将自己的一腔抱负宣泄了出来。他或许是一个文采斐然的才子，却不能算是一个合格的官员，他在自认为得到了汉文帝的赏识可以大有作为的时候，却没有看到历史的宿命正在延伸。

在这篇《吊屈原赋》中，贾谊将自己和屈原相比较，或许在他心里，自己有着和屈原一样高的情操，而命运偏偏对他们二人如此不公。

在最后一段中，作者表达了自己的志向。他认为屈原以死明志，但自己并不太认可这种做法，“彼寻常之污渎兮，岂能容夫吞舟之巨鱼？横江湖之鳣鲸兮，固将制于蝼蚁”。凤凰本应当是志存高远的神鸟，怎么能陷入泥潭无法自拔呢？远离浑浊的世界独自登高，老骥伏枥志在千里，怎么可以因一时的困难而放弃生命？只要坚持下去，那江湖中的鲸鱼，怎么能受制于蝼蚁鼠辈？这是贾谊真正的想法。与其毫无意义地死去，喂了鱼虾，不如忍辱活着。作者虽然感到前途渺茫不可预测，但他还是不愿放弃信念。贾谊蛰伏 3 年之后，再次被调入长安，担任梁怀王太傅。但好景不长，梁怀王在一次骑马中不慎坠马身亡，这再次给贾谊以沉重的打击，他深深自责，一年之后也泪尽而亡，年仅 33 岁。

刘勰称贾谊的文章：“理既切至，辞亦通畅，可谓识大体矣。”此赋可谓当之。

答客难（节选）

东方朔

客难东方朔曰[①]："苏秦张仪，一当万乘之主。而身都卿相之位[②]，泽及后世。今子大夫修先王之术，慕圣人之义，讽诵诗书百家之言，不可胜记。著于竹帛，唇腐而不可释[③]，好学乐道之效，明白甚矣。自以为智能海内无双，则可谓博闻辩智矣[④]。然悉力尽忠，以事圣帝[⑤]，旷日持久，积数十年，官不过侍郎[⑥]，位不过持戟。意者尚有遗行邪[⑦]？同胞之徒[⑧]，无所容居，其何故也？"

东方先生喟然长息，仰而应之，曰："是故非子之所能备[⑨]。彼一时也，此一时也，岂可同哉！夫苏秦张仪之时，周室大坏，诸侯不朝，力政争权[⑩]，相擒以兵[⑪]，并为十二国[⑫]，未有雌雄。得士者强，失士者亡，故说得行焉。身处尊位，珍宝充内，外有仓廪，泽及后世，子孙长享。今则不然。圣帝德流[⑬]，天下震慑，诸侯宾服，连四海之外以为带[⑭]，安于覆盂[⑮]。天下平均，合为一家，动发举事，犹运之掌[⑯]。贤与不肖，何以异哉？遵天之道，顺地之理，物无不得其所。故绥之则安[⑰]，动之则苦；尊之则为将，卑之则为虏；抗之则在青云之上[⑱]，抑之则在深渊之下；用之则为虎，不用则为鼠。虽欲尽节效情，安知前后？夫天地之大，士民之众，竭精驰说，并进辐辏者[⑲]，不可胜数。悉力慕之，困于衣食，或失门户。使苏秦张仪与仆并生于今之世，曾不得掌故[⑳]，安敢望侍郎乎！传曰：'天下无害，虽有圣人，无所施才；上下和同，虽有贤者，无所立功。'故曰：'时异事异。'

"虽然，安可以不务修身乎哉！诗曰：'鼓钟于宫，声闻于外[㉑]。鹤鸣于九皋，声闻于天[㉒]'苟能修身，何患不荣！太公体行仁义[㉓]，七十有二，乃设用于文武[㉔]，得信厥说[㉕]，封于齐，七百岁而不绝。此士所以日夜孳孳[㉖]，修学敏行[㉗]，而不敢怠也。譬若鹡鸰[㉘]，飞且鸣矣。

"今世之处士㉙，时虽不用，块然无徒㉚，廓然独居㉛，上观许由㉜，下察接舆㉝，计同范蠡，忠合子胥，天下和平，与义相扶㉞，寡耦少徒㉟，固其宜也。子何疑于予哉？若夫燕之用乐毅㊱，秦之任李斯，郦食其之下齐㊲，说行如流，曲从如环，所欲必得，功若丘山，海内定，国家安，是遇其时者也。子又何怪之邪？

"语曰：以管窥天，以蠡测海㊳，以莛撞钟㊴，岂能通其条贯㊵，考其文理㊶，发其音声哉？犹是观之，譬犹鼱鼩之袭狗㊷，孤豚之咋虎㊸，至则靡耳㊹，何功之有？今以下愚而非处士，虽欲勿困，固不得已。此适足以明其不知权变，而终惑于大道也。"

【注释】

①难（nàn）：诘问。②都：居。③唇腐而不可释：比喻读书讽诵极为勤苦。释，舍弃，抛弃。④辩智：明智。辩：通"辨"。⑤圣帝：指汉武帝。⑥侍郎：官名，西汉属光禄勋。负责持戟守卫宫殿门户，皇帝出行则充车骑。⑦遗行：失检的行为，有亏的德行。⑧同胞之徒：即兄弟。⑨备：充任。⑩力政：同"力征"。⑪擒：捉拿、制服，此处指争战。⑫十二国：战国时，除齐、楚、燕、赵、韩、魏、秦七雄外，尚有鲁、卫、宋、郑、中山五国。⑬德流：恩德流布。⑭带：指犹如带状相连。⑮安于覆盂：如倒扣的盆碗那样稳固。⑯犹运之掌：《史记》《文选》作"动发举事，犹运之掌"。⑰绥：谓安分守己，不出头。⑱抗：起用，树立。⑲辐辏（còu）：车轮上每根辐条凑集到中心的车毂上面。比喻从四面八方集中一处。⑳掌故：官名。汉文学官之一种，比文学掌故略高。㉑"鼓钟于宫"二句：见《诗经·小雅·白华》。比喻只要有所作为，人们便能知道。㉒"鹤鸣于九皋"二句：见《诗经·小雅·鹤鸣》。比喻身卑者其言论高远。㉓太公：指齐太公吕尚。㉔设用：使用，被使用。㉕信（shēn）：通"伸"，伸张。厥说：他的理论。㉖孳孳：同"孜孜"，勤勉，努力不懈。㉗敏行：指勉力修身。㉘鹡鸰（jí líng）：一种鸟，身体较小，黑色，捕食昆虫和小鱼。㉙处士：有才德而隐居不愿做官的人。㉚块然：独立不群。㉛廓然：空寂的样子，孤独的样子。㉜许由：相传为尧时代的高士，尧要把君位让给他，他逃至箕山下农耕而食；尧又请他做九州长官，他到颍水边洗耳，表示名禄之言污耳。㉝接舆：春秋楚国隐士，佯狂不仕。亦以代指隐士。㉞与义相扶：即修身自持。㉟寡耦少徒：耦，通"偶"，指朋辈。徒，同伴。"寡偶少徒"即谓没有情趣相投、志同道合的人。㊱乐毅：战国后期杰出的军事家，辅佐燕昭王振兴燕国。㊲郦食其：初为里监门吏，后为刘邦谋臣，献计克陈留，封广野君。劝齐王田广归降刘邦时，由于韩信乘机前来攻打，被齐王烹杀。㊳蠡（lí）：瓠瓢。㊴莛（tíng）：草茎。㊵条贯：条理，系统。㊶文理：条理。㊷鼱鼩（jīng qú）：食虫类动物，形似小鼠，体小尾短。袭：袭击。㊸豚：猪，小猪。咋（zé）：啃咬。㊹靡：毁灭，消灭。

【赏析】

东方朔是武帝时期的一位机智博学之士。《汉书》中写道："然时观察颜色，直言进谏。”东方朔试图通过一条特别的路来快速接近这个帝国的权力中心，但他更多的时候还是充当着陪伴在汉武帝身边讨巧调笑的人物。甚至于不少人批评东方朔哗众取宠，不过是扮演了一个小丑的角色。

其实在其讨巧的表面之下，东方朔同样有着一腔抱负，只是没有施展的平台罢了，这是东方朔的悲哀。据史书载，东方朔向武帝上书，“陈农战强国之计”，结果遭到冷遇，于是他写下了《答客难》，希望通过文字来表达怀才不遇的不平，以及内心无可奈何的悲怆。

《答客难》采用主客问答的形式，开头假托有客话诘问东方朔，讥其官微位卑而务修圣人之道不止，然后便是东方朔的一番答对。他说现在与战国时士人所处环境不同，遭遇自然迥异；但是士人修身乃是其本分，不能因时而异。然而生在现在这样一个时代，现状却是即便有才能也无从施展，“贤”与“不肖”也没有什么区别，“用之则为虎，不用则为鼠”，是对统治者不善用人才的讽谏，也是作者自感怀才不遇情绪的宣泄。

作者说道：“今世之处士，时虽不用，块然无徒……今以下愚而非处士，虽欲勿困，固不得已。此适足以明其不知权变，而终惑于大道也。”意思就是说，从古至今，多少贤人受到礼遇，上观许由，下视接舆，有像范蠡这样足智多谋的人，还有类似于子胥这样忠诚的臣子。天下太平的时候，与道义相符合是理所应当的事情，帝王为什么对自己还有怀疑呢？至于燕国起用乐毅为将军，嬴政任用李斯为丞相，郦食其说降齐王，都是因为需求才会有所得的。建功立业，四海升平，这是他们所遇到的好形势。君王为何要感到奇怪呢？如果以管窥天，以瓢量海，以草撞钟，考察通常的规律，又怎么能知道发音的原理呢？就好像是老鼠袭击狗，猪咬老虎一般，注定是要失败的。在当朝，贤人只能忍受着君王的冷眼旁观，不但得不到机会，还要忍受非难，因为他们不懂通权达变，所以他们真的是无法明白用人不疑的道理啊。

在这一段中，作者将内心苦闷一尽抒发，畅快淋漓。他认为自己是个人才，却得不到认可，长期的压抑令他心生郁结，郁郁寡欢。他渴望有朝一日能遇到明君，看到他身上治理国家的长处，而不仅仅是把他当作一个逗笑的小丑。

东方朔为官期间，正值汉武帝尚武风气最浓之时，面对边陲的匈奴，汉武帝多次发兵制服。长年的战争使得汉朝的百姓苦不堪言，对此，东方朔是看在眼里的，但是他的多次隐晦劝诫犹如石沉大海而得不到重视。后人也常因为东方朔为武帝宠臣就忽视了他的报国之心。

此赋语言明朗，颇具诙谐感，议论酣畅。刘勰《文心雕龙·杂文》称其“托古慰志，疏而有辨”。班固的《答宾戏》、扬雄的《解嘲》、张衡的《应间》等，都被认为受其影响。

长门赋

司马相如

孝武皇帝陈皇后时得幸[①]，颇妒。别在长门宫[②]，愁闷悲思。闻蜀郡成都司马相如天下工为文[③]，奉黄金百斤为相如、文君取酒[④]，因于解悲愁之辞[⑤]。而相如为文以悟主上[⑥]，陈皇后复得亲幸[⑦]。

夫何一佳人兮[⑧]，步逍遥以自虞[⑨]。魂逾佚而不反兮[⑩]，形枯槁而独居。言我朝往而暮来兮，饮食乐而忘人[⑪]。心慊移而不省故兮[⑫]，交得意而相亲[⑬]。

伊予志之慢愚兮[⑭]，怀贞悫之懽心[⑮]。愿赐问而自进兮[⑯]，得尚君之玉音[⑰]。奉虚言而望诚兮[⑱]，期城南之离宫[⑲]。修薄具而自设兮[⑳]，君曾不肯乎幸临[㉑]。廓独潜而专精兮[㉒]，天漂漂而疾风[㉓]。登兰台而遥望兮[㉔]，神怳怳而外淫[㉕]。浮云郁而四塞兮[㉖]，天窈窈而昼阴[㉗]。雷殷殷而响起兮[㉘]，声象君之车音。飘风回而起闺兮[㉙]，举帷幄之襜襜[㉚]。桂树交而相纷兮[㉛]，芳酷烈之訚訚[㉜]。孔雀集而相存兮[㉝]，玄猨啸而长吟[㉞]。翡翠胁翼而来萃兮[㉟]，鸾凤翔而北南[㊱]。心凭噫而不舒兮[㊲]，邪气壮而攻中[㊳]。

下兰台而周览兮，步从容于深宫[㊴]。正殿块以造天兮[㊵]，郁并起而穹崇[㊶]。间徙倚于东厢兮，观夫靡靡而无穷[㊷]。挤玉户以撼金铺兮，声噌吰而似钟音[㊸]。刻木兰以为榱兮[㊹]，饰文杏以为梁[㊺]。罗丰茸之游树兮，离楼梧而相撑[㊻]。施瑰木之欂栌兮，委参差以槺梁[㊼]。时仿佛以物类兮，象积石之将将[㊽]。五色炫以相曜兮[㊾]，烂耀耀而成光[㊿]。致错石之瓴甓兮，象瑇瑁之文章[51]。张罗绮之幔帷兮[52]，垂楚组之连纲[53]。

抚柱楣以从容兮[54]，览曲台之央央[55]。白鹤噭以哀号兮[56]，孤雌跱于枯肠[57]。日黄昏而望绝兮[58]，怅独托于空堂[59]。悬明月以自照兮，徂清夜于洞房[60]。援雅琴以变调兮，奏愁思之不可长[61]。案流徵以却转兮，声幼妙而复扬[62]。贯历览其中操兮，意慷慨而自昂[63]。左右悲而垂泪兮，涕流离而从横[64]。舒息悒而增欷兮[65]，蹝履起而彷徨[66]。揄长袂以自翳兮[67]，数昔日之諐殃[68]。无面目之可显兮，遂颓思而就床[69]。抟芬若以为枕兮[70]，席荃兰而茝香[71]。

忽寝寐而梦想兮，魄若君之在旁[72]。惕寤觉而无见兮[73]，魂迋迋若有亡[74]。众鸡鸣而愁予兮[75]，起视月之精光[76]。观众星之行列兮，毕昴出于东方[77]。望中庭之蔼蔼兮，若季秋之降霜[78]。夜曼曼其若岁兮[79]，怀郁郁其不可再更[80]。澹偃蹇而待曙兮[81]，荒亭亭而复明[82]。妾人窃自悲兮[83]，究年岁而不敢忘[84]。

【注释】

①孝武皇帝：指汉武帝刘彻。陈皇后：名阿娇，是汉武帝姑母之女。武帝为太子时娶为妃，继位后立为皇后。得幸：受到宠爱。②长门宫：汉代长安别宫之一。③工为文：擅长写文章。工，善于，擅长。④文君：即卓文君。取酒：买酒。⑤于：为。此句是说让相如作解悲愁的辞赋。⑥为文：指作了这篇《长门赋》。⑦复：又、重新。⑧“夫何”句：这是怎样的一个佳人啊。夫，犹“是”。何，疑问之辞。⑨逍遥：缓步行走的样子。虞：度，思量。⑩逾佚：外扬，失散。佚，散失。反：同“返”。⑪“言我”二句：谓武帝曾说朝往而暮来，现在却恣乐于饮食而把人给忘记了。我，指汉武帝。人，指陈皇后。⑫慊（qiàn）移：决绝变化。省（xǐng）故：念旧。此句指武帝的心已决绝别移，忘记了故人。⑬得意：指称心如意之人。相亲：相爱。⑭伊：发语词。予：指陈皇后。慢愚：迟钝。⑮怀：抱。贞悫（què）：忠诚笃厚。懽：同“欢”。此句指自以为欢爱靠得住。⑯赐问：指蒙武帝的垂问。自进：前去觐见。⑰“得尚”句：谓侍奉于武帝左右，聆听其声音。尚，奉。⑱奉虚言：指得到一句虚假的承诺。望诚：当作是真实。⑲“期城南”句：在城南离宫中盼望着他。期，盼望。离宫，正宫之外供帝王出巡时居住的宫室。此指长门宫。⑳修：置办，整治。薄具：指菲薄的肴馔饮食。㉑曾：乃，却。幸临：光降。㉒廓：空寂，孤独。此指忧伤的样子。独潜：独自深居。专精：用心专一。此指一心思念。㉓漂漂：同“飘飘”。㉔兰台：华美的台榭。一说台名。㉕怳怳：同“恍恍”，心神不定的样子。外淫：指神不守舍。淫，游。㉖郁：郁结。四塞（sè）：遍布。㉗窈窈：幽暗的样子。㉘殷（yǐn）：形容雷的声音。㉙飘风：旋风。起闺：指吹开内室之门。闺，宫中小门。㉚帷幄：帷帐。襜（chān）襜：摇动的样子。㉛交：交错。相纷：杂乱交错。㉜芳：指香气。訚（yín）訚：形容香气浓烈。㉝相存：相互慰问。㉞玄猨：黑猿。猨，同“猿”。㉟翡翠：鸟名。胁翼：收敛翅膀。萃：集。㊱鸾凤：指鸾鸟和凤凰。翔而北南：南北飞翔。此指自由飞来飞去。㊲凭噫：愤懑抑郁。㊳攻中：攻心。㊴“下兰台”二句：谓走下兰台，在深宫中周游观览。极写百无聊赖。㊵块：屹立的样子。造天：达到天上。造，达。㊶郁：形容宫殿雄伟、壮大。穹崇：高大的样子。㊷“间徙倚”二句：谓有时在东厢各处徘徊游观，观览华丽美好的景物。间，有时。徙倚，徘徊。靡靡，华丽。㊸“挤玉户”二句：推开殿门摇动金属做的门环，发出很大的像撞钟一样的声音。挤，排挤，推开。撼，摇动。金铺，金属做的门环。噌吰（zēng hóng），钟声。㊹木兰：树名，似桂树。榱（cuī）：

屋椽。㊺文杏：即银杏树。以上二句形容建筑材料的华美。㊻“罗丰茸”二句：梁上的柱子交错支撑。罗，集。丰茸，繁多的样子。游树，浮柱，指屋梁上的短柱。离楼，众木交加的样子。梧，屋梁上的斜柱。㊼“施瑰木”二句：谓用瑰奇之木做成斗拱以承屋栋，房间非常空阔。瑰木，瑰奇之木。欂栌（bó lú），指斗拱。斗拱是我国木结构建筑中柱与梁之间的支承构件，主要由拱（弓形肘木）和斗（拱与拱之间的斗形垫木）纵横交错、层层相叠而成，可使屋檐逐层外延。委，堆积。参差，指斗、拱纵横交错、层层相叠的样子。槺梁，屋室空阔的样子。㊽“时仿佛”句：时，时时的意思。仿佛，相似，近似。物类，以物比物。积石，指积石山。将（qiāng）将，高峻的样子。㊾炫：明亮。曜：照耀。㊿耀耀：明亮的样子。51“致错石”二句：用彩石铺成的地面，像玳瑁的花纹一样华丽。致，细密。错石，积众石而成彩。瓴甓（líng pì），铺地的砖。瑇瑁，即玳瑁，海龟类动物，背部有褐色和淡黄色相间的花纹。文章，花纹、色彩。52罗绮：皆指用丝织成的布。幔：帐幕。帷：帐子。53楚组：指楚地产的丝带。组，组绶，本用以系玉，以楚产最有名。连纲：指连接幔帷的绳带。纲，网上的总绳。54抚：按，摸。柱楣：柱子和门楣。楣，门上横梁。从容：舒缓。此处指神态消极。55曲台：宫殿名。旧注说在未央宫东面。央央：广大的样子。56噭（jiào）：鸟哀鸣声。57孤雌：失偶的雌鸟。跱：同“峙”，停留。58望绝：指久候而不至。59怅：愁怅，悲伤。托：指托身。60“悬明月”二句：谓明月高挂，孤独地照着自己，在洞房中消磨如此良夜。徂（cú），往，消逝。洞房，深邃的内室。61“援雅琴”二句：指操起琴来弹奏却改变了原来的常调，虽可抒发心中愁思但不能维持长久。援，引，操起。62“案流徵”二句：弹奏中转成徵声，声音由轻细而变成激扬。案，同“按”，此指弹奏。徵，古代五音中的第四音，声音激越。幼妙，同“要妙”，指声音轻细。63“贯历览”二句：将上述琴曲连贯起来看胸中情操，显示出意志慷慨不平。贯，连贯，贯通。自昂：自我激励。64涕：眼泪。流离：流泪的样子。从横：同“纵横”，此指泪流之多。65舒：展，吐。息悒：叹息忧闷。欷：抽泣声。66蹝（xǐ）履：趿着鞋子。彷徨：徘徊的意思。67揄（yú）：扬起。袂：衣袖。自翳：自遮其面。翳，遮蔽。68数：计算，回想。諐（qiān）殃：过失和罪过。諐，同“愆”。69“无面目”二句：自己无面目见人，只好满怀心事上床休息。颓思，愁思，伤感。70抟：揉。芬若：香草名。71荃、兰、茝：皆为香草名。此句是说以荃、兰、茝等香草为席。旧注说以香草比喻修洁自己行为。72魄：魂魄，此指梦境。若君之在旁：谓像在君之旁。73惕寤：指突然惊醒。惕，急速，突然。寤，醒。74迋（guàng）迋：恐惧的样子。若有亡：若有所失。75愁予：即予愁。76月之精光：即月光。77毕昴：二星宿名，五六月间出于东方。78“望中庭”二句：望着中庭微暗的月光，虽然是盛夏，感受如同深秋一样。蔼蔼，月光微暗的样子。季秋，深秋。79曼曼：同“漫漫”，言其漫长。80郁郁：此指心中的愁苦。不可再更：指不能重有欢乐之时。81澹：荡动。偃蹇：伫立的样子。此句指心绪不宁，坐立不安等待天明。82荒：昏暗。亭亭：久远的样子。83妾人：自称之辞。84“究年岁”句：穷年累月终不敢忘君。究，终。

【赏析】

这篇有名的《长门赋》，是司马相如为汉武帝刘彻的陈皇后所作。

诗人开头写道：“夫何一佳人兮，步逍遥以自虞。魂逾佚而不反兮，形枯槁而独居。言我朝往而暮来兮，饮食乐而忘人。心慊移而不省故兮，交得意而相亲。”佳人轻移玉步，香魂飘散而无法相聚，因为独自居住而身形俱损，圣上答应会前去探望，却因为新人笑，而忘记了旧人哭，从此绝迹不再相见。与别的美人相亲相爱时，早已忘记了旧人的苦楚。

在这里诗人寥寥数语，便切中要害，直入主题，阿娇往昔泼辣蛮横的形象荡然销毁，而只是以一个娇俏可人的小女子形象出现，楚楚动人，引人怜爱。

接着下文写道："忽寝寐而梦想兮，魄若君之在旁。惕寤觉而无见兮，魂迋迋若有亡。众鸡鸣而愁予兮，起视月之精光。观众星之行列兮，毕昴出于东方。望中庭之蔼蔼兮，若季秋之降霜。夜曼曼其若岁兮，怀郁郁其不可再更。澹偃蹇而待曙兮，荒亭亭而复明。妾人窃自悲兮，究年岁而不敢忘。"这段以陈皇后口吻写道，自己夜深时忽然觉得君王又躺在身边，惊醒后发觉原来是美梦一场，顿时魂魄失散，犹如死亡降临一般痛苦。鸡鸣虽然已经响起，但还是午夜时分，不得寐后，只能挣扎坐起，一直到天亮。看着天边的星光，犹如秋之霜降一般清冷，庭院深深深几许，却都盛不下这许多的感伤。究竟是故人已然被遗忘于这深宫永巷之中，还是帝王太过繁忙不得来看？

这篇汉地散体大赋，辞藻华丽，时而气采宏流，时而细腻精巧，读者为之动容。作品将离宫内外的景物与人物的情感结合在一起，情景交融，为赋中别创。词文虽长，但无一不是在表述阿娇寂寞之中深感罪孽，夜半醒来，仿佛感觉到帝王就陪伴身边，哪料只是一场梦幻而已，情真意切，感人至深。失宠皇后的凄楚心境历历眼前。汉武帝不是无情之人，看到这里怎能不念及当日旧情？

南宋词人辛弃疾写过一首《摸鱼儿》："更能消、几番风雨，匆匆春又归去。惜春长怕花开早，何况落红无数。春且住！见说道、天涯芳草无归路。怨春不语，算只有殷勤，画檐蛛网，尽日惹飞絮。长门事，准拟佳期又误，蛾眉曾有人妒。千金纵买相如赋，脉脉此情谁诉？君莫舞，君不见，玉环飞燕皆尘土！闲愁最苦，休去倚危栏，斜阳正在，烟柳断肠处。"其中的长门事就是指汉武帝与陈皇后阿娇的这段故事。只是，司马相如的文笔再好，也只挽得君王一时的悔意和恩情，但这并不曾影响这篇著名的汉赋在文学史上的光辉。

这篇《长门赋》，最早见于南朝梁萧统的《昭明文选》。序言中说是西汉司马相如作于汉武帝时。由于序言里提及了武帝的谥号，而这是当时的司马相如不可能知道的，而且正史中并无武帝复幸陈皇后之事，所以顾炎武《日知录》认为其是"假设之辞"。何焯《义门读书记》也说："此文乃后人所拟，非相如作。其此细丽，盖平子之流也。"但是因为此文写得甚是动人，是历代文学称赞的成功之作。也正好切合了才子情种司马相如的性情与传闻，所以后世一般还是将其归到司马相如名下。

子虚赋

司马相如

楚使子虚使于齐，齐王悉发境内之士，备车骑之众，与使者出畋。畋罢[①]，子虚过诧乌有先生[②]，而亡是公存焉。坐定，乌有先生问曰：“今日畋乐乎？”子虚曰：“乐。”“获多乎？”曰：“少”。“然则何乐？”对曰：“仆乐齐王之欲夸仆以车骑之众，而仆对以云梦之事也。”曰：“可得闻乎？”

子虚曰：“可。王驾车千乘，选徒万骑，畋于海滨。列卒满泽，罘网弥山[③]。掩兔辚鹿[④]，射麋脚麟[⑤]。骛于盐浦[⑥]，割鲜染轮[⑦]。射中获多，矜而自功。顾谓仆曰：‘楚亦有平原广泽游猎之地饶乐若此者乎？楚王之猎孰与寡人乎？’仆下车对曰：‘臣，楚国之鄙人也，幸得宿卫十有余年，时从出游，游于后园，览于有无，然犹未能遍睹也，又焉足以言其外泽者乎？’齐王曰：‘虽然，略以子之所闻见而言之。’

“仆对曰：‘唯唯[⑧]。臣闻楚有七泽，尝见其一，未睹其余也。臣之所见，盖特其小小者耳，名曰云梦。云梦者，方九百里，其中有山焉。其山则盘纡岪郁[⑨]，隆崇嵂崒[⑩]，岑崟参差[⑪]，日月蔽亏；交错纠纷，上干青云；罢池陂陁[⑫]，下属江河[⑬]。其土则丹青赭垩[⑭]，雌黄白坿[⑮]，锡碧金银，众色炫耀，照烂龙鳞。其石则赤玉玫瑰，琳珉昆吾[⑯]，瑊玏玄厉[⑰]，碝石碔砆[⑱]。其东则有蕙圃蘅兰，芷若射干[⑲]，芎藭菖蒲[⑳]，江蓠蘪芜[㉑]，诸柘巴且[㉒]。其南则有平原广泽，登降陁靡[㉓]，案衍坛曼，缘以大江，限以巫山。其高燥则生葴菥苞荔[㉔]，薜莎青薠[㉕]。其埤湿则生藏莨蒹葭[㉖]，东蘠雕胡。莲藕觚卢[㉗]，菴閭轩芋[㉘]。众物居之，不可胜图。其西则有涌泉清池，激水推移，外发芙蓉菱华，内隐巨石白沙。其中则有神龟蛟鼍[㉙]，瑇瑁鳖鼋[㉚]。其北则有阴林巨树，楩柟豫章[㉛]，桂椒木兰，檗离朱杨[㉜]，樝梨梬栗[㉝]，橘柚芬芳。其上则有赤猿蠼猱，鵷鶵孔鸾[㉞]，腾远射干[㉟]。其下则有白虎玄豹，蟃蜒貙犴[㊱]，兕象野犀，穷奇獌狿。

"'于是乎乃使专诸之伦[37]，手格此兽。楚王乃驾驯驳之驷，乘雕玉之舆，靡鱼须之桡旃[38]，曳明月之珠旗，建干将之雄戟，左乌号之雕弓，右夏服之劲箭；阳子骖乘，纤阿为御，案节未舒，即陵狡兽，蹴蛩蛩[39]，辚距虚，轶野马[40]，穗騊駼[41]，乘遗风，射游骐。倏眒倩浰[42]，雷动犬至，星流霆击，弓不虚发，中心决眦[43]，洞胸达掖，绝乎心系。获若雨兽，掩草蔽地。于是楚王乃弭节徘徊，翱翔容与。览乎阴林，观壮士之暴怒，与猛兽之恐惧。徼郄受诎[44]，殚睹众物之变态。

"'于是郑女曼姬，被阿緆[45]，揄纻缟[46]，杂纤罗，垂雾縠[47]，襞积褰绉[48]，纡徐委曲，郁桡溪谷。衯衯裶裶，扬袘戌削，蜚襳垂髾。扶舆猗靡，翕呷萃蔡；下摩兰蕙，上拂羽盖；错翡翠之葳蕤，缪绕玉绥；眇眇忽忽，若神仙之髣髴。

"'于是乃相与獠于蕙圃，媻姗勃窣[49]，上乎金提。揜翡翠，射鵕鸃[50]，微矰出[51]，孅缴施[52]，弋白鹄，连驾鹅，双鸧下，玄鹤加。怠而后发，游于清池，浮文鹢，扬旌枻，张翠帷，建羽盖，罔瑇瑁，钓紫贝。摐金鼓，吹鸣籁，榜人歌，声流喝。水虫骇。波鸿沸，涌泉起，奔扬会。礧石相击[53]，硍硍磕磕，若雷霆之声，闻乎数百里之外。

"'将息獠者，击灵鼓，起烽燧，车按行，骑就队，丽乎淫淫，般乎裔裔。于是楚王乃登阳云之台，泊乎无为，澹乎自持[54]，芍药之和，具而后御之，不若大王终日驰骋，曾不下舆，脟割轮焠[55]，自以为娱。臣窃观之，齐殆不如。'于是齐王无以应仆也。"

乌有先生曰："是何言之过也！足下不远千里，来贶齐国[56]，王悉发境内之士，备车骑之众与使者出田，乃欲勠力致获以娱左右，何名为夸哉！问楚地之有无者，愿闻大国之风烈，先生之余论。今足下不称楚王之德厚，而盛推云梦以为骄，奢言淫乐而显侈靡，窃为足下不取也。必若所言，固非楚国之美也。有而言之，是彰君之恶；无而言之，是害足下之信。彰君之恶而伤私义，二者无一可，而先生行之，必且轻于齐而累于楚矣。且齐东渚巨海，南有琅邪，观乎成山，射乎之罘，浮渤澥，游孟诸，邪与肃慎为邻，右以汤谷为界，秋田乎青丘，仿徨乎海外，吞若云梦者八九，于其胸中曾不蒂芥。若乃俶傥瑰玮，异方殊类，珍怪鸟兽，万端鳞萃，充物其中者，不可胜记，禹不能名，卨不能计[57]。然在诸侯之位，不敢言游戏之乐，苑囿之大；先生又见客，是以王辞而不复，何为无以应哉！”

【注释】

①畋（tián）：打猎。②过诧（chà）：访问。③罘（fú）网：捕兔之网。④辚（lín）鹿：用车辗鹿。⑤脚麟（lín）：抓住大牡鹿。⑥骛（wù）于盐浦：在海滩上奔驰。⑦割鲜染轮：杀食猎物，染红车轮。⑧唯唯：是，好。⑨盘纡（yū）茀（fú）郁：迂回曲折。⑩隆崇嵂崒（lǜ zú）：高耸危险。⑪岑崟（cén yín）参差：高峻不平。⑫罢池陂陁（pí yǐ）：山坡宽广。⑬下属（zhǔ）江河：与河相连。⑭丹青赭（zhě）垩：朱砂、青土、红土、白土。⑮雌黄白坿（fù）：黄土、灰土。⑯琳珉（lín mín）昆吾：玉石、矿石。⑰瑊玏（jiān lè）玄厉：次玉石、磨刀石。⑱碝（ruǎn）石碔砆（wǔ fū）：美石、白纹石。⑲茝若：白芷、杜若。⑳芎䓖（qióng）菖蒲：两种香草名。㉑江蓠（lí）蘼芜（mí wú）：香草名。㉒诸柘（zhè）巴且（jū）：甘蔗、芭蕉。㉓陁（yǐ）靡：斜坡。㉔葴（zhēn）菥（xī）苞荔：马蓝、菥草、苞草。㉕薛莎青薠（fán）：两种野草。㉖藏莨（zāng làng）蒹葭（jiān jiā）：荻草、芦苇。㉗觚（gū）卢：葫芦。㉘菴蔄（ān lǘ）轩芋：两种水草。㉙鼍（tuó）：扬子鳄。㉚鼋（yuán）：大龟。㉛楩柟（pián nán）楩：树、楠树。㉜檗（bò）离：黄檗、山梨。㉝楂梨梬（yǐng）栗：山楂树、梨树、黑枣树、栗子树。㉞鹓鶵（yuān chú）孔鸾（luán）：凤凰、孔雀。㉟腾远射（yè）干：猿猴、小狐。㊱曼蜒（wàn yán）：似狸而长的兽。貙犴（chū àn）：比狸大的猛兽。㊲专诸：勇士名。㊳靡（fēi）：挥动。桡旃（náo zhān）：曲柚旗。㊴蹴（cù）：踩倒。蛩蛩（qióng）：一种巨兽。㊵轶（yì）：超过。㊶轊（wèi）：用车头撞。騊駼：良马。㊷倏眒倩浰：迅速奔驰。㊸眦（zì）：开裂。㊹徼䢾（yāo jù）受诎（qū）：拦住并收拾疲乏绝路之野兽。㊺被阿緆（xī）：披薄绸。㊻揄纻缟：拖着麻绢裙。㊼縠（hù）：轻纱。㊽襞（bì）积褰（qiān）绉：裙褶衣皱。㊾媻（pán）姗勃窣（bèi sù）：慢慢行走。㊿射鵕鸃（jùn yì）：锦鸡。51微矰（zēng）：短箭。52缴：箭上细绳。53磊（lèi）石：众石。54澹（dàn）：保持。55脟割轮焠（cuì）：切小块肉在车轮旁烤着吃。56贶（kuàng）：赐教。57卨（xiè）：尧之贤臣。

【赏析】

这是司马相如比较有名的一篇赋作，是在和梁孝王游山玩水之后所作。在此赋中，作者描述了两个虚构人物，即楚国的子虚先生和齐国的乌有先生的一番对话。

开篇写道：“楚使子虚使于齐，齐王悉发境内之士，备车骑之众，与使者出畋。”齐王与子虚田猎时，齐王问到楚国的事。之后就是子虚的一番回答，对于楚国的云梦之大和楚王田猎之盛极尽夸张之说辞，而齐国乌有先生听后不服，谓“是何言之过也”！于是，齐国乌有先生便极力夸耀齐国土地之广袤与物产之丰盈。

如果说枚乘的《七发》标志着汉代散体大赋的正式形成，那么司马相如的《子虚赋》《上林赋》便是其中最典型的作品。西汉的赋，据《汉书·艺文志》记载，共有700多篇。

而武帝时期就占400多篇。这两篇赋作虽然并不是作于同时，但在内容和风格上却有着内在连贯性，《史记》和《汉书》都将这两篇赋作为一篇，后来在《昭明文选》中才拆分开成子虚、乌有两篇。

司马相如的赋继承了《诗经》的颂与《楚辞》的铺陈的特点，又融合宋玉、贾谊等人的抒情特色，对大赋的体制发展具有深远影响，成为这一时期汉代文学新文学范式确立的标志。

当然也有不少人批评此赋内容空洞，不过极尽辞藻铺陈而言。但这篇《子虚赋》以及后来的《上林赋》，确实对后世中国文学的散体文和骈体文都产生了一定的影响。

西晋时，左思曾作咏史诗八首，其一曰："弱冠弄柔翰，卓荦观群书。著论准《过秦》，作赋拟《子虚》。边城苦鸣镝，羽檄飞京都。虽非甲胄士，畴昔览《穰苴》。长啸激清风，志若无东吴。铅刀贵一割，梦想骋良图。左眄澄江湘，右盼定羌胡。功成不受爵，长揖归田庐。"其中三、四两句是说，写论应以贾谊《过秦论》为典范，写赋则应以效仿司马相如的《子虚赋》。足见此赋艺术成就之高。

李夫人赋

刘　彻

美连娟以修嫮兮[①]，命樔绝而不长[②]。饰新宫以延贮兮[③]，泯不归乎故乡。惨郁郁其芜秽兮[④]，隐处幽而怀伤。释舆马于山椒兮，奄修夜之不阳[⑤]。秋气潜以凄泪兮[⑥]，桂枝落而销亡[⑦]。神茕茕以遥思兮[⑧]，精浮游而出畺[⑨]。托沈阴以圹久兮[⑩]，惜蕃华之未央[⑪]。念穷极之不还兮，惟幼眇之相羊[⑫]。函菱荴以俟风兮[⑬]，芳杂袭以弥章[⑭]。的容与以猗靡兮[⑮]，缥飘姚乎愈庄[⑯]。燕淫衍而抚楹兮[⑰]，连流视而娥扬。既激感而心逐兮，包红颜而弗明。欢接狎以离别兮[⑱]，宵寤梦之芒芒[⑲]。忽迁化而不反兮，魄放逸以飞扬。何灵魂之纷纷兮，哀裴回以踌躇[⑳]。势路日以远兮，遂荒忽而辞去[㉑]。超兮西征，屑兮不见[㉒]。寖淫敞恍[㉓]，寂兮无音。思若流波，怛兮在心[㉔]。

乱曰：佳侠函光[㉕]，陨朱荣兮。嫉妒阘茸[㉖]，将安程兮[㉗]。方时隆盛，年夭伤兮。弟子增欷[㉘]，洿沫怅兮[㉙]。悲愁于邑[㉚]，喧不可止兮[㉛]。向不虚应，亦云已兮。嫶妍太息[㉜]，叹稚子兮。懰栗不言[㉝]，倚所恃兮。仁者不誓，岂约亲兮？既往不来，申以信兮。去彼昭昭[34]，就冥冥兮。既不新宫，不复故庭兮。呜呼哀哉，想魂灵兮！

【注释】

①连娟：细长屈曲的样子。嫮（hù）：姣好。②檪绝：断绝，这里指李夫人逝世。③延贮：久久伫立等待。④芜秽：荒废而充满秽气。⑤奄：同“淹”，停滞。⑥秋气：肃杀之意，泛指意兴低沉的样子。潜：惨痛。⑦桂枝：代指李夫人。销：同“消”，即香消玉殒。⑧茕（qióng）茕：孤零零的样子。⑨精：精神。浮游：游荡。量：边界。⑩圹久：永远。圹，同“旷”。⑪央：尽。⑫惟：思念。幼眇：即窈窕。相羊：游荡。⑬荾（suī）：花穗。荴（fū）：散发。⑭章：同“彰”，鲜明。⑮容与：从容的样子。猗靡：婉约。⑯飘姚：同“飘摇”。⑰燕：欢乐。淫衍：极度欢乐的样子。⑱接狎：亲密。⑲寤梦：恍惚，半睡半醒。芒芒：渺茫。⑳裴回：往返回旋。㉑荒忽：隐约。㉒屑：疾速，快速。㉓寖淫敞怳：逐渐模糊。㉔怛（dá）：悲伤。㉕佳侠：美人。㉖阘茸：卑贱。㉗程：标准。㉘欷（xī）：抽泣声。㉙洿沫（wū huì）：泪流满面。㉚邑：忧愁。㉛喧：恸哭。㉜嫶妍：因忧伤而消瘦。㉝恻栗：悲伤。㉞昭昭：明亮的样子。

【赏析】

这篇赋是汉武帝刘彻为她的爱妃李夫人所作。李夫人十分受宠，可惜染病早逝。刘彻日夜思念这位带给了他无数欢乐的女子，一生没能相忘，于是写下了一首赋词，悼念他的这位妃子。

上天创造这样美丽的可人儿，却又不让她带着美丽长存。作为皇帝，刘彻专门为李夫人修建了宫殿，希望可以与她在里面相会，但失去了她的宫殿就好像城郊凄惶的坟墓，充满了忧伤和静谧。诗人在李夫人的坟茔那里长久停留，从黑夜直到白天。秋日折落的桂枝就像美丽的李夫人一样，让人充满思念，但是这思念却永远无法抵达彼岸，哪怕灵魂出窍，也始终无法抵达。

作者的哽咽，并没有回应，就这样随风而逝吧！李夫人留下的孩子还小，因为当初约定好要好好照顾他，便不能因为思念而使得自己身体削弱。不愿意再回到原来相爱的宫殿里，因为死亡真的无可挽回。

呜呼哀哉，冥冥之中的天意就真的这般残忍，将你带走便不留下丝毫的痕迹。呜呼哀哉，如果早知道是这样的结果，当初为何还要爱到痛彻心扉。呜呼哀哉，但愿你的魂灵可以安息，但愿对你的思念可以永久。

作者言行之间全是对李夫人痴情的思念，如果不是真的读到这篇赋词，谁又能相信这样缠绵悱恻的爱恋之情会是出自汉武大帝刘彻的内心深处。

就在李夫人恩宠正佳，还为刘彻产下皇子之时，她身患了重病，卧床不起，眼看就要香消玉殒、一命归西了，刘彻希望能探望他宠爱的李夫人一眼，却始终遭到了拒绝，刘彻不明白善解人意的佳人为何突然不近人情了。

他不明白，而李夫人却是很明白，她得宠于阿娇皇后被冷落于长门宫后，卫子夫日渐失宠之时，皇宫的女人哪个能与君王白头偕老，虽然人前荣耀，但人后的辛酸又有谁真的知道？她进宫以来深受宠爱，刘彻对她从无半点怨言，而今重病在身，如果刘彻见到自己现在这般容颜憔悴、衣衫不整的样子，必定会心生厌恶，与其被帝王遗弃，不如先决绝地保持距离，有朝一日等自己离去，也能给刘彻留下一段美好的回忆。

诗人感慨："是耶非耶，立而望之，偏何姗姗来迟。"这位诗中的佳人在一生最美丽的时刻离开了刘彻，让诗人还来不及不爱，似乎这是帝王宫苑里爱情的最好结局。

闻乐对

刘 胜

建元三年，代王登、长沙王发、中山王胜、济川王明来朝，天子置酒，胜闻乐声而泣。问其故。胜对曰：

臣闻悲者不可为累欷[1]，思者不可为叹息。故高渐离击筑易水之上，荆轲为之低而不食[2]；雍门子一微吟，孟尝君为之于邑[3]。今臣心结日久，每闻幼眇之声[4]，不知涕泣之横集也。

夫众喣漂山[5]，聚蚊成雷[6]，朋党执虎[7]，十夫桡椎[8]。是以文王拘于牖里[9]，孔子厄于陈、蔡[10]。此乃烝庶之成风[11]，增积之生害也。臣身远与寡[12]，莫为之先[13]，众口铄金，积毁销骨，丛轻折轴[14]，羽翮飞肉[15]，纷惊逢罗，潸然出涕[16]。

臣闻白日晒光，幽隐皆照；明月曜夜，蚊虻宵见。然云蒸列布，杳冥昼昏[17]；尘埃布覆，昧不泰山[18]。何则？物有蔽之也。今臣雍阏不得闻，谗言之徒蜂生。道辽路远，曾莫为臣闻，臣窃自悲也。

臣闻社鼷不灌[19]，屋鼠不熏。何则？所托者然也。臣虽薄也，得蒙肺附[20]；位虽卑也，得为东藩，属又称兄[21]。今群臣非有葭莩之亲[22]，鸿毛之重，群居党议，朋友相为，使夫宗室摈却[23]，骨肉冰释[24]。斯伯奇所以流离[25]，比干所以横分也[26]。《诗》云："我心忧伤，惄焉如捣；假寐永叹，维忧用老；心之忧矣，疢如疾首[27]。"臣之谓也。

具以吏所侵闻。于是上乃厚诸侯之礼，省有司所奏诸侯事[28]，加亲亲之恩焉。其后更用主父偃谋，令诸侯以私恩自裂地分其子弟，而汉为定制封号，辄别属汉郡。汉有厚恩，而诸侯地稍自分析弱小云。

【注释】

①累：重。②“故高渐离击筑”二句：战国末年，燕人送荆轲去刺秦王，于易水之上，高渐离击筑，荆轲因受感染俯首而不食。③“雍门子一微吟”二句：战国时，雍门子以善鼓琴见孟尝君，谈起人生不长，孟尝君听之喟然叹息。参考《说苑·善说篇》。于邑：同“呜唈”，短气貌。④幼眇：精微。⑤众喣漂山：很多的吐沫能漂起来。喣（xǔ）：吐沫。⑥聚蚊成雷：众蚊的飞声有如雷鸣。⑦朋党执虎：这里借用三人成虎的典故，比喻人多嘴杂，可以移易真伪曲直。执，固执。⑧十夫桡椎：比喻人多力量大。⑨文王：周文王。牖里：即羑里，在今河南汤阴北。⑩陈、蔡：古代两国名。陈都在今河南淮阳，蔡都在今河南上蔡。⑪烝（zhēng）庶：众庶。⑫身远：离京师远。与寡：言党羽少。⑬莫为之先：谓素为延誉。⑭丛轻折轴：载轻物超量，致使车轴折坏。⑮羽翮飞肉：展击翅膀，鸟可飞翔于天空。⑯潸然：泪流貌。⑰杳（yǎo）冥：幽暗。⑱昧：昧暗。⑲鼷（xī）：鼠类最小的一种。比喻君王左右的小人。⑳肺附：这里谓同宗，即宗室。㉑属：宗属。㉒葭莩（jiā fú）：芦苇里的薄膜，比喻疏远的亲戚。㉓摈却：谓斥退。㉔冰释：谓消散。㉕伯奇：周尹吉甫之子，事后母至孝，而后母谮之于吉甫，吉甫欲杀之，伯奇乃逃亡于山林。㉖比干：商末忠臣，直谏纣王，纣王怒，杀而剖其心。㉗“我心忧伤”句：见《诗经·小雅·小弁》。惄（nì）：犹思伤痛。假寐：不脱衣帽打盹。维：因。用：犹而。疢（chèn）：病。疾首：头痛。㉘省：减，免去。

【赏析】

《闻乐对》是西汉中山靖王刘胜所作。文中表现了自己作为藩王对前途难料的悲愁和畏惧心理，其实也是刘胜委婉为自己开脱求情，并为诸侯王鸣冤叫屈之作。时遭逢七国之乱，之后武帝对诸侯王忌心很重，刘胜随时都可能丢掉性命。史载，建元三年（公元前138年），武帝宴请诸侯王，刘胜忽然闻乐而泣，武帝奇怪地问他为何而哭，于是刘胜便将内心感言发表了一番，即这篇有名的《闻乐对》。

刘胜向武帝表达出自己终日惶恐的心情。无意蹚入浑水之中，却始终无法置身事外的局面令他难堪，每日想到这个心结，看到幼小的儿子，便没来由地悲伤哭泣。七国的叛乱，真的是害人不浅，自己已经被连累到心力交瘁了。当武帝被他的凄苦心境所感动的时候，刘胜便口风一转，开始为自己接下去的求情铺路。行走在刀尖上的刘胜开口便将自己放在一个很低的位置，令人对他的境遇心生怜悯。刘胜表明虽然自己远离是非，但是众口一词，足可以令他死上千万回，所以他面对这种无力扭转的局面，除了苍天可鉴之外，真的毫无其他澄清的办法。

《闻乐对》通篇充斥着一股文人式的悲伤，悲戚哀婉同时又不乏贵胄之气，刘胜的一番说辞有理有据，占情占理，且顿挫有致，一气呵成。不但将自己意在归隐说得入木三分，而且还将别人意欲对他加以陷害说得惟妙惟肖。

作者为自己求情并没有直接跪求武帝，而是借哭泣引起武帝的同情，让他有足够的耐心听自己的解释，然后在文辞中将原因讲清楚，同时也将求情的话顺带说出。不能不敬佩这位中山王的智慧韬略，当然更让人钦佩的是他的文采，短短一番说辞就免去了性命之灾，令武帝打消了杀他的念头，更为他在文学史上博得了一席之地。

《闻乐对》存世的原文见于《汉书卷五十三·景十三王传》。后人对这篇闻乐评价甚高，不仅限于辞采，更在于它的政治意义。通观《史记》不难得知，此文揭示了武帝以后中央与地方诸侯势力的关系变化。如清代学者查慎行曰："中山靖王胜传，《汉书》全载《闻乐对》，所以感动武帝，卒从主父偃谋，令诸侯以私恩自裂土分其子弟，与贾生、晁错二传相对应。此事不行于文景而行于武帝，是大有关系文字。"

陈子龙评论道："观《闻乐对》，知王非徒好酒色者，亦以汉法严、吏刻深，故以自晦耳。"近代学人梁玉绳亦引汪绳祖的话说："《闻乐对》词意悲壮，小司马称为'汉之英藩'，则非徒'乐酒好内'也。盖以汉法严吏深刻，托以自晦，有信陵、陈丞相之智识，史略之何与？"

士不遇赋

董仲舒

呜乎嗟乎[①]！遐哉邈矣[②]。时来曷迟[③]，去之速矣[④]。屈意从人[⑤]，悲吾族（或作非吾徒）矣[⑥]。正身俟时[⑦]，将就木矣[⑧]。悠悠偕时[⑨]，岂能觉矣[⑩]。心之忧欤[⑪]，不期禄矣[⑫]。遑遑匪宁[⑬]，祗增辱矣[⑭]。努力触藩[⑮]，徒摧角矣[⑯]。不出户庭[⑰]，庶无过矣[⑱]。

重曰[⑲]："生不丁三代之盛隆兮[⑳]，而丁三季之末俗[㉑]。以辨诈而期通兮[㉒]，贞士耿介而自束[㉓]，虽日三省于吾身[㉔]，繇怀进退之惟谷[㉕]。彼寔繁之有徒兮[㉖]，指其白以为黑[㉗]。目信嫮而言眇兮[㉘]，口信辩而言讷[㉙]。鬼神不能正人事之变戾兮[㉚]，圣贤亦不能开愚夫之违惑[㉛]。出门则不可与偕往兮[㉜]，藏器又蚩其不容[㉝]。退洗心而内讼兮[㉞]，亦未知其所从也[㉟]。观上古之清浊兮[㊱]，廉士亦茕茕而靡归[㊲]。殷汤有卞随与务光兮[㊳]，周武有伯夷与叔齐[㊴]。卞随务光遁迹于深渊兮[㊵]，伯夷、叔齐登山而采薇[㊶]。使彼圣贤其繇周遑兮[㊷]，矧举世而同迷[㊸]。若伍员与屈原兮[㊹]，固亦无所复顾㊺。亦不能同彼数子兮㊻，将远游而终慕㊼。于吾侪之云远兮㊽，疑荒涂而难践㊾。惮君子之于行兮㊿，诚三日而不饭⁵¹。嗟天下之偕违兮⁵²，怅无与之偕返⁵³。孰若返身于素业兮⁵⁴，莫随世而输转⁵⁵。虽矫情而获百利兮⁵⁶，复不如正心而归一善⁵⁷。纷既迫而后动兮⁵⁸，岂云禀性之惟褊⁵⁹。昭同人而大有兮⁶⁰，明谦光而务展⁶¹。遵幽昧于默足兮⁶²，岂舒采而蕲显⁶³。苟肝胆之可同兮⁶⁴，奚须发之足辨也⁶⁵。”

【注释】

①呜：亦作嗟。嗟（jiē）：叹息。嗟乎，感叹词。②遐：远。邈：遥远。③时：时机。曷：何。④去：离去。速：快。⑤屈：委屈，屈服。从：顺从，跟随。⑥悲吾族：让我们这类人悲伤。非吾徒：此谓非己之意也。⑦正身：端正自身。⑧就木：入棺材，死。木，指棺材。⑨悠悠：形容长久。偕：一同，在一起。此句意谓将与时俱老。⑩觉：醒悟。⑪忧：忧闷。⑫期：期望。⑬惶惶：恐惧的样子。匪：通“非”。宁：安宁。⑭祇：恰好。⑮藩：篱笆。⑯摧：折断。⑰不出户庭：指不出门。⑱庶：庶几，差不多。⑲重：重复。⑳丁：逢，当。三代：指夏、商、周时期。盛隆：鼎盛。㉑三季：夏、商、周。俗：习俗。㉒辨：通“辩”，言辞动听。通：通达。㉓贞士：坚贞之士。耿介：正直。自束：自我约束。㉔日三省于吾身：每日多次反省自己。三，多次，非实数。㉕繇（yóu）：同“犹”。进退之惟谷：进退两难。㉖寔：同“实”，确实。徒：同党。㉗指其白以为黑：指颠倒是非。㉘信：的确。嫮（hù）：美好。眇：瞎了一只眼。㉙辩：口才好。讷：语言迟钝。㉚正：纠正。变戾：变异与乖戾。㉛愚夫：愚昧的人。违：违背。㉜往：去。㉝藏器：怀才不露。器，才能。蚩：同“嗤”，讥笑。㉞内讼：自我责备。㉟从：适从。㊱清浊：治乱。㊲廉士：廉洁之士。茕茕：孤独无依的样子。靡：没有。㊳卞随与务光：皆古代隐士。㊴周武：周武王。㊵遁迹：这里指投水自尽。㊶山：首阳山。㊷周：普遍。遑：闲暇。㊸矧（shěn）：何况。举：全。㊹伍员：字子胥，春秋楚人。㊺顾：回头看，这里形容留恋。㊻数子：指卞随、务光、伯夷、叔齐、伍员和屈原等人。㊼终慕：终生期慕。㊽吾侪：我辈。㊾涂：道路。㊿惮：怕。⁵¹三日而不饭：指旅途艰难。⁵²违：违背。⁵³怅：惆怅。⁵⁴孰若：何如。素：一向。⁵⁵输转：随波逐流。⁵⁶矫情：违背真情。百利：多种利益。⁵⁷复：反倒。正：端正。⁵⁸纷：杂乱的样子。⁵⁹褊（biǎn）：狭隘。⁶⁰昭：光明。⁶¹展：省视。⁶²遵：遵循。默足：箴默自足。⁶³舒采：指表现才能。采，通“彩”。蕲（qí）：通“祈”，求。显：显赫。⁶⁴苟：假如。肝胆：心意。⁶⁵奚：什么，为什么。须发：胡须、头发。

【赏析】

董仲舒是为中国封建社会的发展做出创新性改变的人，他提出的“罢黜百家，独尊儒术”的建议，使得儒学在封建社会得到了充分的发展。也正因为如此，他得到了汉武帝的重用，他提出的“三纲五常”成为当时的官方哲学，而经学研究也因为董仲舒的大力推崇而在汉代盛行起来。

结合当时的社会大环境来看，董仲舒有着自己内心的不痛快。所以，如果要为汉代的文人评出一个最具争议人物的榜单来，那么董仲舒一定是名列前茅的。所以他的这篇赋序中便显出满腹的委屈，陈词激昂，开头一句“呜乎嗟乎！遐哉邈矣”，伍员、屈子、伯夷、叔齐都是士之不遇，可堪哀叹的例子，作者显然不想做这样的人物，抱憾终生。

接下来作者在第二段中这样写道：“生不丁三代之盛隆兮，而丁三季之末俗。以辨诈而期通兮，贞士耿介而自束，虽日三省于吾身，繇怀进退之惟谷。”立于长江边上吊唁屈原，董仲舒认为自己和古代的那些“贞士”一样难遇贤主，故而登碣石洒泪，望向流逝的江水滔滔，独自悲嗟哀叹，恨不得将天地间所有可以形容哀苦的词语都拿来用。草木凄惶，秋风萧瑟，独自一人站立在石头上，犹如天地间的一个孤独个体，这个世界在他的眼中完全颠覆。悲伤逆流而下，将他湮没其中，唯一永恒沉静的，便是头顶的日月更替，岁月流转。董仲舒的行文豁达令人折服，文中所充满的阴郁和不可抗拒的悲剧色彩，也是令人不能不为之动容的。

对于像董仲舒这样的传统士人来说，盛世不遇是他们最为尴尬的事情。作者经历了汉朝最为辉煌的两个时期，一为文景之治，二为汉武盛世，可以说他选择在一个最好的时代完成他一生的过渡，但是这个盛世却并没有让他顺利地完成他的理想和抱负。

对于董仲舒的不遇，鲁迅《汉文学史纲要》说董仲舒《士不遇赋》“虽为粹然儒者之言，而牢愁狷狭之意尽矣”，一语道破了这位西汉鸿儒的内心隐痛，对他的怀才不遇做了十分精准的解释。

大有作为的儒士，他们通常比埋头学术的儒士更勤奋、更刻苦，因为只有这样他们才能证明自己的做法是正确的。所以，董仲舒的一生著作等身，各类学术的研究是有目共睹的，这也令他得到了汉武帝的青睐。从此被任命为江都王相，董仲舒就此踏上了仕途。虽然对学术精通，但官场上如何和帝王打交道，想来他是不清楚的。汉武帝欣赏董仲舒所提出的独尊儒术，是因为这样可以巩固其权力统治，除此之外，董仲舒这个儒士和作为政治家的汉武帝之间不会有太多的共同语言。

这样，便可以理解作者因何感慨盛世不遇了，这不是时代的问题，而是在那种专制王权的统治下，“观上古之清浊兮，廉士亦茕茕而靡归……昭同人而大有兮，明谦光而务展……遵幽昧于默足兮，岂舒采而蕲显。苟肝胆之可同兮，奚须发之足辨也”。这一切不过是文人士大夫正常的感叹欷歔。

这篇《士不遇赋》是董仲舒晚年所写，作者在赋中抒发了他个人的不遇悲慨，同时也是一代士人在大一统政治环境下的普遍不遇的真实境况的反映。比较特殊的一点是这篇赋表现出十分浓厚的儒家色彩。作者借文表达了其人格与志趣，同时也有其对世事的关怀和政治理想的陈述。

逐贫赋

扬　雄

扬子遁居，离俗独处。左邻崇山，右接旷野，邻垣乞儿，终贫且窭①。礼薄义弊，相与群聚，惆怅失志，呼贫与语："汝在六极②，投弃荒遐。好为庸卒，刑戮相加。匪惟幼稚，嬉戏土沙。居非近邻，接屋连家。恩轻毛羽，义薄轻罗。进不由德，退不受呵。久为滞客，其意谓何？人皆文绣，余褐不完；人皆稻粱，我独藜飧。贫无宝玩，何以接欢？宗室之燕，为乐不盘。徒行负笈，出处易衣。身服百役，手足胼胝。或耘或耔，沾体露肌。朋友道绝，进宫凌迟。厥咎安在③？职汝为之④！舍汝远窜，昆仑之巅；尔复我随，翰飞戾天⑤。舍尔登山，岩穴隐藏；尔复我随，陟彼高冈。舍尔入海，泛彼柏舟；尔复我随，载沉载浮⑥。我行尔动，我静尔休。岂无他人，从我何求？今汝去矣，勿复久留！"

贫曰："唯唯。主人见逐，多言益嗤。心有所怀，愿得尽辞。昔我乃祖，宣其明德，克佐帝尧，誓为典则。土阶茅茨，匪雕匪饰。爰及季世，纵其昏惑。饕餮之群⑦，贪富苟得。鄙我先人，乃傲乃骄。瑶台琼榭，室屋崇高；流酒为池，积肉为崤⑧。是用鹄逝，不践其朝。三省吾身，谓予无諐⑨。处君之家，福禄如山。忘我大德，思我小怨。堪寒能暑，少而习焉；寒暑不忒，等寿神仙。桀跖不顾，贪类不干。人皆重蔽，予独露居；人皆怵惕⑩，予独无虞⑪！"言辞既罄⑫，色厉目张，摄齐而兴⑬，降阶下堂。"誓将去汝，适彼首阳⑭。孤竹二子⑮，与我连行。"

余乃避席，辞谢不直："请不贰过，闻义则服。长与汝居，终无厌极。"贫遂不去，与我游息。

【注释】

①窭：贫寒，此句语出《诗经·邶风·北门》："终窭且贫，莫知我艰。"②六极：指上、下、东、南、西、北。③厥：犹"其"。咎：罪责。④职：语助词。⑤翰：鸟羽。戾：到达。⑥载：语助词，无实义。⑦饕餮：一种传说中贪食的恶兽，此处比喻贪婪凶残者。⑧崤：此指崤山。⑨諐：同"愆"，

过失。⑩怵惕：戒惧。⑪虞：贻误。⑫罄：器空为罄，此引申为尽。⑬兴：起。⑭首阳：山名，在今山西水济县南。相传伯夷、叔齐隐居并饿死于此。⑮孤竹二子：即伯夷、叔齐因二人为商末孤竹的儿子，故名。

【赏析】

西汉虽然经过文景之治和武帝盛世的整顿，社会有了一定程度的恢复和繁荣，但是在汉末的时候，困顿再次来临，并且是以不可遏制的速度吞噬着整个王朝，这令所有的汉朝人民感到惶恐。

不但是平头百姓，就连一些大文豪也感到了江山末日所带来的恐惧。扬雄虽然写过一些极力赞扬汉朝盛世的赋词，但是他自己并没能因此而大富大贵。他也过着潦倒的生活，在不堪忍受的时候，他将自己的贫困写进文字中，或许只是一种心理慰藉，但是流传了下来，给了后世一份了解当时社会的文献资料。

“扬子遁居，离俗独处。左邻崇山，右接旷野，邻垣乞儿，终贫且窭。礼薄义弊，相与群聚，惆怅失志，呼贫与语……”扬子是作者自指，贫是作者虚构的，就是西汉时期民俗信仰中的所谓的“贫鬼”。扬雄性格中一直有着不甘平庸的成分，所以他隐居他处，离群索居。然后，作者以一段虚构的和“贫”之间的对话展开行文。他说道，在旷野之中，虽然贫苦，却能求得心安理得，不过时而也会惆怅哀叹。人间世事，不是随波逐流，便是逆流而上，何去何从值得思考，这个不能给予太多希望的地方，还是早日离开的好。

在《逐贫赋》第一段中，作者将一个文人生不逢时的尴尬论述出来，不论在当时，还是现在来看，都是一篇为自己感慨命运不公的文字。然而，这其实也只是聊以自慰，而最终无法撑起西汉末年阴霾的天空。在中国漫长的历史岁月中，像扬雄这样的人很多，数不胜数，而他们却几乎无一例外，往往愈到暮年，愈才发觉世事的荒唐，此生的苍凉无奈。

然后是贫的一番话，“唯唯。主人见逐，多言益嗤。心有所怀，愿得尽辞”，意识到自己的被逐，贫表明了他的观点和志节，最后他说“人皆重蔽，予独露居；人皆怵惕，予独无虞”，我因为是贫，反而“无虞”，我离开你，去寻找孤竹二子，也只有伯夷叔齐这样的真君子能与我同处。

扬雄的《逐贫赋》，以扬子与贫的一番对话展开全文，形式比较独特，极富想象力。但在汉赋中并不是唯一的，比如司马相如的《子虚赋》就是以虚构的子虚乌有二先生对话展开。但扬雄第一次以文学形式对中国历史上关于文人生存的一个重要问题进行了回答，即在污浊现实中，无法融合于主流政治领域时，文人如何安身立世。在文中最后一句，作者写道：“余乃避席，辞谢不直：‘请不贰过，闻义则服。长与汝居，终无厌极。’贫遂不去，与我游息。”扬雄因为不堪，选择离去；因为理智，最终决定云游他方。这个回答多少是种无奈的选择。文人避世的清高，其实内里都透着股郁郁不得志的无奈与苍凉。

《逐贫赋》对后世文学产生了很大影响。洪迈《容斋续笔》卷十五中便指出，唐代韩愈的《送穷文》和柳宗元的《乞巧文》，显然都有扬雄的这篇《逐贫赋》的影子。钱锺书也曾评论道："子云诸赋，吾必以斯为巨擘焉。创题造境，意不犹人。《解嘲》虽佳，谋篇尚步东方朔后尘，无此诙诡。后世祖构稠叠，强颜自慰，借端骂世，韩愈《送穷》，柳宗元《乞巧》，孙樵《逐痁鬼》出乎其类。"

西都赋

班　固

有西都宾问于东都主人曰："盖闻皇汉之初经营也，尝有意乎都河洛矣①。辍而弗康②，实用西迁，作我上都。主人闻其故而睹其制乎？"主人曰："未也。愿宾摅怀旧之蓄念③，发思古之幽情，博我以皇道，弘我以汉京。"宾曰："唯唯。"

汉之西都，在于雍州，实曰长安。左据函谷、二崤之阻④，表以太华⑤、终南之山。右界褒斜、陇首之险，带以洪河、泾、渭之川。众流之隈，汧涌其西。华实之毛，则九州之上腴焉。防御之阻，则天下之隩区焉⑥。是故横被六合，三成帝畿⑦，周以龙兴，秦以虎视。及至大汉受命而都之也，仰寤东井之精，俯协《河图》之灵。奉春建策，留侯演成⑧。天人合应⑨，以发皇明⑩，乃眷西顾，实惟作京。于是睎秦岭⑪，睋北阜⑫，挟酆灞，据龙首。图皇基于亿载⑬，度宏规而大起。肇自高而终平⑭，世增饰以崇丽。历十二之延祚⑮，故穷奢而极侈。建金城其万雉⑯，呀周池而成渊。披三条之广路，立十二之通门。内则街衢洞达⑰，闾阎且千⑱，九市开场，货别隧分。人不得顾，车不得旋，阗城溢郭⑲，旁流百廛。红尘四合，烟云相连。于是既庶且富，娱乐无疆。都人士女，殊异乎五方。游士拟于公侯，列肆侈于姬姜⑳。乡曲豪举，游侠之雄，节慕原、尝，名亚春、陵。连交合众，骋骛乎其中㉑。

若乃观其四郊，浮游近县，则南望杜、霸，北眺五陵。名都对郭，邑居相承。英俊之域，绂冕所兴[22]。冠盖如云，七相五公[23]。与乎州郡之豪杰，五都之货殖，三选七迁，充奉陵邑。盖以强干弱枝，隆上都而观万国也。封畿之内，厥土千里，逴跞诸夏[24]，兼其所有。其阳则崇山隐天，幽林穹谷[25]，陆海珍藏，蓝田美玉。商、洛缘其隈，鄠、杜滨其足[26]，源泉灌注，陂池交属。竹林果园，芳草甘木，郊野之富，号为近蜀。其阴则冠以九嵕，陪以甘泉，乃有灵宫起乎其中。秦汉之所以极观，渊云之所颂叹，于是乎存焉。下有郑、白之沃，衣食之源。提封五万，疆埸绮分，沟塍刻镂[27]，原隰龙鳞，决渠降雨，荷插成云。五谷垂颖[28]，桑麻铺菜[29]。东郊则有通沟大漕，溃渭洞河[30]，泛舟山东，控引淮湖，与海通波。西郊则有上囿禁苑，林麓薮泽，陂池连乎蜀汉，缭以周墙[31]，四百余里。离宫别馆，三十六所。神池灵沼，往往而在。其中乃有九真之麟，大宛之马，黄支之犀，条支之鸟。逾昆仑，越巨海，殊方异类，至于三万里。

其宫室也，体象乎天地，经纬乎阴阳。据坤灵之正位[32]，放太紫之圆方。树中之华阙，丰冠山之朱堂。因瑰材而究奇，抗应龙之虹梁。列棼橑以布翼，荷栋桴而高骧。雕玉瑱以居楹[33]，裁金壁以饰珰。发五色之渥彩，光焰朗以景彰。于是左墄右平，重轩三阶。闺房周通，门闼洞开[34]。列钟虡于中庭，立金人于端闱。仍增崖而衡阈[35]，临峻路而启扉[36]。徇以离殿别寝[37]，承以崇台闲馆，焕若列星，紫宫是环。清凉、宣温、神仙、长年、金华、玉堂、白虎、麒麟，区宇若兹，不可殚论[38]。增盘业峨，登降炤烂[39]，殊形诡制，每各异观。乘茵步辇[40]，惟所息宴。后宫则有掖庭[41]、椒房，后妃之室。合欢、增城、安处、常宁、茝若、椒风、披香、发越、兰林、蕙草、鸳鸾、飞翔之列，昭阳特盛，隆乎孝成。屋不呈材，墙不露形。裛以藻绣[42]，络以纶连。随侯明月，错落其间。金釭衔璧，是为列钱。翡翠火齐，流耀含英。悬黎垂棘，夜光在焉。于是玄墀扣砌，玉阶彤庭，碝磩彩致，琳珉青荧，珊瑚碧树，周阿而生。红罗飒纚，绮组缤纷。精曜华烛，俯仰如神。后宫之号，十有四位。窈窕繁华，更盛迭贵。处乎斯列者，盖以百数。左右庭中，朝堂百寮之位，萧曹魏邴，谋谟乎其上。佐命则垂统，辅翼则成化。流大汉之恺悌，荡亡秦之毒螫。故令斯人扬乐和之声，作画一之歌。功德著于祖宗，膏泽洽于黎庶。又有天禄、石渠，典籍之府。命夫谆诲故老[43]，名儒师傅，讲论乎《六艺》，稽合乎同异[44]。又有承明、金马、著作之庭。大雅宏达[45]，于兹为群。元元本本，周见洽闻。启发篇章，校理秘文。周以钩陈之位[46]，卫以严更之署，总礼官之甲科，群百郡之廉孝。虎贲赘衣[47]，阉尹阍寺。陛戟百重，各有典司。周庐千列，徼道绮错。辇路经营[48]，修除飞阁。自未央而连桂宫，北弥明光而亘长乐。凌隥道而超西墉[49]，掍建章而连外属。设壁门之凤阙，上觚棱而栖金爵。内则别风之嶕峣[50]，眇丽巧而耸擢，张千门而立万户，顺阴阳以开阖。尔乃正殿崔嵬，层构厥高，临乎未央。经骀汤而出驭娑，洞枍诣以与天梁。上反宇以盖戴[51]，激日景而纳光。神明郁其特起，遂偃蹇而上跻[52]。轶云雨于太半，虹霓回带于棼楣。虽轻迅与僄狡[53]，犹愕眙而不能阶[54]。攀井干而未半[55]，目眴转而意迷[56]，舍棂槛而却倚[57]，若颠坠而复稽，魂怳怳以失度[58]，巡回途而下低，既惩惧于登望[59]，降周流以彷徨。步甬道以萦纡，又杳窱而不见阳。排飞闼而上出[60]，若游目于天表，似无依而洋洋[61]。前唐中而后太液，揽沧海之汤汤。扬波涛于碣石，激神岳之嶈嶈。滥瀛洲与方壶，蓬莱起乎中央。于是灵草冬荣，神木丛生。岩峻崷崒[62]，金石峥嵘。抗仙掌以承露，擢双立之金茎，轶埃堨之混浊，鲜颢气之清英。骋文成之丕诞，驰五利之所刑。庶松乔之群类，时游从乎斯庭。实列仙之攸馆，非吾人之所宁。

尔乃盛娱游之壮观，奋泰武乎上囿。因兹以威戎夸狄，耀威灵而讲武事。命荆州使起鸟，诏梁野而驱兽。毛群内阗，飞羽上覆，接翼侧足，集禁林而屯聚。水衡虞人，修其营表。种别群分，部曲有署。罘网连纮，笼山络野[63]。列卒周匝，星罗云布。于是乘銮舆，备法驾，帅群臣，披飞廉，入苑门。遂绕酆鄗，历上兰。六师发逐，百兽骇殚，震震爚爚，雷奔电激，草木涂地，山渊反覆。蹂躏其十二三，乃拗怒而少息。尔乃期门佽飞，列刃钻飞，列忍钻锻，要趹追踪。鸟惊触丝，兽骇值锋。机不虚掎，弦不再控。矢不单杀，中必叠双。飑飑纷纷，矰缴相缠[64]。风毛雨血，洒野蔽天。平原赤，勇士厉。猿狖失木，豺狼慑窜[65]。尔乃移师趋险，并蹈潜秽。穷虎奔突，狂兕触蹶。许少施巧，秦成力折。掎僄狡，扼猛噬。脱角挫脰，徒搏独杀。挟师豹，拖熊螭。曳犀犛，顿象罴。超洞壑，越峻崖。蹶巉岩[66]，巨石颓。松柏仆，丛林摧。草木无余，禽兽殄夷。于是天子乃登属玉之馆，历长杨之榭，览山之体势，观三军之杀获。原野萧条，目极四裔。禽相镇压，兽相枕藉。然后收禽会众，论功赐胙。陈轻骑以行炰，腾酒车以斟酌。割鲜野食，举烽命釂。飨赐毕，劳逸齐，大辂鸣銮，容与徘徊。集乎豫章之宇，临乎昆明之池。左牵牛而右织女，似云汉之无涯。茂树荫蔚，芳草被堤。兰茝发色，晔晔猗猗。若摛乎其陂。鸟则玄鹤白鹭，黄鹄鵁鹳，鸧鸹鸨鶂[67]，凫鹥鸿雁。朝发河海，夕宿江汉。沉浮往来，云集雾散。

于是后宫乘輚辂，登龙舟。张凤盖，建华旗。祛黼帷[68]，镜清流。靡微风，澹淡浮。棹女讴，鼓吹震，声激越，謍厉天，鸟群翔，直窥渊。招白鹇，下双鹄。揄文竿，出比目。抚鸿罿，御矰缴，方舟并骛，俯仰极乐。遂乃风举云摇，浮游溥览。前乘秦岭，后越九嵕，东薄河华[69]，西涉岐雍。宫馆所历，百有余区。行所朝夕，储不改供。礼上下而接山川，究休佑之所用。采游童之欢谣，第从臣之嘉颂。于斯之时，都都相望，邑邑相属。国籍十世之基，家承百年之业，士食旧德之名氏，农服先畴之畎亩，商循族世之所鬻，工用高曾之规矩。粲乎隐隐，各得其所。

若臣者徒观迹于旧墟，闻之乎故老，十分而未得其一端，故不能遍举也。

【注释】

①河洛：东都有河南洛阳，所以叫河洛。②辍：止。康，安定。③摅：抒发。蓄：积。④二崤：其中南陵是夏后皋的墓，北陵是文王避风雨的地方。⑤表：标。⑥隩：四方之土可定居者。⑦三成帝畿：指周、秦、汉。⑧演：引。⑨天：指五星。人：指娄敬。⑩皇：指高祖。⑪睎：望。秦岭：南山。⑫睋：视。北阜：山。⑬载：年。⑭高：高祖。⑮祚：禄。⑯雉：长三丈，高一丈。⑰街：四通八达。⑱闾：里门。阎：里中门。⑲阗：同“填”，满。⑳肆：市中陈放物品的地方。㉑骋：直驰。骛：乱驰。㉒绂：绶。冕：大夫以上级别的冠帽。㉓相：丞相。公：御史大夫、将军的

通称。㉔逴跞：犹言超绝。㉕穹谷：深谷。㉖滨：涯。㉗塍：稻田中的畦，音绳。㉘颖：禾穗。㉙棻：通“纷”，盛貌。㉚洞：疾流。㉛缭：犹绕。㉜坤：地道。㉝楹：柱。㉞阃：门内。㉟仍：因。㊱峻：高大。㊲徇：循。㊳殚：尽。㊴炤：明，音照。烂：意思是明。㊵茵：蓐。㊶掖庭：官人居住的地方。㊷裹：缠。㊸谆：勉励。诲：教诲。㊹稽：考。㊺大雅：指有大雅之风的贤才。㊻钩陈：后宫。㊼赘：通“缀”。㊽辇路：辇道，阁道。㊾隥：阁道。墉：城。㊿嶕峣：高。⑤①盖戴：覆盖。⑤②跻：上升。⑤③僄佼：轻。⑤④愕：惊。眙：惊貌。⑤⑤井干：井栏。⑤⑥眴：看不清。⑤⑦槛：楯。⑤⑧怳：失意。⑤⑨惩：恐惧。⑥⓪排：推。⑥①洋洋：无所归的样子。⑥②岩：险。峻：峭高。⑥③络：绕。⑥④嶒：高。⑥⑤慑：惧。⑥⑥巉岩：高峻的样子。⑥⑦鹅：一种水鸟。⑥⑧袪：举。⑥⑨薄：迫。河：指黄河。华：指华山。

【赏析】

长安的繁荣被看作是汉代兴盛的标志，许多文人为了歌颂帝王的丰功伟绩，纷纷提笔写赋词，为的就是将大汉朝的繁荣记录史册，留予后人。班固作为当时的文人，自然免不了也要歌颂一番，于是，在这篇《西都赋》里，长安城的繁华景象跃然纸上。

乡土豪绅、游侠豪杰，从四面八方赶来长安，驰骋其中。四郊近县，南北相望，这些意气风发的贵族从各地赶来长安，还有朝廷选中的七相五公、州郡豪杰，都是西汉政府为了削弱地方，壮大京城实力，而专门迁移来担当供奉皇陵的重任。

成群结队的商队从长安出发，他们带走的是大汉的文明，带回来的却是一袋又一袋的奇珍异宝和珍贵货物。各国的商人慕名而来，他们在长安落脚，为天子献上各地的宝物，越来越多的人在长安进行商业贸易，使得长安日益繁华起来。正是因为经商可以迅速致富，所以，长安的官员贵族们也开始从事商业活动。他们的加入，令商人队伍更加庞杂，而其利用政治地位之便，与百姓争夺生意利润的事情也开始层出不穷。

西都的繁华也体现在天子狩猎的壮观场面上。文中写道：“尔乃盛娱游之壮观，奋泰武乎上囿。因兹以威戎夸狄，耀威灵而讲武事。”汉天子为了展示狩猎的壮观，通常会同时举行练兵和游行，使得每一次的狩猎都犹如检阅一般壮观盛大。

司马迁曾在《史记》中记载道：“汉兴，海内为一，开关梁，弛山泽之禁，是以富商大贾周流天下，交易之物莫不通，得其所欲。”

这篇《西都赋》为后人呈现了一个大汉都城的繁荣景象。商业在其中举重若轻。在当时的长安城里是九市一起开，不同的货物摆放路边，等

着客人来挑选，拥挤的人潮使得车辆都无法回旋。各地的人们都来长安经商，他们在闹市中集会，不论富贵与否，对于商业活动的参与都是十分频繁的。恰如当时西汉有一句民间谚语：“以贫求富，农不如工，工不如商，刺绣文不如倚市门。”

归田赋

张　衡

游都邑以永久①，无明略以佐时②。徒临川以羡鱼③，俟河清乎未期④。感蔡子之慷慨⑤，从唐生以决疑⑥。谅天道之微昧⑦，追渔父以同嬉⑧。超埃尘以遐逝⑨，与世事乎长辞⑩。

于是仲春令月⑪，时和气清；原隰郁茂⑫，百草滋荣。王雎鼓翼⑬，鸧鹒哀鸣⑭；交颈颉颃⑮，关关嘤嘤⑯。于焉逍遥⑰，聊以娱情。

尔乃龙吟方泽⑱，虎啸山丘。仰飞纤缴⑲，俯钓长流。触矢而毙，贪饵吞钩。落云间之逸禽⑳，悬渊沉之鲨鰡。

于时曜灵俄景㉑，系以望舒㉒。极般游之至乐㉓，虽日夕而忘劬㉔。感老氏之遗诫㉕，将回驾乎蓬庐。弹五弦之妙指㉖，咏周、孔之图书㉗。挥翰墨以奋藻㉘，陈三皇之轨模㉙。苟纵心于物外，安知荣辱之所如㉚。

【注释】

①都邑：指东汉京都洛阳。永：长。久：滞。言久滞留于京都。②明略：明智的谋略。这句意思是说自己无明略以匡佐君主。③徒：空，徒然。羡：愿。④俟：等待。河清：黄河水清，古人认为这是政治清明的标志。此句意思为等待政治清明未可预期。⑤蔡子：指战国时燕人蔡泽。慷慨：壮士不得志于心。⑥唐生：即唐举，战国时梁人。决疑：请人看相以解除对前途命运的疑惑。蔡泽游学诸侯，未发迹时，曾请唐举看相，后入秦，待范雎为秦相。⑦谅：确实。微昧：幽隐。⑧嬉：乐。⑨超尘埃：即游乎尘埃之外。尘埃，比喻纷浊的事务。遐逝：远去。⑩长辞：永别。由于政治昏乱，世路艰难，自己与时代不合，产生了归田隐居的念头。⑪令月：吉日，好的时节。令，善。⑫原：宽阔平坦之地。隰：低湿之地。郁茂：草木繁盛。⑬王雎：鸟名。即雎鸠。⑭鸧鹒：鸟名。即黄鹂。⑮颉颃：鸟飞上下貌。⑯关关嘤嘤：指二鸟和鸣。⑰于焉：于是乎。逍遥：安闲自得。⑱尔乃：于是。方泽：大泽。这两句言自己从容吟啸于山泽间，类乎龙虎。⑲纤缴：指箭。纤，细。缴，射鸟时系在箭上的丝绳。⑳逸禽：云间高飞的鸟。㉑曜灵：日。俄：斜。景：同“影”。㉒系：继。望舒：神话传说中为月亮驾车的仙人，这里代指月亮。㉓般游：游乐。般，乐。㉔虽：虽然。劬：劳苦。㉕感老氏之遗诫：指《老子》十二章“驰骋田猎，令人心发狂”。㉖五弦：五弦琴。指：通“旨”。㉗周、孔之图书：周公、孔子著述的典籍。㉘翰：毛笔。藻：

辞藻。㉙陈：陈述。轨模：法则。㉚如：往，到。

【赏析】

这是东汉科学家、文学家、政治家张衡的最有名的辞赋之一。

此赋描写的是作者归园田居的生活画面。在湖边歌唱，在山丘吟诗，向云间射箭，往河里垂钓，这便是张衡赋闲后的生活，字里行间全是悠闲。就算夕阳下山，皓月升起，游戏的劲头也丝毫不减，只是想起圣贤告诫，便回到草庐，弹奏琴弦，品读诗书，提笔写下这一日的欢娱。在这里，人间的烦忧与荣辱，已经完全与自己不相干了。

作为东汉有名的科学家，张衡同时也像所有知识分子一样，希望能为国家效力，然而他始终无法改变当时残破的局面，被郭沫若评价为“如此全面发展之人物，在世界史中亦所罕见，万祀千龄，令人景仰”的张衡也无法逃避世事的苍凉。

东汉宦官外戚专权，官场的浑浊与政治的黑暗，使张衡感到忧愤，官僚体系已经不再适合他了。在朝为官，张衡走到了尽头，但对百姓，他是关怀备至的。张衡发现，一个帝国的统治者只有与百姓惺惺相惜，才能令这个国家长治久安，他清楚地看到，实现国家的富有，就要实现百姓的利益。张衡做了最后的抗争，然而宦官的力量实在过于强大，他再次落败。当汉顺帝问张衡如今天下百姓最憎恶何人时，在宦官的包围中，他竟然没有勇气说出真相。

他彻底明白了，这是一个他无法抗衡的团体，所以他充满了痛苦和矛盾，并退出了这个他曾为之奋斗的舞台。张衡晚年消极避世，归隐之后，他写诗作赋以表述内心的凄凉和不满，这篇《归田赋》是他的代表之作。正如结尾“苟纵心于物外，安知荣辱之所如”两句所说，作者挣脱樊篱，归隐田园，不再为尘世荣辱束缚，这种归隐的生活是令人遐想的，然而其中也渗透着作者浓浓的无奈之情。

青衣赋

蔡　邕

金生沙砾，珠出蚌泥。叹兹窈窕[①]，生于卑微[②]。盼倩淑丽[③]，皓齿蛾眉。玄发光润[④]，领如蝤蛴[⑤]。修长冉冉[⑥]，硕人其颀[⑦]。绮绣丹裳，蹑蹈丝扉[⑧]。盘跚蹴蹀，坐起昂低。和畅善笑，动扬朱唇。都冶武媚[⑨]，卓砾多姿。精慧小心，趋事若飞。中馈裁割，莫能双追。《关雎》之洁，不陷邪非。察其所履，世之鲜希[⑩]。宜作夫人，为众女师。伊何尔命[⑪]，在此贱微！代无樊姬，楚庄晋妃。感昔郑季，平阳是私。故因锡国，历尔邦畿。虽得嬿婉[12]，舒写情怀。寒雪翩翩，充庭盈阶。兼裳累镇，展转倒颓[13]。昒昕将曙[14]，鸡鸣相催。饬驾趣严[15]，将舍尔乖。蒙冒蒙冒，思不可排[16]。停停沟侧[17]，嗷嗷青衣。我思远逝，尔思来追。明月昭昭[18]，当我户扉。条风狎猎[19]，吹予床帷。河上逍遥，徙倚庭阶[20]。南瞻井柳[21]，仰察斗机。非彼牛女，隔于河维。思尔念尔，惄焉且饥[22]。

【注释】

①兹：这个。窈窕：美好的样子。②卑微：出生低微。③盼倩：出自《诗经·卫风·硕人》："巧笑倩兮，美目盼兮"，顾盼生姿之意。淑丽：娴熟美好。④玄发：黑发。⑤领：颈部。蝤蛴：金龟子的幼虫。⑥冉冉：柔美的样子。⑦颀：修长。⑧蹑：踩。扉：鞋。⑨都冶：即美貌。武媚：同"妩媚"。⑩鲜希：稀少。⑪伊何：为何。⑫嬿婉：欢好的样子。⑬倒颓：精力消退。⑭昒（hū）昕：拂晓，黎明。⑮饬：整治。⑯思：助词。⑰停停：耸立的样子。⑱昭昭：明亮的样子。⑲条风：东北风。狎猎：重叠接连。⑳徙倚：徘徊。㉑井柳：指井宿、柳宿。㉒惄（nì）：忧愁伤痛。

【赏析】

这是一首描写处于恋爱中的人因为思念爱人而不得寐的作品。在皎洁如水的月光下，倚靠着窗户，当风吹过床上，轻纱漫动之时，远在他乡的爱人啊，你在哪里？就好像是天上的牛郎和织女，相爱的人之间的思念，遥遥无期。

这是隐喻地表达婢女对情郎的思念之情，从中可以看出汉朝人们对于人性自由的追求。除了蔡邕，还有许多文人也有类似的作品，例如司马相如的《美人赋》，虽然表面上是在谈政治，但其实也是在隐喻地说男女之间的隐讳之情。还有继蔡邕之后的阮瑀，他在作品《止欲赋》中写道："睹天汉之无津，伤匏瓜之无偶，悲织女之独动。"

从《青衣赋》中可以看出，在当时的人们看来，或明确或隐喻地表达内心思慕男女之情并不是什么不可饶恕的罪过，反而是一种正常的情感宣泄。这篇赋词所写细节是比较大胆露骨的，也是十分细腻的。

洛神赋

曹　植

黄初三年，余朝京师[1]，还济洛川[2]。古人有言，斯水之神，名曰宓妃[3]。感宋玉对楚王神女之事[4]，遂作斯赋。其辞曰：

余从京域，言归东藩[5]。背伊阙[6]，越轘辕[7]，经通谷[8]，陵景山[9]。

日既西倾，车殆马烦。尔乃税驾乎蘅皋，秣驷乎芝田，容与乎阳林，流眄乎洛川。于是精移神骇，忽焉思散。俯则未察，仰以殊观，睹一丽人，于岩之畔。乃援御者而告之曰："尔有觌于彼者乎？彼何人斯？若此之艳也！"御者对曰："臣闻河洛之神，名曰宓妃。然则君王所见，无乃是乎？其状若何？臣愿闻之。"

余告之曰："其形也，翩若惊鸿，婉若游龙。荣曜秋菊，华茂春松。髣髴兮若轻云之蔽月，飘飖兮若流风之回雪。远而望之，皎若太阳升朝霞；迫而察之，灼若芙蕖出渌波。秾纤得衷[10]，修短合度。肩若削成，腰如约素。延颈秀项，皓质呈露。芳泽无加，铅华弗御。云髻峨峨，修眉联娟。丹唇外朗，皓齿内鲜。明眸善睐，靥辅承权[11]。瑰姿艳逸[12]，仪静体闲。柔情绰态，媚于语言。奇服旷世，骨像应图。披罗衣之璀粲兮，珥瑶碧之华琚。戴金翠之首饰，缀明珠以耀躯。践远游之文履，曳雾绡之轻裾。微幽兰之芳蔼兮，步踟蹰于山隅。

于是忽焉纵体，以遨以嬉。左倚采旄，右荫桂旗。攘皓腕于神浒兮，采湍濑之玄芝。余情悦其淑美兮，心振荡而不怡。无良媒以接欢兮，托微波而通辞。愿诚素之先达兮，解玉佩以要之[13]。嗟佳人之信修兮，羌习礼而明诗。抗琼珶以和予兮，指潜渊而为期[14]。执眷眷之款实兮[15]，惧斯灵之我欺。感交甫之弃言兮，怅犹豫而狐疑。收和颜而静志兮，申礼防以自持。

于是洛灵感焉，徙倚彷徨，神光离合，乍阴乍阳。竦轻躯以鹤立，

若将飞而未翔。践椒涂之郁烈，步蘅薄而流芳。超长吟以永慕兮，声哀厉而弥长。

尔乃众灵杂遝，命俦啸侣[16]，或戏清流，或翔神渚，或采明珠，或拾翠羽。从南湘之二妃[17]，携汉滨之游女。叹匏瓜之无匹兮，咏牵牛之独处。扬轻袿之猗靡兮，翳修袖以延伫。体迅飞凫，飘忽若神，陵波微步，罗袜生尘。动无常则，若危若安。进止难期，若往若还。转眄流精，光润玉颜。含辞未吐，气若幽兰。华容婀娜，令我忘餐。

于是屏翳收风[18]，川后静波。冯夷鸣鼓[19]，女娲清歌。腾文鱼以警乘，鸣玉鸾以偕逝。六龙俨其齐首，载云车之容裔，鲸鲵踊而夹毂[20]，水禽翔而为卫。

于是越北沚。过南冈，纡素领，回清阳[21]，动朱唇以徐言，陈交接之大纲。恨人神之道殊兮，怨盛年之莫当。抗罗袂以掩涕兮，泪流襟之浪浪。悼良会之永绝兮。哀一逝而异乡。无微情以效爱兮，献江南之明珰。虽潜处于太阴，长寄心于君王。忽不悟其所舍，怅神宵而蔽光[22]。

于是背下陵高，足往神留，遗情想象，顾望怀愁。冀灵体之复形，御轻舟而上溯[23]。浮长川而忘反[24]，思绵绵而增慕。夜耿耿而不寐，沾繁霜而至曙。命仆夫而就驾，吾将归乎东路。揽騑辔以抗策，怅盘桓而不能去。

【注释】

①京师：京城、国都，此处指魏都洛阳。②洛川：洛水。源自陕西省，入河南省，经洛阳，至巩义市入黄河。③宓（fú）妃：相传为宓羲氏的女儿，溺死于洛水为神，即洛神。④感宋玉对楚王神女之事：宋玉曾作《高唐赋》《神女赋》，均记载楚襄王对答梦遇巫山神女之事。⑤东藩：东方藩国。当时曹植封为鄄（juàn）城（今山东省鄄城县）王。鄄城位于洛阳东北，故称东藩。⑥伊阙：山名，又名阙塞山、龙门山，在洛阳南。⑦轘辕：山名，在河南省偃师县

东南。⑧通谷：山谷名，在洛阳城南。⑨陵：登。景山：在河南省偃师县南。⑩秾（nóng）：花木盛，这里指体态丰满。⑪靥（yè）：酒窝。权：通“颧”，颧骨。酒窝在颧骨下，所以说“承权”。⑫瑰姿：美妙的姿态。⑬要：“邀”，约会。⑭潜渊：深渊，指洛神所居之处。⑮眷眷：通“拳拳”。⑯命俦啸侣：等于说呼朋唤友。⑰南湘之二妃：指娥皇、女英，湘水之神。⑱屏翳：传说中的风神。⑲冯（píng）夷：河伯的名字。⑳鲸鲵（ní）：即鲸鱼，雄的叫鲸，雌的叫鲵。㉑清阳：女子眉清目秀，此指清秀的眉目。阳：一作“扬”。㉒神宵：神影消逝。宵：通“消”，消逝。㉓溯（sù）：逆流而上。㉔长川：指洛水。反：同“返”，返回。

【赏析】

这首《洛神赋》一般认为是曹植为了纪念甄氏而写的，当时甄氏早就嫁给曹丕为妃，而且曹丕也已经登基成了皇帝，曹植没有能力与他争夺女人，而且在作这首赋之前，甄氏也已经因为宫廷内部的权力争斗而死于非命。所以，曹植作的这首《洛神赋》系怀念之作。他到洛阳拜见曹睿，与甄氏的儿子曹睿吃饭，见到侄子，想起甄氏的红颜薄命，曹植自然是有感于心。据史料记载，曹植睹物思人，在回到封地的路上一直神情恍惚，夜里梦回，恍然看到了甄氏在他面前，待清醒之后才知道是南柯一梦，但更加难掩心中的悲伤，便写下了这首著名的赋。

这一首赋文辞优美，语言华丽，将甄氏的美好与动人之处描写得入木三分，使人看到赋就仿佛看到甄氏本人一样。曹植虽然放任自流，今日狂歌痛饮，明朝游猎山林，但是他对甄氏的思念不是一时兴起，而是深埋于内心的一种深沉情愫，但后人对此有过诸多怀疑。例如宋朝诗人刘克庄就曾认为这是好事之人“造甄后之事以实之”。明朝的王世贞又说：“令洛神见之，未免笑子建（曹植字）伧父耳。”他们都认为曹植对甄氏的感情是虚拟而不真实的。但由于此文文采琉华，尤其是“其形也，翩若惊鸿，

婉若游龙。荣曜秋菊，华茂春松。髣髴兮若轻云之蔽月，飘飖兮若流风之回雪。远而望之，皎若太阳升朝霞；迫而察之，灼若芙蕖出渌波。秾纤得衷，修短合度。肩若削成，腰如约素。延颈秀项，皓质呈露。芳泽无加，铅华弗御。云髻峨峨，修眉联娟。丹唇外朗，皓齿内鲜。明眸善睐，靥辅承权”一段，历来为人称引。作者描写洛神之美，说她体态轻盈，就像起舞的鸿雁、嬉戏的游龙，容貌宛如绽放的秋菊、春日的松柏，形态就如同若隐若现的月亮，如同风中翩跹的雪花。她的美无法用辞藻形容，远远望去，就像是太阳下的一抹朝霞，也像是水中亭亭玉立的荷花，丰满得恰到好处，身高也比例适中。总之，这个女子的铅华无与伦比。

相传曹植对甄氏一见钟情，但这或许只是他一厢情愿而已，历史上并未记载甄氏对曹植有过任何的青睐。在嫁给曹丕后，甄氏恪尽本分，为曹丕开枝散叶，生儿育女。

这个女人拈花带笑，她的容貌倾国倾城，不然也不会被袁绍选为儿媳。可惜自古红颜多薄命，甄氏的荣华还未享尽，便因为曹操的大军来袭而改变。当她蓬头垢面地出现在曹氏父子面前的时候，她应该不会想到她会俘获三个人的心。曹操对于污垢依然不掩芳华的甄氏十分喜爱，只可惜曹丕先声夺人，要将甄氏归自己所有。为了笼络人心，曹操只得忍痛割爱，于是甄氏嫁给了曹丕。后来，甄氏日益失宠，更因为谗言四起而被曹丕赐死，下葬的时候，“被发覆面，以糠塞口”，极为凄惨。

不论这篇赋中的女子是谁，都极度唯美，引人产生无限遐想。

思旧赋

向　秀

余与嵇康、吕安居止接近[①]，其人并有不羁之才[②]；然嵇志远而疏[③]，吕心旷而放，其后各以事见法[④]。嵇博综技艺，于丝竹特妙。临当就命[⑤]，顾视日影，索琴而弹之。余逝将西迈[⑥]，经其旧庐。于时日薄虞渊[⑦]，寒冰凄然。邻人有吹笛者，发音寥亮。追思曩昔游宴之好，感音而叹，故作赋云。

将命适于远京兮[⑧]，遂旋反而北徂[⑨]。济黄河以泛舟兮，经山阳之旧居。瞻旷野之萧条兮，息余驾乎城隅。践二子之遗迹兮，历穷巷之空庐[⑩]。叹《黍离》之愍周兮[⑪]，悲《麦秀》于殷墟。惟古昔以怀今兮，心徘徊以踌躇。栋宇存而弗毁兮，形神逝其焉如。昔李斯之受罪兮[⑫]，叹黄犬而长吟。悼嵇生之永辞兮，顾日影而弹琴。托运遇于领会兮⑬，寄余命于寸阴。听鸣笛之慷慨兮，妙声绝而复寻⑭。停驾言其将迈兮⑮，遂援翰而写心。

【注释】

①居止：住所。②不羁之才：有才能而不愿受到束缚。③疏：远。④各以事见法：指两人被司马昭杀害之事。见法，受刑。⑤就：结束。⑥逝：往。迈：远行。⑦薄：迫近。虞渊：太阳落下的地方。⑧将命：奉命。⑨徂：往。⑩穷巷：隐僻的里巷。⑪黍离：《诗经·王风》的篇名。愍：同“闵”。⑫李斯：秦丞相。⑬托运：命运遭遇。⑭寻：继续。⑮言：助词，无实义。

【赏析】

古人认为：山河不足重，重在遇知己。人生一世，能得一知己比得到江山更加快意。伯牙与钟子期相会于林间，因琴乐而结缘，互为知音，所以当钟子期离开人世的时候，伯牙不惜断琴永绝音乐，以慰朋友的灵魂。

竹林七贤之所以对于友谊更珍视，是因为时逢乱世，能得知心人的机遇并不多。竹林七贤间的交往，是君子与君子间的相契，在清清淡淡的情感里渗着哀伤的滋味。无论是嵇康与山涛，还是向秀与嵇康，又或七贤其他人的交往，即便相知却并不一定相容，相容了又不尽相同，各自都有不能诉说的苦衷和理由。

向秀，字子期，是竹林七贤中与嵇康私下往来最密切的人。嵇康为吕安辩护而被陷害至死，向秀听闻噩耗顿时感到悲愤交加，对未来的人生旅程更加绝望。然而向秀不像嵇康那样崇拜黄老，对正统儒学完全否定，而是更倾向寻求二者的平衡，所以不久之后，为了生活下来只有屈就自己成了司马氏的臣子。一次，他路过嵇康和吕安的旧居，望着故人茅庐在夕阳下清冷的影子，耳边偶听不知从哪里传来的凄切笛声，顿时悲从中来，泪水滚滚而下，回到家中写下了这篇怀念旧人的《思旧赋》。

这篇诗赋，字字情真意切，句句形如泣血。

赋的前四句交代他路过嵇、吕旧居前的缘由，那天傍晚，他离开了阴沉沉的府衙，边走边行，看着茫茫的山野和徐徐的河流从眼前闪过，城郭化作残阳驳影，空巷里卷起阵阵冷风。偶然路过逝去朋友的旧居前，他信步走上去，站在故居门外徘徊。嵇康已经死了，他的妻儿亲人也早已远赴他乡，故舍仍完好地立在那里，斯人的倩影早已形神俱灭。悲情全在其中。

“昔李斯之受罪兮，叹黄犬而长吟”是向秀援引的历史典故。李斯临死之前，牵着儿子的手说：“和你牵着猎狗到郊外追逐野兔，如今已经不能了。”李斯无法与其子享受天伦之乐的难过，与向秀和朋友阴阳永隔的痛一样，都是那么碎心蚀骨。

向秀不能理解，为什么如嵇康、吕安这般蕙质丹心、超凡脱俗、远远凌驾于凡人之上的才子会命途多舛，落得身首异处的下场，难道这就是命吗？就在这时，诗人听

到邻家响起的笛声，“听鸣笛之慷慨兮，妙声绝而复寻”。于是“停驾言其将迈兮，遂援翰而写心”。篇末的四句，作者因笛声的骤响而倍感凄清，越发地为友人和自身的不幸感到悲痛了。

司马氏在与曹魏斗争时，对文人名士所采取的高压政策令很多人都小心谨慎，甚至连交友都要仔细认清，以免陷入危险的境地。阮籍、嵇康、山涛、向秀等人的相识，完全是因为志趣相投，彼此的重视程度才非同一般。不过他们之间也并非完全没有芥蒂，单在出仕的问题上就起过极大的争端。

在竹林七贤里，先一步选择做官的便是山涛。山涛博学多才，性格敦厚，众人中数他年龄最长，对于世事的看法自然成熟，行事圆通。所以当司马氏三番四次要他入仕之后，山涛选择了服从。不但如此，山涛还劝说嵇康入仕，以至于嵇康大怒，于是写下了后世有名的《与山巨源绝交书》。然而，嵇康怒的只是山涛的出仕，或者是山涛的妥协，对于彼此间的友谊却是万般珍视的。所以，当嵇康真的赴死时，还是将自己的儿子托付给山涛抚养。

向秀在司马氏的淫威之下做官，行为上仍带有半隐的意味，因此司马氏只给他个挂名官职，为了鼓励其他名士也入朝为官。

来自政坛的压力，让作者不知道如何形容自己的不满。他不想入仕，偏偏被迫接受官职，他想逃进山林，可是又不知做什么。太多的名士才子都是他这样的矛盾体。他的《思旧赋》仅仅写出了思念的情景，没有过多内心的阐释。不过在赋的最后，人们仍能看出他为友人悲伤的同时，对自己也抱着同样的怜惜。

鲁迅曾经说过：“青年时期读向子期《思旧赋》，很怪他为什么只有寥寥的几行，刚开头却又煞了尾，然而，现在我懂了。”鲁迅懂得了向秀欲语难言的原因，实在是向秀他在左思右想后，内心忧伤到极致而不知如何落笔。古语有云：“吟罢低眉无写处。”因为找不到词来形容自己如何悲痛，所以没有什么长篇大论可言。

第五篇

乐府诗香醉千古

汉乐府诗许多是“感于哀乐，缘事而发”的民间歌谣，既反映了当时广阔的社会生活，又具有“刚健清新”的特色，它和《诗经》的“风”，共同奠定了我国诗歌的现实主义基础。汉代乐府诗的形式，有五言、七言和杂言，这是后世五、七言诗的先声。汉代乐府民歌是我国诗歌史上的珍宝。

白头吟

卓文君

皑如山上雪①，蛟若云间月。闻君有两意②，故来相决绝③。今日斗酒会④，明旦沟水头。躞蹀御沟上⑤，沟水东西流⑥。凄凄复凄凄，嫁娶不须啼。愿得一心人，白头不相离。竹竿何袅袅⑦，鱼尾何簁簁⑧。男儿重意气⑨，何用钱刀为⑩。

【注释】

①皑：白。②两意：就是二心，指情变。③决：别。④斗：盛酒的器具。⑤躞蹀：行貌。御沟：流经御苑或环绕宫墙的沟。⑥东西流：即东流。东西，偏义复词，此处偏用东字的意义。⑦竹竿：指钓竿。袅袅：动摇貌。⑧簁（shāi）簁：形容鱼尾像濡湿的羽毛。在中国歌谣里钓鱼是男女求偶的象征隐语。此处用隐语表示男女相爱的幸福。⑨意气：这里指感情、恩义。⑩钱刀：古时的钱有铸成马刀形的，叫作刀钱。所以钱又称为钱刀。

【赏析】

当年在卓王孙宴席之上，司马相如以一曲“……凤兮凤兮归故乡，遨游四海求其凰。时未遇兮无所将，何悟今兮升斯堂！有艳淑女在闺房，室迩人遐毒我肠。何缘交颈为鸳鸯，胡颉颃兮共翱翔……”赢得美人心，于是就有了一段传唱千年的爱情佳话。只是后来司马相如变心，在卓文君韶华不再、风光过后，司马相如有了纳妾的念头。在看到司马相如托人送来那首数字诗，“一二三四五六七八九十千万”，卓文君怎么会不明白变了心的男人，如难收的覆水不可挽回呢？于是才会有这首《白头吟》。

“愿得一心人，白头不相离。”可是谁能想到两人还未见白头，离别却是必然的事情了。佛语有云：“前世五百次的回眸，换来今生的一次擦肩而过。”不知道用了前世多少次的擦肩而过，才能换来这半生的厮守。从决绝地随着司马相如私奔，卓文君就将自己的命运把握在了自己的手中。

同样的感情，卓文君还作过一首《怨郎诗》：“一别之后，二地相悬。只说三四个月，谁知五六年。七弦琴无心弹，八行字无可传，九连环从中折断，十里长亭望眼欲穿。百思念，千系念，万般无奈把郎怨。万语千言说不完，百无聊赖十依栏。九重九登高看孤雁，八月中秋月圆人不圆。七月半，秉烛烧香问苍天，六月伏天人人摇扇我心寒。五月石榴似火红，偏遇阵阵冷雨浇花端。四月枇杷未黄，我欲对镜心意乱。忽匆匆，三月桃花随水转，飘零零，二月风筝线儿断。噫，郎呀郎，巴不得下一世，

你为女来我做男。”

读完白头吟，再来看这首诗，令人难以相信，那个被她信赖，被她仰仗的男人，也同世间其他男子一样寡情薄幸。在她年色衰退之后，他便要负她，便要背弃他们两人早年的誓言，另结新欢。命运像远山顶上按捺不住的游云，随风袅袅，人生万里路，早已是飘散得不成形状了。其实，聪慧的女诗人，又怎是那普通女子所能比的，“闻君有两意，故来相决绝”其实是一种爱情忠贞的示威，一句决绝，负心人岂能不明白这位与自己相爱私逃的女子的与众不同，美妾可得，佳人才女与爱妻却是此生难求的。“男儿重意气，何用钱刀为”，负心这个名头司马相如着实担不得。也许，他在接到《白头吟》后后悔的神情早在卓文君的预料之中。而之后两人重修旧好，共携手白头，也真的实现了卓文君“白头不相离”的诺言。

北方有佳人

李延年[①]

北方有佳人[②]，绝世而独立。一顾倾人城，再顾倾人国。宁不知倾城与倾国，佳人难再得。

【注释】

①李延年（？～约公元前90年），汉武帝时造诣很高的音乐家，中山人（今河北省定州市），父母兄弟妹均通音乐，都是以乐舞为职业的艺人。②佳人：即后来的李夫人，武帝宠妃。

【赏析】

这首《北方有佳人》是汉武帝时期的乐者李延年所作之歌，是专门为了赞美他的妹妹美丽动人而作的。话说当年李延年为了将自己的妹妹献给汉武帝，便精心编排谱写了这首歌曲，虽然是高度的夸张，但是起到了一定的效果，令汉武帝对这位倾国倾城的美人起了好奇之心。相传那一日，本是汉武帝刘彻在宫中大摆宴席，宴请群臣的时候，平阳公主和宫廷的乐师李延年一起侍宴，就在汉武帝酒酣微醉之时，李延年献上了这首《北方有佳人》。

刘彻一生文治武功，家国天下，从不将儿女私情放在心上，却唯独对李延年歌词中所唱的这位佳人念念不忘。他认为天下间哪会有这样的女子，便感慨道："世间怎么会有你唱的这样的绝世佳人呢？"

李延年这才坦白承认，他口中的这位佳人便是他的妹妹，天子无法掩饰内心的悸动，他命李延年送美貌的妹妹入宫。李延年口中的佳人果然国色天香、倾国倾城，她不但容貌美丽，而且体态轻盈，舞姿曼妙，精通音律，更是知书达理。于是汉武帝将这位女子纳为妃子，后人称其为李夫人。《汉书·外戚传》中称李夫人为"实妙丽善舞"，刘彻更是对这位李夫人疼爱有加，从此后宫上千佳丽粉黛全无颜色，帝王只是终日与李夫人相偎相伴。这就是历史上有名的倾国倾城的故事。

酒箴

扬　雄

子犹瓶矣①。观瓶之居，居井之眉②。处高临深，动而近危。酒醪不入口③，臧水满怀④。不得左右，牵于纆徽⑤。一旦叀碍⑥，为瓽所轠⑦。身提黄泉⑧，骨肉为泥。自用如此，不如鸱夷⑨。

鸱夷滑稽⑩，腹大如壶⑪。尽日盛酒，人复借酤。常为国器⑫，讬于属车⑬。出入两宫⑭，经营公家⑮。由是言之，酒何过乎？

【注释】

①瓶：古代汲水的器具，是陶制的罐子。②眉：边缘，和"湄"原是一字。③醪（láo）：一种有渣滓的醇酒。④臧：同"藏"。⑤纆（mò）徽：原义为捆囚犯的绳索，这里指系瓶的绳子。⑥叀（zhuān）碍：绳子被挂住。叀，悬。⑦瓽（dàng）：井壁上的砖。轠（léi）：碰击。⑧提：抛掷。⑨鸱夷：装酒的皮袋。⑩滑（gǔ）稽：古代一种圆形的，能转动注酒的酒器。此处借喻圆滑。⑪腹大如壶：《汉书》作"腹如大壶"。今从《北堂书钞》《艺文类聚》《初学记》等书所引。⑫国器：贵重之器。⑬属车：皇帝出行时随从的车。⑭两宫：指皇帝及太后的宫。⑮经营：奔走谋求的意思。

【赏析】

中国的酒文化源远流长，中国古人赋予了它多重含义，酒可以表示"礼仪"的内涵，也可以是"爱情"的媒介，还可以充当"文化"的源泉。汉赋中就有许多描写酒文化的内容，例如，王粲《酒赋》说："暨我中叶，酒流犹多；群庶崇饮，日富月奢。"可见酒在汉朝的时候就已经深得人心。又如当年的卓文君随司马相如私奔他乡，因为盘缠不够而当垆沽酒，可见她对酒的情有独钟。还有曹操把酒临江，一腔愁绪无处宣泄，却能言出"何以解忧，唯有杜康"的诗句，可见酒在他心目中的地位之高。酒不仅能令这些文人恣意表达文采，而且还能够令胸中的忧愤喷发而出，抒发真性情，借酒性写诗作赋，最容易成就旷世名篇、千古绝唱。

扬雄是爱酒之人，同他一样的人在汉朝还有许多，可以说汉代的酒风盛行正是汉赋中酒文化盛行的原因。酿酒的技术在汉代已然发展成熟，大家都对酒爱不释手，从汉高祖衣锦还乡时曾把酒而唱《大风歌》就可以看出，酒在汉代很风行。汉朝许多人喝酒并不只是为了饮酒，酒对于他们除了是饮品之外，还是抒情感怀的媒介。扬雄的这首《酒箴》，就将酒与时政相融合，起到了劝诫的作用。

作者在文中借着酒来劝导汉成帝，男子犹如盛水的容器，所停留的地方处于险境，酒壶却终日浑然不觉，自得其乐；水壶被绳索所缚，没有自由。井绳被井壁所挂住，碰撞打击，这里就是它的葬身之所。而盛酒的壶却是圆滑自如，被看成国宝，不论是皇帝出行，还是有权势的门庭，都对它爱护有加，但是和酒无关。扬雄以酒劝诫汉成帝不要亲近那些圆滑的小人而疏远了淡泊的贤人，借物言志，他将酒融入了政治文化之中。

关于酒实在是个说不完的话题，后世人借酒赋词，留下了太多的名篇佳话。但是扬雄的这篇箴词却显得比较特别，文小意深，也是古人借物言志的名作。

五更哀怨曲

王昭君

一更天，最心伤，爹娘爱我如珍宝，在家和乐世难寻；如今样样有，珍珠绮罗新，羊羔美酒享不尽，忆起家园泪满襟。

二更里，细思量，忍抛亲思三千里，爹娘年迈靠何人；宫中无音讯，日夜想昭君，朝思暮想心不定，只望进京见朝廷。

三更里，夜半天。黄昏月夜苦忧煎，帐底孤单不成眠；相思情无已，薄命断姻缘，春夏秋冬人虚度，痴心一片亦堪怜。

四更里，苦难当，凄凄惨惨泪汪汪，妾身命苦人断肠；可恨毛延寿，画笔欺君王，未蒙召幸作凤凰，冷落宫中受凄凉。

五更里，梦难成，深宫内院冷清清，良宵一夜虚抛掷，父母空想女，女亦倍思亲，命里如此可奈何，自叹人生皆有定。

【赏析】

这首《五更哀怨曲》满腔幽怨，抒发了王昭君内心的无限感伤，以及她对未来的迷茫和憧憬。在宫中的日日夜夜，无时无刻不在思念着她远在家乡的父母亲人，漫漫长夜里每一更天都是无边无际的。从思念家人到现如今身在宫廷，从悲叹命运不公到怨恨画师的无情无义，从空度良宵到承认世事无常……每个夜晚，昭君似乎都将自己置于这样矛盾而无望的思索中不得抽身。

王嫱，字昭君，生活在汉代最为鼎盛的时期，在她最为美丽的年华，被选入宫中。虽然古时候的女子对于自身的命运并没有多大的掌控权，但身在民间，起码也可以享受夫妻之乐，家庭幸福。而一旦被选入皇宫，除非皇帝宠幸，不然只能日复一日地在宫墙之后虚度年华、空度余生。虽然王昭君年轻貌美、才艺双全，但是因为清高过甚，不肯贿赂画师毛延寿，所以遭到了毛延寿的报复，在她的画像上做了手脚，故意将王昭君画得丑陋不堪，令汉元帝看后无心宠幸，所以，昭君在进宫之后，一直是孤身独处，独自挨过那寂寞的岁岁年年。

诗人写下这首《五更哀怨曲》，原本是打发在皇宫中的寂寞时光，就像她在结尾的自我开解所说，“命里如此可奈何，自叹人生皆有定”，诗人在孤苦不堪地打发着漫漫白昼和长夜时，自我安慰地认为一切都是命运的安排。

团扇歌

班婕妤[①]

新裂齐纨素[②]，鲜洁如霜雪。裁为合欢扇，团团似明月。出入君怀袖，动摇微风发。常恐秋节至，凉飙夺炎热[③]。弃捐箧笥中[④]，恩情中道绝。

【注释】

①班婕妤：名不详。楼烦（今山西宁武）人。西汉女文学家。班固祖姑。少有才学，善辞赋，汉成帝时选入后宫，后立为婕妤，故人称班婕妤（又作倢伃）。②纨：细绢，一种很细的丝织品。③凉飙：凉风。④箧：一种箱子。

【赏析】

《团扇歌》，又名《怨歌行》《怨诗》，是诗人为宫中生活寂寞无奈所作。在这首诗中，诗人以团扇自比，道出这人世间翻云覆雨的变幻。“新裂齐纨素，鲜洁如霜雪”，诗人声声自问，本是干净如雪的团扇，代表了浓情蜜意的团扇，一直捧在君王的怀中，微摇清风，驱除暑气，怎么就突然被扔弃在一旁，一切恩情都通通决绝了呢?

班婕妤其人名字无法考究，只知汉成帝的后宫之中，有名女子为班氏，是越骑校尉班况的女儿，进宫后被选为婕妤，所以后人常以班婕妤来称呼她。班婕妤貌美、聪慧，更有着世间少有的才情。虽然汉成帝对班婕妤专宠多年，但班婕妤庄重自持，太过拘泥于礼教礼法，时间一久，成帝的热情自然在悄无声息中消散怠尽。后来，在一次微服出游时，成帝遇到了一名歌女，她娇艳动人，歌舞曼妙，成帝怦然心动，将此女子带回宫中，从此缠绵厮守，班婕妤便被冷落一旁，这名女子便是赵飞燕。

清代纳兰容若在《木兰花令》中用班婕妤典曰：“人生若只如初见，何事西风悲画扇。”看似平淡无奇的诗词中，却是藏着深深的叹息。而这首《团扇歌》就是作得再好，也难以掩去诗人内心悸悸的疼痛，山盟虽在，情意不再。

后世钟嵘《诗品》评此诗说：“《团扇》短章，辞旨清捷，怨深文绮，得匹妇之致。”沈德潜《古诗源》评语中，也说它“用意委婉，音韵和平”。

四愁诗

张　衡

我所思兮在太山，欲往从之梁父艰①。侧身东望涕沾翰②。美人赠我金错刀③，何以报之英琼瑶④。路远莫致倚逍遥⑤，何为怀忧心烦劳。

我所思兮在桂林⑥，欲往从之湘水深⑦。侧身南望涕沾襟。美人赠我琴琅玕⑧，何以报之双玉盘。路远莫致倚惆怅，何为怀忧心烦怏。

我所思兮在汉阳⑨，欲往从之陇阪长⑩。侧身西望涕沾裳。美人赠我貂襜褕⑪，何以报之明月珠。路远莫致倚踟蹰⑫，何为怀忧心烦纡。

我所思兮在雁门⑬，欲往从之雪纷纷⑭。侧身北望涕沾巾。美人赠我锦绣段⑮，何以报之青玉案⑯。路远莫致倚增叹，何为怀忧心烦惋。

【注释】

①梁父：泰山下小山名。②翰：衣襟。③金错刀：刀环或刀柄用黄金镀过的佩刀。④英：同“瑛”，似玉一样的美石。琼瑶：两种美玉。⑤倚：通“猗”，语助词，无实义。⑥桂林：郡名，今广西壮族自治区地。⑦湘水：源出广西壮族自治区兴安县阳海山，东北流入湖南省汇合潇水，入洞庭湖。⑧琴琅玕：琴上用琅玕装饰。⑨汉阳：郡名，前汉称天水郡，后汉改为汉

阳郡，今甘肃省甘谷县南。⑩陇阪：山坡为“阪”。天水有大阪，名陇阪。⑪襜褕：直襟的单衣。⑫踟蹰：徘徊不前的样子。⑬雁门：郡名，今山西省西北部。⑭纷纷：雪盛貌。⑮段：同“缎”，履后跟。⑯案：放食器的小几，形如有脚的托盘。

【赏析】

这是诗人内心的思索。从这首诗歌中，可以看到作者内心的犹豫和挣扎，他思念的人远在泰山，想要去寻找，却因为道路的险阻而泪眼蒙眬。他想要送给美人美玉，却因为道路太远，只能独自徘徊，为此烦忧。他思念的人远在桂林，虽然想去追随，但湘水深沉，不得过去，只能侧目相望。他想赠送美人双玉盘，但同样有心无力，继续烦忧。面对无法跨越的路程和层层阻隔，他心生烦忧，只能哀叹。

《四愁诗》的主旨便是一个“愁”字。

“美人赠我锦绣段，何以报之青玉案。路远莫致倚增叹，何为怀忧心烦惋。”最后一句还在为自己的无能为力而忧伤，其实更多的是感慨生不逢时，无法施展自己的才华来为社稷所用，不知道报国之路在何方。张衡极有气节，是一个不随波逐流的人，在政治舞台上，他无法做到同流合污，这样的他必定无法见容于当时的官场。

张衡所走的正是中国知识分子所追求的人生道路。对知识的渴望和累积令他一直出类拔萃。张衡的前半生可以看作是为知识而奋斗的历程，无论是在书本上还是在实践上，他都付出了很大的努力。

虽然淡泊名利，但张衡并不是一介儒生，他有着崇高的政治理想。在为官历程中，他总是坚持自己的立场，不畏强权。他始终站在国家和人民的立场上，他希望当朝的统治者可以勤政爱民，使得大汉朝恢复汉武时期的辉煌。可惜，张衡所处时代的政治已经日益腐败，宦官、官员之间争权夺利，民间百姓痛苦不堪。张衡对这些尽收眼底，他向皇帝乞求依法治国，可惜人微言轻，而且那个混乱的局势已经根本无法控制，他彻底陷入了孤立之中。这首《四愁诗》便是诗人心境的写照。

上邪

上邪[①]！我欲与君相知[②]，长命无绝衰[③]。山无陵[④]，江水为竭，冬雷震震，夏雨雪[⑤]，天地合，乃敢与君绝[⑥]！

【注释】

①上邪（yé）：犹言“苍天啊”，也就是对天立誓。上，指天。②相知：相爱。③命：古与“令”字通，使。④陵（líng）：棱角。⑤雨（yù）雪：降雪。雨，名词活用作动词。⑥乃敢：才敢。“敢”字是委婉的用语。

【赏析】

这首《上邪》出自《汉乐府·铙歌》，诗歌很短，是一位古代女子对爱情执着的宣誓。大胆直白，比起现代很多情书来显得情真意切，情感浓烈而毫不掩饰。就有这样一位烈性女子，甘愿冒着被世人耻笑的后果，也要勇敢地告诉她的爱人，她的爱是多么浓烈而不可熄灭。

“天地合，乃敢与君绝”，或许，这是天地间最为残酷的爱情誓言。《上邪》中，有着哀伤的声音，就好像是一种无形的力量，在无时无刻地揉打着内心最为柔软的地方，令其痛彻心扉。而这样大胆无畏的爱情表白，使得爱情之苦在千年前的那份执着追求中早就涅槃重生。

这首古诗词，是一个新婚不久的女性思念出远门的丈夫所作。这位女子在丈夫海誓山盟不久后，便要独自忍受寂寞，在等待中度过孤寂的时光。然而她始终相信丈夫的誓言为真，所以在期待中，依然抱有甜蜜的幻想。这是一首思念的诗歌，同时也是一首和爱有关的诗歌，如果爱人将誓言忘记，夜晚微弱的星光将会提醒他，远在家乡的妻子正在等他。当初以手指天，请求苍天为证的誓言还在耳畔，如果要想让这爱情消失，除非山峰不再，江水枯竭，冬日打雷，夏天飞雪。如此决绝的誓言，实在不应该被忘记。

有所思

有所思，乃在大海南。何用问遗君①，双珠玳瑁簪②，用玉绍缭之③。闻君有他心，拉杂摧烧之④。摧烧之，当风扬其灰。从今以往，勿复相思，相思与君绝！鸡鸣狗吠⑤，兄嫂当知之。妃呼狶⑥！秋风肃肃晨风飔⑦，东方须臾高知之⑧。

【注释】

①何用：何以。问遗（wèi）：“问”“遗”二字同义，作“赠予”解，是汉代习用的联语。

②瑇瑁（dài mào）：即玳瑁，是一种龟类动物，其甲壳光滑而多文采，可制装饰品。③绍缭：犹“缭绕”，缠绕。④拉杂：堆集。⑤鸡鸣狗吠：犹言“惊动鸡狗”。古诗中常以“鸡鸣狗吠”借指男女幽会。⑥妃（bēi）：训为“悲”。⑦肃肃：飕飕，风声。晨风飔（sī）：据闻一多《乐府诗笺》说：晨风，就是雄鸡，雉鸡常晨鸣求偶。飔，当为“思”，是“恋慕”的意思。一说，“晨风飔”为晨风凉。⑧须臾：不一会儿。高：是“皜”“皓”的假借字，白。

【赏析】

《有所思》其实为《铙歌十八曲》中的一首。铙歌本是为“建威扬德，劝士讽敌”的军乐，但如今流传下来的十八曲里内容庞杂，已经不止是军队乐章了，而是包含战绩、情爱、军民等各方面内容。这首《有所思》将男女之间的爱情描写得惟妙惟肖，可见这位不知名的作者功力实在是不一般。

诗歌中最广为人知的“相思”要算晏殊《木兰花》中的名句：“天涯地角有穷时，只有相思无尽处。”这个男人将思念化入骨髓，撒入风中，令其随风飞扬天南海北，处处都有其相思。

清人庄述祖云：“短箫铙歌之为军乐，特其声耳；其辞不必皆序战阵之事。”《有所思》是用第一人称表现一位女子在遭到爱情波折前后的复杂情绪。和《诗经》中所表现的情感不同，这位女子的爱恨纠结，充满了忧思，但却又无法割舍下过去的一切情感，所以沉迷在痛苦之中，无法自拔。

在《有所思》中，作者所要的已经不仅仅是单方面的情感付出了，而是需要对方给予回报，爱情在这里成为公平的砝码。在这架天平上，不再有高低之分，而是重量持平，这份带着爱情的思念是平等的。如果不再相爱，便当是挫骨扬灰，也要将这份感情断绝干净，犹如秋风的肃杀，干净利落。

这首乐府诗中，展现给读者的是爱情这个永恒话题，词句深得民间歌曲朴素直白的妙处，而又有着深远悠长的意境，有着盎然的古风，又不乏清新的气息。读到这样的乐府诗自然而然地会随着它的韵律而心绪转动。

古　歌

秋风萧萧愁杀人[①]，出亦愁，入亦愁。座中何人，谁不怀忧？令我白头。胡地多飙风[②]，树木何修修[③]。离家日趋远，衣带日趋缓。心思不能言[④]，肠中车轮转。

【注释】

①萧萧：寒风之声。②胡地：古代胡人居北方，故后即用以代指北方。飙（biāo）风：暴风。③修修：与“翛翛”通，鸟尾敝坏无润泽貌，这里借喻树木干枯，就像鸟尾一样。④思：悲。

【赏析】

这首《古歌》所表达的是远游在外的游子思念故乡的情感。诗人用质朴的语言抒发了他浓厚的思乡之情，如果非要说他的诗中有爱，那便是爱他家乡的土地。

“秋风萧萧愁杀人，出亦愁，入亦愁。”满篇的愁绪令人不想再看，就好像那秋天飘落的树叶和满天的愁云惨淡，羁旅在外，任何事情都是灰色，尤其是看到那秋风落叶洒落一地，更是无限哀思。“座中何人，谁不怀忧？”是啊，谁还能不忧伤呢？而游子更是悲伤地连头发都斑白了，在无边的旷野上，漂泊者何时才能靠岸？羁旅之人就好像那被风吹散的落叶一样，萎靡不振。愁绪就好像车轱辘一样，在心中碾来碾去，在疼痛的时候，还有无限的反复。这份对故乡的爱，是一种对过往生活的思念，这样的爱更为持久，因为那片土地令其心神摇曳。

孔雀东南飞[1]

序曰：汉末建安中[2]，庐江府小吏焦仲卿妻刘氏[3]，为仲卿母所遣[4]，自誓不嫁。其家逼之，乃投水而死。仲卿闻之，亦自缢于庭树[5]。时人伤之，为诗云尔[6]。

孔雀东南飞，五里一徘徊[7]。

“十三能织素，十四学裁衣，十五弹箜篌[8]，十六诵诗书[9]。十七为君妇，心中常苦悲。君既为府吏，守节情不移，贱妾留空房[10]，相见常日稀。鸡鸣入机织，夜夜不得息。三日断五匹[11]，大人故嫌迟。非为织作迟，君家妇难为！妾不堪驱使[12]，徒留无所施，便可白公姥[13]，及时相遣归。”

府吏得闻之，堂上启阿母[14]："儿已薄禄相，幸复得此妇，结发同枕席，黄泉共为友。共事二三年，始尔未为久，女行无偏斜[15]，何意致不厚？"

阿母谓府吏："何乃太区区[16]！此妇无礼节，举动自专由。吾意久怀忿[17]，汝岂得自由[18]！东家有贤女，自名秦罗敷，可怜体无比[19]，阿母为汝求。便可速遣之，遣去慎莫留！"

府吏长跪告："伏惟启阿母，今若遣此妇，终老不复取[20]！"

阿母得闻之，槌床便大怒[21]："小子无所畏，何敢助妇语！吾已失恩义，会不相从许！"

府吏默无声，再拜还入户，举言谓新妇[22]，哽咽不能语："我自不驱卿[23]，逼迫有阿母。卿但暂还家，吾今且报府[24]。不久当归还，还必相迎取[25]。以此下心意[26]，慎勿违吾语。"

新妇谓府吏："勿复重纷纭。往昔初阳岁[27]，谢家来贵门[28]。奉事循公姥，进止敢自专？昼夜勤作息[29]，伶俜萦苦辛[30]。谓言无罪过[31]，供养卒大恩；仍更被驱遣，何言复来还！妾有绣腰襦[32]，葳蕤自生光[33]；红罗复斗帐[34]，四角垂香囊；箱帘六七十[35]，绿碧青丝绳，物物各自异，种种在其中。人贱物亦鄙，不足迎后人[36]，留待作遗施[37]，于今无会因。时时为安慰，久久莫相忘！"

鸡鸣外欲曙，新妇起严妆[38]。著我绣裌裙，事事四五通[39]。足下蹑丝履[40]，头上玳瑁光[41]。腰束流纨素[42]，耳著明月珰[43]。指如削葱根，口如含朱丹。纤纤作细步，精妙世无双。

上堂拜阿母，阿母怒不止。"昔作女儿时，生小出野里。本自无教训，兼愧贵家子。受母钱帛多[44]，不堪母驱使。今日还家去，念母劳家里。"却与小姑别，泪落连珠子。"新妇初来时，小姑始扶床；今日被驱遣，小姑如我长。勤心养公姥，好自相扶将[45]。初七及下九[46]，嬉戏莫相忘。"出门登车去，涕落百余行。

府吏马在前，新妇车在后。隐隐何甸甸[47]，俱会大道口。下马入车中，低头共耳语："誓不相隔卿，且暂还家去；吾今且赴府，不久当还归。誓天不相负！"

新妇谓府吏："感君区区怀[48]！君既若见录[49]，不久望君来。君当作磐石，妾当作蒲苇，蒲苇纫如丝[50]，磐石无转移。我有亲父兄[51]，性行暴如雷[52]，恐不任我意，逆以煎我怀[53]。"举手长劳劳[54]，二情同依依。

入门上家堂，进退无颜仪[55]。阿母大拊掌[56]，不图子自归："十三教汝织，十四能裁衣，十五弹箜篌，十六知礼仪，十七遣汝嫁，谓言无誓违。汝今何罪过，不迎而自归？"兰芝惭阿母："儿实无罪过。"阿母大悲摧[57]。

还家十余日，县令遣媒来。云有第三郎，窈窕世无双。年始十八九，便言多令才[58]。

阿母谓阿女："汝可去应之[59]。"

阿女含泪答："兰芝初还时，府吏见丁宁[60]，结誓不别离。今日违情义，恐此事非奇[61]。自可断来信[62]，徐徐更谓之[63]。"

阿母白媒人："贫贱有此女，始适还家门[64]。不堪吏人妇，岂合令郎君？幸可广问讯，不得便相许。"媒人去数日，寻遣丞请还，说有兰家女，承籍有宦官[65]。云有第五郎，娇逸未有婚[66]。遣丞为媒人，主簿通语言[67]。直说太守家，有此令郎君，既欲结大义[68]，故遣来贵门。

阿母谢媒人："女子先有誓，老姥岂敢言！"

阿兄得闻之，怅然心中烦。举言谓阿妹："作计何不量[69]！先嫁得府吏，后嫁得郎君，否泰如天地[70]，足以荣汝身。不嫁义郎体[71]，其往欲何云[72]？"

兰芝仰头答："理实如兄言。谢家事夫婿，中道还兄门。处分适兄意[73]，那得自任专！虽与府吏要[74]，渠会永无缘[75]。登即相许和[76]，便可作婚姻。"

媒人下床去[77]，诺诺复尔尔[78]。还部白府君[79]："下官奉使命[80]，言谈大有缘[81]。"府君得闻之，心中大欢喜。视历复开书，便利此月内，六合正相应[82]。良吉三十日[83]，今已二十七，卿可去成婚。交语速装束，络绎如浮云。青雀白鹄舫[84]，四角龙子幡[85]。婀娜随风转[86]，金车玉作轮。踯躅青骢马，流苏金镂鞍。赍钱三百万[87]，皆用青丝穿。杂彩三百匹[88]，交广市鲑珍[89]。从人四五百[90]，郁郁登郡门[91]。

阿母谓阿女："适得府君书[92]，明日来迎汝。何不作衣裳？莫令事不举！"

阿女默无声，手巾掩口啼，泪落便如泻。移我琉璃榻，出置前窗下。左手持刀尺，右手执绫罗。朝成绣夹裙，晚成单罗衫。晻日欲暝[93]，愁思出门啼。

府吏闻此变，因求假暂归。未至二三里，摧藏马悲哀[94]。新妇识马声，蹑履相逢迎。怅然遥相望，知是故人来。举手拍马鞍，嗟叹使心伤："自君别我后，人事不可量[95]。果不如先愿，又非君所详[96]。我有亲父母[97]，逼迫兼弟兄[98]。以我应他人，君还何所望！"

府吏谓新妇："贺卿得高迁！磐石方且厚，可以卒千年；蒲苇一时纫，便作旦夕间。卿当日胜贵，吾独向黄泉！"

新妇谓府吏："何意出此言！同是被逼迫，君尔妾亦然。黄泉下相见，勿违今日言！"执手分道去，各各还家门。生人作死别，恨恨那可论？念与世间辞，千万不复全！

府吏还家去，上堂拜阿母："今日大风寒，寒风摧树木，严霜结庭兰。儿今日冥冥[99]，令母在后单。故作不良计，勿复怨鬼神！命如南山石，四体康且直[100]！"

阿母得闻之，零泪应声落："汝是大家子，仕宦于台阁[101]。慎勿为妇死，贵贱情何薄！东家有贤女，窈窕艳城郭[102]，阿母为汝求，便复在旦夕。"

府吏再拜还，长叹空房中，作计乃尔立。转头向户里，渐见愁煎迫。

其日牛马嘶，新妇入青庐[103]。奄奄黄昏后[104]，寂寂人定初[105]。我命绝今日，魂去尸长留！揽裙脱丝履，举身赴清池。

府吏闻此事，心知长别离。徘徊庭树下，自挂东南枝。

两家求合葬，合葬华山傍[106]。东西植松柏，左右种梧桐。枝枝相覆盖，叶叶相交通。中有双飞鸟，自名为鸳鸯。仰头相向鸣，夜夜达五更。行人驻足听，寡妇起彷徨。多谢后世人[107]，戒之慎勿忘。

【注释】

①选自《玉台新咏》，原题为《古诗为焦仲卿妻作》，这里沿用后人常用的题目。这是我国古代最长的叙事诗，作者不详。②建安中：建安年间（公元196～219年）。建安，汉献帝年号。③庐江：汉郡名，在现在安徽省潜山县一带。府小吏：太守衙门里的小官吏。④遣：休。女子被夫家赶回娘家。⑤缢（yì）：吊死。⑥云尔：句末的语气助词。⑦徘徊：犹疑不决。⑧箜篌（kōng hóu）：古代的一种弦乐器，23弦或25弦，分卧式、竖式两种。⑨诗书：原指《诗经》和《尚书》，这里泛指一般经书。⑩贱妾：仲卿妻自称。妾，封建社会里妇女谦卑的自称。⑪断五匹：断，（织成一匹）截下来。一匹是四丈。⑫不堪：不能胜任。驱使：使唤。⑬白：告诉、禀告。公姥：公公婆婆。这里专指婆婆。⑭启：告诉，禀告。⑮偏斜：不端正。⑯区区：小。这里指见识小。⑰忿：怒。⑱自由：自作主张。⑲可怜：可爱。体：姿态。⑳取，通“娶”。㉑槌床：用拳头敲着床。㉒举言：发言。新妇：指妻子（不是指新嫁娘）。㉓卿：这里是丈夫对妻子的爱称。㉔报府：赴府，这里指到庐江太守府里去办事。㉕迎取：迎接你回家。㉖下心意：有耐心受委屈的意思。㉗初阳岁：冬至以后，立春以前。㉘谢：辞别。㉙勤作息：勤劳的工作。作息，原义是工作和休息，这里只是工作的意思。㉚伶俜：孤单的样子。萦：缠绕。㉛谓言：总以为。㉜绣腰襦：绣花的、齐腰的短袄。㉝葳蕤：繁盛的样子。这里形容刺绣的花叶繁多而美丽。㉞复：双层。斗帐：帐子像倒置的斗，所以叫作“斗帐”。㉟帘：通“奁”。六七十：形容多。㊱后人：指府吏将来再娶的妻子。㊲遗施：赠送、施与。㊳严妆：打扮得整整齐齐。㊴通：遍。㊵蹑：踏（穿鞋）。㊶玳瑁：一种同龟相似的水生爬虫，甲壳黄黑色，有黑斑，有光泽，可制装饰品。㊷纨素：洁白的绸子。流：是说纨素的光像水流动。㊸著：戴。珰：耳坠。㊹钱帛：指聘礼。㊺好自相扶将：好好服侍老人家。扶将，这里是服侍的意思。㊻初七及下九：七月七日和每月的十九日。初七，指农历七月七日，旧时妇女在这晚上乞巧（用针做各种游戏）。下九，古人以每月的二十九为上九，初九为中九，十九为下九；在汉朝时候，每月十九日是妇女欢聚的日子。㊼隐隐：车声，“甸甸”同。何：副词，何等。㊽区区：这里是忠诚相爱的意思，与上文“何乃太区区”的“区区”不同。㊾录：记。㊿纫：结。51亲父兄：即同胞兄。52性行：性情和行为。53逆：逆料、想到将来。54劳劳：怅惘若失的状态。55仪：容貌。56拊掌：拍手。这里表示惊异。57悲摧：悲痛。摧，伤心、断肠。58便言：很会说话。令：美好。59应之：答应他。60丁宁：嘱咐，也作“叮咛”。61非奇：不宜。62断：回绝。信：使者，指媒人。63之：它，指再嫁的事。64适：出嫁。65宦官：就是官宦，做官的人。66娇逸：娇美文雅。67主簿：太守的属官。68结大义：指结为婚姻。69量：思量、考虑。70否：坏运气。泰，好运气。71义郎：仁义的郎君，指太守的儿子。72其往：其后，将来。73适：适合、依照。74要（yāo）：约。75渠：他。76登：立刻。许和：应许。77下床去：从座位上起来。78诺诺复尔尔：连声说“是，是，就这样办，就这样办”。尔尔，如此如此。79部：府署。府君：太守。80下官：郡丞自称。81缘，因缘。82六合：古时候迷信的人，结婚要选好日子，要年、月、日的干支（干：天干，甲、乙、丙、丁……支：地支，子、丑寅、卯……年、月、日的干支合起来共六个字，例如甲子年，乙丑月，丙寅日）都相适合，这叫“六合”。相应：合适。83良吉：好日子。84舫：船。85龙子幡，旗帜名。86婀娜：这里是轻轻飘动的样子。87赍（jī）：赠送。88杂彩：各色绸子。89鲑：这里是鱼类菜肴的总称。珍，美味。90从人：仆人。91郁郁登郡门：热热闹闹地起到户江郡门。郁郁，繁盛的样子。92适：刚才。93暝：日暮。94摧藏：摧折心肝，伤心。藏，就是脏，脏腑。95不可量：料想不到。96详：详知。97父母：这里指母。98弟兄：这里指兄。

⑲日冥冥：原义是日暮，这里拿太阳下山来比生命的终结。⑳四体：这里指身体。直：意思是腰板儿硬。㉑台阁：原指尚书台，这里泛指大的官府。㉒郭：外城。㉓青庐：用青布搭成的篷帐，行婚礼的地方，东汉至唐有这种风俗。㉔奄奄：暗沉沉的。㉕人定：古时计算时间以地支分为12时辰，人定是亥时（相当于现在夜里9点到11点），这里指夜深人静的时候。㉖华山：庐江境内的一个小山。㉗多谢：多多劝告的意思。

【赏析】

《孔雀东南飞》是我国古典诗歌史上的第一部长篇叙事诗，与北朝民歌《木兰辞》并称"乐府双璧"和"叙事诗双璧"。后人又把《孔雀东南飞》《木兰诗》与唐代韦庄的《秦妇吟》并称为"乐府三绝"。本诗取材于东汉献帝年间发生在庐江郡（在今安徽境内）的一桩婚姻悲剧。沈归愚称其为"古今第一首长诗"，是我国古代民间诗歌中的杰作。

诗中所讲述的是一个悲惨的爱情婚姻故事。一开始在这首诗歌的前面就有序曰："汉末建安中，庐江府小吏焦仲卿妻刘氏，为仲卿母所遣，自誓不嫁。其家逼之，乃投水而死。仲卿闻之，亦自缢于庭树。时人伤之，为诗云尔。"

"孔雀东南飞，五里一徘徊"，这是刘兰芝与焦仲卿的诀别，也可以说是两人相约另一个世界的约定。刘兰芝决定妥协了，她知道要想回到焦仲卿的身边只有这个办法，这个男人爱她却无法保护她，在这个封建的牢笼中，他和自己一样都是被束缚的弱者。

"十三能织素，十四学裁衣。十五弹箜篌，十六诵诗书。十七为君妇，心中常苦悲"，聪明伶俐的刘兰芝却在嫁人之后失去了少女时期的快乐，不过聪明如她，那些悲伤她都是冷静地收敛于内心深处，从不外露。

"鸡鸣入机织，夜夜不得息。三日断五匹，大人故嫌迟。非为织作迟，君家妇难为"，这是刘兰芝离去的理由，她希望可以用无声的离去让婆婆对自己好一些。毕竟刘兰芝是舍不得离开焦仲卿的，她爱这个男人，希望焦仲卿可以说服他的母亲，将她接回家后开始新的生活。

"府吏得闻之，堂上启阿母"。之后从母子的一番对话中，我们看到焦仲卿在他的母亲面前始终是唯唯诺诺的，面对生他养他的母亲，他无能力改变自身的命运。在那个封建的时代，长幼尊卑分得十分明晰，以至于刘兰芝进退两难，焦仲卿无言以对。

母亲要挑选一个称心如意的儿媳妇，至于婚姻的当事人作何想法，她是不会考虑的。焦仲卿不论做何解释，做何劝说，都无法改变母亲的看法，他忍受着内心的折磨，而此时的刘兰芝却面临了新的危机。

古时候的媳妇被婆家赶出家门是很丢脸的事情，刘兰芝的娘家自然也觉得颜面无光，所以，在刘兰芝住在家的几天里，她哥哥迅速地为她谋得了一门亲事，不顾刘兰芝的反对，便将日子定了下来。或许，在他们看来，刘兰芝可以嫁给县令是攀了高枝，但在刘兰芝看来，不能和焦仲卿一起，比死还要难过。

“新妇谓府吏：‘何意出此言！同是被逼迫，君尔妾亦然。黄泉下相见，勿违今日言！’执手分道去，各各还家门。生人作死别，恨恨那可论？念与世间辞，千万不复全！”刘兰芝最后的决定是令人惋惜的，但也是无可奈何的。而焦仲卿也为了她“徘徊庭树下，自挂东南枝”。

这样悲苦的故事结局自然让人们惋惜哀叹，所以口口相传。结尾夫妻两人化为鸳鸯，相依相伴，永不分离，多少表达了在那个思想行为多受钳制的时代，人们对自由的爱情与婚姻怀有的同情。“多谢后世人，戒之慎勿忘”也是前人对后人的警示。

江南曲[1]

江南可采莲，莲叶何田田[2]。鱼戏莲叶间，鱼戏莲叶东。鱼戏莲叶西，鱼戏莲叶南，鱼戏莲叶北。

【注释】

①《相和歌辞·相和曲》之一，原见《宋书·乐志》。②田田：指荷叶茂盛的样子。

【赏析】

这首《江南可采莲》是《相和歌辞·相和曲》中的一首，可以算得上是采莲诗歌的开山鼻祖之作了。全诗通过简单质朴的描写将人生中快乐的因素展露无遗。所以在后人的眼中，这首民间诗歌显得十分可爱。

在这首看似反复吟唱的乐府诗歌中，其实有着古代民歌朴素明朗的风格，在这片江南的风景中，千年后的读者所能看到的已经不仅仅是荷叶之美，而是蕴涵、沉淀其中的盎然古意。从这些简单的诗句中仿佛可以看到当时那热闹非凡的场面，在采莲人的船下，那游来游去的自在小鱼，也为后来的读者带来了采莲人当时会心的微笑。

这种民歌的最初创作者已经不可考了，其实这并不重要，因为这种民歌大多是民

间百姓的无心之作，他们只是将当时大自然的一片活泼生机表达出来，所以，这是可遇而不可求的不可复制的大自然之音。

清人沈德潜将《江南可采莲》这首诗看作是“奇格”，他认为这首诗意境清幽，文字朴素，十分易懂。另一位清代文人张玉穀认为《江南可采莲》虽然是在写采莲的乐趣，但却是只写莲叶，令人读后心中展开一幅美好的景象，接天莲叶无穷碧中，能想象到荷花的清幽宜人。

东门行

出东门，不顾归；来入门，怅欲悲。盎中无斗米储[①]，还视架上无悬衣。拔剑东门去，舍中儿母牵衣啼：“他家但愿富贵，贱妾与君共铺糜[②]，上用仓浪天故[③]，下当用此黄口儿[④]。今非！”“咄！行！吾去为迟！白发时下难久居！”

【注释】

①盎：一种口小腹大的瓦盆。②铺糜：吃粥。③用：为了。仓浪天：指苍天。④黄口儿：幼儿。

【赏析】

这是一首凄苦的诗，主人公出了东门之后就不想回家，因为家中已经没有他留恋的温暖了。家中一贫如洗，只有惆怅悲愁。这个男人不能就这样看着家人悲惨地饿死，他愤怒地提剑想要出东门去，他想要和命运搏一搏，为他的妻子、孩子博得一个温饱，哪怕只是一碗粥也可以。

主人公选择铤而走险，是官逼民反的血泪史，也是一幕活生生的人间惨剧。他明白这是一条不归路，所以他去而返，返而去。他的内心充满了矛盾和挣扎，因为他仅有的动力便是饥饿，这点可怜的支撑并不足以让他义无反顾地踏上这条未知的道路。

“咄！行！吾去为迟！白发时下难久居！”男子还是要走的，因为已经别无选择了。这就是东汉末年时期的缩影，大多数家庭都面临着这样的窘境，去也难，留也难，无论作何选择都将会通往死亡。

曹植有诗云："家家有位尸之痛，室室有号泣之哀，或阖门而殪，或覆族而丧。"写的就是那个时代的社会现状。

这首《东门行》是汉朝的乐府诗歌中的一首，诗句简单质朴，令人想到的却是满目疮痍的社会景象。从刘邦建立西汉的黄老无为之治，到东汉末年的民不聊生，在历史长河中，这不过是弹指一挥间的事。自东汉顺帝即位以来，汉朝的政治日益腐败，先是外戚擅权，后是宦官专权，一些正直的士大夫为了维护汉朝最后一丝气息，与其作着艰难的斗争，但可惜天数已尽，曾经辉煌的汉朝已经走入了历史深处，取而代之的是那上至朝堂，下至民间的惨淡经营。在党人夺权失败之后，笼罩东汉王朝的阴霾更加低沉。根据《后汉书·党锢列传》里记载："逮桓、灵之间，主荒政谬，国命委于阉室。士子羞与为伍，故匹夫抗愤，处士横溢，遂乃激扬名声，互相提拂，品窍公卿，裁量执政，婞直之风，于斯行矣。"

统治者的腐败无能令人民的生活雪上加霜。人民不是死于贫穷，便是死于疾病。这首诗就是那个时代人们生活的写照，诗人几乎用写实的手法，刻画了人民水深火热毫无生路的困苦情形，人物的对白很具感染力。

陌上桑

日出东南隅[①]，照我秦氏楼。秦氏有好女，自名为罗敷。罗敷善蚕桑[②]，采桑城南隅。青丝为笼系[③]，桂枝为笼钩[④]。头上倭堕髻[⑤]，耳中明月珠[⑥]。缃绮为下裙[⑦]，紫绮为上襦[⑧]。行者见罗敷，下担捋髭须[⑨]。少年见罗敷，脱帽著帩头[⑩]。耕者忘其犁，锄者忘其锄。来归相怨怒，但坐观罗敷[⑪]。使君从南来[⑫]，五马立踟蹰[⑬]。使君遣吏往，问是谁家姝[⑭]？"秦氏有好女，自名为罗敷。""罗敷年几何？""二十尚不足，十五颇有余。"使君谢罗敷[⑮]："宁可共载不[⑯]？"罗敷前致辞："使君一何愚[⑰]！使君自有妇，罗敷自有夫。""东方千余骑[⑱]，夫婿居上头[⑲]。何用识夫婿[⑳]？白马从骊驹[㉑]；青丝系马尾，黄金络马头[㉒]；腰中鹿卢剑[㉓]，可值千万余[㉔]。十五府小吏[㉕]，二十朝大夫[㉖]，三十侍中郎[㉗]，四十专城居[㉘]。为人洁白皙，鬑颇有须。盈盈公府步[㉙]，冉冉府中趋[㉚]。坐中数千人，皆言夫婿殊[㉛]。"

【注释】

①东南隅（yú）：指东方偏南。隅，方位、角落。我国在北半球，夏至以后日渐偏南，所以说日出东南隅。②善蚕桑：很会养蚕采桑。善，有的本子作"喜"。③笼：篮子。系（xì）：

络绳（缠绕篮子的绳子）。④笼钩：一种工具，采桑用来钩桑枝，行时用来挑竹筐。⑤倭堕髻（wō duò jì）：即堕马髻，发髻偏在一边，呈坠落状。⑥明月：宝珠名。⑦缃绮（xiāng qǐ）：浅黄色有花纹的丝织品。⑧襦（rú）：短袄。⑨捋（lǚ）：抚摸。髭（zī）：嘴唇上方的胡须。须：下巴上长的胡子。⑩著（zhù）：戴。帩（qiào）头：古代男子束发的头巾。⑪坐：因为，由于。⑫使君：汉代对太守、刺史的通称。⑬五马：指（使君）所乘的五匹马拉的车。汉朝太守出行用五匹马拉车。踟蹰（chí chú）：徘徊不前的样子。⑭姝（shū）：美女。⑮谢：这里是“请问”的意思。⑯宁（nìng）可：愿意。不：通“否”。⑰一何：怎么这样。⑱东方：指夫婿当官的地方。千余骑（jì）：泛指跟随夫婿的人。⑲居上头：在前列。意思是地位高，受人尊重。⑳何用：用什么（标记）。㉑骊驹：黑色的小马。这里指马。㉒络：这里指用网状物兜住。㉓鹿卢剑：剑把用丝绦缠绕起来，像鹿卢的样子。鹿卢，即辘轳，井上汲水的用具。㉔千万余：上千上万（钱）。㉕小吏：太守府的小官。有的本子作“小史”。㉖朝大夫：朝廷上的一种高等文官。㉗侍中郎：出入宫禁的侍卫官。㉘专城居：作为一城的长官（如太守等）。专，独占。㉙盈盈：仪态端庄美好。公府步：摆官派，踱方步。㉚冉冉：走路缓慢。㉛殊：出色，与众不同，非同一般。

【赏析】

古人对于美的赞颂总是含蓄而内敛的，但也正是因为如此，才使得人们对古诗中所塑造的美人形象十分向往。在古人的眼中，美人要身形俊美，但心灵和品德的美尤为重要。

这首《陌上桑》是讲一个名叫罗敷的女子勇敢面对使君的调戏，机智地驳得使君哑口无言的民间故事。诗篇大意是说，清晨的太阳从东南升起，照在秦氏人家的楼上。这家有一位好女子，叫作罗敷。善于养蚕的罗敷踏着晨光前往城南采桑，精致的妆容，配合衣裙的搭配，所有见到罗敷的人都立足而视，忘记了自己要干的活。

接下来写贪婪的使君觊觎罗敷的容姿，上前搭话，并无耻地向罗敷提出“宁可共载不？”的要求，故事的最后一节从“东方千余骑”开始，写罗敷拒绝使君，罗敷在太守面前夸赞自己的丈夫，打消使君的邪念，并使之对其轻佻的行为感到羞愧。

汉代描写女性的赋词和诗作并不是很多，而在这为数不多的作品中，可以看到有一个共性就是描写女性多从她们的穿戴服饰和神态体貌来进行铺展。

这首诗成功地塑造了罗敷这样一个美丽端庄、机智可爱的女子形象。罗敷的形象是阳光而活泼的，但她的美丽同样是不可忽视的，她可以令在农田里忙种的人们忘记干活，她也可以令使君对她垂涎三尺，但是她更懂得洁身自好，不会攀附富贵，而是冷静地以自己的机智令使君颜面扫地。面对使君的诱惑，罗敷丝毫不为所动，她口中的夫婿不但一表人才，而且德才兼备，前途无可限量，罗敷的一番言辞明里是夸赞自己的夫婿，暗里却是讥笑使君的昏庸无能。这个时候，罗敷所散发出来的美已经不再是她自身容颜的美，而是深入内心的美。

饮马长城窟行

青青河畔草，绵绵思远道。远道不可思，宿昔梦见之。梦见在我傍，忽觉在他乡。他乡各异县，展转不相见。枯桑知天风，海水知天寒。入门各自媚，谁肯相为言！客从远方来，遗我双鲤鱼①，呼儿烹鲤鱼，中有尺素书。长跪读素书，书中竟何如？上言加餐食，下言长相忆。

【注释】

①双鲤鱼：古代指信封，是用两块鱼形木板做成，中间夹着书信。

【赏析】

郦道元的《水经注》里说：“余至长城，其下有泉窟，可饮马，古诗《饮马长城窟行》，信不虚也。”

从诗的首句中可以看出，这是一首思念远行客的乐府诗。虽是春寒料峭，但是春的气息已经绕遍了万水千山，四处都是勃勃生机。那个等待远征丈夫归来的女子，却丝毫不觉得春日里有温暖的气息，她只是感到凄凉，因为她看不到未来，看不到心爱的丈夫何时归来。

她总是这样思念着远方的爱人，时日重复地过着，她却不知道自己已经在这无尽的春夏秋冬中，黯然老去，容颜不再了。

这首诗歌以比兴开始，由绵绵的河畔青草引出妻子对丈夫的无限思念，以旁人的热闹衬托出自己的寂寥悲伤。女子起身看着远方漫长的山路，想象那不知身在何方的丈夫会尽早回来，在秋风吹起的时候，在大海波涛翻滚的时候，在太阳终于冉冉升起的时候，踏上回来的路。邻居和亲人的家中总是充满了欢声笑语，而她只能独自在家守候着等待的孤独，苦涩难耐，也无可奈何，谁让她的丈夫不归来呢？值得庆幸的是，终于有一天同乡的人从外归来，带给她一个刻有鲤鱼的信函。这让她欣喜万分，她不

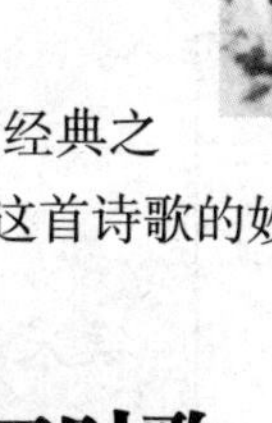

敢自己动手打开，怕是让她失望的消息。于是，她让5岁的幼子将信函打开，里面是一块雪白的锦帕，她颤抖地打开锦帕，上面只有寥寥6个字：“加餐饭，长相忆。”这是丈夫对她的无言思念，透过洁白的锦帕，这个可怜的妇人仿佛看到了在军队中服役而无法归来的丈夫，他那瘦弱的面孔上，写满了思念。

这是一首汉乐府诗歌，却有着《诗经》的痕迹，虽然为东汉的作品，却透露出了一股原始质朴的上古之风。

虽然谈不上是精致之作，但诗歌中的每一个字都充满了真情实感，朴实的情感让人感动得想要落泪。虽然作者和具体的写作年代都已经不甚明了了，但这首中妇人和丈夫之间浓郁悠长的感情足以震撼人心。“梦见在我傍，忽觉在他乡。”一个“忽”字起到了转折、传神的作用，本来在梦中的无限快乐，刹那间变成了残酷的现实，梦醒之后的冰凉令妇人的希望变成了肝肠寸断的失望。

这首诗歌可以算得上是汉乐府之中的经典之作，前苦后甜，转折突然却不突兀。这是这首诗歌的妙处之所在。

子夜四时歌

春歌其一

春林花多媚，春鸟意多哀①。春风复多情，吹我罗裳开。

【注释】

①春鸟意多哀：是说在春天鸟的啼声中多有一种哀婉的情调。

【赏析】

在《乐府诗集》里收《子夜四时歌》晋、宋、齐辞共七十五首，均为抒写妇女四季中的日常生活和思想感情。这里共选了八首，春歌、夏歌、秋歌和冬歌各二首。有的表现女子对爱人的思念，有的抒写青年男女的互相爱慕并忠贞不渝。这些诗中各种真实生活的展示和细腻情感的表达都能与不同季节和各种景物相结合，并且语言秀丽清新。

春歌其二

朝日照北林，初花锦绣色①。谁能不相思，独在机中织。

【注释】

①朝日照北林：《乐府诗集》作“明月照桂林”，今据《玉台新咏》改。初花：春花。

夏歌其一

田蚕事已毕，思妇犹苦身①。当暑理絺服，持寄与行人②。

【注释】

①思妇：出征人的妻子。犹苦身：即身犹苦，还很辛苦。②絺服：细葛布衣。理絺服，即缝制夏衣。这二句是说：思妇冒着酷暑裁制夏衣，托人带给征夫。

夏歌其二

青荷盖渌水①，芙蓉葩红鲜②。郎见欲采我，我心欲怀莲③。

【注释】

①渌（lù）：清澈的水。②葩（pā）：花未开足叫葩，这里用作动词。③采：谐“睬”。莲：谐“怜”。这二句是双关隐语，以采莲、爱莲表达男女双方的互相爱慕与追求。

秋歌其一

白露朝夕生，秋风凄长夜①。忆郎须寒服，乘月捣白素②。

【注释】

①凄长夜：即长夜凄凄，是说秋风吹来，夜显得特别漫长凄凉。②捣白素：将织成或洗净的白色衣料放在砧上，用杵棰平，准备裁制衣服。

秋歌其二

秋风入窗里[①]，罗帐起飘飏。仰头看明月，寄情千里光[②]。

【注释】

①风：《乐府诗集》作“夜”，今据《玉台新咏》改。②寄情千里光：是说希望月光把自己的相思之情传达给千里之外的征人。

冬歌其一

渊冰厚三尺[①]，素雪覆千里[②]。我心如松柏，君情复何如？

【注释】

①渊冰：深水结的冰。②素雪：白雪。

冬歌其二

果欲结金兰[①]，但看松柏林。经霜不堕地，岁寒无异心[②]。

【注释】

①结金兰：即结同心之好。金和兰是比喻两情契合、坚定不移。本《易·系辞》：“二人同心，其利断金，同心之言，其臭如兰。”②这二句是说：松柏经受冰霜叶子并不凋落，在严寒的冬天还是那样苍翠。用以比喻爱情的坚贞不渝。

读曲歌

其　一

折杨柳，百鸟园林啼，道欢不离口[①]。

【注释】

①道欢不离口：是说因一心思念情人，所以听到园林间鸟雀的啼声，也像是在不停地呼叫

着情人的名字。

【赏析】

《读曲歌》属于《吴声歌曲》，流行于刘宋元嘉年间。《乐府诗集》共收八十九首。读曲，即低声吟唱。《读曲歌》内容比较单纯，都是表达恋爱相思的情歌，句子以五言四句为多。这里选取的五首构思巧妙新颖、活泼有趣。

其　二

逋发不可料[①]，颇颔为谁睹[②]？欲知相忆时，但看裙带缓几许[③]！

【注释】

①逋（bū）发：即蓬发。余冠英说："'逋'字和'蓬'字声音形状都相近，蓬发连文是常见的，从《诗经》'首如飞蓬'来。"不可料：不好理。②颇颔：即憔悴，脸色不好。为谁睹：有谁看见。③缓：松。几许：多少。

其　三

奈何许[①]？石阙生口中[②]，衔碑不得语[③]。

【注释】

①奈何许：怎么办。许，是语尾助词。②石阙：古人墓道外两旁所立的石头标志，上面刻着死者的姓名和所历官职。③碑：指墓前的石碑。这里是把石阙和石碑等同起来了。碑和"悲"同音双关。这二句是说：自己就像嘴里长出一块石阙一样，因口里衔碑（悲），而不能说出话来。

其　四

打杀长鸣鸡，弹去乌臼鸟[①]。愿得连冥不复曙，一年都一晓[②]。

【注释】

①弹（tán）：用弹弓射击。乌臼（jiù）鸟：即鸦舅，俗称黎雀。②连冥：黑天连续下去。曙：天亮。晓：早晨。这二句是说：希望黑夜连续下去，天总也不亮，一年只有一个早晨。

其　五

种莲长江边，藕生黄蘗浦[①]。必得莲子时，流离经辛苦[②]。

【注释】

①黄蘗（bó）："蘗"又作"檗"，即黄柏，树名，一种属于芸香科的落叶乔木，树皮可做药，味甚苦。②莲子：谐"怜子"。得莲子，暗喻得以和对方相恋。流离：这里指路途艰难。这二句是说：要得到对方的爱情，就和去黄檗浦采莲一样，需要经历许多艰难辛苦。

长干曲①

逆浪故相邀②，菱舟不怕摇③。妾家扬子住④，便弄广陵潮⑤。

【注释】

①《长干曲》属于"杂曲歌辞"，只有五言四句一首。长干，是古代金陵（今南京市）的里巷名。从诗中所涉及的地点看，《长干曲》应是江都附近长江上的渔家歌曲。②逆浪：迎面打来的浪头。邀：阻拦。这句话是说：逆水行舟时迎面打来的浪头好像是故意要挡住人的去路。③菱舟：小船。④妾：古时女子的自称。扬子：即扬子津，长江上的一个渡口，在今江苏省扬州市南。⑤便（pián）：便习，习惯。广陵：古郡名，广陵郡治在今江苏省扬州市东北。广陵潮，指这一带扬子江中的潮水。弄潮，即驾舟在浪潮中行驶。

【赏析】

这首诗以豪迈泼辣的感情、生动形象的语言、和谐优美的音韵，反映了带有鲜明特点的水乡生活，成为南朝民歌中很出色的一篇作品。

木兰诗

唧唧复唧唧，木兰当户织。不闻机杼声，唯闻女叹息。问女何所思？问女何所忆？女亦无所思，女亦无所忆①。昨夜见军帖，可汗大点兵，军书十二卷，卷卷有爷名。阿爷无大儿，木兰无长兄，愿为市鞍马②，从此替爷征。

东市买骏马，西市买鞍鞯，南市买辔头，北市买长鞭。旦辞爷娘去，暮宿黄河边。不闻爷娘唤女声，但闻黄河流水鸣溅溅。旦辞黄河去，暮至黑山头，不闻爷娘唤女声，但闻燕山胡骑鸣啾啾。

万里赴戎机，关山度若飞③。朔气传金柝，寒光照铁衣④。将军百战死，壮士十年归。

归来见天子，天子坐明堂。策勋十二转，赏赐百千强。可汗问所欲，木兰不用尚书郎，愿驰千里足，送儿还故乡[5]。

爷娘闻女来，出郭相扶将[6]。阿姊闻妹来，当户理红妆[7]。小弟闻姊来，磨刀霍霍向猪羊。开我东阁门，坐我西阁床。脱我战时袍，著我旧时裳。当窗理云鬓[8]，对镜帖花黄[9]。出门看火伴[10]，火伴皆惊忙[11]。同行十二年，不知木兰是女郎。

雄兔脚扑朔[12]，雌兔眼迷离[13]。双兔傍地走[14]，安能辨我是雄雌？

【注释】

①忆：思念。②市鞍马：购买马鞍和马匹。据《新唐书·兵志》记载：起自西魏的府兵制规定从军的人要自备武器、粮食和衣服。③戎机：军机，这里指战争。这二句是说：到万里之外从军作战，像飞一样迅速地度过了雄关大山。④朔气：北方的寒风冷气。朔，北方。金柝（tuò）：即刁斗，一种用铜做成的器皿，容量相当于一斗，形状似带柄的锅。是古时军中用具，白天当锅做饭，晚上当梆子打更。这二句是说：在夜里北风传送着刁斗声，寒冷的月光照射着铠铠甲战袍。⑤驰：一作“借”。这二句是说：希望骑上一匹骏马回到家乡去。⑥郭：外城。相扶将：互相搀扶着。是说父母互相搀扶着到城外来迎接木兰。⑦理红妆：梳妆打扮。⑧云鬓：指头发。⑨对镜：原作“挂镜”，据《诗纪》改。帖：同“贴”。花黄：古代妇女的面饰，黄色。王士禛《五代诗话》卷四引《西神脞说》：“妇人匀面，古惟施朱傅粉而已。至六朝，乃兼尚黄。”⑩火：通“伙”。⑪忙：一作“惶”。⑫扑朔：形容兔前后脚扑打不齐。⑬迷离：形容眼神不定。⑭傍地：挨着。傍，依傍。走，跑。

【赏析】

《木兰诗》共二首。均讲述木兰女扮男装替父从军的故事。这里选取的是第一首。《木兰诗》体现了故事情节完整性与人物性格丰满性的完美统一。在这个起因、经过和结果三者兼具的故事里，一个纯朴善良、勇敢刚毅的女性形象浮现出来。她热爱家乡，鄙弃利禄，在战场上如同一个血性男儿，在家里是一个孝顺的女儿。在典型环境中塑造典型人物，使得《木兰诗》具有很强的现实主义色彩。此外，《木兰诗》还充满乐观主义精神和浪漫主义色彩。一个女子征战沙场并且胜利归来，没有强大的乐观主义主义精神何以成就？一个姑娘完全从女性身份中跳脱出来，如同男人那样出生入死，这是浪漫之所在。再有，《木兰诗》里，拥有严谨的结构安排、具体的场景描写和细致的心理刻画，语言更是形象鲜明、生动活泼。总之，这首诗从思想、题材到艺术技巧都对后世文学产生很大影响。

敕勒歌

解律金

敕勒川①，阴山下②，天似穹庐③，笼盖四野。天苍苍，野茫茫，风吹草低见牛羊④。

【注释】

①敕勒川：敕勒族游牧的草原，今内蒙古土默特旗一带。②阴山：即阴山山脉，东西走向，在今内蒙古自治区中部。③穹庐：蒙古包。④见：同“现”，呈现。

【赏析】

这首《敕勒歌》是北朝诗歌中的杰作，选自《乐府诗集·杂歌谣辞四》。“敕勒”其实是当时北方一个少数民族的名称，又称高车。

整首诗为我们展现了一幅北国草原景象。天地苍茫，朔风吹展，牛羊隐现。这是北朝民歌留下的想象，引人入胜。苍茫的景色在寥寥数语中浮现，令人浮想翩翩。

据史书记载，魏太武帝在出兵征服了高车族之后，“皆徙置漠南千里之地。乘高车，逐水草，畜牧蕃息，数年之后，渐知粒食，岁致献贡。由是国家马及牛、羊遂至于贱，毡皮委积”。

这首《敕勒歌》民歌其实是南移的北朝人心中最美的回忆。草原恢宏博大，却因为追随族人的迁移而再也看不到这样雄浑壮阔的景象了，所以这些人通过咏唱这些歌曲，来怀念最初的出发之地，也不失为一种办法。古老的北朝游牧民族，就好像被放出的风筝，虽然在天空之上翱翔，但却始终被故乡牵扯着，线的那一端有他们无尽思念的草原和牧马。

企喻歌

苻　融[①]

男儿可怜虫，出门怀死忧。尸丧狭谷口，白骨无人收。

【注释】

①苻融：前秦人，字博休，前秦君主苻坚之弟。

【赏析】

这首《企喻歌》与前一首风格迥异。诗中满含凄惶，同为北方大地所见证，那些英勇的代价，便是这无边无际的白骨。在那个动乱的年代，一再展示的便是这样天道循环的场景，人其实真的太渺小了，小到一击便溃。

据《古今乐录》中记载，这一首民歌是前秦皇帝苻坚的季弟苻融所写，此人文武全才，德才兼备，多次率领军队四处征讨。

“男儿可怜虫”，“白骨无人收”，这位赫赫将才发出的感慨，禁不住让人心惊。遥想那个金戈铁马的年代，那些勇敢的英雄怀揣着激荡的情绪，在厮杀中改变着别人或者自己的生活。他们以为自己可以改变整个王朝，其实他们不知道，是王朝的变迁在改变着他们。随着战事的推进或者停滞，他们的追名逐利、建功立业也在随波逐流地动摇着。一朝的荣耀有可能在顷刻之间便毁于一场战事，动荡的时局使得一切都变化莫测、无法预料。

正如诗人所写，纵再好男儿，朝夕间都有可能“尸丧狭谷口”，何等的悲怜惨烈。而这首《企喻歌》作为北朝民歌的代表作之一，正是那个朔北之地风刀凛冽的写照。

行行重行行

行行重行行[①]，与君生别离。相去万余里，各在天一涯[②]。道路阻且长[③]，会面安可知？胡马依北风[④]，越鸟巢南枝[⑤]，相去日已远[⑥]，衣带日已缓。浮云蔽白日，游子不顾反[⑦]。思君令人老，岁月忽已晚。弃捐勿复道[⑧]，努力加餐饭[⑨]！

【注释】

①重（chóng）：又。这句是说行而不止。②涯：方。③阻：艰险。④胡马：北方所产的

马。⑤越鸟：南方所产的鸟。“胡马依北风，越鸟巢南枝”，是当时习用的比喻，借喻眷恋故乡的意思。⑥已：同“以”。远：久。⑦顾反：还返，回家。顾，返也。反，同“返”。⑧弃捐：抛弃。⑨这两句是说：这些都丢开不必再说了，只希望你在外保重。

【赏析】

本篇是《古诗十九首》的第一首，描写一个女子对其离家远行的爱人的思念之情。诗中巧妙运用比兴手法，以简洁语言表达无限深情。

青青河畔草

青青河畔草，郁郁园中柳①。盈盈楼上女②，皎皎当窗牖③。娥娥红粉妆④，纤纤出素手。昔为娼家女⑤，今为荡子夫。荡子行不归，空床难独守。

【注释】

①郁郁：茂盛的样子。②盈盈：仪态优美。③皎皎：皎洁，洁白。④娥娥：漂亮。⑤娼家女：青楼女子。

【赏析】

这是一首描写从良妓女对丈夫相思的诗歌。

女子将她痴心的等候用直白的语言写进诗歌里，通过文字对这些讳莫如深的话题进行淋漓地演绎，虽然古代的男女在封建礼教的制约下显得拘泥，但他们也有着自己炙热如火的情感宣泄。从良的妓女，在自己窗前守候远行的丈夫，在时日深处的瓦砾上苦心等待。

诗中女子遵守的信念是要遵循妇德，不能因为丈夫出门在外，便夜夜笙歌。更多时候，她们将内心压制的欲望诉诸诗歌之中，就好像这首诗中描写的一样。

在这首诗中，可以看到单纯的情感释放。王国维在《人间词话》中曾对此做过这样的评价：“可谓淫鄙之尤。然无视为淫词、鄙词者，以其真也。”这是对此诗很高的肯定，而这也是它之所以流传不衰的原因之一。

西北有高楼

西北有高楼，上与浮云齐。交疏结绮窗[①]，阿阁三重阶[②]。上有弦歌声，音响一何悲！谁能为此曲？无乃杞梁妻。清商随风发，中曲正徘徊。一弹再三叹，慷慨有余哀。不惜歌者苦，但伤知音稀。愿为双鸿鹄[③]，奋翅起高飞[④]。

【注释】

①疏：镂刻。绮：有花纹的细绫。这句是说窗上透刻着像细绫花纹一样的格子。②阿（ē）阁：四面有曲檐的楼阁。这句是说阿阁建在有三层阶梯的高台上。③鸿鹄：据朱骏声《说文通训定声》说："凡鸿鹄连文者即鹄。"鹄，就是"天鹅"。一作"鸣鹤"。④高飞：远飞。这二句是说愿我们像一双鸿鹄，展翅高飞，自由翱翔。

【赏析】

本篇是《古诗十九首》的第五首，它以听歌起兴，感叹知己难逢。

涉江采芙蓉

涉江采芙蓉，兰泽多芳草。采之欲遗谁？所思在远道。还顾望旧乡，长路漫浩浩。同心而离居[①]，忧伤以终老。

【注释】

①同心：多用于男女之间的爱情或夫妇感情融洽。

【赏析】

本篇是《古诗十九首》的第六首，抒发了游子思念家乡之深、怀恋亲人（情人）之切的情感。

迢迢牵牛星

迢迢牵牛星，皎皎河汉女。纤纤擢素手[①]，札札弄机杼[②]。终日不成章[③]，泣涕零如雨[④]。河汉清且浅，相去复几许[⑤]！盈盈一水间[⑥]，脉脉不得语[⑦]。

【注释】

①擢：拔、抽出。这句是说：织女摆动她的纤纤素手。②札札：机织声。③终日不成章：是用《诗经·大东》语意，说织女终日也织不成布。《诗经》原义是织女徒有虚名，不会织布，这里则是说织女因害相思，而无心织布。章：指布匹上的经纬纹理。④零：落。⑤几许：犹言“几何”。这两句是说：织女和牵牛二星彼此只隔着一条银河，相距才有多远！⑥盈盈：水清浅貌。间：隔。⑦脉脉：“眽眽”的俗写，含情相视之貌。

【赏析】

本篇是《古诗十九首》的第十首，借天上织女思念牛郎的故事，写人间男女的相思之情。

生年不满百

生年不满百，常怀千岁忧。昼短苦夜长，何不秉烛游[①]！为乐当及时，何能待来兹[②]。愚者爱惜费[③]，但为后世嗤[④]。仙人王子乔[⑤]，难可与等期[⑥]。

【注释】

①秉：执。秉烛游，犹言作长夜之游。②来兹：因为草生长一年一次，所以称“兹”为“年”，这是引申义。来兹，就是来年。③费：费用，指钱财。④嗤：轻蔑地笑。⑤王子乔：古代传说中著名的仙人之一。⑥期：待，期待。指成仙之事不是一般人所能期待。

【赏析】

这是《古诗十九首》中的一首。诗人认识到人世无常因而发出感慨。人生只有短短的数十载岁月而已，却常常怀着有千百年的愁忧无法消化，更无法释怀。及时行乐却又要抱怨白昼太短夜晚太长，那为何不执火烛夜晚游乐。然后诗人说道，既然韶光易逝，那么行乐就更要及时了，只有愚昧的人才吝啬那点财物而不舍得花费在游乐上，这难免被后世人嗤笑。想想羽化成仙的王子乔，那不是一般人所能实现的。换言说，还是要及时行乐，毕竟时不我予，时不我待啊。

东汉末年，官僚体系的腐化程度已经不言而喻。乱世之中身家性命最为重要。在朝不保夕的年月里，性命成为每日担忧的事情，看着周围烽烟四起，说不准哪天战火就烧到了自己的家门口。一辈子只活几十年都嫌短暂，而中间却还要担忧随时可能活不下去。在这样的环境下，不论是贵胄大家还是平民百姓，都会陷入绝望的状态之中。

东汉末年，人们承受了太多的压力和重负，早已不知道今日事，明日果，与其担惊受怕地生活，不如今朝有酒今朝醉，这从侧面反映了当时社会的黑暗。

客从远方来

客从远方来，遗我一端绮①。相去万余里，故人心尚尔②。文采双鸳鸯，裁为合欢被；著以长相思，缘以结不解。以胶投漆中，谁能别离此？

【注释】

①端：犹“匹”。古人以二丈为一端，二端为一匹。②故人：古时习用于朋友，此指久别的丈夫。尔：如此。这两句是说尽管相隔万里，丈夫的心仍然一如既往。

【赏析】

本篇是《古诗十九首》中的第十八首，它通过诸多谐音双关语来表达浓烈的思念之情。

明月何皎皎

明月何皎皎，照我罗床帏。忧愁不能寐，揽衣起徘徊①。客行虽云乐，不如早旋归。出户独彷徨，愁思当告谁？引领还入房②，泪下沾裳衣！

【注释】

①揽衣：犹言“披衣”“穿衣”。揽，取。②引领：伸颈，意为抬头远望。

【赏析】

本篇是《古诗十九首》的最后一首，这是一首妻子思念丈夫的抒情诗。开头写月夜里，妻子思念丈夫以致难以入睡，使得其次抒写迫切盼望丈夫归来的心情得以水到渠成，最后翻腾的愁情达到顶点，以至再也禁不住而“泪下沾裳衣”。全诗层次分明，感情流露清晰自然，成功地诠释了思妇复杂的心情。

第六篇

魏晋诗文，中华风骨

美学家宗白华曾言：“晋人风神潇洒，不滞于物。他们以虚灵的胸襟、玄学的意味体会自然，乃表里澄澈、一片空明，建立了最高的晶莹的美的意境。”其实何止晋人如此，魏晋南北朝数百年的分裂混乱，久经离患的文人们内心无一不具有空灵的美感。折戟沉沙，六朝如梦。诗人们把心灵自由之美和山川自然之美放大到了浑然遨游天地间的地步。

短歌行

曹　操

对酒当歌[①]，人生几何[②]？譬如朝露，去日苦多[③]。慨当以慷，忧思难忘[④]。何以解忧？唯有杜康[⑤]。青青子衿[⑥]，悠悠我心[⑦]。但为君故[⑧]，沉吟至今[⑨]。呦呦鹿鸣[⑩]，食野之苹[⑪]。我有嘉宾，鼓瑟吹笙[⑫]。明明如月，何时可掇[⑬]？忧从中来，不可断绝。越陌度阡[⑭]，枉用相存[⑮]。契阔谈燕[⑯]，心念旧恩。月明星稀，乌鹊南飞[⑰]。绕树三匝，何枝可依？山不厌高，海不厌深。周公吐哺[⑱]，天下归心[⑲]。

【注释】

①当：临。②几何：多少。此处的意思是叹人生短促，时光易逝。③去日：过去了的日子。④“慨当”两句：对应首句，表达在感叹时光飞逝的同时，更应慷慨高歌，只是苦于忧思重重，难以释怀。⑤杜康：相传是古代最早的造酒人，此处代指酒。⑥子衿（jīn）：周代读书人的服装，这里指代有学识的人。衿，衣领。⑦悠悠：形容忧虑不断。借用《诗经·郑风·子衿》里的诗句，表达对贤才的思念。⑧但：只。君：指贤才。⑨沉吟：指低声吟咏《诗经》中的《子衿》一诗。⑩呦（yōu）呦：鹿叫声。⑪苹：艾蒿。⑫鼓：弹奏。⑬“明明”两句：意将贤者比为高空明月，可望而不可即，喻指人才难得。掇，拾取。⑭越陌度阡：指贤士远道而来。陌、阡，田野中纵横交错的小路。南北为阡，东西为陌。⑮枉用：指贤士屈尊相从。存：问候。⑯契阔：久别。谈燕（yàn）：欢饮畅谈。燕，通“宴”。⑰乌鹊：乌鸦。⑱吐哺（bǔ）：热情接待，不敢怠慢。哺，口中咀嚼着的食物。⑲归心：心悦诚服地归顺。

【赏析】

这首诗是曹操最有名的诗篇之一，千百年来流传甚广，以至于说起曹操，人们就会想起他的“对酒当歌，人生几何”，“何以解忧，唯有杜康”。当年曹操在平定北方后，率领着百万雄师，饮马长江，要与孙权争夺那江东之地，当夜明月皎皎，曹操为了稳定军心，鼓励士气，便大展酒宴，与众将士痛饮一番，期间诗兴大发，慷慨而歌，写下了这首脍炙人口的《短歌行》。

诗人用诗歌来表明自己在政治上的用意，在微微的醉酒之后，道出内心的期许，“青青子衿，悠悠我心”，而青衿在古代是被作为读书人的代称，开篇就点名了这个求人才的主题。接着诗人又唱道“我有嘉宾，鼓瑟吹笙。明明如月，何时可掇”，“绕树三匝，何枝可依”，在这里表达的是诗人求贤若渴的心情。在这首酒醉后的高歌中，诗人明明白白地将自己的内心感受吟咏出来，他虽然引用《诗经》中的词句，却没有《诗经》中那般幽怨的情感，而是寄托了自己最初和最终的理想。

曹操是一个为了千秋大业而活着的人，他在诗歌中毫不掩饰地表达自己求贤若渴的心情和希望名垂青史的愿望，虽然其中有着哀思的情调，但却丝毫没有妨碍到整首诗歌的主题，那就是立业建功。

诗中名句颇多，像“何以解忧，唯有杜康”，“月明星稀，乌鹊南飞”，“山不厌高，海不厌深”等。曹操的《短歌行》是一首艺术性极高的古诗。在这首诗中，一个求贤若渴、忧国忧民的贤明领袖形象兀立在我们面前。

观沧海

曹　操

东临碣石，以观沧海。水何澹澹①，山岛竦峙②。树木丛生，百草丰茂。秋风萧瑟，洪波涌起。日月之行，若出其中。星汉灿烂③，若出其里。幸甚至哉，歌以咏志。

【注释】

①何：多么。澹澹：浩荡平满的样子。②山岛：指碣石山，当时的碣石山在海边上。竦（sǒng）峙（zhì）：高峻挺拔的样子。③星汉：天河。

【赏析】

《观沧海》是《步出夏门行》的第一首。曹操曾用这个旧题写过新辞，全诗共四首，前面有“艳”（序歌）。

《观沧海》通过描绘碣石山下深秋独有的海景，自然而巧妙地抒发了作者对于当时的种种忧虑，诸如动荡的社会、艰难的生计、不定的人心，并暗含着他要削平割据、稳定时局、建功立业、统一天下的壮志雄心。诗作所呈现的场景极其壮阔，而豪迈的情感又与壮阔的场景水乳交融地结合在一起。

龟虽寿

曹　操

神龟虽寿，犹有竟时[①]。腾蛇乘雾，终为土灰。老骥伏枥[②]，志在千里。烈士暮年[③]，壮心不已。盈缩之期[④]，不但在天。养怡之福，可得永年[⑤]。幸甚至哉，歌以咏志。

【注释】

①竟：终极，终了。②骥：千里马。伏枥：卧在马棚里，形容马老病的样子。枥，马棚。③烈士：重义轻生，有志建功立业的人。④盈缩之期：指人的寿命长短。盈，满、长。缩，短。⑤永年：长寿。这二句是说：如果能使人的身体和精神经常保持安静愉快，就能健康长寿。

【赏析】

《龟虽寿》是《步出夏门行》的第四首。这首诗表达了作者自强不息、老当益壮、锐意进取的积极精神与豪迈气概。这是从哲学角度表现作者对人生的看法，既是他对方士们关于神仙种种妄谈的否定，也是对于当时社会上流行的消极颓废和及时行乐说法的否定。

杂诗

曹　丕

漫漫秋夜长，烈烈北风凉。展转不能寐，披衣起彷徨。彷徨忽已久，白露沾我裳。俯视清水波，仰看明月光。天汉回西流[①]，三五正纵横[②]。草虫鸣何悲，孤雁独南翔。郁郁多悲思，绵绵思故乡。愿飞安得翼，欲济河无梁。向风长叹息，断绝我中肠。

【注释】

①天汉：指银河。②三五：星名，一般指参宿和昴宿。另一说指心宿和柳宿。

【赏析】

曹丕生性好伤感，而他的伤感与曹操的伤感是完全不同的，曹操虽然也会伤感，

但那伤感之中更多的是一份豪情壮志，是一份壮志难酬的伤感，而曹丕所伤感的大多与命运有关。

漫漫秋夜长，诗人借这首《杂诗》将满心的忧虑抒发出来。他说道：

秋夜漫漫，风凉如水，在夜不得寐的时候，起床独自彷徨。待到露水沾湿衣裳，才意识到时间过去大半。池中的清水起微波，头顶的月光流转四溢，虫鸣声悲切难当，还有那孤独南飞的大雁，让人忧郁哀伤。想要渡河却苦于没有桥梁，对于故乡的思念只能向风倾诉，以表我的愁肠。

西晋文臣陈寿认为曹丕“文帝天资文藻，下笔成章，博闻强识，才艺兼该；若加之旷大之度，励以公平之诚，迈志存道，克广德心，则古之贤主，何远之有哉”！

从这首《杂诗》中可以看出，陈寿的夸赞绝对是所言非虚，曹丕的文采不在曹操之下，或者可以说是更胜一筹。在曹丕的文字中，有着一种幽然思远的感觉，令人感伤之余又有些心灵上相互碰撞的感觉。

感离赋

曹　丕

秋风动兮大天气凉，居常不快兮中心伤。出北园兮彷徨，望众墓兮成行。柯条憯兮无色①，绿草变兮萎黄。感微霜兮零落，随风雨兮飞扬。日薄暮兮无悰②，思不衰兮愈多。招延伫兮良从③，忽踟蹰兮忘家。

【注释】

①憯（cǎn）：忧伤。②悰（cóng）：欢乐。③延伫：也写作“延竚”，久久站立的意思。

【赏析】

在曹丕的辞赋中，秋风是出现最多的词语，或许秋风起的时候，他内心的彷徨会令他心生诗意。这首《感离赋》是为祭奠思念而作，因为思念无法到达的地方，便寄情于风。愿风能到达那个他永远无法抵达的远方。

建安十六年，西征途中，秋风四起，令天气清凉，心境随之忧伤。曹丕在园子中彷徨远望，前方的众多墓碑令枝叶都没了颜色。绿草变得凄黄，霜寒随着风雨飘摇落下，薄暮的落日令快乐消隐，升起的全是哀思，停驻良久，这哀伤竟让人连对家的思念都踟蹰了起来。

比起政治成就，曹丕的文学天赋更高，他“妙善辞赋”，是魏晋时期辞赋创作较多的作家之一。他的辞赋或叙事，或咏物，或写景，题材广泛，且以抒情见长。“便娟婉约，能移人情”，这是曹丕赋的总体特点。这固然与其浓厚的文士气质有关，但同时也是动乱时代的投影。曹丕的诗文最能以情动人，且清新淡雅，十分耐读。

七步诗

曹　植

煮豆持作羹[1]，漉菽以为汁[2]。
其在釜下燃[3]，豆在釜中泣。
本是同根生，相煎何太急？

【注释】

①持：用来。羹：用肉或菜做成的糊状食物。②漉：过滤。菽：豆。③萁：豆类植物脱粒后剩下的茎。

【赏析】

这首《七步诗》是曹植的名篇。南朝刘义庆《世说新语·文学》记：“文帝尝令东阿王七步作诗，不成者行大法。应声便为诗曰：‘煮豆持作羹，漉菽以为汁。萁在釜下燃，豆在釜中泣。本自同根生，相煎何太急。’帝深有惭色。”

曹植是曹操的第四子，从小才华出众，很受父亲的疼爱。曹操死后，他的哥哥曹丕当上了魏国的皇帝。曹氏兄弟间本来有阋，曹丕登上皇位后，以曹操亡故时曹植和曹熊（曹操五子）未来看望为由，要追查二人，结果曹熊因惧怕自杀了。曹植则被押进朝廷。幸得曹植生母卞氏开口求情，曹丕才勉强给曹植一个机会，命他七步之内作出一首诗，否则杀无赦。于是曹植作出了这首广为传颂的诗。

诗人在诗中以同根而生的豆萁和豆来比喻同胞兄弟，用萁煎其豆来比喻同胞骨肉的残害，生动形象，情挚感人，将诗人自身的艰难处境与一腔愤激沉郁之情表现得淋漓尽致。

诗人以纯比兴手法起笔，语言清浅直白，却寓意深刻。作者借用了一个极其纯朴巧妙的譬喻，读来令人称奇。“本是同根生，相煎何太急”两句，千百年来成为同室操戈、兄弟阋墙的警示名句。曹丕感于诗中所言的兄弟骨肉之情，又害怕杀了曹植会遭世人耻笑，最后放了曹植。

白马篇

曹　植

白马饰金羁，连翩西北驰①。借问谁家子？幽并游侠儿②。少小去乡邑，扬声沙漠垂。宿昔秉良弓③，楛矢何参差④。控弦破左的⑤，右发摧月支。仰手接飞猱⑥，俯身散马蹄。狡捷过猴猿，勇剽若豹螭⑦。边城多警急，虏骑数迁移。羽檄从北来⑧，厉马登高堤⑨。长驱蹈匈奴⑩，左顾凌鲜卑⑪。弃身锋刃端，性命安可怀？父母且不顾，何言子与妻！名编壮士籍，不得中顾私⑫。捐躯赴国难，视死忽如归。

【注释】

①连翩：轻捷矫健的样子。②幽并：幽州、并州，古代二州名。游侠：汉代指那种崇武尚气、能急人之难的人。③宿昔：同“夙夕”，早晨、晚上，指每日皆如此。④楛（hù）矢：楛木做的箭。参差：本义是长短不齐的样子，这里实际是指多。以上二句是说：他们的良弓日夜不离手，身边还带着许多箭。⑤控弦：开弓。的：箭靶。⑥仰手：指仰身而射。接：迎面而射。⑦剽：轻捷。螭（chī）：传说中的一种无角的龙。⑧羽檄：插有羽毛的军中征调文书。军书插羽，以示紧急。《说文》：“檄，以木简为书，长尺二寸，用征召也。”⑨厉马：策马。堤：高坡。以上二句是说：边方的紧急征调文书下来了，勇士们闻命策马，登高堤以探视敌情。⑩蹈：践踏，此处即指冲击。⑪凌：冲击。⑫顾私：怀念个人或家庭的私事。

【赏析】

这首诗里塑造了一个爱国将士的形象，他武艺高强、渴望建功立业，甚至不惜壮烈牺牲。作者正是借着歌颂这样一个英勇的北方将士，来抒发自己愿意为解救国难而不惜抛弃一切，乃至生命的英勇豪迈精神。

种瓜篇

曹　睿

种瓜东井上，冉冉自逾垣①。与君新为婚，瓜葛相结连②。寄托不肖躯，有如倚太山。兔丝无根株③，蔓延自登缘。萍藻托清流，常恐身不全。被蒙丘山惠，贱妾执拳拳。天日照知之。想君亦俱然。

【注释】

①逾：超过，翻过。②瓜葛：瓜与葛都是蔓生植物。这里比喻夫妻。③兔丝：植物名，即菟丝子。常以喻妻室。

【赏析】

曹睿，魏明帝，字符仲，曹操之孙，曹丕之子。能诗文，与曹操、曹丕并称魏之“三祖”，诗文成就不及操、丕。今存散文二卷、乐府诗十余首。

曹睿的这首诗写得颇有情趣，虽然曹睿的文采比起曹操和曹丕稍逊一筹，但从这一篇《种瓜篇》中，还是能够看出曹睿敏捷的才思和淡然的文风中蕴含着淡淡的风雅和悠悠的情思，意味深长，读后令人口齿留香。比起曹操的沧桑和曹丕的敏感，曹睿的诗作似乎更多了一份淡然。

或许这和个人经历有关，正因为经历不同，所以心性和作品也都不尽相同。他们三人的诗歌之所以受到人们的推崇，除了诗文本身的绮丽，更多的则是因为他们的诗歌中有着当时文人感同身受的认同感。

赴洛道中作

陆　机

远游越山川，山川修且广。振策陟崇丘①，案辔遵平莽②。夕息抱影寐③，朝徂衔思往④。顿辔倚嵩岩⑤，侧听悲风响。清露坠素辉，明月一何朗⑥。抚几不能寐⑦，振衣独长想⑧。

【注释】

①策：古时的马鞭，头上有刺。振策：挥鞭。陟（zhì）：登高。崇丘：高山。这句是说鞭马登上高山。②案：同“按”。按辔：手抚马缰，任马慢步行走。遵：循。平莽：草原。这句是说：按辔让马循平原慢行。③夕息：夜晚休息。抱影：形影相吊，说明孤独。④徂（cú）：往。朝徂：早晨出发。衔思：含悲，说明凄楚。⑤顿：舍、止。顿辔：停马。嵩：高。这句和下句是说驻马倚着高岩，听见悲风声从旁边传来。⑥素辉：洁白的光辉。一何朗：多么明朗。这两句是说：白光闪烁的清露下滴，皓月极为明朗。⑦几：小桌子。古人放在座旁，疲倦时可供倚靠。这句说面对此情此景抚几不能入睡。⑧振衣：抖动衣服以去灰尘，这里指穿衣。这句是说重新穿衣而起，独自长想。

【赏析】

《赴洛道中作》共二首，这是第二首。这首诗描绘了作者在旅途中所见的景物，抒发了自己哀伤的心情。精心雕琢，文字工丽，体现了他诗歌的形式主义风格。

胡笳十八拍

蔡文姬

胡笳本自出胡中，缘琴翻出音律同[①]。十八拍兮曲虽终，响有余兮思未穷，是知丝竹微妙兮均造化之功[②]。哀乐各随人心兮有变则通[③]，胡与汉兮异域殊风。天与地隔兮子西母东，苦我怨气兮浩于长空[④]，六合离兮受之应不容[⑤]。

【注释】

①缘琴翻出：用琴演奏胡笳曲。②丝竹：泛指乐器。丝，琴瑟等弦乐器。竹，笙箫等管乐器。造化：造物者。③有变则通：心里有什么活动就能通过音乐表现出来。④浩：充满。⑤六合：指上、下、东、西、南、北之内的整个空间。

【赏析】

蔡文姬是东汉大学者蔡邕的女儿，生于乱世，饱受苦难，又婚姻不幸，人生多舛，后来被掳去匈奴，嫁与匈奴王，并生下两个儿子。胡笳是匈奴人常吹的一种乐器。在南匈奴的那十二年里，蔡文姬也学会了一些胡笳的演奏，但是当她离开这片一直试图想远离的土地时，才知道时间真的可以将一个人的生命浸透，当你在一片土地上生活得越久时，你的回忆就越厚重。所以，蔡文姬虽然选择了返回故乡，但她的人生注定残缺，因为她的大半记忆都随着她的血脉一起留在了匈奴。

因与蔡邕有交，作为义气之举，曹操发函匈奴首领，要他务必交出蔡文姬。曹操的一纸书函彻底改变了蔡文姬逐渐平静下来的生活，他要蔡文姬回中土，匈奴不敢不放人。曹操势力强大，无人不忌惮。所以，蔡文姬十数年之后，踏上了回乡的路程，可是她的心情十分复杂，万般情思萦绕心头。十年前被掳至胡地，十年后又复归中原，何处才是她的故土，哪里才是她的家？

这首诗就是在这样的心境和历史时代里写下的。后世很多人认为此诗不是蔡文姬本人所作，而是后人假托，然而由于情感深挚，自古以来还是被广为传诵。“胡笳本自出胡中，缘琴翻出音律同”，一代才女佳人，音容身世消散在杳杳胡笳声中。

杂诗

孔　融

岩岩钟山首，赫赫炎天路。高明曜云门，远景灼寒素。昂昂累世士，结根在所固。吕望老匹夫[①]，苟为因世故。管仲小囚臣，独能建功祚[②]。人生有何常，但患年岁暮。幸托不肖躯，且当猛虎步。安能苦一身，与世同举厝。由不慎小节，庸夫笑我度。吕望尚不希，夷齐何足慕[③]。

【注释】

①吕望：即吕尚，后世多称姜子牙。②功祚：指辅助帝王的功业。③夷齐：伯夷，叔齐。

【赏析】

孔融的诗文“体气高妙”，诚如这首诗开篇所言，“岩岩钟山首，赫赫炎天路”，慷慨的情辞中透露出诗人远大的抱负，在诗人看来，他并不认为天下之路就是为那些世子所铺设的，贫寒之人一样可以走通。大路朝天，光耀门楣之事并不只是局限于士族子弟的。“安能苦一身，与世同举厝。由不慎小节，庸夫笑我度。”这样的人真是不拘小节，气度高尚的，他不立足于天地间，还有何人？可惜生不逢时，使他无法与时代同进退。

正是基于诗中所洋溢的这种情怀，孔融才不会因为人情世故就改变自己的原则，他看不起吕望那样的老匹夫，却欣赏管仲这样的人才。但他的刚直惹怒了曹操，而犯下了死罪。建安年间，曹操接到了一封这样的书信，“武王伐纣，以妲己赐周公”。写信的人是孔融，他是专门就曹操攻下邺城，其子曹丕纳袁绍儿媳甄氏为妻一事进行讽刺的。

曹操自然大怒，但碍于孔融名声过大，而且是儒家大学者，只能将恶气强压，而孔融却丝毫没有因此而收敛。

孔融毫不收敛，他虽然聪明，却并不明白官场中的利益规则。他认为自己是“当时豪俊皆不能及”，对于他人总是一副恃才傲物的模样，就连曹操他也不放在眼里。曹操“挟天子以令诸侯”的行为，在孔融看来是大逆不道，十分不可容忍的，所以，但凡曹操出一点差错，孔融必定会唇齿相逼，惹得曹操大为不满。

孔融身为圣人后裔，自小学习儒术，却完全背弃了儒术的内在精神。孔融认为孝道是不足守的，他说：“父之于子，当有何亲？论其本意，实为情欲发耳。子之于母，亦复奚为？譬如物寄瓶中，出则离矣。”孔融此言一出，即刻遭到了大众的反对。

作为当时正直的士族代表人物的孔融，一生傲岸，为人刚直，但也正是因为如此，他才落得了最后身首异处的结果。想来孔融一生跌宕起伏，也算是乱世一英杰，却祸从口出，而飞来横祸，不但自己遭殃，还连累妻儿共赴黄泉。实在是可悲可叹。

“吕望尚不希，夷齐何足慕”，这是何等大的口气！而曹操斩杀孔融的理由便是因为孔融那些肆无忌惮的言论，对于孔融将父母比作容器的话语，曹操为孔融带上了不孝不贤的罪名。其实最初和最终的理由只有一个，便是他不能让孔融这样不安分的人妨碍了他的统治大业。

七哀诗三首　（其一）

王　粲

西京乱无象[①]，豺虎方遘患[②]。复弃中国去[③]，委身适荆蛮[④]。亲戚对我悲，朋友相追攀[⑤]。出门无所见，白骨蔽平原。路有饥妇人，抱子弃草间。顾闻号泣声[⑥]，挥涕独不还[⑦]。未知身死处，何能两相完[⑧]。驱马弃之去，不忍听此言。南登霸陵岸[⑨]，回首望长安。悟彼下泉人[⑩]，喟然伤心肝[⑪]。

【注释】

①西京：长安，是西汉时的国都。无象：没有章法、体统。②豺虎：指董卓的部将李傕等。遘：造。③中国：指中原地区。④委身：托身、置身。荆蛮：荆州。古代中原人称南方民族为蛮。因荆州地处南方，故曰荆蛮。⑤追攀：形容依依不舍的样子。攀，攀着车辕恋恋不舍。⑥顾：回头看。

⑦挥：挥洒。⑧完：全。这两句是妇人所说的话，说自身还不知死所，哪能两相保全，不得已才弃子逃生。⑨霸陵：汉文帝刘恒的陵墓所在地。岸：高地，高冈。⑩悟：领悟。下泉：《诗经·曹风》中的篇名之一，下泉，即“黄泉”，下泉人喻指汉文帝。⑪喟然：伤心叹息的样子。

【赏析】

后人对于《七哀诗》有很多解释，大都认为所谓哀，便是痛而哀，与人的七情六欲有关。但也有人认为哀主要围绕的主题与音乐有关，和韵律有关。

这一首《七哀诗》写于公元192年，当时长安刚刚经历过一场动乱。

在诗歌中，诗人交代了他远离长安的理由，也在诗歌中道出了长安已经变成了何等模样，“西京乱无象，豺虎方遘患”。在诗人离开长安前往目的地的路途中，他见到了最为残酷的景象：累累的白骨和荒芜的田野，路边有一饥饿难当的妇人，抱着自己的孩子丢弃在草丛间，回头看时，听到孩子的哭声，妇人洒泪却不抱回自己的孩子——自己尚且不知将来要死在何处，如何能母子两全呢？实在是不得已才抛弃孩子的呀！

这一幕令诗人不忍卒看，于是他骑马加快速度离去，不忍心听这世间哀号凄惨的声音。

王粲历经苦难，支撑他在乱世中存活下来的便是心中不灭的信念。在他的诗中，萧条凌乱的景象并不可怕，那些凋敝都会过去，然而此诗所描绘的景象触目惊心，“悟彼下泉人，喟然伤心肝”，何止是诗人自己，后世读到此诗的人莫不喟然而伤。“出门无所见，白骨蔽平原”，也成为那个时代的一个经典影像。

从军诗五首　（其五）

王　粲

悠悠涉荒路，靡靡我心愁。四望无烟火，但见林与丘。城郭生榛棘，蹊径无所由①。雚蒲竟广泽②，葭苇夹长流。日夕凉风发，翩翩漂吾舟。寒蝉在树鸣。鹳鹄摩天游③。客子多悲伤，泪下不可收。朝入谯郡界④，旷然消人忧。鸡鸣达四境，黍稷盈原畴。馆宅充鄽里⑤，士女满庄馗⑥。自非贤圣国，谁能享斯休。诗人美乐土，虽客犹愿留。

【注释】

①蹊径：小路，野径。②雚蒲：芦苇和蒲草。泛指水草。③鹳鹄：鹳与鹄。其形瘦长，飞翔极高。④谯郡：指谯县，古县名，秦朝设置，约在今安徽省亳县。⑤鄽（chán）里：城市聚居的地方。

⑥庄馗：四通八达的道路。馗，同“逵”。

【赏析】

这首《从军诗》分为两部分，前半部分描写了山河破碎的荒芜景象，而后半部分则对未来寄予了深切的厚望。

王粲，字仲宣，山阳高平人，初侍刘表，后跟随曹操。三国名臣，为七子之冠冕。善于诗赋，更有过目不忘之才能。对功名的急迫渴望，王粲毫不掩饰。在曹操帐下，王粲得到了从未有过的重视。谁说凋敝的王朝就注定荒芜一切？王粲的才气在曹操那里得到了完全的发挥，虽然曹操帐下人才济济，但王粲还是凭借着他的才能赢得了曹操的赞赏，而他自己对于曹操的知遇之恩也是感恩戴德，他曾说：“帝王虽贤，非良臣无以济天下。”

文人自古以来便是以悲悯情怀为重的，王粲也不例外。就在跟随曹操征讨东吴的路途上，王粲写下了《从军诗》五首，这是其中之一。虽然是描述了动荡的汉末年月，但却是从侧面抒发了希望可以拥有美好生活的愿望。生活在那个战乱的年代，诗人与众生一样不可避免地要历经磨难，但是他并不绝望，而是在艰险磨难之中，看到了未来的乐土，那里是让他的忧愁烟消云散的地方。

饮马长城窟行

陈　琳

饮马长城窟①，水寒伤马骨。往谓长城吏，慎莫稽留太原卒②。官作自有程③，举筑谐汝声。男儿宁当格斗死④，何能怫郁筑长城⑤。长城何连连⑥，连连三千里。边城多健少⑦，内舍多寡妇。作书与内舍，便嫁莫留住。善侍新姑嫜⑧，时时念我故夫子⑨。报书往边地，君今出语一何鄙⑩？身在祸难中，何为稽留他家子。生男慎莫举，生女哺用脯。君独不见长城下，死人骸骨相撑拄。结发行事君⑪，慊慊心意关⑫。明知边地苦，贱妾何能久自全？

【注释】

①长城窟：长城附近的泉眼，古时供行役者饮马用。窟，泉窟，即泉眼。②慎：小心。稽留：滞留。太原卒：从太原地区调来服役之人。③官作：政府的工程。程：期限。④格斗：短兵相接的搏斗。⑤怫郁：烦闷。这一句和前一句意谓：男子汉宁可与敌人搏斗而死，怎能憋着一肚子气而在这里修筑长城呢！⑥连连：绵长的样子。⑦边城：亦指长城。健少：健壮的年轻人。

⑧姑嫜：古时如此称呼丈夫的父母，即今日的“公婆”。⑨故夫子：原来的丈夫。上面四句是戍卒劝妻子改嫁的信中之语。⑩鄙：薄。⑪结发：古时男子二十束发而冠，以示成年。⑫慊慊：怨恨的样子。关：牵系。

【赏析】

《饮马长城窟行》是乐府古题之一。这一首诗歌，是通过描写修筑长城带给人们的苦难，写出当时的哀风悲鸣。

陈琳是“建安七子”之一，在追随曹操之前，曾效力于袁绍，多次写文章辱骂曹操，历数他的罪行。后来陈琳被曹操俘虏，曹操惜才，便安抚陈琳，没有将他斩杀，反而收为部下。

“饮马长城窟，水寒伤马骨。”战乱的时代，塑就了诗人独特的视角和笔触。边地水寒若此，连马喝了这种水，都会因受不了寒气而被伤，戍卒苦役们的艰辛可想而知。诗人开句点题，直接进入主题。一个征夫对监管修筑长城的官吏诉苦说：“我已经到了服刑期满的日子了，千万不要延迟我的归期。”可以看出这位征夫归心似箭，也可以看出修长城是一项多么非人的徭役。

征夫提醒之后，官吏并不放行，只是打着官腔说官府自有定夺。这让归期已到的征夫十分不满，他认为大丈夫如果要死，就要战死沙场，轰轰烈烈，而不是在这里窝窝囊囊地做苦工。但他的怨言又有何用呢？战事一日不停，长城就不能停止修建。

如果要怨，也只能怨这无休止的战争和动荡的时局。长城绵延万里，何时才能修筑得完？可是生命有限，如果将全部的精力都耗费在修筑长城上面，那几时才能为自己打算和考虑？但不论征夫作何打算，他都无法违抗官府的命令。

在这首诗歌中，诗人用征夫绝望的心情来寓意当时的纷乱时代，与建安七子其他人相比，陈琳相对年长，所以，他对汉末魏初的动荡岁月有着刻骨的体会。

“明知边地苦，贱妾何能久自全”，女子明知道丈夫生死难料，但仍甘愿以自己的一生作为赌注，等待丈夫最终的归来。征夫与妻子之间的这份情感在那个纷乱的时局中尤为可贵。正因为知道艰难，所以才愈加珍惜和耐心。

这首《饮马长城窟行》一直是魏晋诗歌史上的名篇，给那个黑暗的年代增添了少许的光亮。可以说，这是陈琳一览民间疾苦，然后将自身所受之苦相融合，迸发出的情感汇总。

别诗 （其二）

应 玚[1]

浩浩长河水，九折东北流。晨夜赴沧海，海流亦何抽[2]？远适万里道，归来未有由。临河累太息，五内怀伤忧。

【注释】

①应玚（公元 177 ~ 217 年），字德琏，东汉南顿县（今项城）人。东汉末文学家，建安七子之一。长于诗赋，今有文赋数十篇，《侍五官中郎将建章台集诗》为其代表作品。②抽：吸干，纳尽。

【赏析】

应玚的才气虽然比不上王粲，但在建安七子中也是名列前茅的。他留给后世的诗作虽不多，但我们也能从中看出这位诗人对时局的忧虑和对苍生的担忧。

诗人写道：浩荡的长河水荡尽了古今，却荡不尽世人的忧伤，在沧海横流之际，诗人站于高处俯瞰脚下河流纵横，感叹这些奔腾了万里的水流是否知道疲倦。诗人无法坦然地接受荒郊四野的景象，也无法对那些苦难的黎民视若无睹，“临河累太息，五内怀伤忧”，该句所描绘的画面，是诗人因为悲悯而穿越无尽时光的展现。

驾出北郭门行

阮 瑀

驾出北郭门[1]，马樊不肯驰[2]。下车步踟蹰，仰折枯杨枝。顾闻丘林中[3]，噭噭有悲啼[4]。借问啼者出[5]，何为乃如斯？亲母舍我殁，后母憎孤儿。饥寒无衣食，举动鞭捶施[6]。骨消肌肉尽，体若枯树皮。藏我空室中，父还不能知。上冢察故处，存亡永别离。亲母何可见，泪下声正嘶[7]。弃我于此间，穷厄岂有赀[8]？传告后代人[9]，以此为明规。

【注释】

①北郭门：城郭北门。郭，外城。古时坟地多于城郭北门。②樊：马因过度负重而不肯再走。③顾：回头听到。④噭（jiào）：悲啼的声音。⑤出：谁。⑥举动：动辄。捶：用以鞭马的木棍。

⑦嘶：破声，这里指哭至嘶哑。⑧穷厄：穷困。赀：同“资”，财富。⑨传告：规诫。

【赏析】

这一首诗歌属于乐府题材，被北宋末期的学者郭茂倩收录在《乐府诗集》中。题目由古诗中“驱车上东门，遥望北郭墓”一句引申而来。

阮瑀借此诗描写了一个孤儿遭到继母虐待的故事。整首诗歌作者以第一人称的身份出现，令读者看到后愈发感到真实。作者驾着马车奔驰在道路上，却在一处树林间听到隐隐的哭声，十分悲苦。作者下车察看，只见一个孩童哭坐于一处孤坟上。

这是铺垫，继而从作者的发问引发到高潮，孩童哭诉自己忍受虐待的经过，使得听者流泪，闻者伤心。最后再回到孩童生母的坟墓前，但已经是天人两隔，生离死别的分开了，所以这样的悲痛更加使人无奈。

阮瑀出身名门望族，才华横溢，琴棋书画，无不精通。本人也自视甚高，是建安七子中脾气最为固执的一个人。“书记翩翩，致足乐也”指的便是阮瑀。

阮瑀文笔极好，但凡他写过的文章，别人就无法再增加一字或者再减少一字。为此，曹操多次考验过阮瑀，但他都顺利过关。最为精彩的一幕便是曹操需要一份公文，而当时阮瑀正在马背之上，但他却以马为案，提笔写好了公文，曹操接过一看，果然还是一字不用增加，一字不用减少。

赠从弟

刘　桢

亭亭山上松[①]，瑟瑟谷中风[②]。风声一何盛，松枝一何劲！冰霜正惨凄[③]，终岁常端正。岂不罹凝寒[④]？松柏有本性。

【注释】

①亭亭：孤高直立的样子。②瑟瑟：寒风声。③惨凄：凛冽、严酷。④罹：遭受。凝寒：严寒。最后二句是说：难道松柏没有遭到严寒的侵袭吗？但是它依然青翠如故，这是它的本性决定的。

【赏析】

《赠从弟》全诗共三首，这里是选的第二首。作品以不畏冰雪风霜的松树比喻人格的独立和操守的坚贞，并以此勉励从弟要做独立而坚贞的人。当然，这既是勉励别人，也是自我勉励。

酒德颂

刘 伶

有大人先生者[1]，以天地为一朝[2]，万朝为须臾，日月为扃牖[3]，八荒为庭衢[4]。行无辙迹[5]，居无室庐，幕天席地[6]，纵意所如。止则操卮执觚[7]，动则挈榼壶，唯酒是务，焉知其余？

有贵介公子，缙绅处士，闻吾风声[8]，议其所以。乃奋袂攘襟[9]，怒目切齿，陈说礼法，是非锋起。先生于是方捧罂承槽[10]，衔杯漱醪[11]。奋髯箕踞[12]，枕曲借糟[13]，无思无虑，其乐陶陶。兀然而醉[14]，豁尔而醒[15]。静听不闻雷霆之声，熟视不睹泰山之形，不觉寒暑之切肌，利欲之感情。俯观万物，扰扰焉如江汉三载浮萍；二豪侍侧焉，如蜾蠃之与螟蛉[16]。

【注释】

①大人先生者：德行高尚的老先生。②朝：天。③扃牖（jiōng yǒu）：门窗。④庭衢（qú）：庭道。⑤辙迹：轨迹。⑥幕天席地：以天为幕，以地为席。⑦卮：饮酒器具。“觚”同。⑧风声：名声。⑨奋袂攘襟：敛起袖子，绾起衣襟。⑩方：正。⑪醪（láo）：浊酒。⑫奋：拨弄。髯：胡须。⑬曲（qū）：酒曲。⑭“无思无虑”三句：昏沉的样子。⑮豁尔：猛然。⑯蜾蠃（guǒ luǒ）：细腰蜂。螟蛉：螟蛾的幼虫。

【赏析】

魏晋人嗜酒，而以竹林七贤尤甚。嗜酒者以借酒消愁的居多，唯有刘伶却多引以为乐趣。在一次酒醉之后，他写下这篇 200 余字的《酒德颂》，本作自赏用途，不成想写了亘古妙文，把喝酒升华到了一种玄奥的境界。

该篇颂里出现的主人公是个德行高尚的老先生，也可以说就是刘伶本人。在文章的起始处，老先生便称自己喝酒喝到一种超凡的境界。他可以把天地开辟作为一天，把万年作为须臾，把日月作为门窗，把天地八荒作为庭道；行走没有一定轨迹，居住无一定房屋。他还能以天为幕，以地为席，放纵心意，随遇而安。一个人可以“以天为幕，以地为席”，该算得上是非常逍遥的人了。

接着在第二段，作者写道：“有贵介公子，缙绅处士，闻吾风声，议其所以。”

由于他的行为乖张，有很多人时常在人前折损他，刘伶并不是不以为然，时常反唇相讥。激动时便跳起来敛袖绾襟，张目怒视，咬牙切齿予以反驳：礼仪法度又算得了什么，真正的是非自有公道人心去判定。

骂够之后，刘伶仍然继续衔杯痛饮，枕着酒曲睡觉，无忧无虑，其乐陶陶。困了便睡，醒了便饮，什么四时寒暑、声色货利，都像脚下随波逐流的“江汉三载浮萍”，都如“蜾蠃之与螟蛉”，渺小得不值一提。全颂洋洋洒洒，尽是作者不羁的风度。

竹林七贤虽都有饮趣，但是真正在喝酒方面有心得的只有刘伶一人。

对于酒完全没有抗拒力的刘伶，自然酒后就更加毫无约束。他曾因喝酒喝得太多，为了散热而脱光衣服，大字形躺在自家屋子里。一次客人进屋找他，发现他什么都没穿，便讽刺他放纵。刘伶笑嘻嘻地说：“天地是我的房屋，室内是我的衣裤，你们为什么要钻进我的裤裆里？”客人顿时无言，尴尬地离开。

刘伶在饮酒方面本身已达到可驭万物的境界，忘却生死，忘却荣辱，他在文才上或可永世不能企及阮、嵇二人，但他的洒脱中见可爱，是谁也到不了的境界。这篇《酒德颂》就是作者对于酒与性情的一种独特的个人体悟。

咏怀八十二首　（其一）

阮　籍

夜中不能寐，起坐弹鸣琴。薄帷鉴明月①，清风吹我襟。孤鸿号外野，翔鸟鸣北林②。徘徊将何见，忧思独伤心③。

【注释】

①薄帷：幔帐。鉴：照。②翔鸟：飞翔盘旋着的鸟。鸣：悲鸣，哀号。③这两句是写人与翔鸟一样因不能寐而孤寂徘徊，得不到慰藉。

【赏析】

这首诗保持了阮籍诗作的一贯风格。感物忧思，阮籍的悲伤虽内敛，但却一点也不比那些多愁善感的人少一份细腻的心思。

诗首即言那时正是午夜，诗人躺卧很久都睡不着，便起身来到窗边对月抚琴。看着月光洒在床帷之上，影影绰绰，清风徐来，掀起了他的衣襟。在这般清寂的夜晚，偶尔传来野外孤鸿鸣叫、倦鸟啼吟，阮籍突然为它们的凄鸣感到痛心。自己孤身在外徘徊也就罢了，鸟儿们也同样于空中徘徊，找不到自己的那片林子。

阮籍天生嗜酒如命，酒后时常驾车出行，驱车一半时跳下车，伏地痛哭，不为别的，正是因为前方的路不好走，车已经过不去了，王勃为此写过“阮籍猖狂，岂效穷途之

哭”的句子。阮籍的悲伤与无望，也许是当时大部分士人的心情。魏晋交替之际，魏王曹芳被司马氏所控，作为士大夫阶层的名士，要么跟着曹氏一同灭亡，要么跟司马氏合作。面对这两种选择，一些人采取了消极抵抗的方式。阮籍是当时非常有名的才士，曾胸怀大志，奈何天下多变，真才实学者少之又少，一时间壮志难酬。尽管司马昭对他非常赏识，多次邀请阮籍入朝，但阮籍对司马氏的印象极差，几次要酒疯躲过司马昭的招揽。

南朝宋的诗人颜延之考证说阮籍总是写悲情诗，原因在于晋文帝司马昭在位时世人多虑祸患的缘故。阮籍忧谗惧祸，才躲进竹林深处，独自伤心苦闷。晋君向来多猜忌，大概是曹魏留下的后遗症，是以当时的名士即便有报国之心，却仍惧怕入朝为官。颜延之对阮籍的这番推测不无道理。很多后人都认为阮籍的咏怀诗多太过隐晦，有时根本看不出他究竟要表达什么，可身处于令人惧怕和幻灭的时代，有多少人敢于直言自己的痛和不满呢？

阮籍的诗如他的人一样，充满了矛盾。他不是完全地抨击时政，为怀才不遇而不满，也不是完全地脱离神行，求得飞升；他既不愿与世事同流合污，又不能真正地与现实划清界限寻觅归趣。

阮籍几乎是在乱世当中写下咏怀诗最多的人。他一生作诗百余首，流传不过九十余首，其中咏怀就占82首，后人一直把这些诗作为考证阮籍一生经历的依据。的确如此，阮籍的思卿、思家、思社稷的想法都贯穿在他的诗作中，而其压抑在心中的痛，也在诗中流露无余。

咏怀八十二首 （其二）

阮　籍

二妃游江滨，逍遥顺风翔。交甫解佩环，婉娈有芬芳①。猗靡情欢爱②，千载不相忘。倾城迷下蔡③，容好结中肠④。感激生忧思，萱草树兰房⑤。膏沐为谁施⑥，其雨怨朝阳。如何金石交⑦，一旦更离伤⑧。

【注释】

①婉娈：亲爱。②猗靡：缠绵。③倾城：美貌绝世。④中肠：衷心。⑤萱草：即忘忧草。兰房：泛指妇女居所。⑥膏沐：妇女用来润泽头发的化妆品。⑦金石交：像金石般坚固的情谊。⑧一旦：一下子。

【赏析】

这首咏怀诗，讲的是男女离别之后，女子身世的可怜之状。全诗援引的是上古神话《列仙传》中的一个神话故事。诗中的“二妃”便是神话故事的两位女主人公。“二妃”乃是江汉两河的仙子，于江、汉之间的水域飘摇，遇到了美男子交甫。交甫见到两位美女体态轻盈，美丽不可方物，她们身上还带着怡人香气，不免一见钟情了，对二女发出追求之语，请她们解下环佩给自己，当作定情信物。二女见交甫长得很俊美，也产生了爱意，便解下环佩给他，转身羞涩地离开。

在《列仙传》里只写了二妃与交甫相遇的这段情谊，却无后续。但诗人却不甘心故事就此打住，便通过诗歌大胆地为神话写了续集。他写交甫与二位神女分开许久，彼此不能忘情，可是交甫却没有回头找她们。长年的分别总是让人生怨，二妃的心中产生了浓烈的不满，坐在小屋里对着满室的忘忧草径自哀伤，甚至无心打扮。期待与爱人相见，却偏偏不见对方归来，那思念的滋味好比企盼天降甘露却偏偏终日艳阳一样。

阮籍笔下的“二妃”，果真是叫人怜惜不已。阮籍为她们哀婉，也为她们感到非常不平：“如何金石交，一旦更离伤。”为何比金石还坚固的爱情，一分别便要断绝呢？

阮籍的诗总显得隐晦，而这也让后世人一直无法完全透彻了解他的为人。对于这首咏怀诗，也有人理解为是阮籍在借二妃与交甫来比喻自身与君王之间的关系。

酒会诗

稽　康

乐哉苑中游，周览无穷已。百卉吐芳华，崇台邈高跱①。林木纷交错，玄池戏鲂鲤②。轻丸毙翔禽③，纤纶出鳣鲔④。坐中发美赞，异气同音轨。临川献清酤⑤，微歌发皓齿。素琴挥雅操，清声随风起。斯会岂不乐，恨无东野子⑥。酒中念幽人，守故弥终始。但当体七弦，寄心在知己。

【注释】

①崇：高。高跱（zhì）：高耸。这句是说远远的高台耸立。②玄：深。③丸：指弹丸、轻丸，喻弹丸的迅疾。毙：击中。④纤纶：钓鱼用的丝绳。出：钓到。鳣鲔：这里泛指各种鱼。⑤临川：在水边。酤：酒。⑥东野子：即阮侃，稽康挚交，后迁居东野，故诗人称其东野子。

【赏析】

这首诗前六句主写作者的欣然。身处百花林木交错的风景优美处，上有山峦浩渺，下有游鱼临渊，举头观望鸟翔，附身可钓鲤鲫，容身于自然之中，嵇康一边饮酒，一边操琴而歌，其中的惬意不是三言两语能概括的。在极致的欢愉当中，他的心情陡然失落，乐而忽悲。“斯会岂不乐，恨无东野子。”原来他是突然思念起过去的朋友，感叹朋友“东野子”无缘再参加自己的音乐酒会。

“东野子”是嵇康深深思念的人，他本名为阮侃，身居河内太守，后迁居东野。由于二人多年不见，所以嵇康才借“东野子”来指代他，以表自己的念旧之情。其实，思故人只是诗人突然惆怅的一个诱因，他真正的悲伤皆由当时朝政混乱而起。对魏晋两股势力的角力，嵇康深恶痛绝，他常说自己决不能与这些俗人同流合污，因此他的言志诗大多都自表清白。所以诗人最后说：“酒中念幽人，守故弥终始。但当体七弦，寄心在知己。”点明了诗人要笑傲山林、洁身自好的气节。

这里选的这首诗是嵇康传世不多的诗作之一。诗如其人，林、池、琴、友，既是作者表达心志高洁的一首诗，也是魏晋名士的一幅生活画面，展现的仍然是那个时代的精神风气。

赠秀才入军

嵇　康

良马既闲①，丽服有晖。左揽繁弱，右接忘归②。风驰电逝，蹑景追飞③。凌厉中原④，顾眄生姿⑤。

【注释】

①闲：同“娴”，熟习，训练有素。②接：搭上。③蹑景：追得上一掠即逝的影子。景，同“影”。追飞：能追赶飞鸟。④凌厉：飞腾、超越。中原：原野。⑤顾眄（miǎn）：看、视的意思。顾，回视；眄，斜视。生姿：生色，生光。

【赏析】

《赠秀才入军》共有诗十九首。“良马既闲”这一首颇具想象色彩。作者幻想了他兄弟日后在军中的生活：良马、华服、名弓、矫健的身姿和飞驰的速度，貌似赞颂敬佩，实则婉言否定。

与妻李夫人联句

贾　充

室中是阿谁？叹息声正悲。
叹息亦何为？但恐大义亏[①]。
大义同胶漆，匪石心不移。
人谁不虑终，日月有合离。
我心子所达，子心我所知。
若能不食言，与君同所宜[②]。

【注释】

①大义：指夫妻情义。②所宜：妥帖，这里指夫妻安稳度日。

【赏析】

这是典型的联句形式对诗。联句据记载始于汉武帝时期，因为是两人或多人每人一句共同完成的诗歌，所以才称之为联句。

这是一首诉说离别之情的诗歌，缠缠绵绵又依依不舍，诗人和妻子仿佛都不晓得该如何安顿自己离别前的零乱心情，一人一语地表明各自的心迹。贾充首先领起全诗，道出室内悲叹，想来贾充口中的“室”应该就是二人日常所居住的卧室，藏匿了不少夫妻恩爱的欢乐往事。此时，贾充却问这房间内是谁在悲伤地叹息，自然是指身旁的妻子李氏。

贾充妻子李氏是尚书仆射李丰之女，不但有才情，还贤良淑德，对贾充照顾有加，只是可惜后来因为朝纲变动，李丰被当时掌握政权的司马师所杀，连累家人一同受到牵连，要发配边疆，早已嫁为他人妇的李氏也不能幸免。眼看分别在即，感情一向融洽的贾充和李氏便免不了悲戚一番。贾充问完，李氏作答，她说叹息只是担心夫妻情分就会到此终结，难怪李氏会这样想，古时的女子本就地位卑微，更何况如今成了犯妇的李氏，今朝一走，他日恐怕就难得与贾充见上一面了。

贾充作为丈夫，自然不能在离别之时说出伤人的话，他一番海誓山盟的表白，说自己的心就如同磐石一样坚固无转移，让李氏放心。可李氏也明白月有阴晴圆缺，生离死别的事情古来有之，这是无法强求的。贾充依然对天起誓，他对李氏的爱不会改变，李氏才稍微放心，黯然离去。

然而就在李氏离去不久后，贾充便再次娶妻。就在贾充的生活日益恢复平淡的时候，李氏却遭逢天下大赦而回归故土，这样的结果令两个人都始料未及，誓言依然，可惜物是人非。贾充的现任妻子郭氏不许李氏入门，而贾充也因为惧怕郭氏而迟迟不肯将李氏接回家门，昔日的承诺而今成了一纸空谈。

悼亡诗三首　（其一）

潘　岳

荏苒冬春谢①，寒暑忽流易②。之子归穷泉③，重壤永幽隔④。私怀谁克从⑤，淹留亦何益⑥。黾勉恭朝命⑦，回心返初役。望庐思其人，入室想所历。帏屏无髣髴⑧，翰墨有余迹。流芳未及歇，遗挂犹在壁。怅恍如或存⑨，回惶忡惊惕⑩。如彼翰林鸟⑪，双栖一朝只。如彼游川鱼，比目中路析⑫。春风缘隙来，晨溜承檐滴⑬。寝息何时忘，沈忧日盈积⑭。庶几有时衰⑮，庄缶犹可击⑯。

【注释】

①荏苒：逐渐。谢：去。②流易：消逝。③之子：那个人，指妻子。穷泉：指黄泉。④幽隔：被幽冥之道阻隔。意谓妻子逝世，长眠地下，永远同生者隔绝了。⑤私怀：指悼念亡妻的心情。克：能。⑥淹留：久留。⑦黾勉：勉力。⑧帏屏：帐帏和屏风。无髣髴：帏屏之间连亡妻的仿佛形影也见不到。⑨如或存：好像还活着。⑩回惶：惶恐。惕：惧。⑪翰林：鸟栖之林。⑫析：分开。⑬承：顺着。⑭盈积：众多的样子，指忧伤越积越多。⑮庶几：但愿。⑯庄：庄周。缶：瓦盆，古时一种打击乐器。

【赏析】

这是一首著名的悼念亡妻的诗歌。“荏苒冬春谢，寒暑忽流易”，时光的流逝并没有减弱诗人对妻子的深爱，反而因为时间的积淀而更加深厚。

潘岳在12岁的时候和杨氏订婚，结婚之后，二人感情很好，可惜，在他们婚后第24个年头，杨氏因病去世，留下了潘岳独自一人饮泣。从诗作中可以看出，潘岳在妻子死后很长一段时间内都无法接受这个事实，“黾勉恭朝命，回心返初役”。他本是想要留在家中陪伴妻子的亡魂，却因为朝廷的公事繁忙，不得不离家远去。陪伴妻子的愿望难以实现，潘岳内心的悲戚从诗句中汩汩流淌出来。

潘岳悼念妻子杨氏的诗歌一共有三首，这是第一首，大概作于杨氏亡后第一年。诗人写道：“庶几有时衰，庄缶尤可击。”在这里他想效仿庄周，冷淡对待妻子离世的事实，然而他越是想要忘记，记忆便越是深刻，令他愁锁眉心不得展。

唐朝诗人李商隐叹息道：“只有安仁能作诔，何曾宋玉解招魂。”后世文人认为潘岳的悼亡诗有着“其情自深”的特点，十分感人。而潘岳也成了古来多情男人的代表。

伤王融

沈　约

元长秉奇调①，弱冠慕前踪②。眷言怀祖武，一篑望成峰。途艰行易跌，命舛志难逢。折风落迅羽，流恨满青松。

【注释】

①奇调：奇特过人的才情。②弱冠：古时男子二十成人，初加冠，称“弱冠”。后用以指代少年之时。

【赏析】

这是沈约悼念比他小26岁的忘年交王融的诗作。全诗充溢着一股哀伤痛惜之情。

永明十一年（公元493年），王融26岁，任中书郎，因距离他的目标还非常遥远，他总是心怀悲凄。

第二年，王融卷入了政治斗争，最终招致杀身之祸。这样的结局是沈约不曾预见到的，只有用一句“途艰行易跌，命舛志难逢”来表达对旧友的哀伤与惋惜之情。结句写道：“流恨满青松。”这种伤怀又岂是言语所能述尽的。

沈约赞叹王融“元长秉奇调，弱冠慕前踪”。如此才华横溢且有

凌云之志的年轻人，本该有一个大好的前程，无论是在仕途，还是文坛。然而造化弄人，王融身处的是中国历史上最混乱的时代之一。

“途艰行易跌，命舛志难逢”，人生路途艰险，容易跌倒，壮志难酬，好像鸷鸟高翔，却遭遇大风。王融因为卷入了政治祸乱，被收押入狱，诏命赐死，年仅 27 岁。一朝殒命，一代才子兼好友的命运令作者痛惜万分。“折风落迅羽，流恨满青松”，怅恨之情溢于言表，久之难平。

临终诗

欧阳建

伯阳适西戎①，孔子欲居蛮②。苟怀四方志，所在可游盘。况乃遭屯蹇③，颠沛遇灾患。古人达机兆④，策马游近关⑤。咨余冲且暗⑥，抱责守微官。潜图密已构⑦，成此祸福端。恢恢六合间，四海一何宽。天网布纮纲⑧，投足不获安。松柏隆冬悴，然后知岁寒。不涉太行险，谁知斯路难。真伪因事显，人情难豫观。穷达有定分，慷慨复何叹。上负慈母恩，痛酷摧心肝。下顾所怜女，恻恻心中酸。二子弃若遗，念皆遘凶残⑨。不惜一身死，惟此如循环。执纸五情塞，挥笔涕汍澜⑩。

【注释】

①伯阳：老子的字。②蛮：古代南方的少数民族。③屯蹇：《易》二卦名，意谓艰难困苦，后称挫折、不顺为“屯蹇”。④古人：指春秋卫国的大夫蘧伯玉。达机兆：明达事物变化的先兆。⑤近关：距离国都最近的边关。⑥咨：叹。“冲且暗”：年幼而不明事理。⑦潜图：密谋，即指谋诛赵王伦。⑧纮纲：网索。⑨遘（gòu）：遇到灾难。⑩汍澜：流泪的样子。

【赏析】

欧阳建，渤海郡人士。这首诗是他临终时所写。诗歌的前两句是自感身世，后面则几乎都是表达自己未能明智地离开朝廷而感到无比后悔的感情。

在诗中，诗人引用了古代两个极明智的人作为佐证，来说明仕途凶险，避世才是正道。春秋时期，卫献公无道，大夫孙林父先将其废除，后来献公又在大夫宁喜的帮助下夺回王位。孙林父被流放之后，作为功臣的宁喜也因专权被流放边关。孙、宁二人在策反时都曾经去找过蘧伯玉商量，希望得到他的配合，伯玉早料到会遭难，两次从国界最近的边关逃走，避开杀身之祸。欧阳建在被诛杀的一刻想起蘧伯玉，怪自己没有后者的睿智。

八王之乱成了中国史上大批文人集体陨落的一段时期，欧阳建便是其中之一。

他在这首临终诗里对自己的一生做了剖析，悔恨自己明明晓得官场黑暗，国家动荡，却不知道早一步抽身，辞官隐退，归田园居，仍妄想串谋欲诛杀司马伦，而这无疑导致了自己的结局。“恢恢六合间，四海一何宽。……不涉太行险，谁知斯路难。”诗人临刑前的情感是普通人所无法揣摩和体会的。

游仙诗十四首　（其二）

郭　璞

青溪千余仞①，中有一道士。云生梁栋间，风出窗户里。借问此何谁，云是鬼谷子②。翘迹企颍阳③，临河思洗耳④。阊阖西南来⑤，潜波涣鳞起。灵妃顾我笑⑥，粲然启玉齿⑦。蹇修时不存⑧，要之将谁使？

【注释】

①青溪：山名。仞：长度单位，汉代七尺为一仞。②鬼谷子：春秋战国时人物。姓王名诩，纵横家鼻祖。隐于鬼谷，因名。③翘迹：举足。企：企慕，向往。颍阳：颍水北面。④洗耳：指舜让位于许由，许由不就，临水洗耳，表示不染尘事。⑤阊阖：即阊阖风，西风。⑥灵妃：宓妃，传说中洛水女神。⑦粲然：笑的样子。⑧蹇修：上古贤人，相传为伏羲氏之臣，掌管媒事。

【赏析】

老庄的道学在两晋时期甚是流行，是文人思想的救命稻草。以道学思想为核心的诗文有许多种，郭璞是游仙诗的领军人，这首诗是他的代表作之一。

据说一次他来到青溪山，此处是道家的圣地，又辈出隐士，诗人郭璞不由自主地便想到曾隐居在这里的鬼谷子、许由和灵妃三人。于是诗人开篇写道：壁立千仞的青溪山，云雾幽游，隐约可见楼阁梁栋。走入阁楼之间，山风穿窗呼啸而过，诗人询问了路人，知道此处便是鬼谷子的居所。

诗人举目眺望，看到远处是颍水之滨，在那里曾留下了唐尧

时期的隐士许由的足迹。尧帝曾经要将自己的帝位禅让给许由，许由拒不接受，甚至用颍水洗耳，表示再不想听到关于功名的“垢事”。随后诗人又来到青溪泉口，看着汩汩的清泉荡起鱼鳞微波，仿佛看到洛神灵妃踏水而来，明眸皓齿，顾盼生辉。又一转眼，仙子的踪影已经不知去向，失落涌上心头，原来都是自己的想象而已。

诗人是真的很想去隐遁修仙，可是在诗的最后一句道出了无法跳脱尘俗的原因：诗人不知道该去哪里寻找修仙和隐遁的路。

在这首诗中，眼前景致与历史传说联系融汇，诗人的丰富想象与理想追求寓于其中。整首诗表达的正是鲜明的魏晋寻仙这一主题。

兰亭诗二首（其二）

谢　安

相与欣佳节，率尔同褰裳①。薄云罗阳景，微风翼轻航。醇醑陶丹府②，兀若游羲唐③。万殊混一理，安复觉彭殇④。

【注释】

①褰裳：撩起下裳。语出《诗经·郑风·褰裳》：子惠思我，褰裳涉溱。②醇醑（xǔ）：美酒。丹府：丹田。③羲唐：伏羲氏和唐尧。④彭殇：寿夭之意。彭指彭祖，传说中寿者，殇，未成年而死。这句是说不再感到长寿与早死的区别。

【赏析】

谢安传下来的诗仅有数首，在兰亭中所作的就有两首，上面这首便是其中之一。从这首诗中不难看出诗人当时的心情非常欢畅，与众人把酒言欢，仰望薄云美景，同褰衣裳，感受清岚徐来，“醇醑陶丹府”。唇齿间留有酒香，思绪飘若神仙。眼前此刻，只觉“万殊混一理，安复觉彭殇。”万物虽有不同，其实运行的道理一致，所以哪能看出早亡的人与八百岁的彭祖之间有什么区别呢?

受老庄影响的晋代士人，大多郁郁不得志，寻求问道一途。而谢安却是这样一个人物：他完全将自己放逐在官场里，来去如鲲鹏，自由高飞。

也许在别人看来，谢安的《兰亭诗》中所言实在托大，一逞口舌之快，但在某种程度上，也许生死在诗人心中并无明显的区别。诗里的谢安已经完全忽略了生死的含义，这明显是受到玄学洗礼的超然者，“兀若游羲唐”，自然不惧怕生与死的苦痛。

泰山吟

谢道韫

峨峨东岳高，秀极冲青天。岩中间虚宇[①]，寂寞幽以玄。非工复非匠，云构发自然[②]。器象尔何物？遂令我屡迁。逝将宕斯宇，可以尽天年。

【注释】

①间：分隔。②云构：指山中的岩洞。

【赏析】

曹雪芹在《红楼梦》中的金陵十二钗正册判词中咏道："可叹停机德，堪怜咏絮才，玉带林中挂，金簪雪里埋。"其中"咏絮才"便是引用了东晋才女谢道韫的故事。谢道韫出身名门，当时的宰相谢安便是她的叔父，谢道韫从小便颇有才情，才思敏捷，不让须眉。一日天降大雪，谢安看到后，随口咏道："白雪纷纷何所似？"兄长谢朗为了展示自己的才华，赶紧顺着谢安的诗句接着道："撒盐空中差可拟。"最后，谢道韫缓缓而言："未若柳絮因风起。"

《晋书》上记载，谢道韫的这番对白，不但得到了叔父谢安的夸奖，还获得了在场宾客一致的好评，纷纷赞叹谢道韫的才情之高。

这里选取的《泰山吟》虽比不得咏絮有名，可也能看出这名女子不同寻常的气势和胆魄。泰山在谢道韫的笔下雄伟壮丽，不但传神而且还动感十足，质朴之间带有美感，十分耐读，冲净之余又有玄远，谢道韫的才情在这首诗歌中得到了彻底的体现。

古代才女的诗词以阴柔为多见，可是谢道韫的这首诗歌却是阴柔少之，刚劲有余。"逝将宕斯宇，可以尽天年"可以看作是谢家风范在谢道韫身上的展示。

登江中孤屿

谢灵运

江南倦历览[①]，江北旷周旋[②]。怀新道转迥[③]，寻异景不延[④]。乱流趋孤屿，孤屿媚中川。云日相辉映，空水共澄鲜[⑤]。表灵物莫赏[⑥]，蕴真谁为传[⑦]。想象昆山姿[⑧]，缅邈区中缘[⑨]。始信安期术[⑩]，得尽养生年。

【注释】

①历览：遍览。②旷：荒废，搁置。周旋：应酬，这里指前去游赏。③迥：迂回。④景：日光，这里喻指时间。延：长。⑤澄鲜：色彩鲜明的样子。⑥表灵：指孤屿山的奇妙景象。表，明显。灵，灵秀。物：世人。⑦真：真人，仙人。这两句讲孤屿山的美丽风光无人游赏，那其中蕴藏真人的奇事就更没有人去传述了。⑧昆山：指昆仑山，古代传说中西王母住处。⑨缅邈：悠远。区中缘：人世间的各种相互关系。⑩安期：安期生，古代传说中的神仙，因得长生不老之术，活过一千岁。

【赏析】

诗人在诗的开头便写道，看惯了永嘉江南面的景致，决定去江北游览一番，结果发现还是“江北旷周旋”，于是在游历一座孤岛后写下了这首《登江中孤屿》，为他觅到的美景盛赞一番。但见岛上有两座奇山，于水上巍峨耸立，在雾气的烘托下浮现层峦叠嶂的异景，令山体媚态横生。白色的浮云在阳光的照映下于澄明的江水中呈现出空明秀美的倒影。

诗人发现，不期而遇的山水风景原来可以美得接近仙境，于是诗人“想象昆山姿，缅邈区中缘”。猛然间，诗人觉得自己曾经万般在乎的尘缘竟是不知所谓的东西，完全可以放下。“始信安期术，得尽养生年。”刹那的顿悟涌上心头，现在终于能够领悟，世界上真的存在无惊无喜、心平气和的养生法门。

在这首诗里，诗人用“乱流趋孤屿，孤屿媚中川。云日相辉映，空水共澄鲜”四句描绘了江屿的奇色景致，也把自己孤高的灵魂再次提炼出来，是诗人在厌恶仕途之后彻底自我放逐到世外的写照。

于南山往北山经湖中瞻眺

谢灵运

朝旦发阳崖[①]，景落憩阴峰。舍舟眺迥渚，停策倚茂松。侧径既窈窕[②]，环洲亦玲珑。俛视乔木杪[③]，仰聆大壑淙。石横水分流，林密蹊绝踪。解作竟何感？升长皆丰容[④]。初篁苞绿箨[⑤]，新蒲含紫茸[⑥]。海鸥戏春岸，天鸡弄和风。抚化心无厌，览物眷弥重。不惜去人远，但恨莫与同。孤游非情叹，赏废理谁通？

【注释】

①朝旦：早晨。阳崖：向阳的山崖。②侧径：狭窄的路。③俛视：向下看。④丰容：草木

茂盛的样子。⑤篨：竹笋名。⑥紫茸：紫色细茸花。

【赏析】

谢灵运的山水诗总是具有很强的真实性，从他的诗题中往往就可以看出来。这首诗中，他周详的路线和游览地点在题目中体现得很明显。

“朝旦发阳崖，景落憩阴峰。”引起全文的开篇，由此可以看出谢灵运所游山水的地点和地貌，继而写出时间和具体情形，从“朝旦”可以看出时间，而从“阴峰”可以看出地点。在将行程中的一切交代详细之后，诗文开始描摹自然景物，随着笔走神游，看客会随着诗句一起畅游在那片神奇的风貌中。

依山的小路蜿蜒曲折，眺望远方可以看到湖水清澈，与天相连，竟有水天一色的空灵之感。而后居高临下的观望，便是那些枝叶繁茂的树木，葱葱郁郁的醉人心神。隐约还可以听到流水声，动听悦耳。

在这里，诗人笔下单纯的景物描写，也可以使读者感受到他当时愉悦的心情。“不惜去人远，但恨莫与同。孤游非情叹，赏废理谁通？”全诗最后以忧伤而无奈的笔调结束，这样美好的景物竟然没有知音共同欣赏，实在是可惜。而且，若不是自己前来游历，那么，山水之间的真谛也便无人能知晓了。

七里濑[①]

谢灵运

羁心积秋晨[②]，晨积展游眺[③]。孤客伤逝湍，徒旅苦奔峭[④]。石浅水潺湲，日落山照曜。荒林纷沃若[⑤]，哀禽相叫啸。遭物悼迁斥[⑥]，存期得要妙[⑦]。既秉上皇心，岂屑末代诮[⑧]。目睹严子濑，想属任公钓。谁谓古今殊，异世可同调[⑨]。

【注释】

①七里濑：又称七里滩，在今浙江省桐庐县富春江上。这里是东汉严光隐居垂钓的地方。严光，字子陵，是东汉光武帝早年的同学。光武帝即位后，严光改姓埋名隐居不仕。②羁（jī）

心：羁旅之心，离乡人的愁思。③展：伸展，这里是尽情的意思。④逝湍：急流不停的江水。湍，急流。徒旅：游客。孤客、徒旅皆诗人自指。奔峭：崩落断裂的陡峭江岸。这二句是说：看到急流的江水和崩落的江岸更感伤自己的长期在外飘荡。⑤荒林：无人料理和游赏的野林。纷沃若：枝叶繁茂众多的样子。纷，纷纷，众多。沃若，即沃然，美好繁盛的样子。⑥遭物：看到客观景物，即面对着流水、日光、荒林和哀禽。悼：感伤。迁斥：被贬谪、斥逐。⑦存期：期望，想要。存，想。要妙：精微玄妙的道理，这里指老庄的哲理。⑧秉：掌握，把持。上皇心：上古时代人们淳朴的思想感情。上皇，即羲皇，伏羲氏，历史传说中的上古帝王。岂屑（xiè）：哪顾，不管。末代：衰乱之世，这里指诗人所处的社会。诮（qiào）：责备，讥诮。这二句是说自己既已具备了上古人的淳朴思想，哪管时人的讥诮呢？⑨同调：情调相同，志同道合。这二句是说：谁说我和严子陵、任公子有古今之别？我们虽处在不同时代，却有着相同的志趣。

【赏析】

永初三年（公元422年）七月，谢灵运出任永嘉太守。在从建康去永嘉上任的路上，他经过自己的庄园始宁墅（今浙江省上虞），并游历了富春渚和七里濑等处。这首诗就是这期间写的。这首诗描绘了作者在秋天的早晨游赏眺望之所见，有湍急的江水、陡峭的江岸、耀眼的日光，这勾起了诗人的异乡愁思。接下来，明里是在抒写对隐居垂钓生活的向往，暗中却是表达在政治上遭受打击之后的愤懑情绪。

石壁精舍还湖中作①

谢灵运

昏旦变气候，山水含清晖②。清晖能娱人，游子憺忘归③。出谷日尚早，入舟阳已微。林壑敛暝色，云霞收夕霏④。芰荷迭映蔚⑤，蒲稗相因依。披拂趋南径⑥，愉悦偃东扉。虑澹物自轻⑦，意惬理无违。寄言摄生客⑧，试用此道推。

【注释】

①石壁精舍是作者的庄园始宁县（今浙江省上虞）始宁墅附近的佛寺。湖，指巫湖。作者经常去石壁精舍游玩。他居住在南山，需要经过中间的巫湖，才能到达北山的石壁精舍。②清晖：指山光水色。③憺（dàn）：安闲舒适。这两句意思是说山光水色使诗人心旷神怡，以致乐而忘返。④这二句是说森林山谷之间到处是一片暮色，飞动的云霞已经不见了。⑤芰（jì）：菱。这句是说：湖中芰荷绿叶繁盛互相映照着。⑥披拂：用手拨开草木。⑦澹（dàn）：同“淡”。这句是说：个人得失的考虑淡薄了，自然就会把一切都看得很轻。⑧摄生客：探求养生之道的人。

【赏析】

景平元年（公元423年）秋，诗人辞去永嘉太守的官职，回到始宁墅过起隐居生活。

这首诗就是写作者从石壁精舍返回，傍晚经湖中，泛舟时的景色：出谷时看见山水清晖，入舟时见到云霞、菱荷和蒲稗，登岸后瞧见趋南径、偃东扉，写得井然有序，仿佛一篇精雕细琢的山水游记。最后四句把抒情和议论自然地结合起来，表达出一种隐逸避世的思想。

夜宿石门[①]

谢灵运

朝搴苑中兰，畏彼霜下歇[②]。暝还云际宿[③]，弄此石上月。鸟鸣识夜栖，木落知风发。异音同致听，殊响俱清越。妙物莫为赏，芳醑谁与伐[④]。美人竟不来，阳阿徒晞发[⑤]。

【注释】

①作者的别墅就在石门。石门，即石门山，在今浙江省嵊州。这首诗又名《石门岩上宿》。②搴（qiān）：拔取。歇：尽，凋谢。③暝（míng）：黄昏。④芳醑（xǔ）：美酒。伐：赞美。这句是说：谁同我一起欣赏这好酒。⑤美人：指诗人思念的好友。阳阿：神话中所说的太阳升起的山丘。山南叫阳，曲隅为阿。晞（xī）：晒干。这两句意思是说没有知心好友同游，只能在阳阿独自晒头发。

【赏析】

诗人夜宿于石门别墅的岩石上，听着鸟鸣风声，感受着秋夜的美景，不禁悲从中来，如此佳色绝景，却无具有高情逸趣的人相伴同游，一起欣赏，孤寂之感油然而生。

诗中通过耳闻声音的写法来描绘山中秋夜的独特风光，生动、别致，给读者提供想象的空间。

庐山东林杂诗

慧　远

崇岩吐清气[①]，幽岫栖神迹[②]。希声奏群籁[③]，响出山溜滴。有客独冥游，径然忘所适[④]。挥手抚云门[⑤]，灵关安足辟[⑥]。流心叩玄扃[⑦]，感至理弗隔。孰是腾九霄，不奋冲天翮。妙同趣自均，一悟超三益⑧。

【注释】

①崇岩：指香炉峰。②幽岫（xiù）：深山中的岩洞。③希声：奇异的音响。④径：径直。⑤云门：闸门。⑥灵关：指心。辟：疏辟。⑦玄扃：墓门。⑧三益：语出《论语·季氏》："益者三友，损者三友。友直，友谅，友多闻，益也。"

【赏析】

这首诗是东晋名僧慧远所作。慧远是个极好云游的人，本持着纤尘不染的一颗佛心到处游历，时而普度旁人，时而观望微笑。

此诗所写即是慧远在庐山禅修参悟时所见，诗中首句所讲的"岩吐紫气"的情景，后世的李白等人都见过。山雾与阳光形成的霓虹造成雾气产生薄紫的现象，如同仙人的衣带，引人遐思。慧远深入山中，独行于小径，密林探幽，神思意远，脱离尘嚣，寻找自然同宇宙的玄机。于是诗人发出"孰是腾九霄，不奋冲天翮"的感慨，哪里才是九霄云外呢？偶触云门闸开，高山流水，看遗落凡尘的仙山，灵关顿开，神智翻腾而上，冲天幽游，翱翔宇内，心灵自足，最后两句"妙同趣自均，一悟超三益"，提点升华了整首诗的主题，也就是悟道。诗人终于明白道存何处。

然而道究竟在哪里则只可意会不可言传。凡心遗落不要紧，最要紧是获得精神境界的提高。

其实佛法道存何处，在每个修行者的心中都不一样，不管是慧远的在山间神往，还是惠琳的在世俗里探讨，所得都不尽相同。修行者的凡心如果遗落到山林间，或可偶得宇宙的玄机，但若是落在人世，往往招来是非。

饮酒二十首 （其五）

陶渊明

结庐在人境①，而无车马喧②。问君何能尔③，心远地自偏。采菊东篱下，悠然见南山④。山气日夕佳⑤，飞鸟相与还⑥。此中有真意⑦，欲辩已忘言。

【注释】

①结庐：构筑屋子。人境：人居住的地方。②无车马喧：没有车马的喧嚣声。③君：作者自谓。尔：这样。④悠然：自得的样子。南山：指庐山。⑤日夕：傍晚。⑥相与还：结伴而回。⑦此中：此时此地的情和境，即隐居生活。真意：人生的真正意义。

【赏析】

这是陶渊明饮酒诗中最著名的一首，诗的意境清新而淡远。

近处是清幽的爱菊，远处是杳杳的南山，头顶滑过的是逍遥的飞鸟，心中留存的是自在的归意。在山野里找到的乐趣，只能心领神会，是无法用语言表达出来的。“结庐在人境，而无车马喧”，这里毫无是非的叨扰。是什么缘故呢？“心远地自偏”。这是一句具有哲理的话，大有深意，心不为外物所累，自然能得清净。

在晋代以前的古人诗歌中很少有表现这种思想意境的诗作，而陶渊明虽不是开风气者，但却是集大成者，他的诗追求的是人与自然的和谐以及心与身的和谐。复归自然，成为魏晋田园诗的主题，也为后世确立了典范。“采菊东篱下，悠然见南山”，历来认为是难得之佳句。

魏晋时代，玄学为显学，诗人自然受其影响，这首诗末尾，诗人写道“此中有真意，欲辩已忘言”，用的就是庄子得鱼忘筌、得意忘言的意境，是对人生真谛的体悟，给人悠远的想象空间。

饮酒二十首　（其十四）

陶渊明

故人赏我趣，挈壶相与至。班荆坐松下①，数斟已复醉。父老杂乱言，觞酌失行次。不觉知有我，安知物为贵。悠悠迷所留②，酒中有深味。

【注释】

①班荆：铺荆于地。②悠悠：指趋名逐利的人。迷所留：指那些人迷恋于虚荣名利。

【赏析】

这是陶渊明以诗说理的一首饮酒诗，十分别致，富有生活气息，且寓哲理于其中，是同类诗中的佳作。

诗的开头一句便将诗的意境点出，即饮酒，自此以下贯穿这一主题，依次写了饮酒中的各种乐趣。“班荆坐松下，数斟已复醉。父老杂乱言，觞酌失行次”所写的松下坐饮的情境，淳朴可爱，一幅乡间饮酒图跃然眼前。然而诗人毕竟是诗人，他与众人不同的是在这种宁静的乡间生活中，能够体悟到许多人无法体悟的东西，“不觉知有我，安知物为贵”，就有点物我两化，人与自然融合的味道了。

诗歌的末尾一句“酒中有深味”，大有意趣，全诗从酒开始，以酒结束，而诗人从酒中体味出深意，言有尽而意无穷。

纯真自然，东篱采菊，陶渊明得到的是最终的落魄隐者的逍遥。“悠悠迷所留，酒中有深味”，此种平淡，如山泉沁酒，令后世亦甘甜如饴。

归园田居（其一）

陶渊明

少无适俗韵，性本爱丘山。误落尘网中[①]，一去三十年。羁鸟恋旧林，池鱼思故渊。开荒南野际，守拙归园田[②]。方宅十余亩，草屋八九间。榆柳荫后檐，桃李罗堂前。暧暧远人村[③]，依依墟里烟[④]。狗吠深巷中，鸡鸣桑树颠。户庭无尘杂，虚室有余闲[⑤]。久在樊笼里，复得返自然。

【注释】

①尘网：指尘世，官府生活污浊而又拘束，犹如罗网。这里指仕途。②守拙：守正不阿。潘岳《闲居赋序》有“巧官”“拙官”二词，巧官即善于钻营，拙官即一些守正不阿的人。守拙的含义即守正不阿。③暧暧：暗淡的样子。④依依：轻柔的样子。墟里：村落。⑤虚室：闲静的屋子。余闲：闲暇。

【赏析】

《归园田居》共五首。这五首所咏是归田之乐。根据诗文，榆柳成荫，桑麻已长，并不是冬天的景色，所以这应该是归田后第二年所作，即晋安帝义熙二年（公元406年），陶渊明四十二岁。

这首诗描绘了一派宁静和平的田园风光，但这并不是久经战乱的农村的写实景观，而是作者当时心境的形象化反映。这种形象化的心境，体现了他对污浊朝市、险恶环境的批判。所以，辞官归田是适合作者本性的理想选择，因为在这里他可以摆脱官场的羁绊，体会农村的淳朴生活。

移居　（其二）

陶渊明

春秋多佳日，登高赋新诗。过门更相呼，有酒斟酌之。农务各自归，闲暇辄相思。相思则披衣，言笑无厌时[①]。此理将不胜？无为忽去兹[②]。衣食当须纪[③]，力耕不吾欺。

【注释】

①披衣：披上衣服，指去找人谈心。②此理：指与邻里畅谈欢饮之乐。将：岂。将不胜：岂不美。兹：这些，指上句“此理”。这两句是说：这种邻里之间的交往之乐岂不比什么都美？不要忽然抛弃这种做法。③纪：经营。

【赏析】

这首诗抒写了作者移居南村以后的恬淡生活。农忙时辛勤耕耘、互不相扰，农闲时和其他农民相招饮酒、谈笑风生。对于这样的生活情趣，作者无限爱悦、满腔留恋。

杂诗　（其一）

陶渊明

人生无根蒂，飘如陌上尘。分散逐风转，此已非常身[①]。落地为兄弟，何必骨肉亲？得欢当作乐，斗酒聚比邻。盛年不重来[②]，一日难再晨。及时当勉励，岁月不待人。

【注释】

①此：指此身。非常身：不是经久不变的身，即不再是盛年壮年之身。②盛年：壮年。

【赏析】

《杂诗》共十二首，这是原诗第一首。在这首诗中，作者提出了人与人之间应有的美好关系：和睦相处，饮酒相聚，快乐互动。这是理想而单纯的生活愿望。这种生活愿望的提出既在于作者感到人生的无常、快乐的易逝，又在于他对当时尘世中的明争暗斗、尔虞我诈、追名逐利和不择手段等恶劣风气的无比厌倦。

咏荆轲

陶渊明

燕丹善养士，志在报强嬴[①]。招集百夫良，岁暮得荆卿[②]。君子死知己，提剑出燕京[③]。素骥鸣广陌，慷慨送我行。雄发指危冠，猛气充长缨。饮饯易水上，四座列群英。渐离击悲筑，宋意唱高声。萧萧哀风逝，淡淡寒波生。商音更流涕，羽奏壮士惊[④]。心知去不归，且有后世名。登车何时顾，飞盖入秦庭。凌厉越万里，逶迤过千城[⑤]。图穷事自至，豪主正怔营[⑥]。惜哉剑术疏，奇功遂不成。其人虽已没，千载有余情[⑦]！

【注释】

①这两句是说燕太子丹喜欢供养门客，用意在向秦王报仇。②百夫良：能抵抗百人的良士，另一种说法认为是百人之中最雄俊者。岁暮：晚年，或年深日久。荆卿：即荆轲，卿是尊称。这两句是说燕太子丹招募勇士，年深日久得到了荆轲。③这两句是说荆轲抱着士为知己者死的精神，手持宝剑离开燕京去为燕太子丹报仇。④这两句是说筑奏商调人们都为之流涕，奏羽调人们则慷慨震惊。⑤凌厉：奋勇直前的样子。逶迤：迂曲长远的样子。这两句是说奋勇直前飞越万里路程，迂回曲折经过上千座城镇。⑥图：指荆轲所献燕国督亢地图。穷：尽。事：指行刺之事。豪主：指秦始皇。怔营：惶惧。这两句是说地图舒展到尽头，行刺的事自然发生了，秦始皇当时非常惊恐。⑦其人：指荆轲。余情：生气。这两句是说荆轲虽然死了，但他的精神却流传千古。

【赏析】

战国末年的刺客荆轲，为了报燕太子丹的知己之情，前去行刺秦始皇，未中，被杀。这首诗集中歌颂了荆轲的英勇精神。诗中之所以特别强调荆轲的这种精神，是由于作者本人对秦始皇十分憎恶。与其说是在赞叹荆轲的不屈精神，倒不如说是作者在抒发自己的思想意向和情感体验。

捣衣

谢惠连

衡纪无淹度①，晷运倏如催②。白露滋园菊，秋风落庭槐。肃肃莎鸡羽③，烈烈寒螀啼④。夕阴结空幕⑤，宵月皓中闺⑥。美人戒裳服⑦，端饬相招携⑧。簪玉出北房⑨，鸣金步南阶⑩。栏高砧响发⑪，楹长杵声哀⑫。微芳起两袖，轻汗染双题⑬。纨素既已成⑭，君子行不归。裁用笥中刀⑮，缝为万里衣。盈箧自予手，幽缄俟君开⑯。腰带准畴昔⑰，不知今是非。

【注释】

①衡纪：玉衡星，这里指星斗。淹度：久度，过得慢。②晷运：指太阳运行。倏：快。③肃肃：形容凄厉的情状。莎鸡：纺织娘，蟋蟀一类的昆虫。④烈烈：同“肃肃”义。寒螀：寒蝉。⑤空幕：天穹。⑥中闺：闺房。⑦戒：告诫。⑧端饬：打扮整齐。招携：招呼同行。⑨簪玉：戴着首饰。⑩鸣金：身上佩带的物品行走时发出响声。⑪砧：捶衣石。⑫楹：堂屋。杵：捶衣棒。哀：声音凄清尖利，感人。⑬双题：额头两旁。题，额。⑭纨素：帛绢。⑮笥（sì）：盛衣物的竹器。⑯幽缄：密密封闭。⑰畴昔：往昔，指在家时。

【赏析】

李白有诗“蓬莱文章建安骨，中间小谢又清发”，这里小谢即指谢惠连（一说指谢朓），谢灵运则被称为大谢。在《谢氏家录》里有载：“康乐每对惠连，辄得佳语。”康乐指的是世袭康乐公的谢灵运，而惠连便是他的族弟谢惠连。

这是谢惠连广受称誉的一首诗。大意是说，秋夜萧索，白露湿冷，庭院深深，菊瓣吐寒。耳边尽是莎鸡（蟋蟀）、寒螀（寒蝉）振翅和鸣叫的声音，令空气当中充满了肃杀感。本该是悲怆的一夜，一群打扮整齐的美妇却纷纷出门，携手捣衣。这是《捣衣》诗所营造的画面，于清冷中带着难得的温馨。

一直以来，“捣衣”一词始终作为惆怅的代言词，它的意思是缝制厚实的衣裳。

古人只要夜半听得捣衣声，便知是某家男子出征未归，秋天一到便是该为他们缝制冬衣的时刻。通常捣衣都是征夫们留在家中的妻子所做的事情。妇人们本应为丈夫久久不归而伤心的，但她们却依然能在寂寞中取乐，相携捣衣，彼此有说有笑，研究如何缝制更精致的衣裳和结实的腰带。于是一瞬间，凄凉的画面顿时充满了幸福的色彩，人美、衣美、景美、情美。此时人们才猛然意识到，离别不只是藏着悲伤，也许还有祝福与希望。

谢惠连是一个对世俗的传统礼教完全不放在心上的诗人，他天性随遇而安，来去莫辩，毫不流俗，甚至常被人说行为不检。他曾在为父守丧时期给自己的男宠写诗，引来诸多唾骂，甚至因此而不能入仕。谢惠连非但不以为意，反而乐在其中。所以诗人的笔下鲜有暴露出苦涩意味的文辞，这首诗中充盈着浓烈的幸福感，这是魏晋时代的文人诗家极少有的。

钟嵘《诗品》曾评价此诗是汉魏以来五言诗的“警策”之作。沈德潜也在《古诗源》中说道：“一结能做情语，不入纤靡。”

梅花落

鲍　照

中庭多杂树，偏为梅咨嗟[①]。“问君何独然？”“念其霜中能作花，露中能作实。摇荡春风媚春日，念尔零落逐寒风，徒有霜华无霜质[②]！”

【注释】

①咨嗟：赞叹声。②尔：指杂树。霜华：霜中的花。华，同“花”。这三句是说杂树只能在春风中摇曳，在春日下盛开，有的虽然也能在霜中开花，却又随寒风零落而没有耐寒的品质。

【赏析】

这首诗用梅花象征节操高尚的士大夫，以庭中杂树象征没有节操的士大夫。赞美梅花的坚贞、不屈，讽刺杂树的软弱、动摇。两相对比，托讽寓于其间。

赠故人马子乔（二首）

鲍　照

其　二

寒灰灭更然[①]，夕华晨更鲜。春冰虽暂解，冬冰复还坚。佳人舍我去，赏爱长绝缘[②]。欢至不留日，感物辄伤年[③]。

【注释】

①然：同“燃”。②赏爱：赏识、爱慕，指二人之间的友好关系。这二句是说：朋友离我而去，以后再没有机会友好共处了。③欢至：即至欢，非常快乐的日子。这两句是说：过去那种欢快的日子不能长留，如今看到景物的变化就引起对于时光流逝的感伤。

【赏析】

《赠故人马子乔》诗共六首，这里选的是第二首。诗人用复燃的寒灰、再开的夕花、暂解的春冰和更坚的冬冰这些自然界中常见的事物，来烘托与揭示自己和朋友分手后不能重聚的悲哀，作者就是以这样新颖而巧妙的构思来抒发自己对远别朋友的深深怀念。

其　六

双剑将离别，先在匣中鸣。烟雨交将夕[①]，从此遂分形。雌沉吴江里，雄飞入楚城。吴江深无底，楚关有崇扃[②]。一为天地别，岂直限幽明[③]。神物中不隔，千祀倘还并[④]。

【注释】

①烟雨交将夕：烟雨交加的黄昏。②崇扃（jiōng）：高大的门户。崇：高。扃：本是外面的门环，这里指门。③岂直：岂但，岂只。限：阻隔。幽明：过去迷信的说法是指冥间与阳世，这里指暗处和明处。这二句是形容距离的遥远，说这一分别不只有阴阳之阻，更是天地之隔。④神物：神奇之物。千祀：千年。倘：倘或，可能。这二句是说神奇之物是不会长久离散的，可能以后还会聚首。

【赏析】

这首诗是《赠故人马子乔》的第六首。整首诗以双剑的离合作比喻。《晋书·张华传》中记载了关于双剑的故事，豫章（今江西省南昌市）人雷焕精通纬象，他看到常有紫气出现在斗牛之间，认为一定是宝剑之精。在张华的派遣下，他去了丰城（今江西省丰城市）。到达以后，命人掘地四丈余，便见一个石匣，内装名为龙泉和太阿的两把剑。雷焕将其中一把留给自己，另一把送给张华。后来张华遇害，那剑也没了踪影。雷焕死后，儿子雷华“行经延平津”，他腰里就别着父亲遗留下的剑，忽然剑从腰间跳出，落入水中。雷华命人下水寻剑，岂料没找到剑，只看见两条长数丈的大龙卧在水底。作者就是引用这个故事，把自己和故人比成双剑，虽然现在暂时分开，但是最后终将重逢。借此来寄托对于远别故人的思念以及对再次相聚的渴望。

咏　史

鲍　照

五都矜财雄[①]，三川养声利[②]。百金不市死[③]，明经有高位。京城十二衢，飞甍各鳞次[④]。仕子彯华缨[⑤]，游客竦轻辔[⑥]。明星晨未晞，轩盖已云至[⑦]。宾御纷飒沓[⑧]，鞍马光照地。寒暑在一时[⑨]，繁华及春媚。君平独寂寞，身世两相弃[⑩]。

【注释】

①五都：西汉时以洛阳、邯郸、临淄、宛、成都为五都。矜：自夸。这句是说五都的人以财产雄厚自尊自大。②三川：秦郡名，治荥阳（今河南省荥阳市西南），其地有河、洛、伊三水，所以称三川。养声利：追求名利。这句是说三川的人好追逐名利。③不市死：不死于市中。这句是说有钱即可以做到杀人而不伏法。④衢：大道。飞甍（méng）：高耸的屋脊。鳞次：像鱼鳞一样密布。这二句是说京城里大路四通八达，高屋密布。⑤彯（piāo）：长带摆动的样子。⑥竦：执。辔：辔头，御马索。轻辔，是指善跑的马。这句是说游者骑着快马而来。⑦轩盖：带篷盖的车，达官贵人所乘。云至：云涌而来，极言其多。⑧宾御：宾客和侍者。飒沓（tà）：众多的样子。⑨一时：一时间，霎时。这二句是说寒暑的变化是很快的，所以如今的繁华兴盛、春光明媚也只是暂时的。⑩君平：汉代蜀人严遵，字君平。他在成都以卖卜为生，每日得百钱则闭门下帘读《老子》，一生不求仕进。这二句是说只有严君平不慕荣利，甘于寂寞，世不用他，他也不去求仕进。

【赏析】

这首诗将精通经学、拥有钱财的当官者和安贫乐道的严君平相对比，讽刺了当官者追名逐利、腐化奢靡，赞扬了严君平甘为寂寞、不慕虚荣。从而表达诗人对于官僚贵族的强烈憎恶，以及自身对耿直高洁品格的坚守。

这首诗从开头到最后两句之前，极力铺陈和渲染京城的豪侈，只有最后两句才写到严君平的自甘寂寞，前后这两种处境构成鲜明对照。由此可见，这首诗题目为咏史，实则借古喻今、反映现实。

这首诗上承左思，下启陈子昂、李白，在文学史上具有承上启下的重要意义。

拟古　（其二）

鲍　照

十五讽诗书，篇翰靡不通①。弱冠参多士②，飞步游秦宫。侧睹君子论，预见古人风。两说穷舌端，五车摧笔锋③。羞当白璧贶，耻受聊城功④。晚节从世务⑤，乘障远和戎⑥。解佩袭犀渠⑦，卷帙奉卢弓⑧。始愿力不及，安知今所终⑨！

【注释】

①讽：背诵。诗书：《诗经》和《尚书》等。翰：笔。这里是泛指各种文章。靡：无。这二句是说十五岁时即会背诵《诗经》《尚书》，精通文辞。②弱冠：古时男子二十岁成人而行冠礼，年刚二十称为弱冠。参：参谒。多士：指众多的达官显宦。③两说（shuì）：两次劝说。这是用《史记·鲁仲连邹阳列传》所载鲁仲连说新垣衍和下聊城的故事。一次是鲁仲连来到赵国，得知魏王使新垣衍说赵尊秦昭王为帝，他就去责问新垣衍，使得新垣衍闭口不敢再言帝秦之事。另一次是燕人攻占了聊城，齐田单反攻聊城数年不下。鲁仲连就写了封书信用箭射入城中，信里分析了燕将的处境，那燕将得书后就自杀了，于是齐复得聊城。穷舌端：使善辩论的人无言答对。舌端，舌尖，指辩才。本《韩诗外传》：“避文士之笔端，避武士之锋端，避辩士之舌端。”五车：形容书多，可装满五车。笔锋：笔尖，指文才。这二句是说其辩才有如鲁仲连，可以使对方理屈词穷；其学识极渊博，可以摧折文士们的笔锋。④白璧贶（kuàng）：以白璧相赠。贶，赠送。这用的是庄子或虞卿的故事。据《韩诗外传》记载：楚襄王曾派人以黄金千斤、白璧百双去聘请庄子为相。《史记·平原君虞卿列传》记载：赵孝成王一见虞卿即以黄金百镒、白璧一双相赐。聊城功：指鲁仲连助齐攻下聊城后，齐欲赐给他官爵，他不受而去。这二句是写功成不受赏，不肯收白璧之赠，又耻于接受官爵。⑤晚节：晚年。从：从事。世务：指治国为政。⑥乘障：守御边疆。乘，守。障，边塞地带防御敌人入侵的障堡。和戎：原意是出任使臣，和当时边疆少数民族政权去修订盟好。这里是指以武力征服。⑦解佩：解下玉佩。佩，古代文官和文士们结在衣带上的饰物。袭：穿。犀渠：兽名，犀牛之属。这里是指犀甲，古时甲胄多用犀皮制成。这句是说弃文从武，脱下文士的服饰，穿上了武将的甲胄。⑧卷帙（zhì）：书函，或盛书卷的布囊。古代书为卷轴，盛在布囊之中。奉：承。卢弓：黑色的弓，古代诸侯立大功者天子赐以卢弓、卢矢。这句是说把盛书卷的帙也用来装卢弓了。⑨始愿：最初的志愿。这二句是说自己没有力量实现初愿，只得弃文从武，而从武的结果如何，现在却不得而知。

【赏析】

拟古，即摹拟古人的作品。鲍照的《拟古》诗共八首，这里选的是第二首。它主要是继承和发展了阮籍的《咏怀》（“昔时十四五”）和左思的《咏史》（“弱冠弄柔翰”）。

前半部写作者少年时代的从文经历，他善辩、博学、道德高尚、趣味高雅，希望建功立业，又不求回报；后半部分写作者不得不弃文从武，慨叹自己早年的志愿没有实现，又担心今后的命运。由此可见，当时重武轻文的社会风气盛行，作者对此持否定批判态度，从中流露出一种对个人遭遇的无奈和不满。

杨花曲三首（其二）

汤惠休

江南相思引①，多叹不成音。黄鹤西北去②，衔我千里心。

【注释】

①引：歌曲。《相思引》即是乐曲名。主人公借弹奏此曲抒发心中郁结的情思。②黄鹤：一种善飞且恋侣的鸟。

【赏析】

《杨花曲》其实是一首乐府诗歌，诗中所提到的“江南”并不是真的江南之地，而是借此来形容女子的思念好比千山万水，无法跨越。

汤惠休早年本为僧人，因为才高八斗，后来孝武帝刘骏命其还俗，又得徐湛之赏识，巧得机缘，官至扬州从事史。

在这首《杨花曲》中，诗人开头写道：“江南相思引，多叹不成音。”作者借弹奏曲子，来抒发内心忧伤，但是却因为多次的叹息而调不成调，曲不成曲。根据诗文中所讲，所弹奏的这首曲子名称应该是《相思》，可是却因为过分的相思，而无法通过曲子传达出内心真实的想法。

在这首诗中，诗人用江南作为虚拟的词语，来形容相离之远、相思之深。既然相思之情无法通过曲调传达，那便让黄鹤带去好了：“黄鹤西北去，衔我千里心。”遥远的西北方，黄鹤将会向那里飞去，将思念和依恋传达到千里之外。“千里心”三个字将女子对男子的思念表现得柔情刻骨，动人心弦。于是，故事在这个短小的诗歌中得以升华，一个关于相思的传奇在这首诗歌中得到延伸。

咏早梅

何　逊

兔园标物序[①]，惊时最是梅。衔霜当路发，映雪拟寒开[②]。枝横却月观[③]，花绕凌风台。朝洒长门泣[④]，夕驻临邛杯[⑤]。应知早飘落，故逐上春来[⑥]。

【注释】

①兔园：汉梁孝王的园名，这里指扬州林园。物序：时序，时节变换。②拟：对着。③却月观：扬州的台观名。下文“凌风台”同。④长门：汉宫名。⑤临邛：汉县名。⑥上春：孟春正月。

【赏析】

这首诗以咏梅为题，处处围绕着一个梅字落笔，为我们描绘了一幅早梅图。他写道“惊时最是梅。衔霜当路发，映雪拟寒开”，正当大地还是四目荒凉，寒风凛冽的时候，梅花却早早地探出头，开始了争芳斗艳，在凛冽中送出芳香。因为梅花不只高雅，而且在荒芜的土地上显得十分醒目，所以，诗人大费笔墨也要描摹出梅花的高雅，但同时也要赞叹出梅花的嫣然，和她傲视霜雪的高贵姿态。

而后诗人便顺理成章地由梅花想到了人事，那些悲欢离合、貌合神离的故事，在诗歌中得以体现。何逊并不是无病呻吟，他一生几多坎坷，经历了人间无数苦难，虽然胸怀天下，但却并未如愿以偿地报效家国。所以，他的诗文中多体现出“辛苦”之意，并不是他做作而为，而是真的有感而发。

很显然，诗人在这里以梅花自比，他认为自己也是傲雪清梅，虽然芳香四溢，但却面临着严寒的天气。好在他毫不气馁，认为与其悲叹人事，不如建功立业，营造自己的春天。

咏舞伎

何 逊

管清罗荐合[1]，弦惊雪袖迟。逐唱回纤手，听曲动蛾眉[2]。凝情眄堕耳[3]，微睇托含辞[4]。日暮留嘉客，相看爱此时。

【注释】

①罗荐：丝织席褥。②蛾眉：美人的秀眉。③眄：斜着眼看。④睇：斜视，细看。

【赏析】

咏舞伎的诗歌题材在古代不乏其作，然而何逊的这首却显得清新可爱。“管清罗荐合”，管乐的清新旋律冉冉响起，飘逸的罗裙随之摇摆，缓慢而轻盈，祥和与温馨笼罩周围。突然间，弦乐之声奏响，宛如投入平静湖面的石块，打破了原有的和谐，开启了新的乐章。沉醉于轻柔的舞者，被这突如其来的变化惊了一下，不得不对自己的舞蹈做出相应的调整与转变——“弦惊雪袖迟”。她匆忙间舞起雪白的长袖，但还是慢了半拍。

表演还在继续，宛若百灵鸟般悦耳的声音、曼妙的舞姿，幻化成了何逊笔下的诗句。动听的曲调，从她的朱唇间缓缓唱出，纤细的双手也随歌而动，就连清秀的蛾眉也随着乐曲一起跃动。定格之时，深凝的双眸斜斜地看着脸侧长长的耳环，不经意的一瞥间隐藏着无尽的言语。

诗人在这首并不长的诗歌中，形象生动地描绘了一位曼妙可爱的舞娘形象。虽然无意间的走神就有可能是一个大失误，然而这是一位机敏真诚的女子，“凝情眄堕耳，微睇托含辞”，她用满目含情完成了精彩演出。读来令人不免莞尔，心生向往。

江南弄

萧 衍

众花杂色满上林，舒芳耀绿垂轻阴[1]。连手蹀躞舞春心[2]。舞春心，临岁腴。中人望，独踟蹰[3]。

【注释】

①轻阴：疏淡的树荫。②蹀躞：小步走路的样子。③踟蹰：徘徊不前的样子。

【赏析】

从“桃之夭夭，灼灼其华”开始，古人就习惯将美人与花相比，因为似乎只有鲜花堪配美人，窈窕女子的出现总是有美好的事物相伴。而在这一首诗里，诗人为这些美人挑选的陪衬是天下最美的“上林”。

诗歌前两句中竭力描绘的上林之美，色彩斑斓、繁花似锦的皇家园林里，百花齐放、争奇斗艳，绿油油的新叶在阳光下闪烁着充满活力的光亮。在这个明媚的春日，一切都显得如此和煦。但这不过是个铺垫，为下面即将出场的美人作铺垫。面对如此美景，长年为帝王献艺的歌女们不禁春心荡漾，手拉着手，小步地跳起了舞蹈。

“舞春心，临岁腴”，她们在大好的春光之中，翩跹起舞，无须音乐、无须伴奏，最美的回转便在随性之间舞出。心情大好的她们，享受着美妙的春光，尽情地燃烧青春。与她们的灵动洒脱不同的是“中人望，独踟蹰”，那些深居宫中的宫女们，望见如此欢快的场面，不禁也为之所动，却只是踟蹰不前。

众歌女飘逸的服饰、灵动的舞姿、清脆的笑声，使春光也变得黯然失色了。绚烂的花草、艳丽的上林，这一美得令人沉醉的场景，在翩翩起舞的歌女们面前，竟沦为了陪衬。

子夜歌　（其一）

萧　衍

朝日照绮窗①，光风动纨罗②。巧笑蘡蒨两犀③，美目扬双蛾④。

【注释】

①绮窗：有花纹的格子窗户。②纨罗：丝质窗帘。③蒨：同“倩”，形容样子美好。犀：长得洁白整齐的牙齿。④蛾：蚕蛾细长弯曲的触须，比喻女子好看的眉毛。

【赏析】

这首《子夜歌》将视线移向了寻常百姓家，前半部分的街巷是再普通不过的场景。初升的太阳把柔和的光洒向世间，不会太清冷，也不会太炙热。其中的一束光，透过薄薄的云层，照射到一个布满花纹的格子窗户上。随着阳光而至的微风，轻轻地吹动着窗内丝质的窗帘，不时地会掀开一条缝，仿佛想探究窗帘背后的秘密。一切都是那么自然。

微风想探究的，也是人们想“窥视”的，诗人用后面短短的两句诗，向世人展示了一幅绝好的“美人图”。窗帘拉开了，穿过如镜框般的窗框，一个闺中少女的容颜显露了出来。不知是因为眼前的景色而开心，还是想到了什么高兴的事情，女子突然笑了，露出两排漂亮的牙齿，秋波流转间，一对好看的眉毛随之扬起。

这样的场景，不由地让人想起了卞之琳那首著名的《断章》：“你站在桥上看风景，看风景的人在楼上看你。明月装饰了你的窗子，你装饰了别人的梦。”在此诗中，少女就是那看风景的人，而读者就是那看少女的人，诗人为我们编织起一幅清丽的南朝子夜歌图。

藉田诗

萧　衍

寅宾始出日①，律中方星鸟。千亩土膏紫，万顷陂色缥。严驾仁霞昕，浥露逗光晓。启行天犹暗，伐鼓地未悄。苍龙发蟠蜿，青旗引窈窕。仁化洽孩虫，德令禁胎夭。耕籍乘月映，遗滞指秋杪。年丰廉让多，岁薄礼节少。公卿秉耒耜，庶甿荷锄耰②。一人惭百王，三推先亿兆。

【注释】

①寅宾：恭敬导引。寅即敬，宾即导。②庶：众。甿（méng）：指农民。锄耰：即锄和耰，分别是锄田去草和碎土平地用的农具。

【赏析】

“藉田”乃天子耕种之田。即便是高高在上的君王，在以农为本的古代社会，也必须拿起锄头，亲自下田劳作。这已经成为一种固定的习俗，年年如此。

本诗就是围绕藉田这一主题，展开描写。诗的开头三句描绘了这样一幅画面，在仲春二月的一个凌晨，沉睡一晚的世间万物，恭敬地迎接着即将喷薄而出的旭日。在黎明霞光的映照之下，千亩的天子藉田呈现出迷人的紫色；藉田旁万顷的水池一片明亮的青白色。准备出发的天子车驾伫立在充满活力的朝霞之中，点点朝露于光亮下闪烁不定，仿佛也在欢迎着到来的晨光。

俗话说，一年之计在于春，一日之计在于晨。天子耕种也不例外。“启行天犹暗”，天还未全亮，天子的车队便已出发了，隆隆的鼓声震撼着还没完全醒来的大地。“苍龙发蟠蜿，青旗引窈窕”，青色的车马、青色的幡旗，声势浩大的天子车队，就在缓缓升起的朝阳中，向着藉田的方向不断前进着。这便是天子的气势。

古时天子耕种，重点并非天子实际劳作了多少，而在于身为君王示范万民之举。在这首《藉田诗》的后半部分，便围绕此而展开。君王将他的仁德和恩泽遍施于天下，就连那些幼小的动物也不例外，都得到了他的保护。藉田上，公卿和农人们手持农具，做好准备，只等着天子的第一锄之后，便能开始耕种了。天子亲自来参加耕种藉田的行为，令天下的四方侯王纷纷拿起锄头，效仿天子的行动。虽说千亩的藉田最终还是由庶人来耕种的，但天子象征性的第一锄，无疑是具有模范与榜样的作用。所以说“公卿秉耒耜，庶甿荷锄耰。一人惭百王，三推先亿兆”。于是，红霞、紫土、白水和青色的队伍，构成了一幅色彩丰富且生机勃勃的画面。

晚登三山还望京邑

谢　朓

灞涘望长安[①]，河阳视京县[②]。白日丽飞甍[③]，参差皆可见。余霞散成绮[④]，澄江静如练[⑤]。喧鸟覆春洲，杂英满芳甸[⑥]。去矣方滞淫[⑦]，怀哉罢欢宴[⑧]。佳期怅何许[⑨]，泪下如流霰[⑩]。有情知望乡，谁能鬒不变？

【注释】

①灞：水名，源出陕西蓝田。②河阳：在今河南梦县西。京县：西晋都城洛阳。③丽：使……色彩绚丽。飞甍：上翘像飞翼的屋脊。甍，屋脊。④绮：有花纹的丝织品。⑤练：洁白的绸子。⑥甸：郊野。⑦方：将。滞淫：久留。⑧怀：想念。⑨佳期：归来的日期。⑩霰：雪珠。

【赏析】

“我吟谢朓诗上语，朔风飒飒吹飞雨”，这是李白咏谢朓的名句。齐明帝建武二年（公元495年）春天，谢朓接到任命，出任宣城太守。一切准备妥当之后，谢朓自金陵出发，逆大江西行，到宣城赴任。途经长江沿岸的三山之时，写下了这首《晚登三山还望京邑》。

诗人在前往宣城的路上，离家越远，谢朓的思乡之情愈切。他登上三山，“灞涘望长安，河阳视京县”。此刻站在三山山顶上的谢朓回望建康，与王粲在灞涘回望长安的场景竟是如此相似，诗人心中不仅怀着对故乡的眷恋之情，更有对清平治世的渴望。

极目远眺，建康城中皇宫和贵族宅第的飞檐明丽辉煌、参差不齐，在傍晚日光的照耀下清晰可见，正是“白日丽飞甍，参差皆可见”。虽然心知已离开很远，但还是忍不住想要从中寻找自己的旧居，这也算是人之常情吧。

不经意间，太阳已经西斜，眼前的景色美得令人沉醉，在谢朓的笔下，化为了“余霞散成绮，澄江静如练。喧鸟覆春洲，杂英满芳甸”。灿烂的晚霞铺满整个天际，宛如一匹散落的锦缎。余晖之下，清澄的大江与天相接，犹如一条纯净的白练。喧闹的归鸟，齐齐停落在江中的小岛之上，各色野花开遍了整个郊野。云霞与江水、群鸟与繁花相映成趣，构成了一幅明澈、空灵的水墨画。

然而，美景如斯也未能消减诗人的思乡情，又岂是后面的六句诗所能道尽的。欣赏之余，诗人不觉地将注意力集中到了那群归巢的小鸟身上，它们尚且知道归家，但人却不得不背井离乡。回想过去欢愉的日子，脑中不禁闪出半路折回的念头，一想到这一去，还乡之日便遥遥无期，泪珠就不受控制地洒落。每个人的心中都有对故乡的依恋，如此长久的别离，谁能保证鬓边的黑发变成白发之前，一定能回到家乡呢？

谢朓的诗内容高华，可与灵秀、飘逸的风云相竞，极得后世人推崇。沈约曾写诗称赞：“吏部信才杰，文锋振奇响，调与金石谐，思逐风云上。”说他的诗作音调铿锵，那般的优雅动听，甚至可以与丝竹演奏的音乐之声相媲美，听之必然令人赏心愉悦。

沈约的称赞绝非恭维。谢朓“好诗圆美，流转如弹丸”的主张，正是源于沈约毕生醉心追求的诗之声律美。

第七篇

大唐诗情，盛世华章

黄河之水天上来，奔流到海不复回。大明宫的冷月辉煌，玉门关的胡笳羌笛，太多的人有过大唐梦。那个时代的风流才俊、豪士羁客，与红颜明媚，总是那么招摇迷人。这是一个以诗命名的时代，三百年大唐留下无数诗行，山水田园、边塞怀古、感物忧思、闺怨悼离……若以花相拟，唐诗的绚烂唯牡丹之富贵雍容可以当之。

蝉

虞世南

垂緌饮清露①，流响出疏桐。

居高声自远，非是藉秋风。

【注释】

①緌（ruí）：即璎珞之类的东西，垂饰物。

【赏析】

清代沈德潜在《唐诗别裁》中说："咏蝉者每咏其声，此独尊其品格。"所以，古人说"餐风饮露"既有蝉的清高，也有做人的风骨。所以文人们都喜欢以咏"蝉"来自比高洁，而在唐诗中，咏蝉诗年代最早的一首，就是虞世南的这首《蝉》。

"緌"是古人帽带下垂，结在下颌的部分，类似于蝉的触须。垂緌是官宦、显赫的一种身份象征，与蝉饮"清露"似乎略有矛盾，既贵且清的人和事也并不多见。所以，虞世南说，蝉长长的鸣叫从梧桐树里飘出来，很响亮。这是什么道理呢？只要身居高位，并不需要借秋风吹送，声音也自然可以传得很远。这恰恰解释了"清"与"贵"的关系。"登高而招，臂非加长也，而见者远。顺风而呼，声非加疾也，而闻者彰。"一个人志存高远、心地清洁，其人格魅力显著，自然不需要靠权势、地位才能给自己树立声望。

唐太宗经常称赞虞世南的"五绝"，认为他"德行、忠直、博学、文词、书翰"方面均是上品。从这首《蝉》中，似乎可以读出虞世南的自信与从容。同为唐人"咏蝉三绝"之一，骆宾王说"露重飞难进，风多响易沉"，是一种不得志的抱怨；而"居高声自远，非是藉秋风"却显示了诗人淡定的气质、自省的精神。

在狱咏蝉

骆宾王

西陆蝉声唱①，南冠客思深②。

不堪玄鬓影，来对白头吟。

露重飞难进，风多响易沉。

无人信高洁，谁为表予心？

【注释】

①西陆：指秋天。②南冠：代指俘虏。

【赏析】

这是初唐诗人骆宾王的一首名作。写作此诗的时候，骆宾王因得罪武则天而落监，故而名为《在狱咏蝉》。

秋蝉声声，诗人在监狱里听得阵阵心寒。一个“客”字意味深长。他觉得自己本不属于此，却被关在牢中，所以他把自己当成客人。如此的心境，哪里经得住蝉鸣呢？你看秋蝉黑色的羽翼，而我已经白发苍苍。人无两度少年时，这种对比，实在令人心生伤感。

颔联两句，诗人运用比兴手法，委婉曲折地表达了一股凄恻之感情。“白头”二字，写出了不足40岁即鬓发花白的忧虑，也写出了为情所伤的惨痛。“白头吟”原是乐府曲名，据《西京杂记》记载，时司马相如对卓文君爱情不专后，卓文君作《白头吟》以自伤，“凄凄重凄凄，嫁娶不须啼。愿得一心人，白头不相离”。诗人在这里正是巧妙地运用了这一典故，隐喻自己对国家的一片忠爱之心却遭遇辜负。可谓一语双关，平添不少韵味。露水很重的时候，蝉翼淋水，没办法振翅高飞；风声呼啸，它再大的鸣叫也容易被淹没。所以，骆宾王不禁对蝉感叹，浊世昏昏，无人相信你的高洁，除了像我之外，还有谁能够知道你的心意呢？这句话似在对蝉低语，又仿佛安慰自己。蝉的心事没人知道，难道诗人的志向就有人明白吗？由蝉到人，因功力深厚，诗作结尾丝毫不见漂浮之意，反而顿挫有力，沉思哀婉。

骆宾王写作此诗后不久便被释放。但他继续反对武则天当政，而且写下著名的《伐武曌檄》，号召天下人群起讨伐武则天。武则天看过他的文章后，不但不怒，反而大赞其文采斐然，并感叹他确为人才，甚至有宰相之能。可惜的是，他最终还是投靠叛军，兵败身亡。

于易水送别

骆宾王

此地别燕丹①，壮士发冲冠②。

昔时人已没③，今日水犹寒。

【注释】

①此地：指易水，易水源自河北易县，是战国时燕国的南界。②壮士：指荆轲，战国卫人，刺客。③昔时人：即指荆轲。没：死亡。

【赏析】

作为初唐四杰之一，骆宾王以诗文见长，但是他的一生却是以悲剧告终。清人陈熙晋在《骆临海集笺注》里说："临海少年落魄，薄宦沉沦，始以贡疏被愆，继因草檄亡命。"概括了骆宾王的一生。

诗人写此诗，虽是送别，但更多的是借诗抒发胸怀情感。荆轲是战国的勇士，骆宾王在易水畔，想起荆轲的故事，多少有些惺惺相惜的感怀。

当年荆轲刺秦，行至易水，高渐离击筑，荆轲慷慨悲歌，"风萧萧兮易水寒，壮士一去兮不复还"。天地愁云，送行之人无不变色。后来荆轲虽不幸失手，但他肝脑涂地的热忱与忠诚，却令后世深深铭记。昔日的侠客勇士已经随历史消逝在烟尘中，如今唯有寒风萧瑟，依然有当年的肃杀之气，易水桥下，流水还是如此冰寒。大有念天地之悠悠之感，只不过，骆宾王这首诗起首写得气势开阔，咏史感怀，却不落哀伤，带出几分悲怆与豪壮，末尾稍稍收抑，胸中的感情恰适而出。

寥寥四句，给人荡气回肠之感。不愧是借送别咏史言志的佳作，同时也开了初唐此类诗的风气先河。

送杜少府之任蜀州①

王　勃

城阙辅三秦②，风烟望五津③。与君离别意，同是宦游人④。

海内存知己，天涯若比邻。无为在歧路⑤，儿女共沾巾。

【注释】

①少府：县尉。之任：赴任。②辅：环抱。三秦：项羽灭秦后，分秦之旧地为雍、塞、翟三国，统称“三秦”。③五津：指岷江的五大渡口，即白华津、万里津、江首津、涉头津、江南津，皆在蜀中。④宦游人：出外做官之人。⑤无为：不要。歧路：分岔路口，古人送行常至路的岔口而分手。

【赏析】

此诗是王勃送友人去四川时所写。起首两句渲染出一派壮阔景象，将相隔千里的秦、蜀两地写于一张画面之上，突出了“展望”之意。“与君”二句承首联写惜别，尽显惺惺相惜之情。“海内存知己，天涯若比邻”十字慷慨发挥，谓知己之心不会受到距离的影响，虽然海角天涯，却因为心的紧紧相连而如同比邻。结语处殷勤劝慰即将远行的朋友不要像小儿女一般饮泣堕泪，表现了作者豁达的胸襟和奋发向上的精神风貌。

从军行

杨　炯

烽火照西京①，心中自不平。
牙璋辞凤阙②，铁骑绕龙城③。
雪暗凋旗画④，风多杂鼓声。
宁为百夫长⑤，胜作一书生。

【注释】

①西京：长安。②牙璋：古代发兵所用之兵符，分为两块，相合处呈牙状，朝廷和主帅各执其半。凤阙：皇宫。③龙城：汉代匈奴聚会祭天之处，此处指匈奴汇聚处。④凋：暗淡，模糊。⑤百夫长：军队的头目，泛指下级军官。

【赏析】

从军行，为乐府《相和歌·平调曲》旧题，多写军旅生活。诗人在首联两句写到，紧急的军情犹如燃烧的烽火迅速传到了西京。于是“国家兴亡，匹夫有责”的感受将书生意气层层激荡，心中的英气突然翻滚，再也不想端坐书斋，消磨青春与人生。

随后写辞别皇宫，从皇帝的手中领到那只令箭，铁骑龙城，奔赴金戈铁马的沙场。颈联是对朔北疆场的细致描写，大雪纷飞，军旗上的彩绘也在岁月的风尘里渐渐褪色，狂风怒吼，鼓角争鸣的喧闹夹杂在风中。

诗人戴叔伦在《塞上曲》中说："愿得此身长报国，何须生入玉门关。"能够驰骋疆场，报国报民，又何必在乎自己的生死呢？可见，英雄之气，磊落风骨，早已存在胸中，为国为民为众生，肝脑涂地，哪里还顾得上生死！

诗作的最后两句，杨炯直抒胸臆，"宁为百夫长，胜作一书生"，哪怕只是当个军队小官，也好过在书房里静坐。一股报国的急迫冲动，颇有阵阵轰鸣、气壮山河之豪气。

代悲白头翁

刘希夷

洛阳城东桃李花，飞来飞去落谁家？
幽闺儿女惜颜色，坐见落花长叹息。
今年花落颜色改，明年花开复谁在？
已见松柏摧为薪①，更闻桑田变成海②。
古人无复洛城东，今人还对落花风。
年年岁岁花相似，岁岁年年人不同。
寄言全盛红颜子，须怜半死白头翁。
此翁白头真可怜，伊昔红颜美少年。
公子王孙芳树下，清歌妙舞落花前③。
光禄池台文锦绣，将军楼阁画神仙④。
一朝卧病无相识，三春行乐在谁边？
宛转蛾眉能几时⑤，须臾鹤发乱如丝。
但看古来歌舞地，唯有黄昏鸟雀悲。

【注释】

①松柏摧为薪：松柏被砍伐作柴火。②桑田变成海：典出《神仙传》："麻姑谓王方平曰：

‘接待以来，已见东海三为桑田。’”③这两句是说，白头翁年轻时曾和公子王孙在树下花前共赏清歌妙舞。④这两句是说白头翁昔年曾出入权势之家，过豪华的生活。光禄：光禄勋。此处指东汉马援之子马防的典故。《后汉书·马援传》载：马防在汉章帝时拜光禄勋，生活十分奢侈。文锦绣：指以锦绣装饰池台中物。将军：指东汉贵戚大将军梁冀。曾大兴土木，建造府宅。⑤宛转蛾眉：这里指女子的青春年华。

【赏析】

诗歌的大意是说，洛阳城东开满了桃花与李花，飞来飞去，不知道都落在了谁家。深闺中的人感慨落花，常常叹息犹如人生的绽放与凋落。今年落花，明年发新枝、开新芽，不知道还有谁能在。沧海桑田，大自然鬼斧神工还有什么不能改变吗？古人已经不会再经过洛阳城东了，而今天的人却依然对着风中落花感慨。年年月月，花都是一样开落；可是，月月年年，赏花的人却已然不同。诗的后半段写到白头老翁，说这老翁也曾经是红颜美少年，可惜一朝生病无人过问。言外之意，红颜少女也终有两鬓风霜的一天，韶光易逝，不过都是短促之间。诗歌的后半部分是感怀古人，多少风光显赫的贵胄，轻歌曼妙的丽人，最后也都只落得个须臾鹤发乱如丝。

诗歌末尾四句最是悲情，真正应了诗题所谓的“白头吟”。

此诗又名《代白头吟》，是一首拟古乐府。《白头吟》是汉乐府相和歌楚调曲旧题，古辞写的是女子毅然与负心男子决裂。诗人在这里则从少女写到老翁，咏叹人生的富贵无常、韶华易逝，抒情宛转，语词优美和谐，在初唐长诗中极受推崇，历来传为名篇。“年年月月花相似，岁岁年年人不同。”两句历来被作为佳句竞相传诵。

这首诗很难说到底是悲伤还是快乐，又或兼而有之，总归是写出了自然的恒常与人生的无常。神龟虽寿，犹有竟时。不管你怎样看待人生，珍惜或者浪费，其都如滔滔江水般一去不复返。所以，中国有句俗话，“年轻别笑白头翁，花开花落几日红”。没有谁能够永远朱颜皓齿，“人生韶华短”，早一步或者晚一步而已，每个人都要步入白发苍苍的行列。

渡汉江

宋之问

岭外音书断[①]，经冬复历春。
近乡情更怯，不敢问来人。

【注释】

①岭外：五岭之外。

【赏析】

诗人和家里断绝音讯已经很久了，从冬天到春天就一直没有消息。等到离家乡近了，心理上反而有了疏离与惊恐，因为不知道家里的情况会怎样，更不敢问家里的情况。这看似矛盾的心理背后，掩藏着诗人的焦灼与渴望。

杜甫说，“烽火连三月，家书抵万金”。当战乱的马蹄踏碎了家园，分别日久，不知道家中是否已经横生变故。对亲人的关切、家园的担忧，恰恰让人不敢轻易触碰。几番梦回故里，笑着睡去；如今荣归故里，反倒不知所措。

家中的一切是否如昔？老屋外的草地、草地边的小溪、小溪畔的垂柳、垂柳下的旧居，一切都在岁月的流逝中静静地数着年轮。而那长长久久的乡愁，盘旋在心头的熟悉，就这样在欢天喜地中渐渐扬起。

“近乡情更怯，不敢问来人”，一个“怯”字，如点睛之笔，把诗人复杂的心情表现了出来。读来令人心中不免为之一震。

登幽州台歌

陈子昂

前不见古人，后不见来者。
念天地之悠悠①，独怆然而涕下②。

【注释】

①念：想到。悠悠：形容时间的久远和空间的广大。②怆然：伤感的样子。涕：古时指眼泪。

【赏析】

幽州台，即燕国时期燕昭王所建的黄金台，在今北京一带。诗人登上幽州台，目光穿越历史，回到战国，当年燕昭王筑黄金台招才纳贤，令天下臣服。而今，孤立在台上的诗人，回望前尘，张看身后，再也看不到贤王，也没有一位那样贤明的君王来效仿此法了。天悠悠之高远，地悠悠之壮阔，

在这漫长的历史长河面前，诗人难掩心中万千感慨，孤独地兀立于此，怆然而泪下。

陈子昂生活在初唐时期，天下初定，万事更新，一切都处在激烈的变化中，含着历史层层断裂的悲痛，也有着对新生的渴望与追逐。所以，他没有辛弃疾那种“儒冠误身，英雄无路”的叹息，也没有张孝祥那种“匣剑空蠹，一事无成”的愁苦。相反，在他的诗中，始终贯穿着报国的激情。所以，即便悲伤、孤独，也都显示出格局的大气与开放。

李泽厚先生在《美的历程》中这样评价此诗：“陈子昂写这首诗的时候是满腹牢骚，一腔愤慨的，但它所表达的却是开创者的高蹈胸怀，一种积极进取，得风气先的伟大孤独感。它豪壮而并不悲痛。”

独不见

沈佺期

卢家少妇郁金堂①，海燕双栖玳瑁梁②。
九月寒砧催下叶，十年征戍忆辽阳③。
白狼河北音书断④，丹凤城南秋夜长⑤。
谁为含愁独不见，使妾明月照流黄⑥。

【注释】

①卢家少妇：梁武帝萧衍《河中之水歌》中有：“十五嫁为卢家妇，十六生子字阿侯。卢家兰室桂为梁，中有郁金苏合香。”这里指长安富家少妇。②玳（dài）瑁（mào）梁：指画梁。玳瑁：一种海龟，甲壳黄褐色，有黑斑，很光滑，可做装饰品。③辽阳：今辽宁辽阳一带。唐时为边防重地。④白狼河：即今辽宁大凌河。⑤丹凤城：指京城。⑥使妾：一作“更教”。流黄：彩色的丝织品。

【赏析】

尽管身居用郁金香涂壁的华丽堂屋，但女主人公并不快乐，她看到画梁上双宿双栖的海燕，心中满是幽怨。凉秋九月，到处响着妻子们为征人捣制寒衣的砧声，听到这声音，少妇感到更加的凄凉寂寞，在她的眼中，纷纷木叶也仿佛是被砧声催落。十年光阴，她无日不在思念着戍守辽阳的丈夫，自从夫君音讯断绝，独守空闺的她忐忑不安、忧思重重地度过了一个又一个不眠之夜。

恼人的秋月，又一次将少妇的黄罗帐照得明晃晃的，引起了她“唯你不见我满心忧愁”的迁怒。

回乡偶书　（二首）

贺知章

其一

少小离家老大回，乡音无改鬓毛衰[①]。
儿童相见不相识，笑问客从何处来。

其二

离别家乡岁月多，近来人事半销磨。
惟有门前镜湖水[②]，春风不改旧时波。

【注释】

①鬓毛：额角边靠近耳朵的头发。衰（cuī）：疏落，衰败。②镜湖：湖名，在今浙江绍兴会稽山北麓。

【赏析】

贺知章 36 岁考中进士后便离开了家乡，所以自称少小离家。等到 86 岁的时候，在外奔波了将近半个世纪，终于在高龄的时候回到了家乡。一个人的生命能有多长呢？大概和记忆的铁轨一样漫长，深深地铺向生命的尽头。多少年过去了，他已然白发苍苍，可骨子里那份对故乡的依恋和执着，却从未有过任何的变化。年轻的孩子们却并不认识他，还笑着问他是从哪里来的。本来是故乡的人，却被误以为“客”，世事苍茫，人生短暂，诗人心头不免涌起无限感慨。

在《回乡偶书》的第二首诗中，他将这份归乡之情描绘得更加直白。他说：离开家乡已经太久了，近来人事沧桑，所以返回家乡。实际上，贺知章一生仕途都较为平顺，虽然没有大红大紫，但也算善始善终。八十几岁告老还乡，得到玄宗赏赐的土地，而且有许多朝中大臣都来唱和送行，也算衣锦还乡了。但一切荣耀都抵不上返乡的渴望。沧海变幻，物是人非，少年已然不认识当年的老者，但老者当年走时又何尝不是少年？

贺知章漂泊一生，返乡不久后便过世了。漂泊半世，终回故里，可惜却又是这般匆匆地离世，不能不让人嗟叹。

春江花月夜

张若虚

春江潮水连海平，海上明月共潮生。
滟滟随波千万里①，何处春江无月明。
江流宛转绕芳甸②，月照花林皆似霰③。
空里流霜不觉飞④，汀上白沙看不见⑤。
江天一色无纤尘，皎皎空中孤月轮。
江畔何人初见月？江月何年初照人？
人生代代无穷已，江月年年只相似。
不知江月待何人，但见长江送流水⑥。
白云一片去悠悠，青枫浦上不胜愁⑦。
谁家今夜扁舟子？何处相思明月楼⑧？
可怜楼上月徘徊，应照离人妆镜台。
玉户帘中卷不去⑨，捣衣砧上拂还来⑩。
此时相望不相闻，愿逐月华流照君。
鸿雁长飞光不度⑪，鱼龙潜跃水成文⑫。
昨夜闲潭梦落花⑬，可怜春半不还家。
江水流春去欲尽，江潭落月复西斜。
斜月沉沉藏海雾，碣石潇湘无限路⑭。
不知乘月几人归⑮，落月摇情满江树。

【注释】

①滟（yàn）滟：波光闪动的光彩。②芳甸：遍生花草的原野。③霰（xiàn）：雪珠，小冰粒。④流霜：飞霜，古人以为霜和雪一样，是从空中落下来的，所以叫流霜。这里比喻月光皎洁，月

色朦胧、流荡，所以不觉得有霜霰飞扬。⑤汀（tīng）：水边沙地。⑥但见：只见、仅见。⑦青枫浦：一名“双枫浦”，在今湖南济阳济水中。这里泛指荒僻的水边之地。⑧明月楼：月夜下的闺楼。这里指闺中思妇。⑨玉户：形容楼阁华丽，以玉石镶嵌。⑩捣衣砧：古人洗衣，置石板上，用棒槌捶击去污。这石板叫捣衣砧。捣，反复捶击。⑪光不度：意谓飞不过这片无尽的月光，也就是书信不到之意。⑫鱼龙：这里是偏义复词，龙字无实义。古乐府《饮马长城窟行》：“客从远方来，遗我双鲤鱼。呼儿烹鲤鱼，中有尺素书。”后以鱼书指书信，这句意思同上句。水成文，也就是虚幻同水花之意。⑬闲潭：幽静的水边。⑭碣石：山名，在河北，指北方。潇湘：水名，潇水在湖南零陵入湘水，这一段湘水叫潇湘，指南方。⑮乘月：随着月色。

【赏析】

张若虚乃是开元年间著名的“吴中四士”之一，至今存诗仅有两首，而这首《春江花月夜》以“孤篇盖全唐”的美誉，流传千古，被闻一多赞为“诗中的诗，顶峰的顶峰”。“春、江、花、月、夜”5个字包含了5种景色，诗题就令人心驰神往，而这5种意象，都包含了自然的循环往复与人世的更迭，集中体现了人世间最动人的良辰美景，构成了一片引人探寻遐想的奇妙艺术境界。轮回的春天，流动的江水，花开花落是时光的一份见证，千古月光照耀着古今的人们，而清凉的夜色也陪衬了如水般的岁月和生活。所以，张若虚说“人生代代无穷已，江月年年只相似”。不知道江月在等待什么人，只能看见长江流水，绵绵不绝。

《春江花月夜》是乐府《清商曲辞·吴声歌曲》中的旧题。关于此诗题创制者，“未详所起”；也有说是陈后主所作，或者隋炀帝所创作。据郭茂倩《乐府诗集》所录，题名《春江花月夜》的诗作共7首，除张若虚这一首外，隋炀帝二首，诸葛颖一首，张子容二首，温庭筠一首。而以张若虚这首最上，历来有“孤篇横绝，竟为大家”的盛誉。

感遇 （二首）

张九龄

其 一

兰叶春葳蕤[①]，桂华秋皎洁。
欣欣此生意，自尔为佳节[②]。
谁知林栖者[③]，闻风坐相悦。
草木有本心[④]，何求美人折？

【注释】

①葳蕤（wēi ruí）：枝叶茂盛披离的样子。②自尔：自然而然的。③林栖者：林中隐者。④本心：天性。

【赏析】

春天是兰草繁茂的季节，秋天是桂花芬芳的时候，兰桂都是这样欣欣向荣，自然是各自的生机勃勃和清新雅洁象征了春秋佳节。

何料林中隐者，闻到了兰桂的芬芳而生爱慕之情，殊不知兰桂的美好完全是源自它们的本心本性，哪里是在为求人折赏呢？

此诗是张九龄受谗遭贬后所作《感遇》组诗十二首的第一首，诗人自比兰桂，抒发了孤芳自赏，不求人知的情怀。

其　七

江南有丹橘，经冬犹绿林。
岂伊地气暖[①]，自有岁寒心。
可以荐嘉客，奈何阻重深。
运命唯所遇，循环不可寻[②]。
徒言树桃李，此木岂无阴[③]？

【注释】

①岂伊：难道是。②“运命”二句：意思是运命的好坏只在于遭遇的不同，周而复始、变化莫测的自然之理，让人无法探究。③阴：同“荫”。

【赏析】

江南生长着丹橘，它经历严冬却能葱翠依然，这并非因为那里的气候温暖，而是橘树本身具有耐寒的禀性。

丹橘佳美，可以用来招待嘉宾，无奈有重重阻隔，山高水深。在这个命运只在机遇、事理难以穷究的纷乱尘世里，世人只知道倾心于桃李的浮华艳媚，难道丹橘不是更有葱郁不凋的树荫吗？

诗人以丹橘自比，委婉含蓄地表达了对自己因为正直而遭贬逐的悲愤之情，期待朝廷重新起用的心意也是灼然可见。末尾“徒言树桃李，此木岂无阴”的反诘，深沉凝重，矛头直指玄宗后期信用奸人、排斥贤良的用人政策。

凉州词

王之涣

黄河远上白云间[1]，一片孤城万仞山[2]。
羌笛何须怨杨柳[3]，春风不度玉门关[4]。

【注释】

①远上：远远向西望去。“远”一作“直”。②仞：长度单位。古时七尺或八尺为一仞。万仞，形容极高。③羌笛：是一种乐器。④度：越过，经过。玉门关：汉武帝置，因西域输入玉石取道于此而得名。故址在今甘肃敦煌西北小方盘城。

【赏析】

《凉州词》又名《凉州歌》，为当时流行的一种曲子配的唱词。凉州为唐属陇右道，州治在今甘肃省武威县。

这首《凉州词》虽是一首怀乡曲，却写得慷慨激昂、雄浑悲壮，毫无半点悲凄之音。“黄河远上白云间”，既有奔涌磅礴的气势，也有逆流而上的坚韧。一片孤城，羌笛何怨，将冷峭孤寂的情思脱口而出，却没有消极和颓废之感。万丈雄心与盛唐气象如水银泻地，流畅自如。

登鹳雀楼[1]

王之涣

白日依山尽，黄河入海流。
欲穷千里目，更上一层楼。

【注释】

①鹳雀楼：在现山西永济。楼有三层，面对中条山，下临黄河。常有鹳雀停留其上，因称鹳雀楼。

【赏析】

首联写登鹳雀楼所见景色：苍茫白日

依山而尽，滚滚黄河奔流入海。这北国河山的磅礴气势和壮丽景象使作者胸襟大开，他继而联想到，如果要望到更远的地方，就须更上层楼。此诗虽然写的是登临所感，却蕴含着对于人生哲理的感悟，体现着积极向上的进取精神。

夜归鹿门山歌

孟浩然

山寺钟鸣昼已昏，渔梁渡头争渡喧①。
人随沙岸向江村，余亦乘舟归鹿门。
鹿门月照开烟树，忽到庞公栖隐处。
岩扉松径长寂寥，唯有幽人自来去②。

【注释】

①渔梁：《水经注·沔水注》："沔水中有渔梁洲，庞德公所居。"在襄阳，离鹿门很近。②幽人：隐居之人，此指作者自己。

【赏析】

山寺传来黄昏报时的钟响，渔梁渡头上，一派人们争渡回家的喧闹景象。船儿向前行走，看着村民们顺着沙岸回归江村，诗人却是离家去鹿门，两样心情，两种归途。

走在鹿门山路上，笼着烟雾的山树在月光的映照下朦胧而美妙，诗人在陶醉中漫步，忽而发觉不经意间已然来到了庞德公的旧居，但见山门寂寥，松径犹存。他不禁怀古思今，在清静中走来走去，体味到真实的自我。

临洞庭上张丞相

孟浩然

八月湖水平①，涵虚混太清②。气蒸云梦泽③，波撼岳阳城。
欲济无舟楫④，端居耻圣明⑤。坐观垂钓者，徒有羡鱼情⑥。

【注释】

①湖水平：湖水涨得饱满。②涵虚：水气浩渺的样子。太清：天空。③云梦泽：古大泽名，包括今湖南湖北两省的部分。④济：渡。舟楫：船只。⑤端居：闲居。耻圣明：有愧于此圣朝

明世。⑥“坐观”两句：这两句是作者将“临河而羡鱼，不如归家织网”的古语另番新意。

【赏析】

前两联写秋天的洞庭湖：八月的洞庭湖水涨得与岸齐平，它烟波浩渺，远远望去，水光天色难以分清。它的水气蒸腾，滋养哺育了广大的云梦泽，波浪澎湃鼓荡，撼动了坐落在湖边的岳阳城。

后两联向张丞相委婉抒发胸臆：我想渡过湖去，却苦于找不到舟楫；空守安闲，又感到有愧于圣明的朝代。我坐在一边观看专心致志的渔翁，心中徒然有跟随他临水垂钓的心情。

岁暮归南山

孟浩然

北阙休上书①，南山归敝庐②。不才明主弃，多病故人疏③。
白发催年老，青阳逼岁除④。永怀愁不寐⑤，松月夜窗虚。

【注释】

①北阙：指朝廷奏事处。②敝庐：破旧的居所。③故人疏：老朋友因之而疏远。④青阳：春天。⑤永怀：郁于胸怀而不去。

【赏析】

仕途失意以后，孟浩然只好重新归隐南山。他在诗文中心情沉重地说：“我的才学不够，所以受到圣明君主的弃置；因为身体多有疾病，亲朋好友也都渐渐地和我疏远了。”头上有了白发，就更觉得年老的速度在加快；春天回归人间的时候，就意味着这一年即将走到终点。老大无成的诗人用“催”和“逼”形容时光的流逝，足见他心中的不甘和无奈。愁绪满怀，诗人夜不能寐，窗间松影月光虚迷一片，衬托着他惆怅落寞的心情。

过故人庄

孟浩然

故人具鸡黍①，邀我至田家。绿树村边合②，青山郭外斜。
开轩面场圃③，把酒话桑麻。待到重阳日④，还来就菊花⑤。

【注释】

①具：准备。鸡黍：农家丰盛的饭菜。黍（shǔ）：黄米饭。②合：环绕。③轩：窗户。场圃：打谷场和菜圃。④重阳日：阴历九月初九重阳节，古人有登高饮菊花酒的习俗。⑤就：赴。

【赏析】

老友备下农家菜肴，邀请浩然前去一聚，浩然所以欣然而往。到得乡间，但见绿树环抱着村庄，青山在远处映衬；宾主落座后打开窗户，窗外正对谷场菜园，他们于是把酒闲话农事桑麻。

惬意的拜访，友人的深厚情谊，作者岂能不生再次前来之意？他在告辞时留言说："等到重阳佳节时，我还要前来做客，与你共赏美丽的菊花。"

留别王维

孟浩然

寂寂竟何待，朝朝空自归。欲寻芳草去[1]，惜与故人违[2]。

当路谁相假[3]，知音世所稀。只应守寂寞，还掩故园扉[4]。

【注释】

①寻芳草：指寻找隐居的去处。②违：分离。③当路：当权者。假：提携，帮助。④扉：门。

【赏析】

求仕不得，孟浩然也不愿再在京城长安滞留，他满怀失意地悄然离去，并将这首诗留给挚友王维，作为此行的一个说明。

诗中说：寂静落寞中，我也不知道自己究竟在等待什么，但是每一天都拖着失望的步子独自而回。我想要追寻芳草的清香远远离开，但又对你这位老朋友依依不舍。当权者没人对我伸出援手，世上的知音本来就少之又少啊。我想我只应当甘守寂寞，就此归去，重新掩起故园的柴门。

诗文言浅意深，满含辛酸，颇能引起求仕失意者的共鸣。

春　晓

孟浩然

春眠不觉晓，处处闻啼鸟。

夜来风雨声，花落知多少。

【赏析】

世间最美莫过于春天的梦，睡意酣香而天已破晓，此时鸟儿的叫声从各处美景胜境中传来，诗人爱春之意自生。忽然想到一夜春风春雨，更见落英缤纷，不知昨夜繁花又飘落多少，进而惜春之情转深。诗中蕴含着珍惜人生春晓，不愿让美好事物过早逝去的感想，永远引起人们心底的共鸣。

宿建德江

孟浩然

移舟泊烟渚，日暮客愁新。

野旷天低树，江清月近人。

【赏析】

日暮时分，诗人移船至烟雾蒙蒙的小洲边停泊下来，苍茫的暮色，让做客异乡的他心头又增添了些许新愁。向江边望去，原野平旷，天幕从远方树木的梢顶低斜下去；不知不觉中，新月升起，清清的江面上倒映的月影，显得和人是那样的亲近……

全诗寓情于景，泊舟所见反映出的是愁客独特的内心感受。

古 意

李 颀

男儿事长征①，少小幽燕客。
赌胜马蹄下，由来轻七尺②。
杀人莫敢前，须如蝟毛磔③。
黄云陇底白云飞，未得报恩不得归。
辽东小妇年十五，惯弹琵琶能歌舞。
今为羌笛出塞声④，使我三军泪如雨。

【注释】

①事长征：从军戍边。②轻七尺：犹轻生甘死。③须：胡须。④羌笛：羌族乐器，属横吹式管乐。

【赏析】

自古幽燕一带多豪客，那里的男子都会沾染慷慨悲歌的士气，也便多了几分刚烈与彪悍。长大以后更是从军戍边，将勇武的气概泼洒在疆场之上，争做杀敌的英雄，为取胜甚至不惜牛命的代价。凶煞的胡须如刺猬的毛刺一样密密地直竖在脸上，强敌当前，居然不敢向他靠近。

在这紧张的节奏中，一个手持雪亮战刀的七尺大汉的形象跃然纸上，在其背后黄沙漫漫，他怒目而视的眼神，吓倒敌军无数。就是这样的雄壮与伟岸，将男子汉的铮铮铁骨都展现出来，胸中的激情陡然升起，"未报国恩，未立战功，怎可回还"？

然而李颀笔下并不是一味这样渲染疆场战士勇莽的形象，反而一转笔写到，辽东少妇年方十五，善弹琵琶也善歌舞，今天忽然用羌笛吹奏了出塞的歌曲，曲波荡漾下，三军将士挥泪如雨。如此写来，不仅将虎虎生威的硬汉写得柔肠百结，也勾起了离家多年的军人浓浓的思乡之情。

对戍边或征战的将士来说，乡音最令人难以承受，当年项羽被围垓下，四面楚歌之声响起，军心动荡，思乡情切，部队再也无意征战。此诗以这样前后反差的描写，既奔腾顿挫，又含蓄细腻，全诗一气贯通，使得诗人笔下的这些将士，既有执着的血性，也有无尽的铁血柔情，堪称七言诗佳作。

古从军行

李　颀

白日登山望烽火①，黄昏饮马傍交河②。
行人刁斗风沙暗，公主琵琶幽怨多③。
野营万里无城郭，雨雪纷纷连大漠。
胡雁哀鸣夜夜飞，胡儿眼泪双双落。
闻道玉门犹被遮，应将性命逐轻车。
年年战骨埋荒外，空见蒲桃入汉家。

【注释】

①烽火：古代用作警报信号。②饮（yìn）马：给马喂水。③公主琵琶：汉武帝时刘细君远嫁乌孙国王时，因途中烦闷而作琵琶之音。

【赏析】

诗人白天在山上望四方的烽火，晚上在交河边饮马。行军之人，白天以刁斗煮饭，晚上用此来省更。黄沙漫天，漆黑的夜晚，只能听得到巡夜的更声，还有如泣如诉的琵琶声。万里之内，没有城郭没有人烟，雨雪纷飞，苦寒之地，连着茫茫的大漠。胡雁胡儿的哀鸣和眼泪，就这样双双落下。谁不想回家呢？可玉门被遮，只能和敌人决斗分出你死我活。年年战骨，埋在荒野之外，只为了换“葡萄”种满汉家的庭院。

通过李颀的这首诗，人们对汉武帝的穷兵黩武似乎有了更全面的认识，但很多人似乎都忽略了一句深藏在诗中的落寞。

“公主琵琶幽怨多”，这句简简单单的唐诗描述了汉代公主刘细君的故事。刘细君本是江都王刘建的女儿，被汉武帝册封为公主，远嫁到乌孙王国做夫人。史书里记载，说她不但貌美且多才多艺，琴、筝等更是无不精通。唐人《乐府杂录》中就说："琵琶，始自乌孙公主造。"

和亲与远嫁，似乎是许多公主难逃的命运。在这条和亲的路上，留下的不仅有鼓乐喧天远嫁的欢歌，也有那些年轻公主们的泪水、屈辱、魂断故乡的执着。

从军行　（三首）

王昌龄

其一

烽火城西百尺楼①，黄昏独坐海风秋②。
更吹羌笛关山月③，无那金闺万里愁④。

其二

琵琶起舞换新声，总是关山旧别情。
撩乱边愁听不尽，高高秋月照长城。

其三

青海长云暗雪山，孤城遥望玉门关⑤。
黄沙百战穿金甲，不破楼兰终不还⑥。

【注释】

①烽火：又称烽燧，古代边防报警的两种信号。②海：唐诗写西北边塞而称海者，非海洋。或谓即青海湖，又或说是瀚海，即沙漠。③关山月：乐府横吹曲名，内容多写戍边生活。④无那：即无奈。金闺：古时称年轻女子的居室为闺房。⑤玉门关：俗称小方盘城，位于中国甘肃省敦煌市西北约90公里处，是中国境内连通丝绸之路的重要关隘之一，在汉朝和唐朝两次建立。现在的玉门关是唐代玉门关的遗址。⑥楼兰：历史上西域三十六国之一。

【赏析】

这是王昌龄从军行四首中的三首，辽阔的疆土，壮丽的河山，常常能令诗人生发出一股豪迈；而这份冲天的志向，又以恢宏的诗篇丰富了大唐的雄壮。黄沙漫漫，白雪纷纷，边塞生活的劳苦与艰辛，恐怕是许多诗人早已料到的。

第一首诗的内容写的是烽火台上，孤独的城楼矗立在荒凉的狂野上。举目四望，秋意渐浓，凉风一起，更添寂寞之情。此时，忽然传来笛声，曲调悠扬，如泣如诉。想起久别的妻子，这个时候，也一定坐在深闺里想念远征的人吧。读至此，不禁令人深深叹息。这长长的思念如漫长的征途，又像茫茫的荒漠，不知何时才是尽头！戍边出征的将士，他们的苦总是蕴含着浓烈的思乡情，对故乡亲人的思念，就像苍茫辽阔的大漠一样无边无际。

第二首诗角度显得新颖。诗人起笔本是一派歌舞欢腾的景象，音乐和舞蹈不断地变换，翻新出新曲调，但换来换去总是离别的伤情。这样的曲子总是能拨动人们的愁绪，而这愁绪又似乎总也听不尽。试问，这些烽火台上的征夫，歌舞欢庆的士兵，哪一个不是别家而来，谁能没有归家的渴望！平日战火纷飞，生死一念的战场让人无暇顾及内心的感情。唯有在寂静的秋风中，落日的余晖下，才能想起故乡的温暖。

第三首诗则是对古代戍边将士的军旅之苦与征战的决心的形象刻画，同时也展示了整个西北边陲的景象，大气苍茫。首句写到青海上空，长云漫卷，渐渐遮住了雪山。站在孤城之上，遥望远远的玉门关，不禁想起家乡和亲人。“黄沙百战穿金甲”，短短七个字中，深藏了战争的长久与艰苦，时间的流逝犹如滚滚黄沙，在身经百战中，渐渐磨透了将士们身上厚重的铠甲。这漫长的军旅生活不知道什么时候才能结束。可是，没有短暂的分离也便没有长久的相聚，只有打退了外族的入侵，才能回归田园，过幸福的日子。“不破楼兰终不还。”辛劳与责任，光荣与梦想，都在气势如虹的边塞诗中得到了充分的展现。王昌龄的这首《从军行》将环境氛围与人物的精神感情很好地融汇在一起，极具感染力。

出塞

王昌龄

秦时明月汉时关，万里长征人未还。

但使龙城飞将在①，不教胡马度阴山②。

【注释】

①龙城飞将：实指李广，但在诗中不仅指其一人，更是指代众多汉朝抗匈名将。②胡：古人对西北少数民族的称呼。阴山：山名，指阴山山脉，在今内蒙古境内。

【赏析】

自秦汉以来，冷月边关，一切似乎都没有变化；而月下关口的征战似乎也从未停止。在辽远的时空里，战争似乎成了明月、关隘唯一的主题。万里征途，将士们此去还没有回来。假如镇守龙城的卫青还在，抗击匈奴的飞将军李广还在，便再也不会有外敌入侵边境。诗中说的"秦时明月汉时关"，不能简单理解为秦朝的明月，汉朝的关塞，而应该将秦、汉、明月、关塞，都融合在一起，叠加成各种不同的画面。而龙城和飞将都不是特指，而是暗含了对良将名臣的呼唤。只要有这样勇猛的将军，便可以让人们过上和平的生活。

这首诗看似平常，写的是古代常见的边塞战争，但实际上却暗含了一个主题：和平。王昌龄说只要有奋勇杀敌的将军，为国捐躯的战斗精神，就可以抵御外族的侵扰，还百姓以安宁。其实不仅是秦、汉，世世代代的人们所渴望的都不过是安居乐业的生活。这里，并没有"笑谈渴饮匈奴血"的胆魄，也没有"直捣黄龙"的野心，在他的心里，只要能够镇守住边疆的平安、祥和，对敌人有震慑力就足够了，并无攻城略地、挥师抢占别国领土的意图。而这份"点到即止"的战争观，其实就来自于传统文化的"平和"之气。

明代文学"后七子"的领袖李攀龙，将王昌龄的这首《出塞》评为"唐人七绝的压卷之作"，足见其成就之高。

芙蓉楼送辛渐

王昌龄

寒雨连江夜入吴①，平明送客楚山孤②。
洛阳亲友如相问，一片冰心在玉壶③。

【注释】

①吴：三国时的吴国在长江下游一带。②平明：清晨，黎明。客：指辛渐。楚山：春秋时的楚国在长江中下游一带。③冰心：比喻自己心地晶莹纯洁。

【赏析】

芙蓉楼原名西北楼，遗址在润州（今江苏镇江）西北。辛渐是唐代人，是作者王昌龄的朋友。这首诗大约写于开元二十九年以后，当时王昌龄为江宁（今南京市）丞。此诗写的是早晨在江边送别朋友的情景。第一句"寒雨连江夜入吴"，描写烟雨迷蒙笼罩着江天，像是漫天里无边无际的离愁别绪。

这首诗不像普通“送别诗”那样极力渲染离情，而是以寒雨、孤山来衬托自己的孤独。虽然没有直说自己思念朋友的心情，但却想象着朋友对自己的思念，而且叮嘱说，假如他们问起我的话，一定要告诉他们，我的心依然像冰一样纯洁，像玉一样高贵。

关于玉壶冰之典之前就有很多诗人用过，玉壶冰成为人格澄澈磊落的象征。诗人王昌龄几次遭贬，“谤议沸腾，两窜遐荒”，大诗人仍然不拘小节不改初衷。在这首诗里，他托辛渐给洛阳亲友带去口信，用冰和玉来映衬自己的志向，传达的就是自己依然冰清玉洁、坚持操守的信念，深藏了巧妙的语言功力，也给人留下了深刻的印象，确是上乘佳作。

塞下曲

王昌龄

蝉鸣空桑林①，八月萧关道②。出塞入塞寒，处处黄芦草。
从来幽并客③，皆共尘沙老。莫学游侠儿④，矜夸紫骝好⑤。

【注释】

①空桑林：叶子已然枯落的桑树林。②萧关：古时关中与塞北的交通要冲，在今宁夏固原东南。③幽并：幽州和并州，唐时皆属于边防之地。④游侠儿：指恃勇逞强、意气用事、常常惹是生非的人。⑤矜夸：骄傲自夸。紫骝（liú）：泛指骏马。

【赏析】

阴历八月的边塞风物，桑林凋落，秋风鸣蝉；萧关道上征人远戍，大漠荒寒，处处枯草。来自幽州和并州的边关将士都在边塞沙场上度过一生，诗人劝告青年人，莫学那些整日矜夸紫骝宝马如何名贵的游侠儿，空自夸耀却不能为国出力御敌。全诗现出了一种积极的人生观和价值观。

塞下曲

王昌龄

饮马度秋水①，水寒风似刀。平沙日未没，黯黯见临洮②。

昔日长城战，咸言意气高③。黄尘足今古，白骨乱蓬蒿④。

【注释】

①饮（yìn）马：给马喝水。②临洮（táo）：今甘肃岷县一带，是长城的起点。③咸：都。④蓬蒿：泛指野草。

【赏析】

饮过了马儿，然后横渡秋水，但觉河水冰冷，秋风如刀。放眼远望，无垠瀚漠中隐约能看到落日余光下昏暗的边城临洮。临洮自古便是胡汉交战之地，距此不远的开元二年（公元 714 年），唐军还在这里打败了吐蕃军队。提起那一仗，人们总是说唐军的士气是如何如何之高，但从古至今，这里都是黄沙弥漫，白骨散乱在野草丛中。

春宫怨

王昌龄

昨夜风开露井桃，未央前殿月轮高。

平阳歌舞新承宠，帘外春寒赐锦袍。

【赏析】

失宠者在春夜暖风中独自徘徊，悲凉无限；得宠者在料峭春晨收得锦袍之赐，感受主上无限关怀。二者的境遇都以气候衬出，以暖衬冷，以冷衬暖，诗人借此强烈对比，来替历代失宠者抒发心中怨意。

渭川田家

王　维

斜光照墟落①，穷巷牛羊归②。
野老念牧童，倚杖候荆扉③。
雉雊麦苗秀④，蚕眠桑叶稀。
田夫荷锄至，相见语依依。
即此羡闲逸，怅然吟式微⑤。

【注释】

①墟落：村庄。②穷巷：深巷。③荆扉：柴门。④雉雊（zhì gòu）：野鸡鸣叫。⑤式微：此处表归隐之意。语出《诗经·邶风·式微》，曰：“式微，式微，胡不归。”

【赏析】

诗人笔下的田园生活充满着宁静闲适，在夕阳晚照映红的村落里，在放牧归来的牛羊走进的小巷中，老人惦念着放牧的孩子，拄着拐杖，倚着门扉，等着他们回来。野鸡在鸣叫，吃饱了桑叶的蚕也开始渐渐休眠，荷锄归来的农夫们彼此寒暄，悠游地聊着家常。一切都被夕阳镀上了金色。

“夕阳返照桃花镀，柳絮飞来片片红。”在这美好的景致面前，诗人禁不住羡慕农村生活的悠闲与安逸，在这样的时空里，忽然想起《式微》。《式微》乃《诗经》中的名篇，“式微，胡不归”意思就是，天黑了，怎么还不回家？很多评论都说王维的这首诗表现了他的退隐精神。但纵观王维一生，他厌恶官场却又不能决然而去，所以始终过着半官半隐的生活。井荒、守园，看似简单，其实都透着不寻常。繁华落尽，能够守着恬淡生活固然是好事；但能将这“淡而无味”的生活守到云开雾散、甘之如饴的地步，却并不是件容易事。这需要清净的思想，绝尘的灵魂。

王维用佛学的理念来弥合了官与隐之间的缝隙，将田园的乐趣发挥到极致，建造了属于自己的“人间乐园”。而乡村，也因

为有朴实的感情、热烈的骄阳、劳累后身体的疲惫与心灵的轻松，而受到人们的喜欢。孟浩然、王维等诗人，都能将自己的情怀放置在山水田园间，呼吸自由的空气，感受生命的真实。

少年行

王 维

出身仕汉羽林郎①，初随骠骑战渔阳②。
孰知不向边庭苦③，纵死犹闻侠骨香。

【注释】

①出身：出仕、出任。羽林郎：官名，汉代置禁卫骑兵营，名羽林骑，以中郎将、骑都尉监羽林军。②骠骑：官名，即骠骑将军。渔阳：地名，汉置渔阳郡，治所在渔阳县（今北京市密云区西南）。③孰知：即熟知、深知。

【赏析】

诗歌大意讲，诗人离开家不久便成了皇帝的御林军，随后就跟着骠骑将军辗转沙场，参加了渔阳大战。其实，谁不知道远赴边疆，既辛苦又危险呢？但是保家卫国是每一个男人责无旁贷的使命，纵然战死疆场，留下一堆白骨，也在所不惜。

“出身仕汉羽林郎”，是以汉代唐的比喻。古今中外，军营都是对男子汉的历练与考验。投笔从戎，更是许多书生向往的一种人生选择。王维当时正青春年少，热血沸腾，对杀敌报国自然也充满了向往。本诗正是王维壮志的体现，也是很多青年才俊的梦想。

陇西行

王 维

十里一走马，五里一扬鞭。
都护军书至①，匈奴围酒泉②。
关山正飞雪③，烽戍断无烟④。

【注释】

①都护：官名。②匈奴：这里泛指我国北部和西部的少数民族。酒泉：郡名，在今甘肃省

酒泉市东北。③关山：泛指边关的山岳原野。④烽戍：烽火台和守边营垒。断：中断联系。

【赏析】

“陇西行”为乐府古题名之一。陇西即陇山之西，在今甘肃省陇西县以东。

王维素以山水田园诗著称，其笔调清新优美，常常流淌着静静的禅意，被尊为“诗佛”。然而少年时的王维也是一位深受儒家思想影响的人，有强烈的入世思想。这首《陇西行》起笔便以走马扬鞭的急迫态势，展示了十万火急的军情。风驰电掣的军书，只有简洁的一条消息：匈奴迫近，已经围住了酒泉。可是，抬眼望去，关山飞雪，一片白茫，根本看不到传递消息的烽火。这飞马疾驰传来的消息，该如何继续传递出去？刻不容缓的军情遭遇连绵的飞雪……

这首《陇西行》犹如边塞生活的横断面，切开了军旅生活紧张的节奏，然后便戛然而止，消失得无影无踪了。至于后面的故事，犹如茫茫白雪，无迹可寻，却引人想象。

宋代严羽在《沧浪诗话》中曾说：“唐人好诗，多是征戍、迁谪、行旅、离别之作，往往能感动激发人意。”而这首边塞诗无疑是最具豪情的。诗中所体现出来的快马加鞭的急促和风风火火的杀气，也算是对诗人早年积极进取的一种诠释。

山居秋暝

王　维

空山新雨后，天气晚来秋。
明月松间照，清泉石上流。
竹喧归浣女①，莲动下渔舟。
随意春芳歇，王孙自可留。

【注释】

①浣女：洗衣的女子。

【赏析】

雨后的山色一片翠绿，秋天的傍晚天高气爽。明月静静地照在松林之间，脉脉清泉静静地在石头上流淌。竹林里洗衣归来的妇女欢笑着离去，江上的莲蓬晃动，渔翁也在收线。春天的芳菲已然散去，但是他依然喜欢停留在这片山色湖光之中。

王维用淡淡的笔墨写下了这首诗，也描绘了这幅美丽的水墨山水画。这正应了苏轼对王维的称赞，“诗中有画，画中有诗”。王维的每一首诗都是优美的画卷，山色、湖光、宿鸟、鸣虫、晚照、轻风、朗月、晴空，所有自然的景物都在他的诗作中拥有了自己的生命，活灵活现，栩栩如生。大自然似乎把所有的感情和景色都和盘托出，呈现在读者的眼中。

诗人喜欢“随意春芳歇，王孙自可留”的淡然，欣赏“明月松间照，清泉石上流”的空静，生活犹如一杯淡淡的香茶，他的诗篇就像茶水中慢慢绽放的茶叶，尽情地舒展，然后释放出一缕缕浓香；也如一次次雨后的空间，清新洗练，荡漾着温润和松软。

阳关三叠

王　维

渭城朝雨浥轻尘①，客舍青青柳色新。

劝君更尽一杯酒②，西出阳关无故人③。

【注释】

①渭城：地名，在今陕西咸阳市东北，渭水北岸。浥（yì）：湿润。②更：再。③阳关：汉朝设置的边关名，因在玉门之南，故称阳关。是当时出塞必经的关口，旧址在今甘肃省敦煌市西南。

【赏析】

离别本来是一件令人伤感的事，但酒入愁肠，也便化成了绵绵的情意，忧而不痛，哀而不伤。王维的这首诗歌是这类的典范。

轻轻的雨丝，青青的柳条，在这样的美景下，“请你再饮一杯酒吧，恐怕从今一别，就再也见不到老朋友了”。如此的深情，配上细雨后清新的空气，伤感中带着些温暖，从容而悠扬地流淌在彼此的心中。

这首诗一般又叫《送元二使安西》。此诗传唱时反复弹唱三遍，因而得名《阳关三叠》。旧题中的元二，是作者的友人元常，因在兄弟中排行老二，所以诗人称其元二。当时诗人的朋友元二将要去安西，即唐时候的安西都护府，离别之际诗人作了这首著名的七绝。

朝雨、客舍、绿柳、离酒、故人，唐朝诗人用诗和酒装点了一次送别的盛宴。其实唐代人最懂离别的含义。“后会有期”不过是互相宽慰的话，所以朋友离别之际，总要以酒相劝，因为“西出阳关无故人”。此去经年，便纵有好酒，可惜故友良朋皆不能陪伴身边，这是何等的惆怅。从此山高路远，道阻且长，何年何月才能重逢，只能是彼此心中的一个“问号”。但他们似乎不愿意将这样的惆怅带给朋友，所以，每一次送别除了互道珍重，还要喝酒、赋诗，将这曲离歌唱得更有情调。朋友离去，满目山河，尽是惆怅之情。

杂诗

王　维

君自故乡来，应知故乡事。

来日绮窗前，寒梅著花未①？

【注释】

①著：指开花。

【赏析】

当王维遇到了自己故乡的人，他开心地问：你从故乡来，也应该知道故乡的事情。你来的时候，我窗前的梅花开了吗？诗人以最通俗平淡的语言，最寻常的小事发问，让人不免思考。

宋代杜耒有一首《寒夜》诗曰：“寒夜客来茶当酒，竹炉汤沸火初红；寻常一样窗前月，才有梅花便不同。”两首诗有着几个相同的意象，即窗前、寒梅，但所表达的情感却是不相同的，一者是思乡，一者是来客。只是古人以梅寄托情思的文人传统始终是一成不变的。

其实，故乡的青山绿水，柳暗花明，都在诗人的心底低回。往事如在目前，在心里温习了无数次。能够深深记起的，一定是当年最刻骨铭心的故事。或许是寻常的一件乐事，或许是一次浪漫的邂逅，又或者只是偏爱自己窗前的梅花。总之，是不起眼的小物件勾起了大诗人的乡情。在每一个孤独的夜晚，浓浓的思绪就这样，在慢慢地品味中荡漾开去。

送綦毋潜落第还乡

王　维

圣代无隐者，英灵尽来归。遂令东山客①，不得顾采薇②。

既至金门远③，孰云吾道非。江淮度寒食，京洛缝春衣④。

置酒长安道，同心与我违⑤。行当浮桂棹⑥，未几拂荆扉⑦。

远树带行客，孤城当落晖。吾谋适不用⑧，勿谓知音稀。

【注释】

①东山客：东晋谢安曾隐居于会稽东山，此指隐居者。②采薇：商末伯夷、叔齐不食周粟，在首阳山采薇代食。这里指隐居。③金门：金马门，汉代对优异贤良之士皆令至金马门待诏。④“江淮”二句：意谓赴京赶考，渡江淮时正值寒食节，后落第滞留京洛，又自缝春衣。⑤同心：知心朋友。违：分离。⑥行当：将要。桂棹：船的美称。⑦未几：不久。荆扉：指故园的柴门。⑧“吾谋”句：意指文章未为考官所赏识。

【赏析】

圣明的朝代没有隐居的人，英才都到朝廷应试，东山的隐士也不再去采薇了。綦毋潜是王维的朋友，到长安参加科举考试落榜了，安慰起来不容易。作者写此诗，说綦毋潜此次应试往还的春秋朝夕并没有虚度，一次考试失利也不能说明才能高下，知音并不稀少。“远树带行客，孤城当落晖”，自然而然写出送别情景，读之历历如在眼前，真是千古名句。

送别

王维

下马饮君酒①，问君何所之②。
君言不得意，归卧南山陲③。
但去莫复问，白云无尽时。

【注释】

①饮君酒：请君饮酒。②何所之：去向何方？③南山：终南山，今陕西西安市南。陲（chuí）：边。

【赏析】

下马为朋友备酒送行，殷切一问，已含知己一片深情。朋友自言“不得意”而归隐南山，诗句中蕴含了作者对尘世不公、功名利禄无常的无穷感慨。末句说：你只管去吧，我不再问，只有山中白云自在悠悠，与你常伴。全诗语淡味浓，情深意远，余韵不尽。

桃源行

王　维

渔舟逐水爱山春[①]，两岸桃花夹古津[②]。
坐看红树不知远，行尽青溪忽值人。
山口潜行始隈隩[③]，山开旷望旋平陆。
遥看一处攒云树[④]，近入千家散花竹。
樵客初传汉姓名，居人未改秦衣服。
居人共住武陵源，还从物外起田园[⑤]。
月明松下房栊静[⑥]，日出云中鸡犬喧。
惊闻俗客争来集[⑦]，竞引还家问都邑[⑧]。
平明闾巷扫花开[⑨]，薄暮渔樵乘水入。
初因避地去人间，更问神仙遂不还[⑩]。
峡里谁知有人事，世中遥望空云山[⑪]。
不疑灵境难闻见[⑫]，尘心未尽思乡县。
出洞无论隔山水，辞家终拟长游衍[⑬]。
自谓经过旧不迷[⑭]，安知峰壑今来变。
当时只记入山深，青溪几度到云林。
春来遍是桃花水，不辨仙源何处寻。

【注释】

①逐水：沿着溪水。②古津：古渡口。③隈隩（wēi yù）：曲窄幽深。④攒：聚集。⑤物外：世外。⑥房栊（lóng）：房舍。栊：窗户。⑦俗客：指误入桃花源的渔人。⑧竞：竞相。引：引领。⑨闾巷：里巷。⑩“初因”两句：意谓桃源之人最初是为了逃避战乱而来此地的，后来过惯了神仙般的生活就不再想回故乡了。⑪“峡里”两句：意谓桃花源中的人已不知俗世之事，而俗世中人也只能空自遥望云山而已。⑫灵境：仙境。⑬“出洞”两句：意谓渔人出洞后又觉得桃源值得逗留，不管山高水远，还是想辞家来此长住。游衍：流连不去。⑭自谓：自以为。

【赏析】

当《桃花源记》中的情节被王维以诗的方式重新写来，更是别具一番风情。

武陵渔人因为喜爱春天的山水，所以任小舟沿着两岸开满桃花的清溪一路漂流，在不知不觉中到达了清溪尽头的桃源洞口。他小心谨慎地穿过山洞，一片平旷的原野豁然眼前，他好奇于原野中一处云树朦胧的地方，走到近前才发现那里坐落着千家万户，掩映着茂盛的花竹。

樵夫报来的还是汉朝的姓名，居民们穿的依旧是秦时的衣裳，与之交谈，方才明了他们于世外建起美丽田园的因由。在这里居住，渔人真正感受到了月夜的恬静，日出的蓬勃，他喜欢看人们于清晨扫开满地的落花，看黄昏时分渔夫樵父乘舟归来，当然，他也十分繁忙，因为人们竞相将他请到家中问起俗世的短长。村人因避世乱而至此成仙，从此隔绝尘世，渔人虽然知道仙境难得，但却因为思念家乡而离去，然而他终于不能忘记桃源，于是又在一个春天殷勤寻来。这一次，自认为过路不忘的他迷茫在了山水之间，因为“春来遍是桃花水，不辨仙源何处寻”。

积雨辋川庄作

王　维

积雨空林烟火迟[①]，蒸藜炊黍饷东菑[②]。
漠漠水田飞白鹭，阴阴夏木啭黄鹂。
山中习静观朝槿[③]，松下清斋折露葵[④]。
野老与人争席罢[⑤]，海鸥何事更相疑[⑥]。

【注释】

①空林：萧疏的树林。②藜（lí）：指蔬菜。黍（shǔ）：此指饭食。饷（xiǎng）：送饭。菑（zī）：初耕的田地。③朝槿（jǐn）：木槿，其花朝开暮落。④清斋：指吃素。葵：葵菜。⑤野老：作者自指。⑥海鸥：用鸥鹭忘机典。

【赏析】

连日的雨水过后，炊烟的升腾仿佛慢了许多。家家户户的农妇们正在忙碌于备办饭食，好给还在田里耕作的男人们送去。广漠的水田上白鹭在悠然自得地飞翔，繁茂的树冠中传来黄莺婉转的歌唱，一切都显得那样的安闲自在、恬静祥和。

脱离了喧嚣的俗世，诗人来到山中习静，他曾在观看朝开暮落的槿花时感悟人生，曾于松下清斋前折下带露的绿葵。如今的他，不再会与人争夺些什么，他要告诉盘旋的海鸥：我已毫无机心，你们也再不必有所疑惧，就请放心地前来与我做伴吧。

九月九日忆山东兄弟

王 维

独在异乡为异客，每逢佳节倍思亲。
遥知兄弟登高处，遍插茱萸少一人[①]。

【注释】

①茱萸(yú)：落叶小乔木，开小黄花，有浓香，古人每逢重阳佩戴以避邪。

【赏析】

此诗是王维十七岁时在长安所写。诗文首句中的一个“独”字和两个“异”字，突出了他乡做客之人的孤独感受和对于环境的陌生与不适应；而紧随其后的“每逢佳节倍思亲”，不但在衔接上自然而然，而且将客中人在佳节的思乡情怀概括得极为真切和凝练。后二句独辟蹊径，不直接写思念兄弟，而是遥想兄弟登高、遍插茱萸而独缺自己的情景，表达出对不能与亲人团聚的伤感凄凉。

相 思

王 维

红豆生南国，春来发几枝？
愿君多采撷[①]，此物最相思。

【注释】

①撷（xié）：摘。

【赏析】

红豆，又名“相思子”，常被人们用来寄托相思之情，作者想借咏红豆而寄出的，是对流落江南的友人李龟年的一片思念之情。诗中有婉问，婉问红豆春来发几枝，意在盼望友人能见物思人，让真挚的友谊能如相思树般年年发出新芽；诗中有叮咛，叮咛友人多多采下相思子，因为那色泽如火的小红豆，每一颗都代表着自己对友人的一份厚意深情。

将进酒

李　白

君不见黄河之水天上来，奔流到海不复回。
君不见高堂明镜悲白发[①]，朝如青丝暮成雪[②]。
人生得意须尽欢，莫使金樽空对月。
天生我材必有用，千金散尽还复来。
烹羊宰牛且为乐[③]，会须一饮三百杯[④]。
岑夫子，丹丘生[⑤]，将进酒，杯莫停。
与君歌一曲，请君为我倾耳听。
钟鼓馔玉何足贵[⑥]，但愿长醉不愿醒。
古来圣贤皆寂寞[⑦]，惟有饮者留其名。
陈王昔时宴平乐[⑧]，斗酒十千恣欢谑。
主人何为言少钱，径须沽取对君酌[⑨]。
五花马，千金裘，呼儿将出换美酒，与尔同销万古愁[⑩]。

【注释】

①高堂：有时可指父母，在此指高高的厅堂。②青丝：喻指黑发。雪：指白发。③烹羊宰牛：意思是丰盛的酒宴。④会须：正应当。⑤岑夫子、丹丘生：李白之友。⑥钟鼓馔玉：泛指豪门贵族的奢华生活。钟鼓，鸣钟击鼓作乐。馔（zhuàn）玉，精美的饭食。⑦寂寞：这里是被世人冷落的意思。⑧陈王：三国魏曹植，因封于陈，死后谥“思”，世称陈王或陈思王。平乐：

平乐观。⑨径须：直截了当。沽：通“酤”，买或卖，这里指买。⑩销：同“消”。

【赏析】

李白既是诗仙，又是酒仙，诗借酒兴，酒壮诗情，常常给他的生活涂满了五颜六色的光彩。关于李白喝酒的故事有很多，最著名的就是“龙巾拭吐，玉手调羹，力士脱靴”。说的是有一次李白喝多了，玄宗用手帕帮他擦嘴，杨玉环亲自为他调了解酒的汤汁，而高力士亲自为他脱靴子。这种待遇，恐怕翻遍大唐历史，也没有第二个人能够享受到。

《将进酒》原是汉乐府短箫铙歌曲调，题目意即“劝酒歌”之义，所以古词有“将进酒，乘大白”之说。诗人开篇说“君不见黄河之水天上来，奔流到海不复回”，一句将诗带入豪气与悲凉的沧桑感并行的境界里，这两组排比长句的发端，如挟天风海雨扑面而来。他的这种对历史和人世的感慨不同于陈子昂的念天地之悠悠，相反诗人并不沉痛，他说滚滚黄河之水从天而降，人生苦短，青丝染雪，很快就两鬓斑白。所以“人生得意须尽欢，莫使金樽空对月”。人生得意、快乐的时候，一定要开怀畅饮不要停杯问月，空留遗憾在心间。开篇几句前面是空间后面即时间。大开大合，气度不凡。

接着诗人说千金散尽，总会失而复得；但青春年华如水奔流，必须要好好珍惜。所以，喝酒要喝上三百杯，才能解忧怀，抒愁绪，让生命挥洒自如，有声有色。在这首诗的最后，诗人将“万古愁绪”化为一杯浓香烈酒，饮之思之，酣畅淋漓。

沈德潜曾评论此诗说“此种格调，太白从心化出”，指的便是《将进酒》开篇的手法。所谓酒过三巡，就在“烹羊宰牛且为乐，会须一饮三百杯”的狂放之情趋于高潮之时，诗人转笔写道“岑夫子，丹丘生，将进酒，杯莫停”，几个短句兀然加入，使诗歌旋律陡然加快。

这首诗篇幅并不算长，气象不凡。诗人李白得意人生，要诗酒壮怀，化作满腔舒豪，尽情地泼洒。失意之时，也可以自斟自饮，与尔同销万古愁。李白的诗篇挥发出来的，是阵阵酒气、才气与豪气。而这一切似乎都源于那句“天生我材必有用，千金散尽还复来”，事实上这才是诗人无论人生得意失意都能保持豁达自信的原因所在。

登金陵凤凰台

李　白

凤凰台上凤凰游，凤去台空江自流。
吴宫花草埋幽径[①]，晋代衣冠成古丘[②]。
三山半落青天外[③]，二水中分白鹭洲[④]。
总为浮云能蔽日，长安不见使人愁。

【注释】

①吴宫：三国时吴国建都金陵，故称。②晋代：东晋亦建都于金陵。衣冠：指豪门贵族。丘：坟墓。③三山：山名，在南京市西南长江边。半落：形容三山有一半被云遮住。④白鹭洲：古代长江中的沙洲，在今南京市水西门外。

【赏析】

此诗的写作时间一般认为是李白被流放夜郎遇赦返回后，也有说是天宝年间诗人被迫离开长安南游金陵时所写。凤凰台上的凤凰已经飞走了，只有空空的凤凰台看着江水东流。当年华丽的吴国宫殿，连同它的花草，一并被埋在幽静荒僻的小路上，而晋代的达官显贵也已经没入黄土，化为一座座坟丘。远处的三山若隐若现地耸立在青天之外，白鹭洲将长江分割成两道。天上的浮云随风荡漾，有时会遮住太阳，而望不到长安就会令我感到忧愁。

李白一生仗剑天涯，寄情山水，浪漫豪放，仿佛什么事都不会放在心上，但这首凤凰台上的感慨似乎印证了李白志在报国的豪情。李白生活在盛唐时期，安天下、济苍生始终是他的人生理想。当他登上金陵凤凰台，登高怀古、感时伤世的情绪便油然而生。诗的末尾两句写对浮云蔽日的焦虑，正是对帝王的忠心；而对国都长安的担忧，也是对国家前途的思考。

这首是李白少有的七言律诗，虽颇有模仿崔颢《黄鹤楼》之痕迹，然而不失为唐代律诗中脍炙人口的杰作。

赠孟浩然

李　白

吾爱孟夫子[①]，风流天下闻。
红颜弃轩冕[②]，白首卧松云。
醉月频中圣，迷花不事君。
高山安可仰，徒此揖清芬。

【注释】

①孟夫子：指孟浩然。②轩冕：指官位爵禄。

【赏析】

同为唐代著名的大诗人，李白和孟浩然第一次相遇便英雄相惜，赞叹彼此的才华，并引为知己。

“吾爱孟夫子，风流天下闻”，李白如此喜欢孟浩然的原因，正如他在诗中所说，孟浩然很年轻的时候就放弃了仕途，到老年更是卧在松林之间，开怀畅饮，独得生活的乐趣。而这份高山仰止的美德，犹如清香的花朵散发出迷人的芬芳。

也许，很多人都不明白，为什么李白一生积极入仕却对安贫乐道的孟浩然“情有独钟”。其实，李白生性浪漫、自由，与其说他热衷于功名，不如说他热衷于建功立业，而且内心始终对自由的田园生活充满了向往。而作为隐士的孟浩然，早年时候也曾求取功名，但不第后便欣然隐居，且终身不再出仕。他能够布衣终老却名闻天下，其才学和修养，自然都是人中极品。

李白对孟浩然的感情，在这首诗里似乎得到了完全的确认。人们常说古代人表达感情是含蓄的，但其中也有很多直抒胸臆的诗句，将互相的倾慕与喜爱表达得淋漓尽致。

秉持共同的操守，激励彼此的进步。知人看伴，在朋友的身上，就可以很明显地看出一个人的性格、修养与气度。因此，古人特别重视朋友。在他们的眼中，“同心为朋，同志为友”，只有志同道合，惺惺相惜的人才能配作“朋友”。而理解了这些，再来读李白的这首赠诗，就不难理解“高山安可仰，徒此揖清芬”的盛誉之下，蕴藏着多么强烈的相知相惜之情谊。

长干行

李　白

妾发初覆额[①]，折花门前剧[②]。
郎骑竹马来[③]，绕床弄青梅[④]。
同居长干里，两小无嫌猜[⑤]。

十四为君妇，羞颜未尝开。
低头向暗壁，千唤不一回。
十五始展眉[6]，愿同尘与灰。
常存抱柱信[7]，岂上望夫台。
十六君远行，瞿塘滟滪堆[8]。
五月不可触，猿声天上哀。
门前迟行迹，一一生绿苔。
苔深不能扫，落叶秋风早。
八月蝴蝶黄，双飞西园草。
感此伤妾心[9]，坐愁红颜老[10]。
早晚下三巴[11]，预将书报家。
相迎不道远[12]，直至长风沙[13]。

【注释】

①妾：古代妇女自称。初覆额：指头发尚短，刚刚盖着前额。②剧：游戏。③竹马：儿童游戏时以竹竿当马骑。④床：这里指坐具。弄：逗弄。⑤无嫌猜：没有嫌疑猜忌之心，指天真烂漫。⑥始展眉：意谓才懂得些人事，感情也在眉宇间显现出来。⑦抱柱信：用《庄子·盗跖》记尾生等候相约女子不来，坚守信约，抱桥柱被水淹死典。⑧瞿塘：峡名，长江三峡之一，在重庆市奉节县东。滟滪堆：瞿塘峡口的一块大礁石。⑨感此：指有感于蝴蝶双飞。⑩坐：因而。⑪早晚：何时。三巴：指巴郡、巴东、巴西，都在今四川省东部。⑫不道远：不会嫌远，即不辞远的意思。⑬长风沙：地名，距金陵七百里，水势湍险。

【赏析】

《长干行》是乐府旧题《杂曲歌辞》调名，原为长江下游一带民歌，其源出于《清商西曲》，内容多写船家妇女的生活。长干为地名，今江苏省南京市。行是古诗的一种体裁。

此诗内容比较简单，但却写得优美动人。开头以妾（我）的口吻写到，当头发刚刚能够盖过额头的时候，我会折些花在家门前玩耍。你骑着竹木马过来，我们就快乐地绕着井栅栏做游戏。因为从小就是邻居，在一起玩，一起度过美丽的童年，一起跟着时间长大，所以两颗心从来就没有猜忌。长大以后，两个人便结婚了。

然后又写男子出去经商，女子在家殷切地思念，并不断地回忆往事，觉得日子过得太快，因为思念丈夫，满面愁容逐渐令红颜苍老。最后，她还痴情地说，“什么时候回来，提前告诉我，我远远地就去迎接你的归来”。

其中的“郎骑竹马来，绕床弄青梅”，“同居长干里，两小无嫌猜”四句流传最广，也因而为后世流传出两个最美丽的爱情词：青梅竹马、两小无猜。实际上，这首诗不仅开创了一种“两小无猜”的爱情模式，也为后世提供了“两小无猜”的范本。《唐宋诗醇》评价此诗说“儿女子情事，直从胸臆间流出，萦迂回折，一往情深”，十分恰切。

登太白峰

李 白

西上太白峰，夕阳穷登攀。
太白与我语，为我开天关。
愿乘泠风去①，直出浮云间。
举手可近月，前行若无山。
一别武功去，何时复更还。

【注释】

①泠风：清风。

【赏析】

李白本字太白，此番又费力攀登，终于登顶太白峰，又听太白金星对他说话，为他打开通天的途径。这一连串瑰丽的想象，似乎正是李白抑郁不得志的一种抒怀。天宝元年（公元742年），李白应诏入京，其时可谓踌躇满志。然而朝廷昏庸，不久之后，作者就遭权贵排斥，根本无法实现自己的政治抱负。诗人因此感到无尽惆怅和苦闷。在这首《登太白峰》中，便可以窥到诗人当时的心境。

李白似乎已经登到了峰顶，仿佛体会了“峰顶绝顶，两手空空”的伤感。可即便如此，李白似乎并不死心，回望武功山，不知道这一别，何年何月才能再回来！一种失望、落寞与惆怅，徒然涌上心头。这种出入翰林中微妙、复杂而又矛盾的心态，实在耐人寻味。

诗人登高怀古的时候，有一种辽远的胸怀。诗人不拘泥于一台一楼一山的景物，而是将深刻的历史感、悲壮的现实感都融汇在景物里，贯穿在诗篇中。一方面，唐代辽阔的疆域，给诗人放眼山河留下了巨大的空间；而唐代的大气、刚健和明朗，也令诗人壮志在胸，意气风发。登高，已经不单纯是一项写诗作赋的乐事，更升华成一种思想的萃取和提炼，一次精神和情操的攀越。

李白的诗与他的性情都有着很强烈的浪漫主义色彩。正如皮日休所说："言出天地外，思出鬼神表，读之则神驰八极，测之则心怀四溟，磊磊落落，真非世间语者，有李太白。""太白与我语，为我开天关。愿乘泠风去，直出浮云间"，无论仕途上如何失意，诗人豪迈不羁的性情总是贯穿在他的诗作当中。

行路难

李　白

金樽清酒斗十千，玉盘珍馐值万钱①。
停杯投箸不能食②，拔剑四顾心茫然。
欲渡黄河冰塞川，将登太行雪满山。
闲来垂钓坐溪上，忽复乘舟梦日边。
行路难，行路难！多歧路，今安在？
长风破浪会有时，直挂云帆济沧海。

【注释】

①珍馐：珍奇名贵的食物。馐，美食。②投箸：放下筷子。

【赏析】

李白一生自命清高，其实骨子里也是渴望为国为民效力，干一番事业的。然而在皇帝的眼里，他只是太平岁月的一个点缀。皇帝召见李白，并不是用他的才学来安邦定国，而只是用他来写诗。李白的诗可以用来称赞杨贵妃的美貌、大唐王朝的盛世，顺便歌颂一下皇帝的英明神武；除此之外，他在皇帝的眼中，没什么大用。所以李白很失望，在自己的诗歌里反复表达自己的失意。

路，指的就是自己的前途；行路难，就是很难找到自己的前途，觉得理想没希望实现了。

诗人写道，金樽、玉盘盛来美酒佳肴，面对朋友们的好意，我应该"一饮三百杯"才对，但不知道何故，我却停下杯筷，胸中郁闷令我喝不下也吃不下，拔剑四下环望，心中一片茫然。想渡黄河，结果冰川阻塞；想登太行，不料大雪封山。

"停杯投箸不能食，拔剑四顾心茫然"两句，写的是诗人不知该向何处的惆怅，纵使心怀"济世安民"的豪情，然而现实却是"欲渡黄河冰塞川，将登太行雪满山"，这两句似乎正应了诗的题目"行路之难"。现实处处受阻，诗人不禁感慨道行路难："行路难！多歧路，今安在？"垂钓、乘舟都是在等待贤君降临，到时便可以东山再起，一展宏图伟愿。世路难行仍要不断努力，这么多的道路，我不知道应该走哪一条？

李白为尘世的追求而沮丧，也同样可以令人看到不屈不挠的振奋。所以，他说，总会有乘风破浪的一天，高挂云帆，畅游沧海，直抵心中的彼岸。这就是李白的追求、昂扬与自信，不管世事如何艰难，总有长风破浪的乐观，在任何失意的时候都能在结尾给人以光明、鼓舞和力量。

望天门山

李　白

天门中断楚江开[①]，碧水东流至此回。
两岸青山相对出，孤帆一片日边来。

【注释】

①天门：即天门山。

【赏析】

天门山，古代又称博望山，即东梁山与西梁山，在今安徽。此地两山夹江对峙，像一座天然的门户，形势险要，“天门”即由此得名。

这首诗大气磅礴，第一句“天门中断楚江开”，写天门山被楚江断开，碧绿的江水浩荡东流，到这个地方忽然掉转头回去，气势壮阔。两岸青山，对峙耸立，有一只小船沐浴在阳光中，从天边缓缓驶来。其壮阔、辽远的景致，水遇险峰的阔达，天门山雄奇的景色，不但内化了诗人的自我精神，也借此抒发了对山河壮美的热爱。

李白生活在盛唐，而盛唐诗人的典型特点就是喜欢昂扬高歌，将自己的一腔希望都铺洒在壮丽的河山之中。这种感情在李白的诗中几乎随处可见。

诗中畅然一体，“两岸青山相对出，孤帆一片日边来”，点出一个“望”字来。在开篇的大气磅礴之后，诗人又以令人喜悦的笔触描绘出一幅江上来帆的景象，果然妙哉。

月下独酌

李　白

花间一壶酒，独酌无相亲。
举杯邀明月，对影成三人。

月既不解饮，影徒随我身。
暂伴月将影[①]，行乐须及春[②]。
我歌月徘徊，我舞影零乱。
醒时同交欢，醉后各分散。
永结无情游[③]，相期邈云汉[④]。

【注释】

①将：和。②及：趁着。③无情：忘情。④云汉：天河、银河。

【赏析】

花间置酒，春意甚浓；月下独自饮酒，寂寞可知。诗人邀天上明月与地上身影一同行乐歌舞，虽月不能解醉中之乐，身影也只能随身而动，然而当此良辰美景，有月与影相陪伴，也可以一抒心中幽情，不辜负这大好的春光。待到诗人酩酊大醉，将与月、影相别之际，他与它们深情相约："但愿永作此忘情交游，约定相会于邈远的天河。"全诗笔致豪放，情思潇洒，但终是掩不住诗人内心的孤独与苦闷。

关山月

李　白

明月出天山[①]，苍茫云海间。长风几万里，吹度玉门关[②]。
汉下白登道[③]，胡窥青海湾[④]。由来征战地[⑤]，不见有人还。
戍客望边邑[⑥]，思归多苦颜[⑦]。高楼当此夜，叹息未应闲。

【注释】

①天山：今甘肃祁连山，古时匈奴称天为祁连，故名天山。②玉门关：在今甘肃敦煌西，相传和田美玉经此传入中原，因此得名，古时为中原通西域的门户。③"汉下"句：指汉高祖刘邦亲率军与匈奴交战，被困白登山七日一事。④胡：指吐蕃。窥：窥伺。青海湾：即青海湖。唐军多与吐蕃交战于此。⑤由来：从来。⑥戍客：戍边的官兵。⑦苦颜：愁容。

【赏析】

一轮明月升起在峻伟的天山，出没于苍茫云海之间。浩荡长风掠过几万里，吹度千古玉门雄关。历史上汉高祖用兵白登山征战匈奴，吐蕃觊觎青海河山，这里从古到今都是征战厮杀的地方，几乎看不到有人活着归还。戍边将士眼望着边地的城塞，思念起故乡，愁眉不展。他们家中的妻子在这个夜晚，也一定在闺楼上凭栏远眺，哀叹连连。

金陵酒肆留别[①]

李 白

风吹柳花满店香，吴姬压酒劝客尝[②]。
金陵子弟来相送[③]，欲行不行各尽觞[④]。
请君试问东流水，别意与之谁短长。

【注释】

①金陵：今江苏南京市。②吴姬：指吴地酒店侍女。压酒：压糟取酒汁。③子弟：年轻人。④欲行不行：将走的人和不走的人。觞（shāng）：酒杯。

【赏析】

和风送暖，柳花轻扬，金陵酒肆，满店清香。当垆的姑娘捧上新榨出的美酒劝诗人品尝，一群与诗人交好的年轻人前来为他饯行。

诗人有感于金陵子弟对待自己的一片热忱，因而恋恋不舍、欲走不能。将行者和送行者一次次饮尽杯中之酒，深情厚谊，让诗人感到门外的长江也难以与之比较短长。

全诗语简而味浓，依依别情，含蓄其中。

梦游天姥吟留别[①]

李 白

海客谈瀛洲[②]，烟涛微茫信难求。越人语天姥[③]，云霓明灭或可睹。天姥连天向天横，势拔五岳掩赤城[④]。天台四万八千丈，对此欲倒东南倾[⑤]。我欲因之梦吴越[⑥]，一夜飞度镜湖月[⑦]。湖月照我影，送我至剡溪[8]。谢公宿处今尚在[9]，渌水荡漾清猿啼[10]。脚著谢公屐[11]，身登青云梯。半壁见海日[12]，空中闻天鸡[13]。千岩万壑路不定，迷花倚石忽已暝[14]。熊咆龙吟殷岩泉[15]，慄深林兮惊层巅。云青青兮欲雨，水澹澹兮生烟[16]。列缺霹雳，丘峦崩摧。洞天石扉，訇然中开[17]。青冥浩荡不见底，日月照耀金银台[18]。霓为衣兮风为马，云之君兮纷纷而来下[19]。虎鼓瑟兮鸾回车[20]，仙之人兮列如麻[21]。忽魂悸以魄动，怳惊起而长嗟。惟觉时之枕席，失向来之烟霞。世间行乐亦如此，古来万事东流水。别君去兮何时还[22]，且放白鹿青崖间[23]，须行即骑访名山。安能摧眉折腰事权贵，使我不得开心颜！

【注释】

①天姥（mǔ）：山名，在今浙江新昌县东。②海客：来往海上的人。瀛洲：古以蓬莱、方丈、瀛洲为三座仙山。③越：指今浙江一带。天姥山唐时属越州。④拔：超越。掩：盖过。赤城：山名，在今浙江天台县北。⑤“天台”两句：意谓天台虽高，但比起天姥，却像是低倾向东南。⑥“我欲”句：意谓日思游天姥，入夜则开始了梦游吴越。⑦镜湖：在今浙江绍兴。⑧剡（shàn）溪：在浙江省曹娥江上游。⑨谢公宿处：南朝谢灵运游天姥，曾在剡溪投宿。⑩渌（lù）水：清澈的水流。⑪谢公屐（jī）：谢灵运为登山所特制的木屐。⑫半壁：半山腰。⑬天鸡：传说桃都山中有大树名桃都，上有天鸡，日出照此木，天鸡则鸣，天下之鸡皆随之鸣。⑭暝：黑暗。⑮殷：形容水盛之貌。⑯澹澹：水波荡漾闪动的样子。⑰“列缺”四句：意谓忽然间电闪雷鸣，山峰为之坍塌。仙洞石门，轰然大开。訇（hōng）然：即轰然。⑱金银台：神仙所居的金阙银台。⑲云之君：指神仙。⑳虎鼓瑟：老虎鼓瑟。鸾回车：鸾鸟拉车。㉑列如麻：言其众多。㉒“别君”句：李白作此诗时准备由东鲁下吴越，君指东鲁的友人。㉓白鹿：传说仙人常乘白鹿。

【赏析】

这是一首记梦诗，是李白的代表作之一。诗以写作者寻求仙境而不能得起兴，继而写因听说吴越之地有天姥山，山高势险，云霞明灭，或可与仙境媲美，因而于梦中寻去，并由此揭开了梦游天姥的序幕。诗人将神话传说与对山水的真实体验融为一体，尽脱现实时间、空间的拘羁，任由想象驰骋，为我们展开了一幅幅瑰丽奇幻、异彩纷呈的画面；虽是描写梦境，却真切自然、毫不做作，在渲染离奇诡谲的气氛上尤其出色。诗的末尾部分抒发了作者梦醒后的感想，既有对“世间行乐亦如此，古来万事东流水”的慨叹，又有对“且放白鹿青崖间，须行即骑访名山”的向往。然而情感最强烈的当属那“安能摧眉折腰事权贵”的反诘，其中寄托了他对现实的强烈不满和反抗，抒发了他对自由生活的热爱之情。

宣州谢朓楼饯别校书叔云[①]

李 白

弃我去者，昨日之日不可留。乱我心者，今日之日多烦忧。长风万里送秋雁，对此可以酣高楼。蓬莱文章建安骨[②]，中间小谢又清发[③]。俱怀逸兴壮思飞，欲上青天览明月[④]。抽刀断水水更流，举杯销愁愁更愁。人生在世不称意，明朝散发弄扁舟。

【注释】

①宣州：今安徽宣城。谢朓楼：是南齐谢朓任宣城太守时所建。叔云：李白的叔叔李云。②蓬莱文章：此指李云供职的秘书省，李云在秘书省任校书郎一职。建安骨：曹操父子和建安七子作品风格苍健遒劲，被后人称为建安风骨。③小谢：这里指谢朓。他以山水风景诗见长，后人常将他和谢灵运并举，因他的时代在后，故称为“小谢”。清发：清新秀发。④览：通“揽”。

【赏析】

李白的族叔李云将要离开宣州，李白在谢公楼为他置酒饯行。

酒酣之际，诗人思潮如涌，不禁引吭高歌。他慨叹逝者如斯，无法挽留，慨叹眼下心情多烦多忧，他仰望万里长风吹送秋雁，胸怀因而舒展，认为此时此刻正合沉醉高楼。他因为豪俊之士能以诗文留名千古而意兴遄飞、壮思不已，忽又联系眼下境遇，不由得黯然神伤。他欲斩断愁丝却发现愁丝如流水，他想要以酒浇愁却发现醉后愁更浓。浪漫而又理想的诗人生活在这现实而又污浊的世界里无法快乐，他于是打算有朝一日摆脱束缚、泛舟江河。

蜀道难

李 白

噫吁嚱，危乎高哉，蜀道之难难于上青天。蚕丛及鱼凫[①]，开国何茫然。尔来四万八千岁，不与秦塞通人烟[②]。西当太白有鸟道[③]，可以横绝峨嵋巅。地崩山摧壮士死[④]，然后天梯石栈相钩连[⑤]。上有六龙回日之高标[⑥]，下有冲波逆折之回川[⑦]。黄鹤之飞尚不得过，猿猱欲度愁攀缘[⑧]。青泥何盘盘[⑨]，百步九折萦岩峦[⑩]。扪参历井仰胁息[⑪]，以手抚膺坐长叹。问君西游何时还，畏途巉岩不可攀[12]。但见悲鸟号古木，雄飞雌从绕林间。又闻子规啼夜月[13]，愁空山。蜀道之难难于上青天，使人听此凋朱颜。连峰去天不盈尺，枯松倒挂倚绝壁。飞湍瀑流争喧豗[14]，砯崖转石万壑雷[15]。其险也若此，嗟尔远道之人胡为乎来哉。剑阁峥嵘而崔嵬，一夫当关，万夫莫开。所守或匪亲，化为狼与豺[16]。朝避猛虎，夕避长蛇。磨牙吮血，杀人如麻。锦城虽云乐[17]，不如早还家。蜀道之难难于上青天，侧身西望长咨嗟[18]。

【注释】

①蚕丛、鱼凫：均为传说中的古蜀国国王。②秦塞：秦地。古蜀国本与中原不通，至秦惠王灭蜀，始与中原相通。③太白：秦岭峰名。鸟道：仅能容鸟飞过的道路，形容山路狭窄。④“地崩”句：相传秦惠王曾嫁五美女于蜀，蜀遣五壮士迎之，返回途中遇大蛇入洞穴中，五人牵住蛇尾而用力外拉，结果山崩，壮士和美女都被压死，山也分成五岭。⑤石栈：于岩壁上凿石架木而成的通道。⑥“上有”句：谓有能挡住太阳神六龙车的高峰。六龙：相传太阳神所乘之车有六条龙来拉。高标：最高的山峰。⑦回川：萦回的川流。⑧猱（náo）：猕猴。⑨青泥：山名，在今陕西略阳县。盘盘：盘旋曲折。⑩萦岩峦：指峰岭迂回环抱。⑪参、井：均为星宿名。扪参历井是说蜀道之上伸手便可触及星辰。胁息：屏住呼吸。⑫巉（chán）岩：险峭的山岩。⑬子规：杜鹃。⑭喧豗（huī）：喧闹碰撞的声音。⑮砯（bīng）：水击岩石的声音。⑯“所守”两句：谓镇守这里的人若不可靠，一旦叛乱就会变成凶狠的豺狼。⑰锦城：即成都。⑱咨嗟：叹息。

【赏析】

诗文融神话、现实、想象为一体，将艰险瑰奇的蜀道景观带给行路人心灵上的强烈冲击摹写得淋漓尽致，字里行间无不蕴寓着作者超尘脱俗的浪漫主义情怀。后人对此诗的创作意图多有争论，有人说蜀道艰险即是仕途艰险，有人说本篇反映的是动荡的社会局面，各执一词，迄无定论。

长相思 （二首）

李 白

其 一

长相思，在长安。络纬秋啼金井阑[1]，微霜凄凄簟色寒[2]。孤灯不明思欲绝，卷帷望月空长叹[3]。美人如花隔云端。上有青冥之长天，下有绿水之波澜。天长地远魂飞苦，梦魂不到关山难。长相思，摧心肝。

【注释】

①络纬：虫名，俗称纺织娘。金井阑：精美的井阑。②簟（diàn）：竹席。③帷：窗帘。

【赏析】

在长安的时候常常想起你，我孤独地在精美的井栏旁听纺织娘轻吟低唱，孤独地感受秋天里初降薄霜的凄冷，竹席的寒凉，在昏暗的灯光下，在我举头望月时，我会非常想念你，然后叹息不能与你相见。

而你，如花般美丽的你终究是远隔云端，我愿意跨过长天绿水，愿意在梦中不辞万里地把你追寻，但难以逾越的关山却把我阻拦。

在长安的时候常常想起你，想起你的时候，忧伤便摧迫心肝。

其　二

日色欲尽花含烟①，月明如素愁不眠②。赵瑟初停凤凰柱③，蜀琴欲奏鸳鸯弦④。此曲有意无人传，愿随春风寄燕然⑤。忆君迢迢隔青天。昔时横波目⑥，今作流泪泉。不信妾肠断，归来看取明镜前。

【注释】

①花含烟：形容暮色中花为雾气所笼罩。②素：洁白的绢，这里形容月色。③赵瑟：相传古代赵国人善弹瑟。④蜀琴：蜀地出产的琴，古人常以蜀琴喻佳琴。⑤燕然：燕然山。此指边陲。⑥横波：形容眼波流动。

【赏析】

此诗抒写了一位女子对远戍边关的丈夫的思念之情，从女子在一个春天的晚上对月相思写起。月光虽好，但月下只有一人，她又如何能安然入睡？她推枕揽衣，本想弹奏一曲以解心中相思之苦，不料指落弦上，竟不由自主地拨出描写夫妻相知相爱、不离不弃的琴音，徒增了些许苦闷。她一直有些期望，期望有一天这琴曲能随春风飘到边塞，飘入丈夫耳中，让他知道自己一生的愿望；她一直想要对丈夫倾诉，告诉他自己是如何地度日如年，告诉他昔日的“横波目”因何而化作了今日的“流泪泉”。

送孟浩然之广陵

李　白

故人西辞黄鹤楼，烟花三月下扬州。
孤帆远影碧空尽，惟见长江天际流。

【赏析】

诗的前两句点明了送别的时间、地点，还有孟浩然要去的地方。后两句写诗人目送友人的孤帆消失在碧空的尽头，视野中只剩下浩瀚的长江流向天际。

渡荆门送别①

李　白

渡远荆门外，来从楚国游②。山随平野尽，江入大荒流③。
月下飞天镜，云生结海楼④。仍怜故乡水，万里送行舟。

【注释】

①荆门：荆门山，在今湖北宜都西北，古时为楚蜀交界。②从：向。③大荒：广阔的田野。④海楼：海市蜃楼。

【赏析】

首联交代诗人已然渡过荆门，来到楚国一带遨游。中间两联写舟行所见：山峦随着开阔平原的出现而逐渐消失，江水浩浩荡荡，流入辽阔无际的远方荒原。晚上，平静江面上的月影宛如天上飞来的明镜；日间，蓬勃涌起、变幻无穷的云彩结成壮观的

海市蜃楼。年轻的诗人意气风发，但初别故乡，心中满含眷恋。在他的眼中，故乡的水依旧跟随，不辞万里地伴送着他远行的小舟。

清平调　（三首）

李　白

其　一

云想衣裳花想容，春风拂槛露华浓①。
若非群玉山头见，会向瑶台月下逢②。

【注释】

①槛：栏杆。②会：应是。瑶台：与前面的群玉山都是传说中西王母的居处。

其　二

一枝红艳露凝香，云雨巫山枉断肠①。
借问汉宫谁得似，可怜飞燕倚新妆②。

【注释】

①云雨巫山：用巫山神女会楚王典。此处是指有杨贵妃在侧，即便是巫山神女也无法吸引君王的视线。②倚：倚仗。

其　三

名花倾国两相欢，常得君王带笑看。
解释春风无限恨①，沉香亭北倚栏杆。

【注释】

①解释：消释。

【赏析】

这三首诗无不是将花与人结合起来写，而其旨还在赞颂杨贵妃超凡绝俗的容貌仪态。从第一首感叹如贵妃一般的人儿只有仙境才能遇到，到第二首以牡丹含露摹拟她的娇艳之态，安排巫山神女空自惆怅，汉宫飞燕甘拜下风的情节，到第三首捕捉名花佳人相互映照的情景，君王面对贵妃时眼角嘴边掩饰不住的笑意，使得杨妃的美丽酝酿在仙境，在人间，在花里，在夫妻恩爱中，在造物对此绝作的自叹里，那样的卓然出群，那样的沁人心脾。

黄鹤楼

崔　颢

昔人已乘黄鹤去①，此地空余黄鹤楼②。
黄鹤一去不复返，白云千载空悠悠。
晴川历历汉阳树③，芳草萋萋鹦鹉洲④。
日暮乡关何处是⑤，烟波江上使人愁。

【注释】

①昔人：指骑鹤的仙人。②黄鹤楼：在今湖北武昌蛇山。③晴川：指白日照耀下的汉江。④萋萋：芳草茂盛。⑤乡关：故乡。

【赏析】

黄鹤楼因武昌黄鹤山而得名。《齐谐志》载古代仙人子安乘黄鹤过此；又《太平寰宇记》引《图经》说，云费祎登仙驾鹤于此。

崔颢的这首《黄鹤楼》历来被尊为唐诗七律之冠，众口交誉。这首诗的大意是：曾经的仙人已经驾鹤西去，这里只留下一座空空的黄鹤楼。黄鹤飞去后便再也没有回来，千百年来，只有朵朵白云依旧在楼前荡漾、飘浮。汉阳的树木在阳光下清晰可见，鹦鹉洲上，草木也无比丰盛。在这暮色将至的时候，我举目远眺，何处是我故乡？江上烟波荡漾，我无尽的愁绪随着这片暮霭弥散其中。

“树高千丈叶落归根”，这是传统文人的家园理想。而此时，傍晚的余晖拉长了诗人的愁绪，白云悠悠，无限苍凉尽收笔底，波澜壮阔时，很难分清这究竟是因为黄昏的惆怅还是故乡的渺茫。其中“晴川历历汉阳树，芳草萋萋鹦鹉洲”一联更是唐代律诗中对仗罕见的精绝之句，工整巧妙，意象鲜明，极富意境，高唱入云。“芳草萋萋”之语是出自《楚辞·招隐士》，“王孙游兮不归，春草生兮萋萋”。李白曾写《鹦鹉洲》一诗：“鹦鹉东过吴江水，江上洲传鹦鹉名。鹦鹉西飞陇山去，芳洲之树何青青。”

据元人辛文房《唐才子传》记李白登黄鹤楼本欲赋诗，因见崔颢此作，为之敛手，说："眼前有景道不得，崔颢题诗在上头。"珠玉在前，不得不暂时搁笔。当然，这只是传闻，但却足以说明这首诗影响深远，也可见崔颢诗为人所推崇的程度。

沈德潜评此诗，以为"意得象先，神行语外，纵笔写去，遂擅千古之奇"。元杨载《诗法家数》论律诗第二联要紧承首联时说："此联要接破题（首联），要如骊龙之珠，抱而不脱。"而唐代严羽在《沧浪诗话》中谓此诗："唐人七言律诗，当以崔颢《黄鹤楼》为第一。"

长干曲　（二首）

崔　颢

其　一

君家何处住？妾住在横塘①。
停船暂借问，或恐是同乡。

其　二

家临九江水，来去九江侧。
同是长干人，生小不相识。

【注释】

①横塘：古堤名。三国吴时修筑，位置大约在秦淮河南岸，也多指百姓聚居之地。

【赏析】

《长干曲》是南朝乐府中《杂曲古辞》的旧题。这里撷取的是诗人四首长干曲中的两首。第一首诗以一个女子的口吻来写。在碧波荡漾的湖面上，年轻的女子撞见了自己的意中人，只听她说道："你的家住在哪里啊？"还未等人家回答，便着急地自报家门："我家住在横塘，你把船靠在岸边，咱们聊聊天，说不定还是老乡呢。"

其淳朴的性情、直白的语言将年轻姑娘的潇洒、活泼和无拘无束生动地映现在碧波荡漾的湖面上，别有一番质朴和爽朗。

正所谓"易求无价宝，难得有情郎"。在《长干曲》的第二首中，小伙子也憨厚地回答了姑娘的提问："虽然我们同是长干人，可原来却并不认识。"诗人崔颢并没有告诉人们这故事的结局。但是，能有如此浪漫的开篇，想来也应该是美丽的结局。

崔颢的这两首诗朴素率真、清浅明丽、蕴藉无邪，极有汉魏乐府和六朝前代民歌之遗风，被认为是抒情诗中的上乘之作。

凉州词

王　翰

葡萄美酒夜光杯[①]，欲饮琵琶马上催[②]。
醉卧沙场君莫笑[③]，古来征战几人回。

【注释】

①夜光杯：用白玉制成的酒杯，光可照明。②催：催人出征。③沙场：平坦空旷的沙地，古时多指战场。

【赏析】

甘甜的美酒、通透的夜光杯、断断续续传来的琵琶声，汇成了独特的音乐，流淌在将士们的心里。谁都知道从军打仗总会有所死伤，那么不如开怀畅饮，醉卧沙场。就算是喝醉了，希望也不会有人笑话我们，自古征战，有几个人是活着回去的呢？

这本是一个引人伤感的话题，将士们为了家园的安宁必须出来打仗，而战争必然带来死伤，但这一切似乎并没有动摇他们的志向。相反，在将生死置之度外后，他们显得更加豪迈。功名利禄似乎并不重要，封侯拜相也不再计较，只有此刻盛宴的豪华，开怀畅饮的痛快，才是人生最可珍惜的经历。

林庚先生在《唐诗综论》中说，“边塞诗是盛唐诗歌高峰上最鲜明的一个标志”。而王翰这首《凉州词》，无疑是唐代同类诗中的佳作。

燕歌行　并序

高　适

开元二十六年，客有从元戎出塞而还者，作《燕歌行》以示适。感征戍之事，因而和焉。

汉家烟尘在东北，汉将辞家破残贼[①]。男儿本自重横行，天子非常赐颜色。摐金伐鼓下榆关[②]，旌旗逶迤碣石间[③]。校尉羽书飞瀚海[④]，单于猎火照狼山。山川萧条极边土，胡骑凭陵杂风雨[⑤]。战士军前半死生，美人帐下犹歌舞。大漠穷秋塞草衰，孤城落日斗兵稀。身当恩遇常轻敌，力尽关山未解围。铁衣远戍辛勤久，玉箸应啼别离后[⑥]。少妇城南欲断肠，征人蓟北空回首。边风飘飘那可度，绝域苍茫更何有？杀气三时作阵云，寒声一夜传刁斗[⑦]。相看白刃血纷纷，死节从来岂顾勋？君不见沙场争战苦，至今犹忆李将军。

【注释】

①残：凶残。②榆关：即今山海关。③碣石：古山名，在今河北省昌黎县西北。④羽书：紧急军书。瀚海：大沙漠。⑤凭陵：侵扰。⑥玉箸：形容眼泪像玉制的筷子。⑦刁斗：古代军中白天用来烧饭，晚上用来敲击巡更的铜器。

【赏析】

烽火起于东北边境，汉家大将于是告别家乡去征讨敌寇。男儿生当纵横驰骋，再加上天子特别的激励和奖赏，所以汉将率领着大军，一路上金鼓雷鸣，旌旗招展，气势非常。

前方校尉快马传书，说匈奴单于正在狼山扬威耀武，战争因此而正式揭幕。在那偏远荒凉的边境上，战士们每每与狂风暴雨般袭来的匈奴铁骑拼死相搏，而汉将却并不把敌人放在眼里，他沉迷在美人歌舞中。寒冷的边塞之秋来临了，能够作战的士兵越来越少，然而身受皇恩、大意轻敌的汉将却始终没能让敌人退去。可怜那些跟随他远征至此的战士，他们受尽艰苦，乡思无限，可怜战士们的妻子，她们望眼欲穿，肝肠寸断。

边关寒冷，杀气腾腾，最常见的景象是短兵相接、血肉横飞，舍命拼杀的战士，他们难道是为了功勋吗？让人伤感的是像飞将军李广一样的统帅已难寻觅，他爱护士卒，赫赫威名便足以退敌。

望岳

杜甫

岱宗夫如何[①]？齐鲁青未了。

造化钟神秀，阴阳割昏晓。

荡胸生层云，决眦入归鸟[②]。

会当凌绝顶，一览众山小。

【注释】

①岱宗：即泰山。泰山为五岳之首，故称宗。②决眦：表示极目远视。

【赏析】

这首《望岳》是目前现存杜诗中年代最早的一首，也是杜甫诗歌中最为昂扬奋进的一首。当杜甫登上泰山，他用拟人的手法写大自然“钟情”于泰山，所以造就了他的美丽与灵秀。泰山高耸入云，向阳向阴只是一面之隔，却恍如晨昏之别。只有登上这座山，才能够一览众山的渺小！人们常以杜甫之诗沉郁顿挫，却不料他也有如此豪迈的气魄、浪漫的情怀。盛世唐朝，在他的诗里，原来也同样可歌可泣。

“会当凌绝顶，一览众山小”两句历来被人吟诵，文学大家萧涤非评论此诗时说道：“从这两句富有启发性和象征意义的诗中，可以看到诗人杜甫不怕困难、敢于攀登绝顶、俯视一切的雄心和气概。这正是杜甫能够成为一个伟大诗人的关键所在，也是一切有所作为的人们所不可缺少的。这就是为什么这两句诗千百年来一直为人们所传诵，而至今仍能引起我们强烈共鸣的原因。”

明人莫如忠在《登东郡望岳楼》中对这首诗的赞誉甚高：“齐鲁到今青未了，题诗谁继杜陵人？”清代浦起龙说“杜子心胸气魄，于斯可观。取为压卷，屹然作镇”，而杜诗“当以是为首”。

前出塞

杜　甫

挽弓当挽强①，用箭当用长②。
射人先射马，擒贼先擒王③。
杀人亦有限，列国自有疆④。
苟能制侵陵⑤，岂在多杀伤⑥？

【注释】

①强：指坚硬的弓。②长：长的箭。③擒：捉拿。④列：分立，建立。⑤苟：如果。制侵陵：制止，侵略。陵，这里同“凌”，欺侮的意思。⑥岂：难道。

【赏析】

首联两句是写进行战争前，要先准备好锐利的武器，挽弓一定要挽强弓，用箭一定要用长箭，有助于战事的胜利。颔联写射人的话，可以先射倒他的马，马倒了人自然也就丧失战斗力了。如果擒贼的话，应该先把他们的头领抓住，这样的话，“人无头不走，鸟无头不飞”，敌军队伍一乱，自然就对我方战局有利。为什么要射马、擒王呢？因为可以少杀人，而且快速结束战争。

《孙子兵法》有云：“是故百战百胜，非善之善也；不战而屈人之兵，善之善者也。”说的就是百战百胜虽然值得庆祝，但并不是最好的事情。能够不经历战争就让对方投降，或者如飞将军那样镇住敌兵，才是上上策，是最高的计谋和智慧。所以，杜甫接着说，杀人是有限度的，每个国家都有自己的疆域。如果能够制服他们，不再忍受他们的欺凌和侵略，又何必多杀无辜的人呢？这首诗正是杜甫一贯忧国忧民思想的体现。

客至

杜　甫

舍南舍北皆春水，但见群鸥日日来。
花径不曾缘客扫，蓬门今始为君开①。
盘飧市远无兼味②，樽酒家贫只旧醅③。
肯与邻翁相对饮④，隔篱呼取尽余杯⑤。

【注释】

①蓬门：用蓬草编成的门，这里表示居处的简陋。②兼味：指各种美味佳肴。③旧醅：隔年的陈酒。古人好饮新酒，而诗人以家贫无新酒招待客人而感到歉意。④肯：能否允许的意思。⑤呼取：叫，招呼。

【赏析】

杜甫说，在我茅舍的南北两侧，都静静地流淌着春水，鸥群整日飞来飞去，环境幽雅静谧。我的花径已经很长时间没有清扫过了，落花无数，却并不曾有客来临。今天听说朋友要过来，紧闭的大门也将为你而打开，酣畅淋漓的快意挥洒自如。等朋友来后，又可见到杜甫频频劝酒：自己家离菜市场太远，只能吃点简单的饭菜；买不起太昂贵的酒，也就只能喝点自己酿造的酒。虽然并不阔绰，但盛情却十分纯朴。估计朋友也并不介意，所以酒酣处，竟然想到与邻居那个老翁对饮，隔着篱笆，高声呼唤邻居过来一起痛饮。

这是很有意思的一个场景，诗人在家与朋友喝酒，兴高采烈处，竟然向隔壁的老翁高呼："我的朋友来了，你也过来一起喝酒啊！"诗作至此戛然而止，虽然没有写到后来的欢闹，但料定一定比杜甫停笔处更为热烈，而邻里乡情也在这其中得到了充分的展现。

"花径不曾缘客扫，蓬门今始为君开"，这种田园式的浪漫，这种古风般田园生活，让人引颈遐想。

蜀相

杜甫

丞相祠堂何处寻，锦官城外柏森森①。
映阶碧草自春色，隔叶黄鹂空好音。
三顾频烦天下计，两朝开济老臣心。
出师未捷身先死，长使英雄泪满襟。

【注释】

①锦官城：古城名。故址在今四川成都南。成都旧时就有大城、少城，其中少城为掌织锦官员之官署，因称"锦官城"，后世以之为成都别称。

【赏析】

这首诗以问句开篇，到哪儿去找武侯诸葛亮的祠堂呢？只有到城外柏树茂密的地方去找。那里既庄严肃穆，也静谧凄凉。台阶上，碧草深深，只有黄鹂在树上兀自鸣叫。当年，刘备三顾茅庐请先生出山，为苍生济世定天下三分，作为开国元老，承业先臣，诸葛亮一生鞠躬尽瘁，忠肝义胆。可惜的是，出师尚未成功却病死军中，以致后世英雄每每提起，都替他悲哀，涕泪满衣襟。杜甫写此诗的时候，安史之乱尚未平息，在江山社稷风雨飘摇的时候，杜甫想起了曾经披肝沥胆的蜀相，他当年的功勋已经被历史所磨灭，荒草丛生、柏树林阴森，还有谁能在意丞相的祠堂呢？换句话说，还有几个人记得宰相的功劳呢？

本诗是一首比较典型的咏古诗。古代的诗人常常选取符合自己人生理想的人物来歌颂，在称颂他们的同时，也表达了自己的心愿和心声，在慨叹他们命途多舛，生不逢时之际，也抒发了自己对现世的情怀。所以，后人在吟诵这些篇章的时候，不仅想起诸葛亮，也感叹起杜甫，会产生双重的悲伤和同情，也会对前后两个时代有清晰的比较和深刻的印证。

“出师未捷身先死，长使英雄泪满襟。”这最后两句尤其感人。后世爱国将领宗泽因无法杀敌报国，收复失地，愤懑成积，临终时不断吟诵这句，足见杜甫这首诗感人之深，影响之远。

周汝昌评论此诗说：“……长使英雄泪满襟袖的英雄……是指千古的仁人志士，为国为民，大智大勇者是，莫作‘跃马横枪’、‘拿刀动斧’之类的简单解释。老杜一生，许身稷契，志在匡国，亦英雄之人也。说此句实包诗人自身而言，方得其实。”又说，“老杜又绝不是单指个人。心念武侯，高山仰止，也正是寄希望于当世的良相之材。他之所怀者大，所感者深，以是之故，天下后世，凡读他此篇的，无不流涕，岂偶然哉！”

江畔独步寻花

杜　甫

黄四娘家花满蹊[①]，千朵万朵压枝低。

留连戏蝶时时舞，自在娇莺恰恰啼。

【注释】

①蹊：路。

【赏析】

杜甫的大部分诗歌，都凝结着浓重的哀愁，所以后世常觉得他“苦大仇深”。倒是这首小诗，笔调轻快流畅，一洗往日的愁怨，春天的喜悦也在字里行间不断迸发。黄四娘家的小路上开满了缤纷的花朵，千朵万朵的花把树枝压得很低。彩蝶在花间飞舞流连忘返，自在的黄莺在娇嫩地啼叫。在这条乡村的小路上，繁花似锦，莺啼蝶舞，有美不胜收的景色，也有愉快的心情。

此时，杜甫已经在成都浣花溪畔建了一座草堂作为安身之地。经历了颠沛流离后，他更加珍惜这份来之不易的安定。春暖花开的时候，他的心情也变得异常轻快，来到江畔散步、赏花，并写下了这首著名的诗篇。

“黄四娘家花满蹊，千朵万朵压枝低”，只此一句，春天的意境便尽情地舒展，田园的乐趣也逐渐铺开。而在“留连戏蝶时时舞，自在娇莺恰恰啼”两句中，作者以其常喜用的叠字写出戏蝶与娇莺可爱生动的形象。“时时”和“恰恰”读起来很有律动感。

兵车行

杜　甫

车辚辚[①]，马萧萧[②]，行人弓箭各在腰[③]。
耶娘妻子走相送[④]，尘埃不见咸阳桥[⑤]。
牵衣顿足拦道哭[⑥]，哭声直上干云霄[⑦]！
道旁过者问行人[⑧]，行人但云点行频[⑨]。
或从十五北防河，便至四十西营田。
去时里正与裹头[⑩]，归来头白还戍边！
边亭流血成海水，武皇开边意未已。
君不闻，汉家山东二百州，千村万落生荆杞[⑪]！
纵有健妇把锄犁，禾生陇亩无东西[⑫]。
况复秦兵耐苦战[⑬]，被驱不异犬与鸡。
长者虽有问，役夫敢申恨？
且如今年冬，未休关西卒[⑭]。
县官急索租，租税从何出？
信知生男恶，反是生女好。
生女犹得嫁比邻，生男埋没随百草！
君不见，青海头[⑮]，古来白骨无人收。
新鬼烦冤旧鬼哭，天阴雨湿声啾啾[⑯]！

【注释】

①辚（lín）辚：车轮声。②萧萧：马嘶叫的声音。③行人：指被征出发的士兵。④耶：同“爷”，父亲。⑤咸阳桥：便桥，汉武帝所建（在今陕西咸阳市）。⑥顿足：脚跺地。⑦干：读作一声，冲。⑧过者：诗人自称。⑨点行：指点名征调壮丁。频：频繁。⑩里正：唐时每百户有设一里正，负责管理户口、检查民事、催促赋役。⑪荆杞：荆棘与杞柳，两种野生灌木。⑫陇亩：耕地。陇，同“垄”。无东西：不分东西，即行列不整齐。⑬秦兵：指关中一带的士兵。⑭关西：函谷关以西。⑮青海头：指自汉代以来汉族经常与西北少数民族发生战争的地方。⑯啾啾：呜咽声。

【赏析】

“行”本为一种乐府歌曲体裁，这首《兵车行》是杜甫的新题。战车在轰轰地前行，战马在萧萧地悲鸣，出征的人们，弓箭佩戴在各自的腰间。爹娘、妻子、儿女都跑过来送别，尘土飞扬的路上，几乎看不到咸阳桥。亲人们牵着士兵们的衣服痛哭不止。哭声一直传到了天上，直冲云霄。这是杜甫描绘的一幅图景，用这哭声、烟尘，写出了冲天的怨气和悲愤。战争，让人们流离失所，拆散了一个个美满的家庭。

诗作的后面写了许多士兵，离家的时候还是壮年，但回来的时候已经两鬓斑白。所以，杜甫说，生男孩不好，以后随军打仗难说生死，很多人空留一堆白骨在边境，没有人来收。新鬼喊冤旧鬼烦愁，在雨天里声声悲叫。所以，还是生女孩好，还可以嫁给旁边的邻居，至少不用去从军打仗。可是，杜甫的诗似乎没有料到另一种悲伤：在一个战争频繁的年代，女孩也一样没有幸福的生活。在连年的征战中，女子只有征夫，而永远没有丈夫。所谓家园，其实早已残缺不堪，无论是战士还是在家守候的“耶娘妻子”，都在乱世里身不由己。

诗的最后几句可谓触目惊心，“君不见，青海头，古来白骨无人收”。这种白骨蔽平原、一战万骨枯的景象，骇人心魄又让人叹息。“新鬼烦冤旧鬼哭，天阴雨湿声啾啾”，写得如此悲凉无奈，阴风惨惨，鬼哭啾啾，之前的尘埃不见咸阳桥的景象，此时在诗人笔下却化成白骨累累，这一强烈对比，其效果是不寒而栗的。穷兵黩武劳民伤财，诗人满含愤慨与悲悯，将其对现实的控诉与对黎民百姓的同情淋漓尽致地抒发出来。

佳人

杜甫

绝代有佳人，幽居在空谷。自云良家子[①]，零落依草木。
关中昔丧乱[②]，兄弟遭杀戮。官高何足论[③]，不得收骨肉。
世情恶衰歇[④]，万事随转烛[⑤]。夫婿轻薄儿，新人美如玉。
合昏尚知时[⑥]，鸳鸯不独宿。但见新人笑，那闻旧人哭。

在山泉水清，出山泉水浊⑦。侍婢卖珠回⑧，牵萝补茅屋。
摘花不插发⑨，采柏动盈掬⑩。天寒翠袖薄，日暮倚修竹。

【注释】

①良家子：好人家的女儿。②丧乱：指安禄山攻陷长安之事。③官高何足论：意谓官高显赫又有什么用呢。④世情恶衰歇：意谓世人总是厌恶衰落破败。歇：衰退。⑤万事随转烛：意谓世上的事情好像随风抖动的蜡烛，变化无常。⑥合昏：夜合花，叶子朝舒夜合。人们常以此比喻夫妻恩爱。⑦“在山”两句：喻自己隐于山中贞节自守，不愿因进入世俗而污浊了自己。⑧卖珠：指因为生活贫困而变卖珠宝。⑨摘花不插发：意谓无心修饰打扮。⑩动：动辄。盈掬：一满把。

【赏析】

一代佳人遭逢战乱，兄弟惨死，家境骤衰，被夫遗弃。人情凉薄，世态无常，令人慨叹。尤其是“但见新人笑，那闻旧人哭”伤情名句，悲彻千载犹闻其声。但佳人坚贞如竹柏，洁丽似清泉，风神绝美，永为人们咏叹。

梦李白 （二首）

杜　甫

其　一

死别已吞声①，生别常恻恻②。江南瘴疠地③，逐客无消息④。
故人入我梦，明我长相忆⑤。恐非平生魂，路远不可测⑥。
魂来枫林青，魂返关塞黑⑦。君今在罗网，何以有羽翼。
落月满屋梁，犹疑照颜色⑧。水深波浪阔，无使蛟龙得。

【注释】

①吞声：泣不成声。②恻恻（cè）：悲伤。③瘴疠（zhàng lì）：瘴气瘟疫。④逐客：被流放之人。⑤明：表明。⑥“恐非”二句：其时多有关于李白的不祥传闻，杜甫因而怀疑李白已死。平生：生前。⑦“魂来”二句：意指李白魂魄来的时候要穿越南方千里枫林，返回时又须渡过阴沉灰暗的秦关。⑧颜色：梦中李白的容貌。

【赏析】

本诗以写生离死别的苦痛起首，继而对梦到李白这件事提出了种种猜想和疑问。作者设身处地地为友人着想，就连李白梦魂来去路上的艰辛也让他揪心不已。诗的末尾记述梦醒后因看到惨淡月色而回忆起梦中李白憔悴的面容，道出了他对李白的殷殷叮咛："梦魂归去的路上要经过条条江河，你可要当心凶浪蛟龙（喻指阴险小人），切勿被它们捕获了去！"

其　二

浮云终日行，游子久不至①。三夜频梦君，情亲见君意。
告归常局促，苦道来不易。江湖多风波，舟楫恐失坠②。
出门搔白首，若负平生志。冠盖满京华③，斯人独憔悴④。
孰云网恢恢⑤，将老身反累⑥。千秋万岁名，寂寞身后事。

【注释】

①"浮云"两句：意谓浮云终日于空中飘走，而游子却久久不曾到来。游子：指李白。②恐失坠：恐怕船只翻覆。③冠盖：冠冕和车盖，此指达官贵人。④斯人：这个人，指李白。⑤恢恢：《老子》中有"天网恢恢，疏而不漏"句。这里是说：谁说天理公平？⑥反累：反而无辜受到牵累。

【赏析】

继写完前首记梦诗之后，诗人又一连三夜梦到李白，梦中的李白越过千山万水前来与他相见，见面后诉说着此行不易。在每次短暂相聚后，李白便仓促告辞。望着他出门时苦闷地搔弄白首，郁郁不得志的样子，诗人的内心受到了极大的触动，他不禁愤愤不平道："为什么许多碌碌无能之辈都是高冠华盖，显赫一时，而像李白这样一位才华横溢的人却坎坷憔悴？谁说天道公正，像李白这样临到老年而被囚禁放逐的遭遇又该怎么解释呢？"愤到极时，诗人终于只能慨然作叹："李白的诗定然会光照千古，只是这身后的名声对那时已寂寞无知的他来讲又有何用处呢！"这深沉一叹，不但蕴含着杜甫对李白的高度评价和深切同情，也联系着他自己的无限心事。

观公孙大娘弟子舞剑器行　并序①

杜　甫

大历二年十月十九日，夔府别驾元持宅，见林颍李十二娘舞剑器，壮其蔚跂，问其所师，曰："余公孙大娘弟子也。"开元三载，余尚童稚，记于郾城观公孙氏舞剑器浑脱，浏漓顿挫，独出冠时，自高头宜春、梨园二伎坊内人，洎外供奉，晓是舞者，圣文神武皇帝初，公孙一人而已。玉貌锦衣，况余白首，今兹弟子，亦非盛颜。既辨其由来，知波澜莫二。抚事慷慨，聊为《剑器行》。往者吴人张旭，善草书书帖，数常于邺县见公孙大娘

舞西河剑器，自此草书长进，豪荡感激，即公孙可知矣。

昔有佳人公孙氏，一舞剑器动四方。观者如山色沮丧[②]，天地为之久低昂。霍如羿射九日落[③]，矫如群帝骖龙翔[④]。来如雷霆收震怒，罢如江海凝清光。绛唇珠袖两寂寞[⑤]，晚有弟子传芬芳[⑥]。临颍美人在白帝[⑦]，妙舞此曲神扬扬。与余问答既有以[⑧]，感时抚事增惋伤。先帝侍女八千人[⑨]，公孙剑器初第一。五十年间似反掌，风尘澒洞昏王室[⑩]。梨园子弟散如烟，女乐余姿映寒日[⑪]。金粟堆前木已拱[⑫]，瞿塘石城草萧瑟[⑬]。玳弦急管曲复终[⑭]，乐极哀来月东出。老夫不知其所往，足茧荒山转愁疾。

【注释】

①公孙大娘：唐玄宗开元间著名的女舞蹈家。②色沮丧：惊讶失色的样子。③霍（huò）：闪光貌。羿：后羿。④矫：矫捷。群帝：群仙。骖（cān）：驾驭。⑤绛唇：指歌。珠袖：指舞。⑥芬芳：公孙大娘舞蹈的精华。⑦临颍美人：指李十二娘。⑧既有以：即序中“既辨其由来”之义。⑨先帝：指唐玄宗。⑩澒（hòng）洞：弥漫无际的样子。⑪女乐余姿：指李十二娘的舞蹈犹存着开元盛世的风貌。⑫金粟堆：位于金粟山的玄宗陵。木已拱：意谓墓前的树木已长得双手可以合抱了。⑬瞿塘石城：指白帝城。⑭玳弦：玳瑁饰制的弦乐器。急管：节奏急促的管乐。

【赏析】

杜甫在夔州看到李十二娘舞剑，问其师从何人，得知她是公孙大娘的弟子。公孙大娘是开元年间著名的舞蹈家，尤善舞剑，每当剑舞一起，观者如山，天地嗟叹。那闪烁的剑光，好似后羿射下的太阳划过天际，她矫健的身姿，有如仙子乘龙凌空飞翔，至于气势，发如雷霆震怒，收若江海凝光。在玄宗能歌善舞的八千侍女当中，公孙大娘的剑舞首屈一指。与已不年轻的李十二娘谈及往事，作者与她都不胜伤感，倏忽而过的五十年间，盛衰巨变，玄宗墓前的树木已然可以合抱，公孙大娘也已寂寂无闻，而她的高徒则流落至此偏远山城。最后一支乐舞结束的时候，月亮升起于东天，作者沉浸在更为深切的悲慨之中，心绪烦乱。他不顾脚茧碍步，却漫无目的地疾走在荒山野地之间。

丽人行

杜　甫

三月三日天气新①，长安水边多丽人。
态浓意远淑且真②，肌理细腻骨肉匀③。
绣罗衣裳照暮春，蹙金孔雀银麒麟④。
头上何所有，翠微㔩叶垂鬓唇⑤。
背后何所见，珠压腰衱稳称身⑥。
就中云幕椒房亲⑦，赐名大国虢与秦⑧。
紫驼之峰出翠釜⑨，水精之盘行素鳞⑩。
犀箸厌饫久未下⑪，鸾刀缕切空纷纶⑫。
黄门飞鞚不动尘⑬，御厨络绎送八珍⑭。
箫鼓哀吟感鬼神，宾从杂遝实要津⑮。
后来鞍马何逡巡⑯，当轩下马入锦茵⑰。
杨花雪落覆白蘋，青鸟飞去衔红巾⑱。
炙手可热势绝伦，慎莫近前丞相嗔⑲。

【注释】

①三月三日：上巳节。古人常于这一天来到水边祭祀以求去除不祥，后来逐渐变成春游欢宴的节日。②淑且真：优雅而自然。③骨肉匀：指体态匀称。④蹙（cù）：此指刺绣。⑤翠微：薄薄的翡翠片。㔩（è）叶：妇女的发饰。⑥腰衱（jié）：裙带。⑦云幕：画着云彩的帐幕。椒房亲：指杨贵妃的家族。⑧虢（guó）与秦：杨贵妃的两个姐姐被封为虢国夫人和秦国夫人。⑨紫驼之峰：驼峰上的肉。釜：锅。⑩水精之盘：水晶盘。素鳞：洁白的鱼。⑪犀箸：犀牛角做的筷子。厌饫（yù）：因饱而厌食。⑫鸾刀：带有铃铛的刀。缕切：切丝。空纷纶：指厨人们空忙了一番。⑬黄门：宦官的通称。鞚（kòng）：马笼头。不动尘：喻马跑得轻快。⑭八珍：泛指各种珍贵菜肴。⑮杂遝（tà）：纷杂。要津：要职。⑯后来鞍马：指杨国忠。逡巡：形容左顾右盼，甚是得意的样子。⑰锦茵：锦绣地毯。⑱青鸟：传说中的神鸟，为西王母的使者。红巾：红帕。以上两句实是暗指虢国夫人与杨国忠之间的暧昧关系。⑲丞相：指杨国忠。嗔：发怒，生气。

【赏析】

《丽人行》约作于天宝十二载（公元 753 年），诗的主旨是对杨贵妃兄弟姐妹们嚣张气焰的指斥和鞭笞。

诗开头从一般丽人写起，描写上巳日曲江水边踏青的丽人如云，体态娴雅、姿色优美、服饰华美，即是陪衬，又十分含蓄。继而笔锋一转，点出虢国夫人与秦国夫人，盛言其排场的盛大、宴游的豪奢及趋炎附势者之众，见出杨氏兄妹的娇宠之态。最后写杨国忠威势煊赫、意气骄恣，并暗示了其淫乱行为。结尾两句将主题点出，但依然不着议论，而是让读者自去批评。

全诗语极铺排，富丽华美中蕴含清刚之气。虽然不见讽刺的语言，但在惟妙惟肖的描摹中，隐含犀利匕首，讥讽入木三分。

春 望

杜 甫

国破山河在①，城春草木深②。感时花溅泪，恨别鸟惊心。

烽火连三月③，家书抵万金④。白头搔更短⑤，浑欲不胜簪⑥。

【注释】

①在：依旧。②草木深：指草木丛生。③烽火：战火。连三月：三月不断，指整个春天。④抵：值，相当。⑤白头：白发。⑥浑：简直。不胜簪：插不上发簪。

【赏析】

大乱之年，山河依然如故，国家却已是残破不堪，春来，被叛军焚掠过后的长安城杂草丛生、乱树幽深，一派凄凉景象。虽然也能见到春花，听到鸟鸣，但这一点美好的东西更是让作者感慨今昔巨变，他因而见春花而泪洒花上，闻鸟鸣而动魄惊心了。

连月不灭的烽火，让家庭支离破碎，让人们颠沛流离，家书一封是万金难换的，作者已然因国事而忧恨重重，又因惦念家人安危而寝食难安，陷入了无尽的愁烦与焦急当中。焦愁的他不停地搔弄着自己的白发，以至于白发短而又短，近来，连发簪也难以插牢。

月 夜

杜 甫

今夜鄜州月①，闺中只独看②。遥怜小儿女③，未解忆长安④。

香雾云鬟湿⑤，清辉玉臂寒。何时倚虚幌⑥，双照泪痕干⑦。

【注释】

①鄜（fū）州：今陕西富县。②闺中：指妻子。③小儿女：尚不懂事的子女。④解：懂得。忆长安：思念身在长安的父亲。肃宗至德元载（公元 756 年），叛军攻陷潼关，杜甫携家眷逃至鄜州，闻肃宗在灵武即位，于是前往效力，途中为叛军所俘，被解回长安。⑤香雾：月夜的雾气。⑥虚幌：薄纱帐。⑦双照：指月光同时照着身处异地的夫妻二人。

【赏析】

全诗别出心裁，言在彼而意在此，不说自己在对月思念妻子，却哀悯在远方的妻子独看明月；不说自己想念年幼的子女，却说他们尚不懂得记挂远方的父亲。“香雾”一联揣想妻子于月下思念自己的情景，尾联接续此情寄出自己对于战乱平息、合家团圆的热切期盼，思致奇特而缜密，情意缠绵而真切。

月夜忆舍弟

杜　甫

戍鼓断人行[①]，秋边一雁声[②]。露从今夜白，月是故乡明。

有弟皆分散，无家问死生。寄书长不达[③]，况乃未休兵[④]。

【注释】

①戍鼓：戍楼上的更鼓。断人行：指更鼓响后人们便不能再随意行走。②秋边：边地之秋。③长：老是，一直。④况乃：何况是。

【赏析】

秋天的傍晚，戍楼的更鼓警示着交通即将被阻断，寂寥的边地上，回荡着悠远的雁鸣。从今天这一夜开始，秋天将进入到白露时节，当秋月朗朗挂在长空，作者却觉得，它并不如家乡看到的明亮。作者惦念担忧兄弟，悲伤战乱带来的分离，在这个月夜里，他暗自叹息：“平日里给兄弟们寄去书信还常常不能到达，何况战事仍频，生死茫茫更难预料！”

别房太尉墓

杜　甫

他乡复行役[①]，驻马别孤坟。近泪无干土[②]，低空有断云。

对棋陪谢傅[③]，把剑觅徐君[④]。唯见林花落，莺啼送客闻。

【注释】

①复行役：指再次因公事奔走于他乡。②“近泪”句：意谓眼泪把脚下的泥土都打湿了。③对棋：对弈。谢傅：指晋朝名将谢安，官至太傅，他喜欢下围棋，此处喻房琯。④“把剑”句：春秋时吴国季札出使晋国时路过徐国，他知道徐君喜欢自己的宝剑，本打算返回时相赠，但回来时徐君已去世，他于是解下宝剑挂在徐君墓前的树上而离去。

【赏析】

诗中以谢安比房琯，是在追忆房琯生前的镇定自若、风流儒雅；运用延陵解剑的故事，则表达了诗人对房琯的厚意深情。其中也融入了作者自己政治失意的辛酸。诗人最终在花落鸟啼声中黯然离去，留下了这篇诗文，诉说着胸中那延绵不尽的悲伤。

登岳阳楼

杜　甫

昔闻洞庭水，今上岳阳楼。吴楚东南坼①，乾坤日夜浮。
亲朋无一字，老病有孤舟。戎马关山北②，凭轩涕泗流③。

【注释】

①坼（chè）：分裂。②戎马：指战事。关山北：指北方边境。③凭轩：倚着窗户。涕泗：眼泪鼻涕。

【赏析】

从前只听说过洞庭湖水气象非凡，如今登上了岳阳楼观看，杜甫不由得被深深地震撼了。他为我们这样形容所看到的景象：浩瀚的洞庭湖水，在东南方分开了吴地与楚地的疆界，它洋洋于天地间，吞吐日月，整个宇宙好像日夜飘浮。

洞庭湖的宏奇伟丽，并不能舒展杜甫“亲朋无一字，老病有孤舟”的悲怀，但那一日，让他真正为之凭窗而流泪的，是那北方关塞仍然不休的战事，以及风雨飘摇的山河。

野　望

杜　甫

西山白雪三城戍[①]，南浦清江万里桥[②]。海内风尘诸弟隔[③]，天涯涕泪一身遥。惟将迟暮供多病[④]，未有涓埃答圣朝[⑤]。跨马出郊时极目[⑥]，不堪人事日萧条。

【注释】

①西山：在成都西，主峰终年积雪。三城：指松、维、保三州。②清江：指锦江。万里桥：在成都城南。③风尘：比喻战乱。④迟暮：指年老。⑤涓埃：细流与微尘，比喻微小。⑥极目：极目远望。

【赏析】

白雪覆盖的西山护卫着三城，万里桥横跨成都南面清澈的锦江。海内处处都有战争的烟尘，兄弟被分隔在遥远的异乡。诗人孤身一人漂泊在天涯，因为思念亲人而泪洒衣裳，他无可奈何这迟暮的年纪和缠身的疾病，惭愧自己不能为朝廷贡献哪怕是微小的力量。骑马来到郊外极目远望，诗人看到世事日益萧条，他的心中感到无比的忧伤。

登　楼

杜　甫

花近高楼伤客心，万方多难此登临。
锦江春色来天地[①]，玉垒浮云变古今[②]。
北极朝廷终不改，西山寇盗莫相侵[③]。
可怜后主还祠庙[④]，日暮聊为梁甫吟[⑤]。

【注释】

①锦江：在今四川成都市南。②玉垒：山名，在今四川灌县西。③西山寇盗：指吐蕃。④“可怜”句：意谓后主刘禅庸碌，但依靠诸葛亮的辅佐，故至今还有祠庙。⑤梁甫吟：乐府篇名，相传诸葛亮南阳隐居时好为此歌。

【赏析】

登上高楼，楼下繁花似锦，但诗人看到却感到哀伤，因为流落他乡时间已久，全国各地仍旧祸难重重。凭楼四望，锦江春色漫天彻地地汹涌而来；玉垒山间的浮云飘忽起灭，好似古往今来的风云变幻。

坚信大唐的气运会像北极星一样万古不衰，诗人奉劝西山的盗寇不要再徒劳地前来侵扰。想起庸碌的刘禅依靠诸葛亮的辅佐，至今还有祠庙，诗人在苍茫的暮色中，情不自禁地轻吟起诸葛丞相生前喜爱的诗歌。

八阵图①

杜　甫

功盖三分国，名成八阵图。

江流石不转②，遗恨失吞吴。

【注释】

①八阵图：昔时诸葛亮曾布八阵图，垒石为阵，由“天、地、风、云、龙、虎、鸟、蛇”八阵组成，用来操练军队或作战。②石不转：指水涨时八阵图之石岿然不动。

【赏析】

诗为吊古之作。前二句追怀了诸葛亮辅佐刘备三分天下的盖世功绩。第二句就八阵图遗址抒发感慨，将数百年不动的八阵图与诸葛之精神心志相联系，表达出诗人对于先贤生前文治武功，身后余烈长存的赞颂之情。末句写千古奇人仍留恨事，未能阻止刘备伐吴，终于铸成不可挽回之错；也可以反向理解，刘备得贤相如诸葛者仍遭惨败，可见其晚年的判断不明。

江南逢李龟年

杜　甫

岐王宅里寻常见①，崔九堂前几度闻②。

正是江南好风景，落花时节又逢君。

【注释】

①岐王：睿宗第四子李范，封岐王。②崔九：殿中监崔涤，玄宗宠臣。

【赏析】

曾经常常在岐王府第见到你，曾经好几次在崔九堂前聆听你的歌声，而今正是江南景色美好的时候，纷纷落花中我又遇到了你。诗文“刚开头却又煞了尾”，连一句也不愿多说，字里行间却蕴含着治乱盛衰的无限感慨，还有故人在漂泊中重逢，黯然相对的不尽凄凉。

走马川行奉送出师西征

岑　参

君不见走马川行雪海边[①]，平沙莽莽黄入天。
轮台九月风夜吼[②]，一川碎石大如斗，随风满地石乱走。
匈奴草黄马正肥，金山西见烟尘飞[③]，汉家大将西出师。
将军金甲夜不脱，半夜军行戈相拨[④]，风头如刀面如割。
马毛带雪汗气蒸，五花连钱旋作冰[⑤]，幕中草檄砚水凝[⑥]。
虏骑闻之应胆慑，料知短兵不敢接，军师西门伫献捷[⑦]。

【注释】

①走马川：又名左末河，即今新疆车尔成河。②轮台：地名，在今新疆米泉境内。③金山：指天山主峰。④戈相拨：兵器互相撞击的声音。⑤连钱：马斑驳的毛色。⑥草檄（xí）：起草讨伐敌军的文告。⑦车师：唐安西都护府所在地，在今新疆吐鲁番。

【赏析】

有人说，唐朝是中国历史上最意气风发的时代，因为强大，也因为壮美。唐朝战争频繁，且胜战较多，所以，只有金戈铁马的纵横，才能更好地泼洒青年人的赤诚。而这份热烈的冲动，也燃烧了更多的激情。在理想主义和浪漫主义的交织下，苦寒之地的边塞荒凉，也常常变为诗人眼中的奇绝美景。

岑参的边塞诗似乎都有一个共通的特点，那就是语意新奇，壮烈而又瑰丽。诗歌从茫茫黄沙写起，戈壁的荒漠与寂寞都在这幕天席地的浑黄中展开。首先是狂风怒吼，那些像斗一样大的碎石，随着狂风满地滚动，飞沙走石的险境历历在目。匈奴借着草黄马肥的机会，率领大军侵犯大唐江山。将士们晚上都不脱盔甲，顶着如刀的狂风在暗夜里行军。那些同样劳累的战马，在寒冷的天气里，毛上虽然沾着雪，却因连夜行军的奔跑，而令它们浑身冒着热气。而天寒地冻，那热气一遇到冷空气，则形成了一串串冰花凝结在战马的身上。军帐里正打算起草檄文，却发现砚台里刚刚倒出来的墨水也凝成了冰。

在这呵气成霜的时候，诗人的笔墨却似乎更加酣畅淋漓。他说战士们顶风冒雪的姿态一定会吓倒敌军，料想连仗也不用打了，我们就可以胜利还朝。虽然这只是岑参浪漫的幻想，但他对边塞生活细致入微的观察与描摹，却给人以蓬勃的激情、豪迈的气势与力量。

白雪歌送武判官归京

岑　参

北风卷地白草折[1]，胡天八月即飞雪[2]。
忽如一夜春风来，千树万树梨花开[3]。
散入珠帘湿罗幕[4]，狐裘不暖锦衾薄[5]。
将军角弓不得控[6]，都护铁衣冷难着[7]。
瀚海阑干百丈冰[8]，愁云惨淡万里凝[9]。
中军置酒饮归客[10]，胡琴琵琶与羌笛[11]。
纷纷暮雪下辕门[12]，风掣红旗冻不翻[13]。
轮台东门送君去[14]，去时雪满天山路。
山回路转不见君，雪上空留马行处。

【注释】

①白草：西北的一种牧草。②胡天：指塞北的天空。③梨花：春天开放，花为白色，这里比喻雪花积在树枝上，像梨花开了一样。④珠帘：以珠子穿缀成的挂帘。罗幕：用丝织品做的幕帐。⑤狐裘（qiú）：狐皮袍子。锦衾（qīn）：锦缎做的被子。⑥角弓：用兽角装饰的硬弓。不得控：天太冷而冻得拉不开弓。控，拉开。⑦都护：镇守边镇的长官，此为泛指。铁衣：铠甲。⑧瀚海：沙漠。这句是说大沙漠里到处都结着很厚的冰。阑干：纵横交错的样子。⑨惨淡：昏暗无光。⑩中军：古时分兵为中、左、右三军，中军为主帅的营帐。饮归客：宴饮回去的人，指武判官。饮，动词，宴饮。⑪胡琴琵琶与羌笛：胡琴等都是当时西域地区兄弟民族的乐器。这句是说在饮酒时奏起了乐曲。羌笛，羌族的管乐器。⑫辕门：军营的大门。⑬风掣（chè）：红旗因雪而冻结，风都吹不动了。掣，拉，扯。冻不翻，旗被风往一个方向吹，给人以冻住之感。⑭轮台：唐轮台在今新疆维吾尔自治区米泉境内。

【赏析】

武判官其名不详。判官为唐时官职名，唐代节度使等朝廷派出的持节大使，可委任幕僚协助判处公事，称判官，是节度使、观察使一类的僚属。

塞外风光的奇特莫测，是安居中原内地的人们所无法料到的。如果不是亲历战争，恐怕岑参也很难从变幻莫测的气候中捕捉到灵感的火花。作为由南方而来的战士，岑参对北方的生活充满了好奇。

这首长诗便是对塞北风光的生动描绘。平地而起的北风，吹折了“白草”。八月秋高气爽之际，胡地竟然已经开始大雪纷飞。而大雪骤然降落，犹如千朵万朵的梨花沉沉地压在枝头。北风吹，大雪飞，塞外苦寒美，诗人在这里就像“发现新大陆”般，以惊喜的笔触来描绘北方的风景，一切都显得那么神奇。诗的末尾处，岑参送客来到路口，漫天飞雪再也找不到客人。山回路转，只有雪上留着马蹄的痕迹。在这歪歪斜斜的脚印中，岑参看到了什么呢？苦寒之地的奇景、豪情，抑或是如白雪一般悠悠不尽的思乡与惆怅？

本诗被作为唐朝边塞诗的上品佳作，尤其那句“千树万树梨花开”，更是脍炙人口，令人称绝。

枫桥夜泊

张 继

月落乌啼霜满天，江枫渔火对愁眠。

姑苏城外寒山寺①，夜半钟声到客船。

【注释】

①姑苏：苏州。寒山寺：传高僧寒山居此而得名。

【赏析】

枫叶如火的季节里，诗人离家又是一年了。夜泊于苏州城外的枫桥，面对着满天霜华、星星渔火、瑟瑟江枫，还有那即将落下的秋月，他乡愁难解，怀思难眠。辗转反侧之际，几声栖而复惊的鸦啼提醒他：夜已深沉。这时候，城外寒山寺的钟声悠然响起，一声声、一下下传到客舟之上，传入不眠之人耳中，契合着思乡的心律，扣打着游子的心扉。

长歌行

李 泌

天覆吾，地覆吾，天地生吾有意无。

不然绝粒升天衢①，不然鸣珂游帝都②。

焉能不贵复不去，空作昂藏一丈夫[3]。
一丈夫兮一丈夫，平生志气是良图。
请君看取百年事，业就扁舟泛五湖。

【注释】

①天衢（qú）：天空广阔，任意通行，如世之广衢，故称天衢。②鸣珂（kē）：显贵者所乘的马以玉为饰，行则作响。③昂藏：气度轩昂，超群出众貌。

【赏析】

这首诗的大意是：天覆盖着我，地承载着我，天地生我应该是有意义的吧。否则，可以不食人间烟火，直接得道成仙，或者也可以担任比较重要的职位，总之是应该有意义的。不然的话，难道让我既得不到富贵功名也不能修炼成神仙吗？这岂不是令我枉为七尺男儿，愧为大丈夫！大丈夫啊，就是要有志气有抱负，将平生的理想都放在建功立业之上。诸君，可以看我这短短人生，百年之事，等到我功成身退的时候，就会乘一叶扁舟，到五湖四海中过自己逍遥快乐的日子！

诗人李泌的理想，似乎和春秋时的范蠡有所相似。治国平天下，可以为国为民生死不惧，一旦成就霸业，反而功成身退，隐姓埋名，过隐居的日子去了。李泌在结句说“业就扁舟泛五湖”，成就了自己的人生价值，也完成了历史的转折与递进，功成身退便了无遗憾。

相思怨

李季兰

人道海水深，不抵相思半。
海水尚有涯，相思渺无畔。
携琴上高楼，楼虚月华满[1]。
弹著相思曲，弦肠一时断。

【注释】

①月华：月光。

【赏析】

世人只识海水深，却不知道比海水更深更寒的便是相思的苦楚。毕竟，海水的尽头还有海岸，但相思的尽头却依旧是无尽的相思。在这长长的叹息中，诗人只能独倚高楼，轻抚琴弦。可是人去楼空，抬头却望见一轮满月，月华深浓。曲调悲切处，不禁折断琴弦。

这首《相思怨》语言直白，通俗易懂。全诗不着一个怨字，但句句似含无尽幽怨。即便远隔千年，她当年的缕缕情丝依然历历如新。

送杨氏女

韦应物

永日方慽慽①，出行复悠悠②。
女子今有行③，大江溯轻舟。
尔辈苦无恃④，抚念益慈柔。
幼为长所育，两别泣不休。
对此结中肠，义往难复留。
自小阙内训⑤，事姑贻我忧。
赖兹托令门⑥，任恤庶无尤。
贫俭诚所尚，资从岂待周。
孝恭遵妇道，容止顺其猷。
别离在今晨，见尔当何秋。
居闲始自遣，临感忽难收。
归来视幼女，零泪缘缨流。

【注释】

①慽慽：悲伤忧愁。②悠悠：谓遥远。③行：女子出嫁。④无恃：指幼年失母。⑤阙：通“缺”，缺少，没有。内训：母亲的训导。⑥令门：好人家，这里指女儿的夫家。

【赏析】

这是中唐著名诗人韦应物在女儿出嫁之时写给她的诗。韦应物说妻子早丧，抚养女儿的时候，对女儿的怜爱更多了几分。因为妻子离世，两个女儿多年来一直相依为命，姐妹情深，此番分别，她们只能流泪互诉衷肠。“女大当嫁”，他没办法把孩子留在身边。因为从小没有受到母亲的调教，他害怕女儿结婚后不会侍奉公婆，遭到别人的批评和责罚。

诗人以近乎白描的笔触，将女儿出嫁前父亲内心的复杂情感抒发得感人肺腑。“别离在今晨，见尔当何秋”，这股父女之情是作者真性情的流露，读来令人感伤不已。

因为这份担忧，诗人嘱咐女儿说，婆家是大户人家，你嫁过去一定要贤惠，懂得勤俭持家，要敬老爱幼，恪守妇德，一切言谈举止要合情、合礼。今天，咱们父女就此分别，不知道何年何月才能再相逢。在这离别的时候，伤感忽至，竟然易放难收。回来看到小女儿还在身边，忽然又止不住流下泪来。妻子早亡，对孩子倍加怜爱，令韦应物身兼“严父慈母”的双重职责。女儿出嫁的时候，父母爱，骨肉情，忽然都在分离的时刻跃然纸上，不禁催人泪下。

滁州西涧①

韦应物

独怜幽草涧边生，上有黄鹂深树鸣。
春潮带雨晚来急，野渡无人舟自横。

【注释】

①滁州：今安徽滁县。西涧：西面的山间溪流。

【赏析】

怜爱的是涧边幽草，自枯自荣；听的是浓荫中黄鹂的独鸣，清越婉转；有感于眼前的野渡孤舟，春潮急雨袭来时无从用力，只是顺势纵横。诗文描写是滁州西边山间溪流的景色，不但结合着诗人其时幽寂的心境，“春潮”二句中所蕴寓的感受，更是与他困厄却又无奈的处境息息相通。

逢病军人

卢　纶

行多有病住无粮，万里还乡未到乡。
蓬鬓哀吟古城下①，不堪秋气入金疮②。

【注释】

①蓬鬓：鬓发蓬乱，描绘疲病冻饿、受尽折磨的人物形象。②金疮：指伤口。

【赏析】

战争是那样的残酷，自古以来，刀锋上舔血的战士，没有几个人能够全身而退。战死的自是不必多说，很多在战争中受伤的，因为得不到及时的治疗，也将逃不过死亡的厄运。

在这首诗中，卢纶将“病军人”的苦、愁、忧、痛刻画得入木三分。首先，他写到这个多病的军人，因为走了太远的路，所以没有了继续赶路的口粮。万里的归乡之路，变得更加漫长。在这位军人的心里，“叶落归根，我还没有到家，怎么能死去呢？好不容易从战场上活着出来，虽然已经伤残，但如果回到家里，就可以与亲人团聚了。”

可是，战场上受的伤还在隐隐作痛，行了这么远的路已经疲惫不堪，而且连吃的东西都没有了，根本不知道要死在什么地方。所以，卢纶感叹道，他蓬头垢面，身心俱疲，哪里还能忍受秋天的寒气深入他已然恶化的伤口呢？古城之下，他的叹息如此微弱，也显得那样孤寂。这样一个生了病的军人，无依无靠，很有可能病死他乡，或者饿死他乡。

假如他就这样死了，他的家人也依然无从知晓。累累白骨，不管是堆在硝烟散尽的河边，还是古城外荒凉的墙根，他们都是年轻的妻子们日夜思念的人。如果人真的是有灵魂的话，就会隔山隔水，前世今生，也要等到团圆的那天。这些苦命的军人，地下有灵，恐怕也能托梦到妻子们的枕边，替她擦干泪水，在梦中相依相伴。

题都城南庄

崔 护

去年今日此门中，人面桃花相映红①。

人面不知何处去，桃花依旧笑春风②。

【注释】

①人面桃花：原指女子的面容与桃花相辉映，后用于泛指所爱慕而不能再见的女子，也形容由此而产生的怅惘心情。也作“桃花人面”。②笑：形容桃花盛开的样子。

【赏析】

诗的大意很简单，去年的这个时候，我在这扇门前喝水，看到青春的姑娘和盛开的桃花交相辉映。今年的这个时候，故地重游，发现姑娘已不知所踪，只有满树的桃花，依然快乐地笑傲春风。

关于诗中所隐喻的这段故事，在唐代孟棨的笔记小说《本事诗》中有过记载。在那年清明节的午后，刚刚名落孙山的崔护独自出城踏青。后来崔护忽觉口渴，恰好行至一户农家门外，便轻叩柴扉，讨一杯水喝。大门打开，年轻美丽的姑娘温柔地端了一碗水送给崔护，自己悄然地倚在了桃树边。崔护见姑娘美若桃花，不免怦然心动。可是，即便大唐再开放、宽容，但生活在“非礼勿视、非礼勿言”的封建时代，男女之间的禁忌还是颇多的。所以，这次偶然的邂逅并没有更多的情节了。第二年的清明，崔护又去南郊踏青。据传，他看到门上一把铁锁，怅然若失地写下了这样的诗行。崔护题完诗后，依然有许多放不下的心事，到底惦念着，几天后又返回南庄。结果，在门口碰到一位白发老者，老者一听崔护自报家门，便气急败坏地让崔护抵命。

原来，去年自崔护走后，桃花姑娘便开始郁郁不乐。前几天，刚好和父亲出门，结果回来看到这首诗写在墙上，便生病了。不吃饭不睡觉，没几天就把自己折腾死了。崔护听后，深深地感动了，他跑进屋里，扑倒在姑娘的床前，不断地呼唤姑娘。这感天动地的痛哭，竟真的令姑娘奇迹般地活了过来，与崔护有情人终成眷属。

在封建社会，除了父母之命、媒妁之言，很多年轻人根本接触不到其他的异性。所以像这首诗中隐喻的那种一见钟情对于他们来说，显得尤为珍贵。“人面桃花”的明媚和“人面不知何处去”之落寞，吟诵出的就是诗人的感喟。

整首诗以“人面”和“桃花”为线索，贯串通篇，去年与今日物是人非的映照对比，反映出诗人对失去美好事物的无限怅惘之感。而结尾两句“人面不知何处去，桃花依旧笑春风”，更是被传为诗坛佳句。

节妇吟

张　籍

君知妾有夫，赠妾双明珠。
感君缠绵意，系在红罗襦。
妾家高楼连苑起，良人执戟明光里①。
知君用心如日月，事夫誓拟同生死。
还君明珠双泪垂，恨不相逢未嫁时。

【注释】

①良人：指女子的丈夫。

【赏析】

这首诗的大意如下：你知道我是有夫之妇，却赠给我一对明珠。我感激你的情意，将它们系红罗褥上。我丈夫家也是有地位、有权势的名门望族；所以，我尽管知道你对我情深意浓，也只能和丈夫“共进退，同死生”。今天，将这对明珠含泪送还给你，只能怪造化弄人，没有让我们在未婚时相遇。诗作的最后两句尤其深婉，历来为人所称道。

诗人笔下的“节妇”似乎比现代人更有智慧。“还君明珠双泪垂”，既不乏对别人感情的尊重和感谢，也没有突破道德和婚姻的规范，有情有义却也有礼有节，实在是一个懂得感情又珍惜生活的才女！

张籍这首诗表面上写的是男女之情，实则寄托了诗人的政治理想。原本在诗题下有注云：“寄东平李司空师道。”李师道是唐朝时平卢淄青节度使，兼任数种官衔，势力很大。张籍是韩愈大弟子，对当时的藩镇割据局面是十分痛恨的。而这首诗便是其为拒绝大军阀李师道的拉拢所作。钱仲联、徐永端等学者就曾评论，认为此诗“通篇运用比兴手法，委婉地表明自己的态度。单看表面完全是一首抒发男女情事之诗，骨子里却是一首政治诗，题为《节妇吟》，即用以明志”。

因为此诗写得委婉动人，“还君明珠双泪垂，恨不相逢未嫁时”更成为唐诗佳句。这首《节妇吟》一般被人们当作爱情诗的典范佳作。

新嫁娘

王　建

三日入厨下，洗手作羹汤。
未谙姑食性[1]，先遣小姑尝[2]。

【注释】

①姑：婆婆。②小姑：丈夫的妹妹。

【赏析】

按照习俗，新媳妇过门三天后，要下厨房为大家做饭。但是，新媳妇刚入门，并不知道公婆的饮食喜好，但是这是个灵秀的女子，她想出了一个办法：就是让自己的小姑来尝尝口味，看是否符合婆婆的喜好。

“未谙姑食性，先遣小姑尝”两句，几个瞬间场景，让读者看到了一个聪明、细心的新嫁娘。因为厨房必定是小姑常出入的地方，这第一天做羹汤给公婆，因为掌握不好其口味，所以才想出了这个妙招。显然这是个会讨巧的新娘子，作者对这个新嫁娘无疑是十分欣赏的。

读这首诗多少会让人联想起朱庆馀的那首《近试上张水部》：“洞房昨夜停红烛，待晓堂前拜舅姑。妆罢低声问夫婿，画眉深浅入时无？”同样的聪明，只是朱诗中的女子更娇媚温婉，因为她所面对的是自己的丈夫，而所问之事也是妆容，而王建笔下的女子则更显得活泼甚至带有几分狡黠，可爱得让人心生亲近之意。

古人讲唐诗绝句最难，因为要在短短的四句20字中将一个意境或形象表现出来，是十分不易的。这首《新嫁娘》，简简单单20个字，却将新媳妇聪明乖巧的性格刻画得栩栩如生。正如沈德潜评论此诗所说：“诗到真处，一字不可易。”一首《新嫁娘》活泼短小，堪称五绝中的佳作。

山石

韩　愈

山石荦确行径微①，黄昏到寺蝙蝠飞。
升堂坐阶新雨足，芭蕉叶大支子肥②。
僧言古壁佛画好，以火来照所见稀。
铺床拂席置羹饭，疏粝亦足饱我饥③。
夜深静卧百虫绝④，清月出岭光入扉。
天明独去无道路⑤，出入高下穷烟霏⑥。
山红涧碧纷烂漫，时见松枥皆十围⑦。
当流赤足踏涧石，水声激激风生衣。
人生如此自可乐，岂必局促为人鞿⑧。
嗟哉吾党二三子⑨，安得至老不更归。

【注释】

①荦确（luò què）：形容山路的险峻不平。②支子：即栀子，常绿灌木，夏季开白花，有浓香。③疏粝（lì）：粗糙的饭食。粝：粗米。④百虫绝：指虫声已静。⑤无道路：指信步走在清晨的山谷中。⑥穷烟霏：走到烟雾深处。⑦枥：同“栎”。⑧局促：拘束。鞿（jī）：马的缰绳，

这里指受牵制、束缚。⑨吾党二三子：与作者志趣相投的几个人。

【赏析】

作者沿着崎岖不平的山间小路行走，黄昏时到达了惠林寺。新雨过后，他坐在寺堂前台阶上闲看风景，看到大叶的芭蕉，肥硕的栀子。热情的寺僧向作者推荐寺中的壁画，让他大饱眼福，又为他整理床铺、端来斋饭，虽然简陋，但作者非常满意。

山中的夜安静极了，甚至没有虫鸣，作者静卧在床上，看明月转出山岭，看门前一地的月光。第二天清晨，他又独自前往山间，饱览了火红山花、碧绿涧水的烂漫相映，领略了松树、栎树的高大挺拔，还光着脚过溪踏石，任清风穿过衣裳。

人生如此便可以快乐，作者于是不愿再去过仰人鼻息的幕僚生活，他宁愿在此，一直到老。

八月十五夜赠张功曹①

韩　愈

纤云四卷天无河，清风吹空月舒波。
沙平水息声影绝，一杯相属君当歌②。
君歌声酸辞正苦，不能听终泪如雨。
洞庭连天九疑高③，蛟龙出没猩鼯号④。
十生九死到官所，幽居默默如藏逃⑤。
下床畏蛇食畏药，海气湿蛰熏腥臊⑥。
昨者州前捶大鼓⑦，嗣皇继圣登夔皋⑧。
赦书一日行千里，罪从大辟皆除死⑨。
迁者追回流者还，涤瑕荡垢清朝班。
州家申名使家抑⑩，坎轲祇得移荆蛮⑪。
判司卑官不堪说⑫，未免捶楚尘埃间⑬。
同时流辈多上道⑭，天路幽险难追攀⑮。
君歌且休听我歌，我歌今与君殊科⑯：
一年明月今宵多，人生由命非由他，
有酒不饮奈明何。

【注释】

①张功曹：张署，河间人。②属(zhǔ)：劝酒。③九疑：即苍梧山，在今湖南宁远县境。从此句起至“天路幽险”句，皆是张功曹歌。④猩：猩猩。鼯（wú）：大飞鼠。⑤“幽居”句：意谓谪居荒僻之地，默默受苦有如罪犯藏逃。⑥“下床”两句：意谓下床常常怕蛇咬，吃饭时时怕中毒，近海地湿蛰伏着蛇虫，到处散发着腥臊之气。⑦州：指郴州衙署。⑧嗣皇：指唐宪宗。登夔皋：喻任用贤良。夔、皋是舜帝时的贤臣。⑨大辟：死刑。除死：免死。⑩“州家”句：意谓刺史已为我申报赦免，却被观察使所阻拦。⑪坎轲：坎坷。移荆蛮：指调往江陵任职。⑫判司：对诸曹参军的统称。⑬捶楚：鞭打。⑭上道：去往京城长安。⑮天路：指进身朝廷之路。⑯殊科：不为同类。

【赏析】

诗从中秋月色写起，继而援引张署悲歌，述说了贬谪之地自然环境的险恶，谪居生活的凄苦，谈到了此次大赦二人遇到的不公待遇，表达了对于黯淡前路的畏怯之情。

诗人既已借友人之口一吐心中郁忿，便只再自作三句歌词完结全篇，一句赞今宵月光最好最多，一句说人生有命，难以自己掌握，一句道有酒且醉，不管明朝如何；看似旷达，实则寄慨遥深。

秋词　（二首）

刘禹锡

其　一

自古逢秋悲寂寥，我言秋日胜春朝①。
晴空一鹤排云上，便引诗情到碧霄。

其　二

山明水净夜来霜，数树深红出浅黄。
试上高楼清入骨，岂如春色嗾人狂②。

【注释】

①春朝：即初春，此处指春天。②嗾（sǒu）：教唆，指使。

【赏析】

第一首《秋词》历来被看作刘禹锡的代表作，也是他一反前人悲秋落寞情怀的昂扬赞歌。一句“自古逢秋悲寂寥”道尽了千古文人的悲秋情结。而在刘禹锡看来，秋高气爽的天气，似乎比春天还要给人以鼓舞。晴空之上，一只展翅高飞的鹤冲天而上，排云的斗志激励了诗人，将他的诗情倏忽间便引到了碧霄之上。其通达的态度，乐观的精神，令刘禹锡的诗从所有吟诵秋天的苦恼中解脱出来，想到秋天的辽阔、壮美。

自此诗一出，便受到很高的评价。学者倪其心评语此诗说：“诗人通过鲜明的艺术形象表达深刻的思想，既有哲理意蕴，也有艺术魅力，发人思索，耐人吟咏。”

第二首描写秋色的诗，与前面一首虽然写作的重点不同，但是放在一起，却相得益彰，将秋天的骨气与景色，都融化在了舒远与旷达中。

明朗的山，纯净的水，夜里的霜，都如此清透、洁净。树木上那些各色花朵也开始渐渐透出浅黄。登上高楼，清气入骨，哪里像春色那样撩人情思，引人发狂。

刘禹锡将春和秋放在一起对比，写出了秋天的朴素、爽朗与纯净。第一首诗，志向远大，如一鹤冲天；第二首诗，心地高洁，如明山净水。两首诗既纠正了前人“逢秋寂寥”的忧伤，也展示了诗人的志向与情操，可谓“一箭双雕”。

“以诗言志”是中国诗歌历来的传统，文人们常常借助诗歌来表达自己的感情和志向。《秋词》中对秋高气爽的歌颂，正是唐朝蓬勃激情的具体显现。

乌衣巷

刘禹锡

朱雀桥边野草花[1]，乌衣巷口夕阳斜。
旧时王谢堂前燕[2]，飞入寻常百姓家[3]。

【注释】

①朱雀桥：故址在今江苏省南京市江宁区，横跨于秦淮河上。②王谢：即王导、谢安两大家族。③寻常：平常。

【赏析】

这是刘禹锡非常有名也是最得意的怀古名篇之一。自古王朝更迭，人世变迁，楼台殿宇都随历史的江水滔滔逝去，又或如云烟过眼。然而能够带走的是历史风卷残云后的硝烟，而月色、夕阳、花草树木深埋地下的根却依然如故。

诗人有感于斯，遂写下了这首《乌衣巷》：朱雀桥边冷冷落落，长满了野花野草。乌衣巷口的断壁残垣，也正横七竖八地倒在夕阳里。原来王导和谢安家的堂前燕子，如今也飞入了寻常百姓家筑巢。曾经车水马龙的繁华街道，如今也已经遍地荒凉，只有筑巢的燕子飞来飞去，不知人世沧桑。

乌衣巷是东晋时期氏族大家的聚居区，故址在今南京市东南，文德桥南岸，当时是三国东吴的禁军驻地。因为禁军身穿黑色军服，所以民间俗称其为乌衣巷。东晋时王导、谢安两大家族，都住在这里，人称其子弟为“乌衣郎”。到了唐朝，乌衣巷已经沦为废墟。

白居易曾盛赞刘禹锡的这首《乌衣巷》，说此诗令自己“掉头苦吟，叹赏良久”。近代学人范之麟评价这首诗说，“《乌衣巷》在艺术表现上集中描绘乌衣巷的现况；对它的过去，仅仅巧妙地略加暗示。诗人的感慨更是藏而不露，寄寓在景物描写之中。因此它虽然景物寻常，语言浅显，却有一种蕴藉含蓄之美，使人读起来余味无穷”。

上阳白发人

白居易

上阳人[①]，红颜暗老白发新。

绿衣监使守宫门[②]，一闭上阳多少春。

玄宗末岁初选入，入时十六今六十。

同时采择百余人，零落年深残此身。

忆昔吞悲别亲族，扶入车中不教哭；

皆云入内便承恩[③]，脸似芙蓉胸似玉。

未容君王得见面，已被杨妃遥侧目[④]。

妒令潜配上阳宫，一生遂向空房宿。

宿空房，秋夜长，夜长无寐天不明。

耿耿残灯背壁影[⑤]，萧萧暗雨打窗声[⑥]。

春日迟，日迟独坐天难暮；

宫莺百啭愁厌闻，梁燕双栖老休妒。

莺归燕去长悄然，春往秋来不记年。

唯向深宫望明月，东西四五百回圆。

今日宫中年最老，大家遥赐尚书号。

小头鞋履窄衣裳[⑦]，青黛点眉眉细长；

外人不见见应笑，天宝末年时世妆。

上阳人，苦最多。

少亦苦，老亦苦，少苦老苦两如何？

君不见昔时吕向《美人赋》；又不见今日上阳白发歌！

【注释】

①上阳：唐宫名，指当时东都洛阳的皇帝行宫上阳宫。②绿衣监使：太监。唐制中太监着深绿或淡绿衣。③承恩：蒙受恩泽。④遥侧目：远远地用斜眼看，表嫉妒。⑤耿耿：微微的光明。⑥萧萧：风声。⑦履（lǚ）：鞋。

【赏析】

此诗是白居易《新乐府》五十首中的第七首，是一首著名的政治讽喻诗。诗人以老宫女的口吻解说上阳宫中的生活，字字寂寞、句句幽怨，如泣如诉，饱含岁月的血泪和辛酸。白居易作这首诗的时候，旁边加了小序，说杨贵妃专宠后，后宫就再也没有人能够受到皇上的宠幸，但凡长得有几分姿色的妃嫔和宫女，都被送往别处幽闭。“上阳宫”便是其中之一。

诗的开头说，上阳宫女红颜渐渐地苍老，而白发却在不断地增多，入宫的时候才仅仅16岁，现在已经60岁了。当年一起进宫的百余人，现在都逐渐凋零，在寂寞的深宫，只剩下我独自一个人。幽闭的宫门重重关上，寂寥的岁月无边无际。

在这首诗的结尾，上阳人说，现在我的年龄是宫中最大的了，皇帝恩典我，赐我为“女尚书”。但这空空的头衔对于我来说，又有什么用？我依然还是穿着“小头鞋”“窄衣服”的过时的女人，根本不知道外面已经流行宽袍大袖了。外面的人看不到也就罢了，要是真的看到了，一定会笑话我的，因为我现在的装束还是天宝末年的打扮。对此诗中人自我解嘲了一番，其中，似乎又带着深深的苦痛与悲愤。

三千佳丽被深锁在上阳宫中，没有君王的召见，也无法与家人团圆。风霜雪雨，她们就这样不声不响地凋落成残花败柳，人老珠黄，只在寂寞的日子里，倾听岁月的怀想。上阳宫就是一座禁锢青春、绞杀热情和希望的坟墓，是一座无情无义、无声无息的监牢。诗人通过对这位老宫女一生遭遇的描写，形象而极富概括力地向世人展示了“后宫佳丽三千人”的悲惨命运，揭露了封建旧制度下皇宫内院里对无辜女性的摧残。

此诗融叙事、写景、抒情和议论于一体，形象生动，极富感染力，正如王夫之说，“以乐景写哀，以哀景写乐，一倍增其哀乐”。含泪的微笑、隐忍不发的情绪，才容易深深地把人感染。此诗一直以来被认为是唐代写深宫闺怨题材的佳作。

中隐

白居易

大隐住朝市，小隐入丘樊[①]。
丘樊太冷落，朝市太嚣喧。
不如作中隐，隐在留司官。
似出复似处，非忙亦非闲。
不劳心与力，又免饥与寒。
终岁无公事，随月有俸钱。

君若好登临，城南有秋山。
君若爱游荡，城东有春园。
君若欲一醉，时出赴宾筵。
洛中多君子，可以恣欢言。
君若欲高卧，但自深掩关。
亦无车马客，造次到门前。
人生处一世，其道难两全。
贱即苦冻馁[②]，贵则多忧患。
唯此中隐士，致身吉且安。
穷通与丰约，正在四者间。

【注释】

①丘樊：即园圃、乡村，此处指隐居之处。②冻馁：寒冷和饥饿。

【赏析】

“小隐隐于野，中隐隐于市，大隐隐于朝。”这是传统文人对隐居的定义，也是他们对生活的理想。“看破红尘惊破胆，吃尽人情寒透心。”能够超脱红尘羁绊，忘怀得失，淡看花开花落，笑对云卷云舒，的确需要心灵的清修，而如何修炼正是对隐者的区分。有才能的人参透红尘，远离人群，在深山野林间躲避尘世的烦恼，但这只是小隐。

白居易认为，更厉害的是中隐之人，他们不单纯依赖世外桃花源的宁静，而是选择在鱼龙混杂的市井之地修炼。世事繁华，唯我清静无为，这才是中隐的境界。大隐就要隐在热闹喧哗、卧虎藏龙的朝廷，一腔救国救民的情怀，却丝毫不为名利所动，权倾朝野同样泰然处之。这才是真的隐士。在古人看来，唯有胸怀天下又虚怀若谷的人，才是隐者中的顶尖人物。

诗人在诗中说，大隐在朝堂，小隐在山林。尘外寂寞又荒凉，朝廷又过分喧嚣，不如就在做官的当中隐居，有个三品闲职，不闲不忙，优雅从容。能够在富贵荣华和疲于奔命中找到一份稳定的惬意，在大小隐逸的夹缝间找到自己安身立命的根本所在，才是中隐的至高境界。于是诗人写道：“人生处一世，其道难两全。贱即苦冻馁，贵则多忧患。唯此中隐士，致身吉且安。穷通与丰约，正在四者间。”

能够在大小、繁华与清净、富贵与贫贱中找到平衡的支点，既不用受政治的掣肘，也不用为生计而奔波，亦官亦隐，半出半入，才是真正中隐的乐趣。白居易的这首诗显然表达的就是这样的想法。

长恨歌

白居易

汉皇重色思倾国[1]，御宇多年求不得[2]。杨家有女初长成，养在深闺人未识。天生丽质难自弃，一朝选在君王侧。回眸一笑百媚生，六宫粉黛无颜色。春寒赐浴华清池，温泉水滑洗凝脂。侍儿扶起娇无力，始是新承恩泽时。云鬓花颜金步摇，芙蓉帐暖度春宵。春宵苦短日高起，从此君王不早朝。承欢侍宴无闲暇，春从春游夜专夜。后宫佳丽三千人，三千宠爱在一身。金屋妆成娇侍夜，玉楼宴罢醉和春[3]。姊妹弟兄皆列土[4]，可怜光彩生门户。遂令天下父母心，不重生男重生女。骊宫高处入青云，仙乐风飘处处闻。缓歌慢舞凝丝竹[5]，尽日君王看不足。渔阳鼙鼓动地来[6]，惊破霓裳羽衣曲。九重城阙烟尘生，千乘万骑西南行。翠华摇摇行复止[7]，西出都门百余里。六军不发无奈何，宛转蛾眉马前死。花钿委地无人收[8]，翠翘金雀玉搔头[9]。君王掩面救不得，回看血泪相和流。黄埃散漫风萧索，云栈萦纡登剑阁[10]。峨嵋山下少人行，旌旗无光日色薄。蜀江水碧蜀山青，圣主朝朝暮暮情。行宫见月伤心色，夜雨闻铃肠断声。天旋地转回龙驭[11]，到此踌躇不能去。马嵬坡下泥土中，不见玉颜空死处。君臣相顾尽沾衣，东望都门信马归[12]。归来池苑皆依旧，太液芙蓉未央柳[13]。芙蓉如面柳如眉，对此如何不泪垂？春风桃李花开日，秋雨梧桐叶落时。西宫南内多秋草，落叶满阶红不扫。梨园弟子白发新，椒房阿监青娥老[14]。夕殿萤飞思悄然，孤灯挑尽未成眠。迟迟钟鼓初长夜，耿耿星河欲曙天。鸳鸯瓦冷霜华重，翡翠衾寒谁与共。悠悠生死别经年，魂魄不曾来入梦。临邛道士鸿都客[15]，能以精诚致魂魄[16]。为感君王辗转思，遂教方士殷勤觅[17]。排空驭气奔如电，升天入地求之遍。上穷碧落下黄泉，两处茫茫皆不见。忽闻海上有仙山，山在虚无缥渺间。楼阁玲珑五云起，其中绰约多仙子。中有一人字太真[18]，雪肤花貌参差是。金阙西厢叩玉扃[19]，转教小玉报双成[20]。闻道汉家天子使，九华帐里梦魂惊。揽衣推枕起徘徊，珠箔银屏迤逦开[21]。云鬓半偏新睡觉[22]，花冠不整下堂来。风吹仙袂飘飘举[23]，犹似霓裳羽衣舞。玉容寂寞泪阑干[24]，梨花一枝春带雨。含情凝睇谢君王[25]，一别音容两渺茫。昭阳殿里恩爱绝，蓬莱宫中日月长。回头下望人寰处，不见长安见尘雾。惟将旧物表深情，钿合金钗寄将去。钗留一股合一扇，钗擘黄金合分钿[26]。但教心似金钿坚，天上人间会相见。临别殷勤重寄词，词中有誓两心知。七月七日长生殿，夜半无人私语时。在天愿作比翼鸟，在地愿为连理枝。天长地久有时尽，此恨绵绵无绝期。

【注释】

①汉皇：指唐玄宗。②御宇：统御天下。③醉和春：醉意伴随着春意。④列土：分封领地。⑤凝丝竹：喻歌舞紧扣音乐声。⑥“渔阳”句：指安禄山在渔阳起兵叛乱。鼙（pí）鼓：军队中用的小鼓。⑦翠华：皇帝仪仗中用翠鸟羽毛作装饰的旗帜。⑧花钿（diàn）：花朵形首饰。⑨翠翘、金雀、玉搔头：均是杨贵妃所佩戴的钗簪。⑩云栈（zhàn）：高入云霄的栈道。剑阁：在今四川剑阁县东北大剑山、小剑山之间，为由陕入川的必经之路。⑪“天旋”句：指局势转变，玄宗还京。龙驭（yù）：皇帝的车驾。⑫信马归：任马驰骋而归。⑬太液：太液池。未央：未央宫。⑭椒房：后妃们住的地方。阿监：指宫中女官。⑮“临邛（qióng）”句：意谓来自蜀中，作客长安的道士。临邛：今四川邛崃。鸿都：汉宫门名，此指长安。⑯致魂魄：将灵魂召来。⑰方士：有道术的人。⑱太真：杨贵妃为女道士时号太真。⑲扃（jiōng）：门户。⑳转教：指请侍女通报。小玉、双成：指太真侍女。㉑珠箔：珠帘。迤逦开：谓层层敞开。㉒新睡觉：刚睡醒。㉓袂（mèi）：衣袖。㉔阑干：形容泪水横流的样子。㉕凝睇（dì）：凝视。㉖擘（bāi）：分开。

【赏析】

白居易的《长恨歌》是古典诗歌中的不朽之作，从它问世到现在十二个世纪的漫长岁月里，始终是传唱不衰，保持着极强的生命力。作者作此歌的初衷本是“惩尤物，窒乱阶，垂于将来”（《长恨歌传》），可以说是将《长恨歌》的主题定为了“耽色误国”，然而却在写作的过程当中为李、杨二人凄美的爱情故事所裹挟，不由自主地写出了这首千古绝唱。

全诗将叙事、写景、抒情三者完美地结合在一起，将一幅幅浸透人间悲喜、饱含荣枯变化的画面展现在人们面前，动情讲述了一个朝代由盛而衰的历史，一位帝王由喜而悲的爱情，旷世的爱情与流传千古的佳句同样具有无穷魅力，超越了时空的阻隔和生命的极限，最终达到一种永恒的境界。

琵琶行 并序

白居易

元和十年，余左迁九江郡司马。明年秋，送客湓浦口，闻舟中夜弹琵琶者。听其音，铮铮然有京都声。问其人，本长安倡女，尝学琵琶于曹、穆二善才，年长色衰，委身为贾人妇。遂命酒，使快弹数曲。曲罢悯然，自叙少小时欢乐事，今漂沦憔悴，徙于江湖间。余出官二年，恬然自安，感斯人言，是夕始觉有迁谪意。因为长歌以赠之，凡六百一十六言，命曰琵琶行。

浔阳江头夜送客，枫叶荻花秋瑟瑟。主人下马客在船，举酒欲饮无管弦。醉不成欢惨将别，别时茫茫江浸月。忽闻水上琵琶声，主人忘归客不发。寻声暗问弹者谁，琵琶声停欲语迟[①]。移船相近邀相见，添酒回灯重开宴。千呼万唤始出来，犹抱琵琶半遮面。转轴拨弦三两声[②]，未成曲调先有情。弦弦掩抑声声思，似诉生平不得志。低眉信手续续弹，说尽心中无限事。轻拢慢撚抹复挑，初为霓裳后六幺[③]。大弦嘈嘈如急雨，小弦切切如私语[④]。嘈嘈切切错杂弹，大珠小珠落玉盘。间关莺语花底滑[⑤]，幽咽泉流水下滩。水泉冷涩弦凝绝，凝绝不通声渐歇[⑥]。别有幽愁暗恨生，此时无声胜有声。银瓶乍破水浆迸，铁骑突出刀枪鸣[⑦]。曲终收拨当心画[⑧]，四弦一声如裂帛。东船西舫悄无言，唯见江心秋月白。沉吟放拨插弦中，整顿衣裳起敛容。自言本是京城女，家在虾蟆陵下住。十三学得琵琶成，名属教坊第一部。曲罢常曾善才服[⑨]，妆成每被秋娘妒[⑩]。五陵年少争缠头[⑪]，一曲红绡不知数。钿头银篦击节碎[⑫]，血色罗裙翻酒污。今年欢笑复明年，秋月春风等闲度。弟走从军阿姨死，暮去朝来颜色故[⑬]。门前冷落车马稀，老大嫁作商人妇。商人重利轻别离，前月浮梁买茶去[⑭]。去来江口守空船，绕舱明月江水寒。夜深忽梦少年事，梦啼妆泪红阑干[⑮]。我闻琵琶已叹息，又闻此语重唧唧。同是天涯沦落人，相逢何必曾相识。我从去年辞帝京，谪居卧病浔阳城。浔阳地僻无音乐，终岁不闻丝竹声。住近湓江地低湿[⑯]，黄芦苦竹绕宅生。其间旦暮闻何物，杜鹃啼血猿哀鸣。春江花朝秋月夜，往往取酒还独倾[17]。岂无山歌与村笛，呕哑嘲哳难为听[18]。今夜闻君琵琶语，如听仙乐耳暂明。莫辞更坐弹一曲，为君翻作琵琶行。感我此言良久立，却坐促弦弦转急[19]。凄凄不似向前声，满座重闻皆掩泣。座中泣下谁最多，江州司马青衫湿[20]。

【注释】

①欲语迟：欲说还休。②转轴：转动琵琶上琴柱调音色。③霓裳：《霓裳羽衣曲》。六幺：曲名。④大弦、小弦：分别指琵琶上最粗的弦和最细的弦。⑤间关：象声词。形容宛转的鸟鸣声。⑥“水泉冷涩”两句：意谓琵琶声好像水泉冷涩一样渐缓渐停，直至中断。⑦“银瓶”两句：形容琵琶声忽而铿然响起，如同银瓶迸裂水浆四溅，又如铁骑突出刀枪齐鸣。⑧拨：拨弦的用具。当心画：用拨当着琵琶的中心用力一划。⑨善才：善弹者。⑩秋娘：泛指歌伎。⑪缠头：唐时艺伎表演完毕，观者多以绫帛为赠，称为缠头。⑫“钿头”句：意谓欢乐时便以首饰击节打拍，以至于首饰常常断裂破碎。钿头银篦：两端镶有金玉花形的银篦子。⑬颜色故：姿容衰老。⑭浮梁：今江西景德镇。⑮阑干：指泪水横流的样子。⑯湓（pén）江：在今江西瑞昌，临九江。⑰独倾：独酌。⑱呕哑嘲哳（zhā）：形容声音杂乱刺耳。⑲促弦：拧紧琴弦。⑳青衫：唐官员品级最低的服色。

【赏析】

《琵琶行》是继《长恨歌》之后的又一部极为优秀的长篇叙事诗，是白居易谪居浔阳时所作。那一年的秋天，诗人于浔阳江头送别友人，主客正因宴席上缺少管弦相伴而无法畅饮，忽然被一阵从江上传来的琵琶声感动，于是逐音寻去，见到了本诗的女主人公——一位琴艺精湛却已年长色衰的琵琶女。

在作者的细腻而深刻笔下，她的情态声貌、举意动容无不透露着伤心人的矜持，她那时而幽婉、时而铿锵、高回低转的琵琶声中寄寓着无限心事，她关于自己身世的叙述，是对辉煌过去的追忆，是浮华过后的凄凉。而当这一切听在作者耳中，看在作者眼里，他终于不胜伤感，潸然泪下，发出了“同是天涯沦落人，相逢何必曾相识”的深沉叹息。

全诗结构缜密，譬喻精妙，感情深挚；情节波澜起伏，时有绝处逢生之妙，而且诗中流传的千古佳句颇多，真是不朽名篇。

草

白居易

离离原上草[①]，一岁一枯荣。野火烧不尽，春风吹又生。

远芳侵古道，晴翠接荒城[②]。又送王孙去[③]，萋萋满别情[④]。

【注释】

①离离：形容草长得茂盛。②晴翠：指阳光下草色翠绿鲜亮。③王孙：游子。《楚辞·招隐士》有："王孙游兮不归，春草生兮萋萋。"④萋萋：茂盛的样子。

【赏析】

繁荣茂盛的原上小草，披头散叶，蓬勃生长。它们年年都要经历一枯一荣，纵使被野火烧成一片灰烬，春风再来的时候，依然会长出芽叶，绿满大地。芳草蔓延向远方，侵入古老的道路，晴天的时候，翠绿闪光的草色连接着荒凉的城墙。那一天，诗人踏着草原又送走了一位朋友，望着萋萋芳草，胸中充满了离情别绪。

问刘十九

白居易

绿蚁新醅酒[①]，红泥小火炉。

晚来天欲雪，能饮一杯无。

【注释】

①绿蚁：指浮在新酿的没有过滤的米酒上的绿色泡沫。醅（pēi）：没有过滤的酒。

【赏析】

有泛着绿色酒沫的新酿米酒，有烧着融融炭火的红泥小炉，而室外的天气，因为向着黄昏到来的一场雪飘而显得格外的阴沉、寒冷。作者邀请友人前来小饮，一片真挚的情谊正像酒一般醇厚，像炭火一样温暖。相信刘十九接到此诗定会欣然赴约，与作者共同度过这寒冷阴沉的冬日傍晚。

井栏砂宿遇夜客

李　涉

暮雨潇潇江上村①，绿林豪客夜知闻②。
他时不用逃名姓③，世上如今半是君。

【注释】

①潇潇：象声词，形容雨声。江上村：即诗人夜宿的皖口小村井栏砂。②绿林豪客：指强盗。③逃名姓：即“逃名”，避声名而不居之意。

【赏析】

李涉是中唐时期非常著名的诗人。此诗描写的是一天傍晚，他和书童正走在荒村绵绵的细雨中，遭遇拦路抢劫的强盗之事。强盗知道来人是李涉后，很高兴，请他写首诗送给自己。于是李涉就写下了这首诗。诗的大意比较简单：“暮雨潇潇，我在这荒凉的村庄和夜色中，遇到了一位‘豪侠’。这位大侠居然知道我的诗名。今天我赠给他一首诗，并且告诉他，你不用害怕别人知道你的名字了，现在这么乱的世道，强盗多得很。”

李涉这首诗写得非常巧妙，他说“绿林豪客”都知道自己的诗，这其实暗示了自己的诗普及率很高，非常受欢迎，社会各阶层人士都广泛阅读并喜爱。

而这个趣事也从侧面印证了唐代社会的一个风气，那就是崇尚诗歌。连山贼草寇都推崇诗人而喜欢诗歌了，甚至能够为了一首诗而放弃“职业操守”，可见全社会对诗人和诗歌的重视程度已经相当之高。

行宫

元　稹

寥落古行宫①，宫花寂寞红。
白头宫女在，闲坐说玄宗。

【注释】

①行宫：帝王外出所住的离宫。

【赏析】

元稹的这首五绝用了“寥落”“寂寞”“闲坐”三个词，有白发宫女对岁月的感触，也有历史的变迁与伤怀，写得很是细致动人。她们回忆天宝旧事，说玄宗却不说玄宗的是非对错，令人不胜感慨。

“枯木逢春犹可发，人无两度少年时。”寒来暑往中，见宫花年年火红，而宫女们的黑发却日渐雪白。满怀希望入宫来，不料却被安置在上阳宫，除了遥想贵妃的丰腴、玄宗的恩宠，留在心里的记忆还能剩下什么呢？她们只能寂寞地打发时光，而时光又因为寂寞显得无比漫长。

在诗中，诗人暗示，宫女们满怀希望入宫来，不料却被安置在上阳宫，皇帝佳丽三千，只专宠一人，她们只能寂寞地打发时光。最后一句余韵深长，一个闲字，将宫女的寂寞与凄凉一生皆尽写出，寂寞宫花连同这孤寂的行宫，令人万千感慨。

离　思

元　稹

曾经沧海难为水①，除却巫山不是云②。

取次花丛懒回顾③，半缘修道半缘君④。

【注释】

①曾经：曾经历。曾，副词。经，经历。②除却：除了。③取次：循序而进。④半缘：一半因为。修道：作者既信佛也信道，但此处指的是品德学问。

【赏析】

这是唐代诗人元稹为悼念亡妻韦丛所作的一首诗。诗里说，曾经体验过沧海的波澜壮阔，别的水便无法再吸引我，曾经深味过巫山的云蒸霞蔚，别处的风景便不能再令我陶醉。即使我从百花丛中穿行而过，也不会留恋任何一朵，更别说回头张望。这一半是因为修道的原因，另一半就是因为你的缘故。

古人说，“观山则情满于山，看海则意溢于海”，山山水水总能留人愁绪，抒怀解忧。但是，在元稹看来，这一切似乎都毫无意义。他经历过最美的巫山云雨，体味过动人心魄的沧海波澜，世间任何的景物也不能打动他了。全诗写的虽然是景致，不着半个“情”字，却烘托出了无限的爱意，也点出了对亡妻刻骨铭心、矢志不渝的爱情。

此诗历来被认为是元稹最具代表性的一首，也是古代爱情诗中的经典佳作。

剑　客

贾　岛

十年磨一剑，霜刃未曾试①。
今日把示君，谁有不平事？

【注释】

①霜刃：形容剑锋寒光闪闪，十分锋利。

【赏析】

贾岛的这首《剑客》一改平日苦吟的传统，于刀光剑气中找到了应有的豪情。他是这样讲的："我十年来只磨了这一把剑，到如今，刀刃未开，寒风四射，冷若冰霜。今天我将这宝剑取出，敢问天下英雄，谁有不平之事？"

贾岛早年曾出家，后因诗名大震，颇得世人赏识。结果，还俗后，却屡考不中，可说是"造化弄人"。

在《剑客》这首诗中，贾岛以剑的锋利、剑客的豪情自喻，显示了自己革除利弊的宏大愿望。可惜的是，空有利剑在手，剑胆雄心，却没有报国之门。久而久之，剑气消散，锐气受挫。虽锤炼有术，但平生未展愁眉，应该也算一大憾事吧！诗作虽然短小却十分精炼，而且透着彪悍与狂野，散发着晚唐少有的豪壮，读来令人顿生豪迈之气。

寻隐者不遇

贾　岛

松下问童子，言师采药去。
只在此山中，云深不知处。

【赏析】

松树下问小童子"师父去哪了"，他说师父去采药了，就在这座山中，但云深雾浓，无法知道究竟在哪一处。小诗简单好懂，然而与童子一问一答间，传递出清幽高远的意境，蕴含着无穷无尽的理趣，还有诗人访友不遇、空望云山的惆怅。

遣 怀

杜 牧

落魄江湖载酒行①，楚腰纤细掌中轻②。
十年一觉扬州梦，赢得青楼薄幸名③。

【注释】

①落魄：失意，多指仕途潦倒而漂泊江湖。②楚腰：代指细腰美女。掌中轻：形容女子体态娇美、轻盈，传说赵飞燕“体轻，能为掌上舞”，由此得之。③薄幸：薄情，负心。

【赏析】

杜牧在这首诗的起笔处，就写下了自己放荡不羁的生活。一个落魄的文人，漂泊四方，走到哪里都不忘喝酒解愁。那些秦楼楚馆里的姑娘们，舞姿曼妙，撩人动情，风流韵事自然不必细说。然而，人生如梦。诗人在惊觉十年岁月恍如隔世一梦的时候，悲从中来，令人痛不欲生。杜牧诗文俱佳，才华横溢，又是名门之后，然而平生志向却始终未得施展。十年的努力，他依然做人幕僚，屈居人下；除了放浪形骸，还能怎么样呢？只换来了“青楼薄情人”的名声。

杜牧虽然人在烟花深处，纵情畅饮，但他的心并没有在青楼驻足，总是怀着一展宏图的志向。因此，他既不能安心在青楼里尽情挥霍感情，也无法完成自己的愿望。深深的自责交织着沉重的失意，纠结在他的心中。

从诗人的感怀诗中，读者似乎可以读出晚唐的凄凉：越来越多的诗人无法施展自己的才华，完成自己的志向。他们甚至只能借助青楼女子的情感与人生，来感慨蹉跎岁月后建功立业的虚妄。如果说盛唐时李白等人的怀才不遇是“愤怒的咆哮”，那么到了杜牧的晚唐，所有的愤懑都化作了一声叹息——“十年一觉扬州梦，赢得青楼薄幸名”。

题乌江亭

杜 牧

胜败兵家事不期①，包羞忍耻是男儿②。
江东子弟多才俊③，卷土重来未可知。

【注释】

①期：预料。②包羞忍耻：指大丈夫能屈能伸的气度和博大的胸襟。③江东：指项羽起兵之地。

【赏析】

当年乌江亭长劝项羽暂避一时，等待卷土重来的机会，可项羽仰天长叹，觉得自己愧对江东父老，终于还是没有冲破自我的桎梏，刎颈身亡。乌江亭，又叫乌江浦，在今安徽和县东北。据《史记》记载，项羽兵败时，因感无颜面见江东父老而自刎江边。至此，后世对项羽的评价，便坐实了“英雄豪杰”的美誉，而“宁为玉碎不为瓦全”的观念也由此深入人心。

面对众口一词的称颂，杜牧在《题乌江亭》中却写下了自己迥然不同的观点。

在这首诗中，他提出了一个“成败乃是兵家常事”的道理，并且认为能够“包羞忍耻”才是真正的男子汉，所谓“大丈夫能屈能伸”就是这个道理。

杜牧在诗中不但提出了自己的观点，还提出了充足的论据，他说：“江东子弟多才俊，卷土重来未可知。”意思是说江东之地藏龙卧虎，人才济济，假如能够忍得一时的“失败”，回江东等待东山再起，说不定卷土重来之时也能成就一代霸业。言外之意，项羽刚愎自用，一再错失良才和机会，甚至在最重要的时候都放弃了最有价值的生命，实在有愧“英雄”之名。韩信受“胯下之辱”却终成一代名将，司马迁受“宫刑”愤而著《史记》成千古绝唱，而项羽却没能忍得一时的失败，西楚霸王死得这般羞愧，令杜牧不胜唏嘘。

赤　壁

杜　牧

折戟沉沙铁未销①，自将磨洗认前朝②。
东风不与周郎便③，铜雀春深锁二乔④。

【注释】

①戟：古代的一种兵器。销：销蚀。②将：拿起。磨：磨光。洗：洗净。③认前朝：认，认出。这里是说，认出戟是东吴破曹时的遗物。③东风：指火烧赤壁。周郎：周瑜，字公瑾，人称周郎，吴军大都督。④铜雀：铜雀台，是曹操所建的一座楼台（在今河北省临漳），楼顶有大铜雀，故得此名。传说铜雀台上住有姬妾歌妓，是曹操暮年时的行乐之处。二乔：指东吴乔公的两个女儿。

【赏析】

这首诗的大意是：折断的兵器埋在泥沙中，虽然日子过了这么久，仍然没有销蚀。拾起来后，经过仔细磨洗，可以隐约认出这是前朝赤壁大战时的遗物。假如当年东风不给周瑜以方便，曹操的铜雀台里恐怕就会深锁二乔了。

大乔是孙策的夫人，小乔是周瑜的夫人；二人皆为东吴美女。以她们的命运来反衬战争的结局，有历史兴衰的感慨，也同样影射了战争的含义与指向。

在诗人看来，历史存在着极大的偶然性，就像诗里提到的“东风”；假如重新编排这场历史大戏，或者假如那一天的东风没有来，那么说不定历史都要被重新书写。战争的输赢常常是“天时地利人和”，尤其在古代战争中，“天时地利”似乎是决定输赢的关键。所以，中国人常喜欢说“谋事在人，成事在天”。这也暗示了在历史的很多“必然规律”中，总是有偶然性的因素在起着重要的作用。也因此，杜牧觉得项羽实在不应该自刎，兴衰成败，常常是历史的一次偶然，只有留得住自己，才能留得住反败为胜的机会。

泊秦淮

杜　牧

烟笼寒水月笼沙，夜泊秦淮近酒家。
商女不知亡国恨，隔江犹唱后庭花。

【赏析】

作者于大唐国势日渐衰微之际来到秦淮河，泊舟于临近酒家的地方。在江烟水月交相冲融掩映秦淮之夜，河两边的青楼妓馆是一如既往的酒绿灯红，在临河的酒家里，不识亡国之恨的歌女还在一遍遍地唱着《玉树后庭花》。这靡靡之音传到作者耳中，让他感慨不已，他于是写下了这篇作品，警世戒饬之意不言自明。

金谷园

杜　牧

繁华事散逐香尘，流水无情草自春。

日暮东风怨啼鸟，落花犹似坠楼人。

【赏析】

时光流转，作者来到金谷园故址，它往日的繁华已然烟消云散，但流水依旧潺湲，春草犹自碧绿，不理会人世的荣枯变换。日暮时分刮起了东风，带来哀婉幽怨的鸟鸣，吹下片片落花；在作者眼中，这随风飘落的花儿好似当日含情坠楼的绿珠姑娘，美丽但却薄命，思之让人伤感。

赠别（二首）

杜　牧

其　一

娉娉袅袅十三余[①]，豆蔻梢头二月初。

春风十里扬州路，卷上珠帘总不如。

【注释】

①娉（pīng）娉袅（niǎo）袅：柔美的样子。

【赏析】

首联写人，“娉娉袅袅”写其娇柔旖旎的形貌，“十三余”写其妙龄，“豆蔻梢头二月初”写其清纯喜人、含苞欲放的风姿。尾联寄情，写春风吹过扬州那繁华艳丽的十里烟花路，珠帘一一被吹起，才发现“万紫千红”终不能与伊人相比。

其　二

多情却似总无情，唯觉樽前笑不成。

蜡烛有心还惜别，替人垂泪到天明。

【赏析】

离别筵上，千种离情，万种别绪，是谓“多情”；然而万千离情别绪无从表达，这一对恋人只是久久默对，是谓“无情”。作者又写自己欲故作笑颜缓解气氛但终于不能，则更让人感到分别的无奈与凄凉。后二句一笔宕开，以拟人手法转去写蜡烛也知惜别，点滴蜡泪，替人垂泪到天明。无情之物尚且如此，有情之人的愁苦自不待言。

夜雨寄北

李商隐

君问归期未有期，巴山夜雨涨秋池①。
何当共剪西窗烛②，却话巴山夜雨时③。

【注释】

①巴山：也叫大巴山，在今四川省南江县以北，此处泛指巴蜀之地。秋池：秋天的池塘。②何当：什么时候才能够。③却：副词，还，且，表示小小的转折。话：谈论。

【赏析】

这首诗在《万首唐人绝句》中题为《夜雨寄内》，“内”在古代是内人、妻子的代称。所以一般认为李商隐这首诗是写给妻子的。但也有人说是写给朋友的信，因为李商隐的妻子在他写作此诗的时候已经去世了。

李商隐的诗一般比较晦涩，但这首却写得清浅动人，诗人说：“你问我什么时候才能回家，我也说不清楚。我这里巴山的夜雨已经涨满了秋池，我的愁绪和巴山夜雨一样，淅淅沥沥，凝结着我思家想你的愁绪。什么时候才能够回家呢？和你一起剪烛西窗，到那个时候再和你共话这巴山夜雨的故事。”

短短的四句诗中，第一句回答了妻子的追问，第二句写出了雨夜的景致，第三句表达了自己的期待，最后一句暗示了如今的孤单。四句话，简而有序，层层铺垫，写出了羁旅的孤单与苦闷，也勾画了未来重逢时的蓝图，甚至把连绵细雨也写进笔底波澜，堪称最为简短而又全面的情书。一波三折，含蓄深婉地衬托了与妻子隔山望水的深情。

锦　瑟

李商隐

锦瑟无端五十弦①，一弦一柱思华年②。
庄生晓梦迷蝴蝶③，望帝春心托杜鹃。
沧海月明珠有泪，蓝田日暖玉生烟④。
此情可待成追忆⑤，只是当时已惘然。

【注释】

①锦瑟：弦乐器，似琴。古有五十根弦，后为二十五根或十六根弦。②华年：美好的年华。③庄生晓梦迷蝴蝶：典故，出自《庄子·齐物论》"庄周梦为胡蝶，栩栩然胡蝶也；自喻适志与！不知周也。俄然觉，则蘧蘧然周也。不知周之梦为胡与？胡蝶之梦为周与"。李商隐此处引庄周梦蝶的故事，以言人生如梦，往事如烟。④蓝田：在今陕西省蓝田县东南，古代著名的美玉产地。⑤可待：岂待，何待。

【赏析】

这首《锦瑟》是李商隐爱情诗的代表，也是历来爱诗者最喜吟诵的诗篇。宋元之后，对此诗的解读更是众说纷纭。周汝昌先生认为以"锦瑟"开端，实则暗示了"无题"之意，是李商隐爱情诗中最难理解的一首。

在锦瑟一音一节的弹奏中，李商隐似乎也看到了曾经逝去的流年。庄生迷梦，理想转眼成空；望帝啼鹃，如生活的忧思；明珠有泪，泣血而成；良玉生烟，可望而不可即。四句诗，四个典故，四种意象。

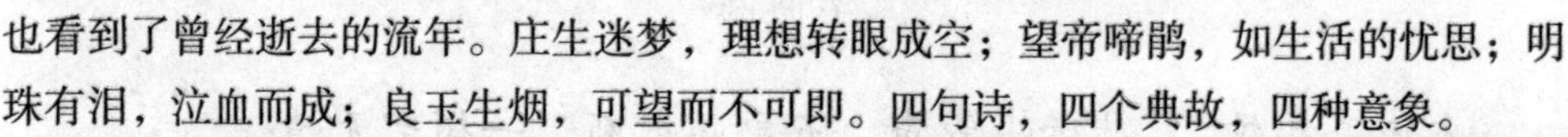

李商隐的爱情诗一般都给人以晦涩之感，此诗尤甚。不论是锦瑟年华，还是如玉如珠，最终换来的却只是一片怅惘。然而这一份怅然若失，又正是人们在面对感情时的共鸣。也正因此，尽管李商隐的诗晦涩难懂，意象朦胧，但却千百年来为人所钟爱。

风　雨

李商隐

凄凉宝剑篇[①]，羁泊欲穷年[②]。黄叶仍风雨，青楼自管纮[③]。
新知遭薄俗[④]，旧好隔良缘[⑤]。心断新丰酒，消愁又几千[⑥]。

【注释】

①宝剑篇：武则天召见唐将郭振，索其文章，郭振呈上明志之作《宝剑篇》，并因此而得到重用。②羁（jī）泊：漂泊无定。穷年：终年。③青楼：指富家的高楼，古时富贵人家的楼阁常为青色。④新知：新交的知己。遭薄俗：指为浅薄的世俗所指责诋毁。⑤隔良缘：指缘分渐浅渐尽。⑥几千：几千文，指酒资。

【赏析】

诗人也曾胸怀大志，却没有郭振向皇帝呈上《宝剑篇》而得到重用那样的幸运，只能在漂泊生涯中度过了一年又一年，面对着达官显贵们不停享乐的笙歌管弦，他觉得自己犹如一片凋残的黄叶，在凄风苦雨中挣扎。新结识的知己多遭到世俗的诋毁，旧日的好友也与自己日渐疏远，想要暂时忘掉挫折烦恼，怕是只有以新丰美酒浇之。用几千钱的酒消愁，是酒贵还是愁多？

蝉

李商隐

本以高难饱[①]，徒劳恨费声。五更疏欲断，一树碧无情。
薄宦梗犹泛[②]，故园芜已平[③]。烦君最相警[④]，我亦举家清。

【注释】

①“本以”两句：古人认为蝉是餐风饮露的，故此处说它栖于高树而难得一饱，纵然作怨恨之声也是枉然。②薄宦：官卑职微。梗（gěng）犹泛：形容自己漂泊不定的生活就好像树

梗浮于水面。③芜：荒草。④君：指蝉。

【赏析】

它居住在高高的树上，本就难得腹中充实，却还整天费尽气力地长鸣不停。长长的夏日里，它一直要鸣叫到五更时分，直到声嘶力竭。然而日夜哀鸣并不曾改变了什么，连栖身的大树也依然是青翠如故，丝毫不为所动。作者笔下的蝉实际上是他自身的写照，蝉的哀鸣正如他在困境中的痛苦呻吟，而那毫不动情的树木则代表着冷漠世情。诗的末联是作者对蝉的寄语：真是烦劳你常常用鸣声来提醒我，其实我和你一样，也是洁身自好，举家清贫。

落　花

李商隐

高阁客竟去，小园花乱飞。参差连曲陌①，迢递送斜晖②。

肠断未忍扫，眼穿仍欲归。芳心向春尽，所得是沾衣。

【注释】

①参差：指落花堆叠不平的样子。曲陌：曲折的小路。②迢递：远远地。

【赏析】

客散楼寂，看小园中残花飘落，花瓣纷扬。这些已离枝头的落花，无根无基，随风飞走，近者落于曲径之上，远者似在伴送夕阳，其依依不愿就此沉沦之情，怎不令人心生悲感？望眼欲穿盼来的春天转眼之间就要归去，花儿献给春天的一片芳心也会就此了结，最终只落得落红沾衣、零落成泥而已。诗是在咏叹落花，而其中寄寓了作者对于用世无门、处境惨淡的深深悲哀之情。那落花的身世，不正与作者的身世有着共通之处？

凉思

李商隐

客去波平槛，蝉休露满枝①。永怀当此节②，倚立自移时。

北斗兼春远，南陵寓使迟③。天涯占梦数④，疑误有新知。

【注释】

①蝉休：蝉声消歇。②永怀：长思。③南陵：县名，今安徽东南。寓使：托付传信的人。寓：托付。④占梦数：占卜梦境。

【赏析】

诗中诉说道："当初你离去的时候正逢春江水涨，现在已然到了蝉休露重的秋天。我当此清寒之节凭栏思念你，曾不知日已归山，星月已上。随着北斗位置的推移，我知道春天已经越去越远，在漫长的时空间隔中，我不曾得到你的一点音信。我因此而向梦境占卜命数，常常疑惑你是因为有了新知而将我忘记。"诗中恐为人所弃的心情是明显的。

无 题

李商隐

昨夜星辰昨夜风，画楼西畔桂堂东。
身无彩凤双飞翼，心有灵犀一点通①。
隔座送钩春酒暖②，分曹射覆蜡灯红③。
嗟余听鼓应官去④，走马兰台类转蓬⑤。

【注释】

①灵犀：旧说犀牛角中有白纹如线，直通两端。②送钩：古时的一种游戏，将钩暗中传递，藏于一人手中，未猜中者罚酒。③分曹：分组。射覆：将东西放在器物下面让人猜。④鼓：更鼓。应官：办理官差。⑤兰台：即秘书省。

【赏析】

关于昨夜的记忆，最亲切的感触是闪烁的星光，温馨的和风，而在画楼西、桂堂东，作者又遭遇了最动人的邂逅。那份两情相悦的默契，让你相信即便没有彩凤的双翼，心灵间的灵犀也能冲破重重阻隔，清楚而完满地传递表达各自的心意。

昨天晚上的欢宴，隔座送钩，分组射覆，因为有了她的存在而更觉春意融融，酒格外暖心，灯红得迷人。

在清寥的今夜回忆醉人的昨夜，作者想到她是否正身处新一轮的笑语欢歌。在不知不觉中，上差的鼓声已经敲响，他又不得不走马兰台，孤单渺小得，就好像是随风飘转的飞蓬。

乐游原

李商隐

向晚意不适[①]，驱车登古原。

夕阳无限好，只是近黄昏。

【注释】

①不适：不悦。

【赏析】

乐游原，是唐时著名游览胜地，汉宣帝时候所立，是长安（今西安）城内地势最高处，于其上可观望长安城。据说文人墨客亦多爱来此，咏诗抒怀，李商隐便是其一。

这首《乐游原》流传很广，也因此给了人们一种固定的惆怅：夕阳的景色虽然十分美好，只可惜已经接近黄昏，日暮西山，再多的浪漫也挽不住人生的时光了。叹息，就在这样的余晖中悄悄袭来，将世世代代的人击中，涌起无数的伤感。

在中国传统的感情中，人们对清晨的喜欢要胜过黄昏，对春天的喜欢胜过秋天。因为“一年之计在于春，一日之计在于晨”。晨与春都象征一种开始，唯有欣欣向荣的时光才能带给人希望，催促人奋进。所以，那些送别、离愁多是在秋雨迷蒙的傍晚，似乎也只有这样的落幕，才能将时光交错，人世无常都溶解在这一片夕阳之中。在这晨昏之间，数不清的是似水流年。建功立业的人、告老还乡的人、打算一展雄才伟略的人，在黄昏时分反思自我与人生。

隋　宫

李商隐

紫泉宫殿锁烟霞[①]，欲取芜城作帝家[②]。

玉玺不缘归日角[③]，锦帆应是到天涯。

于今腐草无萤火[④]，终古垂杨有暮鸦[⑤]。

地下若逢陈后主[⑥]，岂宜重问后庭花[⑦]。

【注释】

①紫泉：即紫泉宫，此指长安隋宫。②芜城：即扬州。③日角：旧说额头中央部分隆起如日，为帝王之相。④“于今”句：隋炀帝曾于长安、洛阳等地征集萤火虫，夜游时放出观赏。腐草：古人认为萤火虫是腐草变的。⑤垂杨：隋炀帝开凿运河，沿堤植柳两千里，后称“隋柳”。⑥陈后主：南朝陈的第五个皇帝，荒淫误国，后陈为隋所灭，故世常以陈后主代亡国之君。⑦后庭花：《玉树后庭花》，为陈后主所作，后被视为亡国之音。

【赏析】

作者在诗中以不无调侃的语气历数了隋炀帝的斑斑劣迹：他放着长安富丽堂皇的皇宫不住，在扬州再建更豪华的宫殿作为新都；如果不是唐高祖李渊夺取了天下，他那极尽华丽的游船恐怕还要远行到天涯；他尽捕萤火虫以为夜晚寻欢取娱之用，致使草木中至今难见萤火；他开凿了千里隋堤，堤上遍植杨柳，现在成了乌鸦栖息的场所。末联是作者的假想之问：“要是隋炀帝在阴间遇到了陈后主，他还会邀其再来一曲《玉树后庭花》吗？”辛辣讽刺，余味无穷。

无题 （三首）

李商隐

其　一

来是空言去绝踪，月斜楼上五更钟。
梦为远别啼难唤，书被催成墨未浓。
蜡照半笼金翡翠[①]，麝熏微度绣芙蓉[②]。
刘郎已恨蓬山远[③]，更隔蓬山一万重。

【注释】

①笼：笼罩。金翡翠：用金线绣成翡翠鸟图案的被子。②麝熏：用麝香熏染。③“刘郎”句：相传东汉刘晨、阮肇入山采药，路遇两位美丽的仙女，邀他们结为眷属。半年后，刘、阮想要回家中探望，二女并没有阻拦，他们到家时才发现人间已经过了七代。等到他们再回去找两位

仙女，却再也寻不到了。蓬山：指仙境。

【赏析】

说好了不久就会回去，但走后便无觅影踪。月儿低斜的五更时分，小楼上，睡梦中，他看到她因别离而悲泣，呼唤她却不答应。恍然惊起后，他急忙下榻写了书信给她。

在灯下想象她于烛光半笼的锦被旁静坐的样子，想象她在麝香初沁的芙蓉帐思念自己的情形，心中不禁生出无限愧疚怜惜之情，他因而悔恨当初的离开，无奈于相聚的重重阻隔；正如诗中所说："刘郎已恨蓬山远，更隔蓬山一万重。"

其　二

飒飒东风细雨来，芙蓉塘外有轻雷。
金蟾啮锁烧香入①，玉虎牵丝汲井回②。
贾氏窥帘韩掾少③，宓妃留枕魏王才④。
春心莫共花争发，一寸相思一寸灰。

【注释】

①金蟾：古人认为蟾蜍善闭气，故用以饰锁。②玉虎：井上的辘轳。丝：井绳。③"贾氏"句：晋韩寿英俊，司空贾充招他为僚属时，其女于窗中窥见韩寿，于是喜欢上了他。④宓妃：指洛神。留枕：相传曹植将过洛水时，忽见一美丽女子飘然而来，颇似自己故去的嫂嫂甄氏。甄氏赠以在家时所用玉枕以慰思念，曹植因之而作《洛神赋》。

【赏析】

诗写一位女子追求爱情失败后的痛苦。东风细雨，塘外轻雷，这般景象正如女主人公此时的心境，抑郁沉闷，怛恻不安。世间的事情，不论如何困难，都有办法可以达成心愿，比如香炉紧锁但香烟可以进入，比如井水虽深但长绳可以汲之；唯独爱情常常难以左右，它有时是贾女与韩寿水到渠成的缘分，有时是曹植爱慕甄氏一样的徒增遗憾。女子的爱情让她苦受煎熬，她所以自诫道："爱人的心还是不要和春花争荣竞艳了吧，寸寸相思到头来都是化为灰烬。"

其　三

相见时难别亦难，东风无力百花残。
春蚕到死丝方尽，蜡炬成灰泪始干。
晓镜但愁云鬓改①，夜吟应觉月光寒。
蓬山此去无多路②，青鸟殷勤为探看③。

【注释】

①云鬓：形容女子如云朵一样的头发。②蓬山：蓬莱。③青鸟：传说中的神鸟，是西王母的使者。

【赏析】

因为相见本就不易，所以分别就更让人感到依依不舍、苦在心头，那份缠绵悱恻，有如身处暮春无力的东风中、面对着凋残的百花。而当情思如春蚕之丝到死方尽，别泪如蜡炬之泪成灰方干，那么有情人在早晨愁看镜中渐染霜色的鬓发时，在清寒的月光下独吟诗篇时，那落寞的心境与浓重的思念又是何其难挨！诗的尾联作宽慰之语，意谓幸好你我相隔不算遥远，希望今后能时常探望对方；以美好的期盼和愿望来解释现实中不能长相厮守的遗憾。

无题　（二首）

李商隐

其　一

凤尾香罗薄几重①，碧文圆顶夜深缝②。
扇裁月魄羞难掩③，车走雷声语未通。
曾是寂寥金烬暗④，断无消息石榴红。
斑骓只系垂杨岸⑤，何处西南待好风。

【注释】

①凤尾香罗：织有凤尾花纹的华贵薄罗。②碧文圆顶：绣有碧绿花纹罗帐圆顶。③扇裁月魄：指团扇。④烬：烛花。⑤斑骓（zhuī）：毛色青白相杂的马。

【赏析】

诗写一位女子对于心上人的暗恋之情。女子独处闺中，深夜怀思难眠，于是缝制罗帐以待睡意。在这夜的静谧与祥和中，她情思悠然，思绪又回到了初见他的那一刻。那或许就可以解释成一见钟情的感觉，看到他驱车隆隆而过，自己竟不知为何地羞红了脸，只得以团扇遮挡羞颜，慌忙中未曾与他有只言片语的接触。灯下寻思，这不能不说是一件憾事，因为从那时起，一直到眼下石榴花又红的季节，她就再没有得到关于他的消息。

她现在知道，所恋之人常常会漫步于并不遥远的杨柳堤岸，她盼望着机缘的来临，那或许只是一阵西南风，将她吹到他的身边。

其　二

重帏深下莫愁堂①，卧后清宵细细长②。
神女生涯元是梦③，小姑居处本无郎④。
风波不信菱枝弱，月露谁教桂叶香。
直道相思了无益⑤，未妨惆怅是清狂。

【注释】

①莫愁：此处泛指年轻的女子。②清宵：清冷的夜晚。细细长：形容长夜难奈。③神女：即宋玉《高唐赋》中的巫山神女。④“小姑”句：语出古乐府《清溪小姑曲》：“小姑所居，独处无郎。”⑤了：完全。

【赏析】

诗的主人公是一位女子，在重重帷幕低垂的居室里，她自思身世，辗转不眠，倍感清夜的漫长。她也曾向往那久远传说中的云雨欢会，然而到头来才意识这不过是自己的一番梦想。直到现在，她还像清溪小姑一样，盼不到可托终身的情郎。她叹息自己像菱枝一样纤弱，却偏遭风波的摧折；又像桂叶一样芬芳，却无月露滋润使之飘香。但她对爱情的信仰始终没有泯灭，所以才会大胆坚定地说出：“虽然我知道相思对人完全没有益处，但也不妨将相思的惆怅看成对爱情无怨无悔的痴狂。”

寄令狐郎中

李商隐

嵩云秦树久离居，双鲤迢迢一纸书①。
休问梁园旧宾客，茂陵秋雨病相如。

【注释】

①双鲤：指书信。

【赏析】

李商隐晚年病卧洛阳时，已官至高位并且排挤了他多年的令狐绹因感念旧事，写信问候他，李商隐于是写了这首诗作答。诗文前二句交代了自己与令狐郎中两地分离已经很久了，表达了对令狐郎中远远寄来一纸书信的感激之情。后二句转写自己如今凄凉多病的境况，“休问”一语，大有苦不堪言的感慨蕴含其中。

为有

李商隐

为有云屏无限娇[①]，凤城寒尽怕春宵[②]。
无端嫁得金龟婿[③]，辜负香衾事早朝[④]。

【注释】

①云屏：云母屏风。②凤城：京城。③金龟：唐武则天时，三品以上的官员可以佩带金龟。此处喻丈夫位居高职。④衾：被子。

【赏析】

这首诗写的是夫妻二人于春日清晨醒来时各自的心思。首联写丈夫所想：都是因为香阁之中多了一位如花似玉的、妩媚娇羞的妻子，所以自己才会为春宵的短暂而担心受怕。尾联写妻子所想：无情由地嫁给了这位佩带金龟的贵婿，可他却总是辜负闺中的缱绻缠绵之乐，每每要赶着去上什么早朝。

隋宫[①]

李商隐

乘兴南游不戒严，九重谁省谏书函[②]。
春风举国裁宫锦，半作障泥半作帆[③]。

【注释】

①隋宫：指隋炀帝在江都（今江苏扬州市）所建的行宫。②九重：指宫廷。省（xǐng）：识得。

③障泥：垂于马背两侧以遮障泥土的马具。

【赏析】

这是一首咏史诗，对象是以荒淫无道著称的隋炀帝。诗的前两句先作概述，说隋炀帝兴致一来便携带宫眷僚属水陆齐发下江南，心思只在玩乐之上，全然不顾什么天子威仪、出行礼数；而因为他的暴戾恣睢，朝中更无人敢对他的行为有所异议。后二句撷取他下江南时征集锦缎制泥障、做船帆的片段，以小见大，矛头直指隋炀帝当国时的穷奢极欲、靡费腐化。诗中蕴含着成败兴亡的深刻道理，联想晚唐江河日下、败象纷呈的现实，李商隐作此诗的用意似乎也不难想见。

瑶　池

李商隐

瑶池阿母绮窗开，黄竹歌声动地哀。

八骏日行三万里[①]，穆王何事不重来。

【注释】

①八骏：穆王所乘的八匹骏马。

【赏析】

诗写“黄竹歌声动地哀”，意在表示民众对武宗之死的痛惜之情，借西王母之口发出“穆王何事不重来”的怅问，传寄出作者对于明主早逝的深深遗憾和惋伤。

己亥岁

曹　松[①]

泽国江山入战图[②]，生民何计乐樵苏[③]。

凭君莫话封侯事[④]，一将功成万骨枯。

【注释】

①曹松：唐末诗人，字梦徵，舒州（今安徽桐城）人。②泽国：江汉流域。③樵：打柴。苏：豁草。④封侯事：特指含义。己亥岁时，镇海节度使高骈在淮南镇压黄巢起义军，以“杀人多”之功绩受到封赏。

【赏析】

安史之乱后，战争开始蔓延到全国，加上唐末开始接连不断的农民起义，所以曹松说，举国的江山都绘入了战图，满目疮痍的时候不要再说什么生民乐于生计的话（樵为打柴，苏为割草，合为“生计”之意）。所谓“宁为太平犬，不为乱世民”，说的就是这个道理。颠沛流离，家园离散，哪里还有什么活着的快乐可言。看到人民如此艰难，曹松不免感叹，千万不要说什么封侯拜相的事情，哪一个将军的荣誉不是死伤千万条生命换来的。

曹松的这首诗，揭示了所有战争的实质，“一将功成万骨枯”。那些累累的白骨，似乎还泛着淋淋的血迹。但是这掷地有声的哀号却不是所有的人都能够听到。战争，让人们离开了家园，也让人们的灵魂无所依靠。那些堆积如山的白骨，那些望眼欲穿的思妇，都没办法再迎来人间的团圆。“匈奴未灭，何以家为”的豪言壮语似乎还依稀回荡在人们的耳畔，但是没有了完整的家园，还能有什么人生的希望和幸福？

春　怨

金昌绪①

打起黄莺儿，莫教枝上啼。
啼时惊妾梦②，不得到辽西③。

【注释】

①金昌绪：唐时余杭（今浙江杭州）人，生平不详。②妾：女子自称。③辽西：古郡名（今辽宁省辽河以西），当时少妇的丈夫征戍之地。

【赏析】

诗中可怜的少妇，终年不见自己的丈夫，想念、惦念、思念，欲诉无人能懂。只能凭借自己的幻想、猜想，一次次在心中勾画丈夫的形象；也只能一次次低声问自己，他现在过得怎么样？

全诗大意是说：一个年轻的少妇起来后，云鬓花偏径直走到窗前，嗔怒地赶走了清晨中欢快啼叫的黄莺。她责怪它们的叫声惊醒了她的美梦。在梦中，她正走在通往辽西的路上，日夜思念的丈夫马上就可以见到了，所有的相思和喜悦都凝成了一团，结果却不幸被黄莺吵醒。那一串思念的美梦，不知熬了多少个日夜，盼了多少回月圆，不能相见，便只能期待梦中团圆。连虚幻的美梦都做得不甚齐全，难怪她愤怒地赶走了这些无辜的鸟儿。

橡媪叹

皮日休

秋深橡子熟，散落榛芜冈[①]。
伛伛黄发媪[②]，拾之践晨霜。
移时始盈掬[③]，尽日方满筐。
几曝复几蒸，用作三冬粮。
山前有熟稻，紫穗袭人香。
细获又精舂，粒粒如玉珰[④]。
持之纳于官，私室无仓箱。
如何一石馀，只作五斗量。
狡吏不畏刑，贪官不避赃。
农时作私债，农毕归官仓。
自冬及于春，橡实诳饥肠。
吾闻田成子[⑤]，诈仁犹自王。
吁嗟逢橡媪，不觉泪沾裳。

【注释】

①榛芜冈：草木丛生的山冈。②伛伛：弯腰驼背的样子。③移时：过了好久。盈掬：满把。④玉珰：玉制耳坠。这里用以比喻米粒晶莹洁白。⑤田成子：春秋时齐国宰相田常。

【赏析】

这首《橡媪叹》是皮日休的代表作，他通过对“橡媪”这一形象的同情，深入地刻画了唐末农民的悲惨生活。诗作从深秋时候一位老妇人上山捡橡子开始写起。这位黄发的老太太，躬身驼背，踩着清晨的霜雾，辛苦了整整一天，才拾了一筐的橡子。拿回去之后，几经暴晒和蒸煮，用以做过冬的粮食。看到此处，可能很多人会以为是收成不好，但实际上并不是这样。

诗人接着描写了丰收的欢快。他说，山下的稻子都熟了，麦穗飘香，香气阵阵，扑面而来。仔细地挑选然后再认真舂米，简直是颗颗饱满，粒粒晶莹。可惜，除了交官税，还要受地方官吏的盘剥，他们用官粮放高利贷借给农民，等农民收获的时候，他们将“官粮”放回农仓，然后从中获取“高额利润”。

“自冬及于春，橡实诳饥肠。”一年忙到头，粮食都入了贪官污吏的手中，而自己却只能以橡实充饥，读来催人落泪。无怪乎作者要“吁嗟逢橡媪，不觉泪沾裳”了。

陇西行

陈　陶

誓扫匈奴不顾身，五千貂锦丧胡尘①。
可怜无定河边骨②，犹是春闺梦里人。

【注释】

①貂锦：装备精良的精锐之师，即指战士。②无定河：地位陕西北部。

【赏析】

陈陶的这首诗，开篇气势雄伟，发誓扫平匈奴，所以兵将们都奋不顾身。不幸的是，五千将士惨死在战争中。可怜那些倒在河边的累累白骨，依然是妻子春闺中深深思念的丈夫。诗作从起初的昂扬到转为哀伤，至最后一句，思念之情如断肠草，令人不忍卒读。

这个春闺梦里人，是让人牵挂的，大多数的人也只是注意到“梦里人”，而事实上，在这首诗里最凄凉的应该是那个做梦的人，即春闺里的女子、思妇，在古时丈夫出门远征，妻子便从此在家中日夜思念牵挂。

思念已经是如此令人忧伤，然而更加可怕的是，她们甚至不知道自己的梦中思念的丈夫是否还活着。“可怜无定河边骨，犹是春闺梦里人”，这才是最大的悲剧所在。

马嵬坡

郑　畋

玄宗回马杨妃死，云雨难忘日月新①。
终日圣明天子事，景阳宫井又何人②。

【注释】

①“云雨”句：意谓玄宗、贵妃之间的恩爱虽难忘却，而国家却已一新。②景阳宫井：故址在今江苏省南京市玄武湖边。

【赏析】

马嵬坡即马嵬驿，在今陕西兴平市西。安史之乱爆发后，唐玄宗被迫离开长安，在走到马嵬坡时，兵士们发生了动乱，说“红颜祸水、奸妃误国”，若杨玉环不死，军队便不再前行。唐玄宗万般不舍，然而贵妃不死，众怒难平。最后，三尺白绫将这段帝王宫苑情挽了一个死结。

杨贵妃的身世后人有过许多描写，罗隐也写过一首《帝幸蜀》：“马嵬山色翠依依，又见銮舆幸蜀归。泉下阿蛮应有语，这回休更怨杨妃。”马嵬坡前，山色青翠依旧，这一次是黄巢攻入长安，唐僖宗仓皇出逃。唐玄宗泉下有知，恐怕会发出这样的感慨，这一回可不要再埋怨杨贵妃了。言外之意，当年玄宗为堵众人之口，赐死杨贵妃，既是逼不得已，也是嫁祸于人。拿一个与政治无关的女人开罪，折损了玄宗的一世英名。

《围炉诗话》说，“古人咏史但叙事而不出己意，则史也，非诗也；出己意、发议论而斧凿铮铮，又落宋人之病”；又说“用意隐然，最为得体”。历代对唐明皇与杨贵妃的这段情事，多有诗作，郑畋的这首历来被认为写得温厚动人、讽喻评论有度，可谓是咏史诗中的佳作。

题菊花

黄　巢

飒飒西风满院栽，蕊寒香冷蝶难来。
他年我若为青帝①，报与桃花一处开。

【注释】

①青帝：我国古代神话中的五天帝之一，分管春天的天神。

【赏析】

据说此诗写于黄巢5岁之时，也有人说他当时已经8岁了。那年秋天，父亲和祖父在庭院里咏菊。按照古代文人的审美习惯，自陶渊明后，菊花便成了隐者志洁与高贵的象征；而咏菊也成了诗坛雅士的一种传统。但归根结底，所有的主题都脱不了孤高傲世的精神底色。当父亲和祖父还没有写好菊花诗的时候，黄巢就抢先说了一句：“堪与百花为总首，自然天赐赭黄衣。”这句诗的意思是，能够与百花共存，而且被尊为花王，上天自然会赐我为王。赭黄衣是皇帝袍服的代称，象征了无比的权贵。

彼时，黄巢还仅仅是个学龄前儿童，不料却吟诵了这样奇怪的诗。父亲生气了，欲责打他不学无术；反倒是祖父替他解围，说让他再赋一首试试。思忖片刻，黄巢高声吟诵出这首七绝。

秋风萧瑟中，满院秋菊赏心悦目。可是，在这寒冷的冬天，花蕊渗透着料峭的秋意，冷韵幽香扑面而来，毕竟不是风和日丽的春天，连蝴蝶也很难过来采摘。如果有一天，我当了号令春天的花神，定要让菊花和桃花一起在盎然的春色中绽放。

有评论说，这十足体现了诗人打算执掌大权，救百姓于肃杀的秋天中，让他们体会春天温暖的雄心壮志。也有人说，凭什么桃花能在最浪漫的春天开，菊花却要独守寂寞呢？让百花都在一个季节开放，深刻体现了古人朴素的平等观念。然而这些理想，很显然都是后人根据他的英雄事迹分析出来的。在当时，也许他只是一时兴起，并无明确的称帝念头。但不管怎么说，能够咏出“若为青帝”的诗句，黄巢在未来岁月“振臂一呼，应者云集”的态势，已然初露端倪。

咏　菊

黄　巢

待到秋来九月八[①]，我花开后百花杀[②]。
冲天香阵透长安[③]，满城尽带黄金甲[④]。

【注释】

①九月八：古代九月九日为重阳节，有登高赏菊的风俗。说“九月八”是为了押韵。②杀：枯萎，凋败。③香阵：阵阵香气。④黄金甲：金黄色的铠甲，这里诗人意在喻指菊花颜色。

【赏析】

这首《咏菊》，是黄巢流传最广、影响最深的一首诗，也有人称为《不第后赋菊》，说是黄巢落第后，写此诗表达强烈的反抗精神。但就诗中的气度来看，应该是他人生鼎盛时的作品，也就是他率领数十万起义军围困长安时所作。黄巢在兵围长安之时，胸中止不住豪情荡漾，想到未来将一鼓作气，以激越、湍急之势冲抵长安，更增添了对胜利的磅礴想象。

九月初九本为中国传统的重阳节，这一天人们登高、赏菊，与亲人团聚。秋高气爽、心旷神怡，以登高来祝福生活的步步高升。既有节日的喜庆，也有一层成功的寓意。所以，黄巢说，九月初八的时候，当菊花开遍京城时，百花都已经凋落了。只有秋菊的香气，四处弥散冲透长安，而遍地开放的，正是犹如黄金铠甲般的菊花！

此诗最为精妙处在于，虽然题为“咏菊”，但全诗不着一个“菊”字，通过对色彩、气味、状态、场景的描绘，将菊花和起义军的气魄，合二为一，形神兼备，斗志昂扬。而那直逼长安、迫不及待的感情，也随着菊花的浓郁直冲云霄。历来咏菊者甚众，但多为意境高远、避世消难的象征。唯有黄巢，以不可匹敌之势，改写了菊花的风采，令他在隐士的气质上，增添了战士的豪迈，也由此刷新了“咏菊诗”的主题。

关于黄巢的结局，始终众说纷纭。有人说他兵败后自尽，也有人说他削发为僧。《全唐诗》一共收录了黄巢三首诗，而这一首的真实性，常常因为他人生扑朔迷离的谢幕而变得富有争议。

伤田家

聂夷中

二月卖新丝，五月粜新谷①。
医得眼前疮，剜却心头肉。
我愿君王心，化作光明烛。
不照绮罗筵②，只照逃亡屋③。

【注释】

①粜：卖。②绮罗筵：指富贵人家的宴会。绮罗，绫罗绸缎。③逃亡屋：逃亡庄户的茅屋。

【赏析】

按理说，春种秋收是天经地义的事，但是在诗人聂夷中所描述的晚唐，这种正常的要求显然已经得不到满足。二月份正是养蚕的季节，五月份正是插秧的时候，哪里有新丝、新谷拿出来卖呢？但是不卖又不行。苛捐杂税多如牛毛，只能将这些还没有成熟的丝和谷低价出售。“杀鸡取卵”和“养鸡生蛋”，谁都知道哪一个更为有利，但时间不等人，那些盘剥的税收，让人只能先顾眼前的燃眉之急了。“医得眼前疮，剜却心头肉”一句，可谓是这首泣血之作的“诗眼”。

谁都愿意悠闲地想着未来，但所有的发展都要以眼下的生存为首要。鲁迅说：“人必生活着，爱才有所附丽。”在动荡的社会里，如何能够活下去，就是首要的问题。至于没有了新丝和新谷，来年的生活怎么办，都还是暂时顾及不到的问题。

所以，诗人不无悲痛地说：“我愿君王心，化作光明烛。”意思是说我希望可以得遇明君，他的心像明亮的烛火一样温暖、光明。不要只看到达官显贵的绫罗绸缎、金碧辉煌，而是要关心一下那些流离失所、多灾多难的人民。

小 松

杜荀鹤

自小刺头深草里①，而今渐觉出蓬蒿②。
时人不识凌云木③，直待凌云始道高④。

【注释】

①刺头：长满松针的小松树。②蓬蒿：蓬草和蒿草，泛指草丛。③凌云：高耸入云。④始道：才说。

【赏析】

松树在刚刚破土而出的时候，长得非常微小，以至于被埋没在深草之中。而到了现在，才感觉它慢慢长大，长得比蓬蒿还要高。世人不知道它其实是凌云木，只有到了它长成参天大树的时候，才开始夸奖其高大。

杜荀鹤出身寒微，也有人考证说他是杜牧的私生子，无论怎么说，都不是很受器重的“身世”。寒门求考，屡试不第，杜荀鹤空有一腔才华，却不得施展。多年的积怨压在心头，借小松这一意象，抒发内心的愤懑。

杜荀鹤生于寒门，以小松初年没于荒草自比，可谓恰如其分。在没能顶天立地的时候，任何一棵稻草都不应该受到歧视，这便是杜荀鹤最深切的渴望与表达。

春宫怨

杜荀鹤

早被婵娟误①，欲妆临镜慵②。承恩不在貌，教妾若为容③？

风暖鸟声碎④，日高花影重。年年越溪女⑤，相忆采芙蓉。

【注释】

①婵娟：形态美好。②妆：梳妆。慵：慵懒。③若为容：如何修饰容貌。④鸟声碎：鸟声嘈杂。⑤越溪女：指西施浣纱时的女伴。

【赏析】

年纪还不大的时候，她就为自己的美丽所耽误，被选入了孤寂的深宫。每天晨妆的时间，她临镜而坐却慵懒无心。皇宫中承恩得宠的规则啊，并不在于人的美貌，她总是疑惑不解，所以发出了“教我打扮又有何用”的反问。春风正暖，鸟语清脆而嘈杂，随着太阳慢慢升高，花木投下重重影子。在这美好的春天，她独自度日，一遍又一遍地回忆着和女伴们一起采莲浣纱的快乐时光。

贫　女

秦韬玉

蓬门未识绮罗香①，拟托良媒益自伤②。

谁爱风流高格调③，共怜时世俭梳妆④。

敢将十指夸针巧，不把双眉斗画长。

苦恨年年压金线⑤，为他人作嫁衣裳。

【注释】

①蓬门：代指穷人家。蓬，蓬茅。绮罗：丝织品，代指富贵妇女奢华的衣服。②拟：打算。托良媒：拜托好媒人。③风流：形容意态优雅、娴静温婉的样子。格调：品格和情调。④怜：爱惜。时世：当今。⑤压金线：用金线绣花。压，一种刺绣手法，用作动词，即刺绣。

【赏析】

这首《贫女》因其语意直白、内蕴丰富而为人所传诵。诗作开篇就写道，自己是一个贫家女子，不像富贵人家的女孩子那样能够穿漂亮的绫罗绸缎。如今，我也到了应该出嫁的年纪了，也想托媒人帮我找一户好的人家。可是，现时社会，人们都喜欢达官显贵，谁会欣赏我一个贫家女子的高洁情操呢？谁又能喜欢我这不合时宜的打扮呢？我能够值得骄傲并夸赞的只有一双巧手，也不愿意效仿她们那样将眉毛画得细长。可惜的是，我年年以金线刺绣，绣出一件件美丽的嫁衣，却都是做给别人穿的。而自己这么多年来却没有找到一个可以托付终身的人！

“苦恨年年压金线，为他人作嫁衣裳。”这是贫家女感慨爱情的叹息；更是多少才俊志士怀才不遇的愤慨与无奈心境的反映。

整首诗字里行间流露了诗人的委屈和不甘。贫士怀才，犹如贫女怀德，必然也决定了不愿意与人同流合污的高洁志向。也因如此，才不得不转而感叹自己的“怀才不遇”。这份不平之气，渐渐郁结在心头，一针一线，自己的心每时每刻也都受着深深的刺痛。

金缕衣

杜秋娘

劝君莫惜金缕衣①，劝君惜取少年时②。
花开堪折直须折③，莫待无花空折枝④。

【注释】

①金缕衣：缀有金线的衣服，比喻荣华富贵。②惜取：珍惜。③堪：可以，能够。直须：尽管。直，直接，爽快。④莫待：不要等到。

【赏析】

关于这首《金缕衣》，一直有学者说并非杜秋娘所作，她不过是中唐时一个著名的歌女，因为曾经唱过此曲，所以便有幸被冠名。这首诗的大意是：我劝你不要在乎那华丽的金缕衣，我劝你还是要好好珍惜青春年少的光阴。花开的时候，不要犹豫，直接折下来便可以了。不要等到花谢之后，徒然折下一段空枝。

曹雪芹在《葬花词》里写道：“试看春残花渐落，便是红颜老死时。一朝春尽红颜老，花落人亡两不知！”花开花落，最能触动女子细腻的情思。而诗人杜秋娘似乎也悟到了这自然的常态，但她并不消极。她鼓励并劝勉世人，不要贪图金缕衣的物质吸引，要将自己的热情和年华投入积极进取之中。唯有把握时机，撷取人生最灿烂繁华的光阴，才算不辜负宝贵的生命。

这首诗千百年来广为传唱，“花开堪折直须折，莫待无花空折枝”两句更成为后世人劝喻珍惜光阴，及时行乐的经典诗句。

第八篇

宋词的美丽与哀愁

这是一个自由又任性，开阔又禁锢，舒适又离乱的朝代。盛与衰在此交融，高雅与低俗在这里磕碰，尘世的欲想与来世的幻想在这里纠结。只有动荡并立、雅俗同分的时代，才能够看到如此妖娆与壮烈。一带江水，将大宋一分为二，一半给了风花雪月，一半给了山河壮烈。悲壮与妩媚同存，贪逸与愤慨并彰，还有数不清的繁华，汴梁的车水马龙、杭州的暖风曛醉、勾栏烟巷里的醉酒弹歌，宋词是一幅旖旎又壮烈的山河画卷。

相见欢

李　煜

林花谢了春红[①]，太匆匆，无奈朝来寒雨晚来风。

胭脂泪[②]，留人醉[③]，几时重[④]？自是人生长恨水长东。

【注释】

①谢：凋谢。②胭脂泪：指女子的眼泪。女子脸上搽有胭脂泪水流经脸颊时沾上胭脂的红色，故云。③留人醉：一作“相留醉”。④几时重：何时再度相会。

【赏析】

这首《相见欢》初读字字写景，细品却句句言情。花开花谢，时光匆匆，人世间最无常的就是自然的更迭，恰如晨起的寒雨晚来的冷风。在苦雨凄风的岁月中，不禁想到了分别时的场景。人生的哀痛莫过于“生离死别”，娇妻的泪水点点滴落，可惜连这样伤感的时光都不知几时还能再有？人生的遗憾犹如东流之水连绵不休。

正所谓“一切景语皆情语”，岁月匆匆，不仅有红花凋落，也有国破山河碎的悲凉。“朝来寒雨晚来风”，简简单单的7个字，既写出了晨昏的景致，也写出了处境的凄苦。

李煜被软禁期间，虽然名为侯，实则与外界几乎隔绝。“违命侯”这三个字对这位南唐后主的羞辱恐怕是外人无法真正体会的。人间的悲欢离合、春秋苦度，深深地刺痛着词人。

除了风雨，真的再也没有什么来客了。人生长恨水长东，这般恨，真个无有终了。

虞美人

李　煜

春花秋月何时了[①]，往事知多少。小楼昨夜又东风，故国不堪回首月明中！

雕栏玉砌应犹在[②]，只是朱颜改[③]。问君能有几多愁[④]，恰似一江春水向东流。

【注释】

①了：了结，完结。②砌：台阶。雕栏玉砌：指远在金陵的南唐故宫。应犹：一作“依然”。③朱颜改：指所怀念的人已衰老。④君：作者自称。能：或作“都”“那”“还”“却”。

【赏析】

据史书记载，南唐旧臣徐铉探望，李煜拉着徐铉的手悲切地哭了起来，感慨当初听信谗言错杀忠臣，抚今追昔，悔恨难平。不料，徐铉是宋太宗派来的“眼线”。贰臣终究是贰臣，被宋太宗一逼问，吓得什么都说了，当然吞吞吐吐透露出的还有李煜对近况的哭诉。这是宋太宗所无法忍受的。

很快，李煜四十二岁的生日到了。明月当空，故国不堪回首。后主的文人情思在这夜色和月色中被深深地唤起，“雕栏玉砌应犹在，只是朱颜改。问君能有几多愁，恰似一江春水向东流”。推杯换盏之际，竟然忘了寄人篱下需低头的道理，酒入愁肠，一时兴起，国仇家恨喷薄而出。

一首《虞美人》，成就了李煜个人词史上的辉煌，也葬送了他宝贵的生命。据说宋太宗被“小楼昨夜又东风”激怒，赐下毒酒一杯。李煜死后被追为吴王，爱妻小周后悲痛欲绝，不久也随之而死。美人香消玉殒随爱仙逝，空留一段《虞美人》孤独遗世千古传唱。

纵观李煜的一生，半是词人，半是帝王。为词，他香艳旖旎；为王，也多如此。

李煜走后，世间留下了他的词作。人们记不得他当皇帝时候的词，却感慨他阶下囚生活的无尽心酸，“梦里不知身是客，一晌贪欢。独自莫凭栏，无限江山，别时容易见时难。”字字看来皆是血，今非昔比痛断肠。所以王国维评价说：“后主之词，真所谓以血书者也。”

破阵子

李　煜

四十年来家国①，三千里地山河。凤阁龙楼连霄汉，玉树琼枝作烟萝。几曾识干戈②？

一旦归为臣虏，沈腰潘鬓消磨③。最是仓皇辞庙日④，教坊犹奏别离歌⑤。垂泪对宫娥。

【注释】

①“四十年”句：南唐始祖建国到最后为宋所灭，历三朝共三十八年。②干戈：指战争。

③沈腰:《南史·沈约传》记载,沈约怀才不遇,曾写信给好友说自己因病消瘦,以至于要收束腰带。后人因以形容人憔悴消瘦。潘鬓:晋潘岳《秋兴赋》序中云:“余春秋三十有二,始见二毛。”后人因以形容人的鬓发斑白。④辞庙:辞别宗庙。指离开南唐祖业,被押赴宋廷。⑤教坊:古时宫廷中管理音乐的官署。

【赏析】

以阶下囚的身份对亡国往事做痛定思痛之想,自然不胜感慨系之。四十年来家国基业,三千里地的秀美河山,耸入云霄的凤阁龙楼,玉树琼枝般的奇花佳木,看惯了歌舞升平的后主何曾识得干戈。

只是一朝成为臣虏,他的精神与肉体都倍感折磨。最让他失魂落魄的记忆是那辞别宗庙、肉袒北上的日子,旧臣俱已风流云散,只剩教坊之人仍前来为他奏起别离悲歌,后主千言万语终作无声泪水,他垂泪对宫娥。

浪淘沙

李　煜

帘外雨潺潺[①],春意阑珊[②],罗衾不耐五更寒。梦里不知身是客,一晌贪欢[③]。

独自莫凭栏,无限江山,别时容易见时难。流水落花春去也,天上人间。

【注释】

①潺潺(chán):雨水声。②阑珊:残,将尽。③一晌(shǎng):片刻,一会儿。

【赏析】

帘外雨声潺潺,听雨声便可晓得,春天将过。

五更梦断,是因为罗被难以抵挡破晓前的寒气,作者因寒冷而醒,醒来回想梦境,深叹梦中可以忘掉现实的残酷,享受须臾的欢乐。

他继而警醒自已:独自不要凭栏怀远吧,那南国的无限江山是别时容易见时难。

悠悠过往真如水流花落春去，离开故土以后，人生从此由天上而人间。

摊破浣溪沙

李　煜

菡萏香销翠叶残，西风愁起绿波间。还与韶光共憔悴，不堪看。

细雨梦回鸡塞远，小楼吹彻玉笙寒。多少泪珠何限恨，倚阑干。

【赏析】

这首词咏思妇怀人。思妇在梦中与征人相会，可那只是瞬息的欢愉。随着梦醒而逝去，外边的一切都是那么现实。荷花凋谢，香消玉殒，荷叶残败在花下。一阵西风荡起了绿波的愁思，为荷花的凋落飘零而发出阵阵叹息，同时也引起了思妇的心绪。

长相思

林　逋

吴山青[①]，越山青[②]。两岸青山相送迎，谁知离别情[③]？

君泪盈，妾泪盈。罗带同心结未成[④]，江头潮已平[⑤]。

【注释】

①吴山：指钱塘江北岸的山，古代这里属吴国。②越山：指钱塘江南岸的山。③此句一作“争忍有离情”。④罗带：丝织成的带子。同心结：把罗带打成结，比喻同心相爱。⑤潮已平：江潮涨满，与岸齐平，表示船将开行。

【赏析】

这首《长相思》虽然写的是离愁别绪，但笔调清新优美。上阕写景，“吴山青，越山青”两个叠字的运用，在复沓的民歌中唱出江南美景。一句“谁知离别情”似乎是对亘古青山的怨怒，也像是对情人的嗔怪，别有意味。下阕由景入情，“君泪盈，妾泪盈”，满纸离别之痛，泪眼婆娑，哽咽无言。

吴越为春秋时期古国之名，在今江浙一带。这里自古以来明山秀水，风光无限。

林逋是北宋初年著名隐士，目下无尘、孤高自许，隐居在西湖边的孤山；二十年不入城、不入仕。他终身未婚无子，植梅养鹤，人称“梅妻鹤子”。提到林逋，人们首先想到的自然是他的诗，“众芳摇落独暄妍，占尽风情向小园。疏影横斜水清浅，暗香浮动月黄昏。”一首小诗，田园之乐，暗夜之情，跃然纸上；满溢的遐思和仰望在后人的心头层层荡漾，隐居的清雅和高逸，也如夜半歌声，缥缈而至。

这首词作，深深地浓缩了吴越青山绿水的万种风情，如一朵凝香含露的小花，意境优雅，盈溢出一抹清香。

点绛唇

林　逋

金谷年年[①]，乱生春色谁为主？余花落处，满地和烟雨。

又是离歌，一阕长亭暮。王孙去[②]，萋萋无数，南北东西路[③]。

【注释】

①金谷：即金谷园，指西晋富豪石崇在洛阳建造的一座奢华的别墅。因征西将军祭酒王诩回长安时，石崇曾在此为其饯行，而成了指送别、饯行的代称。②王孙：贵人之子孙。这里指作者的朋友。③萋萋：草盛貌。

【赏析】

古人有“萋萋芳草喻离愁”的文学传统，如“青青河畔草，绵绵思远道”（《饮马长城窟行》），“又送王孙去，萋萋满别情”（《赋得古原草送别》），无处不生的春草，犹如人们无处不在的深情，别意缠绵，难舍难分。

林逋的这首《点绛唇》写得气韵生动，于众多咏物诗词中脱颖而出。残园、乱春、烟雨、落花、离情、日暮，在阡陌交通的小路上不断蔓延。全词无一“草”字，却字字令人联想到芳草萋萋，写景抒情浑然一体，被奉为咏物词的佳作。王国维更是称赞为“咏春草三绝调”之一（另两首分别为梅尧臣的《苏幕遮》和欧阳修的《少年游》）。

古人咏春咏草多为感怀伤世，以屈原为首的文人骚客，也多以香草美人自喻，含蓄地表达自己对君主的忠贞、“迷恋”，以及愿意为江山社稷肝脑涂地的决心。所以，这类“八股写法”常常是托物言志，鲜有真诚、纯粹的咏物之作。

唯此，林逋的词中融进了自己的离愁别恨，又无关时局的波澜，在眼界和境界上自然与别家不同。其颇得盛赞也是情理之中。

从林逋的隐居情况来看，宋初虽偶有征战，但生活还算安逸，用现代词汇来讲，比较“休闲”。假若生逢乱世，逃命尚且来不及，哪里还有闲情雅致来隐居。于美丽的西湖边，看梅花怒放，听野鹤长鸣，林逋过上了传统文人最向往的“隐居生活”。他超脱凡尘俗世，情怀高拔挺秀，为文人的躬耕自守、恬退隐居树立了最初的范本。

林逋存词仅三首，《长相思》为闺情极品，《点绛唇》为咏物一绝，故谈及宋词，始终越他不过。

卜算子慢

柳　永

江枫渐老，汀蕙半凋[①]，满目败红衰翠。楚客登临，正是暮秋天气。引疏砧、断续残阳里。对晚景、伤怀念远，新愁旧恨相继。

脉脉人千里。念两处风情，万重烟水。雨歇天高，望断翠峰十二。尽无言、谁会凭高意？纵写得、离肠万种，奈归云谁寄？

【注释】

①汀蕙：水边小洲上的蕙兰。

【赏析】

残阳映照，画柳烟桥边，执子之手，离愁万种。情到深处，却依然要含蓄隐忍片刻，无语凝噎，千叮万嘱，含情脉脉，话不尽的依依别情，留恋处，兰舟时时催发。此情此景，在传统文人的生活中，一般都是和发妻话别时的情景。到了柳永这里，便不是娇妻，而是风尘女子了。

柳永笔下云集的青楼女子，秀香、英英、瑶卿、心娘、佳娘等都得到过柳永诗词。

"秀香家住桃花径，算神仙才堪并"，"英英妙舞腰肢软，章台柳，昭阳燕"，"有美瑶卿能染翰，千里寄小诗长简"，"心娘自小能歌舞，举意动容皆济楚"，"佳娘捧板花钿簇，唱出新声群艳伏"。

柳永仅凭婉约小词，就将世所唾弃的青楼女子形象带进了高雅的文学殿堂。从为文和为人两方面来讲，都是一种突破，是非一般的境界。他不像达官显贵，一夜春宵后，重整衣冠，站在道德的制高点，鄙视他们曾经玩弄过的青楼女子，一副假道德君子的模样。柳永是以平等的、同情的态度去对待这些女子的。他可以发现她们灵魂中可贵的东西，用饱含怜悯的诗词抚慰她们冰冷的灵魂。

柳永比亲人还能体谅她们的苦处，她们找到了能倾诉衷肠的好伙伴。他的眼神抛弃了轻蔑，多了点理解，随时令人感到"同是天涯沦落人"的惆怅；他不是一般的嫖客，甚至可以从嫖客变成她们的好朋友。这些女子把他当成知己看待，甚至抛却了钱色的交易。

忆帝京

柳　永

薄衾小枕凉天气，乍觉别离滋味[①]。展转数寒更，起了还重睡。毕竟不成眠[②]，一夜长如岁[③]。

也拟待、却回征辔[④]；又争奈、已成行计。万种思量，多方开解，只恁寂寞厌厌地[⑤]。系我一生心，负你千行泪。

【注释】

①乍觉：刚刚发现。②毕竟：终于、到底、无论如何的意思。③岁：年。④也拟待：这是万般无奈后的心理活动。却回征辔：怎么能掉转马头回去呢。⑤寂寞厌厌地：百无聊赖地。

【赏析】

柳永和歌伎舞女们的感情极深，这一点不容置疑。但柳永笔下的情词，多为女子的思恋。这一首《忆帝京》，沾染了无限相思，以男子的口吻和立场来写可谓别具一格。难怪刘熙载在《艺概》论柳词中盛赞"细密而妥溜，明白而家常"。

细看这首词，薄衾天凉秋意渐浓，深夜独卧，辗转反侧，相思袭来难入眠，醒来还想睡，希望在梦里重逢。一句"毕竟不成眠"蕴含了无比的思念和孤单。我们常常用"一日不见如隔三秋"形容相思之苦，却不料柳永的一句"长夜如岁"更让人心惊。别离的滋味可说是写得情浓隽永。

下阕更加深入地描写了离情。相思无尽，只想回头找你；可是已赴征程，为功名也为生计。于是寂寞天地，只能在万种无奈中开解自己。通篇明白晓畅，平和浅易，寥寥数字勾勒出一个离开心爱之人的男子度日如年的愁苦。如果至此结束，顶多不过为“淫词艳曲”中流行一时的诗句。可柳永毕竟不是普通人,他对艺伎的感情也非同一般。结尾处一句“系我一生心，负你千行泪”如繁花落地。落拓曲折处，委婉动情，九曲回肠之意，深切动人。从来，人们太熟悉女子的倾诉，正因如此，在一个男权世界里，能够听到才华横溢的才子深深的表白，更觉意义非凡。

读柳永词，虽然可以读出他的沉沦，也同样可以读出一种别样的韵味。柳永，一个深入市井的落魄文人，一个青楼女子的蓝颜知己，一个烟花柳巷的四时常客，一个在潦倒中走出异样轨迹的词人。他的生活像北宋这场大戏里的一个亮点，照亮了当时的人生百态，折射了时代为人所耻、歌舞升平而又道德冰冷的角落。所幸的是，他的词作没有和生活一样浪迹酒色，而是时刻散发出人性的悲悯和况味。

望海潮

柳　永

东南形胜[①]，三吴都会[②]，钱塘自古繁华。烟柳画桥，风帘翠幕，参差十万人家。云树绕堤沙，怒涛卷霜雪，天堑无涯[③]。市列珠玑[④]，户盈罗绮[⑤]，竞豪奢。

重湖叠巘清嘉[⑥]，有三秋桂子，十里荷花。羌管弄晴，菱歌泛夜[⑦]，嬉嬉钓叟莲娃。千骑拥高牙[⑧]，乘醉听箫鼓，吟赏烟霞。异日图将好景[⑨]，归去凤池夸[⑩]。

【注释】

①形胜：位置重要，交通便利。②三吴：此处泛指江浙的广大地区。③天堑：天然的险阻。

此处指钱塘江。④珠玑（jī）：珠宝。⑤罗绮：绫罗绸缎。⑥重湖：北宋时西湖已有里湖、外湖之分，故云。叠巘：层叠的山峦。⑦菱歌：采菱女子们欢唱的歌曲。⑧高牙：本指军前大旗，此处指高官的仪仗旗帜。⑨异日：他日。图：描绘。⑩凤池：凤凰池，此处指代朝廷。

【赏析】

既是东南地区的交通枢纽，又是三吴等地的重要都市，杭州自古以来便以繁华闻名。那轻烟笼罩的杨柳，美丽精致的画桥，各式各样的竹帘翠幕，参差错落在十万人家之间。你还能看到望之如云的树木环抱着沙堤，澎湃似怒的海潮卷起白浪，以及壮美钱塘江的无边无涯。如果走在街市，眩目的是处处的珠光宝气、锦缎光华。

谈到秀美多姿，那就一定要说说杭州的重湖群山。你可以于秋季向山中寻桂子，可以在夏季观览湖中的十里荷花；坐在西湖岸边，可以晴天听羌管，夜来听菱歌，喜看湖中嬉戏的钓叟莲娃。如果有幸跟随将军的盛大仪仗出游，则可以乘醉听箫鼓，吟赏烟霞。

作者赞叹杭州的富庶美丽，他不但以文记述，更要以画描摹，以便他日前往京城时，好向同僚夸。

八声甘州

柳　永

对潇潇暮雨洒江天，一番洗清秋。渐霜风凄紧，关河冷落[①]，残照当楼。是处红衰翠减[②]，苒苒物华休[③]。惟有长江水，无语东流。

不忍登高临远，望故乡渺邈[④]，归思难收。叹年来踪迹，何事苦淹留？想佳人，楼头颙望[⑤]，误几回，天际识归舟。争知我，倚栏杆处，正恁凝愁[⑥]。

【注释】

①关河：关口和航道。②是处：处处，到处。③苒苒：渐渐，慢慢。④渺邈：渺茫、遥远。⑤颙望：举头凝望。⑥恁：如此。

【赏析】

潇潇暮雨，洒遍江天，直洗出一片清秋天地。雨过后，渐觉霜风凄紧，秋意一阵紧似一阵。词人独立高楼，极目远望，关河冷落，夕阳残照。风雨过后，到处红衰翠减，韶光休矣。唯有长江水，无语东流，似与词人默默相对。不忍登高临远，因故乡邈渺不可见，而望乡又总使人归心难收。更遥想佳人，此刻亦独立妆楼举首凝眸远望，多少次天际识归舟，总是一场空！美人迟暮之悲，和红衰翠减之悲，亦融成一片。佳人又怎知道，此时此刻，他与你正一样凝愁相望！

雨霖铃

柳 永

寒蝉凄切[①]，对长亭晚[②]，骤雨初歇。都门帐饮无绪[③]，留恋处，兰舟催发[④]。执手相看泪眼，竟无语凝噎[⑤]。念去去、千里烟波，暮霭沉沉楚天阔[⑥]。

多情自古伤离别，更那堪[⑦]、冷落清秋节！今宵酒醒何处？杨柳岸、晓风残月。此去经年，应是良辰好景虚设。便纵有千种风情[⑧]，更与何人说！

【注释】

①寒蝉凄切：秋蝉的鸣叫声凄凉而悲哀。②长亭：古代设于官道旁供行人休息的亭子。③都门帐饮：在京城郊外张设帷帐，宴饮送别。④兰舟：木兰舟。泛指装饰华美的木船。⑤凝噎：犹哽咽。气咽声堵，说不出话来。⑥暮霭沉沉楚天阔：傍晚的云雾弥漫在辽阔的天空，显得苍茫幽远。楚天：战国时楚国在南方，故称南方地区的天空为楚天。⑦更那堪：又怎么受得了。⑧风情：风月情怀，即男女恋情。此指兴味，情致。

【赏析】

人即将别离，天色已晚，阵雨刚刚停歇，寒蝉发出一声声凄切的哀鸣，在送别的长亭，人怎么能不悲伤？送别都门，在都门设帐饯别，却无心畅饮。留恋朋友，不想让他离开，无奈船主催促，已经快到出发的时间了。送朋友登上小船，他们在船头紧握双手，泪眼相对。傍晚的云雾弥漫在辽阔的天空，显得苍茫而幽远。设想别后道路遥远，不知将来彼此的人生道路如何，他们倍感惆怅。离别的悲伤，历来如此。何况离别的时刻选在这冷落凄凉的深秋！叫人怎能不伤心！今夜酒醒后会在何处呢？醒来在船中，抬头看到残月惨淡地挂在夜空，岸上的柳树依依，清晨的风徐徐吹来，使人清醒。才知昨夜的离别不是一场梦境。这一别离，一去就是几年，别后将是长久的寂寞，年华虚度。别后再会无期，这种别后的愁思，无限风情跟谁诉说？

渔家傲

范仲淹

塞下秋来风景异[①]，衡阳雁去无留意。四面边声连角起[②]。千嶂里[③]，长烟落日孤城闭[④]。

浊酒一杯家万里，燕然未勒归无计[⑤]。羌管悠悠霜满地[⑥]。人不寐，将军白发征夫泪！

【注释】

①塞下：边地。风景异：指景物与江南一带不同。②边声：马嘶风号之类的边地荒寒肃杀之声。角：军中的号角。③嶂：像屏障一样并列的山峰。④长烟：荒漠上的烟。⑤燕然：山名，即今蒙古境内之杭爱山。勒：刻石记功。据《后汉山·窦宪传》记载，东汉窦宪追击北匈奴，出塞三千余里，至燕然山刻石记功而还。燕然未勒：指边患未平、功业未成。⑥羌管：羌笛。霜满地：喻夜深寒重。

【赏析】

范仲淹曾亲历战场，带兵作战，许多军旅题材的词作广受青睐，最著名的便是这首《渔家傲》。开头两句是对塞外朔地景象的描绘，给人营造了一种开阔苍茫的气象。在这塞外守边征战，其艰苦是常人无法想象的，思乡变成了永久的话题，然而“浊酒一杯家万里，燕然未勒归无计”。战事未成，归家不得，这是种悲情，但同时似乎也蕴含着词人“不破楼兰终不还”的隐隐决心。词句彰显的是一位爱国文人的胸怀，这虽是一首边塞词，但却不落窠臼，显得悲壮而不悲伤。结尾“人不寐，将军白发征夫泪”，可堪可叹，苍苍白发，空对南飞大雁，一杯浊酒，闷对落日孤城。英雄情怀的悲歌与幻灭，都在这一刻随长烟腾起。

苏幕遮

范仲淹

碧云天，黄叶地，秋色连波，波上寒烟翠。山映斜阳天接水，芳草无情，更在斜阳外。

黯乡魂[1]，追旅思[2]，夜夜除非，好梦留人睡。明月楼高休独倚。酒入愁肠，化作相思泪。

【注释】

①黯乡魂：指思乡之愁苦令人黯然销魂。黯，愁苦、沮丧。②追：追缠不休。旅思：羁旅的愁思。

【赏析】

范仲淹工于诗文，除了家国情仇之外，也有自己的一份闲情逸致，且写过许多描写景致的词，其中以这首《苏幕遮》写得最是凄婉。

词开头两句“碧云天，黄叶地”，从天地大气之中抽取出无边秋色。然后是远山、斜阳、芳草，天水相连，感伤、旅怀、忧思、乡愁，令一切都黯淡无神。独倚栏杆，泪暗洒，一杯美酒，一怀愁绪，浓烈地在心里燃烧，化为无尽的相思泪。

自古文人多风流，而宋代文人由于生活的滋润与富饶，则更添几分情致。宋词中男欢女爱、相思成灾的词多如牛毛，但能够写到范仲淹这样沉痛的并不多。

千秋岁

张　先

数声鶗鴂，又报芳菲歇。惜春更把残红折。雨轻风色暴，梅子青时节。永丰柳[1]，无人尽日飞花雪。

莫把幺弦拨[2]，怨极弦能说。天不老，情难绝。心似双丝网，中有千千结。夜过也，东窗未白凝残月。

【注释】

①永丰：唐代长安有永丰坊。②幺弦：琵琶第四弦，因其最细，故称幺弦。

【赏析】

这首小词上下阕语意贯通，表达了爱情受阻的幽怨和坚定不移的决心。“天不老，情难绝”既化用了李贺的“天若有情天亦老”，又别出自心，肯定了天不会老，深情也不会断绝的信念。其中“心似双丝网，中有千千结”更是发挥了谐音的妙用，“丝”恰好暗示了“思”，寸寸相思，结成紧密的网，任谁也破坏不了。

张先的词上承花间下启苏轼，是宋词发展中的重要一环。陈廷焯在《白雨斋词话》中评价为：“张子野词，古今一大转移也。”他的词作蕴意凝练，情感饱满，“才不大而情有余”，是婉约言情类的高手，而这首《千秋岁》更是个中翘楚。

青门引　春思

张　先

乍暖还轻冷，风雨晚来方定。庭轩寂寞近清明[①]，残花中酒[②]，又是去年病。

楼头画角风吹醒[③]，入夜重门静[④]。那堪更被明月，隔墙送过秋千影。

【注释】

①庭轩：庭院中的小屋。②中酒：久饮成病。③画角：古管乐器。形如竹筒，本细末大，因外加彩绘，故名。这里指军乐。④重门：一道道门户。

【赏析】

清明前后，气候忽冷忽暖，很不稳定。乍暖还寒的时候心绪最不平静。外面天色不好，像是郁积着风雨的样子，天空中时而还随风飘来几颗雨滴。到晚上风雨才消歇。一轮残月升了起来。已经快到清明时节，庭院小屋中寂静无声。词人在残花下饮酒喝醉了，从去年到现在，因为长时间酗酒，词人已经久饮成病。楼头的画角随风吹动，惊醒了词人。夜已经很深，一道道门户都闭了，人们都已经进入了梦乡。月明之夜，月亮把隔壁秋千的影子投照进来，那院里应该别有人在。但自己的心上人再也不会出现了。

清平乐

晏　殊

红笺小字①，说尽平生意。鸿雁在云鱼在水②，惆怅此情难寄。

斜阳独倚西楼，遥山恰对帘钩③。人面不知何处，绿波依旧东流。

【注释】

①红笺：印有红线格的绢纸，多指情书。②鸿雁：大雁。③帘钩：挂窗帘的铜钩，此代指窗户。

【赏析】

晏殊字同叔，14岁的时候，应神童试，真宗召其与众进士同廷应考，结果晏殊提笔成文，从容镇定，真宗赐进士出身。35岁正是许多人为功名挤破头的时候，晏殊却已经升任翰林学士，后拜相；一生富贵，青云平步。

或许正因此，晏殊的词里多为平和的情感，很少使用冷僻的典故。其清健的词风，正如他平平稳稳的一生，“修身、齐家、治国、平天下”，而悠游也可以成就难得的风雅。一首《清平乐》，正是这种从容、娴雅的例证。

小词上阕写情，幽幽爱慕都铺陈在一方小巧的信纸上，“雁足传书”“鱼传尺素”，惆怅深处，连最愿意传递感情的它们也不忍将情书送出。托书不成，便只能借景抒情，将无限情思融入眼前的景色中，斜晖脉脉，高楼上独自一人，“遥山恰对帘钩”，本想两两相望穿越时空，不料目光受到青山的阻隔，徒添一段愁思。结尾两句，笔锋忽转，并无更多悲凉之感，情人不在，而绿波依旧。言虽有尽，却含义无穷。

这首《清平乐》读来虽有哀愁却并不哀怨，虽是艳情却毫不妖艳；惆怅难遣，却也不似柳永和周邦彦等人的浓艳香软、汪洋恣肆。所谓“文如其人”正是此意。晏殊写词，由于经历和身份的原因，感情上总是有所收敛，“胸有惊涛、面如平湖”，这种风致在这首小词中得到了充足的体现。

浣溪沙

晏　殊

一曲新词酒一杯，去年天气旧亭台[①]。夕阳西下几时回？

无可奈何花落去，似曾相识燕归来。小园香径独徘徊[②]。

【注释】

①“去年”句：语本唐人邓谷《和知己秋日伤怀》诗“流水歌声共不回，去年天气旧池台”。②香径：花园里的小路。

【赏析】

这是晏殊最为著名的一首词作，词境直指人世无常，感慨世事变迁。

对酒当歌，试问“夕阳西下几时回”？夕阳西下，触动了词人的情思，彩虹易散琉璃碎，亭台楼阁依旧，而韶华流转却转眼成空。词人不仅描写了眼前事物，更有对世事无常的感喟。

“无可奈何花落去，似曾相识燕归来”两句更成为词坛绝唱。花开花落，春去秋来，美好事物的消长无法阻止，空留词人在园中徘徊独思。年年岁岁花相似，岁岁年年人不同。这种对人生哲理性的思考，令词作在语言和意境上都显示出卓尔不群的风采。

由于晏殊的位高权重，所以他不用像南宋很多词人那样，为晋级和交友而做些应制的唱和，他不用为酬答谢意而埋藏真性情，辱没自己的才学。

有人说晏词的清丽雅秀有花间词的遗风，但从晏殊这首《浣溪沙》来看，实在有“出于蓝而胜于蓝”的成就。

蝶恋花

晏　殊

槛菊愁烟兰泣露[①]，罗幕轻寒[②]，燕子双飞去。明月不谙离恨苦，斜光到晓穿朱户[③]。

昨夜西风凋碧树，独上高楼，望尽天涯路。欲寄彩笺兼尺素[④]，山长水阔知何处！

【注释】

①槛：栏杆。②罗幕：丝罗质地的帷幕，富贵人家所用。③朱户：指大户人家。又言朱门。④尺素：书信的代称。古人写信用素绢，通常长约一尺，故称尺素。

【赏析】

这首小词以“昨夜西风凋碧树，独上高楼，望尽天涯路”三句闻名于世，是一首抒发离愁别恨的上乘词作。婉约派词人的怀远伤感之作，大抵都褪不去忧郁的底色，词境上也显得不够开阔。唯有此词，以高楼独倚的姿态，写尽天涯人生路上的孤独，读来不禁伤怀且蕴含了广大而深切的苍凉。其词意之悠远、格局之阔大，皆非同类婉约词所能比拟；一枝独秀，如寒梅傲雪，令人在“忘尽”之余，虽苍茫悲壮，却也辽远阔达。

王国维先生曾借用此三句来解释治学之道，认为乃为学三重天之第一境界。跳出了狭小的爱慕与柔情，王国维对词意的夸张似乎更显得出这首词的普适性。

人们无法揣测晏殊的爱情，只能从他的词作中，寻到些蛛丝马迹。就像这首词中的那些字眼，明月离恨、西风碧树、彩笺尺素……正是“山长水阔知何处”，一片恋恋离愁低吟不绝。

玉楼春

晏　殊

绿杨芳草长亭路[①]，年少抛人容易去[②]。楼头残梦五更钟，花底离愁三月雨[③]。

无情不似多情苦，一寸还成千万缕[④]。天涯地角有穷时，只有相思无尽处。

【注释】

①长亭路：指送别的路。②年少抛人：也可作“人被年少所抛弃”，意思是人由年少变为年老。

③五更钟：指思念人的时候。“三月雨”同。④一寸：指心。千万缕：指相思愁绪。

【赏析】

这首《玉楼春》依然延续了婉约派恋情词的特质，“无情不似多情苦”大有“爱过才知情重，醉过才知酒浓”的意味，一缕情思剪成千万段。身为大宋朝堂堂宰相，虽然碍于情面不能过分表露自己的深情，但“天长地久有时尽，相思绵绵无绝期”之感慨，想来也是真正有过铭心刻骨的爱情吧。

大宋词坛犹如一盘好棋，无论贩夫走卒还是帝王将相，都可以找到适合自己的位置，将才情发挥到极致。“一团和气，两句歪诗，三斤黄酒，四季衣裳。”中国传统文人的理想生活模式，在晏殊的身上得到了完美的演绎。

破阵子

晏　殊

燕子来时新社[①]，梨花落后清明。池上碧苔三四点[②]，叶底黄鹂一两声。日长飞絮轻。

巧笑东邻女伴[③]，采桑径里逢迎。疑怪昨宵春睡好，元是今朝斗草赢[④]。笑从双脸生。

【注释】

①“燕子”句：相传燕子春社时飞来，秋社时飞去。新社：指春社，在立春后第五个戊日。此时农村祭土地神（社神）。②碧苔：碧绿的苔痕。③东邻女伴：邻居结伴的少妇。古人多以“东邻”指美女所在之处。④斗草：古代女子一种游戏。唐宋时的斗草在二三月，即本词开头所说的春社时刻。

【赏析】

春社将近，已见燕子回来，梨花凋落以后就是清明节了。池塘上已经长出了碧绿的苔藓，三四点地装饰着池塘。树叶底下的黄鹂鸟偶尔发出一两声鸣叫。白天慢慢变长了，柳絮轻轻飘飞。天气慢慢转暖了。闺中少女，此时应节换了薄装，停了针线，赶节郊游踏青。看那两位邻家少女，她们笑着走出家门，在采桑的小路上相遇。难怪昨天晚上做了一个好梦，原来是今天在斗草游戏中玩赢了。赢了以后，她们笑得就更加灿烂了。这首词抓住少女斗草获胜后的一个镜头，表现出她们充满青春活力的精神面貌。

采桑子

晏　殊

时光只解催人老，不信多情，长恨离亭[①]，滴泪春山酒易醒。

梧桐昨夜西风急，淡月胧明，好梦频惊，何处高楼雁一声。

【注释】

①离亭：古代送别之所。

【赏析】

韶华易逝，流光催人，转眼春去秋来。词人感慨时光易逝，惆怅亲爱分离，在离亭送别，情多凄怆，心中有无限的哀愁。词人的烦恼无可化解，只好借酒浇愁，然而不久便泪湿春衫，连酒也无法使自己暂时解脱，伤心之情反而更加浓重。西风飒飒，桐叶萧萧，一股凉意直透人的心底。抬头一看，窗外月色朦胧而又惨淡，仿佛它也受到西风的威胁。每当词人希望好梦多留一刹那的时候，它就突然破灭了。而且每一回破灭，现实的不幸之感就又一齐奔集而来。每当这时，室外的各种音响，各样色彩，以及词人时光流逝之感，情人离别之痛，春酒易醒之恨，把刚才的好梦全都打成碎片了。正在词人沉抑的情绪在凌乱交织之中时，突然传来一声高亢的哀鸣。这一声哀厉的长鸣，是如此突如其来，使众响为之沉寂，万类为之失色。这是孤雁的哀唳，响彻天际，透入人心，把室中人的思绪提升到一个顶峰。这一声代表什么呢？是感觉秋已经更深吗？是预告离人终于不返吗？还是加剧室中人此时此地的孤独之感呢？高楼雁声，更加增添了词人的离愁别恨。这首词意境优美，柔丽而富诗意，且蕴含着一种凄婉的情绪。

踏莎行

晏　殊

小径红稀[①]，芳郊绿遍，高台树色阴阴见[②]。春风不解禁杨花，濛濛乱扑行人面。

翠叶藏莺[③]，朱帘隔燕。炉香静逐游丝转[④]。一场愁梦酒醒时，斜阳却照深深院。

【注释】

①红稀：花儿稀少。红，指花。②阴阴见：暗暗显露。见，同“现”。③翠叶藏莺：指莺燕都深藏不见。这里的莺燕暗喻佳人。④游丝：蜘蛛、青虫之类的丝，飞扬空中，叫作游丝。

【赏析】

暮春之时的芳郊野外，小路两旁，花儿已经稀疏，只间或看到星星点点的几瓣残红；放眼一望只见绿色已经漫山遍野；高台附近，树木繁茂成荫，一片幽深。春天已经消逝，暮春气息很浓。春风不懂得约束杨花，以致让它漫天飞舞，乱扑在行人的脸上。大自然已经无计留春，只好听任杨花飘舞送春归去。翠绿的树叶已经长得很茂密，藏得住黄莺的身影；燕子为朱帘所隔，不得进入室内。初夏嘉树繁阴，永昼闲静。如此闲静的室内，香炉里的香烟，袅袅上升，和飘荡的游丝纠结、缭绕，逐渐融合在一起，分不清孰为香烟，孰为游丝了。日暮酒醒梦觉之时，夕阳正照着这深深的朱门院落，词人遂生初夏日长难以消遣之意，流露出淡淡的哀愁。

生查子

欧阳修

去年元夜时①，花市灯如昼。月上柳梢头，人约黄昏后。

今年元夜时，月与灯依旧。不见去年人，泪满春衫袖。

【注释】

①元夜：农历正月十五夜，即元宵节，也称上元节。

【赏析】

这首《生查子》是欧阳修的代表作。通过主人公对“去年今日”的怀念和追忆，写出了物是人非之感，今昔对比，似乎是受唐代诗人崔护《题都城南庄》的启发。小词叙事清晰，构思巧妙，如上等香滑巧克力，入口即溶，绵绵情意唇齿留香。

在中国古代，元宵节相当于情人节，宋朝更是放长假五天。《岁时杂记》云：“自非贫人，家家设灯。”可见欧阳修的“花市灯如昼”所言非虚，但看那“月上柳梢，人约黄昏”实在不像在人山人海的城里赏灯，倒像是青年男女的幽期密会。上阕至此戛然而止，言有尽而意无穷，如水穷之处坐看云起……只在下阕“不见去年人，泪满春衫袖”中约略可推断出当年甜蜜约会的场景。

月、柳、花灯，繁华并起一如往昔，却再也寻不到去年的佳人，怅然若失犹如一曲人生咏叹调。古人吟咏“元宵节”的诗词很多，佳作迭出，令人目不暇接。这首《元夕》堪称此类诗词中的上品。

浪淘沙

欧阳修

把酒祝东风[①]，且共从容，垂杨紫陌洛城东[②]。总是当时携手处[③]，游遍芳丛。

聚散苦匆匆，此恨无穷。今年花胜去年红。可惜明年花更好，知与谁同？

【注释】

①把酒：端着酒杯。②紫陌：泛指郊野的大路。③总是：大多是，都是。

【赏析】

抚今追昔，时光交错，故地重游，这似乎成了欧阳修词作中的一个基调。这首《浪淘沙》又是一例。

据词作分析，去年此时，把酒问东风，欧阳修和朋友同游洛阳城东，垂柳依依，携手游春，无限从容。可惜，别后重逢再难聚，今年花更红，却不知此番分别何时才能再聚，明年即便花开更艳，也不知该与谁同行赏春？赏春之时不免留下伤春之感。后人赞此词“深情如水，行气如虹”。作为一代文史大家，欧阳修的文与人，似乎也都兼具了这两点特征。

欧阳修少时家贫，母亲以荻画字，教他读书。他天资聪慧，且勤勉好学，一生从不自满，不耻下问，加上胸襟坦荡，终成一代文豪。

在任何一个朝代，最有名气的文人，必定是文章写得最好的那个。所以，在苏轼还没有成名前，欧阳修无疑是文坛泰斗。在苏轼兄弟双双中进士不久，一次偶然的机会，欧阳修读到了苏轼的文章，慧眼识珠，认定苏轼将来必将一代风流，“吾老矣，当放此子出一头地。”此言落地后不胫而走，一时引为文坛佳话。

如欧阳修这等文坛盟主，有很多人都不愿意退居历史二线，于是打压后辈，以便巩固其地位。而欧阳修却从不如此，他曾经和儿子论文章的时候，提到苏东坡，认为三十年后，便无人再提起自己，大有“只知东坡，不知欧阳”的悲凉。可尽管有此先见之明，欧阳修却依然扶持后辈，曾巩、王安石等身为布衣的时候，都曾得到过欧阳修的提携与赞赏。

采桑子

欧阳修

群芳过后西湖好[①]。狼籍残红[②]，飞絮濛濛，垂柳阑干尽日风[③]。

笙歌散尽游人去[④]，始觉春空[⑤]，垂下帘栊，双燕归来细雨中。

【注释】

①群芳过后：百花凋零之后。西湖：指颍州（今安徽阜阳）西湖。②狼籍残红：落花纷乱。狼籍：同“狼藉”，散乱的样子。③尽日：整天。④笙歌散尽：乐声歌声消逝后。⑤春空：春天已过。

【赏析】

群芳凋谢后西湖别具一番美丽，它更显恬静清幽。落英缤纷、柳絮纷飞的暮春景色，常会引起人们的惋惜之情。而欧阳修面对颍州西湖的暮春景色，却会心地发出了赞美之声。落红零乱满地、翠柳柔条斜拂于春风中的姿态，也一样美丽如画。昔日湖上游人不断、笙歌相随的盛况已不复见，词人这才感觉到春天已经消逝了。这时词人才觉得春天已经空落得所剩无物了。从繁华喧闹消失后清醒过来的感觉，既觉有所失的空虚，又觉获得宁静的畅适。外面细雨濛濛，词人垂下珠帘，燕子轻盈地双双归来，词人的心胸是多么旷达，心境是何等恬淡！

踏莎行

欧阳修

候馆梅残[①]，溪桥柳细，草薰风暖摇征辔[②]。离愁渐远渐无穷，迢迢不断如春水[③]。

寸寸柔肠，盈盈粉泪④，楼高莫近危阑倚⑤。平芜尽处是春山，行人更在春山外。

【注释】

①候馆：迎候宾客的馆舍。这里泛指旅舍。②草薰：青草散溢的香气。薰：花草的芳香。征辔：马缰，这里代指马匹。③迢迢：连绵久长。④盈盈：泪水充溢的样子。⑤危阑：高楼上的栏杆。

【赏析】

春暖了，旅舍的寒梅日渐凋谢，只剩细细碎碎的几片残瓣儿；溪桥边的柳树却生出了浅绿嫩芽。暖暖的春风在大地上拂过，风中带了花草芳香，远行的人，也都在这时动身了。在这美好的春光里，我也送走了你。你渐行渐远，我的愁绪也渐生渐多，就像眼前这一江春水，来路无穷，去程不尽。于是只好上楼远望你离去的方向，期盼你能够早归。然而，映入眼帘的，只是绵绵无绝的春草原野，原野尽处是隐隐青山。而你，更在遥远的青山之外，渺不可寻！

蝶恋花

欧阳修

庭院深深深几许①？杨柳堆烟，帘幕无重数。玉勒雕鞍游冶处②，楼高不见章台路③。

雨横风狂④三月暮，门掩黄昏，无计留春住。泪眼问花花不语，乱红飞过秋千去。

【注释】

①深深：形容庭院的深广。极言其深。几许：多少。②玉勒雕鞍：玉饰的笼头和雕绘的马鞍。这里借指华贵的车马。游冶处：指歌楼妓馆等游乐场所。③章台路：泛指繁华游玩之地。章台：汉代长安有章台街，是当时歌伎集中的地方，后借以代指歌楼妓馆。④雨横风狂：雨势迅猛，风力疾劲。

【赏析】

庭院深深，究竟有多深邃呢？杨柳在雨雾迷蒙中显得厚重深沉，好像有无数层的屏风遮挡着。少年公子们华贵的车马停靠在歌楼妓馆等游乐场所，歌楼妓馆是他们最爱去的游玩之地。那里楼阁高耸，歌楼妓馆一家连着一家，是歌伎的集中地。雨势迅猛，风力疾劲，天色已经是黄昏时分，还不见丈夫归来。女主人公敞开着门，等待丈夫的归来。一阵风把门关住了。此时此景只有掩起门户独守空房。有什么办法能把春天留住呢？含泪问花，花纷纷下落，乱自飘零而不回答。整首词如泣如诉，凄婉动人，意境浑融，语言清丽，尤其是最后两句，向为词评家所赞誉。

西江月

司马光

宝髻松松挽就，铅华淡淡妆成①。青烟翠雾罩轻盈，飞絮游丝无定②。

相见争如不见③，有情何似无情。笙歌散后酒初醒，深院月斜人静。

【注释】

①铅华：铅粉。②“青烟翠雾”两句：皆形容珠翠冠的盛饰，指妇女的头饰。③争：怎。

【赏析】

宋代尚文，对于司马光来说，生活在宋朝，不仅拥有独立的精神、无上的荣耀，还很自然地沾染了时代的气息：比如文人指点江山的激越，锐意进取的情怀；当然也还有软香温玉的甜腻。

词的上阕写宴会上遇到的一个舞女，松挽云髻，薄施粉黛，体态轻盈，如青烟翠雾般袅娜，如柳絮柔丝般旖旎，妩媚动人，风情万种。下阕忽然由写景转到写情，有点多情却被无情恼的落寞，长长的相思如碧波荡漾的柔情，剪不断、理还乱。月斜人静，酒后初醒，夜色清凉如水，眷恋、伤感，抑或惆怅，心中五味杂陈，一切景语皆情语，风月无边情意绵绵。

因为刚直不阿的性格，司马光通常会被很多人误认为是一位不懂风月的严肃刻板的人，然而后人从文学里读到的司马光并不是一个怒目金刚式的道学家，他不会永远正襟危坐、高谈阔论，在觥筹交错，酒酣耳热、丝竹乱心之际，这位政坛才子也会写下这片段情思，歌之咏之。

这首词上阕写人下阕写景，看似平淡无奇，实则回味隽永。与宋朝许多浓艳香软的词风不同，《西江月》清新淡雅，风格婉丽，可谓“不着一字，尽得风流”。

桂枝香

王安石

登临送目，正故国晚秋，天气初肃。千里澄江似练，翠峰如簇。征帆去棹残阳里，背西风酒旗斜矗。彩舟云淡，星河鹭起，画图难足[①]。

念往昔，繁华竞逐[②]，叹门外楼头[③]，悲恨相续[④]。千古凭高[⑤]，对此漫嗟荣辱[⑥]。六朝旧事如流水，但寒烟衰草凝绿。至今商女[⑦]，时时犹唱《后庭》遗曲。

【注释】

①画图难足：用图画也不能完美地表现它。②繁华竞逐：争着过豪华的生活。③门外楼头：指南朝陈亡国惨剧。④悲恨相续：指亡国悲剧连续发生。⑤凭高：登高。⑥漫嗟荣辱：空叹什么荣耀耻辱。这是作者的感叹。⑦商女：歌女。

【赏析】

王安石是北宋著名文学家、政治家，字介甫，晚号半山。他的一生可谓跌宕起伏，是少有的在政治上和文学上都有大手笔的人物之一。他是唐宋八大家之一，一生留下诗词作品更是可观，其中不乏佳作。

登高吊古，词人开门见山以“正故国晚秋，天气初肃”起笔。自古逢秋悲寂寥，而半山先生却以“初肃”二字领起，笔力遒劲，精神抖擞，与刘禹锡的“我言秋日胜春朝”有相似的意境。“澄江似练，翠峰如簇”看似随手拈来，却于锦绣江山之上，看出其宏大的视野、开阔的胸襟。

词作下阕忽念往日繁华，六朝古都的风流如此迅速便随历史云卷云舒，千古江山，万种情愫，都只剩相继的荣辱。最后两句，化用了杜牧的诗句：“商女不知亡国恨，隔江犹唱后庭花。”嗟叹之感，弥新而永固。“千古凭高，对此漫嗟荣辱”，无限的慷慨悲凉，读来至今荡气回肠。

中国传统文人总是喜欢借景抒情，登高怀古，放眼远眺，山河秀美，壮志难酬。这惆怅之中，有感怀沧海桑田之变迁，有抒发仕途坎坷之愤懑，也有慨叹国家兴衰之忧虑。宦海沉浮、国运起落全都融合在自然的景色中，涌上心头。宋代更是词人佳作频出的时代。或许正如有人所说的那样，宋朝的确是培养真正“精神贵族”的沃土，而王安石便是这沃土中孕生的一颗明珠。

鹧鸪天

晏几道

彩袖殷勤捧玉钟[①]，当年拚却醉颜红。舞低杨柳楼心月，歌尽桃花扇底风[②]。

从别后，忆相逢，几回魂梦与君同。今宵剩把银釭照[③]，犹恐相逢是梦中。

【注释】

①捧玉钟：指劝酒。玉钟：精美的酒杯。②“舞低”两句：描绘彻夜不停的歌舞作乐。月亮本来是挂在树梢上照进楼中的，此处不说月亮低沉下去，而说“舞低”，指明是欢乐把夜晚消磨了。桃花扇是歌舞时用的扇子，这里不说歌扇挥舞不停，而说风尽，表明唱的回数太多了。③剩：尽情地。釭（gāng）：油灯。

【赏析】

词写作者与一位歌女久别重逢的一幕，开篇则从对曾经与她共度时光的回忆写起——

那一个个温馨旖旎的春日夜晚，她总是在侧殷勤劝酒，他则是不辞饮得满面酡红；她每每极尽所能，把最美妙的歌舞献给他，他则沉醉其中，通宵达旦乐而忘归。

对这一段疏狂生涯，作者并不后悔，女子的音容笑貌在二人分别的岁月里常出现于他的梦中，他盼望着能够再次与她相见。

天公作美，安排了他们的重逢。惊喜之下，作者手把蜡烛照亮夜色中她朦胧的面容，睁大眼睛仔细地端详着这个让他朝思暮想的佳人，唯恐这一次又是在梦境当中。

江城子

苏　轼

十年生死两茫茫[①]，不思量[②]，自难忘。千里孤坟，无处话凄凉。纵使相逢应不识，尘满面，鬓如霜。

夜来幽梦忽还乡③，小轩窗④，正梳妆。相顾无言，惟有泪千行。料得年年肠断处⑤，明月夜，短松冈⑥。

【注释】

①茫茫：渺茫，不知音信。②思量：思念，想念。③幽梦：梦境隐约，故云幽梦。④小轩窗：小室的窗前。轩，只有窗槛的小室。⑤料得：料想。⑥短松冈：种植小松树的山冈，指王氏墓地。

【赏析】

在诗人的妻子王弗祭日的十周年，苏轼梦魂相扰，夜半惊醒。他惶惶四顾，王弗对镜梳妆的样子已经随着梦醒被四周的黑暗吞掉，伸手一拭，双鬓已被眼泪浸湿，苏轼难掩心中沉痛，下床题了这首《江城子》。

据史料记载，王弗为人“敏而静”，知书达理，秀外慧中。在与苏轼婚后的生活中，王弗总能在一些生活琐事上从旁点拨，对苏轼给予提醒，无论是待人接物，还是诗词赏析，苏轼都能从王弗那里得到不同的惊喜。相传当年北宋进士王方在四川眉州青神县的岷江河畔与友人相聚。此地在一片青翠俊秀的山峰连绵的云海间，其中一山名为中岩，名声在外。此山中有一汪清泉，水波清澈见底，而池中的游鱼更是颇具灵性，只要临池拍手，这些鱼儿便如同听到召唤一般纷纷游来。王方见到此景时爱不胜收，便命人为这池清泉取名，众人挠头深思时，一少年已经挥毫而就，写下了“唤鱼池”三个大字。笔法遒劲，取义深刻，王方对面前这个少年顿时生出几分赏识。

这个少年便是苏轼。因为年少才俊，苏轼被王方选为乘龙快婿，将自己16岁的爱女王弗嫁给了苏轼。才子佳人，珠联璧合，也算得上是一段人间佳话了。苏轼为人豁达，不拘小节，在与客人交往时，常会因无心之失而将人得罪。这时，王弗便凝立屏风之后，将苏轼之过谨记，然后婉言相告，言辞凿凿，令苏轼心悦诚服。王弗的病逝将两个人11年的幸福终结。王弗去世的第四年，苏轼续弦，娶了王弗的堂妹王闰之，也是一个温顺贤良的女子，有着和王弗相似的眉眼。恍惚中，苏轼似乎又能看到曾经的幕幕往事。

念奴娇　赤壁怀古

苏　轼

大江东去，浪淘尽、千古风流人物。故垒西边，人道是、三国周郎赤壁①。乱石穿空，惊涛拍岸，卷起千堆雪。江山如画，一时多少豪杰！

遥想公瑾当年②，小乔初嫁了③，雄姿英发。羽扇纶巾，谈笑间、樯橹灰飞烟灭。故国神游，多情应笑我、早生华发。人生如梦，一樽还酹江月。

【注释】

①周郎：即周瑜。赤壁：赤壁之说不一，实际上三国时期周瑜击败曹操大军的赤壁是在湖北蒲圻县西北、长江南岸。②公瑾：周瑜字公瑾。③小乔：周瑜的妻子。

【赏析】

写这首词时，苏轼正值不惑之年而遭流放，所以，他只能在闲暇之时凄然北望，遥想故人，看似游山玩水，实则是在山水中品咂人生的况味。词人心中虽然凄惶，却不影响他豁达地看待人生。理想主义的人常常是这样的，他能够认清现实，却又不愿意向现实低头，他会用一些安慰之语劝解别人，而自己则在达观之外，兀自感慨。

其实，苏轼的词作中有一种固有的情感模式：伤感，感悟，放达。这便是苏轼历经一生磨难而终没能被打垮的秘诀。

苏轼一向被后人赞誉为豪放派的领军人物。在苏轼的作品中，不论是诗词还是散文，都蕴含着磅礴大气之感，令人读后荡气回肠。苏轼文化造诣颇高，被柏杨盛赞为“中国文学史上最杰出的明星，也是中国文学史上一位十项全能的人”。

水龙吟　次韵章质夫杨花词[1]

苏　轼

似花还似非花，也无人惜从教坠[2]。抛家傍路[3]，思量却是，无情有思[4]。萦损柔肠，困酣娇眼，欲开还闭。梦随风万里，寻郎去处，又还被、莺呼起[5]。

不恨此花飞尽，恨西园、落红难缀。晓来雨过，遗踪何在[6]？一池萍碎[7]。春色三分，二分尘土，一分流水。细看来，不是杨花，点点是离人泪。

【注释】

①次韵：亦称步韵，即依所和诗词的原韵原字及其先后次序作诗填词。章质夫：建州浦城（今福建浦城）人，苏轼好友，其咏杨花词《水龙吟》苏轼极称赏，因次韵写成此篇酬和。②从教坠：任其飘零坠落。③抛家傍路：指杨花飞离枝头，坠落路旁。④无情有思：看似无情，实则自有愁思。⑤“又还被”二句：化用金昌绪《春怨》诗“打起黄莺儿，莫教枝上啼。啼时惊妾梦，不得到辽西”之意。⑥遗踪何在：留下来的踪迹在哪里。此处指雨后杨花的下落。⑦一池萍碎：谓杨花飘落水面像一池零乱的浮萍。

【赏析】

杨花有它“似花非花”的独特风流：说它不是花，它却名为“杨花”，与百花同开同落，共同装点春光，共同送走春色；说它像花，它色淡无香，形态细小，隐身枝头，从不为人注目爱怜。天下爱惜花的人虽多，爱惜杨花者却很少。很少有人为杨花的飘落而叹惜哀婉。杨花飞离枝头，坠落路旁，飘落无归。思量起来，看似无情，其实却自有愁思。杨花忽飘忽坠，时起时落，像美女困倦时眼睛欲开还闭的那种姿态，又像美女心中怀有无限的离思柔情。昨夜梦随风动，梦中追寻情郎的去处，美梦还没有醒来，今日一大早便被黄莺的啼叫声惊醒。不恨杨花飞尽，恨只恨满地落红，满目都是一

片衰飒的景象。一场晨雨过后，连遗踪也看不见了，只剩下一池破碎的浮萍。早上醒来，昨夜残留的三分春色，全部付之尘土与流水。再细细看来，这点点的杨花，是离人的眼中相思的血泪。

蝶恋花

苏　轼

花褪残红[①]青杏小，燕子飞时，绿水人家绕。枝上柳绵吹又少，天涯何处无芳草[②]。

墙里秋千墙外道，墙外行人，墙里佳人笑。笑渐不闻声渐消，多情却被无情恼[③]。

【注释】

①花褪残红：指花已凋落。②“天涯”句：指芳草蔓延天边，春天已经过去了。③“多情”句：意谓墙里佳人之笑，本出于无意，而墙外行人闻之，却枉自多情，因此而使其徒增惆怅。多情：指墙外行人，即作者。无情：指墙里荡秋千之佳人。

【赏析】

红花凋谢，杏树枝头上结出颗颗青杏，燕子在池边茅舍之上飞来飞去，柳枝上的柳絮被风吹得越来越少，大地的每个角落里都已经是绿草如茵。眼看春光就要消失，词人不免有些惋惜。有燕子飞过天空，清澈的河流围绕着村落人家。柳枝上的柳絮已被吹得越来越少，天涯到处都长满了茂盛的芳草。围墙里面，有一位少女正在荡秋千，发出动听的笑声。围墙外的行人听到了笑声，词人忍不住去想象少女荡秋千的欢乐场面。慢慢地，墙里的笑声听不见了，行人惘然若失，仿佛自己的多情被少女的无情所伤害。

水调歌头

苏　轼

丙辰中秋[①]，欢饮达旦，大醉，作此篇。兼怀子由[②]。

明月几时有？把酒问青天[③]。不知天上宫阙，今夕是何年[④]。我欲乘风归去，又恐琼楼玉宇[⑤]，高处不胜寒[⑥]。起舞弄清影，何似在人间！

转朱阁[7]，低绮户[8]，照无眠。不应有恨，何事长向别时圆？人有悲欢离合，月有阴晴圆缺，此事古难全。但愿人长久，千里共婵娟[9]。

【注释】

①丙辰：此指宋神宗熙宁九年（1076年）。②子由：作者之弟苏辙，字子由。③“明月”二句：从李白《把酒问月》诗“青天有月来几时？我今停杯一问之”脱化而来。把，持，握。④“今夕”句：出自唐人传奇《周秦行纪》：“共道人间惆怅事，不知今夕是何年。”⑤琼楼玉宇：指月中宫殿，为神仙所住。⑥不胜：经受不了。⑦朱阁：华美的楼阁。⑧绮户：雕有花纹的门窗。⑨“千里”句：化用谢庄《月赋》：“美人迈兮音尘阙，隔千里兮共明月。”婵娟，形态美好的样子，这里指月亮。

【赏析】

如此皓然朗月，几时能够常有呢，词人在这样圆月高照的中秋之夜，手拿酒杯向青天发问？不知道那天上的宫阙里，今晚又是何年呢？词人原本打算乘着风飞到那月宫中去，却又害怕那琼楼玉宇，虽然美丽却太过高深，而太高处则会不胜其寒。倒不如依然居于人间，对月翩然起舞。月光皎洁，月华的清辉照着华美的高楼，也低洒进雕花的窗内，照着每一个夜深不能眠的人。此时词人和弟弟分离，月圆而人不能圆，为此词人虽然觉得不应当埋怨那一轮圆月，但还是忍不住诘问：为何月亮总是要在人们分离时圆呢？而后词人又意识到：人生本来就充满了悲欢离合，正如月亮也总有阴晴圆缺一样，自古以来就难求圆满。于是词人心境转为豁达洒脱，超然物外，发出了“但愿人长久，千里共婵娟”的美好祝愿。词作的结尾充满了人生哲理，是苏轼哲理词的代表作。

江城子 密州出猎

苏　轼

老夫聊发少年狂[1]。左牵黄，右擎苍[2]。锦帽貂裘，千骑卷平冈[3]。为报倾城随太守[4]，亲射虎，看孙郎[5]。

酒酣胸胆尚开张[6]。鬓微霜[7]，又何妨！持节云中[8]，何日遣冯唐[9]？会挽雕弓如满月[10]，西北望，射天狼[11]。

【注释】

①老夫：作者自称。聊：姑且。②左牵黄：左手牵着黄狗。右擎苍：右手托着苍鹰。两者均为古人出猎时的习惯。③千骑：形容随从乘骑之多。卷平冈：卷起平冈上的尘土。④太守：此指作者自己。⑤孙郎：孙权。这是作者自喻。史载，孙权曾亲自射虎。⑥尚：更。⑦霜：白。⑧持节：拿着符节。云中：汉时郡名。⑨冯唐：汉文帝时人。文帝曾派冯唐持节赦免魏尚。这里作者以魏尚自比。⑩会：会当，将要。⑪天狼：星名，又称犬星，主侵掠。这里隐指西夏。

【赏析】

词人为一种少年的豪情和狂放所激荡，左手牵着黄犬，右臂驾着苍鹰，身着雕裘，头戴锦帽，带领着大队的随从一同出猎，他们全都是一身打猎的装束。千骑一同奔驰，在平冈上卷起阵阵尘土。为了回报全城百姓都随着太守出行的热情，词人决定自己要像当年的孙权一样，亲自射虎以显身手。打猎归来，词人又开宴畅饮，在酒酣耳热之际，词人更加豪情满怀，兴致也更加浓厚。接着词人发出了豪情壮语：虽然自己头发斑白，年岁已高，但那又有何妨碍？词人一直在等待着朝廷能够像汉文帝派冯唐持节赦免魏尚一样，对自己委以重任，赶赴边疆杀敌。到了那时候，他一定将挽弓如满月，狠狠地打击那些侵扰边疆的西夏军队。本词通过写出猎之行，抒兴自己兴国安邦之志，扩大了词的题材和表现力，为词的创作开创了崭新的道路。

念奴娇

苏　轼

八月十七日，同诸甥步自永安城楼[1]，过张宽夫园待月。偶有名酒，因以金荷酌众客[2]。客有孙彦立，善吹笛。援笔作乐府长短句，文不加点[3]。

断虹霁雨[4]，净秋空、山染修眉新绿。桂影扶疏[5]，谁便道、今夕清辉不足？万里青天，姮娥何处，驾此一轮玉？寒光零乱，为谁偏照醽渌[6]？

年少从我追游[7]，晚凉幽径，绕张园森木。共倒金荷家万里，难得尊前相属[8]。老子平生，江南江北，最爱临风曲[9]。孙郎微笑[10]，坐来声喷霜竹[11]。

【注释】

①永安城：白帝城，在今重庆奉节西。②金荷：状如荷花的金制莲花杯。③文不加点：形容写得很快，一挥而就，根本不用涂改。④断虹霁雨：半隐半现的虹霓，出现在雨后的天空中。⑤桂影扶疏：月中的桂树枝叶繁茂，阴影很浓。传说月亮中有桂树，高五百丈。扶疏：用来形容枝叶繁茂。⑥醽渌：代美酒。用醽檄槛球湖（湖南衡阳东）及渌水（江西万载东）之水取以酿酒，非常甘美，称醽渌酒。⑦年少：少年。⑧“共倒金荷”二句：意谓离家万里，能在这里把盏对酒，极为难得。尊，同“樽”，酒杯。属，劝酒。⑨临风曲：临风飞扬的刚健之曲。一作“临风笛”。⑩孙郎：此指孙彦立。⑪“坐来”句：顿时吹出美妙的笛曲。坐来，当时俗语，意为顿时、立刻。喷，喷发。霜竹，指笛子。

【赏析】

秋日，雨后新晴，露出隐隐约约的彩虹，云雾散尽，碧空如洗。青山如黛，经过雨水的冲洗显得更为碧绿葱茏。夜里，一轮明月升上天空。词人赏月，当日是八月十七，虽然已经过了八月十五，但是月亮清辉依旧，可爱可玩，依稀还可以看到月中那棵枝叶繁茂的桂树。可以想象那是嫦娥在驾驶一轮玉盘，驰骋于万里长空。皎洁的月光与晶莹清澈的美酒两相辉映，秋日的夜晚很是清凉宜人，园中小径也甚为幽静。词人正带领着一群快乐的年轻人，在园中茂盛的树林间徜徉赏玩，把酒畅饮。喝到兴浓时，词人心情很是激动：离家万里，难得有今宵可以如此开怀畅饮！听到孙郎那优美动人的笛声，词人心情更为豪迈激越，慨言道：“老夫一生，走遍了大江南北，最爱的还是那林风吹奏的笛曲！”那位善吹笛的孙郎遇此知音，面带微笑，欣然会意，当即吹动笛子，喷发奇响，悠扬的笛声回还婉转，不绝于耳。

满庭芳

秦　观

山抹微云[1]，天连衰草，画角声断谯门[2]。暂停征棹，聊共引离尊[3]。多少蓬莱旧事，空回首、烟霭纷纷[4]。斜阳外，寒鸦万点，流水绕孤村。

销魂。当此际，香囊暗解[5]，罗带轻分[6]。谩赢得青楼，薄幸名存[7]。此去何时见也，襟袖上、空惹啼痕。伤情处，高城望断，灯火已黄昏。

【注释】

①抹：涂抹，染上。②画角：军中用的涂有颜色的号角。③引离尊：在饯别的筵席上连续不断地举杯劝酒。④烟霭：指云雾。⑤香囊：装香料的荷包。古代赠香囊以表示别情。⑥罗带：丝织的带子。⑦薄幸：薄情。

【赏析】

这首《满庭芳》开篇以“山抹微云，天连衰草”起笔，犹如一副精致工整的对联。既勾勒出天光云影的情致，也显示出作者心灵的秀巧。上联一个“抹”字，说得粉嫩、轻巧，如登台“献技”，总需对镜梳妆一番。下联一个“连”字，有“黏合”之意，却不需黏合那样用力，只微微地搭着，便对接得恰到好处。

在这样虚幻迷离的景致里，“多少蓬莱旧事，空回首、烟霭纷纷”，回望前尘，往事如烟，如烟霭纷纷，恰如开篇一抹微云，前后呼应成趣。而“斜阳外，寒鸦数点，流水绕孤村”三句更是写尽人间惆怅事，画尽人间无限情。斜阳、寒鸦、孤村，每一个词都看似闲笔，可读起来却满纸薄凉。

下阕忽然转入“销魂”，遥想定情之日，罗带轻解，香囊相赠，何等情深义重。不料想，如今却留下薄情郎的名声。此去一别，不知何时才能相见，襟袖上，只留下情人的点点泪痕。最后三句，写得尤为悲凉。回头远望，一灯如豆，漫入无边的黄昏。“伤情处”，意境全出，任是无情也动人。

这首佳作历来被人所赞赏，苏轼戏称，“山抹微云秦学士，露花倒影柳屯田”，说得正是秦观。

鹊桥仙

秦　观

纤云弄巧[①]，飞星传恨，银汉迢迢暗渡[②]。金风玉露一相逢[③]，便胜却人间无数。

柔情似水，佳期如梦，忍顾鹊桥归路[④]。两情若是久长时，又岂在朝朝暮暮。

【注释】

①纤云弄巧：是说纤薄的云彩，变化多端，呈现出许多细巧的花样。②银汉：银河。传说每年七夕牛郎织女渡河相会。③金风：秋风，秋天在五行中属金。玉露：秋露。金风玉露，喻指秋天，这句是说他们七夕相会。④忍顾：怎么忍心回顾。

【赏析】

秦观的这首《鹊桥仙》写的是中国一个传统而又美好的节日“七夕”。词作开篇点题，写出了漫天彩云都是织女的巧手所织，可惜如此聪颖的人却不能和心爱的人长相厮守。“盈盈一水间，脉脉不得语”，银汉迢迢，若远若近，满腹深情暗渡。金风玉露，久别的情侣相会，胜过人间无数次的相聚！可惜，假期太短，倏忽间，温柔和缠绵还未褪尽，那条相逢的鹊桥便要成为织女的归途。不忍离去，却不得不回顾，只有一句“岂在朝朝暮暮”。

这首小词，看似写的是天上牛郎与织女，实写人间悲欢离合；欢乐中有离别的苦楚，相聚后有彼此的期待与鼓舞。“相见时难别亦难”乃人之常情，自古一理。

有人说，这是少游写给某个青楼女子的情诗，“两情若是久长时，又岂在朝朝暮暮”完全是一种托词，是对青楼女子的一种安慰。不论他是写给谁，这种对爱情的坚贞和笃信都值得推崇。

清代学者王国维评价秦观时说：“少游虽作艳语，终有品格，方之美成（周邦彦），便有淑女与娼妓之别。”可以说是对秦少游词品的极高评价。

踏莎行

秦　观

雾失楼台，月迷津渡[①]。桃源望断无寻处。可堪孤馆闭春寒[②]，杜鹃声里斜阳暮。

驿寄梅花[③]，鱼传尺素[④]。砌成此恨无重数。郴江幸自绕郴山[⑤]，为谁流下潇湘去？

【注释】

①津渡：渡口。②可堪：哪堪。③驿寄梅花：引用陆凯寄赠范晔的诗："折梅逢驿使，寄与陇头人。江南无所有，聊赠一枝春。"作者以远离故乡的范晔自比。④鱼传尺素：《古诗》中有"客从远方来，遗我双鲤鱼。呼儿烹鲤鱼，中有尺素书"。⑤郴：郴州，今湖南郴州市。幸自：本身。

【赏析】

秦观的这首词作从想象的世界入手，雾霭弥漫，失去了渡口的方向，陶潜先生当年的桃花源更是无处寻觅。寒舍孤馆，听得杜鹃声声，斜阳中阵阵悲鸣。书信与礼物如离恨般越积越多，愁苦无重数。

结尾处，词人以郴水绕郴山自喻，感叹好端端一个读书郎却被卷进政治的旋涡，对身世不幸躬身自省。秦观一生才华峻拔高超，却因新旧党派之争，屡遭贬谪，最后被贬到郴州，被削去了所有的官爵和俸禄，内心之愁苦彷徨可想而知。

当年柳永因为一句词作，便终身与仕途绝缘；而秦少游也因为新旧党派之争，被排挤在主流之外。此时的秦少游，写下这首飞升词坛的《踏莎行》，心已彻凉。

然而，不论是悲凉的身世之感，还是甜蜜的爱情传说，经少游妙笔，汩汩深情，便勾勒出一曲曲隽永的词作。"可堪孤馆闭春寒，杜鹃声里斜阳暮"一句历来为人所称道，王国维先生盛赞"词境最为凄婉"。

浣溪沙

秦　观

漠漠轻寒上小楼。晓阴无赖似穷秋①。淡烟流水画屏幽。

自在飞花轻似梦，无边丝雨细如愁。宝帘闲挂小银钩。

【注释】

①无赖：令人讨厌，无可奈何的憎语。穷秋：深秋。

【赏析】

有人说《满庭芳》是秦观长调之冠，而《浣溪沙》则是小令的压卷之作。它起笔轻柔，通篇飘着淡淡的哀怨和闲愁，如清歌荡漾，悠然而至。闲情雅致中一派轻盈、恬淡。

秦观是著名的“苏门四学士”之一，因生性豪爽，洒脱不羁，才情纵横，颇得苏轼赏识。秦学士才华横溢且温柔多情，写得一手好词，所以，关于他的“绯闻”自然也遍地流传。其中，当属和苏小妹的传闻最为活灵活现。

苏小妹为苏东坡的妹妹，自然也是饱读诗书的才女。秦观年轻有为，自然也想一睹芳容，于是装扮成道士，前去瞻仰。

见到苏小妹后，发现虽不算妖娆，但气质清幽，全无半点俗韵。一时兴起，和苏小妹隔空对诗。他们语言交锋之际，爱情火花四溅，对彼此的才能也算了然于心。及至秦观登科后，方才与苏小妹完婚，成就了一段才子佳人的传奇。

然而，传奇虽然奇妙，却始终当不得真。历史上到底有没有苏小妹这个人也尚无定论。但是，从秦观的词作来看，大抵是没有的。即便有，嫁的肯定也不是少游。

千秋岁

秦　观

水边沙外，城郭春寒退。花影乱，莺声碎。飘零疏酒盏①，离别宽衣带②。人不见，碧云暮合空相对。

忆昔西池会。鹓鹭同飞盖③。携手处，今谁在？日边清梦断④，镜里朱颜改。春去也，飞红万点愁如海。

【注释】

①疏酒盏：多时不饮酒。②离别宽衣带：意谓离别使人消瘦。③鹓（yuān）鹭：比喻品级相差不远的同僚。④日边：指在皇帝身边。

【赏析】

绿水之旁，沙岸之畔，举目一望，城郭内外春寒退去，已是一派“花影乱，莺声碎”的大好春光。作者飘零在外，许久不曾欢饮，人生中一次次的离别，更使他衣带渐宽。孤孤单单的他，此时默然凝望着逐渐合拢的暮云。

作者回忆起往昔与朋友们相聚西池，乘车同游的快乐时光，怅然于这一班曾经携手并肩之人的风流云散，悲叹回京无望、青春老去。

词尾以“春去也，飞红万点愁如海”宣泄内心痛苦，句中的“春”是指作者的人生之春、事业之春。

鹧鸪天

贺 铸

重过阊门万事非[①]，同来何事不同归？梧桐半死清霜后[②]，头白鸳鸯失伴飞。

原上草，露初晞[③]，旧栖新垅两依依[④]。空床卧听南窗雨，谁复挑灯夜补衣！

【注释】

①阊（chāng）门：本为苏州西门，这里代指苏州。②梧桐半死：比喻丧偶。③晞（xī）：干掉。④新垅：新坟。

【赏析】

贺铸一生屈居下僚，经济上并不宽裕。贺铸的妻子赵氏本是千金小姐，嫁给贺铸后勤俭持家、不惧劳苦，对丈夫非常体贴，夫妻二人感情深厚。妻子不幸过世，贺铸想起曾经相濡以沫的时光，悲从中来，挥笔写下这首词，以悼亡词寄托自己的哀思。

本篇词作从“物是人非”的感叹入手，不禁问道：“同来何事不同归？”这种责问，看似无理取闹，实则情到深处。有人说爱情的最高境界，就是“敬他如父，尊他如兄，亲他如弟，爱他如子，视他如友”。贺铸的追问，既有不合常理的撒娇与嗔怪，也暗含了不忍诀别的撕心裂肺。秋霜过后梧桐半死，词人以白头鸳鸯自喻，垂垂老矣，却无人相伴，孤独和凄凉呼之欲出。

一灯如豆，夜雨敲窗，想起妻子从前“挑灯夜补衣”的形象。凄怨哀婉的情感，缓缓打开读者的心扉，令人不免潸然泪下。这首纪念亡妻的小词与苏轼的《江城子》同为悼亡词中的精品。所不同的是贺词中，贫贱夫妻患难与共的真情更加荡气回肠。

青玉案

贺 铸

凌波不过横塘路[①]，但目送芳尘去[②]。锦瑟华年谁与度[③]？月桥花院[④]，琐窗朱户[⑤]，只有春知处。

飞云冉冉蘅皋暮[6]，彩笔新题断肠句[7]。试问闲情都几许[8]？一川烟草[9]，满城风絮，梅子黄时雨。

【注释】

①凌波：形容女子步态轻盈。②芳尘去：指美人已去。③锦瑟华年：指美好的青春时期。锦瑟，饰有彩纹的瑟。④月桥：赏月的平台。花院：花木环绕的房子。⑤琐窗：雕绘连琐花纹的窗子。朱户：朱红的大门。⑥蘅皋：长着香草的沼泽中的高地。⑦彩笔：比喻有写作的才华。见南朝江淹故事。⑧都几许：共有多少。⑨一川：遍地。

【赏析】

贺铸，字方回，是宋太祖贺皇后的族孙，妻子也是宗室之女。他始终不得志，初为武职，位低事烦；后改为文职，亦不能实现理想与抱负，终于请辞，定居苏州。

贺铸退居苏州时，碰到了一位妙龄女郎，心花怒放之际，写下了这首千古名篇《青玉案》。

词人说，姑苏水乡，横塘梦境，美人已去，却爱慕难忘。古人的“闲愁”相当于我们今天的“爱情”，青草、柳絮、飞雨，铺天盖地，难以计算其多少，正如可遇而不可求的爱的愁绪。

此词一出，便传诵一时，成为词坛里又一朵奇葩，“一川烟草，满城风絮，梅子黄时雨”一句更是得尽好评，以至于贺铸因这首小词得“贺梅子”的雅称。

周汝昌说：“晚近时候再也没有听说哪位诗人词人因名篇名句而得名。”

少年游

周邦彦

并刀如水[1]，吴盐胜雪，纤手破新橙。锦幄初温，兽烟不断，相对坐调笙。

低声问：向谁行宿？城上已三更。马滑霜浓，不如休去，直是少人行。

【注释】

①并刀：并州（今山西）出产的剪刀。如水：形容剪刀的锋利。

【赏析】

刀闪亮，盐晶莹。开篇起笔以“刀如水”“盐胜雪”引入场景，纤纤素手破开一枚新橙。闪亮的刀光，手如柔荑，轻轻地拨开黄色的鲜橙，果品打开后，满室盈香。“锦幄初温”可见是入夜情事，而烟香不断，意蕴撩人，且有红颜知己对坐吹笙，环境之温馨动情，羡煞旁人，不言自明。

词的上阕如同桂花烹茶，酿足了依偎与爱恋，久久不散的浓情如化不开的巧克力，孕育出下文的甜蜜。“低声问”三个字既有低声的妩媚，也有不愿破坏了雅兴的娇弱：城上三更，霜浓路滑，不如不要回去了吧！一副女子的娇羞，欲言又止，想留住情郎却不肯开口，却含蓄地表达外面冰天雪地一派寒冷，大有“天留人”之意。缠绵依偎之姿态，柔情似水之温暖，与外面的天寒地冻，实在是冰火两重天的对比。任是铁打的筋骨也一样化为绕指柔肠。

其情思之幽微、细腻，袅袅婷婷，令人不仅想象到词中的女子柔情似水，当真是一朵温柔的解语花。爱恋极深却无半点俗态，情意缠绵却恰到好处，正所谓“增之一分则太长，减之一分则太短；着粉则太白，施朱则太赤”，所以陈廷焯在《白雨斋诗话》中赞其为“本色佳作”。

这首《少年游》的成功问世，充分见证了周邦彦的文学才能：词语婉丽、缜密，形成了典雅、浑厚的词风；虽为恋情词，却并无牵衣扯袖之造作，发展了柳永等人的慢词，对南宋姜夔、张炎等人的词风影响深远，被人尊为婉约派集大成者，或有称之为格律派的创始人。

兰陵王

周邦彦

柳阴直，烟里丝丝弄碧。隋堤[①]上，曾见几番，拂水飘绵送行色？登临望故国。谁识京华倦客？长亭路[②]，年去岁来，应折柔条过千尺。

闲寻旧踪迹。又酒趁哀弦，灯照离席。梨花榆火催寒食[③]。愁一箭风快，半篙波暖，回头迢递便数驿，望人在天北。

凄恻，恨堆积[④]。渐别浦萦回，津堠岑寂。斜阳冉冉春无极。念月榭携手，露桥闻笛。沉思前事，似梦里，泪暗滴。

【注释】

①隋堤，指汴京附近汴河的堤，因为汴河是隋朝开的，所以称隋堤。②长亭：古时驿路上十里一长亭，五里一短亭。亭是供人休息的地方，也是送别的地方。③寒食：寒食节在清明前一天，旧时风俗，寒食这天禁火，节后另取新火。唐制，清明取榆、柳之火以赐近臣。“催寒食”的“催”字有岁月匆匆之感。岁月匆匆，别期已至了。④恨：遗憾的意思。

【赏析】

时当正午，日悬中天，柳树的阴影不偏不倚直铺在地上。长堤之上，柳树成行，柳荫沿长堤伸展开来，划出一道直线。新生的柳枝细长柔嫩，像丝一样，它们仿佛也知道自己碧色可人，就故意飘拂着以显示自己的美。柳丝的碧色透过春天的烟霭看去，更有一种朦胧的诗意。但这样的柳色词人已经不止见了一次，那都是为别人送行时看到的。隋堤上，曾经几次见到别人送别时的情景。行人出发前，柳树在微风的吹拂下，绵柔地飘来飘去，杨柳依依，有万种惜别之意。那时词人登上高堤眺望故乡，别人的回归触动了自己的乡情。他这个厌倦了京华生活的客子的怅惘与忧愁有谁能理解呢？又有谁认识他这个浪游的京华倦客？隋堤柳只管向行人拂水飘绵表示惜别之情，并没有顾到送行的京华倦客。其实，那欲归不得的倦客，他的心情才更悲凄呢！

此时，词人不禁感叹人间离别的频繁。现在的离别如此之多，词人设想，在长亭路上，年复一年，送别时折断的柳条恐怕要超过千尺了吧。当船将开未开之际，词人忙着和人告别，不得闲静。当船已起程，周围静了下来，词人的心也闲下来了，很自然地回忆起京华的往事。那是在寒食节前的一个晚上，情人为他送别。在送别的宴席上灯烛闪烁，伴着哀伤的乐曲饮酒。此情此景真是难以忘怀啊！从那次的离别宴会以后词人已不止一次地回忆，如今坐在船上又一次回想起那番情景。风顺船疾，行人本应高兴，词里却用一“愁”字，因为有人让他留恋着。词人回头望去，那人已若远在天边，只见一个难辨的身影。留给词人的，只有无限的怅惘与凄婉。

船行愈远，遗憾愈重，一层一层地堆积在词人心上，难以排遣，他也不想排遣。这时已到傍晚，不是刚刚分别时的情形了。望中之人早已不见，所见只有沿途风光。只见水流分支的浦口，水波回旋。因为已是傍晚，渡口冷冷清清的，只有守望所孤零零地立在那里。斜阳冉冉西下，春色一望无边，空阔的背景越发衬出词人自身的孤单。他不禁又想起往事。月榭之中，露桥之上，度过的那些夜晚，都给他留下了难忘的印象，宛如梦境似的，一一浮现在眼前。想到这里，词人不知不觉滴下了泪水。词人自己的心事和感情无法使旁人理解，也不愿让旁人知道，只好暗自悲伤。

水调歌头

叶梦得

九月望日[①]，与客习射西园，余偶病不能射。

霜降碧天静，秋事促西风[②]。寒声隐地初听，中夜入梧桐。起瞰高城回望，寥落关河千里，一醉与君同。叠鼓闹清晓[③]，飞骑引雕弓。

岁将晚，客争笑，问衰翁[④]：平生豪气安在，走马为谁雄？何似当筵虎士[⑤]，挥手弦声响处，双雁落遥空[⑥]。老矣真堪愧，回首望云中[⑦]！

【注释】

①望日：旧历月的十五日。②秋事：指秋收、制寒衣等事。③叠鼓：接连不断地打鼓（指早晨报时的鼓声）。④衰翁：作者自称。⑤虎士：勇士。⑥“双雁”句：形容箭术的神乎其技。《北史·长孙晟传》载有长孙晟一箭贯双雕的故事。⑦“老矣”二句：合用《史记》中廉颇和《汉书》中魏尚的典故。

【赏析】

深秋时节，暮色降临，地上满是寒霜，碧蓝的天空澄静肃穆。西风急促地刮着，寒冬即将来临，人们都在忙着秋收、制寒衣等事。寒风最初听起来是隐隐约约，夜深时分便吹得梧桐叶鸣响不止。词人站在高高的城墙上鸟瞰，回望那已经沦丧了的千里河山，面对山河破碎的现状，无限悲慨沉痛，只好借酒浇愁，与客同醉。词人和客畅饮漫谈，不知不觉间清晨到来，军中响起密集的鼓声（报晓之用），士兵们开始操练，演习场上一队队骑兵正在练习骑射，气氛紧张而热烈。

席间的客人们都正当盛年，争相在武场较量，欢谈笑语间相互夸赞。而词人已到迟暮之年，望着眼前意气风发的诸人，回忆起了自己的少年往事。感慨万千之际，便以自诘的语气喟叹自己壮志未酬而身已先老，平生的豪情壮志都已消失。筵席间的勇士们正当威猛，箭术精良，随手引弓发射，便能够将远处的双雁一并射落，而词人自己则是年事已高，无力报国，为此感到惭愧不已。

水调歌头

叶梦得

秋色渐将晚，霜信报黄花[①]。小窗低户深映[②]，微路绕欹斜。为问山翁何事[③]，坐看流年轻度[④]，拼却鬓双华？徙倚望沧海[⑤]，天净水明霞。

念平昔，空飘荡，遍天涯。归来三径重扫，松竹本吾家[⑥]。却恨悲风时起，冉冉云间新雁，边马怨胡笳。谁似东山老，谈笑净胡沙[⑦]。

【注释】

①“霜信”句：黄花开时表明是降霜的季节。②小窗低户：指简陋的房屋。③山翁：《晋书·山简传》载山简好酒易醉。作者借以自称。④坐看：空看。⑤徙倚：徘徊往复。沧海：此指太湖。⑥“归来”二句：写归隐田园。化用陶渊明《归去来兮辞》中的“三径就荒，松菊犹存”。三径指院子里的小路。⑦“谁似”二句：化用李白《永王东巡歌》中的“但用东山谢安石，为君谈笑净胡沙”。胡沙，指代胡人发动的战争。

【赏析】

秋意渐浓，盛开的黄花报来了霜降的消息。简朴的房屋掩映黄花丛中，蜿蜒的小道在外面环绕，一片清幽宁谧。词人正是在这样幽僻处隐居，而作为一个隐居山林的老翁，不甘心闲居却又只能坐看时光荏苒，徒增了白发（这正是词人对自己壮志难酬、英雄空老的沉重喟叹）！词人沿着崎岖的小路来到了太湖边上，只见湖水浩渺无际，天色明净，绮丽的彩霞在粼粼波光中闪动。看着眼前壮丽的太湖风光，词人追忆起往昔，自己一生四处飘荡，流落天涯，年老时归隐此间，发现这种归隐生活原来是如此地适合自己。然而，此间的生活虽然闲适自在，但是词人依然无法忘却国家所面临着的种种困境。

秋风吹来时，天气转凉，云间的大雁纷纷南飞，那胡兵又将要乘时发动战争、侵扰边境了。而此刻，大宋朝的半壁江山

都已经沦陷于金人之手，并且金人依然在虎视眈眈。在抗金战争中，有谁能像东晋谢安一样，谋略才智过人，谈笑间将金兵击退，一举将失地收复呢？这首词淋漓尽致地表现了词人归隐时的矛盾心情：一方面他隐居卞山，每日以山水自娱；另一方面，他又无法忘怀国家的安危，时刻记挂着抗金战事，整首词写得格调激越而又凄楚悲凉。

水龙吟

叶梦得

放船千里凌波去，略为吴山留顾①。云屯水府②，涛随神女，九江东注③。北客翩然④，壮心偏感，年华将暮。念伊嵩旧隐，巢由故友⑤，南柯梦，遽如许！

回首妖氛未扫⑥，问人间、英雄何处？奇谋报国，可怜无用，尘昏白羽⑦。铁锁横江，锦帆冲浪，孙郎良苦⑧。但愁敲桂棹，悲吟梁父⑨，泪流如雨。

【注释】

①吴山：泛指吴地（今江苏南部）一带的山。②云屯水府：是说水府星附近乌云密布。水府为星名。③九江：众水汇流而成的大江。④北客翩然：作者从洛阳到南方来，故自称北客。翩然，一作“苍颜”。⑤“念伊嵩”二句：回忆在洛阳时和朋友在一起遨游山水的隐居生活。伊指伊阙，在河南洛阳南；嵩指嵩山，在河南登封北。两者都是名山。巢指巢父，由指许由。这两人都是古代的隐士，作者用来自比。⑥妖氛：不祥之气，借指侵扰中原的金国。⑦尘：尘土。白羽：箭名。⑧孙郎：指吴王孙皓。⑨梁父：《三国志·诸葛亮传》载诸葛亮喜诵《梁父吟》。这里作者以隐居南阳关心天下事的诸葛亮自比。

【赏析】

词人乘着船，一路凌波踏浪，行走千里。但词人此行并不是为了登山临水，放浪形骸。因此即便是妩媚的江南青山也难以将他留住，而只是稍稍流眄顾盼而已。天上的水府星附近乌云密布，大雨将至，船下的滔滔江水，像是在随水神奔走，和众水一起东注入海。词人从洛阳来到南方，满腔豪情壮志，却偏偏年已垂暮，感伤不已。想起以前在洛阳时和朋友在一起遨游山水的隐居生活，是何等的自由自在，如今却全如南柯一梦，不可复得了。北望中原，依旧硝烟弥漫，哪里有可以救国挽回时局的英雄呢？纵有奇谋报国，恐怕机关算尽也依然于事无补。念及此，词人沉痛不已，只好愁扣船舷、悲吟梁父、泪流如雨罢了。

这首词既体现了词人创作风格中的豪放刚健，又见出词人创作功力之深厚。全词以纪行为线索，从江上风光写到远行的感怀，由个人悲欢写到国家命运，篇末以“愁敲桂棹”回应篇首的“放船千里”。中间部分，抒情、议论并用，抒情率直，议论纵横，视野又极开阔，“千里”“九江”尽收笔底，往古来今俱望中，感情极痛快却极沉着，不避用典而仍明白如话。

眼儿媚

赵　佶

玉京曾忆昔繁华[①]，万里帝王家。琼林玉殿[②]，朝喧弦管，暮列笙琶。

花城人去今萧索[③]，春梦绕胡沙。家山何处，忍听羌笛，吹彻梅花[④]。

【注释】

①玉京：汴京。②琼林玉殿：不仅指皇城之中各种宫殿，特别是那模仿杭州凤凰山的艮月，此是赵佶宠臣蔡京、朱腼等搜刮财货、竭尽民力兴建而成的宫殿。③花城：指靖康之变以前的春色。④梅花：在此指《梅花落》的乐声。

【赏析】

赵佶即宋徽宗，他天资聪慧，能文擅画，是赫赫有名的书画天子。

据《宋史》的记载：“宋徽宗诸事皆能，独不能为君耳！”他的荒淫无耻总是屡遭诟病。大敌当前，临阵退缩传位给儿子，自称太上皇，万事撒手不管，令人深感此人可鄙可恨。但有一点似乎又是值得肯定的：国破家亡之日，他没有逃跑。本来宋徽宗已经从开封跑了，结果众爱卿一时劝阻，又决定回来了，不料和儿子一起被掠走，留下了永世难忘的“靖康之耻”。宋徽宗可以当文人、当画家，和李师师吟风弄月，和蔡京琴棋书画，甚至可以和高俅组织国家足球队，但就是不适合当皇帝。可怜的皇帝诗人，在解送的途中写下这首《眼儿媚》。

汴京的繁华从此只能在梦中回忆，远处的羌笛之声缥缈而来，哀怨，悲发。后主李煜当年也作过“四十年来家国，

三千里地山河”的词句。论诗词书画之才，宋徽宗与李后主并驾齐驱；论治国理朝之“能”，二人更是不分伯仲。可毕竟，南唐历史短暂且疆域有限，怎比得上大宋当年的风光与繁华？据说同行的赵桓也和了一首，吟罢，父子二人抱头痛哭。毕竟“家山何处，忍听羌笛，吹彻梅花”，亡国之痛不是常人所能承受的，更何况是一国君主。

如梦令

李清照

其一

常记溪亭日暮[①]，沉醉不知归路[②]。兴尽晚回舟[③]，误入藕花深处[④]。争渡，争渡，惊起一滩鸥鹭[⑤]。

其二

昨夜雨疏风骤[⑥]，浓睡不消残酒[⑦]。试问卷帘人[⑧]，却道“海棠依旧”。知否，知否？应是绿肥红瘦[⑨]！

【注释】

①常记：时常记起。“难忘”的意思。日暮：黄昏时候。②沉醉：大醉。这里说“沉醉”既有饮酒过量的意思，也暗示溪亭景色宜人，令人陶醉，乐而忘返。③晚：指天黑路暗。回舟：乘船而回。④误入：不该入而入。藕花：荷花。⑤鸥鹭：海鸥和鹭鸶，这里泛指水鸟。⑥疏：指稀疏。⑦浓睡不消残酒：虽然睡了一夜，仍有余醉未消。浓睡，酣睡。⑧卷帘人：此指侍女。⑨绿肥红瘦：绿叶繁茂，红花凋零。

【赏析】

两首词放在一起对照，可以比出诸多相似之处。旅游、吃酒、泛舟，第二天睡醒了，伸个懒腰，似乎没能散尽昨夜的浓酒，闲来无事，和丫鬟“斗嘴”，轻松快乐，饶有情趣。第一首小令中说“溪亭日暮，沉醉不知归路”，没有点明是和哪一个亲友出去游玩，但可以从词作中推测，她的郊游无比快乐，尽兴而归。

在封建男权社会里，能够为才女争得一席之地，且光芒万丈，千古不散，巍然屹立于词坛而毫无逊色的，除了李易安，恐怕找不出第二个人了。大体上，人们把李清照的词作分为前后两期。早期词作风格柔美、活泼，既有闺中女儿的自由，也有新婚燕尔的快乐。其中最为人所称道的当属这两首。

李清照能够在北宋词坛声名鹊起，不仅仅是个人才华的积累，也是历史的一个机缘。她生于北宋官宦之家，是标准的大家闺秀。资质聪慧，再经过艺术的熏陶和洗练，自然生出钟灵毓秀的神采。李清照生在士大夫之家，18岁时嫁给宰相之子赵明诚。夫妻二人志同道合，常常一起勘校诗文，收集古董，既是同舟共济的伴侣，也是志同道合的朋友。

声声慢

李清照

寻寻觅觅，冷冷清清，凄凄惨惨戚戚[①]。乍暖还寒时候[②]，最难将息[③]。三杯两盏淡酒，怎敌他晚来风急[④]？雁过也，正伤心，却是旧时相识。

满地黄花堆积[⑤]，憔悴损，如今有谁堪摘[⑥]？守著窗儿，独自怎生得黑[⑦]？梧桐更兼细雨，到黄昏点点滴滴。这次第[⑧]，怎一个愁字了得！

【注释】

①“寻寻觅觅”三句：此词起拍连用十四叠字，既使词家倾倒，亦为历代论词者所称道，公认这在形式技巧上是奇笔，甚至谓其前无古人，后无来者。②乍暖还寒：脱胎于张先《青门引》的“乍暖还轻寒”之句，谓天气忽冷忽暖。③将息：调养休息，保养安宁之意。④怎敌他：对付，抵挡。晚：一本作“晓”。⑤黄花：菊花。⑥有谁堪摘：有谁能与我共摘。一说言无甚可摘。⑦怎生：怎样，如何。⑧这次第：这情形，这光景。

【赏析】

李清照晚年隐居杭州，许多词作都透露出生活的凄苦和悲凉。李煜说“天上人间”，李清照怕也是如此吧。正因为对当年生活的无比眷恋，才对如今愁云惨淡的日子体会更深。如鲁迅先生所说，“从小康之家而坠入困顿”，似乎对生活的体会更加敏感而深刻起来，愁苦之感似乎最为动人。李清照这首著名的《声声慢》正是一例。

这首词以豪放之笔写悲怆之情，在词史上堪称一绝。后世把李清照的词尊为“易安体”。李清照志存高远，出淤泥而不染。晚年郁郁而没，事亦皆无可查证。一代才女，生前身后都令人哀婉叹息。

渔家傲

李清照

天接云涛连晓雾①，星河欲转千帆舞②。仿佛梦魂归帝所③，闻天语，殷勤问我归何处？

我报路长嗟日暮④，学诗谩有惊人句⑤。九万里风鹏正举⑥，风休住，蓬舟吹取三山去⑦。

【注释】

①云涛：云起如波涛汹涌。②星河欲转：指夜已深。③帝所：天帝的住所，即天上。④报：回答。嗟：嗟叹。日暮：喻指前途暗淡。⑤谩有：空有。⑥举：鸟飞翔。⑦蓬舟：像蓬草一般的轻舟。三山：传说中的蓬莱、方丈、瀛洲三座仙山。

【赏析】

辽阔苍茫的大海上，天幕四垂，波涛汹涌，云雾弥漫，海天宛如相接。夜深时分，海面上刮起了大风，船帆随风舞动，上千艘船在风浪中前进。

词人在船舱中仰望天空，由于船身颠簸剧烈，词人看着天上的银河似乎也在转动。在颠簸行船中，词人进入了梦乡，恍惚中她的梦魂好像是升入了天帝所居的天宫。在那里，天帝态度和蔼，殷勤地问她要归往何处。词人便告诉天帝，自己要走的路还很漫长，但前途却十分暗淡看不到光明，空有过人的才华，却一直遭遇不幸。之所以会有这样的梦境，是和词人的遭遇相关的，词人在现实生活中没有知音，欲诉无人，只好通过梦境的形式来抒发自己怀才不遇、经历坎坷、前途暗淡的愤懑。

接着词人又从梦境回到了现实：面对着狂风，词人想到了那借风高飞九万里的大鹏，而自己也想借助这鹏抟九天的风力，于是便大喝一声：大风啊！你不要停止，我要乘坐一叶轻舟，借你之力飘飞到那海上的仙山上去。

点绛唇

李清照

寂寞深闺，柔肠一寸愁千缕。惜春春去，几点催花雨[1]。
倚遍阑干，只是无情绪。人何处，连天芳草，望断归来路[2]。

【注释】

①催花雨：催花凋落之雨。②“连天”二句：用《楚辞·招隐士》“王孙游兮不归，春草生兮萋萋”之意。芳草，一作“衰草”。

【赏析】

词人长久独自居住在深闺中，有对丈夫的一寸柔情，更有相思的千缕愁绪。惜春，惜花，但无奈，寒风凄雨把花都给摧落了。淅沥的雨声催逼着落红，也催逼着春天归去的脚步。唯一能给深闺女子一点慰藉的春花也凋落了，那催花的雨滴只留下几声空洞的回响。女子百无聊赖，心情抑郁无聊。她独自凭阑远望，愁情深重，无法排解。思念的人现在在何处呢？那望不到尽头的萋萋芳草，正顺着良人归来时所必经的道路蔓延开去，一直延伸到遥远的天边。然而望到尽头，只见接连天际的芳草，望不见良人的踪影。

点绛唇

李清照

蹴罢秋千[1]，起来慵整纤纤手[2]。露浓花瘦[3]，薄汗轻衣透。
见有人来，袜刬金钗溜[4]。和羞走[5]。倚门回首，却把青梅嗅。

【注释】

①蹴罢秋千：荡完秋千。②慵整：懒得活动。③露浓花瘦：指枝叶上露水很多，花已凋零。④袜刬：来不及穿鞋子，只穿着袜子走路。刬，犹言光着。金钗溜：金钗从头上滑落。⑤和羞走：

含羞跑开。

【赏析】

春日清晨，年轻的女词人在花园内刚刚荡完秋千，两手有气无力，懒懒地下垂。在她身旁，瘦瘦的花枝上挂着晶莹的露珠；在她身上，涔涔香汗渗透着薄薄的罗衣。花与人相衬，显得格外的娇美。

蓦然间，闯进来一位客人。她猝不及防，抽身便走，连金钗也滑落下来。客人是谁？词中未作正面描写，但从词人的反应中可以知道，他定是位风度翩翩的少年。词人走到门口，又强按心头的激动，回眸偷觑那位客人的丰姿。为了掩饰自己的失态，她嗅着青梅，边嗅边看，娇羞怯怯，风情万种。

凤凰台上忆吹箫

李清照

香冷金猊[①]，被翻红浪，起来慵自梳头。任宝奁尘满[②]，日上帘钩。生怕离怀别苦，多少事、欲说还休。新来瘦[③]，非干病酒[④]，不是悲秋。

休休[⑤]！这回去也，千万遍阳关[⑥]，也则难留。念武陵人远，烟锁秦楼[⑦]。惟有楼前流水[⑧]，应念我、终日凝眸。凝眸处，从今又添[⑨]，一段新愁[⑩]。

【注释】

①金猊：狮形的铜香炉。②宝奁：妇女梳妆用的镜匣。尘满：一作“闲掩”。③新来瘦：一作“今年瘦”。④非干病酒：意谓玉容瘦损与饮酒无关。⑤休休：一作“明朝”。⑥阳关：本为地名，在今甘肃敦煌西南。唐王维《送元二使安西》诗有“西出阳关无故人”句，其曲即名《阳关》。此指别离之曲。⑦烟锁秦楼：一作“云锁重楼”。秦楼：相传秦穆公之女弄玉居所。此借指自己的居处。⑧惟有楼前流水：一作“记取楼前绿水”。⑨又添：一作“更数”。⑩一段：一作“几段”。

【赏析】

锦被胡乱地摊在床上，在晨曦的映照下，波纹起伏，恍似卷起层层红色的波浪。她也无心折叠。梳妆匣上落满灰尘，懒得擦，懒得动；日头高照，照上帘钩，人才懒懒地起床。词人为何如此慵懒而没心情？原来是害怕离别之苦。心中的多少愁绪，想要告诉丈夫，又怕增添丈夫的烦恼，宁可把痛苦埋藏心底。玉容瘦损与饮酒无关，也不是因为悲伤秋天的来临。因为害怕分别才容颜瘦损。丈夫这一次离别，远在万里，但难以留住他远去的脚步。思念他远去，词人终日在楼前凝眸远眺，盼信或望归。楼前的流水可以映出她凝眸的神情，也只有流水可以证明她的痴情。从今而后，她又平添了一份新愁。山高路远，枉自凝眸，愁绪与日俱增，愈发无从排遣了。

一剪梅

李清照

红藕香残玉簟秋[1]。轻解罗裳，独上兰舟。云中谁寄锦书来，雁字回时[2]，月满西楼。

花自飘零水自流。一种相思，两处闲愁。此情无计可消除，才下眉头，却上心头。

【注释】

①玉簟：精美的竹席。②雁字：雁行。雁飞成行形似“一”字或“人”字，故云。

【赏析】

红色的荷花开始凋谢了，素白的竹席也有些凉了，时间已到深秋。少女时代，她驾舟出游是没有孤独感的。结婚以后，丈夫本应该邀她一起领略水光山色，却因为外出而没有去，她这才感到孤独。过去她见到的是萍花、汀草、鸥鹭，而现在她盼望见到的却是能送信的鸿雁。遗憾的是，她一直等到月满西楼时才见到鸿雁掠过。花落水流，青春易逝，光阴难留。自己相思难熬，又设想丈夫的闲愁也不易排减。身处异地，两心相通，相思之情才下眉头，又迅速地涌上心头，难以消除。

醉花阴

李清照

薄雾浓云愁永昼，瑞脑消金兽[1]。佳节又重阳，玉枕纱厨[2]，半夜凉初透。

东篱把酒黄昏后，有暗香盈袖。莫道不消魂，帘卷西风，人比黄花瘦。

【注释】

①瑞脑：龙脑，一种名贵香料。金兽：兽形的铜香炉。②玉枕：光洁如玉的瓷枕。纱厨：纱帐。

【赏析】

这一天从早到晚，天空都是布满着密雾浓云，这种阴沉沉的天气最使人感到愁闷难挨。外面天气不佳，只好待在屋里。她独自看着香炉里瑞脑香的袅袅青烟出神，真是百无聊赖！又是重阳佳节了，天气骤凉，睡到半夜，凉意透入帐中枕上，对比夫妇团聚时闺房的温馨，真是不可同日而语。她走出室外，天气不好；待在室内又闷得慌；白天不好过，黑夜更难挨；坐不住，睡不宁，真是难以将息。又到了重阳佳节，这天亲友团聚，相携登高，佩茱萸，饮菊酒。但当此佳节良辰，丈夫却不在身边。丈夫不家，玉枕孤眠，纱帐内独寝，别有一番凄凉滋味。李清照屋里闷坐了一天，直到傍晚，才强打精神把酒赏菊。然而，她又不禁触景伤情，菊花再美，再香，也无法送给远在异地的亲人。她实在情不自禁，再无饮酒赏菊的意绪，于是匆匆回到闺房。晚来风急，瑟瑟西风把帘子掀起了，人感到一阵寒意。联想到刚才把酒相对的菊花，菊瓣纤长，菊枝瘦细，而斗风傲霜，人则悲秋伤别，消愁无计，词人顿生人不如菊之感。

武陵春

李清照

风住尘香花已尽①，日晚倦梳头。物是人非事事休，欲语泪先流。

闻说双溪春尚好②，也拟泛轻舟。只恐双溪舴艋舟③，载不动、许多愁。

【注释】

①尘香：尘土中的落花香。②双溪：在浙江金华，唐宋时已成为文人骚客游赏吟咏的胜地。③舴艋（zé měng）舟：小船。

【赏析】

风住，花儿尽已零落成泥，所余痕迹，但有尘香。日晚，词人倦梳头发，举目所见，物是人非；不待张口倾吐，眼泪已先行流了下来。词人听说双溪春色尚好，也想到那里泛舟散忧，却担心舴艋小舟，载不动自己这许多忧愁。

小重山

岳　飞

昨夜寒蛩不住鸣[①]，惊回千里梦，已三更。起来独自绕阶行，人悄悄，窗外月胧明。

白首为功名，旧山松竹老，阻归程。欲将心事付瑶琴，知音少，弦断有谁听。

【注释】

①蛩（qióng）：蟋蟀。

【赏析】

昨夜为蟋蟀鸣寒的声音所惊醒，我的梦魂从很远的地方飞回。在那三更的深夜，我不能继续入睡，于是起来，披衣在庭院徘徊。人们都悄然安睡，月光明亮而柔和。

想起这一生白首为功名，故乡的青松翠竹也将老去吧，但我却身不由己，不能回到她的身边。我想要用琴声诉说的我的心事，但知音稀少，就是弹断了琴弦，又有谁能明白？

满江红

岳　飞

怒发冲冠[①]，凭栏处、潇潇雨歇[②]。抬望眼，仰天长啸，壮怀激烈。三十功名尘与土，八千里路云和月。莫等闲、白了少年头，空悲切。

靖康耻，犹未雪。臣子恨，何时灭！驾长车，踏破贺兰山缺[③]。壮志饥餐胡虏肉，笑谈渴饮匈奴血。待从头、收拾旧山河，朝天阙[④]。

【注释】

①怒发冲冠：形容愤怒至极的样子。②潇潇：雨势急骤。③贺兰山：在今宁夏回族自治区。④天阙：宫殿前的楼观。

【赏析】

岳飞生于北宋汤阴县的一户佃农家。根据对其身份的推测，恐怕岳母刺字的故事只是一种传说。但不管是否真有其事，岳飞的“精忠报国”之心，确是世所公认的。岳飞青年时期目睹了女真族大规模的掠宋战争，深刻地感受到人民的艰难生活，所以很早就树立了恢复国土、讨还山河的志向。及至成年，便和宗泽、韩世忠等英雄站到了抗金的第一战线。

岳飞一生留下的词作寥寥可数，这一首被学者认为是岳飞所写的唯一词作。整首词在风格上可谓气贯如虹，“怒发冲冠”四个字便使岳将军的形象兀立在读者眼前。全词节奏紧凑，用韵铿锵，顿挫有声，“莫等闲、白了少年头，空悲切”更成为激励才俊少年奋起立功的名句。“三十功名尘与土，八千里路云和月”，词从这句开始突然荡开，给人以气势开阔之感。

菩萨蛮

朱淑真

山亭水榭秋方半①，凤帷寂寞无人伴②。愁闷一番新，双蛾只旧颦③。

起来临绣户，时有疏萤度。多谢月相怜，今宵不忍圆。

【注释】

①榭：建于高台或水面（或临水）的木屋。②凤帏：闺中的帷帐。③蛾：眉毛。颦：作动词为皱眉，作形容词意为忧愁。

【赏析】

朱淑真生于南宋初，具体生卒年及事迹均不详，官宦世家，号幽栖居士。这首《菩萨蛮》从山水自然写到闺中愁怨，起来在窗前等待心上人，却没有等到。“多谢”两句，写得十分巧妙，既把月亮比拟得十分富有人情味，也深刻地暗示了“月有阴晴圆缺，人有悲欢离合”的意味，含义隽永，深婉动人。

朱淑真是一位多愁善感的女词人，多情而又敏感，情思细密又包含哲理。从月亮的残缺中得到理解和安慰，令人不禁感叹女词人的善解人意，也不免更加怜爱这份含泪的笑容。

陈廷焯在《白雨斋词话》中说，“朱淑真词才力不逮易安，然规模唐、五代，不失分寸”。从朱淑真和李清照的自号上就可以推见两人生活的差别。虽同样是官宦小姐，且都才情并茂，但李清照却是“易安”，而朱淑真只能“幽栖”。说到底，还是家庭生活能够成就女人的幸福。而关于朱淑真的婚姻历来就有种种不同的猜测：有人说她嫁给了市井小民，也有人说她嫁给了官宦。虽有很多种不同的说法，但却有一个共识：那便是朱淑真不幸福。

“凤帷寂寞无人伴”，“多谢月相怜，今宵不忍圆”，在朱淑真的词里，人们几乎看不到“争渡”的快乐，有的只是闷闷愁苦，落落寡欢。

谒金门　春半

朱淑真

春已半，触目此情无限。十二阑干闲倚遍[1]，愁来天不管。

好是风和日暖，输与莺莺燕燕[2]。满院落花帘不卷，断肠芳草远[3]。

【注释】

①阑干：栏杆。②输与：付与。③芳草：《楚辞·招隐士》有：“王孙游兮不归，春草生兮萋萋。”

【赏析】

春已过半，目光所及景物让作者愁情无限。她闲倚遍各处栏杆，深叹春愁漫天彻地席卷而来时，无人安抚劝慰。

让人感到舒适的是天气的风和日暖，但孤单的作者觉得这个春天里的自己远不及莺莺燕燕幸福。黄莺呼朋引伴，燕儿依偎呢喃，只有作者闭门独处，苦思远人，任凭春花落满了庭院。

蝶恋花　送春

朱淑真

楼外垂杨千万缕，欲系青春，少住春还去。犹自风前飘柳絮，随春且看归何处。

绿满山川闻杜宇[①]，便做无情，莫也愁人苦[②]？把酒送春春不语，黄昏却下潇潇雨。

【注释】

①杜宇：杜鹃。②莫也：岂不也。

【赏析】

由楼外杨柳万千垂条的招展披拂而想到它们是在希望能将春天系住片刻，由柳絮的随风飘飞而想象它们是去探寻春的归处，情感细腻的词人对于春天有着深深的眷恋。当她看到满眼的山川已变得碧绿一片，听到杜鹃哀鸣声声，不由得发出了“即便心中无情，这般景况也足以让人愁苦”的感叹。

词人举起酒盏，打算就此为春送行，然而春天却缄口不语，飘然洒下蒙蒙细雨，似向词人挥泪告别。

钗头凤

陆　游

红酥手[①]，黄縢酒[②]。满城春色宫墙柳。东风恶，欢情薄，一怀愁绪，几年离索[③]。错，错，错。

春如旧，人空瘦。泪痕红浥鲛绡透[④]。桃花落，闲池阁，山盟虽在，锦书难托。莫，莫，莫！

【注释】

①红酥手：一种类似面果子一样的下酒菜。②黄縢酒：宋时官酒上以黄纸封口，又称黄封酒。③离索：离群索居，在此指分离的意思。④浥：沾湿的意思。鲛绡：泛指薄纱。

【赏析】

陆游与表妹唐琬相爱的时候，陆游将传家之宝凤钗送给表妹做定情信物，而写作这样一首《钗头凤》，词牌与经历暗合，也证明了陆游的深情。

望着表妹红润的玉手，接过她递来的温酒，这满城醉人的春色和柳条，勾起多少往事。分别几年来，惆怅满怀，如今桃花依旧凋落，当年的誓言还在耳边回响，而今连书信都没有半封。面对曾经的爱情，陆游脱口而出的“错、错、错”与“莫、莫、莫”，似乎在怀疑什么，又似乎在否定并拒绝接受现实。

陆游和表妹唐琬两小无猜，青梅竹马。成人后，按照封建社会的习俗，亲上加亲，结为夫妻。两人在一起琴瑟和谐，恩爱无比。但陆游的母亲非常不喜欢唐琬，具体情况有很多种说法。一说陆游的母亲在娘家的时候和嫂子（唐琬的妈妈）不和，所以看不上这个侄女；一说是陆母不喜欢唐琬的开朗；还有一说是唐琬和陆游结婚两年没有孩子，陆母为了后继有人，便责令陆游休了表妹。陆游不愿意，在别的地方置了一处房产，照样和唐琬开心地生活。但纸里包不住火，陆母知道后，勒令陆游和唐琬断绝关系，当头一棒打散了这对鸳鸯。

陆游后来遵母命娶了一个温柔恭顺的女子为妻，很快生了个大胖小子。唐琬也在后来嫁给了皇族后裔赵士程。可以说唐琬是幸运的，赵士程温柔敦厚，同情唐琬的遭遇，对唐琬也是百般温存。在一次外出游玩中，唐琬夫妇恰遇陆游夫妇。唐琬来给表哥敬酒，大家稍坐叙旧，说了很多劝慰之语。至唐琬将要离开，陆游忽然心潮澎湃，提笔在沈园写下了这首《钗头凤》。唐琬读后伤心欲碎，感慨万千，于是也提笔和了一首《钗头凤》。

世情薄，人情恶，雨送黄昏花易落。晓风干，泪痕残，欲笺心事，独语斜阑。难，难，难！

人成个，今非昨，病魂常似秋千索。角声寒，夜阑珊，怕人寻问，咽泪装欢。瞒，瞒，瞒！

唐琬感慨人情薄如凉水，雨打落花的黄昏时刻，常常是以泪洗面，想要诉说这无尽的心事，却实在非常艰难。今天的你我，已经不能再重复昨天的故事，虽然心里情深依旧，却要对别人强颜欢笑。“难”与“瞒”暗示了唐琬虽然衣食无忧，但心中的凄苦却并不比陆游少半分，后来唐琬郁郁而终。而几十年之后，年逾花甲的陆游再游沈园，已是物是人非。而陆游也先后写作了四首梦游沈园的怀旧诗。80岁的那年春天，他再次暂居沈园，往事迢迢扑面而来，陆游饱含深情地写下了最后一首“沈园情诗”：

沈家园里花如锦，半是当年识放翁；也信美人终作土，不堪幽梦太匆匆。

陆唐二人的这两首《钗头凤》都是爱情绝唱，放在一起来读，真是深切婉转，如泣如诉。

诉衷肠

陆　游

当年万里觅封侯①，匹马戍梁州②。关河梦断何处③，尘暗旧貂裘④。

胡未灭⑤，鬓先秋⑥，泪空流。此生谁料，心在天山⑦，身老沧洲⑧。

【注释】

①万里觅封侯：指奔赴万里外的疆场，去寻找建功立业的机会。②梁州：今陕西南部汉中地区。③关河：关塞河防，山川险要之处。梦断：梦醒。④尘暗旧貂裘：貂皮裘上落满灰尘，颜色因此暗淡。这里借用苏秦典故，说自己不受重用，未能施展抱负。⑤胡：本为古代对北方少数民族的泛称，在此指金兵。⑥鬓先秋：两鬓早已斑白，如秋霜。⑦天山：在今新疆境内，是汉唐时的边疆，这里代指抗金前线。⑧身老沧洲：陆游晚年退隐在故乡绍兴镜湖边的三山。沧洲，滨水之地，古时隐士所居之处。

【赏析】

陆游生在北宋灭亡之际。不知道是不是因为这特殊的年代赋予了他的爱国情怀，令他的一生都深深地沉浸在这份激情与冲动之中。生于国家破败之时，复国之梦犹如不屈的灵魂，深深地注入陆游的血液中，并伴随岁月的起伏逐渐融化在他的心里。可惜的是，他一生无数次请缨，却屡遭罢黜，最后不得不退隐田园，发出“壮士凄凉闲处老，名花零落雨中看”的感慨。所有的悲凉、沉郁和顿挫，都化为一首首《诉衷肠》，深深地烙印在宋代的词史上。

写这首词的时候，陆游已经年近七十，回忆起当年往事，不胜欷歔。“胡未灭，鬓先秋，泪空流”三句，以“未、先、空”勾画出“烈士暮年，壮心不已”的感慨。心中报国之志犹存，不料身老沧洲。

读至此，不免让人想起他的《十一月四日风雨大作》。在风雨之夜，陆游一个人躺在山野孤村之中，窗外雷鸣电闪；心里的孤寂、身世的悲凉、时代的风雨、国家的飘摇，都在这样一个夜晚涌上心头。然而诗人终其一生却都报国无门，正是此生谁料，心在天山，身老沧洲。“男儿到死心如铁”的决心与“报国欲死无战场”的愤懑，都在这首词中得到体现。其深切哀婉，遗憾与痛心，都深深地藏在字里行间，力透纸背，让人心碎。加上陆游一生的忠肝赤胆，不禁给人荡气回肠、绵绵不绝之感。

卜算子

陆 游

驿外断桥边，寂寞开无主。已是黄昏独自愁，更著风和雨①。

无意苦争春，一任群芳妒②。零落成泥碾作尘③，只有香如故。

【注释】

①著：值，遇。②一任：完全听凭。③碾：轧碎。

【赏析】

在这首词里，陆游用桥边寂寞的梅花，暗自开放的清香，来衬托自己高洁的气质，喻义丰富，词境高雅。梅花的清香扑面而来，陆游的风骨也同样显得卓尔不群。苏轼说，“江山风月，本无常主，闲者便是主人”。各花入各眼，有的人可以从自然常态、落花流水中读出青春易逝，人生苦短；而有的人却可以从中品咂出寂寞的况味、落寞的心酸。同样被不断吟唱的毛泽东的《咏梅》，“待到山花烂漫时，她在丛中笑”，虽然用了同样的词牌，却完全是另一种激情，革命的浪漫与乐观充盈其间。

陆游不幸生于宋朝，生在离乱而又覆灭的年代，这似乎注定了他一生的漂泊与悲辛。和辛弃疾一样，他们常常因报国无门而不得不从战场上退回来，隐居在山野田园间。

中国文人的归隐一般分为主动和被动两种。陶渊明属于主动的，归去来兮，实在厌倦了官场的争斗，犹如神雕侠侣绝迹江湖，都是因为厌倦。而陆游和辛弃疾这种归隐，多半是因为屡遭贬谪，愿意退也得退，不愿意退也得退。

大宋朝“以和为贵”，对敌人奉若上宾，根本由不得陆游这样的人天天摇旗呐喊。识相的人都愿意安逸地享受杭州的生活，品味江南格调的优雅。“驿外断桥边，寂寞开无主”，美好景色也被陆游这种忧愤之士渲染得分外悲伤。

钗头凤

唐 琬

世情薄，人情恶，雨送黄昏花易落。晓风干，泪痕残，欲笺心事，独倚斜阑。难，难，难！

人成个，今非昨，病魂常似秋千索。角声寒，夜阑珊①，怕人寻问，咽泪装欢。瞒，瞒，瞒！

【注释】

①阑珊：将尽。

【赏析】

世情凉薄，人情险恶，黄昏暮雨中花儿最易凋落。晨风吹干泪水，泪痕残留脸上，本想写下心事，却终作倚栏自语，唐琬哀叹："难，难，难。"

人已离散，今非昔比，如今的唐琬犹如秋千架上的绳索，摇摇荡荡，多病多忧。她每每长夜无眠，愁听清寒号角，直到夜色阑珊。她有苦无处倾诉，因为怕人询问，还要咽泪装欢，她只能将一切深深地隐瞒，隐瞒。

水调歌头

朱　熹

江水浸云影，鸿雁欲南飞。携壶结客何处[①]？空翠渺烟霏。尘世难逢一笑，况有紫萸黄菊，堪插满头归。风景今朝是，身世昔人非。

酬佳节，须酩酊[②]，莫相违。人生如寄[③]，何事辛苦怨斜晖。无尽今来古往，多少春花秋月，那更有危机。与问牛山客，何必独沾衣。

【注释】

①携壶：拿着酒壶。②酩酊：喝醉。在此是喝酒尽兴的意思。③人生如寄：比喻人生短促，如同暂时寄居在世界上。

【赏析】

这是宋代学者朱熹的代表作。上阙是景物描写，一江春水，融化了天光云影；万里长空，包容了鸿雁南飞。提着酒壶，呼朋引伴，登高远眺，满眼翠绿的山色，缥缈的烟霏。相逢一笑，忘却尘世烦忧。紫色的茱萸，黄色的菊花，缤纷地插在头上。面对眼前景象，词人登高怀古，不免感叹往事如烟，只有这令人欢愉的风景一如从前。

词作下阕劝勉好友，佳节之际，即便酩酊大醉，但总算没有辜负一片大好时光。生命有限，何苦寻愁觅恨怨东风，夕阳迟暮，只需尽情享受。古往今来，春花秋月，绵延的时空和生命的乐趣相融汇。"与问牛山客，何必独沾衣"，结尾以乐观的精神否定人生的无常。

词人登临望远，丝毫不见前人的惆怅，有的只是享受眼前美景的欣喜，赞誉自然的豪放。在朱熹的哲学世界里，天、地、人本来就是一体的。上下四方曰宇，往来古今谓宙。生生不息的宇宙和绵延接续的人生一样，充满勃勃生机。

朱熹虽然为官建树不大，但为学为文却可当后世表率。朱熹是一个奇特的矛盾体。他身上有道学的禁锢、儒教的束缚，他中规中矩地把自己拘囿在一个框架中，同时也有文人的洒脱、侠客的豪放。

卜算子

严　蕊

不是爱风尘[①]，似被前缘误[②]。花落花开自有时，总赖东君主[③]。

去也终须去，住也如何住！若得山花插满头，莫问奴归处[④]。

【注释】

①风尘：古代称妓女为堕落风尘。②前缘：前世的因缘。③东君：司春之神，借指主管妓女的地方官吏。④奴：作者自指。

【赏析】

严蕊，字幼芳，是南宋时期江南一带名妓。宋人周密在《癸辛杂识》中称她“善琴弈、歌舞、丝竹、书画，色艺冠一时。间作诗词，有新语。颇通古今。”这首词是严蕊的代表作。上阕写沦人风尘、俯仰随人的苦楚。“似被前缘误”中的“似”字，既有对于宿命的叹息，也有迷茫、怀疑并期待脱离苦海的心理。“花落花开”两句，暗含了对自己身世飘零的感怀，也含蓄地表达了对岳霖解救自己的期待。下阕的“去与留”，承接了上阕的花开花落，也设想了未来的生活：能够“山花插满头”，做一个普通的农妇，就是自己最好的归宿了。

全词意境清幽，既陈述了委屈，又婉转地考虑到了官衙内特定的时间、地点和人物关系，用词委婉含蓄却不卑不亢，虽身为下贱却并不作践自己，铮铮铁骨朗朗可见。

念奴娇

张孝祥

洞庭青草[①]，近中秋、更无一点风色。玉鉴琼田三万顷，着我扁舟一叶。素月分辉，明河共影，表里俱澄澈。悠然心会，妙处难与君说。

应念岭表经年[2]，孤光自照[3]，肝胆皆冰雪。短发萧疏襟袖冷[4]，稳泛沧溟空阔。尽吸西江，细斟北斗，万象为宾客。扣舷独啸[5]，不知今夕何夕[6]。

【注释】

①洞庭青草：洞庭湖和青草湖。两湖相连，在湖南岳阳市西南，总称为洞庭湖。②岭表：即岭南，两广之地。经年：年复一年，几年。③孤光：指月亮。④萧疏：萧条稀少貌。⑤扣舷：拍打船边。⑥今夕何夕：赞叹良夜的常用语。

【赏析】

张孝祥的词风继承了苏轼的“疏豪”，另一方面，他也学习苏轼的“狂放”，兼容浪漫主义情怀，运笔自如，如法天成。

“洞庭青草，近中秋、更无一点风色”，一开头即点名地点、时间。面对万顷山光水色，诗人不免会感觉到自身的渺小与人世的无常。名为风景而实为情怀。唐朝陈子昂感伤“念天地之悠悠，独怆然而涕下”；张若虚感慨“今人不见古时月，今月曾经照古人”；苏轼也乘一叶小舟划过赤壁，感叹“天地曾不能以一瞬，物与我皆无尽也”。面对天地间恒常的清风明月，词人也不自觉地沉浸在澄澈的感觉中，悠然自得，体会天人合一的妙悟。正是悠然心会，妙处难与君说。

“诗中有画，画中有诗”才是中国审美里最为上乘的艺术境界。山川之峭拔，湖水之明净，都可以体现出内心的嶙峋、壮美和宁静。而“孤光自照，肝胆皆冰雪”更是对自己情感、人格的一种提升与净化。西江北斗，万象尽为宾客，作者在反客为主的时候，情动于衷不能自已，禁不住扣舷而歌，“不知今夕何夕”。

词人从忘情于自然美景，到忘怀得失，最后登上了忘我的高峰，安静恬淡“无一点风色”的洞庭湖，居然也雷霆万钧、壮志凌云起来。留恋，憧憬，怅惘，叹息，个人的感伤，家国的忧患，种种复杂的深情交织在一起，也让敏感的诗人觉出人生苦短、壮志难酬。

回头去看历史上的张孝祥，他有胸襟、有胆略、有气魄；才华、词风和人品都直逼苏轼。不但秉承了苏轼的豪放，也开创了后世辛派词人的沉郁和悲凉。

六州歌头

张孝祥

长淮望断[①]，关塞莽然平[②]。征尘暗，霜风劲，悄边声。黯销凝[③]。追想当年事[④]，殆天数[⑤]，非人力；洙泗上[⑥]，弦歌地[⑦]，亦膻腥[⑧]。隔水毡乡[⑨]，落日牛羊下[⑩]，区脱纵横。看名王宵猎[⑪]，骑火一川明[⑫]，笳鼓悲鸣，遣人惊。

念腰间箭，匣中剑，空埃蠹[⑬]，竟何成！时易失，心徒壮，岁将零[⑭]。渺神京[⑮]。干羽方怀远[⑯]，静烽燧[⑰]，且休兵。冠盖使[⑱]，纷驰骛，若为情[⑲]！闻道中原遗老[⑳]，常南望、翠葆霓旌[㉑]。使行人到此，忠愤气填膺[㉒]，有泪如倾。

【注释】

①长淮：淮河，当时为宋金东部分界线。望断：极目远望。②莽然：草木丛生。③黯销凝：暗自销魂凝思，形容因感伤而沉思。④当年事：指靖康间金兵南侵灭北宋事。⑤殆：也许、大概。⑥洙泗：古代鲁国的两条河，流经曲阜。此处代指中原地区。⑦弦歌：弹琴唱歌，此指礼乐教化。⑧膻腥：牛羊的气味，借指金兵。⑨毡乡：古代北为少数民族大多住毡帐，故称其居所为毡乡。⑩落日牛羊下：黄昏时牛羊下山回栏。⑪名王：古代少数民族对贵族头领的称呼。宵猎：夜间打猎。此处指夜间军事演习。⑫骑火：骑兵打着的火把。⑬空埃蠹：白白积满尘埃，被虫蛀蚀。此指闲置不用。⑭岁将零：一年将尽。⑮神京：指北宋京师汴京（今河南开封）。⑯干羽：盾牌和雉羽。古代的两种舞具。怀远：以文德怀柔远人。此处谓朝廷对敌妥协。⑰烽燧：指战争烟火。⑱冠盖使：穿官服乘马车的使臣。此处指去金求和之使臣。⑲若为情：何以为情。⑳中原遗老：中原沦陷区的百姓。㉑翠葆霓旌：指皇帝的车驾。翠葆，用翠羽装饰的车盖。霓旌，绘有云霓的彩旗。㉒填膺：塞满胸怀。

【赏析】

这首词是张孝祥留守建康时期，在一次宴席上所赋，主战派张浚听后感慨良多，起身离座。词的上阕主要写宋金对峙的局面，下阕写自己的壮志难酬。从朝廷当政者安于现状，到中原百姓空盼复兴，其中往来穿梭时不我待的感伤，令人读罢悲壮难平。“忠愤填膺，泪如雨倾”，更加重了山河破碎风飘絮的凄凉。

张孝祥任职期间，刚正不阿，屡屡上书提议加强边防、抵御金人；还提出了许多改革的举措，显示了远大的政治理想。其词作也多以恢复中原为志向，对朝廷不用贤才，尤其是屈辱求和表示了极大的愤慨。他的这首词正是这一情绪的宣泄。就如杜甫的诗历来被尊为“诗史”一样，这首《六州歌头》也被很多名家称为“词史”。

在风格上，张孝祥填词，一方面学习苏轼的“疏豪”，本词就是此类的典范。而在宋代的词史上，张孝祥也的确是承前启后的一代，是由苏轼过渡到辛弃疾的一位重要词人。

鹧鸪天

姜　夔

肥水东流无尽期[①]，当初不合种相思[②]。梦中未比丹青见[③]，暗里忽惊山鸟啼。

春未绿[④]，鬓先丝，人间别久不成悲。谁教岁岁红莲夜[⑤]，两处沉吟各自知。

【注释】

①肥水：源出安徽合肥西南紫蓬山，东流经合肥入巢湖。②种相思：种下相思之情。③丹青：泛指画像。④春未绿：本词作于正月，这时气候很冷，草未发芽，所以说春未绿。⑤红莲夜：指元夕。红莲，指花灯。

【赏析】

春天的绿色还没有到，双鬓的白发已经先染成了丝。“人间久别不成悲”看似劝慰自己和他人，实则却将浓厚的感情包藏在深沉的话语中。沧海桑田，入骨的相思已经不能再伤害自己，心灵仿佛生了老茧一般麻木，历尽坎坷却佯装无事的痛苦，令人不忍卒读。

“红莲”指灯节的花灯，“红莲夜”自然便是元宵灯节。“谁教岁岁红莲夜”一句似乎在抱怨年年元夕，可只有读到“两处沉吟”，才知情深义重，唯恐团圆之夜更添愁绪。

相传，这首词是姜夔二十几岁在合肥结识某女郎时所作。分手后，他依然对女子想念不已。“肥水东流”既暗示了悠悠远去的岁月，也像是姜夔漫长无尽的相思。真是不应该种下这不合适的情思，年年团圆夜，听山鸟幽怨地哀啼。就在元夕的夜里，姜夔梦到了自己昔日的情人。不知道这个时候她正卧于谁的身边，在哪一个枕榻边与人取暖。

“人间别久不成悲”，正是深深尝透了别离的滋味，作者才能发出这样的感慨。爱情虽然已经过去了，但曾经的爱，却总是被人深深地想起，纵然相隔天涯，却也“两处沉吟各自知”。

扬州慢

姜　夔

淳熙丙申至日，予过维扬，夜雪初霁，荠麦弥望。入其城，则四顾萧条，寒水自碧。暮色渐起，戍角悲吟，予怀怆然，感慨今昔。因自度此曲，千岩老人以为有黍离之悲也。

淮左名都①，竹西佳处②，解鞍少驻初程。过春风十里③，尽荠麦青青④。自胡马窥江去后，废池乔木⑤，犹厌言兵。渐黄昏，清角吹寒，都在空城。

杜郎俊赏⑥，算而今、重到须惊。纵豆蔻词工⑦，青楼梦好⑧，难赋深情。二十四桥仍在⑨，波心荡，冷月无声。念桥边红药⑩，年年知为谁生。

【注释】

①淮左：扬州在宋代属淮南东路。古时以左指东，故云。②竹西佳处：竹西亭，扬州名胜。③春风十里：指代扬州街市，杜牧《赠别》诗中云：“春风十里扬州路，卷上珠帘总不如。”④荠（jì）：荠菜。⑤废池乔木：荒废的池苑和高大的树木。⑥杜郎：唐代诗人杜牧。俊赏：卓越的鉴赏力。⑦豆蔻：杜牧《赠别》诗中云：“娉娉袅袅十三余，豆蔻梢头二月初。”⑧青楼：杜牧《遣怀》诗中云：“十年一觉扬州梦，赢得青楼薄幸名。”⑨二十四桥：杜牧《寄扬州韩绰判官》诗中云：“二十四桥明月夜，玉人何处教吹箫。”⑩红药：红芍药。

【赏析】

初次来到扬州，在它风光最佳处稍作停留，但往日“春风十里”的繁华美景，此时已换作了满目的野麦青青；自金人劫掠过后，这里荒凉破败，人们至今提起战争，仍无不切齿痛恨。黄昏时，清寒的角声响起，长久地回荡在空城。杜郎俊赏，只是他如在今日来到这里，也会感到心惊吧。他纵然能写出豆蔻诗，写出感人的青楼梦，怕也难写出此时的心情。二十四桥还在，桥下月影荡动，冷而无声。不知桥边的红色芍药，年复一年为谁而生。

暗 香

姜 夔

辛亥之冬，予载雪诣石湖。止既月，授简索句，且征新声。作此两曲。石湖把玩不已，使工妓习之。音节谐婉。乃名之曰《暗香》《疏影》。

旧时月色，算几番照我，梅边吹笛。唤起玉人，不管清寒与攀摘。何逊而今渐老[①]，都忘却、春风词笔。但怪得、竹外疏花，香冷入瑶席。

江国，正寂寂。叹寄与路遥，夜雪初积。翠尊易泣[②]，红萼无言耿相忆[③]。长记曾携手处，千树压、西湖寒碧。又片片、吹尽也，几时见得？

【注释】

①何逊：南朝诗人，此处为作者自喻。②翠尊：碧绿酒杯。③红萼：指红梅。耿相忆：心中挂怀，不能消解。

【赏析】

词以回忆昔日与情人月下梅边吹笛、折花的风流韵事起首，而后感叹如今老来落寞情怀，又怪梅香入席，空惹惆怅。词人欲折梅寄远以慰相思，但无奈路遥夜雪。感伤之下，更觉杯中绿酒，室外红梅也似在深情怀念伊人，思绪又回到与她携手西湖岸、踏雪观梅的快乐时光。曲终遥想梅花渐落，复叹重聚难期。

青玉案 元夕

辛弃疾

东风夜放花千树[①]。更吹落、星如雨[②]。宝马雕车香满路[③]。凤箫声动[④]，玉壶光转[⑤]，一夜鱼龙舞[⑥]。

蛾儿雪柳黄金缕[⑦]，笑语盈盈暗香去[⑧]。众里寻他千百度[⑨]，蓦然回首[⑩]，那人却在，灯火阑珊处[⑪]。

【注释】

①花千树：花灯之多如千树开花。②星如雨：指焰火纷纷，乱落如雨。星，指焰火，形容满天的烟花。③雕车：豪华的马车。④凤箫：箫的名称。⑤玉壶：比喻明月。⑥鱼龙舞：指舞动鱼形、龙形的彩灯。舞鱼舞龙是元宵节的表演节目。⑦蛾儿雪柳黄金缕：皆古代妇女元宵节时头上佩戴的装饰品。这里指盛装的妇女。⑧盈盈：声音轻盈悦耳，亦指仪态娇美的样子。暗香：本指花香，此指女性们身上散发出来的香气。⑨千百度：千百遍。⑩蓦然：突然，猛然。⑪阑珊：零落稀疏的样子。

【赏析】

词人在开头似乎有意无意地巧妙化用了岑参的名句“忽如一夜春风来，千树万树梨花开”，这风还未及催得百花开，便已然吹醒了元宵夜的火树银花。一朵朵烟花怒放，在夜空中绽开无数的光亮，纷纷落下，如星光之雨降临人间，一时万物华彩。看街上，车水马龙，吹拉弹奏之声不绝于耳，人们载歌载舞，热闹非凡。

上阕以“宝马”“雕车”“玉壶”等词汇写景，其光月交辉、香影徘徊之绚烂扑面而来，其间或声色可闻，或环佩悦耳，或花灯迷眼，如梦亦如幻。然而，稼轩之高明，却不仅仅在于渲染节日的气氛。仅仅行笔至此只能沦为写景之佳作，却难以称得上极品。稼轩的盖世才华正是在下阕的意境之中才得以流露。

在这热闹的都市里，烟花如莲，在盛世天空次第开放，街灯与花灯闪烁，照得月夜如昼。女子们的头上插满了蛾儿、雪柳，一路欢笑着走过，只有笑声随着飘来的衣香缓缓飘散。词人众里寻她，辗转而不可得，心中的怅然若失不禁涌上心头。然而词人一转笔，蓦然回首之时，发现她正在灯火零落的地方，殷殷之情，一切的期待尽在不言中。

南宋词人写元夕，大多有一定的套路和结构，即上阕专属于繁华，下阕满眼惆怅。辛弃疾的这一首上阕写了元夜的灿烂与喧闹，歌舞升平之势不可挡，而下阕并没有沿袭陈规俗套，于片段言语中描写了自己的爱情，令人读后屡屡回头。

王国维曾说古今人治学问有三重境界，其中这“众里寻他”四句，为治学及人生的最高境界，似乎有恍然彻悟的意味。而稼轩正是捕捉到了人生这瞬间的惆怅与惊喜，将这份得失之间的感情发挥得淋漓尽致。热闹的元夕、喧嚣的城市、美丽的女子，都不如心上人的回眸一笑。在辛弃疾的笔下，这“蓦然回首”的情致竟是如此深婉。词到此处，戛然而止，但人们的想象却从未中断，可谓余韵悠长。

永遇乐　京口北固亭怀古[①]

辛弃疾

千古江山，英雄无觅，孙仲谋处[②]。舞榭歌台，风流总被，雨打风吹去。斜阳草树，寻常巷陌，人道寄奴曾住[③]。想当年，金戈铁马，气吞万里如虎。

元嘉草草[④]，封狼居胥[⑤]，赢得仓皇北顾[⑥]。四十三年[⑦]，望中犹记，烽火扬州路。可堪回首，佛狸祠下[⑧]，一片神鸦社鼓[⑨]。凭谁问：廉颇老矣，尚能饭否？

【注释】

①京口：今江苏省镇江市。北固亭：在镇江东北北固山上，又名北顾亭。面临长江。②孙仲谋：孙权字仲谋，三国时吴国君主。③寄奴：南朝宋武帝刘裕的小名。④元嘉草草：刘裕的儿子宋文帝刘义隆在元嘉年间草率北伐，结果大败，国势一蹶不振。⑤封狼居胥：汉武帝时，骠骑将军霍去病曾追击匈奴至狼居山，在山上筑坛祭神而还。狼居胥，一名狼山，在今内蒙古西北部。此处说宋文帝好大喜功，也想北封狼居胥山，结果惨败。⑥仓皇北顾：荒乱败退中回望追敌。⑦四十三年：辛弃疾于绍兴三十二年（1162年）渡江南归，至写此词时整43年。⑧佛狸祠：北魏拓跋焘的祠庙。⑨神鸦：祭祀时飞来觅食的乌鸦。社鼓：社日祭神的鼓声。

【赏析】

这首词写于1205年。当时，韩侂胄奉命北伐，而朝廷也起用了久被闲置的辛弃疾。可是，辛弃疾清醒地知道自己很难有所作为。一方面，多年来官场的险恶令他深恶痛绝；另一方面，韩侂胄由此独揽朝政轻敌冒进令他担忧。

锣鼓齐鸣的战争又令词人热血沸腾，他很想跃马驰骋，纵横疆场。在这种失落与矛盾中，夹杂着久违的激情。在这种情绪的支配下，辛弃疾登高怀古，写下了这首忧思深远、千古传唱的名篇。

词作以怀念古代英雄的壮举为主线，间或穿插王朝兴衰成败的典故，借古喻今，将历史的恢宏与人物的命运相连，抒发了自己的愤懑与悲怆。而“四十三年，望中犹记，烽火扬州路”的感慨是辛弃疾最为伤痛的记忆。

辛弃疾极力主战却屡遭主和派暗算，不断受到排挤。后来干脆被朝廷安排了一个闲职，虽然逍遥，却与鸿鹄之志相去甚远。

但北方文化的粗犷却赋予了辛弃疾豪放的性格。广阔的胸襟，不羁的情怀，侠客的风范，这些都深深内化为一股精神的力量，慢慢融化在辛弃疾的词风中，令他的词作骨气奇高、卓尔不群。

清平乐

辛弃疾

茅檐低小①，溪上青青草。醉里吴音相媚好②，白发谁家翁媪③。

大儿锄豆溪东，中儿正织鸡笼；最喜小儿无赖④，溪头卧剥莲蓬。

【注释】

①茅檐：茅屋里的茅檐。②吴音：吴地的方言，泛指南方的方言。相媚好：这里指互相逗趣、取乐。③翁媪（ǎo）：老翁、老妇。④无赖：指顽皮、淘气。

【赏析】

在辛弃疾的农村词作中，安居田园生活的作品不在少数，这首《清平乐》是佳作中的代表。小令惟妙惟肖地讲述了一家五口人悠闲自得的生活情趣。茅屋、小溪、青草，白发夫妻相伴，三个儿子不懂世事，自顾自地玩耍，秀美的农村风光深深地烘托了一家人的幸福时光。

按照辛弃疾的心志，他希望自己可以是战死沙场的将军，结果却回乡务农。这份苦闷诉诸词作中，只能变成读书人的一声长叹。

辛弃疾的词和苏轼齐名，并称“苏辛”，其性情磊落，为词为文，如天地奇观。所以有人称赞他是“人中之杰，词中之龙”。后世常常把他和苏轼进行比较，盘点出各自的风貌。苏轼的词潇洒豁达，自有文人的一份浪漫与从容；而辛弃疾的词多沉郁悲凉，自有英雄落寞的一股苍茫与感伤。

这首《清平乐》是词人一生中极其少有的对田园闲事生活的描写，显得尤其珍贵，也更加动人。

菩萨蛮　金陵赏心亭为叶丞相赋①

辛弃疾

青山欲共高人语②，联翩万马来无数③。烟雨却低回，望来终不来。

人言头上发，总向愁中白。拍手笑沙鸥，一身都是愁④。

【注释】

①金陵赏心亭：金陵即建康（今江苏南京）；赏心亭在当时建康下水门的城楼上。叶丞相：叶衡，字梦锡。②高人：品格高尚之人。③联翩：连续不断而迅疾的意思。④“人言”四句：化用白居易《白鹭》“人生四十未全衰，我为愁多白发垂。何故水边双白鹭，无愁头上也垂丝”诗句。

【赏析】

1161年，金主完颜亮大举南侵，22岁的辛弃疾聚众二千人竖起抗金旗帜。未几，率部归耿京起义军，并力劝耿京归宋，以图大业。1162年，辛弃疾奉命南渡，联系起义军的归宋问题。不料叛徒张安国杀了耿京，率部投金。辛弃疾在返回途中得知此消息。辛弃疾率领五十余名骑兵，奇袭金营，生擒叛徒张安国。此举“壮声英概，懦士为之兴起，圣天子一见三叹息”。从此辛弃疾投奔南宋，官为江阴签判。

青山似乎想要和高人说话，看到词人到来，逶迤的青山就迫不及待地像万马奔腾而来。可惜，转眼之间又烟雨迷蒙，遮住了青山，而无数青山也只像是万马在烟雨中低回不前。山间云雾在徘徊，词人盼望降雨却始终没有盼来，他不免失望。词人壮志未酬，盼望与志同道合的“高人”共商国事，希望抗金高潮到来。这一切最终并未实现，他不免怅然若有所失。人们都说头发是因为忧愁而变白的。词人因忧愁国事，此时头发已经白了不少，虽然他这一年才刚刚三十五岁。他看到那满山雪白的沙鸥，满身都是白色的，就像人的白发一样，想到沙鸥竟然一身都是愁绪，词人不禁拍手嘲笑它了。其实一身是愁的不是沙鸥，而是词人自己。

西江月　夜行黄沙道中①

辛弃疾

明月别枝惊鹊②，清风半夜鸣蝉。稻花香里说丰年，听取蛙声一片。

七八个星天外，两三点雨山前。旧时茅店社林边③，路转溪桥忽见。

【注释】

①黄沙：黄沙岭，在江西上饶城西四十里。②“明月”句：明晃晃的月光惊起鹊儿离开树枝飞去。③社：土地神庙。古时村有社树，为祀神处，故曰社林。

【赏析】

月亮落了，离别了树枝，把枝上的乌鹊惊动起来。乌鹊对光线的感觉是极灵敏的，它们在黑暗中一遇到明亮的光线，往往乱飞乱啼。在沉静的清风吹拂的半夜里，突然间惊鹊离开枝头啼叫，蝉儿也应声而鸣。清凉的南风，送来了阵阵的稻花香味和一片片热闹的蛙声，像是在诉说丰收的年景一样。傍晚时分，天气发生了变化。夏雨来临之前，天空已经起了乌云，在云层之外，很远很远的天际还能看到有七八颗星星，一会儿就在山前飘来了两三滴雨。词人在雨夜行路，赶紧找避雨的地方。记得以前社庙旁、树林边有个茅屋。词人对黄沙道上的路径尽管很熟，可总因为醉心于倾诉丰年在望之乐的一片蛙声中，早已临近茅屋了，也都没有察觉。小桥一过，乡村林边茅店的影子却意想不到地展现在人们的眼前。词人感到无限的惊喜。

丑奴儿　书博山道中壁

辛弃疾

少年不识愁滋味[①]，爱上层楼[②]。爱上层楼，为赋新词强说愁。

而今识尽愁滋味，欲说还休。欲说还休，却道天凉好个秋。

【注释】

①少年：指年轻的时候。②层楼：高楼。

【赏析】

少年时代思想单纯，没有经历过人世艰辛，喜欢登上高楼，赏玩景致，本来没有愁苦可言，但是为赋新词，只好装出一副斯文样子，勉强写一些“愁苦”的字眼应景。勉强说些春花秋月无病呻吟的闲愁。历尽沧桑，饱尝愁苦滋味之后，词人的思想感情发生了变化。现在他尝尽了人生中愁苦的滋味。南宋政权对他招之即来，挥之即去，他不仅无法施展自己的抱负，而且屡次遭受投降派的迫害、打击。词人的无限忧愁郁结在心头，很想对人倾诉一番，求得别人的理解和支持，但是一想到朝廷昏庸黑暗，投降派把持政权，说了也于事无补！话到嘴边，想要对人倾诉时，对人说的却是无关紧要的闲愁：好凉爽的一个秋天啊！

摸鱼儿

辛弃疾

淳熙己亥[①]，自湖北漕移湖南，同官王正之置酒小山亭，为赋。

更能消[②]、几番风雨，匆匆春又归去。惜春常怕花开早，何况落红无数[③]。春且住，见说道天涯芳草无归路[④]。怨春不语，算只有殷勤[⑤]，画檐蛛网，尽日惹飞絮。

长门事[⑥]，准拟佳期又误。蛾眉曾有人妒[⑦]。千金纵买相如赋，脉脉此情谁诉[⑧]？君莫舞[⑨]，君不见，玉环飞燕皆尘土[⑩]。闲愁最苦，休去倚危栏[⑪]，斜阳正在，烟柳断肠处。

【注释】

①淳熙己亥：淳熙六年（1179年），辛弃疾从湖北转运副使调任湖南，主持那里的漕运。小山亭在湖北转运使官署内。②消：经受。③落红：落花。④见说：听说。⑤算只有：想来只有。⑥长门：汉代宫殿名，武帝皇后失宠后被幽闭于此，司马相如《长门赋序》："孝武陈皇后，时得幸，颇妒。别在长门宫，愁闷悲思，闻蜀郡成都司马相如天下工为文，奉黄金百万，为相如，文君取酒，因以悲愁之辞，而相如为文以悟主上，陈皇后复得幸。"⑦蛾眉：代指美女。⑧脉脉：绵长深厚的样子。⑨君：指善妒之人。⑩玉环飞燕：杨玉环和赵飞燕，她们皆貌美善妒。⑪危栏：高楼上的栏杆。

【赏析】

还能再经得起几度风云的摧残呢？匆匆之间，春天又一次离开了人间。我十分爱惜花儿，常常担心花会开得太早（那样也就容易早早凋落），而现在却是落花满地，让我如何经受得了。春天，你暂且停一下脚步吧，我听说那满地的芳草已经将你的归路阻住了。可是春天却对我不理不睬，想起来只有那屋檐上痴情的蜘蛛，每天都殷勤地将漫天飞舞的柳絮缠住，想以此来把春天留住。长门宫中的阿娇每天都在盼着皇帝能够前来和她会面，可是那约定好了的佳期却一次又一次地被延误。原来是因为她那美丽的颜容引起了别人的忌妒，遭到了谗言的诋毁。即便是能够花费千金买来司马相如的《长门赋》（以此重新得到皇帝的欢心），她那一腔幽怨又能向谁倾诉呢？那些善妒的人哪，你们还是不要太嚣张了吧，难道你们没有看到杨玉环和赵飞燕的悲惨下场，她们都已经化作了一堆黄土。闲愁最让人感到痛苦，千万不要在傍晚的时候，登上高楼上凭栏远望，要知道那斜阳照着烟雾中的杨柳的景象，是最让人断肠的啊！

破阵子　为陈同父赋壮词以寄[①]

辛弃疾

醉里挑灯看剑，梦回吹角连营[②]。八百里分麾下炙[③]，五十弦翻塞外声[④]，沙场秋点兵。

马作的卢飞快[⑤]，弓如霹雳弦惊[⑥]。了却君王天下事[⑦]，赢得生前身后名。可怜白发生！

【注释】

①陈同父：陈亮，字同父（甫），南宋著名思想家，和辛弃疾交谊颇深。②梦回：梦醒。③八百里：牛名。据《世说新语·汰侈》载，晋王恺有牛名“八百里驳”。④五十弦：指瑟，古瑟用五十弦。这里泛指军中乐器。⑤的卢：一种烈性快马。⑥霹雳：雷声，比喻射箭时的弓弦声，响如雷鸣般。⑦天下事：指收复中原。

【赏析】

秋夜，夜深人静，我却不能入睡，醉眼蒙胧中，我挑亮了油灯，抽出腰间的宝剑仔细端详。梦醒了以后，一个连着一个的军营中响起了号角声。兵士们欢欣鼓舞，饱餐将军分赏给自己的大块烤熟的牛肉，各种乐器演奏的雄壮的军歌在军营中响起。秋高气爽，沙场上正在举行盛大的检阅仪式。战场上，战马像的卢一样飞快奔驰，载着将士们纵横驰骋；一支支利箭射出，弓弦发出像震雷一样的惊响声。我发誓要完成收复中原，让万里江山归于一统的千古大业，以赢得生前以及死后的英名，只可惜功业未成，满头白发却已经丛生！

木兰花慢

辛弃疾

中秋饮酒将旦，客谓前人诗词有赋待月，无送月者，因用《天问》体赋[①]。

可怜今夕月[②]，向何处、去悠悠？是别有人间，那边才见，光影东头？是天外，空汗漫[③]，但长风浩浩送中秋？飞镜无根谁系[④]？姮娥不嫁谁留？

谓经海底问无由[⑤]，恍惚使人愁。怕万里长鲸，纵横触破，玉殿琼楼。虾蟆故堪浴水[⑥]，问云何玉兔解沉浮[⑦]？若道都齐无恙，云何渐渐如钩？

【注释】

①《天问》体：屈原作《天问》的形式，即对“天”连续发问的形式。②可怜：可爱，可惜。③汗漫：广阔无边，渺茫难知。④飞镜：指月亮。⑤谓：此为传说之意。⑥虾蟆：蛤蟆。传说月中有蟾蜍，即蛤蟆一类的动物。⑦玉兔：传说中月宫里有白兔。

【赏析】

今晚的月亮如此可爱，它悠悠转动，不知要去往何处。是另有人间吗？为什么那边才看到月光的影踪呢？还是它原本就在天外，渺茫难知，是那浩浩长风，才给人间送来了中秋。月亮无根，谁人能够将它系住呢？那月中的嫦娥不嫁人是要等着谁呢？传说要到海底去才能问明白这诸多未知，而那海底却又十分恍惚缥缈，令人发愁。害怕那海中大鲸的纵横翻腾，会把那月宫的琼台楼阁给撞破。那月中的蟾蜍固然可以游水，但是那月中的玉兔又如何会懂得沉浮呢？如果说一切都平安无事的话，为什么那月亮慢慢变成了弯钩模样了呢？

西江月　遣兴[①]

辛弃疾

醉里且贪欢笑，要愁那得功夫。近来始觉古人书，信著全无是处[②]。

昨夜松边醉倒，问松：“我醉何如？”只疑松动要来扶，以手推松曰“去”！

【注释】

①遣兴：抒发自己的兴致。②“近来始觉”二句：化用《孟子·尽心下》“尽信书，则不如无书”句意。意思是近来我才领悟到相信古人书上的话，那就完全错了。

【赏析】

醉了以后尚且还贪恋着欢笑享乐，又哪里有工夫理会闲愁。近来我才领悟到，要是完全相信古人书上的话，那就大错特错了。昨天夜里我醉倒在松树旁，向松树问道：“我醉得怎么样？”醉眼蒙胧中，看到松枝摇动，我便以为是松树要上前来扶我起来，我便一手将它推开，同时大声命令道“去”！

点绛唇　试灯夜初晴[①]

辛弃疾

卷尽愁云，素娥临夜新梳洗[②]。暗尘不起，酥润凌波地。

辇路重来[③]，仿佛灯前事。情如水。小楼熏被，春梦笙歌里。

【注释】

①试灯夜：农历正月十四夜。②素娥：嫦娥。亦代指月亮。③辇路：天子车驾经过之路。

【赏析】

南宋都城临安的灯市，每年元宵节以前就极其热闹。都城的灯市，是词人所熟识的，当年良辰美景、人月双圆的情形，依然历历在目，难以忘情；如今韶华已逝，世事沧桑，每遇佳节，慨恨良多，兴味索然。农历正月十四日夜晚，天空中愁云散尽，时逢佳节，月亮临近夜晚梳妆打扮，把自己装饰得格外明亮洁净。雨后到处一片清新的景象。街道上没有灰尘飞扬，地上湿润润的，土质酥软蓬松，人踩上去软绵绵的，很是舒适。此时灯月交辉，舞儿歌女，结队而至，赏灯出游，往来不断。词人故地重游，沉入无限的回忆之中，想起了灯前的往事。那时自己春衫年少，意气风发，记得也是同样的夜晚，月色灯光，交相辉映，箫鼓舞队，绵连数里。那时有伊人相伴，柔情似水。深夜入睡后，那悠扬的歌声乐声，绵绵不绝地萦绕荡漾在梦的涟漪中。如今，往事如烟，月与灯依旧还在，却找不到伊人的芳踪了，自己一往情深的凄凉心事，无人可以倾诉。

踏莎行

辛弃疾

润玉笼绡[①]，檀樱倚扇[②]。绣圈犹带脂香浅[③]。榴心空叠舞裙红，艾枝应压愁鬟乱[④]。

午梦千山，窗阴一箭⑤。香瘢新褪红丝腕⑥。隔江人在雨声中，晚风菰叶生秋怨。

【注释】

①润玉：肌肤润泽如玉。②檀樱：浅红色的樱桃小口。③绣圈：绣花的圈饰。④艾枝：旧俗端午节用艾叶做成虎形，或剪彩绢为小虎，粘艾叶以戴。⑤窗阴一箭：指时间短暂。箭指漏箭，一箭是说刻漏移动之微。⑥红丝：古人有端午腕系彩丝的习俗。一说红丝比喻姻缘。

【赏析】

词人午睡梦到了自己的心上人。她润泽如玉的肌肤上罩上薄薄的一层绸衣，浅红色的樱桃小口笑倚罗扇，绣花的领圈上还残留着淡淡的胭脂的香气。她的舞裙上叠印着红色的石榴花，她发鬓散乱，戴着的艾枝用来压着她的鬓发，压着她那无尽的愁思。午睡梦醒后，词人不禁慨叹光阴似箭，与梦中人分别已久。词人午梦初回时产生了对空间与时间的迷惘之感。梦中历尽千山万水，其实现实中不过只是睡着的片刻光景。梦中，他还分明见到她依端午习俗盘系着彩丝的手腕，以及她腕上似因消瘦而渐褪的印痕。现在，词人虽已从梦中觉醒，而他的心却仍然留在梦中。从梦境回到现实，外面秋风凄凄，雨点正滴，词人与心上人隔江千里，在凄风苦雨中默默相思，却无法与她相见。晚风中，菰叶萧萧，似乎在冷雨中正向晚风诉说自己的无限怨情。对词人而言，回味梦中所见之人，其印象是如此亲切分明；怅望眼前之景，其心情是如此凄迷无助。

梅花引

蒋　捷

白鸥问我泊孤舟，是身留①，是心留②？心若留时，何事锁眉头？风拍小帘灯晕舞，对闲影，冷清清，忆旧游③。

旧游旧游今在否？花外楼，柳下舟。梦也梦也，梦不到，寒水空流。漠漠黄云④，湿透木绵裘⑤。都道无人愁似我，今夜雪，有梅花，似我愁。

【注释】

①身留：被雪所阻，被迫羁留下来。②心留：自己心里情愿留下。③旧游：指昔日漫游的伴友与游时的情景。④漠漠：浓密。黄云：指昏黄的天色。⑤木绵裘：棉衣。

【赏析】

这首词是南宋灭亡，蒋捷归隐后所作。当时恰值寒冬，他乘船在外，忽逢大雪，

江面被冰雪阻挡，只得将小舟停于荒野之上，等风雪稍小后再起程上路。然而旅程漫漫，实在是寂寞难耐，枯坐在船舱中的蒋捷放眼望去，四周一片白茫境地，怀旧之情油然而生，便写下这首《梅花引》。

虽然风雪当头，但词人开篇并不写风雪，而是以虚写实，用白鸥发问引出自己去留不得的尴尬心情。“是身留，是心留？”词人嘴角挂着自嘲的笑容，其实身留又如何，心留又怎样？

这首词的上阕在疑惑是去还是留的问题，但纵观全词，通篇都在围绕一个“愁”字展开。“都道无人愁似我，今夜雪，有梅花，似我愁。”实际上，蒋捷并不是在这片江水之上难以决定自己的去留而发出这愁苦之声，他是在当时的整个时代洪流中难以找寻到自己的方向。

整首词虽然看起来是在为去留而烦恼，其实却是围绕着“心若留时，何事锁眉头？”这句而展开，不禁令人赞叹词人实在用心良苦。“梦不到，寒水空流”，那过去的一切就像身下悠悠而尽的江水，是他拼尽全力也无法抓住的往事。这是他心中所悲苦的事情。

词末，他提到了“今夜雪，有梅花，似我愁”。众所周知，蒋捷是爱梅之人。梅花高洁，开在苍茫的冬季，傲然独立于大风大雪中，正是蒋捷情操的依托与象征。梅花的傲雪迎风，不也正是他寂寞生活中深深的愁苦吗？一首《梅花引》道出了梅花的清妍之美，同时也说出了蒋捷自己的心境。

第九篇

元曲，触及心灵的浅吟低唱

金元之际，游牧民族入主中原，文化的交融催生了元曲的兴盛。而元人独特的精神特质从元曲里可以看到七八分。天涯羁縻，西风寥落，元人的文字中流淌着的是旧年马蹄，是市井狎客、羁旅文人的种种情思。因一切向往而产生的温馨与美好，因一切专注而产生的哀怨与疯魔，因一切痴狂而产生的荒唐与罪恶，无不让人感到怜惜、肃然而又庄重。

[黄钟]人月圆　卜居外家东园

元好问

重冈已隔红尘断[①]，村落更年丰。移居要就，窗中远岫，舍后长松[②]。十年种木，一年种谷[③]，都付儿童。老夫惟有，醒来明月，醉后清风。

【注释】

①重冈：重叠的山峦。红尘：指繁华纷扰的人世。②“移居”三句：陶渊明《归去来兮辞》中有“云无心以出岫，鸟倦飞而知还。景翳翳以将入，抚孤松而盘桓”。③“十年”两句：《管子·权修》中有“一年之计，莫如树谷；十年之计，莫如树木”。

【赏析】

重重山冈隔断了红尘俗世，时值丰年，又是新迁，在这宁静的乡村闲住，窗中见远山，舍后有长松，元好问也乐得个清闲自在，他说：十年种木，一年种谷，关于明天，还是让年轻人去开拓吧。老夫唯有，醒来明月，醉后清风。看上去像是不想再问世事，打算诗酒中了此余生了。然而仔细品味本篇，想想他所生活的时代，那亡国之初文人的无奈和无所适从的心情便轻轻地泛了出来。

[中吕]喜春来　春宴

元好问

春盘宜剪三生菜[①]，春燕斜簪七宝钗[②]。春风春酝透人怀[③]。春宴排，齐唱喜春来。

【注释】

①春盘：春卷。按古时的风俗，每年立春这一天，就将面粉制成薄饼，摊在盘中，加上精美蔬菜食用，故称春盘。②春燕：古代迎春时妇女们会将丝绸剪成燕形作为佩饰，以图吉利。③酝：酒。

【赏析】

在古代，立春时要吃春卷、佩春燕儿，还要举行一些宴饮娱乐活动来迎接春天的到来，此曲描写的就是这喜庆欢快的迎春场面。

用薄饼卷了春蒿、黄韭、蓼芽几种时蔬，将红绸子剪成的春燕儿用簪子插在头上，节日的气氛就已经弥散在空气中了。和煦的春风，香醇的春酒，更让人感觉到心中有无限的畅快。在一片欢声笑语当中，大家开始合唱起了《喜春来》。这首小令虽然简单，却自自然然，欢乐的气氛溢于纸外，让人有身临其境之感。

[双调]骤雨打新荷

元好问

绿叶阴浓，遍池亭水阁，偏趁凉多[①]。海榴初绽[②]，朵朵蹙红罗。乳燕雏莺弄语，有高柳鸣蝉相和。骤雨过，珍珠乱撒，打遍新荷。

人生有几，念良辰美景，休放虚过。穷通前定[③]，何用苦张罗。命友邀宾玩赏，对芳樽浅酌低歌。且酩酊，任他两轮日月，来往如梭。

【注释】

①偏趁凉多：意谓此处比别处更为清凉。②海榴：石榴。③穷通：困厄与发达。

【赏析】

池亭水阁得到了高大柳树的荫庇，看上去清凉舒爽；石榴花刚刚开放，火红如锦，生意盎然。蝉儿在柳树上知了知了地叫着，好像在与那些唧唧喳喳的乳燕雏莺们相互唱和；一阵骤雨袭来，雨点打在刚出水面的荷叶上，宛如珍珠落盘，飞溅跳脱。对此良辰美景，作者不由得兴起日月如梭、人生几何的感慨，并认为人生的通达与否是命中注定的，不必去苦苦经营；只有在诗酒交游中终老，才是真正的快乐。

小桃红　江岸水灯

盍西村

万家灯火闹春桥，十里光相照，舞凤翔鸾势绝妙[①]。可怜宵[②]，波间涌出蓬莱岛。香烟乱飘[③]，笙歌喧闹，飞上玉楼腰[④]。

【注释】

①舞凤翔鸾：凤形和鸾形的花灯在飞舞盘旋。鸾，凤凰一类的一种鸟。②可怜：可爱。③香烟：灯火，焰火。④玉楼：华丽的高楼。

【赏析】

这一曲《小桃红》写的是元宵灯节时的情景。作者盍西村仅有17首散曲流传后世，其中有8首都是在江西临川郡游历时即景抒情之作。这首曲写的正是“临川八景”之一的“江岸水灯”。

当时正赶上元宵灯节，独挑一盏金鱼灯的作者在街上走来走去。因宦游在外，他没有亲人朋友傍身，只好独自欣赏万家灯火、华丽的节日盛况，在他人的热闹中寻找温暖，以慰藉自己孤独的心灵。十里灯辉舞动闪烁，在夜空中勾勒出诸多幻影，如同凤凰飞舞、鸾鸟翱翔，美轮美奂。江水掩映着光辉潺潺流动，水上花灯时隐时现，不时有游船过往，传来好听的歌声，让他以为自己到了蓬莱仙境。烟雾缭绕、笙歌震天，整个临川化作了琼楼玉宇，于祥云之中展露风姿。从曲子中可见，作者此时的内心充满了欢畅。

每年的农历正月十五是春节之后第一个重要的节日，又称“上元节”。南宋吴自牧在《梦粱录》中讲：“正月十五日元夕节，乃上元天官赐福之辰。”也就是说这一天乃天官赐福，地官赦罪的大好吉日。不仅如此，张灯三日亦是传下千年的习俗，历朝历代各地各县都把张灯观灯作为一大盛事。据《隋书·音乐志》记载：隋代的元宵庆典格外隆重，处处张灯结彩，日日歌舞升平，八里戏台、乐者过万，表演者达数万人，游玩凑热闹的百姓更是不计其数。京城里更是通宵达旦，彻夜尽欢。到了宋代，张灯习俗由三夜延长至五夜，除此之外尚有大量街头表演和烟火，与今日过节无异。《东京梦华录》中记载：每逢灯节，开封御街上，万盏彩灯垒成灯山，花灯焰火，金碧相射，锦绣交辉。京都少女载歌载舞，万众围观。十里长街，万人空巷，酒肆茶坊无不热闹非凡，百里灯火不绝。

盍西村是钟嗣成《录鬼簿》中名不见经传的一个人物，但钟氏仍把他列为"学士"之一，可见此人的文化底蕴值得后人称道。根据盍西村这首曲子所描写的情景，元宵节在元代其盛况依然不减当年。作者在曲子中勾勒了一个繁华热闹的上元佳节盛况。

喜春来

伯　颜①

金鱼玉带罗阑扣②，皂盖朱幡列五侯③，山河判断在俺笔尖头。得意秋，分破帝王忧④。

【注释】

①伯颜：蒙古族人。②金鱼：一种象征官阶的配饰。罗阑：丝罗做的官服。③皂盖朱幡：指高官出行时的仪仗。④分破：减少。

【赏析】

1273年，忽必烈汗任命伯颜为伐宋军最高统帅，与左丞张弘范兵分两路攻打南宋。陆秀夫与宋朝的小皇帝跳海，宣告了以伯颜为首的蒙古南伐军大获全胜。甩鞭下马，伯颜大踏步走进了位于临安的南宋皇宫，两侧铁甲兵以整齐的步伐跟在他的后面，轰鸣的脚步声响彻殿霄，盔甲明晃晃的光泽为瓦片染上了一层雪色。蒙古族人当时的意气风发，怎能用言语来形容。当晚，伯颜便命人大摆宴席，与张弘范举杯同庆。

酒过三巡，兴致所至，伯颜忍不住唱了起来。这曲《喜春来》充溢着他的人生得意：腰缠玉带，并悬金鱼配饰，出入身穿紫气东来袍，乘的是一品大臣的黑盖红幡车，笔尖所写的是主宰大好河山未来去向的文书，谈吐运筹帷幄，行走迅疾如风，生平不做他事，专为帝王解忧。此等业绩，伯颜当然有理由大谈特谈。

伯颜生于西亚蒙古四帝国之一的伊儿汗国，是蒙古巴邻氏后裔，他的祖父阿拉黑、祖叔父纳牙阿都是成吉思汗的开国元勋，他的父亲晓古台和他本人臣属成吉思汗幼子托雷家族。想当年托雷做监国时期，就注定了伯颜的家族在元帝国中的不平凡。一次偶然的机会，伯颜入朝给忽必烈奏事，结果忽必烈一眼就看出他以后必成大器，将其留在身边。不久，伯颜便先后升为中书左丞相、中节右丞、知枢密院事，专司主持伐宋的军政要事。

“得意秋，分破帝王忧”，得意之际，绝不能忘了自己身兼护国的重任。伯颜灭宋之际，始终都在想方设法为元王朝拉拢人才。当初元兵俘虏宋朝明臣文天祥，伯颜是蒙古将领中唯一主张力劝文氏投降的人。文天祥乃治世之才，如果忽必烈能得到此人相助，相信蒙古江山会更加稳固。此时的伯颜不但有眼光，而且能做到不忌才，在元人当中难能可贵。不仅如此，在他劝文天祥时，被后者骂得狗血淋头，却毫无怒色，这份胸襟与他在曲子中所展露出的气度如出一辙。

黑漆弩　游金山寺

王　恽[1]

苍波万顷孤岑矗[2]，是一片水面上天竺[3]。金鳌头满咽三杯，吸尽江山浓绿。

蛟龙虑恐下燃犀，风起浪翻如屋。任夕阳归棹纵横[4]，待赏我平生不足。

【注释】

①王恽：字仲谋，号秋涧，卫州路（今河南）人。元朝著名学者、诗人、政治家，是元世祖忽必烈、裕宗皇太子真金和成宗皇帝铁木真三代的谏臣。②岑：小而高的山。③上天竺：上天竺寺（杭州灵隐山上）。④棹（zhào）：船桨，这里代指船。

【赏析】

此曲是王恽到金山一地所写的，前曲是站在金山上描写江水，后曲则是乘船后对沧浪的感叹。

金山是江苏镇江西部的一个小岛，位于长江边上，金山寺自然就在此处。说起这个寺庙，让人立刻想到白娘子“水漫金山”的故事。王恽来到此处，是为了游金山寺，但他的曲中几乎没有关于寺庙的描写，也没提到白、许的故事，而是立于小山之上，望万顷碧波，看天高水远，想象自己身置于天竺圣地。

登临高处，人的胸襟会不由得变得旷达，曹操观沧海、苏轼看赤壁，皆是胸涌豪情。王恽自然也想如古人一样，做“一樽还酹江月”的洒脱之事。不过他没有用酒水便宜了江水，而是痛饮数杯，恨不得自己有神鳌的海量，将江山绿川连同酒水一起“吸尽”。吞八荒并六合的气势，自古便是人们最向往的，王恽被风物所撼，豪情自然就扼不住了。黑礁尖翘，水浪滔天，如同被蛟龙翻搅。王恽在后曲的开篇用了“蛟龙恐燃犀”的典故。据《晋书·温峤传》记载，温峤到长江西北的采石矶，听说矶下的水深不可测，有蛟龙等怪物，于是点燃犀角观察，果然看到了类似蛟龙的怪物。那怪物怕燃烧的犀角，吓得翻腾不已，搅起了倾天大浪。王恽看着眼前翻腾的沧浪，禁不住想起了这个典故，游兴更盛。

轰鸣的大浪让许多船掉转离去，作者却执意乘船迎浪直上。他的目的当然不是为了冒险，而是游乐的情绪蓬勃不已，不肯回头。

作者一生为官之作为，大多都能得到皇帝们的支持，官路可谓一路亨通。他终年78岁，到死都受到元王室的尊重。也许这也是作者所写的词曲，抛却了景、人的因素，总有豪情万丈的原因吧。

平湖乐

王　恽

采菱人语隔秋烟，波静如横练[①]。入手风光莫流转[②]，共留连。画船一笑春风面。江山信美，终非吾土，问何日是归年？

【注释】

①横练：形容湖水的平静澄清。②入手风光：映入眼帘的风景。

【赏析】

这是王恽一首风格较为独特的曲作。水上腾升的烟波如白练一般，在朦朦胧胧中隐约能听到采莲女的笑声。她们探出纤手，撷下一株莲蓬，虽然因为江雾的关系，王恽看不清她们甜甜的脸蛋，但依然能感觉到她们的美。单听得船中传出她们的笑声，就令他如沐春风了。

此处美景之胜，本应让人乐而忘返，可是作者却突然伤感起来，对所有景致失去了兴趣，反而思念起北方的家乡，不知离开多年的家变成了什么样子。此处正是“萧索更看江叶下，两乡俱是宦游情”的真实写照。越是胜景，越发激起人的乡情。

久经仕途，在外游宦多年的作者又一次到了江南。从前游的是金山，这次则来到了江南水乡。他本想继续豪迈放歌一曲，说说自己在事业、为学、人生上的志向和体会，却发现水乡里的景象似乎调动不了他的激情，反倒是水上采莲女妖娆、欢快的模样吸引了他，让他的心顿时变得柔软起来。

这首《平湖乐》没有了滚滚碧涛，而是静波水烟，显出几分惆怅。正如其在曲中感叹的："江山信美，终非吾土，问何日是归年？"

寿阳曲

卢　挚[①]

才欢悦，早间别，痛煞煞好难割舍[②]。画船儿载将春去也，空留下半江明月。

【注释】

①卢挚：字处道，号疏斋。元代涿郡（今河北）人。曾任廉访使、翰林学士。诗文与刘因、姚燧齐名，有"刘卢""姚卢"之称。②痛煞煞：形容悲痛之甚。

【赏析】

这首《寿阳曲》是卢挚与梨园名伎朱帘秀离别时所写。生活本是聚少离多，更何况卢挚有公务在身，还是大家子弟，不可能总跟朱帘秀在一起。时值春季，二人刚刚爱到浓时，他就要踏上归程，朱帘秀也要赴他乡演出，这一分别不知道要多久才能相见。于是在分别之际，卢挚写下了这首《寿阳曲》，传达内心的离别苦痛。

朱帘秀又名珠帘秀，在当时梨园戏班子里排行老四，所以大家叫她四姐，小辈称她一声"娘娘"。梨园里出来的名角不少，朱帘秀却是顶尖中的顶尖，她的美与一般青楼女子、戏苑名伶的香艳俗气迥然不同。关汉卿亦曾赞叹上妆登台的朱四姐如琉璃放彩，周围一切事物都会黯然失色。

身为翰林学士的卢挚，其文采自不在话下，诗文与名家刘因、姚燧等人齐名，是当时的名士之一。朱帘秀的名声远播，自然勾起了卢挚对她

的遐想。闻名不如见面，卢挚也去听了朱帘秀的戏。未曾想，一睹红颜便失了心，从此对朱帘秀的爱恋竟一发不可收拾。

作者每次看到朱帘秀的表演，都说她的音色动林梢，连夜里啼鸣的黄莺都要对她甘拜下风。讲到她的容貌时已经无法用人间的言语来描绘，唯恐会亵渎了她。其实朱四姐儿的音容笑貌未必好到如此程度，但在卢挚看来完全是没来由的美。因此，当二人不得不离别的时候，卢挚才会苦闷无比。

“才欢悦，早间别”，作者感叹二人刚刚聚首，就要分别，心痛欲裂。“画船儿载将春去也，空留下半江明月”，面对载着朱帘秀离去的画船，感到周围的绿意和鸟鸣瞬间失色，一切的喜悦都被朱帘秀的画船载走，徒留他对着半江明月追忆二人相处的时光。作者内心的离别与相思之苦痛溢于言表，令人慨叹。

折桂令　长沙怀古

卢　挚

朝瀛洲暮舣湖滨①，向衡麓寻诗②，湘水寻春，泽国纫兰，汀州搴若，谁与招魂？空目断苍梧暮云，黯黄陵宝瑟凝尘，世态纷纷，千古长沙，几度词臣。

【注释】

①舣：船靠岸边。②麓：山脚。

【赏析】

卢挚的一生可以说是一个悲剧，元世祖至元五年（1268年），经过几轮的筛选，卢挚荣登进士榜单前列，不久之后当上翰林院集贤学士。卢挚做集贤学士没多久，就因得罪人而遭谗，被贬谪到湖南，路经长沙偶感风物，写下了这曲《折桂令》。

早晨还在朝中办事，晚上却已被放逐到遥远的南方。朝夕不过几个时辰，境遇却是天壤之别。古人把天子脚下比作“瀛洲”，卢挚借“瀛洲”与“湖滨”对比，来说自己遭到朝廷的放逐。

曲中第一句交代自己遭遇后，接下来便写他在湖南的见闻：徜徉在衡山之麓，漫步于湘水之滨，鼻尖嗅到的是岸芷汀兰散发的幽香，眼前是漫天芳草，令人想起了以秋兰为佩的屈原和在江边追忆屈原的宋玉。哎，像宋氏一样肯为屈原招魂的有几人呢？千年时光匆匆而逝，他来到了湘水之滨，举目遥望远处苍梧山与黄陵庙，不禁想到了舜帝和他的两个妃子，思古之情油然而生。

“空目断苍梧暮云，黯黄陵宝瑟凝尘”两句，所指的便是舜帝与娥皇女英的故事。司马迁在《史记·五帝本纪》里曾讲到，舜到南方巡狩，死于苍梧山下，便葬在此处。《水经注》中记载，娥皇、女英对舜帝忠贞不已，舜帝死后，她们纷纷溺毙于湘水殉情。人们为了纪念二女而在洞庭湖畔修了黄陵庙。卢挚用这两句话来描写暮霭覆盖的苍梧山和黄陵庙，并对尘土掩埋的二妃抒发自己的哀伤和追悼之意。

作者在江南待了数年之久，以《蟾宫曲》为曲牌写了十余首怀古曲，名义上感叹千秋万世，其实是倾倒一肚子的苦水。卢挚思屈原、宋玉，思舜帝、二妃，皆是有缘由的。长沙湘水畔，多少年来留下了无数骚客的遗憾。卢挚也怕在这里度过余生，再难回到帝王身边施展长策。为忠臣者最怕遭冷弃，他的伤情在曲中不言而喻。

蟾宫曲　武昌怀古

卢　挚

问黄鹤惊动白鸥：甚鹦鹉能言，埋恨芳洲[1]？岁晚江空，云飞风起，兴满清秋。有越女吴姬楚酒，莫虚负老子南楼。身世虚舟[2]，千载悠悠，一笑休休。

【注释】

①芳洲：芳草丛生的小洲。②虚舟：任其漂流的小舟。

【赏析】

感怀身世的卢挚，在人生理想幻灭之后，不得不放手，辗转到了湖北武昌。卢挚此时仍戴着集贤学士的高帽，却终日闲极无聊。一日，他登临名闻天下的黄鹤楼，忽而有只惊起的白鸥横空飞过，与黄鹤楼构成了奇妙的画面，就像黄鹤惊动白鸥一般，令白鸥不敢停留。此情此景，激发了卢挚的灵感，他遂写下了这首曲。

举目望去，看到远处的鹦鹉洲，卢挚蓦然想起死在此处的汉末才士祢衡。祢衡因为恃才傲物、桀骜不驯，相继得罪曹操、刘表等人，最后一个收留他的江夏（武

昌）太守黄祖也受不了祢衡的嘴，将他处死。祢衡的饮恨在卢挚看来可悲可悯。卢挚认为，一个有才能的人因为高位者的不赏识而就此淹没，实是一件恨事。

不过，浩瀚长空，云淡风轻，有美女香酒陪伴，卢挚觉得不应因为一点伤古之情就浪费了眼前的景致，辜负“老子南楼”的美意。“老子南楼”本是《晋书·庾亮传》里的一个小故事。东晋六州都督庾亮镇守武昌时，他的部下殷浩等人月夜乘船登南楼赏夜景，庾亮得知后也来凑热闹。部将们见状纷纷走开，为自己偷闲的行为感到不好意思。庾亮却笑着说：“你们不用这么着急走，就算先生老子来了这里，看到胜景也不忍离开的。”说罢便亲热地与殷浩等人饮酒作乐，谈论国家大事。

作者借“老子南楼”来劝自己，不要辜负良辰美景。面对身世如虚舟，无根无底、四处飘荡的境况，卢挚虽然伤怀，可是却于事无补，他能做的只剩下自我释怀。历史记载中的卢挚温柔多情，词曲清丽，在他的众多曲子当中，这曲《蟾宫曲·武昌怀古》竟突发豪放之言，叫人不免惊讶。难得卢挚能如此看得开，在淫雨霏霏的元代发出清音。

不可否认的是，他的怀古曲既不是为赞扬古人而作，也不是为天下黎民所写，通常都只是为自己诉苦。他无力改变现实，能做的只剩下饮酒作乐，寻求离开浮生的解脱。

一枝花　不伏老

关汉卿

【梁州】我是个普天下郎君领袖，盖世界浪子班头。愿朱颜不改常依旧[①]，花中消遣，酒内忘忧。分茶颠竹[②]，打马藏阄，通五音六律滑熟，甚闲愁到我心头？伴的是银筝女[③]，银台前、理银筝、笑倚银屏；伴的是玉天仙，携玉手、并玉肩、同登玉楼；伴的是金钗客，歌金缕、捧金樽、满泛金瓯。你道我老也，暂休。占排场风月功名首，更玲珑又剔透，我是个锦阵花营都帅头，曾玩府游州。

【隔尾】子弟每是个茅草岗、沙土窝、初生的兔羔儿，乍向围场上走；我是个经笼罩，受索网、苍翎毛老野鸡[④]，蹅踏得阵马儿熟。经了些窝弓冷箭镴枪头，不曾落人后，恰不道人到中年万事休，我怎肯虚度了春秋。

【尾】我是个蒸不烂、煮不熟、槌不匾、炒不爆、响当当一粒铜豌豆；

恁子弟每谁教你钻入他锄不断、斫不下、解不开、顿不脱、慢腾腾千层锦套头。我玩的是梁园月，饮的是东京酒，赏的是洛阳花，攀的是章台柳。我也会围棋、会蹴踘、会打围、会插科、会歌舞、会吹弹、会燕作、会吟诗、会双陆。你便是落了我牙，歪了我嘴，瘸了我腿，折了我手，天赐与我这几般儿歹症候，尚兀自不肯休。则除是阎王亲自唤，神鬼自来勾，三魂归地府，七魄丧冥幽，天哪，那其间才不向烟花路儿上走。

【注释】

①朱颜：红颜美色。②分茶颠竹：品茶、画竹。③银筝女：妓女。④氄毛：羽毛。

【赏析】

关汉卿此曲可谓字字珠玑，精彩异常，逐字逐句都是关汉卿个性的体现。在“梁州”的第一句中，关汉卿便自夸“普天下郎君领袖，盖世界浪子班头”。历史上敢于吹嘘自己是俏郎君，而且事事皆会的，除了汉代的东方朔以外，恐怕也只有关汉卿如此“大言不惭”了。然而，当时的很多文坛中人都说关汉卿的确风流倜傥、博学多才，无论吟诗、吹箫、弹琴、舞蹈、下棋、打猎等，无一不精。

关汉卿与马致远、王实甫、白朴并称为元杂剧四大家。关汉卿原本家学从医，曾在皇家医院任职，给皇上、娘娘们诊过脉、熬过药。他天生聪颖，学任何事情都一点就透，可偏偏对医学就是提不起兴趣，反而爱上了写剧本，天天在外游荡。

生活经历的扑朔迷离，并没有令关汉卿本人的性格变得难以揣测，相反，他个性十足，而且在当时的文坛上别树一帜，这在他的套曲《一枝花》里可以明显地看出。

在这首套曲中，最精彩的部分要数“尾”曲的前两句，关汉卿自称是“铜豌豆”“千层锦套头”，言下之意自己又硬又韧，谁也管不了，谁也劝不了，个性十足。他身在勾栏，周边美女如云，却并不爱人间情事、风花雪月。他只爱吹拉弹唱，处处留才。他希望人们通过他的笔和戏，看看这世界疯狂到什么程度。如果有人要迫他闭嘴，就算打断他的腿脚、打歪他的嘴巴、毁他的容，只要他还有表达的意识，就绝对不会善罢甘休。除非是“阎王亲自唤，神鬼自来勾，三魂归地府，七魄丧冥幽”，他才能闭上自己的嘴。

元末剧作家贾仲明说关汉卿是“驱梨园领袖，总编修师首，捻杂剧班头”。此话可以说是对关汉卿最大的赞赏。国学大师王国维在讲到关汉卿的剧曲时说：“关汉卿一空倚傍，自铸伟词，而其言曲尽人情，字字本色，故当为元人第一。”

赵盼儿风月救风尘

关汉卿

【胜葫芦】你道这子弟情肠甜似蜜，但娶到他家里，多无半载周年相弃掷，早努牙突嘴，拳椎脚踢①，打的你哭啼啼。

【幺篇】恁时节“船到江心补漏迟”，烦恼怨他谁？事要前思免后悔。我也劝你不得，有朝一日，准备着搭救你块望夫石。

【注释】

①椎（chuí）：即打。

【赏析】

关汉卿的这部《赵盼儿风月救风尘》，讲的是妓女为生存挣扎的故事。在古代，许多妓女为了摆脱贫贱苦苦挣扎，拼命学艺以提高身价，希望能被懂得怜香惜玉的情人收作妾。对她们来说，如能觅得良缘，便是天大的幸运。

剧中的赵盼儿是关汉卿杜撰的一代名妓，是现实世界当中风尘女子的代表。剧中的她，有着风月女子的共性，年轻时对爱情有所向往，年长时才知道人间缺乏真爱，但她仍怜悯那些与她遭际相同的女子，希望帮她们找到真爱。

少女时期的赵盼儿貌如桃花、聪颖异常、天真烂漫，在心中勾勒过梦中情人的样子，想着和他携手畅游江南，在波光潋滟的西湖上荡舟对赋，过上惬意美满的生活。这是每个风尘女子的共同愿望。然而当时光匆匆而逝，赵盼儿才知飞上枝头不可能，找个理想男人嫁掉则更是做梦。十年风尘生活，让她说出了肺腑之言：“待嫁一个老实的，又怕尽世儿难成对；待嫁一个聪俊的，又怕半路里轻抛弃。”这是妓女内心的最大矛盾，现实不由得她不清醒。因此当她看到了同行的小妹宋引章抛弃了好心的穷书生安秀实，打算嫁给浪荡子弟周舍时，坚决反对。

这两段唱腔是赵盼儿奉劝宋引章的话，阅人无数的她，对什么样的男子是好男儿，一眼就可以看出。周舍善于甜言蜜语，家里又是富贵人家，但并不等于他是好人。宋引章还是个小女儿家，贪图周舍的俊俏嘴脸，又觉得他比书生安秀实更能让自己过得殷实，便毁了与安秀才之间情定三生的约定。但赵盼儿看出了个中凶险，她断言周舍“酒肉场中三十载，花星整照二十年”，意思就是说周舍一肚子花花肠子，根本不是个值得托付终身的男子。但是，在赵盼儿苦劝之下，宋引章仍执意要嫁给周舍，盼儿无奈，预言引章必将经常遭受打骂，被丈夫冷落。因为官宦子弟大多把漂亮的妓女当作玩物，根本不把她们当人看。宋引章贪图一时之快，跟了周舍回其老家郑州。结果事情正如盼儿所料，宋引章婚后备受周舍的凌辱与折磨，只有写信向盼儿求救。

关汉卿写下《赵盼儿风月救风尘》的剧本，原因在于他同很多名妓相交至深，对她们的遭遇深表同情，亦希望她们能坚强地为命运拼搏。一个人拥有玉骨风姿，不是与生俱来，而是后天培养出来的气质。虽然那些沦为妓女的女子遭受了诸多不平的待遇，只要她肯抬头挺胸，并以自己高超的技艺和不屈的气节来应对世人，一样会得到尊重。

感天动地窦娥冤

关汉卿

【正宫·端正好】没来由犯王法，不提防遭刑宪，叫声屈动地惊天。顷刻间游魂先赴森罗殿，怎不将天地也生埋怨。

【滚绣球】有日月朝暮悬，有鬼神掌着生死权。天地也只合把清浊分辨，可怎生糊突了盗跖颜渊①：为善的受贫穷更命短，造恶的享富贵又寿延。天地也，做得个怕硬欺软，却元来也这般顺水推船。地也，你不分好歹何为地。天也，你错勘贤愚枉做天②！哎，只落得两泪涟涟。

【注释】

①盗跖：春秋时强盗，名跖。颜渊：孔子弟子，指贤人。②错勘：错误判断。勘，核对。

【赏析】

这里撷取的是《窦娥冤》中流传数百年的最经典的两段曲目。《窦娥冤》的故事背景是元代的淮安。来自山阴的书生窦天章因为无力偿还蔡婆的高利贷，只好把7岁的女儿窦娥抵给蔡婆当童养媳，自己则赴京求取功名，希望有朝一日出人头地。窦娥长大后成了蔡婆的儿媳，怎知道丈夫不到两年就死了，剩下她和蔡婆相依为命。不久，蔡婆向当地的赛卢医要债，赛卢医心生歹念，把蔡婆骗到郊外打算谋害，正巧被流氓张驴儿父子撞见，吓得赛卢医慌忙逃跑。

张驴儿父子本就不是正经人，知晓蔡婆有钱，窦娥又漂亮，便起了贪欲，要求蔡婆报答他们的救命之恩，迫她和窦娥招他们父子俩入赘。蔡婆自知被侮辱了，但却不敢做声，反倒是窦娥闻讯坚决反抗。所谓好女不侍二夫，更何况对方还是个流氓，窦娥无论如何也不肯答应婚事。可是，张驴儿贼心不死，趁着蔡婆有病，送上混着毒药的羊肚儿汤给她喝，打算毒死她，就此抢占窦娥。哪知道他的梦做得美，却不料蔡婆闻汤后感到恶心，给了张驴儿的爹喝，结果一碗“索命汤”要了张驴儿老子的命。

世人讲，善有善报，恶有恶报。张驴儿害人不浅，反而害了自己的爹，本应该吸取教训，但他反而掉转过来诬陷窦娥毒死自己的爹。官府的大老爷不明事理，不分青红皂白地对窦娥严刑逼供，窦娥终于屈打成招，遂被判了死刑。

窦娥深知通过官吏公正判决来为自己平冤已是泡影，她唯有心死，举头发下重誓，如果她是被冤枉的，头颅被砍下之后，鲜血必然一滴不剩地溅在飘飞的八尺素练上，六月飞雪将掩埋她的尸身，淮安一带必大旱三年。窦娥的诅咒果然一一应验，百姓皆知窦娥确实是被冤而死。

窦娥惨死之后，人间终遭报应，但关汉卿并没有就此煞笔。他不但要通过上天为窦娥鸣冤，还要在人世当中还窦娥一个清白。窦娥的魂魄找到在京城里当上官员的父亲窦天章诉冤，窦天章遂千里迢迢回乡为女查案，终于把张驴儿千刀万剐，以命抵命。

关汉卿借窦娥的身世控诉当时社会的不公，元文人大多写四平八稳的文章，视野却越发变得狭隘，社会也变得萎靡不振。世态之颓气，并不是关汉卿能一扫而罢的，他自己很清楚，但他仍要用窦娥的魂灵，来惊动愚昧的现实世界，一扫世态的颓气。窦娥的精神正是关汉卿精神的写照。

庆东原

白　朴

忘忧草[1]，含笑花[2]，劝君闻早冠宜挂[3]。那里也能言陆贾[4]？那里也良谋子牙[5]？那里也豪气张华[6]？千古是非心，一夕渔樵话[7]。

【注释】

①忘忧草：萱草，一作紫萱，食用后有如醉酒之态，故得名“忘忧”。②含笑花：花名，属木兰科，初夏开花，因开时常不满而宛如含笑之状，故得名“含笑”。③闻早：趁早。冠宜挂：宜辞官。④陆贾：汉高祖之谋臣，能言善辩。⑤子牙：姜太公，名姜尚，字子牙。⑥张华：西晋文学家，字茂先，曾劝谏晋武帝伐吴。⑦渔樵话：渔人樵夫所说的闲话。

【赏析】

《庆东原》一曲，是杂剧大家白朴的信手拈来之作，他曲中的主人公浅笑晏晏，将忘忧、含笑二草带在身边，告别悲伤的苦难。文辞看似浅显，实则意境深远。

人世的各种动荡，令诸多世人想抛却各种烦恼，消除自己苦难的记忆。曲中抱着忘忧、含笑草的人，是众生的化身，同时也是白朴自身的写照。他想借两种植株背后

的内涵来奉劝世人，把功名利禄都抛却，因为它们到头来不过是一场空。

旧时人们把忘忧草叫作紫萱，认为吃了之后可以忘却一切凡尘俗事，故有其名；南方人把含笑花作为百花之首，四时皆开，奇香无比，妖娆娇俏。其实，忘忧草不过是黄花小菜，含笑花也不过是茉莉而已。然而，它们被想象力极丰富的先人赐予了古色古香、文气十足的别名，化作诗词歌赋里的托物，以言作者志向。白朴在他的《庆东原》开篇，同样挪用二草，来抒写他的真情。

作者甚是怕自己的奉劝不能打动人们追逐名利的心，便以许多因求名而变得不幸的古人来作证。他举了汉代能言善辩的陆贾、西周足智多谋的姜子牙、文韬武略的东晋大臣张华，这些大名鼎鼎的古人都遭遇被放逐远方的命运，是非功过不被帝王记着，反而成了渔樵茶余饭后的谈资。古人尚且如此，更别说我辈闲中人了。

作者的感叹不无道理。元王朝朝政黑暗，让身在官场的人心灰意冷，过去那些直到功成才打算身退的人，大多数没有好下场，非死即伤，因此何必留恋官场？不如看开，不想是非功名。《庆东原》中的寥寥几语，言辞看似轻松洒脱，事实上并不轻松。

阳春曲　知几

白　朴

知荣知辱牢缄口①，谁是谁非暗点头。诗书丛里且淹留②。闲袖手，贫煞也风流③。

【注释】

①缄口：闭口不言。②淹留：停留。③贫煞：贫穷到极点。风流：光彩。

【赏析】

“知几”意为知晓事情变化的关键或预兆，几即预兆之意。白朴原名恒，字仁甫，后自己改名为朴，字太素。人心如字，简单可见，白朴不希望尘世的俗气玷污了自己的人格。白家是元初文坛上享有盛名的文学世家，白朴的仲父白贲虽早夭，却已有诗名在外，而多才多艺的元好问更是白朴父亲白华的好朋友，对白朴格外喜爱。金灭亡时，汴京城破，白华与妻儿失散，蒙古兵进城大肆劫掠，导致白朴和姐姐与母亲分离，幸而元好问及时赶到，救下白朴姐弟二人，带着他们四处奔逃，生活极为艰辛。元好问对白家姐弟视如己出，在白朴身染瘟疫、生命垂危之际，元好问抱着他数夜未眠，直至他浑身发汗病愈，元好问才昏倒在地。对于这个无亲无故的"父亲"，白朴始终铭记于心，无论从品行还是文学上，均极力向元好问学习。看到白朴如此聪颖灵秀，元好问亦对他非常喜爱，在读书、为人处世方面格外用心地去培养他。

元太宗九年(1237年)，12岁的白朴被元好问送回了父亲白华身边，白华欣喜若狂。白朴就此在北方真定城安居下来，成为当地很有名气的少年才子，很早就被朝廷起用。他刚一做官就萌生退意，因为当年蒙古兵夺他家产，伤害他的亲人，这使他对元统治者深恶痛绝，他更不解的是为何父亲仍甘愿屈于元朝的淫威之下。面对这满目苍凉的山河，他忍不住伤心欲绝，只想甩手离去。他深知身在官场，不能保留志节，只能放开名利，与经史做伴，在文丛中讨口饭吃。于是，他毅然放弃了官位，告别了父亲，四处游历。

这首曲子里，作者感慨自己半生荣辱，早已看得清楚，只不过不想说罢了，谁是谁非暗自琢磨，即使能辨别出对错又怎样，改变得了现实吗？父亲的一生命途多舛，亦父亦师的元好问同样坎坷颇多。虽然白朴年纪轻轻，却在《阳春曲》中早早地显露出看破红尘的绝望。对一切彻底地看透，毫无期望可言，白朴当是怎样沉重的心思？此曲的风格亦如他的字"太素"一样，充满了沧桑的意味。

墙头马上（节选）

白　朴

【寄生草】柳暗青烟密，花残红雨飞。这人人和柳浑相类[①]，花心吹得人心碎[②]，柳眉不转蛾眉系。为甚西园陡恁景狼藉[③]？正是东君不管人憔悴[④]！

【醉春风】家万里梦蝴蝶，月三更闻杜宇。则兀那墙头马上引起欢娱，怎想有这场苦、苦。都则道百媚千娇，送的人四分五落，两头三绪。

【注释】

①人人：心上人。②花心：人心。③恁：那样。④东君：传说中的春神，这里即指春风。

【赏析】

《墙头马上》是白朴的最得意之作，倾注了他的很多感情。剧中的主人公李千金是洛阳官宦人家的小姐，刚过二八年华，小女儿的心事便由原来的红妆、刺绣及玩耍转变为考虑嫁人的问题。剧情是从李千金在某日趴于墙头向外张望开始写起。

“寄生草”是写李千金所住的园内情景：“柳暗青烟密，花残红雨飞。”在李千金眼中，园内景物残破，徒惹佳人不快。实则是佳人不快，才看不惯园内的风光。就在她百无聊赖的时候，突然见到一个俊美至极的书生骑马经过。两人四目相对，风拂过，掀起二人的发丝，勾勒出他们清新的轮廓，那一瞬间，他们彼此均感如沐春风。千金脸上一红，急忙从梯子上下来，躲在墙后。

骑马的书生并不是普通人家的公子，而是工部尚书裴行俭的儿子裴少俊，但千金并不知晓。裴少俊当时年过18岁，墙头惊鸿一瞥，觉得千金貌若天仙，一时间心潮涌动，文思泉涌，便写了首诗，抛进了李家的墙内。躲在墙后的千金拾起诗来看了看，微笑着回赠一首抛出去。

后来李千金的乳母发现二人偷偷恋爱，可怜他们爱得辛苦，便帮他们两个私奔。裴少俊遂把李千金偷偷带回家藏在后院，整整7年，裴家人都没有发现千金的存在。在这7年当中，李千金还为裴少俊生了两个孩子：儿子端端6岁，女儿重阳4岁。天不从人愿，端端和重阳在玩耍的时候被工部尚书裴行俭发现了，后者几番追问裴少俊，才知道他竟然早已暗结连理，便大骂李千金不知礼数，迫使裴少俊休了她。李千金据理力争，但裴少俊却拗不过父亲的威逼而休了她。

“醉春风”便是当时李千金痛苦的心声。李千金无奈之下唯有回到洛阳，却发现父母双亡，一时间悔恨不已。心念着“家万里梦蝴蝶，月三更闻杜宇”，想当初只顾着恋爱，可7年下来却落得被休的下场，父母又双双亡故，人生还有什么希望？万念俱灰之下，她去了父母的坟前守孝，寻个清净。

时光匆匆流逝，大半年过去了，裴少俊中了进士，担任洛阳令一职，将父母接到洛阳，打算与千金再识前缘。千金当时早就断绝了复婚的念头，而且她痛恨裴少俊就那样休了自己，缘分已被隔断，还有什么可续，于是死活不肯答应复婚。裴行俭这时知道了李千金竟然是自己的旧交李世杰之女，便主动跑去跟她道歉，希望她再做自己的儿媳妇。千金被求得心烦，又看到自己的儿女抱着她的大腿不肯松开，无奈之下只好原谅了裴少俊。

一个墙头、一匹高头马，成就了这段姻缘，所以白朴为李千金与裴少俊的故事起了《墙头马上》的名字，以言表对墙头、马背等“媒人”的感激。

天净沙 春夏秋冬

白 朴

春山暖日和风，阑干楼阁帘栊[①]，杨柳秋千院中。啼莺舞燕，小桥流水飞红[②]。

云收雨过波添，楼高水冷瓜甜，绿树阴垂画檐。纱厨藤簟[③]，玉人罗扇轻缣。

孤村落日残霞，轻烟老树寒鸦，一点飞鸿影下。青山绿水，白草红叶黄花。

一声画角谯门[④]，半庭新月黄昏，雪里山前水滨。竹篱茅舍，淡烟衰草孤村。

【注释】

①帘栊：即窗帘。②飞红：落花。③簟：藤席。④谯门：建有望楼的城门。

【赏析】

这四首《天净沙》，写的是春夏秋冬四个季节的景致。第一首大意是说春日的山水、风雨、花草、楼阁、亭台，无不是文人最容易注意到的地方。大地回春时，院内暖风拂过，柳枝摇曳，秋千微荡，小桥流水，落红旋舞，莺啼燕叫，引人相思。所谓思春，大概就是这些景物惹得人心发痒，无法按捺于室。白朴以《天净沙》作了8首小令，春夏秋冬各2首，借四时的风光，来形容他一生的经历和心境起伏。上面这4首春夏秋冬曲，即是从8首小令里撷选出来的。

白朴的幼年饱经战乱，回归家园后，与父亲重逢，又新婚不久，心中满是温情，所以春曲充满了温馨畅快的意味，而没有惆怅且充满沧桑之感。

第二首为夏令，虽然韵调和含义不及春、秋两曲，但满是甜蜜。云雨收罢，楼高气爽，绿树成荫，垂于廊道屋檐，微微颤动，极尽可爱。透过薄如蝉翼的窗纱，隐约见到一个身着罗纱、手持香扇的女子躺在摇椅上，扇子缓缓扇动，女子闭目假寐，享受夏日屋内的阴凉，那模样美得令人心动。

在这首小令中，白朴并没有交代那女子是谁，但以他和妻子多年痴恋的经历来看，此女最有可能是他的妻子。白朴爱妻甚深，妻子的一颦一笑，一举一动，都是他乐见喜闻的，而且在他的记忆中是那样清晰。夏日妻子乘凉的情景，一直都是他脑海中最美的画面。

在秋令当中，落霞中的村落不是热闹而是荒僻。轻烟袅袅，老树昏鸦，一点飞鸿成了夕阳中苍凉的魅影，更加勾起说不清的愁，明明还是青山绿水，却早已叶红草白，不是金黄的喜悦，而是不能回家的恨。这样的情景令人忆起马致远的"秋思"，一幕倾颓的画面从天而降，面对如此萧瑟之景，怎能不悲从中来、撕心裂肺?

最后一首写冬日黄昏日落，山坡上是皑皑的白雪，凉月照亮了半个庭院，眼前流淌过一条清冷的湾流，城门上所挂的警戒号角在冷风中微微晃动颤抖，碰撞到石墙上发出微弱的响动，越发显出冬日的冷清。竹篱茅舍变得枯黄，没有鸟儿肯在这里栖息，瑟瑟的寒意在静静流动，万籁俱寂。

白朴始终充满对现世的同情，对自己的怜惜。他所写的小令、杂剧，内涵只有一个：怜悯一切值得他怜悯的人，李千金、裴少俊、唐明皇、杨贵妃，还是那些香闺中的思妇、街头艺人、江上孤翁。

这四曲《天净沙》正是他的自怜之作。然而，白朴虽有落叶飘零之苦，有魂牵梦萦之痛，但却没有半分怀才不遇之感，这恰是他的脱俗之处。

梧桐雨（节选）

白　朴

【滚绣球】长生殿那一宵，转回廊，说誓约，不合对梧桐并肩斜靠，尽言词絮絮叨叨。沉香亭那一朝，按霓裳，舞六幺[①]，红牙箸击成腔调，乱宫商闹闹炒炒。是兀那当时欢会栽排下，今日凄凉厮辏着，暗地量度。

【三煞】润蒙蒙杨柳雨，凄凄院宇侵帘幕。细丝丝梅子雨，装点江干满楼阁[②]。杏花雨红湿阑干，梨花雨玉容寂寞。荷花雨翠盖翩翩，豆花雨绿叶潇条。都不似你惊魂破梦，助恨添愁，彻夜连宵。莫不是水仙弄娇，蘸杨柳洒风飘？

……

【黄钟煞】顺西风低把纱窗哨，送寒气频将绣户敲。莫不是天故半人愁闷搅？前度铃声响栈道。似花奴羯鼓调，如伯牙《水仙操》。洗黄花润篱落，渍苍苔倒墙角。渲湖山漱石窍，浸枯荷溢池沼。沾残蝶粉渐消，洒流萤焰不着。绿窗前促织叫，声相近雁影高。催邻砧处处捣，助新凉分外早。斟量来这一宵，雨和人紧厮熬。伴铜壶点点敲，雨更多泪不少。雨湿寒梢，泪染龙袍。不肯相饶。共隔着一树梧桐直滴到晓。

【注释】

①六幺：唐代著名曲子。②江干：江边。

【赏析】

这段唱腔讲的是唐明皇在马嵬坡杀死杨国忠、逼杨玉环自缢之后回宫时的情景。安史之乱渐渐平定，回到长安的玄宗不问世事，退居西宫颐养天年。可是痛失挚爱，他如同丧失了魂魄，而爱情沦丧之后他的权力又被架空，爱情与事业皆无好结果的玄宗凄凉不已。面对着西宫内杨玉环的画像，他更加心痛欲死。

“滚绣球”“三煞”“黄钟煞”三段均是描写唐玄宗当时的心情。他回想在长生殿的那晚，与杨玉环并肩坐在长廊上，对着在夜风中簌簌作响的梧桐，誓言生生世世不分离。还有在沉香亭的那天，玉环跳着绝美的舞蹈，他唱歌，她舞袖，彼此眉目传情，好不快活。这些好像都发生在昨日一样，一转眼物是人非事事休，只剩下自己对着凄迷细雨、冷冷殿阁，看百花落尽、绿叶萧条。

夜里西风寒气逼人，在窗棂间滑过时发出奇怪的声响，仿佛是西蜀栈道上的马铃声、渔阳鼙鼓的惊魂声，令玄宗冷汗淋漓。败落的花叶、月下阴影重重的山石、枯静的荷塘与翅沾湿露的蝴蝶，看上去死一般的寂静，然而他又看到昏黄的灯火在闪烁，耳边听到了虫燕喧闹泣鸣和恼人的捣衣声。玄宗弄不清自己究竟听到或看到什么，只因他心乱如麻、彷徨无措，有声也是无声，无情也是有情。这一夜梧桐雨，沾湿了周遭的事物，而他的泪早已打湿龙袍。

作者将玄宗放进了梦幻凄清的西宫，让他游离其内无法超脱。此举略显残忍，然而却可真实地反映出玄宗的情谊。

白朴一生在情感上饱经伤痛，这令他能深切体会这种苦痛，所以他对唐明皇与杨贵妃不免生出同情。

醉高歌　感怀

姚　燧

十年书剑长吁[①]，一曲琵琶暗许[②]。月明江上别湓浦[③]，愁听兰舟夜雨。

【注释】

①书剑：携书带剑，即宦游在外。②一曲琵琶：即指《琵琶行》。许：称许。③湓浦：即湓水。

【赏析】

姚燧，字端甫，是元代初期最为著名的学士。姚燧虽身居京城，但驰名中原各地，许多士人闻其名而奔赴大都，欲瞻仰他的风采。

这首曲是姚燧在九江巡视时写的，从中不难看出他经历了十年宦海生活后，所剩的只是长吁短叹。终日在皇权之下挣扎匍匐，在各种势力的斗争间摆动，未曾得到些许痛快。他漫步于江岸，直到暮色退去、月上枝头。他到江上乘舟听雨，闲极无聊弹了曲琵琶乐，以寄托他的哀愁。

一些名家在解读姚燧这段曲子时，认为姚燧的琵琶曲暗指当年白居易和琵琶女偶遇的经历。白居易与琵琶女于江上邂逅，不过是白氏人生中的一小段插曲，但马致远的《青衫泪》一剧，却将二人的偶遇变成了一段风流韵事。所以姚燧的“琵琶暗许”，意思大有可能指琵琶女芳心暗许白氏，而他用这个典故，证明姚燧的心中也有思念的人。不过，有关姚燧“芳心暗许”谁人的猜测，完全是人们想当然的。另外，古人借典成文，多存在移情作用，即便姚燧真的在思念某人，也不一定就是心爱之人。

根据姚燧的经历来看，此曲《醉高歌》更像是发生活的牢骚。“琵琶暗许”，“许”的该是姚燧不满现状的心绪，最后一句“愁听兰舟夜雨”可以证明。

凭阑人　寄征衣

姚　燧

欲寄君衣君不还[①]，不寄君衣君又寒。寄与不寄间，妾身千万难[②]。

【注释】

①衣：即征衣，寄给游者的衣物。②妾：旧时妇女自称。

【赏析】

姚燧对仕途唾弃，对黎民百姓的苦难生涯也饱含同情。一次，在游宦江南时，姚燧在路边遇到一个妇人。那妇人差人将做好的衣物送去给前线的丈夫，旋即又把衣服要了回来，如此翻来覆去，行为古怪。在他的询问之下，妇人才哭哭啼啼地说，她寄衣服给夫君，是怕夫君在边疆受冻，可是她又怕对方已经回程了，衣服寄不到，因此心思矛盾。姚燧闻言黯然垂泪，回到寄居的府中，提笔写下了这曲《凭阑人·寄征衣》。

作者模拟了女子的微妙心思，在寄与不寄之间，女人心灵充满挣扎的痛苦。她每一次踌躇，每一次反复，对亲人的思念就多了一重。千百重压下来，叫她难以透过气来。

姚燧的诗词曲赋，总是能用简单、纯粹、真挚的语言来彰显最残酷的现实。这曲《凭阑人·寄征衣》，虽无华丽的描写，却是元散曲写实作品中的魁首，其奥妙在于极易上口，而后韵无穷，话虽短少，重见字数达13处，然意境已经到了极其深远的境界。

寿阳曲　潇湘夜雨

马致远[①]

渔灯暗，客梦回，一声声滴人心碎。孤舟五更家万里，是离人几行情泪。

【注释】

①马致远：元代著名戏曲作家，散曲家，元大都（今北京）人，号东篱。其作品语言清丽，沉郁中亦显飘逸，有脱俗之风。

【赏析】

一曲《寿阳曲》，点点离人心碎声敲打着人们的心弦。本曲的曲名既为“潇湘夜雨”，可见马致远所在的地方必定是潇湘之地。潇湘本指湘、潇二水汇集的零陵郡，后来人们干脆用它来指代湖南等地。当地每逢夏秋便落雨不停，尤其是傍晚开始的淋漓小雨，激起浮动的江雾，一些渔人驾着小舟于雾间若隐若现，渔灯朦朦胧胧，更惹人遐想。

元代的人多离愁，有国家民族变乱的原因在里面，也有个人的情感在其中。过去人们表达情感的有诗词歌赋，也有民间传奇，不过表现张力比元代的杂剧和曲子显然要弱。另外，饱经离难的元人情感变得复杂得多，他们通过自己的笔墨，大量融合各民族、各地方言的感叹词，创作出易于弹唱的曲调和歌词，使得他们要表达的内容更加情深义重，催人泪下。

“离愁”之曲写得最让人魂断的当属马致远，他的《天净沙·秋思》已成绝响。在《汉宫秋》里他也曾借昭君王嫱之口道出“背井离乡，卧雪霜眠”的痛苦。离开家乡如同躺在霜雪上，实在难以忍受。而这首《潇湘夜雨》，肯定会让离家万里、心有所系的人在烟雨蒙蒙面前惆怅满腹，泪水涟涟。

像马致远这样的羁客遍布大江南北，因秋景而生乡情的人也比比皆是。

汉宫秋

马致远

【醉中天】将两叶赛宫样眉儿画，把一个宜梳裹脸儿搽，额角香钿贴翠花，一笑有倾城价。若是越勾践姑苏台上见他，那西施半筹也不纳，更敢早十年败国亡家。

【梅花酒】呀！俺向着这迥野悲凉。草已添黄，兔早迎霜。犬褪得毛苍，人搠起缨枪，马负着行装，车运着糇粮[①]，打猎起围场。他、他、他，伤心辞汉主；我、我、我，携手上河梁[②]。他部从入穷荒；我銮舆返咸阳。返咸阳，过宫墙；过宫墙，绕回廊；绕回廊，近椒房；近椒房，月昏黄；月昏黄，夜生凉；夜生凉，泣寒蛩；泣寒蛩，绿纱窗；绿纱窗，不思量！

【注释】

①糇（hóu）粮：干粮。②携手上河梁：形容惜别之景。

【赏析】

昭君出塞，令自汉以来的无数后人唏嘘感慨，文人骚客不乏诗作。一个女人为了所谓的民族大义而牺牲“贞洁”，便是永世赞赏的对象。许多人可怜王嫱远赴千里，埋骨他乡，魂向中土不能回，为她写下不计其数的挽联，为她歌功颂德。

但是，马致远的《汉宫秋》不想苟同他人的看法，而是对元帝与王嫱不能情有所衷给予了最大的怜悯。马致远的《汉宫秋》作为元代的名剧，所写的虽然是昭君，但它的特别之处在于不以昭君出塞为主要内容，而是写了一段昭君与元帝相爱的过程。在全剧中，马致远尽情地发挥着自己的想象，放纵自己的笔调，去写一段欲舍难离、可歌可泣的爱恋。

这里选取的“醉中天”就是《汉宫秋》第一折中汉元帝与王昭君邂逅的一幕场景。

此女的面容倾国倾城，汉元帝一看到她，便惊为天人，比西施有过之而无不及。如果越王勾践早遇到她，西施也要被忽略不计。汉元帝十分不理解，就算自己终日在朝堂上忙于政事，也不可能轻易忽略这样的优雅女子，究竟原因为何?

让汉元帝深深着迷的女子，便是在汉宫中待了几年的王昭君。她没料到在半夜里弹琴，竟然会惊动帝王，犹以为自己身在梦中。想当年画师毛延寿从中作梗，在她的画像上点了丧夫痣，使她从一进宫就幽居冷殿。一晚，她忧思难消，本打算趁着夜里无人，拂曲聊以慰藉，竟然引来一心希冀见到的人。

剧中的元帝和王昭君，前者体贴，后者温柔，使他们相处的时光温馨无比。昭君得宠之后，画师毛延寿畏罪潜逃至匈奴，为了报复元帝和昭君，便将昭君的画像送给单于。单于顿时为王昭君的美貌所迷，本准备南下进攻的念头也打消了，派使者到汉室索婚，只要元帝将昭君奉上，一切皆可商量，要是汉元帝敢拒绝，匈奴百万雄兵将即日南侵，以决胜负。

汉元帝本以为满朝的文武百官会支持他打仗，哪知这班人马各个吓得屁滚尿流，哭爹喊娘地要求他把昭君送给匈奴王。面对这些，元帝一个人又能做什么？就这样，元帝忍着撕心裂肺的痛楚，在大殿上为王昭君和匈奴单于主持婚礼。

“梅花酒”是第三折中的一段曲子，此段所写的是元帝送别昭君时的痛苦心情。他在灞桥之上，远眺着护送王昭君的马车隐于荒草戈壁，感到自己的魂也快要离体追随而去。元帝一想到昭君从此便要受苦，终日对着荒草霜天，身边伴的不是贴心的人，他便痛苦难当。塞外的生活是何等凄苦，随处可见褪了毛的狗、扛着红缨枪的牧人，四处都是马负行装，荒凉不已，待在那里，过的日子也必定辛苦非常。昭君伤心地离开，目送她离去的元帝也不得不乘车回咸阳，可是每过一道宫墙，每走一条回廊，两个心爱之人的距离便远了几里。对元帝来说，汉宫之内，只余一片孤寂，只剩凉夜昏月，只闻寒蝉悲泣。再也听不到昭君的琵琶声了。

这一段曲子情感缠绵悱恻，马致远笔下的汉元帝，多情得超乎想象。但剧情没有就此打住，更悲惨的事情发生了。

得到王嫱的单于率兵北去，王嫱却做出惊世之举。她一方面不舍故土，另一方面思念元帝成疾，便在汉番交界的黑龙江投水而死。昭君死的当夜，汉元帝做梦惊醒，突闻窗外孤雁哀鸣，顿时泪如泉涌。他跌跌撞撞地跑出寝殿，叫宫人去打听昭君的消息，才知昭君已经自尽。而单于怕和汉室起干戈，遂将画师毛延寿遣送回来。元帝痛煞，几欲撞墙，下令叫人砍了毛延寿的脑袋，以慰藉昭君在天之灵。数年后，元帝也抑郁而亡。

在《汉宫秋》里，王嫱与元帝的爱情虽然生不能在一起，但得到了共同赴死的结局，这是马致远对忠贞爱情的理解。

[越调]天净沙　秋思

马致远

枯藤老树昏鸦，小桥流水人家。古道西风瘦马。夕阳西下，断肠人在天涯。

【赏析】

一边是“枯藤老树昏鸦”的凄凉景色，一边是“小桥流水人家”的温煦氛围，而当骑在瘦马上的游子从荒郊古道上憔悴而来，两般景物分别代表的眼下境况与思归情绪便已分明。境遇如此凄凉，归心更加强烈，夕阳西下时，游子肠断，独立天涯……

西厢记　（节选）

王实甫

【秃厮儿】我则道神针法灸，谁承望燕侣莺俦①。他两个经今月余则是一处宿，何须你一一问缘由？

【圣药王】他每不识忧，不识愁，一双心意两下投。夫人得好休，便好休，这其间何必苦追求？常言道“女大不中留”。

【麻郎儿】秀才是文章魁首，姐姐是仕女班头[②]；一个通彻三教九流，一个晓尽描鸾刺绣。

【幺篇】世有、便休、罢手，大恩人怎做敌头？起白马将军故友，斩飞虎叛贼草寇。

【络丝娘】不争和张解元参辰卯酉[③]，便是与崔相国出乖弄丑。到底干连着自己骨肉，夫人索穷究。

【注释】

①燕侣莺俦（chóu）：形容男女欢爱如燕莺般谐和相伴。②班头：领头。③参辰卯酉：对头。十二时辰中，卯酉正相对，参、辰二星亦正相对。

【赏析】

这5段唱腔出于《西厢记》第四本第二折，是红娘最出彩的段子。“圣药王”“麻郎儿”“幺篇”三段曲子是红娘赞崔、张是才子佳人，情投意合，而张生的义兄还是大将军，与崔家门当户对；而“秃厮儿”“络丝娘”两段里，红娘直接指责老夫人不守信用，坏人家姻缘，连心头肉的好女儿都不管不顾。五曲铿锵有力，完全展露了红娘伶牙俐齿的一面。

老夫人被红娘一连串的抢白，弄得一句话也说不出来，思来想去，考虑到张生义兄杜确的身份，只有同意二人交往，但张生必须考取功名才能和崔莺莺结婚。不久，张生果然考得状元，立刻赶往家中报喜。

然而一波未平，一波又起，郑恒突然横插一脚，欺骗莺莺说张生已经成了卫尚书的东床快婿，意图染指莺莺。好在张生和杜确及时赶到，惩治了小人郑恒。而张生终于得偿所愿，抱得美人归。此时的张生早把答应红娘的事情忘在脑后，小小的红线人只能黯然退出了舞台。

红娘的可爱、大胆、泼辣赢得众多人喜爱，贾仲名在追忆王实甫时曾言：“风月营密匝匝列旌旗，莺花寨明飚飚排剑戟。翠红乡雄赳赳施谋智。作辞章，风韵美，士林中等辈伏低。”每日混迹在妓馆市井的王实甫，见“卑贱者”无数，了解到他们每个人活着的方式都有所不同，生活际遇也大相径庭。他如此写红娘，一是对此类女性心存同情，二是真的想在戏曲中为普通世人争得永世流芳的机遇。

月明和尚度柳翠

李寿卿[①]

【混江龙】直待要削开混沌，月为精魄柳为魂。一任着纷纷白眼，管甚么滚滚红尘！恰才个袖拂清风临九陌，又早是杖挑明月可便扣三门。则为我这半生花酒为檀信，其实的倦贪名利，因此上不断您这腥荤。

【黄钟尾】你道是这回和月常相守，才赚的春风可便树点头。聚莺朋，会燕友，蜂衔喧，蝶梦幽，啭黄鹂，鸣锦鸠，噪昏鸦，覆野鸥，袅金丝，春水沟，拂红裙，夜月楼，酒旗前，望竿后，风又狂，雨又骤，霜正严，雪正厚，霜来欺，月来救，我救的这月里杪椤永长寿；我着你访灵山会首；也不索别章台的这故友；我则怕你又折入情郎画眉手。

【注释】

①李寿卿：元代剧作家。太原人。曾任官职。有杂剧10种，今存《伍员吹箫》《月明和尚度柳翠》。

【赏析】

剧中第一个登场的不是柳翠也不是月明，而是观音菩萨。她手持玉瓶柳枝，忽然发现枝条上沾染了尘土，暗道原来柳枝仍没有摆脱尘俗的叨扰，便罚它下凡经历轮回之苦，30年后再度修炼成佛。于是这枝柳枝就投胎成了杭州抱鉴营的风尘妓女柳翠，被富户牛员外包养。虽然柳翠平时在外行为不检点，但因生得太漂亮而深得牛员外的欢喜。天上的佛祖怕柳翠无法自度成佛，派去了佛祖第十六尊罗汉月明尊者去人间点化她。

柳翠与转世的月明尊者邂逅是在柳翠父亲去世十周年的法事上。牛员外为了讨好柳翠，特别到蒿亭山显孝寺请了十个和尚下山为柳父超度。显孝寺很小，住持凑了半天才弄出九个和尚，思来想去只好把伙房做饭的疯癫和尚月明叫来凑数。这疯癫和尚正是月明尊者转世。

月明自称“疯魔”，没酒、没肉、没美女绝不下山，直到住持一一应允，他才跟着去了，并且打定主意要与柳翠见面。住持对他的想法心存唾弃，却不知他的目的其实是为了引导柳翠返本还原，重回西天。

“混江龙”内容充满了佛家因果轮回的思想，是月明下凡的理由。柳翠为因，月明为果，二者同下凡间互为因缘。月明虽在人间遭尽白眼，图的不是名、利、色，而是为柳翠打开一条偿还罪孽之路。于是，月明对柳翠的第一次度化开始了。他见到柳翠之后，便奉劝她快快脱离声色犬马的日子，早些超越生死，免却六道轮回。可柳翠舍不得青春少年，她可以凭借美貌和身材来换取钱财，以前过惯了享受的生活，若是半路出家，她就等于失去了一切可依仗的资本。

“黄钟尾”这段曲子是月明和尚给柳翠讲的一个佛偈。他打了一个有趣的比喻：在水沟边迎风飘零的垂柳，一生受尽蜂蝶百鸟鸣叫的折磨；在珠楼酒家旁的细柳，受尽脂粉与酒旗的沾染。二柳年年月月遭风霜雨雪的摧残，得百般凌辱，这是劫数也是历练，而帮助柳树脱离苦海的正是那天上明月。这个比喻的言外之意很明显，天上明月指的便是月明和尚，那二柳便指柳翠了。

柳翠因为心中有愧，夜夜梦中都会见到月明在跟她讲佛法，有时又梦到自己变成梨花猫儿思春。月明知道柳翠一面想要出家，一面又有贪恋凡尘的心思，便再去找柳翠劝说。不过，柳翠仍舍不得自己的三千发丝，却不知发丝正是她烦恼的来源。月明苦口婆心再三劝谏，又在睡梦中把柳翠引至阎神面前，让柳翠看清人死后的凄惨情景和投胎轮回于六道的境况，终令她点头答应出家修行。其实柳翠本身也是有慧根的，她前世为观音大士的柳枝，终日沐浴无边佛法，听月明和尚整天念叨，也听出些门道。

受教的柳翠心无杂念地决定出家，月明和尚的任务终于圆满完成，他打算脱离凡胎回佛门圣地灵山，等着二人再次相见。最后月明还怕柳翠再动凡心，特别再三嘱托她不要再堕落风尘。看过了世间种种绰约风姿，告别了生命里牵肠挂肚的人，柳翠追随在月明的身后，脱离苦海荣归西天，回到观音大士的玉瓶。

李寿卿想借《月明和尚度柳翠》一剧来度化那些还看不透人生疾苦的人们。剧中的词曲唱起来典雅脱俗，意境幽玄，叫人得到生命的顿悟。其实，所谓的“顿悟”都是李寿卿自身对生命和生活的诠释，这是他早凡人一步得到的慧根。

叨叨令 道情

邓玉宾

一个空皮囊包裹着千重气[①]，一个干骷髅顶戴着十分罪。为儿女使尽些拖刀计，为家私费尽些担山力。你省得也么哥？你省得也么哥？这一个长生道理何人会？

【注释】

①皮囊：皮袋，指人的躯壳。

【赏析】

邓玉宾与张可久同写道情，张可久的还带有俗世的气息，邓玉宾的这首就完全是一首“道情曲”。

邓玉宾生在元世祖至元文宗年间，做官不久便突然去修道，曾言“不如将万古烟霞赴一簪，俯仰无惭”。在他看来，宁肯头插一根木簪，也比做官来得轻松，起码无愧于天地。

在这曲《叨叨令》中，邓玉宾显露的“道心”高于张可久，他对“道”的理解更深一重。邓玉宾在曲中笑称人身不过一副空皮囊、干骷髅，这句话表明了他在求道一途上已经达到一定境界。

“皮囊”本是佛教用语，指的是人的躯壳。佛家认为，潜心修炼到涅槃境界者可以抛却躯体，灵魂不灭。道家借“皮囊”一说，认为人的躯壳内是千重“元气”，就像灵魂一样的东西。要保住元气，就必须清心寡欲，以免泄了真元。至于曲中“干骷髅顶戴着十分罪”的说法，则大有来头。《庄子·至乐》里有载：庄子路遇一副骷髅，问旁人这骷髅的主人是因战乱亡国而死还是被诛杀至死？还是因为行为不端，给父母子女带来忧患而自尽？又或者是冻死饿死？又或是寿终正寝？旁人皆不清楚。晚上庄子睡觉时，骷髅的主人托梦给他说：“你说的都是人间种种困难和罪孽，只有一死才能解脱。”庄子故事里所讲述的苦难，便是人这副皮骨一生都摆脱不了的罪。

作者用这两个典故，是要告诉世人：人的破皮囊和干骷髅，如果清静无为就能保存元气得以长生，若背负种种罪孽就会生不如死。种种罪孽来源于何处？便是为子女使尽心力，不惜蝇营狗苟；为家庭拼命攒钱，不惜做下诸多勾当。邓玉宾觉得这些事情会使人丧失自我，所以他奉劝世人“你省得也么哥”，要想真正地长命百岁、安康幸福，一定要戒贪欲、戒奢望。

鹦鹉曲　山亭逸兴

冯子振

嵯峨峰顶移家住[①]，是个不唧溜樵父[②]。烂柯时树老无花[③]，叶叶枝枝风雨。故人曾唤我归来，却道不如休去。指门前万叠云山，是不费青蚨买处[④]。

【注释】

①嵯峨：山势高峻的样子。②不唧溜：不精明。③柯：斧柄。④青蚨：即钱。

【赏析】

此曲是冯子振42首《鹦鹉曲》中的第一首。峰峦如聚的山巅，一个老樵夫背着担柴缓缓走在山麓间。四周并不是人们想象的美景郁林，而是老树枯枝，在凄凄的风雨中被摧折的年华。曲中，樵夫过的并不是轻快日子，隐居的生活也并不是田园、肥鸭及蜜水。有人曾劝过老樵夫不要再待在山林中虐待自己，年龄大了就要回到村里养老，何必非要留恋并不富裕的山林？可是老樵夫宁可手执烂柯居山林，因为尘世的乐趣可以用钱买，而山里的乐趣是无价的。

老樵夫的闲情野趣，其实也是冯子振心中的真正想法。“烂柯”指围棋，这个代称源于一个古老的故事。相传晋朝有个叫王质的人入山采樵，看到两个童子在那里下棋，于是他便放下手中的斧头，蹲在那里看棋。哪知道一盘棋下完，他旁边斧头的手柄都腐烂了，原来时间已经过去数十年，他所遇的童子其实是神仙。

曲中樵夫手执烂柯的生活，即是冯子振向往山林的缘由。他宁肯像晋代的王质一般，与神仙划下道来，也不想再回到人世。在山中的冯子振可以像神仙一样与猿鹤为伍、麋鹿为伴，可以卜棋不觉时日，这是何等的惬意。虽然这些都是设想，他只遇到了一个笨和尚，过着素餐陋衣的日子，但是生活无拘无束，再没有那个互相倾轧、钩心斗角的朝堂。

冯子振一生的文章、诗歌、词曲，很少看到柔情似水，大都是他兴起而作，因此充满了横空出世的灵性与超然。对他一直甚为仰慕的贯云石曾为他写了篇《寄海粟》，将他比喻成三国的陈登。

他所写的42曲《鹦鹉曲》，或许未必篇篇都是上好作品，但均即景生情，抒怀言志，纵论古今，感性而书。

寿阳曲　答卢疏斋

朱帘秀[①]

山无数，烟万缕。憔悴煞玉堂人物[②]，倚篷窗一身儿活受苦[③]。恨不得随大江东去！

【注释】

①朱帘秀：元代文学家，著名杂剧女演员，艺名珠帘秀，因排行第四故人称朱四姐。②玉堂人物：即指卢挚。玉堂，即翰林院，因当时文人聚集于此，故多称文士曰“玉堂人物”。③篷窗：船窗。

【赏析】

疏斋是卢挚的号，元人多用“斋”做号，以表示身心整洁。这支曲是为回答卢挚的《寿阳曲·别朱帘秀》而作。卢挚与朱帘秀此时情意相通。当朱帘秀收到卢挚《寿阳曲》这封“情书”时，一遍遍地读来，每一次都像在心口上割下一块肉般，痛彻难当，遂写下这曲《寿阳曲·答卢疏斋》，回应卢挚的深情。坐在画舫里四处漂泊游艺的朱帘秀，凭依着船头的栏杆，看着无数山峦从画舫的窗前闪过，看着山野人家升起的青烟，黯然销魂。她早过惯了到处漂泊的日子，哪曾想卢挚会为她挂心消瘦。她不知道该是受宠若惊，还是应该伤心。坐在这船头心烦意乱，卢挚说他那边唯余下半江明月，自己又何尝不想成为江水，再次流到他的身旁，与他相守。卢、朱二人隔着长江，一唱一答，词曲里的情谊珠联璧合。古人相信，“两情若是久长时，又岂在朝朝暮暮”。其实情到浓时，希望的正是日日缠绵。人们常说，短暂的分别是为了更长久的相见，然而又有多少爱侣因短暂一别而永世分离的呢？相见时难别亦难，别了之后再相见更为渺茫。如果相爱的两人身份有别，一个是高高在上的“玉人”，一个是青楼里的“俗人”，转身的瞬间就是天涯。

一年之后，朱帘秀回到扬州定居不走，但与卢挚的情不了了之。

清江引

贯云石

竞功名有如车下坡，惊险谁参破[1]！昨日玉堂臣[2]，今日遭残祸，争如我避风波走在安乐窝[3]。

【注释】

①参破：佛家语，看破、看透。②玉堂：指翰林院。③争：怎。

【赏析】

这首《清江引》也写于贯云石旅居杭州之际，然而上一首的情感潇洒淡然，似乎还存有年轻人的洒脱与快活，与他刚让爵给弟弟时的情绪极其契合。但这首《清江引》却明显能感到他内心的凋零，归隐只为寻得片刻的安乐。

竞逐功名如同车下陡坡，凶险异常，弄不好一头扎进沟里，摔得遍体鳞伤，更有可能粉身碎骨、一命呜呼，那其中的未知之数叫人惊悚。身在官场也是一样，凶险不是简单可以参透，也许前一刻还是朝堂里的机密要臣，与皇帝耳鬓厮磨，下一刻已中暗箭，横死牢中，还不如像他一般远远地逃开，寻找一个可居之所。此曲的末尾一句，可看出贯云石对世间名利的完全参破。

“昨日玉堂臣，今日遭残祸”，作者似乎已然看透官场的凶险。仁宗延祐二年，贯云石避居杭州，在这里建起了属于自己的陋居，仿效陶渊明过着独自下地耕田的闲适生活。可每至午夜梦回，依然对当年在朝廷经历的那场“恢复科举风波”心有余悸。无奈的叹息之语，是作者沉迷显贵生活之后的“顿悟”，其中不乏那些不足为外人道的心酸。不过，他能及早抽身去寻求避居乐趣，却也是极为明智之举。而且恰恰是因为他避居江南杭州，在那西湖堤畔度过了他的似水年华，使他不断找到文学上的灵感，才攀上了词曲文学的高峰，令他的曲子灵秀清新，内容生动自然，唱起来朗朗上口。“争如我避风波走在安乐窝”，也是在这绿野山川中，贯云石参透了武修的至境：止戈终生，静以养性。

粉蝶儿　西湖十景

贯云石

描不上小扇轻萝，你便是真蓬莱赛他不过。虽然是比不的百二山河，一壁厢嵌平堤，连绿野，端的有亭台百座。暗想东坡，逋仙诗有谁酬和[①]？

漫说凤凰坡，怎比繁华江左。无穷千古，真是个胜迹极多。烟笼雾锁，绕六桥翠障如螺座。青霭霭山抹柔蓝，碧澄澄水泛金波。

我则见采莲人和采莲歌，端的是胜景胜其他。则他那远峰倒影蘸清波。晴岚翠锁，怪石嵯峨[②]。我则见沙鸥数点湖光破。咿咿哑哑橹声摇过。我则见这女娇羞倚定着雕栏坐，恰便似宝鉴对嫦娥。

缘何？乐事赏心多，诗朋酒侣吟哦。花浓酒艳，破除万事无过。

嬉游玩赏，对清风明月安然坐。任春夏秋冬天，适兴四时皆可。

【注释】

①逋仙：北宋诗人林逋，隐居孤山，以梅为妻，以鹤为子。②嵯峨：山势高峻的样子。

【赏析】

南宋时期，官宦游人为了表西湖之盛，“册封”了十处景观为美景之至，包括苏堤春晓、曲苑风荷、平湖秋月、断桥残雪、柳浪闻莺、花港观鱼、雷峰夕照、双峰插云、南屏晚钟、三潭印月。十景各擅其胜，组合在一起又能代表古代西湖胜景精华。

西湖风光令贯云石兴致高涨，在泛舟之际他便写下了很多曲子，这套《粉蝶儿·西湖十景》，也是为表十处风景的华美，是专门赞誉西湖景致的。

作者在套曲第一段末尾提到了两个人的名字。数百年来，能够把杭州西湖的美和风韵表达得淋漓尽致的也就只有苏东坡的《饮湖上初晴雨后》与在西湖边隐居的林逋所写的隐逸情趣诗。所以贯云石自问文学素养达不到苏、林两位的程度，但也想试着描绘当地的胜迹。

在套曲第二段里，作者开篇说北方有一处胜地凤凰坡极其漂亮，但与江东各处的秀丽是无法比拟的，特别是杭州。他在西湖边上放眼远眺，六桥腾临苏堤上，近处波光潋滟，莲叶无穷，荷花别样，沙鸥点点；远处翠山碧水、怪石林立。采莲人高歌，闺中少女乘着船坊，以扇遮面，羞涩地坐在阑干旁赏湖。景好、花好、酒好、人好，贯云石如何能不乐不思蜀呢？而且身边还有好友张可久陪伴，二人喝酒吟诗，实在有说不出的兴致，多少烦恼都在这清风、明月、湖水中化为虚无。

贯云石的好友程文海曾言他是个“功名富贵有不足易其乐者”。因为贯云石认为，功名换不来逍遥的生活与心灵。

“清风荷叶杯，明月芦花被，乾坤静中心似水。”从得到“芦花被”、自诩“芦花道人”的一刻，贯云石已经心如止水，绝了名利场，宁“月明采石怀李白，日落长沙吊屈原”，也不爱荣华富贵。他避居杭州，偶尔出外采药，一面欣赏钱塘西湖风情，一面以卖药诊断为生。春至包家山修禅，夏季去凤凰山避暑，秋天钱塘观潮，冬季与普通百姓在街头吹拉弹唱，偶尔到天目山与著名的中峰禅师说佛论道，下山来路遇景致随意赋诗一首。就这样，贯云石在杭州城内城外亦隐亦现，其种种行迹，渐渐成了民间的美谈。

曲中所透露出来的“去留无意”的心境，应该足以概括贯云石的一生，不被纸醉金迷所惑，唯愿徜徉于西湖，问道于山水，求得文学圣境。后人将他与徐再思的曲并称“酸甜乐府”（徐再思号甜斋），且说他的曲风“擅一代之长”，能够引领当世的风尚。

赵氏孤儿　大报仇

纪君祥

【南吕·一枝花】兀的不屈沉杀大丈夫，损坏了真梁栋。被那些腌臢屠狗辈①，欺负俺慷慨钓鳌翁。正遇着不道的灵公，偏贼子加恩宠，着贤人受困穷。若不是急流中将脚步抽回，险些儿闹市里把头皮断送。

【双调新水令】我则见荡征尘飞过小溪桥，多管是损忠良贼徒来到。齐臻臻摆着士卒②，明晃晃列着枪刀。眼见的我死在今朝，更避甚痛笞掠③。

【驻马听】想着我罢职辞朝，曾与赵盾名为刎颈交。是那个昧情出告？元来这程婴舌是斩身刀！你正是狂风偏纵扑天雕，严霜故打枯根草。不争把孤儿又杀坏了。可着他三百口冤仇甚人来报？

【注释】

①腌臢：骂人的话，即“混蛋”“无赖”。②齐臻臻：整齐的样子。③笞掠：拷打。

【赏析】

《赵氏孤儿》是中国古代最有名的复仇记之一。司马迁在《史记·赵世家》中详细地讲述了“赵氏孤儿”的故事，纪君祥为了使其变得更加富有戏剧性，在某些细节上投注了自己的臆想。

晋景公年间，大奸臣屠岸贾欲称霸皇廷，密谋陷害忠烈名门赵氏，并将其一家老小全部杀害。唯一漏网的是赵朔之妻，她是晋成公的妹妹，腹中怀有赵朔之子，由于她当时身在皇宫，才躲过此劫，并在不久后产下一名男婴。赵朔的好朋友程婴和门客公孙杵臼发誓要为赵朔报仇，将这名男婴秘密保护起来，但此事还是被屠岸贾发现，后者立刻下令追杀赵氏遗孤。程婴一路逃亡，仍被屠岸贾的部将韩厥拦住去路。程婴本以为必死无疑，却没想到韩厥竟然放了他们。杀一个手无寸铁的婴孩，对韩厥来说是不仁；想到赵氏一家若因自己的阻拦而不能报仇雪恨，他韩厥就是不义。不仁不义之事，韩厥自认绝对做不出来，思来想去，干脆自尽算了，成全了自己，也成全了别人。而程婴也以亲子之性命替下他人之子。此等忠义，古今罕见。为了找到程婴和赵氏孤儿的下落，屠岸贾扬言要屠杀晋国所有一个月以上、半岁以下的婴儿。为避免连累无辜，程婴带着自己的儿子与公孙杵臼逃往一个方向，引敌人来找，另一方面让他的妻子带着赵氏遗子逃往另一个方向。屠岸贾果然率师追杀程婴和公孙二人。程婴假意投降屠岸贾，“出卖”公孙杵臼和婴儿。公孙杵臼心中明白他的苦衷，咬牙陪他演了这场“血泪秀”。这三段唱腔，内容是公孙杵臼大骂朝廷败坏、昏君无道，竟让屠岸贾这等卑鄙小人位列三公。他直言皇帝老子简直有眼无珠，又假意骂程婴“狗贼”，“出卖”自己和赵氏。屠岸贾怕程婴作假，便让程婴鞭打公孙，程婴只好忍着心痛抽打公孙，而心却在淌血，几乎把银牙咬断。他暗道此仇不报，誓不为人。到最后，他只能眼见着亲生儿子死于乱刀之下，而好朋友公孙杵臼也头破血流而亡。

背着“忘恩负义”的骂名，程婴将赵氏遗子带在身边，躲在深山老林里隐居。在与世隔绝、青山绿水的桃源中，程婴将报仇的念头不断灌输给赵家遗子。这样做是对还是错，程婴一直在挣扎，但是想到赵家满门三百口皆死于屠岸贾之手，如果不除掉此人，恐怕连天都不容。不知不觉，赵氏遗子赵武立世成人，联合屠岸贾的“亲信”，里应外合将屠岸贾诛杀，还了赵氏和程婴等人的清白。然而，程婴想到自己的孩子和朋友皆不能复生，痛不欲生。他被接入了豪华的赵府，却并没有享受的心情，而是每日待在屋中，沉默地坐在案席之上，到了夜晚，对月无语。

在正史的记载中，程婴最后以死来祭奠朋友的魂灵。不过在《赵氏孤儿》这部剧中，纪君祥让程婴免于一死，或许多少削弱了悲剧的力量。

雁儿落兼得胜令　退隐

张养浩

云来山更佳，云去山如画，山因云晦明，云共山高下。倚仗立云沙，回首见山家[①]，野鹿眠山草，山猿戏野花。云霞，我爱山无价；看云行踏[②]，云山也爱咱。

【注释】

①山家：山那边。②行踏：走动。

【赏析】

这首《退隐》写的是作者脱离官场之后闲适的生活。他每日都到家门前的山中漫步，偶尔坐看晴空之上云来云去，欣赏如画山色，写下了上面这首曲子。举目望去，山色因云的有无而忽明忽暗，云则随着山的高低忽上忽下。天地间的景象真是奇妙。他拄着登山的拐杖，抬头看到云山相依相偎，低头可见山下的人家，周围则是山猴戏耍、野鹿徜徉，芳草遍地，如临九霄仙境。他就这样怡然自得地看呆了，恨不得扑进云团、扎身花野。没有了烦恼，一切都变得比以往更美好。这一刻，山水与他融为一体。

离了公堂回到家乡，每日对着荷花烂漫云锦香，张养浩玩得痛快。他还给自己的隐居别墅起了个浪漫的名字叫“云庄”，意思是说自己能够身在云端无拘无束。庄内置有一座绰然亭，风姿绰绰，周围的花与竹无半点俗气，空气中飘着水和山的清香。此等“美色”当前，用张养浩自己的话来说就是：“著老夫对着无限景，怎下的又做官去？”美景在眼前，实在舍不得离开它而去做官。不过，处江湖之远，心虽不思庙堂，张养浩仍有很多挂牵。天历二年（1329 年），朝廷以“关中大旱，饥民相食”为由请他担任陕西行台中丞前往赈灾。此时的张养浩身染重病，卧居云庄，多日不出，但想到灾民受苦受难，他强打起精神收拾包袱上任。途经潼关，看峰峦如聚，波涛如怒，张养浩不禁仰天悲呼：“兴，百姓苦；亡，百姓苦。”千年一叹，能有比此更沉痛的吗？

这一上任，张养浩 4 个月未尝回家，每日在灾区居住，鼓励灾民，躬身劳作，终因劳瘁而猝死于灾棚之内。在字数不多的《元史》中亦曾记载过这样的情景：“关中人闻张养浩死讯，哀之如丧父母，痛哭失声，震撼云霄。”

鹦鹉曲

白　贲[①]

侬家鹦鹉洲边住[②]，是个不识字渔父。浪花中一叶扁舟，睡煞江南烟雨。觉来时满眼青山，抖擞绿蓑归去。算从前错怨天公，甚也有安排我处。

【注释】

①白贲：字无咎，元代文学家，南宋遗民诗人白挺的长子，也是元代最早的南籍散曲家之一。

②鹦鹉洲：在今湖北武汉西南长江中。

【赏析】

此曲讲的是一个居住在武昌城外鹦鹉洲的渔翁，每日以打鱼为生，靠天吃饭，过着无拘无束的生活。

作者白贲是元代有名的大文人，乃白朴的仲父，字无咎。在当时，白贲的曲被广为传唱，是梨园众家最好吟唱的曲子。

关于这曲《鹦鹉曲》后世还有一个颇为有趣的故事。说是有一年，京城里最出名的酒楼请来了梨园的名角演唱，老板忙前忙后招呼着闻讯而来的客人，笑得合不拢嘴。

就在这时，不知从哪里传来一阵珠落玉盘的琵琶声，奏的正是当时流行的白贲的《鹦鹉曲》。在大厅里已经摆好位置的乐师听到响动，立刻执起乐器附和。酒楼里也瞬间安静下来，人人都在屏息，准备聆听那似九天玄女发出的妙音。坐在雅座上的冯子振摸了摸唇上的小胡子，向身边的朋友低声问道："什么歌女伶人如此奇特，惹得这么多人来看？"朋友笑答："莫要小瞧了这歌女，她是梨园顶尖的歌伎御园秀。白贲的《鹦鹉曲》唱到低音时调涩幽咽，梨园众秀唯有御园秀善于驾驭。"

一曲终了，御园秀盈盈起身向观众谢礼。观者拼命地鼓掌，有人甚至向台上抛钱财献媚。这时却见御园秀脸色转为黯然，她柔声对台下众人说："这曲子恐怕是绝响了，唯有一首单曲，如是套曲该是多么美妙，可惜白贲辞世，再没有人为此曲做几套精妙的词出来。"她的话虽委婉，意思却是在说没人能在此曲上超越白贲。

最初只是在一旁听曲的冯子振本不以为然，但听她这样一说，颇感不服，仰头饮下杯中酒，喝道："来人，笔墨伺候！"冯子振拿起笔来，疾书一个时辰有余，最后叫人将一叠纸稿交到御园秀手中，然后起身拉着朋友离去。接过纸稿的御园秀一篇篇翻看，仔细查来，上面竟有42篇《鹦鹉曲》，且曲曲韵脚工整，大都不输于白贲。

迷青琐倩女离魂

郑光祖[①]

【元和令】杯中酒和泪酌，心间事对伊道，似长亭折柳赠柔条。哥哥，你休有上梢没下梢。从今虚度可怜宵，奈离愁不了！

【后庭花】我这里翠帘车先控着，他那里黄金镫懒去挑。我泪湿香罗袖，他鞭垂碧玉梢。望迢迢恨堆满西风古道，想急煎煎人多情人去了[②]，和青湛湛天有情天亦老。俺气氲氲喟然声不安交[③]，助疏剌剌动羁怀风乱扫[④]，滴扑簌簌界残妆粉泪抛，洒细蒙蒙邑香尘暮雨飘。

【柳叶儿】见淅零零满江干楼阁，我各剌剌坐车儿懒过溪桥，他圪蹬蹬马蹄儿倦上皇州道。我一望望伤怀抱，他一步步待回镳，早一程程水远山遥。

【注释】

①郑光祖：字德辉，平阳（今山西）人，元代著名杂剧家、散曲家，与关汉卿、马致远、

白朴齐名，被后人合称为“元曲四大家”。②急煎煎：形容异常焦急。③喟然：叹息的样子。④疏剌剌：也写作“疎辣辣”“疎喇喇”，象声词。

【赏析】

最早的“倩女离魂”来源于唐陈玄祐的《离魂记》。后来，元杂剧大家郑光祖辞官归隐，全身心投入戏剧创作，精心编排了这段故事，一部《迷青琐倩女离魂》的悲情戏就这样问世。

郑光祖的“倩女”是因情而差点离魂死去的富家小姐张倩。张倩与秀才王文举从小指腹为婚。王文举父母早亡，家庭落魄，适婚年龄时到张家提亲，不料张母嫌弃王家无权无势，打算悔婚。为了让王文举知难而退，张母便借口说只有他中了进士，才将张倩许配给他。张倩对情感格外忠贞，知道母亲有意为难，便在王文举赴京应试时来到柳亭与他告别，一面勉励，一面诉衷情。

这三段唱曲，便是张倩和王文举在亭中送别的情景。“元和令”一段单讲二人饮酒告别。和着泪饮一杯苦酒，张倩知道就算对王文举说尽千言万语，也不可能将他拉回身边，对方去赶考毕竟是为了自己，她所能做的只有折柳赠他，让他别把自己忘了。张倩怕王文举也做负心人，再三叮咛他不要三心二意，不然她对母亲表示坚持不改嫁就没了意义。

看着王文举的马渐行渐远，她也踏上了马车，但仍在掀帘眺望。“后庭花”“柳叶儿”两段里便满含张倩告别之后不舍的情绪。望着古道迢迢，她在西风中垂泪，风讨泪干，下一缕泪水又沾巾。“峨眉能自惜，别离泪似倾”，张倩克制住了临别时的泪水，却无法遏止别后的相思。所以王文举离去不久，她便思念成疾。

《迷青琐倩女离魂》此后的三折戏，即是张倩因为相思而离魂、由离魂再到回魂的经过。一开始，张倩只是终日做着王生归来的梦，听到些许动静便趴到阳台上去看。错认了人之后独自伤悲，恨自己不应该在柳亭赶王文举走。就这样在“远浦孤鹜落霞、枯藤老树昏鸦”中，听着长笛一曲，思念情郎，最后她病卧榻上，昏迷不醒。原来是魂魄不听人指挥，跟着王文举的脚步赴京赶考去了。

王文举还以为张倩真的追着自己来了，便高高兴兴地和她的魂魄在京城生活了三年，直到状元及第衣锦还乡，打算正式拜访岳母大人，于是便修书一封给张母。哪知道两人一回到家中，张母便狂奔出来说张倩是妖魅，自己的女儿则快要病死了。王文举闻言，大惊失色，拔剑就要杀了跟在自己身边三年的“人”。张倩一时凄苦，魂魄一下子竟回到了自己的卧房，看到自己的原身形销骨立，不成样子，不禁悲从中来。一时激动，魂魄瞬间又回归身体之内，整个人终于醒了过来。张倩与王文举的结局可想而知，在郑光祖的笔下得到了一个圆满的结局：二人厮守，皆大欢喜。

[正宫]塞鸿秋

郑光祖

雨余梨雪开香玉，风和柳线摇新绿[①]。日融桃锦堆红树[②]，烟迷苔色铺青褥。王维旧画图，杜甫新诗句。怎相逢不饮空归去？

【注释】

①柳线：柳枝。②日融：阳光温暖和煦。桃锦：桃花烂漫如锦。

【赏析】

此曲描绘春日郊外的景色。作者以铺叙笔法展现初春原野的迷人景象：雪白的梨花在雨后绽放，柔嫩的柳枝在风中摇曳，如锦的桃花开满了枝头，青青苔色与烟光融在一起。春天的美丽让作者无法再用详尽的语言来描绘，他只能用“王维旧画图，杜甫新诗句”来加以概括。王维是公认的绘画大师，他的画“画思入神”，极具感染力；杜甫是千古诗圣，其诗写景以“清词丽句”著称。王维画，杜甫诗，可想而知，景色到了绝佳的境界。尾句“怎相逢不饮空归去”与前面的铺排相比，显得有些突兀，但这正是作者对于春天极大热爱的体现，激动之情尽显无遗。

[双调]蟾宫曲　梦中作

郑光祖

半窗幽梦微茫[①]，歌罢钱塘[②]，赋罢高唐[③]。风入罗帏，爽入疏棂[④]，月照纱窗。缥缈见梨花淡妆，依稀闻兰麝余香。唤起思量，待不思量，怎不思量？

【注释】

①半窗：指窗光半明半暗。②歌罢钱塘：此句指美人入梦。③高唐：宋玉《高唐赋》言楚怀王曾与巫山神女幽会，神女辞别时说自己“旦为朝云，暮为行雨”。④棂：窗户框。

【赏析】

此曲写作者回味梦境的一幕。梦境中与美人相会总是甜美的，但梦醒时总免不了有“巫山云雨”后淡淡的忧伤。清风徐徐吹入罗帷，月光静静照在纱窗上，梨花淡妆的美人还在眼前恍惚，她襟袖上的兰麝幽香还在空气中荡漾。虽然梦境已过，然而梦中的时时刻刻依旧牵动着作者的柔肠。回味梦中的快乐悲伤，真叫他“待不思量，怎不思量”。

［般涉调］哨遍　高祖还乡

睢景臣

社长排门告示[①]，但有的差使无推故[②]。这差使不寻俗。一壁厢纳草除根[③]，一边又要差夫，索应付[④]。又言是车驾，都说是銮舆，今日还乡故。王乡老执定瓦台盘[⑤]，赵忙郎抱着酒葫芦[⑥]。新刷来的头巾，恰糨来的绸衫[⑦]，畅好是妆么大户[⑧]。

［耍孩儿］瞎王留引定火乔男女[⑨]，胡踢蹬吹笛擂鼓[⑩]。见一彪人马到庄门[⑪]，匹头里几面旗舒[⑫]。一面旗白胡阑套住个迎霜兔[⑬]，一面旗红曲连打着个毕月乌[⑭]。一面旗鸡学舞[⑮]，一面旗狗生双翅[⑯]，一面旗蛇缠葫芦[⑰]。

［五煞］红漆了叉，银铮了斧[⑱]。甜瓜苦瓜黄金镀。明晃晃马镫枪尖上挑[⑲]，白雪雪鹅毛扇上铺。这几个乔人物，拿着些不曾见的器仗，穿着些大作怪衣服。

［四煞］辕条上都是马，套顶上不见驴。黄罗伞柄天生曲[⑳]。车前八个天曹判[㉑]，车后若干递送夫[㉒]。更几个多娇女[㉓]，一般穿着，一样妆梳。

［三煞］那大汉下的车，众人施礼数[㉔]。那大汉觑得人如无物[㉕]。众乡老展脚舒腰拜，那大汉那身着手扶[㉖]。猛可里抬头觑[㉗]，觑多时认得，险气破我胸脯。

［二煞］你须身姓刘，你妻须姓吕[㉘]。把你两家儿根脚从头数[㉙]：你本身做亭长耽几盏酒[㉚]，你丈人教村学读几卷书。曾在俺庄东住，也曾与我喂牛切草，拽坝扶锄[㉛]。

［一煞］春采了桑，冬借了俺粟，零支了米麦无重数。换田契强秤了麻三秤，还酒债偷量了豆几斛。有甚胡突处？明标着册历，见放

着文书。

［尾］少我的钱差发内旋拨还[32]，欠我的粟税粮中私准除[33]。只道刘三、谁肯把你揪捽住[34]，白甚么改了姓更了名唤做汉高祖[35]！

【注释】

①社长：元制乡村中五十家为一社，择年高长者为社长。排门告示：挨户通知。②但有：所有。推故：借故推托。③一壁厢：一面。纳草除根：指供给饲料。④索：须，得。⑤乡老：乡里较有地位的人物。瓦台盘：瓦制的托盘。⑥忙郎：牧童。⑦糨：给衣服上浆。⑧畅好是：正好是。妆么大户：装作是有身份的阔人。⑨王留：对一般农民的通称，犹如张三、李四。火：一伙。乔男女：不三不四的人。⑩胡踢蹬：村民的绰号。⑪一彪：一队。⑫匹头：劈头、迎头。舒：飘展。⑬"白胡阑"句：指皇帝仪仗中的月旗。胡阑："环"的复音。迎霜兔：指玉兔，传说月中有玉兔捣药。⑭"红曲连"句：指皇帝仪仗中的日旗。曲连："圈"的复音。毕月乌：指乌鸦，传说太阳中有三足乌。⑮鸡学舞：指凤旗。⑯狗生双翅：指飞虎旗。⑰蛇缠葫芦：指蟠龙旗。⑱银铮：镀银。⑲马镫：指镫杖，俗称"朝天镫"。⑳"黄罗"句：即帝王仪仗中所用"曲盖"。㉑天曹判：指皇帝车驾前的导驾官。㉒递送夫：指皇帝车驾后拿着各种物品伺候的随从。㉓多娇女：指随驾的嫔妃媵嫱。㉔施礼数：行礼。㉕觑：看。㉖那身：即"挪身"。㉗猛可里：猛然。㉘"你妻"句：刘邦之妻姓吕名雉，故云。㉙根脚：即俗语中说的"老底儿"。㉚耽：嗜好。㉛拽坝：拉耙耕作。㉜旋：立刻。㉝私准除：暗中批准扣除。㉞捽：揪，抓。㉟白甚么：平白地为什么。

【赏析】

元代文人多有关于高祖还乡的作品，其用意在于讽刺针砭当时的统治者每年劳民伤财的出行活动。此曲起头的社长排门告示，就展现的是元代农村生活情景，作者并不避讳这些，更用随后的几句描写说出"高祖回乡"这件非同寻常的大事给人民带来的身心上的劳累，并且为观看高祖还乡这一幕找了一个特殊的视角——一位老乡的所见。

于是一切都变了形，走了样，旗仗中蟠龙飞虎变成了他眼中的"缠葫芦的蛇"，"生双翅的狗"，执仗中的金瓜、镫杖也变成了"甜瓜苦瓜黄金镀"，"明晃晃马镫枪尖上挑"，文臣武将成了"天曹判"。总之，一切都对他来讲都不足为怪，好像这些都是农村常见的事物。那高高在上的皇帝在他眼中只是一位大汉，暗地里仔细观看这位大汉的长相，他是险些气破了胸脯。原来这车马景从的大汉他认识，就是原来那个嗜酒贪杯、欠账不还的乡邻刘三。作者用辛辣的语言，一扫所谓"真命天子"头上的神圣光环，通过一位曾经与刘邦共事的乡民之口，对万人之主的皇上开始了评头论足，揭露出其本来面目，于嬉笑怒骂之中完成了把皇帝拉下马、使皇帝权威扫地的神圣使命。

［正宫］叨叨令　自叹

周文质

筑墙的曾入高宗梦[1]，钓鱼的也应飞熊梦。受贫的是个凄凉梦，做官的是个荣华梦。笑煞人也末哥[2]，笑煞人也末哥，梦中又说人间梦[3]。

【注释】

①筑墙的：指殷代的傅说。据说高宗梦得圣人，于是派人四处寻访，发现了正在劳作的傅说。②笑煞：笑死人。也末哥：也作“也么哥”。语尾助词，无义。③“梦中”句：白居易《读禅经》中有“言下忘言一时了，梦中说梦两重虚”。

【赏析】

此曲以人生如梦为主题，先从历史上傅说、吕尚两位贤人因帝王之梦而得举用的传说讲起，写到普通人的“凄凉梦”“荣华梦”，最后归结到“梦中又说人间梦”，充分表达了作者愤世嫉俗、消极颓放的人生态度。而这种人生态度是建立在对历史、现实的清醒认识的基础上的。如不是帝王的偶然一梦，贤人就会老死江湖；凄凉、荣华，反映出的是现实的不平等。对于这些，作者只能以人生如梦自慰，笑看世象，连呼“笑煞人”“笑煞人”。

［双调］折桂令　过多景楼[1]

周文质

滔滔春水东流。天阔云休，树渺禽幽。山远横眉[2]，波平消雪[3]，月缺沉钩。桃蕊红妆渡口，梨花白点江头。何处离愁？人别层楼[4]，我宿孤舟。

【注释】

①多景楼：江苏古迹，在今镇江市北固山甘露寺内。②横眉：形容远处淡淡的山色。③消雪：形容江水粼粼。④层楼：高楼。

【赏析】

多景楼位于镇江边的北固山上，是万里长江三大名楼之一，此楼回廊四通，面面皆景，宋元后为骚人墨客宴集饯别之所。

作者经过多景楼，山下江水滔滔，不尽东流。眼前的景色是开豁寂寥的，天阔云闲，山远波平，江树渺茫，不见飞鸟；只有江头渡口被红白相间的桃花梨花装点得生机盎然、富有春意。作者问起何处有离愁，多景楼上人们正在送别，多景楼下是他漂泊的小舟。

凭阑人　金陵道中

乔　吉

瘦马驮诗天一涯[①]，倦鸟呼愁村数家。扑头飞柳花，与人添鬓华[②]。

【注释】

①此句为骑着瘦马浪迹天涯之意。②华：花白。

【赏析】

“曲从肺腑出，出辄愁肺腑。”乔吉的这首《凭阑人·金陵道中》正是如此。作者在穷游天涯之后，路过金陵古道，再涌思乡念头，忍不住写下了这曲《凭阑人》。“古道西风瘦马”是古人词曲中常用作烘托背景气氛的媒介，乔吉的曲子也不例外。不过，“瘦马驮诗”不是指乔吉，而是唐代诗人李贺。李贺本是唐宗室郑王李亮的后裔，虽家道中落，依然饱读诗书，得了功名，怎知道遭人毁谤，不能举进士。从天堂一下子被打入地狱，令李贺大受打击，便在外流浪。他有个习惯，骑着一头毛驴，背着一个破皮囊，见到什么新鲜事物就赋诗一首，丢入囊中。他的诗集就这样不知不觉累积而成，“瘦马驮诗”的典故也就名声在外了。

元代之后的学者研究过乔吉与李贺的经历，称二人的遭遇格外相似。元人钟嗣成在《录鬼簿》中形容乔吉：“平生湖海少知音，几曲宫商大用心。百年光景还争甚？空赢得，雪鬓侵，跨仙禽，路绕云深。”意思是说乔吉一生当中难遇知己，费尽心思做文章，只为得到有识之士的赏识。然而人已到老，得到的只是两鬓斑白，所能做的只有退隐江湖。钟嗣成对乔吉的评断的确是中肯的。

乔吉过着如同李贺一般的流浪生活，他在行走多年之后，最终还是受不住想家的煎熬，生出倦鸟归乡、狐死向丘的意念。他到了金陵附近，眼看离老家杭州不远，再看到几只倦鸟向附近村子飞去，便忍不住伤情起来。在这曲小小的《凭阑人》里，前半段乔吉借李贺自比身世，借倦鸟说自己的归乡情切；后半段则是完全化为对自己的怜惜，感慨自己的青春年华就这样逝去了。激起他感慨时光流逝的便是那漫天飞舞的柳花。晚春的柳树该生叶了，残存的柳絮迎风扑面，沾在两鬓，如同自己的生命已经垂暮，却还独身在外，实在太过孤独了。此时，乔吉并未至晚年，不过华发早生，而柳絮挂在两鬓上显得他更加苍老，内心倍觉凄惶。

人恋故土，特别是对漂泊厌倦之后，寄一封家书，恨不得魂魄与家书一同寄去，留下没有灵魂的躯壳。飘零十数年的乔吉也有着同样的想法。中国台湾诗人余光中将乡愁比喻成一枚小小的邮票，乔吉没有小小的邮票，但却有小小的思乡曲被他放在了自己的诗袋中，虽然寄不出去，却寄托了他的情怀。

折桂令 毗陵晚眺[①]

乔　吉

江南倦客登临[②]，多少豪雄，几许消沉。今日何堪，买田阳羡[③]，挂剑长林[④]。

霞缕烂谁家画锦[⑤]，月钩横故国丹心。窗影灯深，磷火青青[⑥]，山鬼喑喑[⑦]。

【注释】

①毗陵：古县名，在今江苏常州。②倦客：特指倦于游宦之人。③阳羡：古县名，在今江苏宜兴。④长林：茂林。⑤画锦：衣锦还乡。⑥磷火：墓地中多见，在空气中会自动燃烧的气体。⑦喑喑：啜泣的样子。

【赏析】

乔吉很善于写才子佳人、风流韵事，他是写这方面杂剧的专家，但因长年的漂泊生活所苦，在政治上又屡不得志，忍不住发出“多少豪雄，几许消沉”之语。这首散曲《折桂令·毗陵晚眺》便是其中的代表。

在这首曲中，作者首句便自诉身份是“江南倦客”。他的一生落拓江湖，纵有千秋之志，却始终得不到功名。曾经的书生意气没了，雄心壮志也没了，都化作对生活的厌倦、对官场是非的看轻。想当年，苏轼纵横官场几十年，三起三落，最后得出了一个结论："人生如梦，一樽还酹江月。"于是抛却一切，在阳羡买了块田，过起田园生活。乔吉在曲中提到"买田阳羡"，指的便是苏东坡的经历，也借此来比喻自己想要归隐的心意。与此同时，他也以"挂剑长林"来形容自己对世俗的厌倦，欲超脱其外的感慨。

徐逊是晋朝的一介小官，因看透了仕途的险恶，突然觉得生活没有乐趣，收拾包袱求仙问道去了。有人说徐逊成了仙，每每到人间神游的时候就来到艾城镇（今江西南昌附近）的冷水观，习惯把佩剑挂在观内的一棵松树上，再访问人世。作者似乎也想如徐逊一样，历尽了渺渺征途，走过漠漠平林，受尽了苦雨凄风，知道了汲汲营营不现实，到头来黄粱梦一场，于是看淡了功名利禄。乔吉在诗中用"挂剑长林"的寓意，大概是因为徐逊抛却功名、远离尘俗正是他所要追求的。

满庭芳　渔父词

乔　吉

一

吴头楚尾，江山入梦，海鸟忘机。闲来得觉胡伦睡[①]，枕著蓑衣。钓台下风云庆会，纶竿上日月交蚀。知滋味，桃花浪里，春水鳜鱼肥。

二

活鱼旋打，沽些村酒，问那人家。江山万里天然画，落日烟霞。垂袖舞风生鬓发，扣舷歌声撼渔槎。初更罢，波明浅沙，明月浸芦花。

三

秋江暮景，胭脂林障，翡翠山屏。几年罢却青云兴，直泛沧溟[②]。卧御榻弯的腿疼，坐羊皮惯得身轻。风初定，丝纶慢整，牵动一潭星。

四

江声撼枕，一川残月，满目摇岑。白云流水无人禁，胜似山林。钓晚霞寒波濯锦，看秋潮夜海镕金。村醪窨[3]，何人共饮，鸥鹭是知心。

【注释】

①胡伦：同“囫囵”，浑然一体的完整东西。②沧溟：大海，指代隐居江湖。③醪窨（láo yìn）：乡中人家自酿的酒。醪，粗劣的酒。窨，地窖。

【赏析】

上面四首是从乔吉众多渔父曲中撷取出来的。首曲讲作者来到古代吴楚的交界之处（今江西北部），此处距他寄居的江南苏杭之地不远。江赣北部的旷远景象，激发了乔吉的诗性，在这里他赏江鸭观鸬鹚，几乎忘却了自身。不去惦念前尘，不去思考未来。宁静的江水令乔吉全身心融入其中，抛掉所有心机，几乎进入了天人合一的境界，所以乔吉用“海鸟忘机”来形容自己此刻的精神境界。

在《列子·黄帝》中曾提到“海鸟忘机”的典故。一个人每天清晨到海边去逗引鸥鸟。鸥鸟知他无捉鸟的意思，便纷纷落下与他和平共处。这个人的父亲知道之后，让他去捉鸥鸟来赏玩。等到这人再次来寻鸥鸟时，鸥鸟却看出了他的动机，始终盘桓不落。心无杂念的人才容易让人真诚相处，渔父因为没有功利之心，所以能与鸬鹚交友、鸥鸟对歌，他心胸坦荡、无忧无虑，醒时戏水，困时抱着蓑衣躲在船篷内睡个昏天暗地，这是何等的舒适生活。乔吉看到了他们的悠闲自在，又如何不捶胸羡慕呢？

日月交辉、风云聚会，时间在不知不觉中流逝，被渔父耽误了行程的作者不认为自己是在浪费时间，反而觉得“桃花流水鳜鱼肥”才是真正的生活，过去留恋官场不过是浪费青春的噩梦。对命途坎坷、仕宦多波澜的他来说，也就只能把对一切现实的不满转化为对荡舟打鱼的喜爱了。逃避悲痛总比陷入悲痛更容易令他接受。

第二首曲是渔父收网后的情景。长河落日，云霞如烟，江山似一幅泼墨的画卷。傍晚的渔父本该收工，忽然嘴馋起来，便用现打的活鱼卖钱换酒，自斟自酌。在收网过程中，渔父放歌一曲，一副惬意的模样。等到劳作、歌唱兴尽过后，渔父们陆续划船归家，喧闹的江面恢复宁静，只剩下清澄的水波在初升的月下微微荡漾。两岸芦蒿被微风拂过，芦花闪动，发出簌簌的声响，人心好像被这声音安抚了一样，归于平静。

通常文人写渔父曲，几乎都会提到“芦花”二字。在作者的第二首曲子末尾，也提到了此物。芦花其实并不美，白花点点，夜晚更没有什么美可言，然而这里孕育了白鹭沙鸥，滋养鱼类，是渔人赖以生存的地方。贯云石就言，在满目的苍花之中，渔人“虽无刎颈交，却有忘机友”，作者用“芦花”来为曲子收尾，就是要表达对渔父生活的喜爱。

秋江暮景，夕阳醉染山林，渔翁们过着数十年如一日的生活，近可到青山，远可到沧溟，想去哪里就去哪里。第三曲所描述的无拘无束式的隐逸，即是作者欲选择的隐遁方式。他特别以“卧御榻”的严子陵自喻，表示自己一定不能再回头留恋仕途。

严子陵是东汉的高士，王莽篡政时曾邀请他做谋士。为了避开窃国者的怂恿，严子陵避居乡野。光武帝刘秀复政之后便给他写信，并亲自登门拜访求他出仕，甚至与他同榻而眠，毫不避嫌。但严子陵看透了官场互相倾轧的现实，立刻抽身归去，隐居于富春山下，常年披着羊皮夹袄于江边垂钓，不问尘缘。

卧御榻时，腿和心都是悬着的，因为伴君如伴虎，所以睡了一夜也会浑身酸痛；披着自家的衣袄坐着睡着，就算再沉重，醒来也觉一身轻。名利本为浮世重，能放下才是聪明人。想到这里，乔吉重归现实，写下了第四首曲子。他纵览四下风景，再次低头望着眼前波光如洗的湖水，心内豁然。于是他卧舟水上，听着浪打浪的声音，看晚霞染红江水，观秋潮时涨时停。仰望行云，低俯流水，不必寻他人共饮，对川水残月独酌，视鸥鹭为知音。

四首曲子，从白日写到午夜，从夏暑讲至冬寒，其实就是作者的自白书。他不停地告诉自己，一定要相忘江湖，他觉得没什么好留恋，也不必留恋，只去过着渔人的生活，远离市井，自制珍酿，笑语欢歌。可做渔父就一定快乐吗？事实上渔父也有他的苦，如能有更美好的生活，打鱼的人也未必多。就像乔吉不想慕名利而活，却根本忘不了自己的境遇，最后只能做一个尘世里自我安慰的可怜人一样。

为咏叹渔父煞费苦心的元代文人，乔吉大概是第一人。他一生给渔父写了数十余首词曲。在《乐府群玉》中就收录了20首，每一首的写作时间都不一样。他每到一处，只要见到渔父水上作业，总忍不住放歌以解情怀。渔家风情所以诱人，不在于渔人收入多少，而是乔吉觉得他们能够笑傲江湖，比遭遇了险恶仕途的自己纯洁、高贵得多。

斗鹌鹑　冬景

苏彦文

地冷天寒，阴风乱刮；岁久冬深，严霜遍撒；夜永更长，寒浸卧榻。梦不成，愁转加。杳杳冥冥，潇潇洒洒。

【紫花儿序】早是我衣服破碎，铺盖单薄，冻的我手脚酸麻。冷弯做一块，听鼓打三挝。天那，几时捱的鸡儿叫更儿尽点儿煞。晓钟打罢，已到天明，划地波查[①]。

【秃厮儿】这天晴不得一时半霎，寒凛冽走石飞沙。阴云黯淡闭日华，布四野，满长空、天涯。

【圣药王】脚又滑，手又麻，乱纷纷瑞雪舞梨花。情绪杂，囊箧乏[②]，若老天全不可怜咱，冻钦钦怎行踏？

【紫花儿序】这雪袁安难卧，蒙正回窑，买臣还家，退之不爱，浩然休夸真佳。江上渔翁罢了钓槎，便休题晚来堪画。休强呵映雪读书，且免了这扫雪烹茶。

【尾声】最怕的是檐前头倒把冰锥挂，喜端午愁逢腊八。巧手匠雪狮儿一千般成，我盼的是泥牛儿四九里打。

【注释】

①划（chǎn）地：同“划的”，依旧，照样。波查：艰辛、磨折。②囊箧（qiè）：用以装书籍、文稿的箱子，后泛指书。

【赏析】

这是元代曲人苏彦文仅存于世上的一篇元曲作品，描写的是饱受官商摧残之后的穷苦人的生活境况。

曲子开篇交代的是穷人的生活背景：广漠的洪荒宇宙被寒冷所充斥，容身于苦岁严霜之中，夜似乎更加漫长。冷侵床榻，卧不成眠，人心苦不堪言。篇首的一句“杳杳冥冥，潇潇洒洒”，是曲中人对衣不蔽体的自嘲自叹。曲中的主人公为疾苦而惆怅沮丧，眼巴巴期盼着快点天明，挨过一时算一时。然而天明日暖没有多久，飞沙走石、霜雪烈风又袭长空，漫天雪花飞舞，主人公却毫无欣赏的心情，因为他只知道苦寒和过冬的难处，而感受不到丝毫的天地之美。穷人过冬唯一个“苦”字能形容，没有风花雪月的好事，也没有踏雪寻梅的风雅。

所以在“紫花儿序”中，作者接连举了数个典故，提醒世人在冰天雪地中是极难遇到好事的，也无欣赏雪景的情致。第一个典故指晋代周斐的《汝南先贤传》中的“袁安卧雪”。晋时，一年冬天大雪封门，洛阳令到州里巡视灾情，见家家户户都扫雪开路出门谋食，全城只有一户人家门口没有动静，雪封路途，不可通行，正是城中名士袁安的家。洛阳令以为袁安已经冻死，叫人凿门而入，看袁安窝在被里不动，便问何故。袁安说：“雪天人人饥饿受冻，我不想出门去麻烦别人。”洛阳令被袁安度人的心意所感动，将之举为孝廉。

苏彦文在《斗鹌鹑》里所描写的寒士，与袁安一样贫苦，但却不可能像袁安般走运。不仅如此，寒士连像南朝宋代的吕蒙风雪天到寺庙讨食的事情都不敢做，因为他怕与吕蒙遭遇相同的尴尬，被人赶回寄居所。又比如韩愈获罪贬谪潮州遇雪感叹、孟浩然灞桥风雪寻梅、柳宗元江上看渔翁垂钓、孙康映雪苦学、宋人陶氏扫雪烹茶的雅事，这些事情更不是贫苦寒士所能奢求。一个人如果冷得要死了，也就不会想到风雅之事。他只盼冬季快点过去，端午快点到来才好，那时天朗气清，空气暖和，容易觅食，也不用受冻。

未尝穷人苦，不知世人贫。生活不够艰难，同情之词不过都是站在高处的观望之语。久在外漂泊的苏彦文大概曾经历过《斗鹌鹑》里所写的困窘日子，是以字字见血，声声控诉。而他也成了元代仅有的几个关心农村生活的曲人之一。

端正好　上高监司

刘时中

【叨叨令】有钱的贩米谷、置田庄、添生放，无钱的少过活、分骨肉、无承望；有钱的纳庞妾、买人口、偏兴旺，无钱的受饥馁、填沟壑、遭灾障。小民好苦也么哥，小民好苦也么歌，便秋收鬻妻卖子家私丧①。

【滚绣球】且说一季中事例钱，开作时各自与，库子每随高低预先除去，军百户十锭无虚。攒司五五拿，官人六六除，四牌头每一名是两封足数，更有合干人把门军弓手殊途。那里取官民两便通行法，赤紧地贿赂单宜左道术，于汝安乎？

【注释】

①鬻：卖。

【赏析】

这里选的两段曲子是刘时中套曲《端正好·上高监司》里的段子。该套曲子的开篇写的是元代发生了一场罕见的大饥荒："众生灵遭磨障，正值着时岁饥荒。"这一年粮食罕有，物价日益上涨，奸商富户自认奇货可居，高价兜售粮草以获取暴利，许多贫苦者饿死路中，乞丐成群结队、四处乞讨。

"叨叨令"一曲中这样写道：有钱人仍旧屯田置地、喝酒嫖妓、买卖人口，没钱的人注定要骨肉分离、忍饥挨饿、家破人亡。这是对当时真实情景的描写。根据《元史》的记载，元顺帝至正十四年（刘时中生活的年代）的确有旱情发生，流民四起。刘时中应该是经历了这段日子，见到途有饿殍才忍不住绘下这幅灾民图。当时官府曾下达过赈灾令，但并没有显著成效。

《端正好·上高监司》中塑造了一个"救世主"式的人物——高监司。刘时中笔下的高监司开仓赈济，日夜奔走抚恤灾民，惩治奸商和鱼肉百姓的官吏，毫无偏私。他"爱民爱国无偏党，发政施仁有激昂。恤老怜贫，视民如子，起死回生，扶弱摧强……天生社稷真卿相，才称朝廷做栋梁。这相公主见宏深，秉心仁恕，治政公平，莅事慈祥。可与萧曹比亚，伊傅齐肩，周召班行"。刘时中甚至将高监司的仁慈和政绩看作古人所谓的"仁政"。

高监司在现实当中是存在的，而《端正好》一曲正是刘时中写给高监司的万言书。刘时中盛赞高监司的德行，其中不乏奉承的意思。整个曲子里揭露了当时的社会现象：时值灾情严重时期，官商却囤积大量纸钞以供挥霍，搅乱市场正常经济秩序，祸患乡民。政府表面上道貌岸然，出资出力，实则他们下发的纸币一文不值，根本用不上。刘时中力捧高监司，实则企盼他能到朝廷进言，整顿地方吏治。

第二段"滚绣球"描写的是官吏横征暴敛和贪污受贿的嘴脸。由于元政府对币制管理非常混乱，官吏和商人伙同起来玩转钞法，钻朝廷的空子，私下印制纸钞，一旦有收益便可坐地分赃。按照衙门里的老规矩，大官分大头，小官得小钱。库府官员、军百户、攒司、官人、四牌头人人有份，连门军、弓手这些看管人员都能拿到好处。官宦中所谓的"有钱人"还和商贾串通一气印制假钞，四处骗钱；一些官员甚至借朝廷的名义回收破损钞票，声明全部烧毁，实则再用到市场进入流通。官人、商人没有成本地拿着"钱"到处挥霍，受苦的不过是毫不知情的普通百姓。这种无形的凶险，比官、商直接奴役打骂穷人还要可怕。鉴于这种现象，刘时中希望高监司能将情况禀报朝廷，解决社会上种种问题，以免民众生变，引发动乱。

刘时中并不是个愤世嫉俗的知识分子典型，但他的儒雅与悲天悯人，决定了其作品的时代基调。他一唱一吟，都是当时的贫苦者在死亡线上挣扎的血泪，因而他的曲子有着元代的“史诗”的称誉。一曲《端正好》，充满了刘时中的愤恨和伤悲，他满怀希望，可是他也应该清楚地意识到最后得到的必定是失望。一个高监司又能如何，就算他肯帮刘时中递上谏言，可是腐败已经渗透到了元朝廷内部，有道是上行下效，地方政府胡作非为其实不过是整个朝廷内部变化的缩影罢了。

蟾宫曲　怀古

阿鲁威①

问人间谁是英雄，有酾酒临江②，横槊曹公③。紫盖黄旗，多应借得，赤壁东风④。更惊起南阳卧龙⑤，便成名八阵图中。鼎足三分，一分西蜀，一分江东。

【注释】

①阿鲁威：蒙古族人，字叔重，号东泉。②酾酒：饮酒。③槊：长矛。④赤壁东风：指东吴周瑜在赤壁大败曹操之事。⑤南阳卧龙：诸葛亮曾隐居于南阳卧龙岗，人称“卧龙先生”。

【赏析】

不写青青柳河畔的儿女情长，是阿鲁威一生曲作的特色。

这首曲子是怀古之作。但凡了解三国英雄人物，应该猜得到曲中前三句话所说的是曹操、孙权和诸葛亮三人。世间谁是英雄？作者首先让自己站在了赤壁之顶，睥睨天下，放眼千秋。苏轼当年的《赤壁》一词推崇的是意气风发的周公瑾，然而，语调在急转直上后却于词尾萧条下来，道自己太多情，人生才会那般复杂。

这首《蟾宫曲》不同于苏轼对人生无常的感叹，而是品评历史名人。曹操在历史上的正面评价要远远少于负面评价。窃国者、好战者，这样的名头追随曹操至死，后世很多文人也如此称呼他。然而其雄踞北方，横槊赋诗，“对酒当歌”，才情斐然，难道不是风流人物吗？阿鲁威将曹操摆在了自己所写之曲的首位，可以看出他非常钦佩曹氏的才能。除了曹操以外，三国还有许多英雄于赤壁之地留下了华丽的倩影，比如孙权。孙权于赤壁一战成名，占据江东之地，自然也有王者风范。而卧龙先生诸葛亮更是身负奇才，以八阵图困曹军，神乎其神；辅佐刘氏，将蜀国治理得井井有条，鞠躬尽瘁死而后已。魏、蜀、吴三分天下，三人居功至伟，各不逊色。

作者在曲中的称赞至此戛然而止，并无任何兴叹之语。其实，他是不想发出任何叹息，因他正面临人生最美好的时光，是该有所作为的时刻，所以他仅仅描述三国英雄的胸怀和业绩，无论历史给予他们何种褒贬评价，他们能在三国时代赫然横空出世，必有其过人之处。作者其实只想效仿其一，一展自己的才华。

阿鲁威身在官场，前半生可谓意气风发。他才学过人，仕途顺利，言辞间免不了豪兴胜人。他喜欢战国浪漫诗人宋玉的诗，觉得宋玉的诗歌沉郁博大，内容厚而不冗，因而自愿追随这种风格。因为是北方人，是以他的词曲里亦存在豪迈的风格。一半沉郁一半豪放，使阿鲁威的曲子“如鹤唳高空”，既动听，又能将人带入凌云之端，感受爽朗的气质。

醉太平　寒食

王元鼎

声声啼乳鸦，生叫破韶华①。夜深微雨润堤沙，香风万家。画楼洗净鸳鸯瓦②，彩绳半湿秋千架。觉来红日上窗纱，听街头卖杏花。

【注释】

①生：偏偏。韶华：美好时光，这里指春光。②鸳鸯瓦：成对的瓦。

【赏析】

王元鼎的这曲《醉太平》延续了他惯有的风格——温柔缱绻。农历三月初，也正是清明前的那段日子，人们称其为寒食节。刚刚出生的小鸦最爱挑这个时间放声鸣叫，宣告春天即将离开，夏日便要到来。经过一夜春雨润万物之后，花香深入小巷人家，唤醒了人们萌动的心灵。民间都认为“春雨贵如油”，其实不无道理，冰封大地之后，渴求水分的万物一得到点滴滋润，当然争先出土，一尝春天的滋味。在这种氛围下，不雅致的事物亦变得雅了起来。王元鼎甚至注意到了被雨水洗刷得晶莹剔透的楼上鸳鸯瓦，还有院中随风微微荡动的秋千。就在此时，被洗净的天际升起一轮红日，街头传来了叫卖杏花的声音。

“小楼一夜听春雨，深巷明朝卖杏花。”这是陆游的名句，被王元鼎化用成了《醉太平》的最后一句：“听街头卖杏花。”这一化用，令全曲瞬间发生了微妙的变化。有时候，后人在前人的诗词中常能觅得“芳草”，放入自己的文章当中，成了文章的点睛之笔。

单从这一曲《醉太平》，便完全可见王元鼎曲风的迤逦柔美。王元鼎的写景曲子有名，闺情词更是出色，但若是与阿鲁威比起来，王元鼎的柔情似水的确欠缺了男子汉大丈夫应有的旷达胸怀。

塞鸿秋

薛昂夫

功名万里忙如燕，斯文一脉微如线[①]，光阴寸隙流如电，风霜两鬓白如练。尽道便休官，林下何曾见？至今寂寞彭泽令[②]。

【注释】

①斯文：品格清高，文雅脱俗。②彭泽令：指彭泽县令陶渊明。

【赏析】

这首曲子的大意是说：那些追求功名的人，每天就像燕子衔泥筑巢般忙个不停，所谓的士人清高早就丝脉悬卵，不值一提，前人常说的“斯文扫地”恐怕就是如此。日月如梭，飞如电光，两鬓已经如白练的文人个个都说要辞官归隐，可是到山野里去寻找，却很难见到他们的行迹，这些人大概是故作清高，以隐居来吸引别人请他们出去做官。也难怪曾经在彭泽做县令的陶渊明感到孤单，只因同路中人太少，借鸡生蛋者颇多。

据史载，薛昂夫是回鹘（今维吾尔族）人，生卒年月不详，祖辈曾做过官，他自己也做过一些官职，在晚年时辞官隐居，过着写书法、作曲子的田园生活。他不是被仕宦抛弃的人，而是厌倦官场后才选择归隐。所谓人在“江湖”，对于那些苟求名利的士人，薛昂夫见得多了，深感不屑，便在曲子中化用了唐代灵澈和尚的诗句“相逢尽道休官去，林下何曾见一人”，讽刺为了名利放弃尊严的假道学。

官场是什么呢？在薛昂夫的眼中不过是功名利禄和阴险危机堆砌起来的脆弱殿堂，虚伪至极，一击即破。

薛昂夫的这曲《塞鸿秋》传唱千古，不在于他将自己表现得如何“出淤泥而不染”，而在于他痛斥一些人的虚伪作为，道破了某些“隐逸玄机”，撕破了假隐士的面皮。该曲子铿锵有力，充满了辛辣讽刺的意味，是元曲中难得一见的清醒之作。

柳营曲　叹世

马谦斋

手自搓，剑频磨，古来丈夫天下多。青镜摩挲[①]，白首蹉跎，失志困衡窝[②]。有声名谁识廉颇？广才学不用萧何[③]。忙忙的逃海滨，急急

的隐山阿[4]。今日个，平地起风波。

【注释】

①摩挲：抚摸。②衡窝：指代隐居者所住的简陋小屋。③萧何：汉高祖刘邦的开国功臣。④山阿：大山谷。

【赏析】

马谦斋，生卒年不详，约元仁宗延祐年间在世。他与当时著名的曲人张可久几乎生活在同一个时代。

空有抱负却出入无门，马谦斋在曲中流露出的抱怨在元代的各种文学作品中都比较多见，然而这首《柳营曲》却是其中最闪亮的一篇，因为此曲有辛弃疾的那种大开大阖、痛快淋漓、生动直率的风格。辛词在宋代独树一帜，乃豪放词中佼佼者。马谦斋在《柳营曲·叹世》里用了“手自搓，剑频磨”，不禁让人想到辛弃疾的“醉里挑灯看剑，梦回吹角连营”。辛词的悲伤原因在于未能完成守护宋室的大业，就已两鬓斑白，而马谦斋此曲充满的是无法施展抱负、被埋没于乡野的不甘。此外，马谦斋在自己的文中用了辛弃疾的《永遇乐·京口北固亭怀古》中有“廉颇老矣，尚能饭否”的语典。如此一来，越发显出马曲与辛词风格和意义上的相似。

作者搓着两手，把剑磨了再磨，心中思潮澎湃，追忆古往今来的大丈夫、大豪杰。对镜挑起白发，才想起岁月流逝，而自己却身居陋室不能一展长才。就算自己成为廉颇那样的一代名将，仍会遭受别人的非议，老矣无用；就算自己像萧何那样是通世才子，换到这个乱世亦恐怕也只有空嗟叹而已。

马谦斋的曲子中，虽然充满了对田园生活的热爱，事实上却在抨击元朝廷不重人才。在看似轻松活跃的“太平词话”中，有着马谦斋浓浓的悲伤和失望。

人月圆

张可久[1]

萋萋芳草春云乱[2]，愁在夕阳中。短亭别酒[3]，平湖画舫[4]，垂柳骄骢[5]。

一声啼鸟，一番夜雨，一阵东风。桃花吹尽，佳人何在，门掩残红。

【注释】

①张可久：元朝重要散曲家、剧作家，名伯远，字可久，号小山，与乔吉并称“双璧”，与张养浩合为“二张”。②萋萋：草长得茂盛的样子。③短亭：指送行饯别之处。④画舫：装饰华贵的游船。⑤骄骢：指骏马。

【赏析】

“柳”是古人送别必不可少的事物。原因是古人把“柳”视作“留”的谐音，表示挽留之意。当彼此分别时，折一枝柳条赠给赴远方的人，意即不想和他分别、恋恋不舍。相传古代长安灞桥的两岸，十里长堤十步一柳，由长安东去的人多在此处告别家人或朋友，都喜欢随手折柳相送。从那时开始，“柳”与文人的诗词一直有着不解之缘。

古人多喜好借柳抒情，但柳只是这曲《人月圆》的意象之一，并不能完全说明张可久的离愁。芳草萋萋、夕阳乱云、短亭画舫、马蹄东风、桃花虚门，除了垂柳以外，曲中的各种景致都蕴含着别情，丝丝入扣，寸寸沁心。

张可久开篇所用的“萋萋芳草”，是从秦观那里借来的灵感。秦观在他的《八六子》一曲中写道：“恨如芳草，萋萋刬尽还生。”恨是一种绵长的痛，像芳草一样蔓延在心田，纵使野火焚烧亦春风再生。然而张可久从萋萋芳草那里得来的不是焚心的恨意，而是别绪，他的离愁情绪在夕阳中不断蔓延，使他的脑中闪现了无数离别场景：短亭践行时举杯相送；平湖画舫中分袂诀别；垂柳下，载伊而去的青马，这些情景历历在目，如何能不使他怆然而涕下？“一声啼鸟，一番夜雨，一阵东风”，便把作者的离愁别绪推向了高潮。然而桃花吹尽，佳人何在？门掩残红，花落人去，今日再回到曾经去过的地方，他看到的已经不是曾经熟悉的人了。

《人月圆》一曲最后一句隐含的其实是唐人崔护的典故。崔护因失去了心爱之人的踪影而凄绝，写下了“人面不知何处去，桃花依旧笑春风”的伤情句子。张可久借用此典，想必也是因为和“佳人”分别许久，回过头来发现佳人已经不在。张可久的“佳人”究竟是男还是女，是爱人还是好友，已经无从查知，但他的思念不比崔护轻浅，甚至有过之而无不及。

在短短的一曲中，景与情的交融没有半分罅隙，典故与内容没有半点脱节，不着一字，尽得神韵。高栻曾赞他“才华压尽香奁句，字字清殊”。可见张可久每言一句，皆可让人回味无穷。在这首曲中，他笔下的“柳”不着痕迹地成为他诉别情的工具，心甘情愿地化作张可久相思的寄托。

醉太平　无题

张可久

人皆嫌命窘，谁不见钱亲？水晶环入面糊盆[①]，才沾粘便滚。文章糊了盛钱囤[②]，门庭改做迷魂阵[③]。清廉贬入睡馄饨，胡芦提倒稳[④]！

【注释】

①面糊盆：喻指污浊的官场。②囤：这里指盛钱用具。③迷魂阵：妓院，泛指坑害人的场所。④胡芦提：形容糊里糊涂。

【赏析】

写此类讽喻曲的元人，尤以张可久居多。张可久的性格直来直去，其讽世曲自然充满了“战斗”的意味。

从曲子的用词可以看出，张可久保持了他一贯的风格——在扭曲的时代写着愤世之曲。在他的眼中，整个元王朝的存在就是一个悲剧。人人皆嫌贫爱富，对钱看得比命更重要；世人尽数变得心思污浊，见钱眼开。那些有德行的人，写出的好文章拿去糊钱袋的缝隙，以防铜板掉出去；而那些明明应该是出入人才的官府却变作了迷魂阵，多少清高者进去了就成了俗人。芸芸众生，人们想要从下九流变上九流难于登天，然而从上九流沦为下九流却非常容易。有些人因为不知上进，自认生活过得不错，而其思想和行为比下九流的人龌龊不知几百倍。例如那些威风凛凛的武将，比孙子、吴起还要盛气凌人，但真正懂得兵法的并不多；那些头戴高帽、一派潇洒的文臣，真正懂得治理国家的又有几人？寇盗横行不能阻击；百姓困苦不能救助；贪官污吏不能彻查；法纪败坏不能整顿，让这些人做国家的“栋梁”，国家如何能不亡？

因为受不了官场污浊便去做了庶民，而经不住挑逗的，便渐渐沦陷，遗臭万年。张可久认为，这两种道路都不可选，还不如一开始就不进官场的大染缸，过着三杯两盏淡酒、糊里糊涂的生活。

［黄钟］人月圆　客垂虹

张可久

三高祠下天如镜[①]，山色浸空濛，莼羹张翰，渔舟范蠡，茶灶龟蒙[②]。故人何在？前程那里？心事谁同？黄花庭院，青灯夜雨，白发秋风。

【注释】

①三高祠：在江苏吴江市，为祭祀范蠡、张翰、陆龟蒙而建的祠堂。②龟蒙：陆龟蒙是晚唐文学家、诗人，他因嗜茶，曾在宜兴顾渚山下开辟茶园。

【赏析】

范蠡、张翰、陆龟蒙，三者都是淡泊名利之人。作者面对后人为他们修建的祠堂而作文，感怀之思、追慕之情溢于言表，但也触动了他的伤心事。“故人何在？前程那里？心事谁同”的感慨，寄出的是对于前途的迷惘，对于境遇的无奈，更是对于知音难求的悲伤。曲以三组影像收尾：“黄花庭院，青灯夜雨，白发秋风。”让我们感到的，是秋天的凄清，独自为客的凄冷和垂垂老矣的凄凉。

天净沙　探海

徐再思[①]

昨朝深雪前村。今宵淡月黄昏。春到南枝几分？水香冰晕。唤回逋老诗魂。

【注释】

①徐再思：元代散曲作家，字德可，浙江嘉兴人。

【赏析】

这首《天净沙》与前面所录的贯云石的《清江引》同写冬末春初时节月下赏梅，但情致却不同。徐是闻香气而去寻梅，而贯则是为寻梅而闻香。

“春到南枝几分？”此时梅花开得并不多，必须去仔细探寻。作者已经寻了几天，先到前村，后到村外，终于见到了梅花。他看到的梅有着水一般的清新和冰一样的骨感。在黄昏之中，幽梅的姿态、香气、内涵均美到极致，甚至足以唤回梅仙林逋的魂魄。

后人常以“梅花香自苦寒来”来形容梅花的骄傲，只在寒冬腊月现身。而且很多诗人、词人自比梅子，想要从梅的身上沾得几分高洁的气息。梅花冰肌玉骨，傲绝于霜，独步早春，暗香浮动。唐李白、杜甫、柳宗元、白居易均爱梅的风骨，宋代的隐逸诗人林逋更视梅为妻子，为梅写了诸多小诗。

元人诸多陷于离难，能有情致赏梅的人不多，可一旦见到了梅花，依然肯为其奉上自己的心意和情感，其中以“酸甜乐府”二人为最。“酸甜乐府”即贯云石和徐再思，二人皆是心思敏感、懂得苦中作乐的人。他们乐山逸水，爱写男女相恋，酸甜莫辨。这二人都爱梅不已，不过一个是无意间与梅相恋，一个却是有意追随梅的影子。

蟾宫曲 春情

徐再思

平生不会相思，才会相思，便害相思。身似浮云，心如飞絮，气若游丝。空一缕余香在此，盼千金游子何之①。征候来时②，正是何时？灯半昏时，月半明时。

【注释】

①千金：珍贵。②征候：症状。

【赏析】

许多散曲作家写男女相思，通常凭借外物来隐晦言明，徐再思的这首《蟾宫曲》句句都是“相思”二字，却丝毫不令人觉得啰唆。

题名既然是“春情”，自然与相思、思春有关。看曲子表达的口吻，主人公应当是少女，因为徐再思在第一句就说了“平生不会相思，才会相思”，显然这是初恋情怀。少女正值豆蔻年华、情窦初开之际，刚与爱人分别，便害起相思病。思来想去，浑身无力，好像生了重病，眩晕得如置身云端，心如飞絮，气若游丝。仔细嗅那空气中的味道，似乎还有俏郎君身上的气息残留，可是他的身影却已不见，好想他快一点回来。

可是他到远方云游去了，何时才能回来呢？盼着盼着，月儿半落，灯儿忽明，依旧不见俏郎君的身影，相思更加刻骨铭心。

元曲当中，最会写少女怀春、日日相思的当属徐再思。他的名字是“徐再思”，即“再三思量”的意思，其曲的内容也大多有“再三思量”的意蕴。徐再思的恋情曲缠缠绵绵，用词和情感都能营造出回环往复的效果，这点并不是那些好以男性身份揣测女性心思的词曲作者能轻易做到的。

阳春曲

李德载

茶烟一缕轻轻飏，搅动兰膏四座香[①]，烹煎妙手赛维扬[②]。非是谎，下马试来尝。

蒙山顶上春光早，扬子江心水味高，陶家学士更风骚。应笑倒，销金帐饮羊羔。

金芽嫩采枝头露，雪乳香浮塞上酥，我家奇品世间无。君听取，声价彻皇都[③]。

【注释】

①兰膏：泽兰炼成的油。②维扬：即扬州。③声价：名声和社会地位。

【赏析】

咏茶的诗文在历代当中均产生过许多，尤以宋、金两代为甚。到了元代，饮茶成为一种较常见的休闲活动，李德载写过 10 首有关茶的小令。这 10 首咏茶曲，在言语的修饰上没有华丽辞藻，反而充满返璞归真的天然之美，比宋、金两代颇显雕琢的茶词更加耐读有味。

这 3 首曲子，均是李德载在茶肆里跟人聊天时所写。从曲子可以看出，作者当时的心情散漫而舒服，品茶成了他生活中必不可少的一部分。

第一首所讲的是李德载“烹茶”的过程。一缕茶烟升腾，搅动了人的视线，茶烟的后面是空蒙缥缈的山色，令人目眩。李德载烹茶所用的兰脂香膏燃烧时所产生的香气，通常会引人进入平和宁静的状态。人们经常说烹茶可以养生，也有这个原因。李德载自认烹茶很有一手，比之扬州煎茶第一人陆羽并不差，如有过路的人不信，可以下马亲自来品尝他的手艺。

“烹煎妙手赛维扬”一句中，所含的典故便是扬州陆羽善煎茶法。“维扬”二字是扬州的另一种称谓。相传陆羽是中国煎茶法的创始人，人们一直沿用着他的煎茶法。李德载在这里自诩比陆羽有过之而无不及，颇有点自傲的模样。不过，他在路边煎茶,倒也不是为了显摆自己的茶道，而是想与路边的人结交，多聆听一些江湖故事罢了。

在有人坐下饮茶之后，作者继续说自己的茶、水之妙。究竟妙在何处？第二首的前两句便已道出。原来他的茶水之妙在于，茶为四川著名的蒙顶茶，水为江苏镇江金山西的泠泉水。据说蒙顶茶奇香无比，在唐代就享有盛名，许多诗人在文中都曾提到；而“扬子江心水”指的是扬子江滩涂上的金山泠泉，素有天下第一泉之称。好茶好水煮出来的香茶一壶，抱着此茶的李德载，认为自己比陶公还要独领风骚，真是比在那销金帐内享受荣华富贵、吃尽山珍海味要舒适自在得多。

从煮茶到饮茶，这只是作者享受的过程，他更要去亲自体会采茶的乐趣。是以在第三曲中，李德载写下了亲自登山采茶和卖茶的过程。清晨早起，李德载去山中，将尚带甘露的嫩茶尖从枝头摘下，配以牛奶，煮出绝顶美味的奶茶。李德载称此等极品奶茶，天下只有他这一家。虽然很多人不相信他的奶茶品相极高，但不能否认的是，他的茶身价倍涨，甚至连皇族都争相订购。

这三曲咏茶曲，有作者的自夸在其中，同时他也是在为茶肆大做广告：茶既养生润性，茶道也是一种有趣的活动。

普天乐

张鸣善

雨儿飘，风儿扬[①]。风吹回好梦，雨滴损柔肠。风萧萧梧叶中，雨点点芭蕉上。

风雨相留添悲怆，雨和风卷起凄凉。风雨儿怎当[②]，雨风儿定当。风雨儿难当。

【注释】

①扬：吹动。②当：抵挡。

【赏析】

风儿吹，雨儿飘，深夜之中，作者本在做着好梦，却忽然被冷风细雨的寒意激得惊醒过来，好梦摧断，愁肠千转。风吹得梧桐叶簌簌作响，雨打在芭蕉上发出响声，更使人的情感一发不可收拾。雨打芭蕉，半丝柔情半丝泪，张鸣善当时感到的不是柔情，而是凄清。在前半段曲子中，渗透的满是诗人的怅然。

有人认为，这首曲中的主人公并不是张鸣善，而是一个和亲人离散的憔悴女子。如此雨夜，风雨交加，绵绵不绝，为人平添了悲怆。后半段的曲子好似一个女人对雨低喃，语言软软绵绵，意境痴痴缠缠，梧桐和芭蕉成了风雨徜徉的地方，同时也卷入了女子孤苦的泪与情。

全曲像水一样，层层渗透着难过，沾湿了人的灵魂，悲得令人无力。反复读来，倒觉得主人公是不是女子并不重要，关键在于是张鸣善要通过它传递的愁意。司马青衫的琵琶女奏出了“大弦嘈嘈如急雨，小弦切切如私语”；而张鸣善的曲中雨，嘈嘈切切错杂弹，幽咽而感人，尽是伤怀在其中。

张鸣善是个充满战斗力的文人，因为语锋太利得罪了很多人，当然也获得了一些人的赏识。他的内心充满了生不逢时的郁闷，只有依靠讽刺来排遣抑郁。在他众多小令、散曲、套曲中，极难见到悲怆的语句。然而嬉笑怒骂一生的张鸣善，也会在寒雨夜里难当寒意，写下“风雨相留添悲怆，雨和风卷起凄凉。风雨儿怎当，雨风儿定当。风雨儿难当”这样的句子。

蟾宫曲　别友

周德清

倚篷窗无语嗟呀①，七件儿全无②，做甚么人家？柴似灵芝③，油如甘露，米若丹砂。酱瓮儿恰才梦撇④，盐瓶儿又告消乏⑤。茶也无多，醋也无多。七件事尚且艰难，怎生教我折柳攀花⑥。

【注释】

①篷窗：代指陋居。嗟呀：叹息。②七件儿：柴、米、油、盐、酱、醋、茶7件事。③灵芝：仙草。④撇：即“无”。⑤消乏：用完。⑥折柳攀花：“寻花问柳”，即狎妓。

【赏析】

坐在破烂的窗前，抬头屋顶漏，低头水积洼，家里柴米油盐酱醋茶等生活必需品都凑不全。柴如灵芝般珍贵，油如清晨甘露般难采取，米贵如丹砂，其他的所剩无多。生活七大件短此少彼，倒也真够贫穷。人过的是这样的日子，哪还顾得上去“折柳攀花”、放浪生活呢？

周德清乃宋代周邦彦的后人，《录鬼簿续篇》对他的评价极高。周德清对作曲、作词甚有心得，终生未出仕。

元人多亡命天涯，如周德清般的著名儒生都度日艰难，更别说其他人了。根据史载，元中期名臣吕思诚未当官之前，家境贫寒，时值旱灾，家中没米没粮，他要把自己唯一的儒袍拿去典当，妻子非常不舍。为此吕思诚曾自嘲：“典却春衫办早厨，老妻何必更踌躇。瓶中有醋堪烧菜，囊里无钱莫买鱼。不敢妄为些子事，只因曾读数行书。严霜烈日皆经过，次第春风到草庐。”一个满腹经纶的书生，吃完上顿没下顿，穿的是破衣烂裤草鞋，那落魄滋味肯定不好受。文人尚且如此，更何况是普通百姓？对百姓来说，啃树皮、吃草根或许才是家常便饭。

士人之窘总是难以启齿的，所以多数人即便生活再落魄，也从未写自己吃不上饭的情况。对他们来说，宁饿死也不低头。周德清显然不这样认为。在这曲《蟾宫曲》的末尾，流露出他对“气节”的鄙视：七件事尚且艰难，怎生教我折柳攀花？没饭吃的人还想着风花雪月，不是太不现实了吗？

第十篇

一生最爱纳兰词

被王国维评为“北宋以来，一人而已”的纳兰性德，词风淡雅又不乏真情实意，无数人为之倾倒。他是清朝第一大词人，又是武功出众的御前一品带刀侍卫；他是一个奇特的男子，几乎拥有了世间的一切，但独独没有快乐；他是情深不寿的最典型代表，生命短暂却磨难重重；他是古来难得一见的情种，也是受尽造化捉弄的失意之人……一尺华丽，三寸忧伤，拈一朵情花，呷一口词香，最清澈的小令长调里蕴含着最纯真的情。

调笑令

明月，明月。曾照个人离别。玉壶红泪相偎[①]，还似当年夜来。来夜，来夜，肯把清辉重借[②]？

【注释】

①玉壶红泪：晋王嘉《拾遗记》卷七：“（魏）文帝所爱美人，姓薛名灵芸，常山人也……时文帝选良家子女以入六宫，（谷）习以千金宝赂聘之，既得，乃以献文帝。灵芸闻别父母，嘘唏累日，泪下沾衣。至升车就路之时，以玉唾壶承泪，壶则红色。既发常山，及至京师，壶中泪凝如血矣。”后因以“玉壶红泪”称美人泪。②清辉：清澈明亮的光辉，多指日月之光，这里指月光。

【赏析】

其实，这首《调笑令》满含自嘲之意。

调笑令又名转应曲、三台令。关于这词牌名，在胡适《词选》中有一段解释：“调笑之名，可见此调原本是一种游戏的歌词；转应之名，可见此词的转折，似是起于和答的歌词。”纳兰以调笑之名写彼时的红妆相偎，是嘲弄命运无常，也是在自讽西风独自凉。

开篇直呼明月，似谪仙般的邀月？举杯邀明月，对影成三人。不知一向谨慎的他，会不会也拍着玉板月下长歌，对酒当歌，人生几何？明月，明月，纳兰是想劝慰吧？海内存知己，自然天涯共此时，何必以身形羁绊？或者也是在祝福，既不得相守，便不如放开心胸祈祷，但愿人长久，千里共婵娟。

然而那一片月明中，纳兰好似又眼睁睁地看见那个人由远及近渐渐走向了他，咫心之距时，又远远地推开了他，狠狠地退出了他的视野。他们心意相交，却最终天各一方。

永远，相守时难以实现的诺言；遥远，离别时执手相看泪眼，一个转身便耗尽了一生的时间。

“玉壶红泪”一说，来自三国时期魏文帝曹丕宠妃薛灵芸。灵芸本是当时东吴浙西常山赞乡人。怀着对父母兄弟和家乡风物的恋恋之情，怀着对那宫廷生活的陌生和恐慌，灵芸从江南远赴洛阳。这一路灵芸泪如泉涌，随从便用玉唾壶给她承接泪水，只见流进壶中的泪水都带着血红色。等到抵达洛阳，玉唾壶中已盛满了血泪，因此后世称女子的眼泪为“红泪”。

“夜来”之意还是取自薛灵芸。为了迎接灵芸，曹丕在洛阳城外筑土台，高三十丈，直入云间；在台下四周布满蜡烛，唤名“烛台”，蜡烛沿灵芸入城的路线从烛台一路绵延至洛阳城郊。魏文帝在烛台静候佳人之时，远远望见车马滚滚，尘埃翻腾，宛如云雾弥漫，不由感叹：“古人云，朝为行云，暮为行雨，今非云非雨，非朝非暮。”因而改薛灵芸的名字为“夜来”。

到这里，词意也豁然开朗，这个被纳兰以自嘲的笔触留在诗行间的女子，多半是纳兰思之念之而终不得相守的表妹。不似纳兰发妻卢氏离去时的痛彻心扉，直问“天为谁春”；不似沈宛不告而别返回故乡时，他叹息“等闲变却故人心，却道故人心易变”。他久久珍藏于追忆中的这份情，不似烈火般的热情，却因为凄清更惹人疼惜。不知纳兰回忆起了表妹的哪般，只一句玉壶红泪诉尽相思意。玉壶红泪，盛着互诉衷肠的甜蜜，家族的殷殷期望，对未知前途的恐慌，还有那伴君千日、终须一别的结局。

行至下片，纳兰低叹，来夜，来夜，以轻不可闻的声音，简单得不能再缩略的呢喃，重温那个已经冷却的旧梦，就像东坡轻言“作个归期天定许”。或许纳兰也是怀着几许期待的吧，虽明知好景已逝，却依旧忍不住希望；虽然到头来只落得往事如风信子的花瓣一般，散落一地，唯余“缥缈孤鸿影”。

纳兰希冀的来夜，更多的怕是在追寻那些终成回忆的昨夜，春风拂面灯火阑珊的昨夜，与表妹相知相伴的昨夜，逝去的情意缱绻的昨夜。这一段往事像是中了岁月的魔咒被封在心底，既没有结果，也难以诉说，唯有叹息悠悠时常回荡于心间。多少年过去后，才终于明白，那时光的封印唤为“此情可待成追忆”。

罢了，借一缕清辉，想佳人旧影，凭栏凝望，还是那一轮明月，却是年年新月照旧人。连月色都已变换，谁又能回到过去？没有过不去的，只有回不去的，纵使相逢应不识吧。

记得席慕蓉曾写过，我们也来相约吧，相约着要把彼此忘记。

还是明月如霜，还是好风如水，纳兰不知能否放下那份执着，与表妹相约，各自走各自的人生。

虞美人

曲阑深处重相见，匀泪偎人颤。凄凉别后两应同，最是不胜清怨月明中[①]。

半生已分孤眠过，山枕檀痕涴[②]。忆来何事最销魂，第一折枝花样画罗裙[③]。

【注释】

①不胜：受不住，承担不了。清怨：凄清幽怨。②山枕：枕头，古代枕头多用木、瓷等制作，中凹两端突起，其形如山，故名。檀痕：带有香粉的泪痕。涴：浸渍、染上。③折枝：中国花卉画的画法之一，不画全株，只画连枝折下的部分。花样：供仿制的式样。罗裙：丝罗织成的裙子，多泛指妇女的衣裙。

【赏析】

词本为“艳科”，以婉约为主，多写艳情，这是人们对早期词作品的印象。翻开古代词集，男女情爱、风花雪月乃是其中最重要的主题之一，这其中又不乏着重描写妇女的妖娆容貌、娇羞情态、华美服饰的作品。我国文学史上第一部文人词总集《花间词》中便有很多这样的词，所以后人常将其作为“艳词”的早期标本。

词的产生主要是为了表达文人心里那些诗歌所不能承载的细腻情愫，因而内容上自然会打上情感化的烙印，再加上早期词与乐曲相伴而生，其音乐基础为艳乐，多数时候都是由歌姬、妓女在倚红偎翠的环境下吟唱，因而便免不了绵软之气、柔靡之风，所以清代的刘熙载曾在《艺概·词曲概》里将词（尤其是五代时期的词）的特点概括为“风云气少，儿女情多”。

由于作者的气质与秉性使然，所以即使内容同为艳情，词作也往往会呈现出迥异的风格。早期花间词不仅内容空虚、意境贫乏，而且多追求辞藻的雕琢与色彩的艳丽，虽然词人多为男子，但他们写出来的文字却带着极浓重的脂粉气；纳兰的这一首《虞美人》虽然也写男女幽会，却在暧昧、风流之外多了几分清朗与凉薄。

发端二句“曲阑深处重相见，匀泪偎人颤”很明显出自李煜在《菩萨蛮》中的“画堂南畔见，一向偎人颤”一句。小周后背着姐姐与后主在画堂南畔幽会，见面便相依相偎在一起，紧张、激动、兴奋之余难免娇躯微颤；纳兰词中的女子与情郎私会于“曲阑深处”，见面也拭泪啼哭。但是细细品味，后主所用的“颤”字更多展现的是小周后的娇态万种、俏皮可人，而纳兰这一“颤”字，写出的更多是女子的用情之深、悲戚之深，同用一字而欲表之情相异，不可谓不妙。

李煜前期词作多写宫廷享乐生活，其“冶艳”风格在多首词中都可窥见，比如他的《一斛珠》：“晓妆初过，沈檀轻注些儿个。向人微露丁香颗。一曲清歌，暂引樱桃破。罗袖裛残殷色可，杯深旋被香醪涴。绣床斜凭娇无那，烂嚼红茸，笑向檀郎唾。”这首词上阕写女子之美，下阕写女子与“檀郎”的调笑，几乎用一种白描的手法来写男女嬉戏、玩笑，但用词的精准和情状描摹之细腻却令整首词都笼罩着一股美艳之色。

与很多花间词相比，李煜的艳词大多做到了艳而不俗，能将男女偷情幽会之词写得生动而不放荡。纳兰的这一首《虞美人》又在李煜之上。

曲阑深处终于见到恋人，二人相偎而颤，四目相对竟不由得“执手相看泪眼”，但接下来纳兰笔锋一转，这一幕原来只是回忆中的景象，现实中两个人早已“凄凉”作别，只能在月夜中彼此思念，忍受难耐的凄清与幽怨。夜里孤枕难眠，只能暗自垂泪，忆往昔最令人销魂心荡的，莫属相伴之时，以折枝之法，依娇花之姿容，画罗裙之情事。

这首词首尾两句都是追忆，首句写相会之景，尾句借物（罗裙）映人，中间皆作情语，如此有情有景有物，又有尽而不尽之意，于凄凉清怨的氛围中叹流水落花易逝，孤清岁月无情，真是含婉动人，情真意切。

从五代到两宋，又及清朝，“花间词”的传统虽有所保留，但那些风花雪月的事，还是被时光这支画笔涂抹上了不同的色彩，或妖艳，或清新，都是词海中的一朵浪花，各有风情。

采桑子

谁翻乐府凄凉曲[1]？风也萧萧，雨也萧萧，瘦尽灯花又一宵。

不知何事萦怀抱[2]，醒也无聊，醉也无聊，梦也何曾到谢桥[3]。

【注释】

①翻：演唱或演奏之意。乐府：诗体名，初指乐府官署所采制的诗歌，后将魏晋至唐可以入乐的诗歌，以及仿乐府古题的作品统称乐府，宋以后的词、散曲、剧曲，因配乐，有时也称乐府。②怀抱：心胸。③谢桥：谢娘桥，古时称所爱的女子（或妓女）为“谢娘”，称其所居处为“谢桥”。

【赏析】

这是一首爱情词，抒写对情人的深深怀念：是谁在翻唱着那凄凉幽怨的乐曲，伴着这潇潇雨夜，听着这风声、雨声，望着灯花一点一点地烧尽，让人寂寞难耐、彻夜不眠。在这不眠之夜，不知道是什么事情萦绕在心头，让人或睡或醒都如此无聊，梦中追求的欢乐也完全幻灭了。

纳兰的词有个特点，虽然读起来平淡无奇，但回味心头时，却是百味杂陈。正如梁启超所说的那样，纳兰的词是“眼界大而感慨深”。的确如此，纳兰深谙词之大义，他熟练地用一个一个汉字串成最美丽的章篇。

“谁翻乐府凄凉曲？”算是纳兰词中的名句，看似平白易懂，却于深处暗含波涛汹涌的愁绪。谁在唱着那些凄美的歌曲，歌声萧索，居然令“风也萧萧，雨也萧萧”了，而且还凄凉到彻夜无眠，“瘦尽灯花又一宵”了。古人的烛火一般是用羊油做成的，烛芯烧着的时候，有时候会发出小小的爆裂的声音，像烟火一样。

所以，在这里纳兰会用“灯花”来描写，美丽的词汇既能增加词的美感，又能写出意境。这相思也有分类，纳兰的相思就如同燃烧的灯芯，模模糊糊，道不清真切，却是持续不断，烧不尽相思。

上片写完相思的凄凉，下片便转而写无聊的现状。“不知何事萦怀抱”，思念到深处，依然觉察不出什么事情才是牵绊自己思绪的“罪魁祸首”。凄凉的心境令自己整夜无眠，而无眠之夜里，无谓的相思，更是令自己“醒也无聊，醉也无聊”。

词写到这里，意境接近尾声，只是令读词的人还是不甚明了，令纳兰凄苦而又无聊的女子究竟为何人？可能是为了解决读者心中的疑惑，也或许是为了回答自己这一整夜无聊的思索，纳兰最后一句便交代为“梦也何曾到谢桥”。

收笔之句似乎在字里行间悄悄透露了这位不知名的女子的倩影。末尾处的“谢桥”是说谢娘桥，古人用“谢娘”来指代心仪的女子，而“谢桥”便是由谢娘衍生出来的美丽词汇，指代佳人所住的地方。

夜阑更深，夜晚的静谧代替了白日的喧嚣，相思便也蠢蠢欲动，从心底涌上脑海，虽然整首词看不出任何山盟海誓、海枯石烂的决绝，反倒是处处透着几分“聚散无妨，由他去吧”的淡然。纳兰的心在词句中若隐若现，似乎在对这份感情喃喃自语：随风去吧，相思本无期，但凡有一日我不再想起你，那么我们就无须再痛苦了。

戛然而止的诗词并没有隔断纳兰多情多思的思恋，曾几何时，晏几道的“梦魂惯得无拘检，又踏杨花过谢桥”，道出了相思的轻薄与随意。而相同的词境，在纳兰的词里，却是透着几分清爽的纯情与率真。这是一种无法言说的情愫，思念中带着自嘲，冷淡中带着自责，想说爱一个人真的不容易，但停止思念一个已经远去的爱人更是不容易。

一场古时候的思念，一个谢娘的故事，或许思念真的是从一座谢桥走向另一座谢桥，在不经意间品味思念似醉非醉的感觉。纳兰的词，无人能够真正地诠释，但这也正是纳兰词的魅力所在，因为不懂，所以悲悯。

因为每个人的梦中深处，都有一份得到却又失去的美丽。

采桑子

而今才道当时错，心绪凄迷。红泪偷垂，满眼春风百事非。

情知此后来无计[①]，强说欢期[②]。一别如斯，落尽梨花月又西。

【注释】

①无计：无法。②欢期：佳期，欢聚的日子。

【赏析】

词人作词，多是有感而发，意由心生，纳兰的词总是那么精致，读后你说不清楚他想要表达的具体感情是什么，也说不清楚这首词究竟想要写什么，但每个词、每个字都能让你体会到灵魂深处的战栗，那是一种幸福的忧伤。

在纳兰的词里，这种幸福与忧伤相得益彰的表现形式十分多见，而在这首《采桑子》中，运用得更是出神入化。几个词语的铺陈，看上去犹如一幅水墨丹青，清爽宜人，但细细品味，却是能够看出一些意象堆砌出来的情怀。

正如纳兰的另一名句“人生若只如初见”一样，直抒胸臆却不让人感到唐突，脱口而出也不让人觉得造作，不加雕饰，反而更显得纯真无邪，平淡之中，透着几分灵性。

“而今才道当时错，心绪凄迷。”开篇道来，犹如当头一棒，让人灵台一片清明，但细细想来，这句话平淡无奇，现在才知道自己错了，心里迷惘万分。这样的话语实在没有什么值得推敲的地方，如果这句话用在别处，可能就如同脚下的石头，被人们忽视了，但放在纳兰的词里，却又是不一样的。

有些诗词是要历经岁月淘洗的，历久弥新，经过反复的吟诵，才能琢磨出其中的味道，要知道最好的菜肴，往往是那些最简单的菜式，平淡出真章，纳兰的平淡，往往是在第一眼就把人打动，从此让人欲罢不能。

纳兰的词如同纳兰的人生，“当时错”，现在才明白了，才后悔了，可是，当时错的究竟在哪里？错在什么地方呢？古诗有云：“人生自是有情痴，此恨不关风与月。”爱情最是难以讲究对错的，爱了就是爱了，没有对错。

无论纳兰探究当初是不该爱，还是不该走得太近，总之那段得到又失去的爱情令纳兰内心忐忑不安。一个“错”字，令人百转千回，牵肠挂肚。正因为有了之前的“错”，才有了下面的“泪”——“红泪偷垂，满眼春风百事非。”

前文我们已经讲过“红泪”这个典故，它一般是指女子伤心，纳兰将典故用于此，不知道是否有更加具象的所指。有情人无奈离别，这里的有情人是指他入宫的表妹，还是指江南的沈宛，后人不得而知，也说不清楚。

不过这已经不重要了，下一句“满眼春风百事非”，在春意盎然的时刻，有着悲伤的心绪，实在是更加令人感到凄凉。纳兰之所以受到人们的喜爱与推崇，就是因为他总是能明明白白地直指人心，轻易地说中每个在情场中辗转的男女心事。

这首词抒写词人凄迷的心绪：如今才知道当时自己是错了，不觉心绪凄迷。春光灿烂，人事全非，怎不叫人暗自垂泪！明知道以后的事情难以预料，却偏偏硬说可以再次欢聚。一别之后果然遥遥无期，如今梨花又落尽了，月亮也已偏西，相思的人唯有在这痛苦中饱受煎熬。

在上片的凄迷心情之后，下片则开始写出无可奈何的心境，在不知所以中还希望着能够相见。“情知此后来无计，强说欢期。”回想当时的分别，就已经知道了今生无缘，无法再相见，但偏偏还要告诉自己，来日方长，或许他日能够重逢。

这里的“欢期”是相见、欢聚的意思，而“强说”一词让这份期待中的欢期变得难以预见。明知道不能相见，却偏偏想要相见的矛盾心情，令这首词充满欲哭无泪、欲诉无言的悲凉。

纳兰自己或许也感觉到了自己的悲怆，他转笔结尾，写道：“一别如斯，落尽梨花月又西。”人生或许就是这样，月圆月缺，这都是无可避免的，或许这就是应了那句“欲说还休，却道天凉好个秋”。

纳兰几笔淡淡的勾勒，整首词跃然纸上，令人读罢忍不住放手，这些千古名句如同一轮圆月，在漆黑的夜空，闪着清冷的光芒。

采桑子

拨灯书尽红笺也①，依旧无聊。玉漏迢迢②，梦里寒花隔玉箫③。

几竿修竹三更雨④，叶叶萧萧。分付秋潮⑤，莫误双鱼到谢桥⑥。

【注释】

①红笺：红色笺纸，多用以题写诗词或做名片等。②玉漏：古代计时漏壶的美称。③寒花：寒冷时节开放的花，多指菊花。玉箫：人名。传说唐韦皋未仕时，寓江夏姜使君门馆，与侍婢玉箫有情，约为夫妇。韦归省，愆期不至，箫绝食而卒，玉箫转世，终为韦侍妾。事见唐范摅《云溪友议》卷三，多借指姬妾。后人以此为情人订盟之典。亦称玉箫侣约。④修竹：长长的竹子。⑤秋潮：秋季的潮水。⑥双鱼：指书信。谢桥：这里指情人所居之处。

【赏析】

在灯下给她写信，即使写满了信纸仍是意犹未尽，心里依旧惆怅无聊。偏又漏声迢迢相伴，不但添加愁绪，而且令人如醉如痴，仿佛在梦中与她相见，却又朦朦胧胧

不甚分明。室外秋雨敲竹，滴在树叶上，点点声声，淅淅沥沥。将这孤独寂寞的苦情都付与此时的秋声秋雨中，不要忘了将书信寄给她才好。

世界之大，悠悠众生，能够有一个远方的人，付诸思念，也是幸福的事情吧。在昏黄的灯光下，将满腹的思恋都填于纸上，让飞鸿送去，我们天各一方，我对你无尽地想念。这种悲伤无望，却又充满想象的爱情，看似无聊，但却是持久永恒的。

纳兰将一首小词写得情谊融融，求而不得的爱情让他感到为难与痛苦时，也令他心中充盈着忽明忽暗的希望。

这首《采桑子》，一开篇便是无聊，写过信后，依旧无聊，虽然词中并未提及信的内容，信是写给谁的，但从“依旧无聊”这四个字中，就已经可以猜到一二了。纳兰总是有这样的本事，看似在自说自话，讲着不着边际的胡话，却总能营造出引人入胜的氛围，令读词的人不知不觉地沉沦。

纳兰将自己日常生活中的小事变为一台表演，读者成为观众，与他一起沉思爱恋。词中的“红笺”二字透露出纳兰所记挂的人定是一名令他着迷的女子，红笺是美女亲手制作，专门用来让文人雅客吟诗作对用的。

不过，诗词中的红笺多是用来指相思之情，只要写出红笺，一切便都在不言之中了。下接一句“玉漏迢迢，梦里寒花隔玉箫”，引自秦少游的词句“玉漏迢迢尽，银河淡淡横”。漏是古时候计时的一种器具，不过用到古诗词中，为了美观，常被叫作玉漏、银漏、春漏、寒漏，等等。

诗词中，“漏”一向是寂寥、落寞、时间漫长的意象，在这里也不例外。以“玉漏”表达长夜漫漫、时空横亘的无奈之情，时间是相思最大的敌人，纳兰大概在这首词中是想表达自己爱着一个人，却无法接近。在接下来一句“梦里寒花隔玉箫”中，揭晓了纳兰感慨时光的缘由。

“玉箫”并非指乐器，而是一个典故，是一个人名，宋词里有“算玉箫、犹逢韦郎”，玉箫和韦郎并称，讲的是一段郎情妾意的凄美爱情。玉箫是唐代韦皋的侍女，二人日久生情，定下终身。后来韦皋因事离开，和玉箫约定：少则五年，多则七年，一定会回来将玉箫接走，却没料到他一走之后便杳无音信。苦等了七年的玉箫想着情郎是不会回来了，便绝食而死，为这段无疾而终的情感殉葬。旁人可怜这个女子，便将韦皋留下的玉指环戴在了玉箫的中指上，然后下葬，在玉箫死后不久，当了大官的韦皋回来了，看到玉箫的坟墓，他十分悲痛。其情感动了一位方士，施法术让玉箫的魂魄重新投胎，二十年后，一名女子来找韦皋，看她的中指，隐隐有一个环形的凸起，正是当年那个玉指环的形状。这名女子便做了韦皋的侍妾，弥补了上辈子的遗憾。

这个故事从此也令“玉箫”这个词成为情人誓言的典故，在纳兰这首词里，“玉箫”一词为心头所思念的情人。而“寒花”又为何物?

顾名思义，就是寒冷季节里开放的花。寒冷季节开放的花有梅花、菊花，纳兰在这里到底是指什么呢?其实根据上面的分析已经可以知晓，纳兰是在思念一位女子，这女子必然是他所钟爱的人，此刻他们分居两地，纳兰在梦中想要与她相见，但梦境毕竟不是现实，所以，就算再怎么思念，二人还是无法牵手相望。

所以，纳兰所谓的“寒花”大概也不过是借了一个“寒”字，来表达内心凄冷的感觉吧?下片不再写心情，转而写窗外的景色，既然无法入睡，那干脆看着外面的景色，来缓解内心的惆怅吧!

“几竿修竹三更雨，叶叶萧萧”，雨后的夜景，树木萧萧，好比自己的心情，无奈之中透着几分茫然。最后结尾“分付秋潮，莫误双鱼到谢桥”，呼应了开篇的那一句“拨灯书尽红笺也”，也算是一种心意的表达，希望能够凡事完满结束。

要交代一下的是，“分付秋潮”中的“秋潮”是有来历的，秋潮的意象表示：有信。潮水涨落是有一定时期和规律的。人们便将潮水涨落的时期定为约定之期限，在潮水涨落几番之后，要回来的人便要如约回归。

这是诗词中的一个主要意象，诸如唐诗名句“早知潮有信，嫁与弄潮儿”。“秋潮”在这里也是如此意境，上片一开始便是说词人正在写信，在词的结尾，词人写的这句“分付秋潮，莫误双鱼到谢桥”，便是说信要寄出去了。要将信托付给秋潮，告诉那个收信的人，自己的心意是怎样的。

整首词全是比喻和典故，基本上没有出现真实场景，但通读全词，每一句都是浑然天成，与下一句连接得十分巧妙。一首爱情小词能够写到如此的境界，纳兰的手笔，不愧为才子之法。

诉衷情

冷落绣衾谁与伴?倚香篝[①]。春睡起，斜日照梳头。欲写两眉愁，休休[②]。远山残翠收[③]，莫登楼。

【注释】

①香篝：古代室内焚香所用的熏笼。②“欲写”二句：意思是本来想要画眉，然而却双眉愁锁，算了还是不画了。休休，不要、不用，表示禁止或劝阻。③“远山”句：意为远处山峦的翠色

消散了。收，消失、消散。

【赏析】

世人总说花间词，艳丽奢华，透出一股脂粉气。反观纳兰此作，则比之花间词却有相似之处，更与温庭筠“梳洗罢，独倚望江楼”有几分相似。

《诉衷情》原为唐教坊曲，为温庭筠所创，后用为词牌名。温庭筠创制此调时取《离骚》诗句“众不可户说兮，孰云察余之中情”之意。后来，毛文锡词有“桃花流水漾纵横”句，故又名为《桃花水》。纳兰这首词秉承温词一脉，描写思妇春日无聊的情状，着墨不多，因此看似清淡，实则蕴藉有致。

“冷落绣衾谁与伴？”首句发问其实也是设问，自问自答。因无人相伴，看那绣衾衣裳，就算华美艳丽，也只让人觉得了无思绪。因为无人相伴，此情此景自然易解了。后两句：“倚香篝。春睡起，斜日照梳头”。香篝本是古代室内焚香所用的熏笼。一般来说，古代官宦人家，或者大家闺秀闺房中才有能力燃此香笼，因此，倚香篝则再次点到此女子的身份。“春睡起，斜日照梳头”则点到时间，初日迟迟，已经倾斜到满屋子，“睡起晚梳头”，毫无心绪，一副慵懒形象跃然纸上。如果在此处还描写到女子动态特征呈现慵懒姿态的话，“欲写”二句则把这种慵懒之态又向前推进一步，说那女子本想画眉，却看到自己双眉愁锁，算了还是不描了，描来有谁看呢？“休休”则是这种心语的集中体现。

可想此场景：春日迟迟，少妇因幽枝独依，显得百无聊赖，则赖床度日，迟睡起，斜阳已至，更算是薄暮，因此无心打扮，只有深锁愁眉，无奈中更不知怎么排遣寂寞之念。因此想起温词倚楼断肠之句，更不敢登楼了。

自然，此处“远山残翠收”是实景虚写之笔。也由此可以看出，景色已经极熟悉，不必登楼就已知晓，想那断肠处自然是不宜多去的。

这首词纳兰承袭花间词风，因为他温文尔雅，少年风流而又擅长小令，此种词类自是写法娴熟，笔墨点至，形象刻画往往呼之欲出，细腻生动。但比之温飞卿《望江南》则有不足之处。

想来，温飞卿此词中摘取瞬间和纳兰自有时间延续上的联系，但飞卿词则更契合情感最浓郁的部分，那登高望远思人之境，自然是描写此种风情形象的绝时。虽都是斜晖残翠，纳兰自然无所突破，况飞卿断肠句一出，已经极其简洁而深刻地写尽了人物内心，纳兰描写的思妇心理之笔却不如这一个词力量深厚。而花间词集更写尽了思妇孤独伤春念远之情。

总之，纳兰为清词人，写思妇自然与自身身世之境相连。若非如此，则不过是磨炼前人之笔，亦无创新罢了。

浣溪沙

十里湖光载酒游，青帘低映白蘋洲[1]。西风听彻采菱讴[2]。

沙岸有时双袖拥[3]，画船何处一竿收[4]。归来无语晚妆楼。

【注释】

①青帘：旧时酒店门口挂的幌子，多用青布制成。白蘋洲：泛指长满白色花的沙洲。唐李益《柳杨送客》诗曰："青枫江畔白蘋洲，楚客伤离不待秋。"②采菱讴：乐府清商曲名，又称《采菱歌》《采菱曲》。③沙岸：用沙石等筑成的堤岸。双袖：借指美女。④一竿：宋时京师买妾，一妾需五千钱，每五千钱名为"一竿"。李煜《渔父》曰："浪花有意千重雪，桃李无言一队春。一壶酒，一竿身，世上如侬有几人。"故此处之"一竿"亦可指渔人。

【赏析】

史上文人词句，各有风格。纳兰之词，可谓是情由景生，情景交融。这一首词，读罢内心充满美好的期待。目光所及，如诗如画。

景是湖边之景，文人向来喜爱以湖景为背景，兴许是由于湖之温和、宁静，令人心境平和。俞平伯的《桨声灯影里的秦淮河》，灯火酒家，映于湖面之上，悠扬醉心令人留恋不已。携酒游于湖面之上，风是江南之风，水为江南之水，酒家门面上的青布幌子掩映着白色的沙洲，好一幅惬意的佳景。

和着西风在小舟之上饮酒，醉心之趣，好似听见采莲曲悠扬地在湖面上拂过，又有沙岸上美女水袖飘然，翩跹起舞，自是美不胜收。此时纳兰又借李后主《渔夫》中"浪花有意千重雪，桃李无言一队春。一壶酒，一竿身，世上如侬有几人"一句，表达身在舟中，好似渔夫撑竿，尽享自然情趣的美好感触。当年李后主身为君王身不由己，只得写这样一阕词，画饼充饥，以抚慰自己疲惫无奈之心。在美景之中，纳兰是否也如后主一般惆怅地期待，我们并不能身临其境地大胆猜测，但至少从这词看，基调明朗闲适。纳兰对山山水水尤其喜爱，心心念念想要回归自然，为天地之间的一名酒客便可。这心愿，从满首词间漫溢的情趣就可窥见。

纳兰这词，写得清新、雅致。写景之词历代文人有不少佳作，纳兰写景却依旧不让人觉得雷同厌倦。勾勒这描绘的图景，秦淮河的灯火之夜又于脑中浮现，俞平伯轻柔的笔触淡描："醉不以涩味的酒，以微漾着，轻晕着的夜的风华。不是什么欣悦，不是什么慰藉，只感到一种怪陌生，怪异样的朦胧。朦胧之中似乎胎孕着一个如花的笑——这么淡，那么淡的倩笑。淡到已不可说，已不可拟，且已不可想；但我们终究是眩晕在它离合的神光之下的……"湖面、小舟、酒家、沙堤、美女、灯火都有了，便觉人间万千之美，都已获得。纳兰之心，想必也是这般。田园之趣，之于生活，已然足够，不需更多。

读一阕写景之词，读出如此欢愉，纳兰之心，了然于世。

好事近

帘外五更风，消受晓寒时节。刚剩秋衾一半[①]，拥透帘残月。

争教清泪不成冰[②]，好处便轻别。拟把伤离情绪[③]，待晓寒重说。

【注释】

①剩：与“盛”音意相通。此“盛”犹“剩”字，多频之义。②争教：怎教。③伤离：为离别而感伤。

【赏析】

本篇是纳兰的一首简短小词，上片写相思，似乎是在回忆中找寻往昔的欢乐，又像是在怀念妻子，在她离去后产生了伤感之情，词意扑朔迷离，耐人寻味，有着重情重义之感，也有迷惘哀伤的纠结。

开头便直言了生命的不可承受之重，“帘外五更风，消受晓寒时节”。竹帘之外传来五更的寒风，在这清秋寒冷的早晨实在让人难以消受。这首词写与妻子乍离之后的伤感，写得如此直白动人，只怕是纳兰的内心真的是无法再忍耐下去了，爱情对于他来说是精神的一种很大寄托，但当他所依赖的爱情一份一份都离他而去的时候，再坚强的人，只怕也会难以承受了。

词一开始便颇有自怨多情之意。不过语言虽然直白粗浅，却真挚感人，情感不就是这样才最真实吗？越是直白简洁，便越是入情至深。而后接下去便说道：“刚剩秋衾一半，拥透帘残月。”独自孤眠，秋夜冷冰冰的被子因多出了一半而晓寒难耐，于是拥被对着帘外的残月。夜半孤枕难眠，只能望着明月去回忆往昔，但可惜，月亮似乎也知道他的心事，窗外所对的只是一轮残月而已。

欢乐和幸福都是短暂的，世上没有什么事情是长长久久、永不变更的。纳兰而今只剩下独自一人，孤独无依，现在对着窗外的残月，更是加重了这种孤独感。纳兰自然是情难以自禁，泪流满面。

故而下片便写道“争教清泪不成冰”，自然承接了上片的情绪，没有什么过渡，也没有任何的引申，依然是简单的描述，将心情的糟糕写得入木三分。直白的描述有时起到的作用不可小觑，纳兰将人生苦短、情短苦多的情感纠葛写得让人无法不去动情。

想起往日的种种，而今自己独自一人赏月，怎教清泪不长流，空自凝噎呢？这句中的“成冰”更是写出清冷孤寂的意味了。泪流至结成冰，这该是怎样的一种哀愁，纳兰的孤独和寂寞，在卢氏离去后便更加明显。但凡卢氏之前用过的衣物、住过的楼阁，对纳兰来说，都是一种折磨。

所以，纳兰才会说“好处便轻别。拟把伤离情绪，待晓寒重说”。纳兰自己也知道，面对这样铺天盖地的哀伤，最好的方法就是不把离别之事放在心上。这离愁别绪待到天亮以后再去想吧。

如此哀伤，似真非真，似幻非幻，极富浪漫色彩。在词的最后，纳兰从回忆中抽身，回归现实，他知道现今已经是人去楼空，物是人非了，与其在回忆中痛苦挣扎，不如转身睡去，让梦境和睡眠赶走孤寂和寂寞。

这首悼亡词写痛苦写得淋漓尽致，既然相爱的人总有一天会因为生老病死种种原因而分开，那当初为何还要用情那么深，以至于到如今还难以消解遗忘？这恐怕是所有有情人的困惑和疑问，纳兰在这首词的最后作了解答。既然相爱，就去爱，一旦当爱不起的时候，便是再后悔也无用了。

相爱本身并没有错，错的是上天给相爱的人时间太短。纳兰这首词的最后以无言地睡去结束，一句话，便让一切尽在不言之中。全词平铺直叙，却是递进层深，读来令人黯然神伤。对于岁月的无情和短暂，纳兰作为一个失去至爱的男人，将自己的感慨抒发得令所有人都为之动容。情爱的神秘之处便在于无法控制，不可预知，你永远都无法知道，会在什么时候，什么地点，爱上一个什么样的人。

同样的，你也无法知道，会在一个什么地方，什么时候，与你相爱的人彻底分离，无法携手，到那个时候，即便你内心柔情万千，却也是无法跨过生死之间那千山万水的距离。

生死难料，唯独爱永恒，纳兰不但留下了他的词，更将他的爱留在了世间。

江城子

湿云全压数峰低[①]，影凄迷，望中疑。非雾非烟，神女欲来时[②]。若问生涯原是梦，除梦里，没人知。

【注释】

①湿云：湿度大的云，指云中满含雨水。②神女：谓巫山神女。《文选·宋玉〈高唐赋〉序》：“昔者先王尝游高唐，怠而昼寝，梦见一妇人曰：‘妾，巫山之女也。’”李善注引《襄阳耆旧传》：“赤帝女曰姚姬（一作‘瑶姬’），未行而卒，葬于巫山之阳，故曰巫山之女。楚怀王游于高唐，昼寝梦见与神遇，自称是巫山之女。”又《神女赋》序：“楚襄王与宋玉游于云梦之浦，使玉赋高唐之事，其夜王寝，果梦与神女遇，其状甚丽，王异之，明日以白玉。”

【赏析】

巫山上雨雾缭绕，高高的山峰也似被沉沉的云压低下来，山影凄迷，一眼望去，并不分明。并非雾气，也非野烟，正是巫山神女快要腾云驾雾而来。

若觉得这生涯原是一场梦幻，人生美好只有在梦中，除此便没有人能知晓。正如苏东坡所说，“事如春梦了无痕”。

这首词有些版本有词题《咏史》，说纳兰写这首词是发历史的感慨。当然，至于具体是否如此并非最重要的，姑且看看纳兰所要咏的这段历史。纳兰是对楚王“巫山云雨”的事有感慨。宋玉的《高唐赋》中讲了这个故事：

曾经，楚襄王曾带着我（宋玉）在云梦台一带游玩，遥望三峡高唐上面的楼台，看到高唐上面飘浮着一团非常独特的云气，形状像山一样突起，并一直往上升，突然又改变了形状，转眼之间，形状变化无穷。楚襄王问我：这是什么气啊？我告诉楚王说：这就是人们所说的“朝云”。楚襄又问道：什么是“朝云”呢？我告诉楚襄王说：过去，您的父亲楚怀王曾经游历高唐，因为困倦就在白天小睡了一会，睡着后梦见一个少女，这个少女对楚怀王说：“我是住在巫山的女子，我是从别的地方来到这里的。听说您到这里来游玩，所以我过来向您推荐我自己，愿意陪您同床。”楚怀王于是与之同床。少女离去时向楚怀王告别说：“我在巫山南面，最高最险的地方，早晨我是一团云，傍晚时我又变成飘忽不定的阵雨。每天早晨晚上，我都在巫山南面一个高台靠下一点的地方。”第二天早晨，楚怀王一看，果然看到一团云在那里飘动，于是在那个平台上建了一座庙，取名为“朝云”。楚襄王说：朝云刚升起来的时候是什么样子的呢？我告诉楚襄王说：她刚开始出现的时候，茂茂盛盛像松树一样笔直，一会儿后，她光彩照人又像一位美丽的少女，她举起袖子遮住太阳，像在张望她思念的人；突然她又改变面貌，急驰像四匹马拉的战车，车上还插着战旗；你感到像风吹一样的凉，像冷雨一样的凄清。等到风止雨停，云也突然无影无踪了。

这个故事在中国历史上产生了很大影响，在历代的诗词中这一典故可谓俯拾皆是。纳兰写这件事也是有原因的，可以当作咏史，更可以看作是他在倾诉着自己对人生的看法，以及对昔日爱情的追忆。词中的巫山神女如何不可以当作纳兰的故妻、知己、恋人等呢？而他自己，好比楚怀王，而他们之间的关系，无论多么值得自己怀念，值得后人追忆，但总是一番云雨罢了，烟消云散以后，一切也就幻为无物。结尾“若问生涯原是梦，除梦里，没人知”是词的结尾，更表露出纳兰对于人生的看法，很有悲观主义的倾向，也应该是对于人生愁苦的总结。

纳兰继承了婉约派的传统，这种风格有一个很重要的情感来源，也就是词人自身的情感要细腻委婉，甚至他们个人的人生情感经历颇为坎坷心酸，如柳永、晏殊、李清照，等等。婉约词在取材方面，多写儿女之情、离别之绪，在表现方法上多用含蓄蕴藉方法将情绪予以表达，其风格是绮丽的。大抵以为“诗言情”，不能把文章的社会责任放到诗词上来。在纳兰身上我们可以看到两方面都有体现，也能看到其中差异，便是婉约情感对他的巨大影响。

长相思

山一程，水一程，身向榆关那畔行①，夜深千帐灯。

风一更，雪一更，聒碎乡心梦不成②，故园无此声。

【注释】

①榆关：山海关，古称渝关、临榆关、临渝关，明代时改为今名，其地古有渝水，县与关都以水得名。在今河北秦皇岛。那畔：那边。②聒：吵闹之声。乡心：思念家乡的心情。

【赏析】

清康熙二十一年二月十五日，康熙因云南平定，出关东巡，祭告奉天祖陵。纳兰随从康熙帝诣永陵、福陵、昭陵告祭，二十三日出山海关。塞上风雪凄迷，苦寒的天气引发了纳兰对北京什刹海后海家的思念，这首词即在这个背景下写成。

词的开篇即指出到达塞上山水漫长路途遥远，“山一程，水一程”，仿佛是亲人送别了一程又一程，山上水边都有亲人的身影，这漫漫长路终究有亲人一直不舍不弃地萦绕山光水色心间。“身向榆关那畔行”，榆关在这里代指山海关，一行人马由于使命在身皆是行色匆匆，只全身心地奔赴山海关。“夜深千帐灯”则是康熙帝率众人夜晚宿营，众多帐篷的灯光在漆黑夜幕的反衬下独有的壮观场景。

这里借描述周围的情况而写心情，实际是表达纳兰对故乡的深深依恋和怀念。二十几岁的年轻人，风华正茂，出身于书香豪门世家，又有皇帝贴身侍卫的优越地位，本应春风得意，却恰好也是因为这重身份，以及本身心思慎微，导致纳兰并不能够安稳享受那种男儿征战似的生活，他往往思及家人，眷恋故土。严迪昌《清词史》中曰：“‘夜深千帐灯’是壮丽的，但千帐灯下照着无眠的万颗乡心，又是怎样情味？一暖一寒，两相对照，写尽了自己厌于扈从的情怀。”

“夜深千帐灯”既是上片感情酝酿的高潮，也是上、下片之间的自然转换。夜深人静的时候，是想家的时候，更何况还是这塞上“风一更，雪一更”的苦寒天气。风雪交加夜，一家人在一起什么都不怕。可远在塞外宿营，夜深人静，风雪弥漫，心情就大不相同。路途遥远，衷肠难诉，辗转反侧，卧不成眠。“聒碎乡心梦不成”的慧心妙语可谓是水到渠成。

纳兰思乡心切，孤单落寞，不由得生出怨恼之意：家乡就没有如此吵闹的声音。此处“故园无此声”看似无理实则有理：故园岂无风雪？但同样的寒宵风雪之声，在家中听与在异乡听，感受自然大不相同，在家中无论寒风如何呼啸，心中也是有所归依的暖着的，而如今身处异地，风声也就聒噪了起来，雪花也就凌乱吵闹了起来。纳兰的乡关之思和怨尤之情在此被表露得尤为明显。

“山一程，水一程”与“风一更，雪一更”的两相映照，又暗示出词人对风雨兼程人生路的深深厌倦的心态。首先山长水阔，路途本就漫长而艰辛，再加上塞上恶劣的天气，就算在阳春三月也是风雪交加，凄寒苦楚，这样的天气，这样的境遇，让纳兰对这表面华丽招摇的生涯生出了悠长的慨叹之意和深沉的倦旅疲惫之心。

从“夜深千帐灯”的壮美意境到“故园无此声”的委婉心地，既是词人亲身生活经历的生动再现，也是他善于从生活中发现美，并以景入心，满怀心事悄悄跃然纸上。

天涯羁旅最易引起共鸣的是那“山一程，水一程”的身泊异乡、梦回家园的意境，信手拈来不显雕琢，王国维曾评：“容若词自然真切。”

本词既有韵律优美、民歌风味浓郁的一面，如出水芙蓉纯真清丽；又有含蓄深沉、感情丰富的一面，如夜来风潮回荡激烈，深受后人喜爱。

纳兰将塞上风景、行车神态，以及自身的怨思之情婉转道来，画面壮美中不乏相思柔情，正所谓“刚柔相济”，尤其“夜深千帐灯”一句，取景新颖豪壮，深受国学大师王国维赞赏。不得不说这是一首描写边塞军旅途中思乡寄情的佳作。

清平乐

烟轻雨小，望里青难了。一缕断虹垂树杪①，又是乱山残照②。

凭高目断征途，暮云千里平芜③。日夜河流东下，锦书应记双鱼④。

【注释】

①断虹：一段彩虹，残虹。树杪：树梢。②残照：落日的光辉，夕照。③平芜：草木丛生的平旷原野。④双鱼：亦称“双鲤”，一底一盖，把书信夹在里面的鱼形木板，常指代书信。

【赏析】

这首词是于塞上写离情：烟雨迷蒙中，放眼望去满眼尽是青色，没有尽头。又到了夕阳落入群山的时候，树梢上挂着一段彩虹。登高远眺，望断征途，只看到一片暮云停驻于千里旷野。河水昼夜不停地向东流去，就像我对你的思念之情，于是将这一份相思之苦托双鱼为你寄来。

这首《清平乐》，有人说是纳兰词的代表作之一，是纳兰用心写成的一首离情之作。但细细品味下来，其实能够发现，这首词并不能算是纳兰词作里的好作品，整首词不过是平淡乏味，一个平庸之作而已。

但是，这也不能从而否定纳兰在词章上的艺术成就，他一生所填写的词数量之多，是显而易见的，偶尔的平庸之作也并不能抹杀他。还有一点就是当时的清朝词坛的风气并不是很好，纳兰的词可以说是开了先河，为清词注入了鲜活的力量。

“烟轻雨小，望里青难了。”古代文人要写离别之情，总是会将情景设置在烟雨迷蒙、柳条拂面之中。纳兰这首词也不例外。烟雨蒙蒙中，放眼望去，满目青色，无边无际。好像词人此刻的心情，充满迷蒙。

虽然从这首词的字里行间可以推断出这是写离别之情的，但至于纳兰是为谁写的离别词，就不得而知了。从词句判断，应该是纳兰的友人。友人离别，站于迷蒙的细雨中，看着友人离去的方向，最终望不到友人的身影，想着友人此时应该走到何处。

友情总是纳兰生命中重要的支撑，故而他才会对每一段友情的消逝都感到痛苦万分。写完细密的雨，接下来，纳兰便将笔触延伸到更远处。“一缕断虹垂树杪，又是乱山残照。”上片之见是时间的一个顺延，雨停之后，天边现出彩虹，在远处乱石上，夕阳残照，彩虹挂在树梢上。

纳兰写词，总是要尽善尽美，尽管这首词并非他的佳作，但依然可以从中看出纳兰写词的风格。他将每种景致都极致化，令他的词成为一种艺术。这首《清平乐》的下片依然写景，但更多则是抒情。

“凭高目断征途，暮云千里平芜。”登高望远，方能心胸开阔，古人不乏登高的诗作，纳兰这句词有着与他以往词里没有的豪气干云。男儿气概在此时表露无遗，登高望断天涯路，前方征途漫漫，一眼看不到头，但是在眼前，暮云停驻，而云霞下面，则是千里的平原，草木丛生，犹如思念的荒地，长满了杂草。

词在最后，写下如何缓解思念的方式，便是“日夜河流东下，锦书应记双鱼。”“双鱼”也是一个典故，双鱼又称为“双鲤”，一底一盖，把书信夹在里面的鱼形木板，常指代书信。

从最后的这句词来看，似乎是要写给远方的爱妻，但从当时的情景来看，纳兰并未有牵挂着的女子。不过，不论这词是因何而作，也是纳兰将一番思念之苦，化作锦书，托送给双鱼，希望后世都能看到。

清平乐

将愁不去[①]，秋色行难住。六曲屏山深院宇[②]，日日风风雨雨。

雨晴篱菊初香[③]，人言此日重阳。回首凉云暮叶[④]，黄昏无限思量。

【注释】

①将愁：长久之愁。将，长久。②六曲屏山：如山峦般曲折往复的屏风。③篱菊：谓篱下的菊花。语出晋陶潜《饮酒》诗之五："采菊东篱下，悠然见南山。"后用以为典实。④凉云：阴凉的云。南朝齐谢朓《七夕赋》："朱光既夕，凉云始浮。"

【赏析】

找不到烦恼的缘由，却总也挣不脱这种没有缘故的心情，失落是每个人都体会过的。人们在人生中不断追求，前行的过程中，难免会有不如意的时刻。纳兰却不应该是一个烦恼的人，在旁人眼中，他享尽了荣华富贵，可是在他自己看来，却并不满足。

这首词是重阳节的感怀之作：绵绵清愁挥之不去，无尽的秋色也难以留住。屏风掩映下那深深的庭院，整日愁风冷雨，不曾停歇。好不容易天晴了，菊花吐露出芬芳，听说今天正是重阳节。回望天边那阴云和暮色中的树叶，不由产生无限的思绪。

与纳兰的这首《清平乐》相似的一首，是晏殊所写的一首《清平乐》。晏殊作为有名的词人，可以说是纳兰的前辈。晏殊的那首《清平乐》如下：

金风细细，叶叶梧桐坠。绿酒初尝人易醉，一枕小窗浓睡。

紫薇朱槿花残，斜阳却照阑干。双燕欲归时节，银屏昨夜微寒。

晏殊的这首小词抒发初秋时节淡淡的哀愁，语言十分有分寸，意境讲究含蓄。晏殊只是从景物的变更和主人公细微的感觉着笔，一直旁敲侧击地描写，而从不是从正面来写情绪的波动。这首词读后，令人感到句句寓情、字字含愁。仔细品味之余，语言的清新、风格的婉约也是一大特色。

同样是抒发内心惆怅，纳兰的《清平乐》就显得更为简单直接一些，说愁便直接写愁，简单明了地道出自己的烦恼。“将愁不去，秋色行难住。”愁苦无法挥去，就连美丽的秋色都无法挥去愁闷。此处“将愁”表示长久的愁闷，秋色最是伤人的，因为寂寥，故而最能引起人们的伤感，因为迟暮，因而能让人们无法释怀。

在秋色中想挥手赶走哀愁，这无疑是愁上加愁，而纳兰也丝毫不避讳自己对于忧郁的无能为力，他坦然地告诉人们自己真的是“将愁不去”。比起晏殊的含蓄和隐藏，纳兰就好像一个孩子，毫无忌讳地将自己内心深处的感受讲出来，丝毫不怕被世人耻笑。

或者正是因为这份坦白，纳兰的词更显得有种直白的魅力，无人能够替代。接下一句是：“六曲屏山深院宇，日日风风雨雨。”屏风掩映下的庭院，日日风雨，愁云惨淡，人在这里，怎会不被感染！

纳兰居住的庭院，为何会让他感到哀愁？其实境由心生，所谓的庭院深深，还不是自己内心凄苦，所以，才看什么都显出一副悲凉模样吗？是谁让纳兰如此哀伤，是谁家的女子让纳兰神色清冽地立于窗前，眉头紧锁，无限恨，无限伤。

纳兰的这首词是否为一个女子所作，不得而知。或者，这根本就不是纳兰为任何人写的词，而只是他在重阳之时，想起往昔，感怀往事的作品。我们无从知晓。纳兰的许多作品都是这样，看似表达了对某个人深深的思念，但其实这个人却好像虚无缥缈似的，让人摸不到任何踪迹。

“雨晴篱菊初香，人言此日重阳。”下片的风格稍显婉转，不再如上片那样晦涩，下片写天气放晴，菊花绽放，香气扑鼻。然后词人才恍然大悟，原来是正逢重阳之日。重阳是一个让人伤感的节日。

古人写道“每逢佳节倍思亲”，说的便是重阳。重阳节是个让人思念故人的节日。纳兰身逢重阳，想起往日，必然是感慨万千。今昔往日，多少不同，而今一同从脑海中掠过，那些过往，仿佛还历历在目。

黄昏正在换取这一天里最后的一抹阳光，暮日下的世界，被覆上了迷离的光芒。黑暗即将到来，带走这一天的明亮，重阳节也很快就会过去。第二天依然是崭新的一天，“回首凉云暮叶，黄昏无限思量”。

只是在这即将告别白日的时刻，纳兰回首天边的云朵和落木，心头不禁思绪万千。这首重阳节感伤的词，写出了词人深埋心底的忧伤。

凤凰台上忆吹箫 守岁[①]

锦瑟何年[②]，香屏此夕[③]，东风吹送相思。记巡檐笑罢[④]，共捻梅枝。还向烛花影里，催教看、燕蜡鸡丝[⑤]。如今但、一编消夜，冷暖谁知？

当时。欢娱见惯，道岁岁琼筵，玉漏如斯[⑥]。怅难寻旧约，枉费新词。次第朱幡剪彩[⑦]，冠儿侧、斗转蛾儿[⑧]。重验取[⑨]，卢郎清鬓[⑩]，未觉春迟。

【注释】

①守岁：农历除夕一夜不睡，送旧迎新。②锦瑟：漆有织锦纹的瑟，借喻往日的好时光。李商隐《锦瑟》："锦瑟无端五十弦，一弦一柱思华年。"③香屏：华美的屏风。南朝梁简文帝《美女篇》："朱颜半已醉，微笑隐香屏。"④巡檐：来往于檐前。⑤燕蜡鸡丝：即燕蜡与鸡丝，旧俗农历正月初一所做的节日食品。明瞿祐《四时宜忌·正月事宜》谓："洛阳人家，正月元日造丝鸡、蜡燕、粉荔枝。"⑥琼筵：盛宴、美宴。玉漏：古代计时漏壶的美称，唐苏味道《正月十五夜》诗："金吾不禁夜，玉漏莫相催。"⑦次第：依次地。朱幡：指显贵之家所用的红色旗幡。剪彩：古代正月七日，以金银箔或彩帛剪成人或花鸟图形，插于发髻或贴在鬓角上，也有贴于窗户、门屏，或挂在树枝上作为装饰的，谓之"剪彩"。⑧斗转：乱转。宋康与之《瑞鹤仙·上元应制》："闹蛾儿、满路成团打块，簇着冠儿斗转。"蛾儿：古代妇女于元宵节前后插戴在头上的剪裁而成的应时饰物。⑨验取：检验、查看。⑩卢郎：传说唐时有卢家子弟为校书郎时年已老，因晚娶，而遭妻怨。宋钱易《南部新书》云："卢家有子弟，年已暮，而犹为校书郎，晚娶崔氏女，崔有词翰，结褵之后，微有慊色。卢因请诗以述怀为戏。崔立成诗曰：'不怨卢郎年纪大，不怨卢郎官职卑。自恨妾身生较晚，不见卢郎年少时。'"后用为典故。

【赏析】

纳兰的词多悼亡之作。这首词也是借写节序抒发怀人之感：什么时候才能再有那美好的时光啊，今岁的除夕只剩有锦瑟相伴，东风吹来则更增添了相思。还记得当年你我共度除夕的情景，那时你我欢笑着往来于檐下，之后又共捻着梅枝，在灯影里催看手中的蜡燕、丝鸡做得如何。如今我却手持着一卷书来消磨着除夕，我的伤心寂寞还有谁能知晓？那时见惯了欢娱的情景，没想到会有今日的孤寂。当时还说以后年年都会有美宴，漏壶的滴答声也会永远如此。如今却难以实现旧时的愿望，如何不叫人惆怅。家家户户挂起朱幡彩旗，人们高高兴兴地戴上了迎新的装饰。再来看看我，虽然仍是青春年少，然而心却已老。

还是我们熟悉的那个纳兰。华美的辞藻，生动的情节，细腻描绘的小儿女情态之下，是人间欢宴后无尽的悲凉。

散，源于聚。《浮生六记》中沈复与芸娘被高堂双双逐出家门，芸娘病弱，不久于人世，强颜笑曰："昔一粥而聚，今一粥而散；若作传奇，可名《吃粥记》矣。"纳兰与妻子的散聚，在除夕新岁，元宵佳节。

除夕前后的欢愉，多少人写得。辛弃疾写《青玉案》"蛾儿雪柳黄金缕，笑语盈盈暗香去"；李清照作《永遇乐》"铺翠冠儿、捻金雪柳，簇带争济楚"；纳兰说"次第朱幡剪彩，冠儿侧、斗转蛾儿"。辛弃疾情念的是红尘路上擦肩而过的绝世女子，李清照怀念的是自己逝去的年华正艳时的欢颜，纳兰怀念的是曾与自己举案齐眉、你侬我侬的发妻。同是缅怀一种逝去，辛弃疾体会更多的是一种失落。那女子如流水落花，被命运的风吹至书生面前，又随命运之风翩然而去，书生心中几多怅惘，却并不哀伤。李清照有感于自己飘零的身世，有感于青春的荣枯，失去了赵明诚，失去了岁月的往昔，已然是"凋萎了"。心都枯了，哪还有什么悲喜？纳兰是爱那女子的，他的心悬系在那女子身上，整个人都痴了，记得"巡檐笑罢，共捻梅枝"，记得"烛花影里，催教看、燕蜡鸡丝"。所谓相思，最怕的是一人把心生在伊人的身上，伊人的生命凋零，那颗心也随之枯萎化灰。

黛玉作歌曰："试看春残花渐落，便是红颜老死时。一朝春尽红颜老，花落人亡两不知。"人亡，花落，凄怆的情景勾起几多心底的伤悲。人们独独忘记的，是那惜花人，消隐在岁月的哪个角落里啜饮相思的苦酿。

点绛唇

小院新凉，晚来顿觉罗衫薄[①]。不成孤酌，形影空酬酢[②]。

萧寺怜君[③]，别绪应萧索[④]。西风恶，夕阳吹角，一阵槐花落。

【注释】

①罗衫：丝织衣衫。②酬酢：主客之间相互敬酒，主敬客曰酬，客敬主曰酢。③萧寺：佛寺。唐李肇《唐国史补》卷："梁武帝造寺，令萧子云飞白大书'萧'字，至今一'萧'字存焉。"后因称佛寺为萧寺。④萧索：萧条、凄凉。

【赏析】

纳兰性德在给姜西溟赠词《金缕曲·慰西溟》中有"马迹车尘忙未了，任西风、吹冷长安月。又萧寺，花如雪"句，词中即提到萧寺，史料更载：姜西溟到京参加"博学鸿词"考试，在京时曾寓萧寺。而纳兰与其交谊甚厚，姜在京时跟纳兰交游甚密，自然可知这首词多为纳兰怀念姜西溟所作。

提到姜西溟，纳兰与其交游便有一段佳话。

姜西溟是“江南三布衣”中的一位。与纳兰交游时姜西溟是纳兰之父纳兰明珠政敌的门生，常与其父对立，他曾经在纳兰面前摔过杯子，臭骂纳兰家“没有一个好人”。而纳兰却不以为忤，认为姜的牢骚是出于对官场黑暗和龌龊的不满，始终以诚相待。在姜西溟在京考举时毅然不顾父亲反对，将姜接到自己家里居住，以解生活之忧。

另有故事说姜一向狂傲，口无遮拦，甚至几犯欺君犯上的大罪，都被纳兰一一化解。姜也最终发现纳兰性德有一颗金子般的心，并衷心为之感动。在感谢纳兰的信中，他写道：“轸念贫交，施及存殁。使藐然之孤，虽不能尽养于生前，犹得慰所生于地下。”由此可见，他们两人，一个是真诚待朋友，包容朋友，一个是直言不讳，快人快语。这样的友谊，这样的交情在今天读来，亦让人为之动容。

在这首寄词中，纳兰以“小院新凉”起笔，言及天气刚刚转冷，后句有“晚来”自然说到那一天至傍晚时，天气变得凉了，而由“清朝‘博学鸿词’考试一般设于秋季”可知，此处说的应该是秋凉。秋凉便觉有些寒意了。词的上片从自己的感官出发，写怀友心绪：天色已晚，小院里忽然添了几分寒意，便觉得此时衣裳有些单薄了。念及此处，便想起那友人，为下片怀人之言埋下伏笔。此时我只能一个人独饮驱寒，“形影空酬酢”一句便把自己的伤怀念远、孤独寂寞的心情刻画得惟妙惟肖。一个人独饮闷酒，自然是对着自己的影子对饮长歌了。可谁又是主谁又是客，来来去去还不是自己一个人罢了。

下片自然承接到怀念友人处，便提及萧寺。自友人处起笔，想起当初跟友人在萧寺中惺惺相惜之情、对饮长谈之景，对比此刻的自己的形影相吊，忽而不觉黯然。恰巧是在萧寺，虽史说：“梁武帝萧衍笃信佛教，多造立寺院，而冠以己姓，称为萧寺。”其名出自萧姓，但也觉萧索之意，遂有了下句“别绪应萧索” 。此处纳兰匠心独运，把自己的情感转而嫁接到随后而至的秋凉之感上，又用萧寺做引子，显得十分巧妙有味。后边几句乃从容道来，一点都不带滞凝之感。

想想此处应是这种风景：西风劲吹夕阳，随着晚风，天气转寒，我怀念友人是否衣缕单薄，不抵风寒呢？想到你处，自是那槐花也承受不起这风寒，萧萧索索，落了一阵，你是否也执酒驱寒，跟我一般寂寞独酌呢？

纳兰此作将自己的思友之情藏起，上片写己，下片转至友人，把笔触瞄准了各种秋景，景语之处，句句怀人，显得尤为真挚感人。

浣溪沙

谁念西风独自凉？萧萧黄叶闭疏窗[①]。沉思往事立残阳[②]。

被酒莫惊春睡重[③]，赌书消得泼茶香[④]。当时只道是寻常。

【注释】

①萧萧：稀疏的样子。疏窗：刻有花纹的窗户。②残阳：夕阳，西沉的太阳。③被酒：醉酒。④赌书：比赛读书的记忆力。典出宋李清照、赵明诚翻书赌茶之事。李清照《金石录后序》云："余性偶强记，每饭罢，坐归来堂，烹茶，指堆积书史，言某事在某书某卷第几页第几行，以中否角胜负，为饮茶先后。中即举杯大笑，至茶倾覆怀中，反不得饮而起，甘心老是乡矣！故虽处忧患困穷而志不屈。"

【赏析】

西风吹来，谁会想到有人在这风中独自悲凉？"无边落木萧萧下"，遍地黄叶堆积，万物在沉寂前，似乎都要纷扬一番，如同蝴蝶一样地翻飞。秋也如此壮阔美丽。然而独坐闺中，疏窗紧闭，似乎与世相隔，只因为心中寂寥，独自凄凉。念起往事，独自沉思，在斜风残阳中，无限思量涌来，人何能禁？

醉酒得深沉，便不要在这春日里惊起，再感时伤春。怀想曾经与他赌书的日子，真是快乐至极，以至于茶杯翻覆，倒进怀中。这些在当时看来，自以为是平平常常，而今尽是伤心的回忆罢了！

这首词通过李清照的口吻，回忆和丈夫曾经的美好高雅的生活，表达天人相隔的无限伤感。

宋代著名词人李清照，十八岁时与右相赵挺之之子赵明诚结婚，夫妻生活甜蜜恩爱。两人志趣相投，一起收集古玩字画，并一起勘校、考订版本，生活十分闲适惬意。他们最常做的游戏就是在晚饭后猜书斗茶。两人先煮上一壶茶，然后轮流由一人说出一句或一段古人的诗文，让对方猜这句话出自哪本书、第几卷、第几页、第几行，以猜中与否分胜负，猜对了就优先喝一杯茶。由于李清照的记忆力特别强，几乎是每猜必中，赵明诚不得不甘拜下风。然而，聪明幽默的赵明诚也每每在李清照端起茶杯时讲笑话，结果常常引得她哈哈大笑，以致茶杯倾覆怀中，浇得一身湿漉漉。李清照将这些生活趣事记录在自己与丈夫合写的《金石录后序》中，成为才子佳人传诵的千古佳话。

事实上，纳兰性德写李清照、赵明诚夫妇相敬如宾，意趣高雅，一方面出于对古人的羡慕和替古人感伤，另一方面则是因回忆起自己与妻子的经历，从而生发一种顾影自怜的情绪。

这首《浣溪沙》中"沉思往事立残阳"与"当时只道是寻常"二句，情感极浓，情感上是递进式的：由不知人生为何如此辛苦而"沉思"，思到头终究也无答案，却转头长叹"当时只道是寻常"，如何地悲观决绝，如何地痛不欲生！所以王国维说：

“纳兰容若以自然之眼观物，以自然之舌言情。此初入中原未染汉人风气，故能真切如此。北宋以来，一人而已。”这绝非溢美之词。或许王国维也知道后人也会不能理解他何以盛赞纳兰性德。王国维受德国哲学家叔本华的悲观主义影响，他尤为认同尼采“一切文学，余爱以血书者”以及歌德的“凡人生中足以使人悲者，于美术中则吾人乐而观之”。还自己说：“其使吾人超然乎厉害之外，而忘物我之关系。一旦入乎其中，犹集云弥月，而旭日杲杲也。”而词中这样的人并不是很多的，算来也只有纳兰性德是这种真性情的人了。所以我们完全可以理解他何以会盛赞纳兰性德，而众人又以为“过誉”云云。

浣溪沙

酒醒香销愁不胜，如何更向落花行。去年高摘斗轻盈。

夜雨几番销瘦了，繁华如梦总无凭①。人间何处问多情。

【注释】

①繁华：是实指繁茂的花事，也是繁盛事业的象征。无凭：无所凭借、无所依托。

【赏析】

文章看似怜花，实际借花写出了对故人的思念。

一夜酒醒之后却发现柔弱的花儿已经凋零，只剩下片片花瓣残留，回忆起这些花儿仍在枝头绽放时的美丽容颜，谁能料到眼前这番颓败之景？如何能迈步再去赏花，如何舍得踏上这娇嫩的身躯，再给其沉重的破坏？

“去年高摘斗轻盈”，花儿已经凋零，逝去的美好不再复返。只有回忆慢慢升起，顺着血液在全身汩汩流淌，渐渐涌上心头：那悠远的场景缓缓出现，春红柳绿，听得到黄莺嘤咛，听得到笑声如铃，去年今日赏花时，高摘斗轻盈。一起攀上枝头摘取花儿，比赛谁的身姿更加轻盈，一路笑语不断，惊起一片飞鸟。伊人如画美如梅。当时只道是寻常，而今阴阳相隔，只能花下落泪，睹物思人，争教两处销魂！

“轻盈”二字出自李白的《相逢行》：

怜肠愁欲断，斜日复相催。

下车何轻盈，飘然似落梅。

这首诗主要讲作者在谒见皇帝之后巧遇一位美丽的女子，惊鸿一瞥令他毕生难忘。于是他看着女子优美的身姿，从心里发出感慨：“下车何轻盈，飘然似落梅。”性德在这里主要是来形容心上人美如白梅。

即便是众星拱月，拥有繁华富贵、功名利禄又能如何，谁解其中味？欲说却无言，锦绣丛中只落得满心荒芜。内心厌倦了现在的一切，但又无法逃离，只得佳人伴也就罢了，可总是天妒红颜，伊人早逝！

“夜雨几番销瘦了，繁华如梦总无凭。”风吹雨打，花儿怎禁得起如此，往日枝头的熙熙攘攘如烟如雾、如画如卷，如梦一场消逝了，不可依托。残留的花瓣无言地展示着时间的无情，繁华亦如此，不过是梦一场，不过是过眼云烟，欲借酒消愁，却愁更愁，醒来不过是更残忍的世界，绵绵阴雨带来的压抑加重了内心的孤寂，屋檐的水珠滴滴敲在心上。

落花飞尽，红消香断，往往惹得人吟出：“一朝春尽红颜老，花落人亡两不知！”黛玉从小离开亲人进入荣国府，一介孤女只能在那样的大家庭中过着战战兢兢的日子，稍有不妥随时可能招来非议，于是她在《葬花吟》中感慨自己的身世是“一年三百六十日，风霜刀剑严相逼”，而生活在富贵之乡的性德不用担心自己寄人篱下看人眼色，但是他面临着更加无奈的局面：出身贵族、超逸脱俗、才华横溢、宦海生涯平步青云，一切在别人眼里都是值得羡慕的，但是谁能了解他的天性，对仕途的不屑，对功名的厌倦，对友情的追寻，对爱情的坚守？这些堆积在内心深处无处诉说的话渐渐形成一层层厚厚的锈迹，一颗玲珑剔透的心，充满了斑斑伤痕。

李煜成为亡国君主后，日日梦回往事，但国家已灭，明月、雕栏仍在，朱颜不再，此恨悠悠，于是他感慨道“问君能有几多愁”，将心中的遗恨表现得淋漓尽致，从而流传千古！但是他的“问君能有几多愁”尚有“恰似一江春水向东流”的下句，人间何处问多情呢？性德无法得出结论，他在反问这个世界，反问世人，反问自己。

醉时的梦幻、酒后的残酷，往往令人唏嘘不已。夕阳渐渐爬上墙头，时光易逝，红颜老去，只留一地余香借以缅怀，内心的孤寂只能独自品尝，何处问多情？

浣溪沙，淘尽了英雄红颜，只留下千载的孤寂与相思。

减字木兰花　新月

晚妆欲罢，更把纤眉临镜画①。准待分明②，和雨和烟两不胜③。

莫教星替，守取团圆终必遂。此夜红楼，天上人间一样愁。

【注释】

①纤眉：纤细的柳眉。②准待：准备等待。③和雨：细雨。不胜：不甚分明。

【赏析】

这是一首咏物词，描写新月，比喻拟人，巧妙别致，颇有风格。

上片正面描写，通过比喻拟人表现新月。看那天边初升的新月，像一位美貌绝伦女子，正临镜梳妆时用那画笔画出的一条弯弯的眉毛。要等到夜色中的烟雾消散后，天空澄澈，那时才能看见这一轮新月的美丽——然而细雨烟中，不甚了然，满目还是一片迷蒙。上片虽主要写的是新月，却还应注意到一点，也就是情感上的表现。本来花了很长时间、很多心思，好好化了一番晚妆，要等人来欣赏自己，然而“准待分明”时，却发现“和雨和烟两不胜”，竟然不能看清这美貌，如何不让人悲伤？这里将新月拟人化了，比成一位女子，弯弯的眉毛高高翘起，好像女子皱眉不高兴似的。但实际的情感从下片可知并不单单是新月的悲伤，而是“此夜红楼，天上人间一样愁”。

下片从侧面描写新月，并且把情感也从新月落到人身上。不要让星星替代了新月，让它们成为这漫漫黑夜的主角，慢慢坚持，总会有变成玉盘圆月的那一夜。

上片写景，下片抒情，上片写月，下片写人，最后一句“天上人间一样愁”将上下两片、天上人间联系起来，情景交融。

这首词中“红楼”可以有多种解释。一种是红色的楼房，如史达祖《双双燕》中“红楼归晚，看足柳昏花暝”，洪昇《长生殿·偷曲》“人散曲终红楼静，半墙残月摇花影”。两句中的“红楼”都是指这个意思。第二种解释是富贵人家中，女子居住的闺房称为“红楼”，如白居易《秦中吟》“红楼富家女，金缕绣罗襦”，王庭珪《点绛唇》词“花外红楼，当时青鬓颜如玉”。第三种解释是旧时妓女居住的地方，如周友良《珠江梅柳记》卷二载：“二卿有此才貌，误落风尘，翠馆红楼，终非结局，竹篱茅舍，及早抽身。”当然还有《红楼梦》之所谓“红楼”，大概是由于曹雪芹于悼红轩中披阅十载、增删五次的缘故，这“红楼”应是第一种意思。

至于本首词中“红楼”的意思，向来应该是第二种，富贵家庭中女子的闺房，因为这符合词人的总体风格以及社会环境。事实上，明清以来，文人的诗词中妓女的成分已经远少于唐宋，原因就在于唐宋妓女一般是艺伎，她们多具有一定的艺术修养，或能歌善舞，或长于填词写诗歌，所以那时文人多喜欢来往其间；然而明清以来，妓院就成为真正的烟柳之地，文化氛围也消失殆尽，艺伎不是主流，文人也不齿于此了。所以从这两方面看，纳兰性德这里的红楼应该是第二种意思，或者是第一种。

鹧鸪天

独背残阳上小楼，谁家玉笛韵偏幽[①]。一行白雁遥天暮[②]，几点黄花满地秋。

惊节序，叹沉浮，秾华如梦水东流[③]。人间所事堪惆怅，莫向横塘问旧游[④]。

【注释】

①玉笛：玉制的笛子，笛子的美称，指笛声。②白雁：候鸟。体色纯白，似雁而小。③秾华：指女子青春美貌。④横塘：古堤名，一为三国吴大帝时于建业（今南京）南淮水（今秦淮河）南岸修筑，亦为百姓聚居之地；另一处在江苏省吴西南。诗词中常以此堤与情事相连。旧游：从前游玩过的地方。

【赏析】

在中国古代，每到重阳佳节，人们就会登高，为的是避灾求福，而随着时间的推移，登高逐渐演变成古人的一种重要情结，每当他们在郁郁不得志时，通常以登高赋诗吟词，以排解心中的郁闷苦楚。

南唐后主李煜在国破家亡之后，在宋朝过了两年多的囚徒生活，在被囚禁的日子里，为了缓解心中的愁苦，他经常独上西楼远望，想象着昔日南唐的宫阙，而亡国之恨总会在这时一次次冲击他的心灵，因此他悲愤地写下了“无言独上西楼”“小楼昨夜又东风”之类感伤的诗句。

与李煜这个偏安一隅的没落国君相比，纳兰无疑要幸运得多，他出身贵胄，父亲是权倾一朝的宰相，自身又是皇帝的贴身侍卫，深得圣上赏识。然而，他却蔑视一切荣华富贵，想的是要如何遁迹山林，与清风明月为伍。纳兰的出身和性格，也就注定他要终身扮演一个不得志的失意者，而这首《鹧鸪天》，就是他内心中满腔惆怅的真实写照。

“独背残阳上小楼”，词一开篇，纳兰就为我们展现出一幅凄凉的画面，在一个秋日的黄昏，纳兰孤单地登上小楼，夕阳将他的影子一点点地拉长，就像他的心性一样，在时光的磨砺中消磨殆尽。

登上小楼之后，纳兰耳边传来幽咽的笛声，其中似乎还夹杂着些许的感伤。在中国古典诗词中，玉笛也是一个频繁出现的意象。“敦煌女伎持玉笛，凌空驾云飞天去”“谁家玉笛暗飞声，散入春风满洛城”“玉笛凌秋韵远汀，谁家少女倚楼听”……那为什么很少用“金笛”“铁笛”“铜笛”来入诗词呢？这是因为在古代，人们对玉看得很重，正所谓“黄金有价玉无价”，文人君子必佩玉，于是，玉不仅是一种装饰品，更是一种人格、身份的体现。

登高必感怀，这是中国传统诗词的一个套路，另外还有“一切景语皆情语”的说法，所以纳兰在感怀之前，先看了看眼前的景色。“一行白雁遥天暮，几点黄花满地秋”，远处，一行白雁飞入天际，近处，枯黄的叶子落了一地。

一个人孤零零地登楼远眺就已尽显凄凉，如果再看到眼前萧瑟的秋景，自然会触景生情，发出无限的感慨。

词到下片，纳兰开始慨叹世事无常，人生如梦，“惊节序，叹沉浮，秾华如梦水东流”，四季更替，人生浮沉，美好的时光像梦一样随着流水消失不见了，到这里，词人的惆怅之情已显而易见。

“人间所事堪惆怅，莫向横塘问旧游。”人间有无限的惆怅之事，既已如此惆怅，那就更不要向横塘路上询问旧游在何处了。读到尾句，我们不禁想起纳兰的另一首《浣溪沙》中的“我是人间惆怅客”，不同的季节，相同的意境，虽然时光飞逝，但惆怅的心情却如影相随。

有人说这首词是登高感伤之作，也有人指出横塘在江南，这是一首登高怀人之作，怀念的是沈宛或是江南的友人，哪种说法正确，我们无法做出裁定，但我们能够确定的是，纳兰内心中那无法倾诉的惆怅，将永远陪伴在他的左右，直到他生命的终结……

鹧鸪天

冷露无声夜欲阑①，栖鸦不定朔风寒。生憎画鼓楼头急②，不放征人梦里还。

秋淡淡③，月弯弯，无人起向月中看。明朝匹马相思处④，知隔千山与万山。

【注释】

①冷露：清凉的露水。②画鼓：有彩绘的鼓。③淡淡：水波荡漾的样子。④匹马：一匹马，后常指单身一人。

【赏析】

在一个尚武不重文的王朝中，纳兰当然知道自己应该驰骋在沙场之上，建功立业，但是他偏偏是一个生有英雄志却又放不下儿女情的人。因此在羁旅行役中他创造了大量描写痴男怨女的相思怨怼之作，这首词就是其中的一首。

开篇两句，“冷露无声夜欲阑，栖鸦不定朔风寒”，夜色将尽，冷露无声，朔风猎猎，寒鸦飞起，一静一动，形成对比，恰似词人此时跌宕起伏的心境。在中国古典诗词中，乌鸦常与衰败荒凉的事物联系在一起，例如李商隐《隋宫》：“于今腐草无萤火，终古垂杨有暮鸦。”马致远《天净沙·秋思》：“枯藤，老树，昏鸦。”这首词的首句出现“栖鸦”，则表现出词人黯然愁思的心情。

“生憎画鼓楼头急，不放征人梦里还”，词人本想早点入睡，好在梦中与妻子相会，谁知可恶的鼓声偏又在楼头急响，声声恼人，导致他无法在梦里还乡。在这里，纳兰用哀伤的笔调对人生的怨憎进行了描写，同时也用反衬的手法来衬托出自己的思念愁苦之情。

下片继续进行景物描写，“秋淡淡，月弯弯，无人起向月中看”。在中国古典诗词中，月亮这一意象往往成为人们思想情感的载体，有的人用月亮来渲染清幽气氛，从而烘托出一种悠闲自在、旷达的情怀，如王维的《山居秋暝》“明月松间照，清泉石上流”，有的人则通过描写月亮来寄托相思之情，抒发思乡怀人之感，如李白《静夜思》的“床前明月光，疑是地上霜。举头望明月，低头思故乡”。有的人则用月亮来渲染凄清的气氛，烘托孤苦的情怀，例如白居易的《暮江吟》“一道残阳铺水中，半江瑟瑟半江红。可怜九月初三夜，露似珍珠月似弓”。而在这首词中，秋波荡漾，月儿弯弯，本来是一派美好、宁静的景象，可是除了词人之外，竟没有旁人与他一起观赏，从而突出他的孤独寂寞。

结尾两句，“明朝匹马相思处，知隔千山与万山”，使思念具体化，纳兰此时已经想到明朝更会越行越远，归程阻隔，万水千山，而对妻子的思念之情则会变得越来越重。

鹧鸪天

送梁汾南还，时方为题小影。

握手西风泪不干，年来多在别离间。遥知独听灯前雨①，转忆同看雪后山。

凭寄语，劝加餐，桂花时节约重还。分明小像沉香缕②，一片伤心欲画难。

【注释】

①遥知：谓在远处知晓情况。②分明：简单明了。沉香：熏香料名，又称沉水香、蜜香。

【赏析】

在纳兰的诗词中，随处可见其对于友情的珍视，虽然他已早登科第，又是皇族贵胄，然而却虚己纳交，待人至诚至真，推心置腹。当时朝野满汉种族之见甚深，而他的朋友却都是江南人，而且皆坎坷失意之士，纳兰性德倾尽自己的全力帮助他们，这其中就有顾贞观。

有一天南方传来噩耗，顾贞观的母亲病故，他必须立刻离京南归，当纳兰得知这一消息后，他伤心、震惊的程度一点也不亚于顾贞观，甚至比其还要强烈，纳兰不仅为顾贞观难过，也为自己难过，因为顾贞观已经成为他精神生活中不可缺少的一个人，而现在他不得不面对其要离自己而去的事实，于是，他将自己的痛苦化成一行行长短句，填写了这首词。

“握手西风泪不干”，词一开篇，作者就为我们营造出一派依依惜别的景象，在秋风之中词人与友人握手作别，泪水止不住滑落。古人在离别时通常以握手表示诚挚的友情和一往情深的伤别之意，李白就有“握手无言伤别情”的诗句，而之所以“泪不干”，是因为古时候交通不便，通信极不发达，朋友之间往往一别数载却难以相见，所以古人在与亲人朋友离别时都会特别伤感。

作为康熙皇帝身边的一等侍卫，纳兰常常要入值宫禁或随圣驾南巡北狩，因此与朋友们聚少离多，很少见面，如今好不容易有一个相聚的机会，友人却又突然要南归，因此他才会发出“年来多在别离间”的感慨。

“遥知独听灯前雨，转忆同看雪后山”，前一句纳兰虚写未来，后一句则实写过去。纳兰想象着身在远方的友人灯前独坐听雨的愁苦，脑海中回忆起与顾贞观雪后一同看山的快乐日子。

“凭寄语，劝加餐”，这句化用王次回《满江红》词“凭寄语，劝加餐，难嘱咐，雨和雁”。此时词人已经摆脱了伤感的心情，转而叮嘱友人要保重身体，并希望他在桂花开的时候能够回来与自己相聚。

“分明小像沉香缕”，字面上的意思是小像在缕缕沉香的轻烟里历历可见，其实这里还有一个典故，李贺曾作过一首《答赠》诗，其中有一句“沉香熏小像，杨柳伴啼鸦”，在这句中，“小像”本做“小象”，是象形熏炉的意思，但由于误传的时间久远，也就约定俗成地变成了“画像”的典故。

“一片伤心欲画难”则化用高蟾《金陵晚望》中的“世间无限丹青手，一片伤心画不成”。高诗的意思是世间无数大画家，谁也难画出此刻的一片伤心之感，而纳兰将此句化用，用意也就变得十分明显，虽然容貌可以画出来，但是自己的伤心和不舍却难以画出，从而表达出对友人的思念之情。最后两句照应了小序中的“为题小影”，顾贞观南归时，纳兰赠以小像，题以词作，只可惜这幅小像在道光年间毁于火灾，否则我们今人就能够通过小像来看一看这位多情公子当时是怎样一副伤心欲绝的表情。

梁佩兰在纳兰性德的祭文中说：“黄金如土，惟义是赴。见才必怜，见贤必慕。生平至性，固结于君亲，举以待人，无事不真。”结合这首词来看，梁佩兰的话虽然不无溢美之词，然而用于纳兰性德却也绝不夸张。

鹧鸪天

十月初四夜风雨，其明日是亡妇生辰。

尘满疏帘素带飘①，真成暗度可怜宵②。几回偷湿青衫泪③，忽傍犀奁见翠翘④。

惟有恨，转无聊。五更依旧落花朝。衰杨叶尽丝难尽，冷雨西风幂画桥⑤。

【注释】

①疏帘：指稀疏的竹制窗帘。素带：白色的带子，服丧用。②真成：真个，的确。暗度：不知不觉地过去。③青衫：青色的衣衫，黑色的衣服，古代指书生。④犀奁：以犀牛角制作而成的梳妆盒。翠翘：古代妇人首饰的一种，状似翠鸟尾上的长羽，故名。这里指亡妻遗物。⑤冷雨西风：形容恶劣的天气或悲惨凄凉的处境。画桥：雕饰华丽的桥梁。

【赏析】

卢氏逝去的第二年，被葬于明珠家的祖茔，这首词作于卢氏下葬后不久，当时正值十月初四夜，窗外突然风雨大作，多情公子想到明天将是亡妻的生日，不由得悲从心起，于是，伴着凄风苦雨，纳兰赋词以寄哀思。

“尘满疏帘素带飘”，妻子离去之后，屋子已经很久没有打扫，窗帘上早已落满了灰尘，室内一片死寂，只能看见素带飘动。其实，以纳兰显赫的家世，府中必定是奴婢成群，想来也不会如此狼狈，任凭“尘满疏帘”，所以，这一切不过是纳兰的主观感受而已，这样写一方面表现出他内心的极度悲伤，另一方面也营造出物是人非的意境。

李清照在经历了国破之愁、家亡之恨、丧夫之悲、流离之苦后，才产生“物是人非事事休，欲语泪先流”的感受，而纳兰只经历了丧妻之痛就产生了“物是人非”的感觉，足见他对卢氏的感情之深。

十月初五是亡妻的生日，因此初四的夜晚必定是一个凄苦冷清的“可怜宵”，一个人在这种环境中，往往会睹物思人，纳兰自然也不可能例外。我们似乎能看到在这样一个寂寥的夜晚，纳兰独自一人在屋内徘徊，猛然间看到亡妻用过的妆奁翠翘，不觉暗自伤怀，几度清泪偷弹，甚至连衣袖都被泪浸得仿佛有千斤重了。

一个“偷”字，让人颇为费解，我们都知道，一个人在悲伤的时候，通常会找一个朋友倾诉，希望他能够安慰自己，化解自己的忧伤，那纳兰为什么要偷偷地流眼泪呢？其实，在封建社会中，由于受到社会道德规范的约束，一个男人如果不能抛却儿女私情，不仅会被其他人嘲笑为胸无大志，更会被其他男人视为异类，哪怕他哀悼的是自己的亡妻，所以纳兰只能无奈地“偷湿青衫泪”。

词到下片，纳兰将我们的视线带到了室外。“惟有恨，转无聊。五更依旧落花朝”，这两句毫无刻意雕饰之感，读起来就好像纳兰此时正站在你的面前，流着眼泪向你倾诉。转眼间就到了五更天，纳兰一夜未眠，可当他来到户外之后，看到的却不是艳阳高照，而是“葬花天气”。其实，十月并不是落花时节，这仍然是纳兰的主观感受而已，从而突出自己心中的无限悲伤。

全词以景物描写结束，强化了词人内心的愁苦。“衰杨叶尽丝难尽，冷雨西风幂画桥”，衰杨叶尽，景色依然，我和你却已生死殊途。此时凄风冷雨抽打着画桥，怎能不令人愁思满怀，百无聊赖。

这首悼亡词写得尤为低落惨淡，此时的纳兰已经英雄气短，唯有儿女情长，他失去了一生的红颜知己，虽然还有很多好友陪伴在他的身边，但是妻子是他们所不能代替的。因此纳兰不会再有幸福，他甚至还在这首词中流露出对人生的厌倦。

荷叶杯

帘卷落花如雪，烟月①。谁在小红亭？玉钗敲竹乍闻声，风影略分明②。

化作彩云飞去，何处？不隔枕函边③，一声将息晓寒天④，肠断又今年。

【注释】

①烟月：云雾笼罩的月亮，朦胧的月色。②风影：随风晃动的物影。③枕函：中间可以藏物的枕头。④将息：调养休息、保养，这里是珍重、保重的意思。

【赏析】

写景一向都是纳兰的强项，这首《荷叶杯》以景喻相思，将落花与月夜结合得相得益彰，清幽淡雅之处隐隐透着些许沉郁，纳兰这首词，读起来如泣如诉，耐人寻味。词如其名，荷叶杯，这是很清丽的词牌名，来源于隋朝人士殷英童《采莲曲》中“荷叶捧成杯”一句，故此后便有了此名。

这首词的情感力量十分强大，虽然只读字面，并不觉得如此。但多留在心底回味几遍，便能感觉到这首词的婉转悠扬、连绵之美了。这是一首写景词，也是一首抒情词，抒发满腔抑郁、闷闷之情。

上片写幻象，在落花如雪的月夜里，朦胧中是谁伫立在小红亭里，偶尔传来几声玉钗敲竹般的声响，看去她身影历历，伫立风中。那身影蓦然化作彩云飞逝，要飞往何处？一切如梦如幻。然而与她在枕边的情义总是无法隔断、难以忘情的，道一声“珍重”，又将天明，断肠人又要在愁苦中度过一年。

唐人以荷叶为杯，将其称为碧筒酒。古人喜欢附庸风雅，他们“接天莲叶无穷碧”，“淡妆浓抹两相宜”。纳兰将此风雅延续，烟水迷蒙，可以让人们联想到许多艳美之事，“帘卷落花如雪，烟月。谁在小红亭？”一声反问拉开词的序幕，遥远的故事重回心头，纳兰这首词的意境可谓美到了极致，“落花如雪”，落花犹如雪片一样纷纷扬扬飘落，而在月色下显得十分凄迷，纳兰用一个“烟”字去衬托“月”，使得月夜下这场落花雪更为动人心魄。

在一场华丽的雕琢布景之后，纳兰的心事隆重出场：“谁在小红亭？”一声疑问让后人读词时也疑惑不解，究竟是何种女子，竟然让纳兰如此神醉心迷。按照纳兰写这首词的时间推算，他应当是在怀念卢氏。

卢氏与纳兰的感情至深，感天动地。他们二人都是绝代佳人，真可谓是人似落花如雪，情如烟月。二人之间的情感一直被后世传唱。纳兰的痴情，卢氏的温婉，这二人似乎成了神仙眷侣的代言人，看到他们就看到了完美伴侣。

但是，越是完美的就越容易碎。卢氏的死带给纳兰很大的伤痛，他写了无数的悼亡词，只为纪念自己这位妻子。在这首词中，可以清晰地感受到纳兰内心的伤痛，他带着深深的怀念，写下和卢氏有关的词句。

“玉钗敲竹乍闻声，风影略分明。”这是虚写，是纳兰的想象，他仿佛看到妻子的玉钗在敲动竹竿，发出声响。风声掠过，人影憧憧，妻子似乎就在眼前不远处，向他微微一笑，鲜活的画面让整首词仿佛都活了起来。

但这毕竟是幻境，是纳兰自己的想象。妻子已经去世，怎么可能会在人世间留下任何一点影踪呢？纳兰自然也是明白这点的，于是，他的哀戚，好似天边的云彩，飞往远处，无法回还。

漫漫蓝天，小楼轻上，回忆往昔，那些过去的日子让人心里竟是如此安定。日子曾经是那般温顺，在北方这个荒芜的都市里，也曾有一对眷侣，双宿双飞，可是而今，一切都不在了，过去的再也回不来了。

“化作彩云飞去，何处？”都化作了彩云飞去，飞往何处呢？放眼望去，找不到踪迹。世间的事，莫非就是如此！红颜命薄，黄沙掩埋玉体，仅仅三载光阴，便天人相隔，永无相见之日了。

在落花如雪的月夜里，纳兰的心思全是朦胧的想念。卢氏绰绰的身影，仿佛就在眼前。一声叹息，天边尽是断肠人。到底是谁寂寞？是去世的卢氏，还是仍然在世间苟活的纳兰？抑或是，这人世间，种种痴情的男女？

“不隔枕函边，一声将息晓寒天，肠断又今年。”月夜访竹，在一片夜色中思念故人。就仿佛这高洁的竹子，清洁如许，那份情感，天地可鉴。这些竹子，就好像纳兰的感情，日夜站在那里，千年不变。

这世间的情谊竟是如此不稳，忽而就永久地失去，再也看不到踪迹。但也正是如此，才更让那些痴情的人懂得情之艰难。

虞美人

春情只到梨花薄①，片片催零落②。夕阳何事近黄昏，不道人间犹有未招魂。

银笺别梦当时句③，密绾同心苣④。为伊判作梦中人，索向画图影里唤真真⑤。

【注释】

①春情：春天的景致或意趣。②零落：树木枯凋。③银笺：白色的信笺。④同心苣：像连锁的火炬状图案花纹，或指织有同心苣状图案的同心结，古人常用以象征爱情。⑤画图：图画。真真：唐杜荀鹤《松窗杂记》：“唐进士赵颜于画工处得一软障，图一妇人甚丽，颜谓画工曰：‘世无其人也，如可令生，余愿纳为妻。’画工曰：‘余神画也，此亦有名，曰真真，呼其名百日，昼夜不歇，即必应之，应则以百家彩灰酒灌之，必活。’颜如其言，遂呼之百日……果活，步下言笑如常。”后因以“真真”泛指美人。

【赏析】

又是一年春残时，又到了亡妻的忌日，又是触景还伤，又是一首悼亡词。

“春情只到梨花薄，片片催零落”，词一开篇，纳兰就为我们营造出一幅暮春时节梨花四处飘零的凄美场景，他在这里用暮春时节喻指自己目前的境况，用苍白的花朵来代指亡妻，从而铺陈出愁惨凄冷的意境。在中国的古典诗词中，伤春之诗词比比皆是：无可奈何花落去，似曾相识燕归来；流水落花春去也，天上人间；记海棠开后，正是伤春时节……万物复苏的春天本是充满生机的季节，但在这花儿完美绽放的季节，诗人词人们却通常会在这繁华的背后隐约感受到即将到来的美好的消逝，于是往往会产生一种微妙细腻的感伤。

“夕阳何事近黄昏”化用李商隐“夕阳无限好，只是近黄昏”的成句，与妻子虽然只短暂地相处了三年，但纳兰却度过了人生中最快乐的时光，如今人鬼殊途，纳兰的相思之痛苦，自然是不言而喻了。在这里，“夕阳”不仅是时间上的黄昏，更是词人对美好往昔的追惜。

在别人的眼中，夕阳或许是美丽的，但是在纳兰的眼中，夕阳却是丑陋的、无情的，因为他还没有来得及为亡妻招魂，它就要马上消失在黑暗之中，面对这一切，他只能无奈地叹道“不道人间犹有未招魂”。

全词上片由景入情，下片则从往事写起，进而抒发自己浓重的哀思。“银笺别梦当时句，密绾同心苣”，象征着爱情的同心苣，和记载着浓情蜜意的纸笺，这些现实的东西以前在纳兰的眼中证明着恩爱欢娱，如今他再看时，却感到它们都被抹上了淡淡的感伤，面对随处可见的哀愁，纳兰无处可遁，只能赶紧由实入虚，写道：“为伊判作梦中人，索向画图影里唤真真。”为了亡妻，纳兰甘愿长梦不醒，与其在梦中相会，甚至想要整日对着她的画像呼唤，希望能以至诚打动她，让她像“真真”那样从画中走出来与自己相会，这真实地表现出了纳兰的忠贞与痴情。

末句化用唐代赵颜的典故，描写对亡妻的思念之情。相传唐朝一个名叫赵颜的进士从画工那里得到一幅美人图。久而久之，赵颜对画中的美女产生感情，于是就询问画工能否让其变成活人。画工告诉赵颜，这本是一幅神画，画中女子名叫真真，只要赵颜能够呼唤她的名字一百天，她就会出声答应，到时再给她喝下百花彩灰酒，她就能够变成活人。依照画工的指点，百日后，真真果然复活，还在年终为赵颜生下一双儿女。后来，赵颜听信巫师谗言，给真真喝下符水，导致真真不想再留在人间而带着一双儿女返回画中。

纳兰词最让人感动之处，便是纳兰在小情小爱中所表现出的真挚，让人为其心怜不舍、心疼不已。

南乡子　捣衣①

鸳瓦已新霜②，欲寄寒衣转自伤③。见说征夫容易瘦，端相④，梦里回时仔细量。

支枕怯空房⑤，且拭清砧就月光⑥。已是深秋兼独夜，凄凉，月到西南更断肠。

【注释】

①捣衣：古人将洗过头次的脏衣服放在石板上捶击，去浑水，再清洗。明杨慎《丹铅总录·捣衣》："古人捣衣，两女子对立执一杵，如舂米然。尝见六朝人画捣衣图，其制如此。"②鸳瓦：即鸳鸯瓦。③寒衣：冬天御寒的衣服。自伤：自我悲伤感怀。④端相：细看，端详。⑤支枕：将枕头竖起、倚靠。⑥清砧：捣衣石的美称。

【赏析】

古时捣衣，多在秋夜进行，试想一下，在一个寒冷的夜晚，四下悄无声息，只能听见萧瑟的砧杵声一下一下地响起，这是何等凄凉的意境。因此，在古典诗词中，捣衣往往用来表现征人离妇、远别故乡的惆怅情绪，而在这首词中，纳兰正是借捣衣这一动作，抒发了征夫怨妇的相思情怀。

"鸳瓦已新霜，欲寄寒衣转自伤"，词一开篇，作者就交代了时令，天气逐渐变凉，鸳鸯瓦上已经落满了秋霜，此时的思妇想要为远方的征人寄去寒衣，却又突然开始暗自伤怀。一个"转"字，说明妇人先前的心情并非"自伤"，但是一想到这砧板上的衣服是为远行在外的征人而捣，自然睹物思人，心中已是思念不已。

"见说征夫容易瘦，端相，梦里回时仔细量"，在这里，纳兰想象着思妇怀念征夫时所流露出的纤细感情：都说出门在外的人容易消瘦，不知道是否是真的，下次在梦里相见的时候一定要好好端详端详你。在纳兰所写的词作中，他不仅用种种的具体事物来表达抽象的恋情，更多的时候是通过这种虚幻的梦境来表达挥之不去的思念。

但是思妇并没有入睡，因为自己独守空房，既倍感寂寞，也不免会心生胆怯，无奈之下，她只好通过在月光下擦拭捣衣之石来消磨时光。而此时"已是深秋兼独夜"，深秋独夜里，寒月、寒砧，伴随着一颗孤独寂寞的心，词到此处，我们似乎已经看到一个让人怜惜、同情的思妇形象跃然纸上。

尾句“月到西南更断肠”，进一步描写思妇内心中的相思愁苦。夜已经深了，又要与寂寞孤独相伴，连月亮都要落下了，怎能不叫我伤心断肠！

纳兰的这首思妇词写出了满纸的凄苦，可谓是一首“断肠“之作。盛冬铃在《纳兰性德词选》中曾这样评价该词：“秋风一起，戍边军士们的妻子就要忙着为远方的亲人准备寒衣了。水边砧上，清杵声声，那月下捣衣的动人情景，也饱含着思妇们的深情，牵动了骚人们的诗思。纳兰这一首《南乡子》也是以此为题材创作的，且意境凄清，心理描写非常细腻，在众多的同题作品中，有其独到之处。”

南乡子　为亡妇题照

泪咽却无声，只向从前悔薄情。凭仗丹青重省视[①]，盈盈[②]，一片伤心画不成[③]。

别语忒分明[④]。午夜鹣鹣梦早醒[⑤]。卿自早醒侬自梦，更更[⑥]，泣尽风前夜雨铃。

【注释】

①丹青：丹和青是古代绘画常用的两种颜色，借指绘画，此处指亡妇的画像。省视：犹认识、忆起。②盈盈：形容举止、仪态美好。③“一片”句：套用唐代高蟾《金陵晚望》：“世间无限丹青手，一片伤心画不成。”另金代元好问有《家山归梦图》诗：“卷中正有家山在，一片伤心画不成。”④忒：方言，太、特。⑤鹣鹣：鸟名，即鹣鸟，比翼鸟，似凫，青赤色，相得乃飞。比喻夫妇情谊。⑥更更：一更又一更，指整夜。

【赏析】

卢氏死后，痴情的纳兰就陷入无尽的哀伤之中，不分白昼夜晚，他的脑海中全是亡妻的身影。有一天，他突然有所解悟，自己该给亡妻绘一幅肖像了，这样就可以永远与她相会相伴，只可惜丹青未染，已泪眼盈盈，心中又生出无数感慨。于是，这首恰如杜鹃啼血、令人不忍卒读的悼亡词就产生了。

“泪咽却无声，只向从前悔薄情”，这

句从字面上解释是说：词人无声地呜咽着，他在为自己以前的薄情而后悔。其实，“薄情”并非真的薄情，只不过卢氏死后，纳兰在这一沉重打击之下，变得十分惘然，他不知该把自己的怨恨指向谁，他的内心极度悲痛，却找不到倾诉的对象，在这种情况下，他只能无奈地自责，他后悔当初没有多抽出一些时间陪伴在妻子的身边，后悔当初没有更好地对待妻子，不断的自责让纳兰产生了极强的负疚感，因此他才会自悔薄情。

为了排解这无边无际的痛苦，纳兰开始寻求解脱的办法，他想要为亡妻绘一幅肖像，最终却是“一片伤心画不成”。元朝诗人元好问有“卷中正有家山在，一片伤心画不成”之句，表达出自己的思乡之情。纳兰在此借用此词，表达自己怀念亡妻的沉痛心情，这足以说明卢氏的故去，已经使纳兰伤心到了极点。

既然人鬼殊途不能再见，内心的痛苦又无法排遣，纳兰索性把希望全部寄托在梦幻中，想象着在梦中与妻子相会。于是他写道：“别语忒分明。午夜鹣鹣梦早醒”，天还没亮，与你双栖双飞的美梦就醒了，但分别时的言语仍然十分清晰分明。

“卿自早醒侬自梦”可谓是传神的一句，纳兰想象着妻子的早逝或许是在脱离苦海，她已经醒了，而我自己却仍然在苦海中饱受煎熬，仍然沉浸在梦中。严迪昌在《清词史》中曾对这句有所评价，他说：“‘卿自早醒侬自梦’也即对‘人间无味’是否醒悟的表述。词人设想爱妻‘早醒’(逝去)也就早离尘海、弃去无味之人间，自己却仍梦着独处其间，了无生趣。怨苦、怨怼转生出离世超尘的幻念，是古代文人通常谋求心态平衡、自我解脱的药剂。”

尾句“泣尽风前夜雨铃”化用典故，马嵬兵变后，杨贵妃被缢死，在平定叛乱之后，唐玄宗北还，一路凄雨沥沥，风雨吹打在皇鸾的金铃上，玄宗此时想起往事，于是写下一首《雨霖铃》来悼念杨贵妃。纳兰借用来表示自己虽然肉体仍然存在，但是内心其实早就已经死了。

多情的纳兰词以情为根本，写下这首缠绵悱恻、凄楚动人的词作。此时的他似乎已经忘却了自我，而将整个生命投入到对死者的怀念之中，全词可谓是字字情牵，句句肠断，读之催人泪下。

金缕曲

生怕芳尊满[①]。到更深、迷离醉影，残灯相伴。依旧回廊新月在，不定竹声撩乱。问愁与、春宵长短。燕子楼空弦索冷，任梨花、落尽无人管。谁领略，真真唤。

此情拟倩东风浣。奈吹来、余香病酒，旋添一半。惜别江淹消瘦了，怎耐轻寒轻暖。忆絮语、纵横茗盌。滴滴西窗红蜡泪，那时肠、早为而今断。任角枕，欹孤馆[②]。

【注释】

①芳尊：精致的酒器，亦借指美酒。②角枕：角制的或用角装饰的枕头。欹：斜靠着。孤馆：孤寂的客舍，唐许浑《瓜州留别李诩》诗："孤馆宿时风带雨，远帆归处水连云。"

【赏析】

这首词为怀友之作：入夜起相思，酒不但不能排解愁情，而且只有孤灯相伴，惆怅反而更胜。当时相聚的景象依然，但人却已经分离。愁情绵绵不绝，比这春宵还要更长。红花落尽，花枝萧疏，这花仿佛也是孤独寂寞，但是此时的人又比这疏花还要寂寞。唯有梦里才可与你相见。

请东风消愁不但消不得，反倒是添愁添恨了。本已为离别而瘦损，如今又偏逢这乍暖还寒的时节，于是就更令人生愁添恨了。当年我们一边品茶，一边低声说话，议论纵横。分别时西窗蜡滴红泪，这记忆如今想起，更使人伤心肠断。独自寄寓在孤独寂寞的会馆中，更感四周冷静凄清。

思念友人，最解忧的便是酒水了。就算是纳兰这样的翩翩公子，也抵不住相思的侵蚀，拿起酒壶，只求一醉之后，凡事忘却。"生怕芳尊满"。所谓"芳尊"是指的造型精制的酒容器，在这里则是借指美酒。美酒在手，却怎么也喝不醉，这真是让人难堪而又无奈的事情。或许是愁绪太深，是太多酒都无法浇灭的缘故吧。

"到更深、迷离醉影，残灯相伴。"一直到更深露重，夜深人静时分，依然半醉半醒，无法安然入睡，残灯相伴左右，更显得自己孤立无依靠。借着酒意，看着外面寂静的夜色，无声无物，只有自己，置于天地之间，这份寂寥，无人能懂。

此刻，思念朋友的心情更加剧烈，"依旧回廊新月在，不定竹声撩乱"。回廊上看天，月亮依然，洒落月光，四周竹叶随风摆动，声音扰乱人心，本就烦忧的心，更在这声声竹声中，无法收拾。

所以，纳兰忧伤地自说自话："问愁与、春宵长短。"春宵苦短，这愁绪却漫长无期，"燕子楼空弦索冷，任梨花、落尽无人管"。燕子飞去，人去楼空，就算落花飞尽，也是无人打理。那空空的楼阁，如同纳兰空荡的内心，失去了居住的人，便显得格外空旷，纳兰珍视友谊，所以，他的友人远去，对他来说，实在也是一件愁苦的事情。

可是，这样的感情却并不是人人都能理解的，而纳兰也并不打算告诉别人，让别人为他分忧，"谁领略，真真唤。"只有自己安慰自己了。

"此情拟倩东风浣。"此情可待成追忆，这份对友人的思念之情，在春风的吹拂下，四处散去，但吹去又生，纳兰的内心，始终无法安抚。"奈吹来、余香病酒，旋添一半。惜别江淹消瘦了，怎耐轻寒轻暖。"分别也有一阵时日了，似乎在日夜的思念中，逐渐消瘦了下去，但纳兰并不在乎这样的消瘦，他只想早日和朋友相聚在一起。

“忆絮语、纵横茗盌。”这些都是和朋友在一起的美好回忆，可是现今却是无法实现的梦想了，所以，纳兰想来，不禁泪流：“滴滴西窗红蜡泪，那时肠、早为而今断。”那时的美好时光中，他们怎么会想得到今日的分别呢？

分离总是让人痛苦的，纳兰虽然生性忧伤，但是这痛苦也让他无法承受，不过既然无法补救，那就只能依靠自己化解自己的愁绪了。“任角枕，欹孤馆。”这独自一人的忧伤时日何时才能够结束呢？

夜深时分，孤寂难耐，纳兰的苦，谁能探知呢？

浣溪沙

容易浓香近画屏①，繁枝影着半窗横②。风波狭路倍怜卿③。

未接语言犹怅望，才通商略已瞢腾④。只嫌今夜月偏明。

【注释】

①画屏：绘有彩色图画的屏风。②繁枝：繁茂的树枝。③风波：比喻纠纷或乱子。狭路：窄小的路。④商略：商讨、交谈。瞢腾：形容模糊，神志不清。

【赏析】

这首《浣溪沙》为爱情词。与大多数纳兰词的冷清凄迷不同，此首词主要描绘恋人初逢的场景，细腻柔婉，缠绵悱恻。

上片前两句写景，“浓香”“画屏”“繁枝”，后一句由景转到人，写的是男子看到恋人时微妙的心理变化。画屏透迤，浓香扑鼻，树影横斜。窗半开着，女子露出头来，微风过处，杏花微雨，不禁让窗外急切赶来的人更生怜爱。

此处，纳兰并没有对女子的容貌进行描写，而是通过描写周围的景物，让我们展开想象，窗后的女子，该是宝钗笼髻，红棉朱粉，或轻颦，或浅笑，或娇嗔，可谓梨花一枝春带雨，薄妆

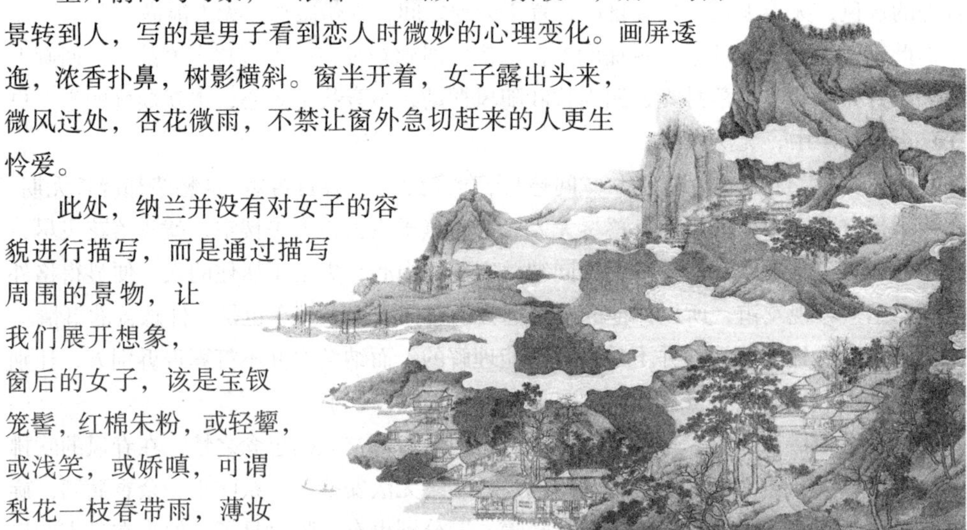

浅黛总相宜，如此那般，不可方物。

再说相逢的场面，“风波狭路倍怜卿”。作者没有用动作描绘，而是从心理入手，看到小轩窗后面焦急等待自己的恋人，在恋情面前不顾险阻的恋人，让前来赴约的纳兰更生怜爱。

风未必大，夜未必冷，但是看到有人在等着自己，窗半开着，香静静燃，女子在枝干的那头隐隐可见，安静或者焦急地等着纳兰前来赴约，所有的东风恶，世情薄，雨送黄昏，都是两个人一同走过。日子天天过，比流水的消逝、落花的凋零更快，但是有几对恋人能够怀着热切的爱情与期盼，一直并肩走下去?

纳兰与恋人虽情投意合，且密有婚姻之约，而他的父母也许不赞成。他们的恋爱形迹落在他们的眼里，引起他们的嫉妒，遂硬将他的恋人报名入宫，来断绝他的念想。但我们通过前文得知，在那之后，纳兰也曾偷偷混入宫中与恋人见面。

也许我们可以相信即便是入宫，纳兰与恋人仍然是抱着微渺的希望，认为他们依然有前路可走，爱情的力量最后会战胜一切。所以当见到等候自己的恋人，勇敢和自己一起追求真爱、对抗“风波”的恋人，纳兰的心里边对她更加怜爱。

下片紧接上片。对相逢场景进行描绘。“未接语言犹怅望”，可以想象是女子从树影中看见我已经到来，轻声唤我。或者两人是太久没有见面了，或者沉迷在这幅美丽的图画中不能自拔，忘记了怎么说话，要说什么话，只是呆呆地望着。“才通商略已瞢腾”，才刚刚开始交谈，纳兰就已经沉迷陶醉，忘乎所以了。末句“只嫌今夜月偏明”，将描写的视角由叙事转到场景上。“月偏明”，月亮稍稍亮了一点，月亮偏偏是亮的。这小小的抱怨，让纳兰内心深处的欢心喜悦更加暴露无遗。但是正是因为月明，才需要更加小心，这又造成了纳兰内心提心吊胆的情绪。心理的几重复杂，生动传神。

或者天不从愿者太多，在爱情里波折的纳兰，连见恋人一眼都需要扮成喇嘛偷偷入宫。其实曾经的两小无猜、兰窗腻事，都因鸳鸯零落不复存在了。但是情难忘却，恋人被选入宫，纳兰仍然抱着她会被放出来、他们能够团圆的希望。而此次与恋人的会面又更坚定了他的信念。这就加深了他后来的苦痛。

正是，往事不可再来，袖口香寒。

青衫湿　悼亡

（按此调《谱》《律》不载，疑亦自度曲。）

青衫湿遍，凭伊慰我，忍便相忘。半月前头扶病[1]，剪刀声、犹共银釭[2]。忆生来小胆怯空房。到而今独伴梨花影，冷冥冥、尽意凄凉。

愿指魂兮识路，教寻梦也回廊。

咫尺玉钩斜路[3]，一般消受，蔓草残阳[4]。判把长眠滴醒，和清泪、搅入椒浆[5]。怕幽泉还我为神伤[6]。道书生薄命宜将息[7]，再休耽、怨粉愁香。料得重圆密誓，难禁寸裂柔肠[8]。

【注释】

①扶病：带病行动。②银釭：银白色的灯盏、烛台。③玉钩斜：古代著名游宴地。在江苏江都，相传为隋炀帝葬宫人处，后泛指葬宫人处。④蔓草：爬蔓的草。⑤清泪：眼泪，宋曾巩《秋夜》诗："清泪昏我眼，沉忧回我肠。"椒浆：以椒浸制的酒浆，古代多用以祭神。《楚辞·九歌·东皇太一》："蕙肴蒸兮兰藉，奠桂酒兮椒浆。"⑥幽泉：指阴间地府，借指死者。⑦将息：调养休息，保养。⑧寸裂：碎裂。

【赏析】

在众多点评"纳兰词"的书籍中，普遍认为这首词是纳兰所有悼念亡妻之作的第一首，作于卢氏亡故半月之后，那么，这种观点是否正确呢？

首先来看词的第一句"青衫湿遍"，作者在一开篇就表明了自己的悲伤程度，眼泪已经湿透了所有的衣服，这种意境是何等凄凉。当年白居易无辜遭贬江州司马后，一直郁郁寡欢。有一次，他在浔阳江头偶遇一位来自京都、漂泊江湖的琵琶女，在听其弹奏时，白居易想到了自己在宦途所受到的打击，顿生强烈的天涯沦落之感，长久以来郁积在心中的沉痛感受，让其流下痛苦的眼泪，甚至连衣服都被眼泪浸湿了。而此时纳兰的心境，与白居易当时的心情相比，恐怕是大同小异。

从"凭伊慰我"开始，到"尽意凄凉"结束，按照字面上的解释，纳兰确实是在悼念一个人。这几句大致意思是说："我需要你的安慰，你怎么可以忍心将我忘记呢！你走半月以来我拖着愁病之躯，像你在时那样西窗剪烛。我生来胆小，害怕一个人独守空房，到如今却只有梨树花影相伴，冷冷清清，受尽凄凉。”这几句体现了纳兰对这个人的挚爱以及对其浓烈的思念之情。而且从“半月前头扶病”这句中，我们似乎更能认定纳兰悼念的人正是卢氏，于是作者把自己满腔的愁怀，全部都寄托在梦幻之中，希望亡妻的魂魄能认识回家的路，到梦中与自己相聚。

品读完词的上片，我们能体会到纳兰像其他人一样，总是等到最珍爱的东西失去后才懂得珍惜，此时的纳兰已经被一种深深的负疚感所束缚，甚至完全陷入一种无法解脱的死结之中，因此上片读完，让人顿感肝肠寸断。

下片一开篇，纳兰就化用了“玉钩斜”这个典故，而正是这个典故让我们产生了种种疑问，甚至可以推断出纳兰在词中悼念的并不是亡妻卢氏。

我们首先应该了解“玉钩斜”这个典故的来历。“玉钩斜”在江苏扬州，公元618年5月，隋炀帝杨广的右屯卫将军宇文化及在江都兵变，勒死了隋炀帝，隋朝至此灭亡。相传炀帝死后，肖皇后和宫人用床板做了口小棺材，将其草草埋葬，宫中的宫女大多数被乱军所杀，也有少数为隋炀帝殉情自杀，这些死亡的宫女就被草草埋葬在蜀冈的斜坡之上，当时的人们就把这里叫“宫人斜”。

到了唐宪宗元仁年间，李夷简奉旨镇守扬州，有一次在这里赏月，发现新月如玉钩，便在此建筑了一座为“玉钩”的亭子，此后，“宫人斜”便改称为“玉钩斜”。

在一些点评“纳兰词”的书籍中，把“玉钩斜”解释为卢氏墓穴所在地，但是据史料记载，卢氏去世后曾停柩在什刹海附近的龙华寺，直到一年后才被安葬在京西纳兰家的祖茔中。如果纳兰在这首词里悼亡的是卢氏，那么在这里用“玉钩斜”的典故显然是有失水准的。

接着作者为我们描绘了一幅“一般消受，蔓草残阳”的凄凉景象，但是，纳兰的父亲乃一代权相，他怎么可能让自己的儿媳与隋炀帝时代的那些宫女一样，忍受着“蔓草残阳”的凄凉况味呢？由此我们能够知道，纳兰在这里悼念的并不是卢氏，而是一位与那些葬身“玉钩斜”的宫女有着相似之处的女子。而且纳兰说的是“咫尺玉钩斜路”，“玉钩斜”位于江苏扬州，与身处京城的纳兰并非“咫尺天涯”，所以作者在这里并不是在表达时空观念上的感受，而是心理上的感觉，而能够让纳兰产生这种感叹的，恐怕就只有那位少年时与纳兰相爱，最后被迫入宫，并且已经消逝在深宫的表妹了。

从这首词中，我们完全感受不到纳兰以往那种从容舒缓的节奏，有缘无分的昔日恋人如今天人相隔，纳兰那颗破碎的心也就开始飘忽游离在现实之中，从此没有了着落，也永远不会再安顿下来。

浣溪沙

凤髻抛残秋草生[①]，高梧湿月冷无声[②]，当时七夕有深盟。
信得羽衣传钿合[③]，悔教罗袜送倾城[④]。人间空唱《雨淋铃》。

【注释】

①凤髻：古代女子的一种发型，将头发绾结梳成凤形，或在髻上饰以金凤，流行于唐代。此处指亡妻。②湿月：湿润之月。形容月光如水般湿润。③羽衣：原指以羽毛织成的衣服，后常称道士或神仙所着衣为羽衣，此处借指道士或神仙。钿合：镶嵌金、银、玉、贝的首饰盒子，古代常用来作为爱情的信物。④罗袜：丝罗制的袜子，此处指亡妻遗物。倾城：旧以形容女子极其美丽，是美女的代称，此处指亡妻。

【赏析】

此词虽为唐明皇、杨贵妃之事而作，实则是借其情事述己悼亡之感。

纳兰词风的形成期，正是与其妻携手双飞的时期，两人弹琴作赋，对弈言欢在纳兰词作中都有擦拭不去的痕迹，但正是两人笃厚的夫妻之情，在妻子卢氏去世后，纳兰“悼亡之吟不少，知己之恨尤深”。沉重的精神打击使他在以后的悼亡诗词中一再流露出哀婉凄楚的不尽相思之情和怅然若失的怀念心绪。这首词，便是为了纪念卢氏而作。

作者以冷色调作起，并未着笔墨写曾经“如花似叶长相见”的美满，“凤髻抛残秋草生”似用了倒笔法，很有些“千古英雄只废丘”的相似感慨，只是那是风云气，这里却是儿女情，是人面不知何处去，但是也没了桃花依旧的景色，而是“秋草生”，斗转星移，物人两非，事事皆休了。起句只是一个引子，后则更入凄凉之境了。一个“高”写出梧桐的孤寂唐突，月是“湿”的，却又不知是月之泪抑或是己之泪了，或者物我两忘，各湿一行清泪吧。接下来更点一个“冷”字，四周深秋的气氛渲染着，似乎万般凄冷，任是有情也不得不让人生悲凉之感。这一句通过几个意象的描述，在开篇之时就让全词弥漫着一股凄冷的气息，冷冷的秋月，静静的梧桐，使读者的心境一下就被带入了一种悲伤的情绪中，不能自已。整个上片，伤感之情愈写愈深，愈写愈烈。

“当时七夕有深盟”。此句化用唐明皇与杨贵妃长生殿之典，既有当日之恩爱，又何来后日的马嵬坡之伤情，既有道士传其信物，却更教人悔不当初。通过此景想往情，使人心折骨惊，惆怅其情。彼时两情相望，各据一情；此时天涯人远，不得相亲，伤如之何！如此这般，魂飞魄散，已是天上人间，纵使千万眷恋，纵有《雨霖铃》述明皇之忧伤，却是徒劳，佳人已然难再得了。纳兰却是纵使寄情于千言万语，往昔的红颜与恩爱却是如烟如雾，隔山隔海。

伤理万名，其情却一。纳兰曾因父母之命媒妁之言而娶卢氏，但短短三年时间香魂早早飘逝了。卢氏生时他不懂得珍惜，对她抱有很大的愧疚之情，常常在词中悔己之薄情，为她写过多首悼亡之词，此系其一。甚至曾经“愿指魂兮识路，教寻梦也回廊”，要招那去三冥的魂魄归来重聚，一片伤心，终也附于流水。从这首词可以看，纳兰是个极为重感情的人，所爱之人已经离自己远去，只能在伤心时写下了这首《浣溪沙》。

纳兰性德作为一个出身显赫的富家公子，虽然身世得到很多人的羡慕，但是自己却并不快乐。他是个率性而自然的人，然而不如意的爱情却让他饱受折磨。他自幼天资聪颖，读书过目不忘，数岁时即习骑射，后又入太学，举进士，成为皇帝的近臣，但是却十分厌恶官场的生活。加之婚姻悲剧事故的摧残，纳兰在之后所作的大部悼亡诗词中一再流露出哀婉凄楚的不尽相思之情和怅然若失的怀念心绪。他的悼亡之词婉丽凄清，真挚深切让人不忍卒读。这一首词也同样如此，毫无矫揉造作的成分，只有一份真情融在其中，令人读罢不禁黯然神伤。

义山有诗“劝栽黄竹莫栽桑”，沧海桑田，有几段感情经得起沧海桑田呢？世人最不愿看见的事往往是最常、最易发生的事。他现在为杨妃为之一哭，为亡妻为之一哭，而其情又有谁可以为之一哭呢？